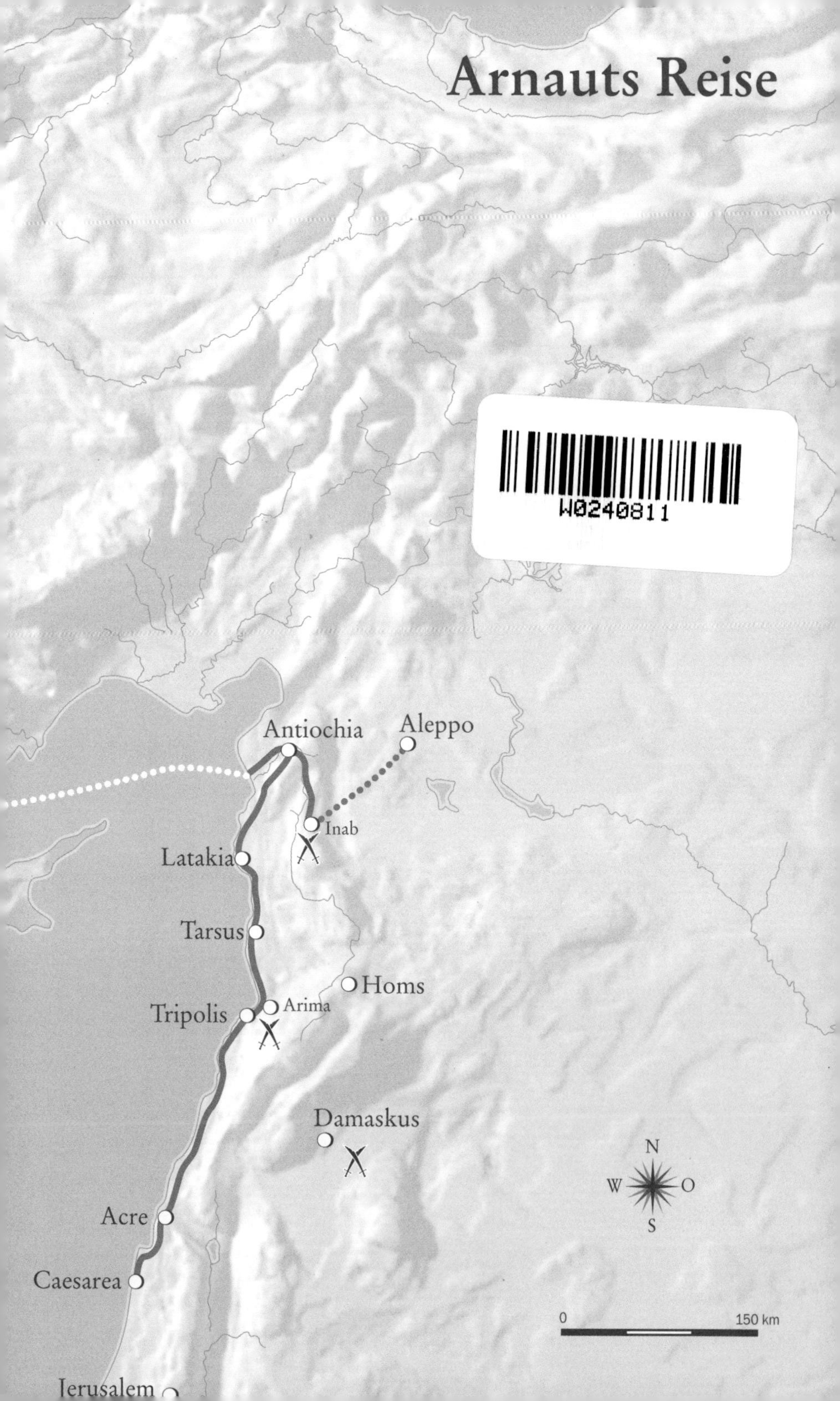
Arnauts Reise
Antiochia
Aleppo
Inab
Latakia
Tarsus
Homs
Arima
Tripolis
Damaskus
N
W
O
S
Acre
Caesarea
0
150 km
Jerusalem

Ulf Schiewe

DIE HURE BABYLON

Ulf Schiewe

Die Hure Babylon

Roman

Droemer

Besuchen Sie uns im Internet:
www.droemer.de

FSC
www.fsc.org
MIX
Papier aus verantwortungsvollen Quellen
FSC® C019821

Redaktion: Kerstin von Dobschütz
Umschlaggestaltung: ZERO Werbeagentur, München
Umschlagabbildung: © akg-images / British Library
Satz: Adobe InDesign im Verlag
Landkarte: Computerkartographie Carrle / Heike Boschmann
Druck und Bindung: C. H. Beck, Nördlingen
Printed in Germany
ISBN 978-3-426-19930-5

2 4 5 3 1

Für
SANDRA

Inhalt

Buch V

Anhang

*»Und er brachte mich im Geist in die Wüste.
Und ich sah ein Weib sitzen auf einem scharlachfarbenen Tier, das war voll Namen der Lästerung und hatte sieben Häupter und zehn Hörner.*

…

Und das Weib war bekleidet mit Purpur und Scharlach und übergoldet mit Gold und edlen Steinen und Perlen und hatte einen goldenen Becher in der Hand, voll Greuel und Unsauberkeit ihrer Hurerei, und an ihrer Stirn geschrieben einen Namen, ein Geheimnis: Die große Babylon, die Mutter der Hurerei und aller Greuel auf Erden.

…

Und er sprach zu mir: Die Wasser, die du gesehen hast, da die Hure sitzt, sind Völker und Scharen und Heiden und Sprachen.

…

Und das Weib, das du gesehen hast, ist die große Stadt, die das Reich hat über die Könige auf Erden.«

Aus der Offenbarung des Johannes, 17,3

Buch I

Januar, Anno Domini 1147

Für die Christenheit kündigen sich große Ereignisse an.
Es ist ein Jahr des Triumphes für die Kirche Roms,
denn gleich zwei Könige haben sich überzeugen lassen,
das Kreuz zu nehmen, um mit gewaltigen Heeren
gegen die Ungläubigen zu ziehen.

Ermengarda und der Abt

Sie wollen mir meinen Liebsten nehmen.

Der Gedanke hatte mich die ganze Nacht gequält. Und dies seit Wochen. Dass sie ihm den Kopf verdrehen würden, diese lärmenden Priester und Hetzer, die jetzt nach dem Schwert riefen. Dass er mich verlassen und in den Krieg ziehen könnte.

Edessa, *per Dieu.* Wo lag das überhaupt? Irgendwo in der Wüste, hieß es, am gottverlassenen Ende der Welt. Als ob das Glück der Menschheit von irgendeiner Stadt in Outremer abhinge. Was ging uns dieses Edessa an und ob es Türken oder Christen gehörte?

Jamila, meine Magd, betrat die Kammer und begann, mein Bett zu machen, als mich unerwartet Schwindel und Übelkeit erfassten und ich mich setzen musste.

»Schnell, die Waschschüssel!«, keuchte ich.

Ein Blick auf mein Gesicht und sie hielt mir so hastig das Gefäß unter, dass ein wenig vom Inhalt auf meinen Schoß schwappte. Nicht zu früh, denn schon ergoss sich heißer Mageninhalt ins morgendliche Waschwasser. Wieder und wieder musste ich würgen, bis nichts mehr kam.

Die Magd reichte mir einen Becher, um den Mund auszuspülen. Dann stellte sie die Schüssel weg und legte mir eine Decke um die Schultern, denn es war eisig in der Kammer, und ich saß nur im Hemd. Wäre doch nur erst der Winter vorüber. Ich bin einfach nicht für Nässe und Kälte gemacht.

Jamila nahm ein Leinentuch und tupfte mir sanft die Lippen sauber. »Ihr seid bleich, *Domina.* Ihr solltet in den Garten gehen. Etwas frische Luft wird Euch guttun.« Sie lächelte und küsste mich auf die Wange.

Der Gedanke an nasses Laub und braune Sträucher im winterlichen Palastgarten ließ mich schaudern. »Wann kommt endlich jemand, um das Feuer anzuzünden?«

»Schon bestellt, *Domina.*« Sie berührte sanft meinen Bauch. »Weiß *Senher* Arnaut eigentlich schon, dass Ihr …«

Ich schüttelte den Kopf. Bei all dem Gerede von Pilgerfahrt und Heiligem Krieg war es mir bisher unpassend erschienen, mein Geheimnis preiszugeben.

»Er musste fort«, sagte ich und atmete tief durch. Das Schwindelgefühl schien sich zu legen. »Seinem Großvater geht es nicht gut.«

»Ach, *Domna* Ermengarda. Er wird sich so freuen.«

»Vielleicht.« Ich war mir da nicht sicher. Arnaut schien in letzter Zeit so wortkarg und in sich gekehrt, als beschäftigte ihn etwas, das er nicht mit mir teilen wollte.

Eine junge Küchenmagd mit dem Arm voller Brennholz kam herein und machte sich am Kamin zu schaffen.

»Mein Haar, Jamila.«

Ich lehnte mich zurück und genoss, wie sich die Bürste in Jamilas geschickten Händen durch die langen, vom Nachtlager wirren Flechten mühte, ebenso ihr fröhliches, belangloses Geplapper, das dieses allmorgendliche Ritual stets begleitete. Sie tat mir gut, meine liebe Jamila, eine ehemalige Sklavin aus dem Land der Mauren. Seit vier Jahren war sie bei mir und inzwischen mehr als meine Magd geworden.

Freundinnen hatte ich weiß Gott nur wenige. Aber darüber sollte ich nicht klagen. Das ist das Los der Fürsten. In den Jahren, seit ich das Erbe meines Vaters antreten durfte, hatte ich schmerzhaft lernen müssen, Schmeichler und Speichellecker von aufrichtigen Freunden zu unterscheiden.

»Endlich Kinderlachen in diesen Mauern«, sagte Jamila. »Der ganze Hof wird sich um den kleinen Racker reißen, Ihr werdet sehen, *Domina.*«

Darüber musste ich lachen, und meine Stimmung hob sich. Ach, wie sehr ich mir Kinder wünschte. Fast konnte ich ihr fröhliches Gekreische hören, wie sie durch die düsteren Gänge des alten Gemäuers tobten und zwischen den Beinen der Leibwachen Fangen spielten.

»Alle werden das Kind verwöhnen«, spann Jamila den Gedanken weiter. »Sogar *Domna* Anhes.«

»Bist du sicher, unsere gute Anhes mag Kinder?«

»Warum, um Himmels willen, soll ich keine Kinder mögen?«, ließ sich die edle *Domna* Anhes vernehmen, die gerade in die Kammer getreten war.

Anhes war eine Frau unbestimmten Alters, mager wie eine Heuschrecke, immer tadellos gekleidet, selbst in der größten Sommerhitze. Sie war eine entfernte Verwandte meines Vaters, Gott hab ihn selig, und hatte mangels Familienvermögens keinen standesgemäßen Ehemann gefunden. Worüber ich nicht unglücklich war, denn Anhes war die Seele des Palastes und weit mehr als ein *maior domus.* Mit geradem Kreuz und strengem Blick herrschte sie seit Jahren über den *palatz vescomtal* von Narbona, so dass Wachen, Köche und Gesinde vor Eifer sprangen, wenn sie auftauchte.

»Als Kind hast du mich kaum beachtet, Anhes«, sagte ich und zwinkerte Jamila verschwörerisch zu.

»Das hatte seine Gründe«, antwortete *Domna* Anhes etwas spitz. »Deine Stiefmutter liebte es nicht, wenn man allzu viel Aufhebens um dich machte.«

In der Tat. Ich hatte nicht die glücklichste Kindheit verbracht. Meine Mutter war so früh verstorben, dass ich mich kaum an sie erinnern konnte, und das Leben mit la Bela, meiner Stiefmutter, hatte immer etwas von Misstrauen und gegenseitigem Belauern gehabt. Als ich sechs Jahre alt war, hatten Krieger die Waffen und Rüstung meines Vaters heimgebracht. Er war in Spanien, im Kampf gegen die Mauren, gefallen. Und einige Jahre später wurde auch mein älterer Bruder zu Grabe getragen. Diesen traurigen Umständen habe ich es zu verdanken, dass das Erbe der Vizegrafschaft Narbona auf mich gekommen ist, wenn auch erst nach langem

Kampf gegen fremde Ansprüche. Nicht zuletzt gegen den mörderischen Ehrgeiz meiner Stiefmutter.

»Ich wünsche nicht, dass man hier von la Bela redet«, sagte ich. »Die hat genug Unheil angerichtet. Gebe Gott, dass wir sie niemals wiedersehen.«

Domna Anhes zuckte gleichmütig mit den Schultern: »Auch wenn es dir nicht gefällt, sie ist immer noch Ninas Mutter.«

Nina war meine jüngere Halbschwester, und ich vermisste sie sehr. Viel zu jung hatte ich sie nach Spanien vermählen müssen als Teil der Vereinbarung mit den mächtigen Katalanen. Mein Narbona war von Barcelonas Wohlwollen und dem der anderen großen Fürstentümer des Landes abhängig.

Domna Anhes sah sich in der Kammer um. Selten entging ihr etwas, und so fiel ihr Blick unweigerlich auf den säuerlich riechenden Auswurf, der auf dem Waschwasser schwamm. Mit Stirnrunzeln beugte sie sich darüber.

»Bist du schwanger?«, fragte sie misstrauisch, und der missbilligende Ton in ihrer Stimme war nicht zu überhören.

»Freu dich doch«, erwiderte ich. »Mit zwanzig sind andere längst glückliche Mütter.«

»Solange sie keine Bastarde werfen.«

Anhes konnte rücksichtslos ehrlich sein. Ihre harschen Worte trieben mir Tränen in die Augen. Aber Jamilas beruhigende Hand auf meiner Schulter milderte meine Antwort.

»Du weißt, ich kann Arnaut nicht heiraten.«

»Natürlich nicht. Du bist ja schon verheiratet. Auch wenn diese Verbindung nur zum Schein besteht und du diesen Bernard seit der Trauung nicht mehr gesehen hast …«

»Ein Unbekannter, der nie mein Bett geteilt hat.«

»Dann bitte um Aufhebung. Der Papst wird sie dir nicht verweigern.«

Ich senkte den Kopf. »Das ist unmöglich.«

Die Vermählung mit jenem Bernard d'Andusa war nur ein elendes Possenspiel gewesen. Ein Kuhhandel, um die Belange der regionalen Fürstenhäuser zu achten und den Frieden zu wahren. Angeblich konnte man einem schwachen Weib nicht trauen, und so wurde eine Scheinehe zur Gewährleistung, dass das reiche und strategisch wichtig gelegene Narbona nicht als Mitgift in falsche Hände geriet.

Der vorgetäuschte Ehemann, ein Baron aus dem Bergland der Cevenas, besaß laut Vertrag keinerlei Rechte. Meine Einwilligung war die Bedingung für meine alleinige Herrschaft über Narbona gewesen. Ungewöhnlich genug für eine Frau, ich gebe es zu. Doch der Preis war, dass ich nie ein Familienleben so wie andere würde führen dürfen. Natürlich wussten in Narbona alle, wie es um Arnaut und mich stand, aber in der Öffentlichkeit mussten wir die Formen wahren.

Domna Anhes warf mir einen strengen Blick zu. »Ein uneheliches Kind wird nur Wasser auf die Mühlen deiner Feinde gießen. Das weißt du so gut wie ich. Besonders Erzbischof Leveson …«

»Der soll mir gestohlen bleiben«, erwiderte ich trotzig. »Meine Lage ist entwürdigend genug. Ich werde nicht auch noch auf Kinder verzichten.«

Ich war von Dienern umgeben aufgewachsen. Da ist man selten allein. Und doch hatte ich als Waisenkind unter Einsamkeit gelitten, mich ständig von hundert fremden Augen beobachtet gefühlt, ohne die Geborgenheit liebender Eltern. Vielleicht wünschte ich mir deshalb nichts sehnlicher als einen Gemahl und eine lärmende Kinderschar.

»Wie du meinst«, sagte Anhes. »Und da wir vom Papst sprechen, unten ist einer, der sogar noch wichtiger als der Heilige Vater ist. Du solltest ihn nicht länger warten lassen.«

»O mein Gott«, rief ich erschrocken. »Warum hast du das nicht gleich gesagt? Ausgerechnet *Abas* Bernard, *mon Dieu*, und ich komme zu spät. Wie konnte ich ihn vergessen?«

Abt Bernard de Clairvaux, Gründer eines wahren Klosterimperiums, Kirchengelehrter, Berater von Königen, Papstmacher und, wie einige behaupten, mächtigster Mann der

Christenheit, war gestern in der Stadt angekommen und hatte sich für heute Morgen ankündigen lassen. Und ich vertrödelte die Zeit mit albernem Geschwätz.

»Jamila, das einfache blaue Samtkleid mit den silbernen Borten. Schnell!«

Mit ihrer Hilfe zwängte ich mich in das Gewand. Hatte ich etwa schon zugenommen? Ich griff zum Spiegel. »Wie sehe ich aus? Bin ich immer noch zu bleich?«

»Etwas von der Paste, Herrin?«

»Um Gottes willen, keine Schminke heute. Hol mir den weißen Schleier.«

Jamila band mir in Eile das Haar zu einem losen Knoten im Nacken. Darüber der Seidenschleier, von einem schlichten, silbernen Stirnreif gehalten.

»Ich lasse wissen, dass du auf dem Weg bist«, sagte Anhes und marschierte aus dem Raum.

♦

Auf der Treppe hinunter zum privaten Empfangssaal fing mich Peire Raimon de Narbona ab, mein Berater und engster Vertrauter. Wir nennen ihn alle nur Raimon, denn Peires gibt es zu viele, als dass man sie auseinanderhalten könnte.

»Er will auf dem Marktplatz sprechen«, raunte er mir zu, »und Erzbischof Leveson hat es ihm zugesagt. Sie bereiten schon alles vor.«

Ich blieb stehen. »Wie kann Leveson es wagen? Der Marktplatz gehört zu meiner Domäne.«

Seit vierhundert Jahren befindet sich die Vizegrafschaft in der Hand meiner Familie, aber die Macht über die Stadt selbst ist seit Urzeiten geteilt. Nördlich der Via Domitia, der alten Römerstraße, die quer durch Narbona verläuft, liegt wie ein Dorn in meinem Fleisch der Herrschaftsbereich des Erzbischofs. Leveson ist ein greiser, zäher Mann, der nicht sterben will. Er hat es nie verwunden, dass nun ein Weib die Zügel der Vizegrafschaft führt, und scheint den alleinigen Sinn seiner letzten Jahre darin zu finden, mich zu ärgern und zu quälen, wo er nur kann.

»Zweifellos will er sich bei Clairvaux einschmeicheln«, erwiderte Raimon.

»Ich dulde keine Kriegshetze in meiner Stadt.«

»König Louis hat sich für den Feldzug nach Outremer erklärt, und Clairvaux handelt im Auftrag des Papstes, vergiss das nicht. Du wirst ihm nicht verwehren können, zum Volk zu reden.«

Da war er wieder, mein Alptraum. Krieg den Ungläubigen. So rief es von der Kanzel, schallte es trunken aus Tavernen und flüsterte sogar aus jedem Winkel des alten Palastgemäuers. Und ich war zu schwach, um mich dagegenzustemmen.

»Wahrscheinlich kommen ohnehin nicht viele«, versuchte ich, mich zu beruhigen.

Das einfache Volk hatte wenig übrig für hohe Geistliche, die in Prunk lebten und wie Fürsten herrschten, die mehr Zeit für ihre Konkubinen als für die Seelen der Gläubigen hatten. Kein Wunder, dass die Menschen in letzter Zeit den Wanderpredigern zuliefen, die Armut und Besinnung auf die reine Lehre Christi forderten und vor allem mehr Verständnis für die alltäglichen Nöte hatten.

»Ich hoffe, du hast ihn nicht allein warten lassen.«

»Keine Sorge. Und sei vorsichtig, wie du dich äußerst. Er hat einen Schreiber dabei, der jedes Wort notiert. Großer Gelehrter mag er sein, aber vor allem ist er ein Mann der Politik.«

»Ich sage immer noch, was mir passt.«

»Natürlich.« Raimon öffnete die Hintertür zum Empfangssaal, und ich trat an ihm vorbei in den Raum, wo sie meiner harrten. Felipe, *Fraire* Aimar, Abt Imbert und natürlich Clairvaux.

Ich weiß nicht, was ich erwartet hatte. Wahrscheinlich einen bärtigen Eiferer mit stierem Blick und verkniffenen

Zügen. Einer von jenen Höllenpropheten, die von der Kanzel Gottes Zorn über uns Sünder beschwören, wenn wir nicht zu sofortiger Umkehr und Buße bereit sind.

Stattdessen erhob sich freundlich lächelnd ein hochgewachsener, hagerer Mann reifen Alters in einfacher Mönchstracht, mit silbernem Haarkranz unter der Tonsur, tiefliegenden, dunklen Augen und buschigen Brauen. Seine Haltung war leicht gebeugt, wie so oft bei großen Menschen.

»*Midomna* Ermengarda«, hörte ich ihn sagen, als er sich mir mit offenen Armen näherte. Er nahm meine Hand, trat einen Schritt zurück, um mich wohlwollend von Kopf bis Fuß zu betrachten.

»Noch so jung«, sagte er. »Und so überirdisch schön, fast wie die leibliche Mutter Gottes.«

Er schien unsere südliche *lenga romana* gut zu beherrschen, und seine tiefe, etwas rauchige Stimme entfaltete trotz des nordfränkischen Tonfalls eine Wirkung, der man sich nur schwer entziehen konnte. Ich konnte nicht verhindern, dass ich vor Verlegenheit rot wurde. *Mon Dieu,* ein alter Mann, schalt ich mich, und ein Priester dazu. Doch was wie plumpe Schmeichelei geklungen hatte, war von einem aufrichtigen und warmherzigen Lächeln begleitet gewesen. Gewiss hatte ich ihn mit meinem Schleier über dem einfachen Gewand nur an Bildnisse der Heiligen Jungfrau erinnert, deren glühender Verehrer er bekanntlich war.

In jedem Fall beschloss ich, vorsichtig zu sein, und erinnerte mich daran, dass ich geschworen hatte, mich nie wieder von mächtigen Männern einschüchtern zu lassen.

»Dürfen wir Euch ein wenig von unserem Wein anbieten, *Mossenher.* Er genießt einen guten Ruf.«

Bernard hob abwehrend die Hand und schüttelte den Kopf. »Ich leide unter Magenbeschwerden, Wein tut mir gar nicht gut. Nein, auch kein Wasser. Ich danke Euch.«

»Dann nehmt doch bitte wieder Platz.«

Der Raum, in dem ich wichtige Gäste für private Gespräche empfange, ist nicht sehr groß, aber bequem ausgestattet, mit gepolsterten Stühlen und wertvollen Teppichen an den Wänden. Im Kamin verbreitete ein Feuer angenehme Wärme. Ich ließ mich auf dem geschnitzten und bemalten Thronstuhl meines Vaters nieder, der mir bei solchen Gelegenheiten ein wenig mehr Höhe und Würde gewährt. Auch die anderen setzten sich. Im Hintergrund bemerkte ich einen unscheinbaren Mönch, der Wachstablett und Stylus hervorholte. Sein *secretarius.*

Bernard blickte freundlich in die Runde und nickte dann dem weißhaarigen Abt Imbert zu. »Wie ich sehe, *Midomna,* habt Ihr die Tatkraft der Jugend wie auch die Weisheit des Alters um Euch versammelt. Aber warum findet sich nicht der gute Erzbischof in unserer Runde?«

»*Mossenher* Leveson besucht nur ungern meinen Palast«, erwiderte ich ohne weitere Erklärung. »Aber lasst mich zuerst meine engsten Berater vorstellen. Zu Eurer Rechten, *Vescoms* Felipe de Menerba, einer unserer bedeutendsten Vasallen, und neben mir, Peire Raimon de Narbona, Verwalter der vizegräflichen Besitzungen und Vermögen. Ihr habt recht, *Mossenher,* beide sind nicht viel älter als ich selbst, aber erprobte Gefährten. Auch *Fraire* Aimar hier zu Eurer Linken genießt besonderes Vertrauen und hat schon viele Fürstenhöfe in unserem Auftrag besucht.«

»Welcher Gemeinschaft gehört Ihr an, Bruder Aimar?«

»Dem Kloster Fontfreda, Herr, ganz hier in der Nähe«, erwiderte Aimar ein wenig eingeschüchtert, was sonst nicht seine Art war.

Bernard nickte und wandte sich wieder an mich. »Ist Fontfreda nicht dank Eurer Unterstützung erweitert worden?«

»Alle Gebäude konnten erneuert und wesentlich größer ausgelegt werden«, sagte ich nicht ohne Stolz. »Die Arbeiten schreiten gut voran. Und inzwischen wird an einem neuen Gotteshaus gebaut. Es wird das schönste und bedeutendste Kloster des ganzen Südens werden.«

»Ich hätte es mir gern von Euch zeigen lassen, doch ich bin in Eile. Papst Eugenius hat seinen Besuch in Clairvaux angekündigt. Ihr wisst, er war mein Schüler, und ich bin ihm persönlich sehr verbunden.«

Es war allgemein bekannt, dass dieser Bernardus Paganelli ohne Clairvaux' Fürsprache wohl kaum als Eugenius III. den Stuhl Petri hätte besteigen können. Es hieß auch, die Bulle des Papstes, *quantum praedecessores*, in der vor einem Jahr zum bewaffneten Pilgerzug ins Heilige Land aufgerufen worden war, sei von Bernard selbst diktiert worden.

»Zu guter Letzt«, fuhr ich fort, »darf ich Euch meinen väterlichen Freund und Beichtvater, *Mossenher* Imbert, Abt des Klosters Sant Paul Serge, vorstellen.«

»Sind wir uns nicht schon mal begegnet?«, fragte Bernard.

»So ist es.« *Paire* Imbert war hocherfreut, dass der berühmte Clairvaux sich seiner erinnerte. »Es war im Jahre 1128, während des Konzils von Troyes, auf dem der Orden der Tempelritter von Jerusalem bestätigt wurde. Ihr selbst habt die Ordensregeln entworfen.«

Bernard lächelte ein klein wenig selbstgefällig. »Seitdem hat sich der Orden gut gemacht und der Christenheit große Dienste erwiesen.«

Er beugte sich vor, stützte ungezwungen die Ellbogen auf die Knie und verschränkte die Finger ineinander. Große, kräftige Hände, bemerkte ich.

»Nun, verehrte *Domna* Ermengarda, das bringt uns zum Gegenstand meines Besuches. Die vom Heiligen Vater beschlossene Pilgerfahrt braucht kampferprobte Männer, die bereit sind, für Christus zu streiten.«

Seine Worte bestärkten meine schlimmsten Befürchtungen. Schon sah ich Arnaut hoch zu Ross unter dem Banner dieses Priesters reiten, im Kampf von Feinden umringt und schließlich blutend auf der Wallstatt liegen. Plötzlich war mir, trotz des Feuers im Kamin, kalt geworden, und ein neuerlicher Anflug von Übelkeit plagte mich.

»Ihr seid bleich, *Midomna*«, hörte ich den Abt wie aus der Ferne sagen. »Ist Euch nicht wohl?«

»Nichts. Es ist nichts«, erwiderte ich und riss mich zusammen. Raimon, der mich besser als alle kennt, erhob sich und reichte mir zur Beruhigung einen Kelch mit verdünntem Wein.

»Wie ich also sagte«, fuhr der Abt fort. »Es werden tatkräftige Ritter gebraucht.«

»Und die glaubt Ihr hier zu finden?«, fragte ich ungebührlich scharf. »Ist das der Zweck Eurer Ansprache auf dem Marktplatz? Um Soldaten zu werben wie ein Kriegsherr?«

Bernard sah mich erstaunt an, und ich bemühte mich, den Ton zu mäßigen. »Was ist so bedeutsam an diesem Edessa und ob es von Christen oder Ungläubigen beherrscht wird?«

Der Abt lehnte sich zurück. Solche Fragen hatte er wohl nicht erwartet. Unbewusst tastete seine Hand nach dem kleinen silbernen Kreuz auf seiner Brust. Dann lächelte er.

»Wir dürfen nicht vergessen, dass Edessa schon immer von Christen bewohnt war, Armeniern in der Hauptsache. Seit ihrer Befreiung im Jahre 1097 ist diese Stadt ein wichtiges Bollwerk gegen die Ungläubigen gewesen, und daher ist es unerträglich, sie in türkischer Hand zu wissen.«

Er hielt kurz inne und blickte von einem zum anderen. Dann sprach er in einem Ton, als wollte er uns in sein Vertrauen ziehen: »Aber es geht ja nicht nur um Edessa. Die Wahrheit ist, dass alles, was unsere Väter im Heiligen Land erwirkt haben, Gefahr läuft, für immer verlorenzugehen. Täglich erreichen uns Hilferufe. Wir können Outremer zurzeit nur halten, weil die Ungläubigen untereinander uneins sind. Hauptsächlich fehlt es an Mannschaften. Einwanderer aus dem Westen sind nicht in den Scharen gekommen wie erwartet, und auf die Treue der eingeborenen Bevölkerung allein darf man sich nicht verlassen. Selbst unter den griechischen Christen finden sich Verräter.«

»Gibt es denn keinen anderen Weg als Krieg? Wie können wir als fromme Christen Krieg überhaupt gutheißen?«

Bernard ließ sich von mir nicht aus der Ruhe bringen. Er nickte wohlwollend, ganz als sei ich einer seiner Domschüler, dem eine kluge Entgegnung eingefallen war. »Diese wichtige Frage hat uns der heilige Augustinus ausführlich beantwortet. Natürlich ist Krieg an sich eine schreckliche Angelegenheit und nicht zu befürworten. Aber wenn der Satan selbst uns in Gestalt dieser Gottesleugner angreift und unsere Heiligtümer schändet, dann müssen wir uns wehren, dann ist ein Heiliger Krieg die einzige und gerechte Antwort.«

Eine gute Rede. Doch ich wollte mich von solchen Zungenfertigkeiten nicht beirren lassen. »Es ist zwar schon fast fünfzig Jahre her, *Mossenher,* aber wir alle wissen doch, wie viele bei der Befreiung Jerusalems elendig gestorben sind, von den heimkehrenden Krüppeln gar nicht zu reden. Eine ganze Generation junger Männer ist geopfert worden.«

»Hat nicht auch der Heiland sich für uns geopfert? Schulden wir es nicht dem Gekreuzigten, für ihn zu kämpfen?«

»Und was ist mit den Kindern, die ihre Väter verlieren werden? Denkt Ihr nicht an die guten Frauen, die ihre Männer hergeben, und die Mütter, die ihre geliebten Söhne in die Schlacht schicken sollen?«

Abt Bernard sah mich immer noch mit diesem wohlwollenden Lächeln auf den Lippen an, während er gedankenverloren das Kreuz auf seiner Brust befingerte. Die dunklen Augen unter den buschigen Brauen hielten mich mit sanfter Gewalt und schienen mir tief in die Seele zu blicken.

»Lasst Euer Herz leer werden, *Domna* Ermengarda«, sprach er in leisem Ton. »Macht es leer von menschlichen Sorgen und Nöten und füllt es allein mit Gott.«

Es war still im Raum. Nur das Feuer knisterte. Das Blut pochte mir in den Schläfen, aber ich konnte den Blick nicht von ihm wenden. Es war, als spürte ich eine höhere Gegenwart um uns herum.

»Hat die Jungfrau Maria nicht ebenfalls einen Sohn in Schmerzen geboren und ihn geliebt wie keinen anderen?«, hörte ich ihn sagen. »Und hat ihn dennoch hergegeben, für uns alle geopfert, auf dass wir erlöst werden von den Sünden der Welt? Wollen wir jetzt so kleinmütig sein, dies zu vergessen und uns verweigern, wenn Gott uns ruft?«

Ich sah ihn betroffen an.

Was konnte man darauf erwidern?

♦

Entgegen meinen guten Vorsätzen hatte die Begegnung mit dem Abt von Clairvaux mich verunsichert und aufgewühlt. Noch weniger war ich auf das vorbereitet, was sich am frühen Nachmittag auf der *caularia,* dem Marktplatz vor dem Palast, abspielen sollte.

Hatte ich geglaubt, nur wenige würden ihr Tagewerk für einen hohen Kirchenmann unterbrechen, so wurde ich eines Besseren belehrt. Von überall her waren sie zusammengeströmt und hatten stundenlang gewartet, um den ehrwürdigen Abt zu hören. Der sonst so beschauliche Marktplatz war ein Meer von Köpfen und Leibern, schien zu beben und zu branden, das Stimmengewirr unbeschreiblich. Menschentrauben drängten sich auf den Wehrgängen der flussnahen Mauer, und sogar auf den Dächern harrten sie geduldig trotz des kalten Windes, der vom Meer her über die Stadt fegte. Von den Zinnen des erzbischöflichen Palastes gegenüber flogen und knatterten kirchliche Banner wie nur an den höchsten Festtagen, während zerrissene Wolkenmassen über den Winterhimmel segelten.

In wollene Tücher und einen Pelz gehüllt, stand ich auf der Zinne des *palatz vescomtal,* an meiner Seite *Fraire* Aimar, Raimon und Felipe de Menerba. Von hier oben konnten wir alles überblicken. Viele erkannten mich und winkten mir zu.

Eine Rednertribüne war eilig gezimmert worden. Davor

schützten Soldaten des Erzbistums einen mit Seilen abgesteckten Bereich für den Stadtadel und die reiche Bürgerschaft, die sich heute in festlichen Farben und Gewändern zeigten. Gassenjungen gaben sich verstohlen Zeichen. Dies war ein großer Tag für Spitzbuben und Beutelschneider.

Am Wassertor brach eine wütende Rempelei aus, als noch mehr Menschen auf den Platz drängten. Mitten in diesem Geschiebe sah ich Mütter mit Säuglingen auf dem Arm, sogar eine Schwangere, die ohnmächtig in den Armen ihres Mannes lag, während Beistehende ihr Luft zufächelten. Unter mir, am Fuß der Palastmauer, schrie ein kleines Mädchen nach der Mutter. Ein Wachmann fischte es aus dem Gedränge, bevor es erdrückt wurde, und wischte ihm die Tränen von den Bäckchen. Am liebsten hätte ich es selbst in die Arme genommen und musste doch über meine Vernarrtheit lächeln. Hatte ich denn nur noch Augen für Kinder und schwangere Weiber?

»Da kommen sie«, rief Raimon und deutete auf den Bischofspalast, wo Wachleute mit Schild und Speer eine Schneise durch die Menge bahnten.

Ein Raunen brandete jetzt über den Platz, jeder reckte den Kopf. Von Bewaffneten umgeben und vom Jubel der Umstehenden begleitet, bewegte sich Abt Bernards hohe Gestalt langsam auf die Tribüne zu, gefolgt von Erzbischof Leveson, der vom Domdechant gestützt wurde. Trotz seiner Altersschwäche wollte Leveson es sich wohl nicht nehmen lassen, ein wenig vom Glanz seines Besuchers abzubekommen. Dabei hätte der Gegensatz zwischen beiden nicht größer sein können. Leveson unter seidenem Baldachin im prunkvollen, goldverzierten Ornat des Kirchenfürsten. Clairvaux dagegen nach wie vor in einfacher Mönchskutte.

Vielleicht liebten sie ihn deshalb, denn das Freudengeschrei toste zu einem ohrenbetäubenden Sturm auf, als er die Bühne erklomm. So hatten sie auch mich einmal geehrt, damals vor vier Jahren, als es gelungen war, im Handstreich die

Stadt zu nehmen, meine Stiefmutter zu vertreiben und die verhasste Tolosaner Fremdherrschaft abzuwerfen. Ich stellte mir vor, wie Clairvaux sich fühlen musste, wie er von der Tribüne herunter die begeisterten Massen zu seinen Füßen segnete.

»Seltsam, wie die Dinge sich verkehren«, raunte Bruder Aimar mir zu. »Lange Zeit wollte niemand mehr etwas von einem Krieg gegen die Ungläubigen wissen. Outremer, das war weit. Höchstens etwas für überzählige Söhne und landlose Abenteurer. Aber seit Clairvaux seine Predigten hält, weht ein gewaltiger Sturm durch alle Lande.«

»Als hätten wir nicht genug mit anderen Dingen zu tun.«

»Nicht nur zu den Türken wollen sie den Krieg tragen, auch die Wenden, östlich des Elbflusses, sollen mit dem Schwert bekehrt werden. Und gegen die spanischen Mauren wird ebenfalls gerüstet.«

»Das ist verrückt. Es macht mir Angst.«

»Die Meute lechzt nach Blut. Am Rhein haben sie angefangen, Synagogen anzuzünden und die Juden umzubringen.«

Mon Dieu, dachte ich. In was für Zeiten leben wir?

»Raimon, sieh zu, dass das Judenviertel gesichert ist. Du bürgst mir dafür.«

Narbonas große jüdische Gemeinde leistete einen bedeutenden Beitrag zum wirtschaftlichen Wohlergehen der Stadt und genoss mein besonderes Wohlwollen.

»Die Streifengänger wurden bereits verdoppelt«, erhielt ich zur Antwort. »Im schlimmsten Fall errichten wir Absperrungen.«

Unten auf der Tribüne hob Abt Bernard die Hände zum Zeichen, dass er anfangen wollte. Doch es dauerte noch lange, bis das Getöse verebbte und Ruhe eintrat.

»Narbonenser«, hallte seine kräftige Stimme über den Platz. »Vor euch stehe ich als Gesandter des Heiligen Vaters und danke euch, dass ihr so zahlreich gekommen seid. Gott schaut auf euch herab. Seine Gnade sei mit euch!«

Dies führte zu erneutem Applaus. Dann berichtete er von den vielen Menschen landaus, landein, die sich rüsteten, Gottes Ruf zu folgen. »Wie ihr wisst, hat König Louis sein Gelübde abgelegt. Zu dieser Stunde beginnen die Heere der Franken sich zu sammeln.« Er verkündete die große Neuigkeit, dass nun auch der Alemannenkönig Konrad bei Gott geschworen habe, ins Heilige Land zu ziehen. Diese Nachricht wurde mit gewaltigem Jubelgeschrei aufgenommen, das lange nicht aufhören wollte.

Ich blickte zu Aimar hinüber. »Hast du das gewusst?«

»Konrad hat lange gezögert, hab ich mir sagen lassen. Zu Weihnachten haben sie ihn endlich überredet. Ich vermute, man hat ihm die Kaiserkrönung in Rom versprochen.«

Bernard hatte sich warmgeredet. Seine Stimme wurde eindringlicher und beschwörender, als er von den Nöten unserer Brüder und Schwestern in Outremer sprach, von der Türkenbrut, die sich erhoben habe und das Heilige Land bedrohe. Er sprach vom Verlust der Christenstadt Edessa.

»Es hat den ungläubigen Teufeln nicht genügt, die Mauern zu erstürmen«, rief er mit zornerfüllter Stimme. »Nein, sie mussten die Kirchen niederbrennen, fromme Christinnen schänden und ausnahmslos alle, Mann, Weib oder Kind, niedermetzeln und erschlagen, bis das Blut Tausender durch die Gassen rann. Die ganze Stadt haben sie entvölkert, auf dass an diesem Ort kein christliches Gebet, kein Lob des Herrn mehr erklänge. Das sind die Mächte des Satans, die Feinde Gottes. Ich sage euch, Edessa ist nur der Anfang, denn sie haben geschworen, uns ins Meer zu werfen. Und sie werden nicht ruhen, bis es ihnen gelingt, bis sämtliche Erinnerung an Jesus Christus in Outremer ausgelöscht ist.«

Diese Worte entfachten den wilden Zorn der Leute. Ein tiefes Grollen ließ sich hören. »Tod den Sarazenen!«, riefen sie. »Rache für Edessa!« Ein Tumult drohte auszubrechen. Ich bekam Angst, dass die Meute in ihrer Wut die wenigen Wachen niedertrampeln und sich ins Viertel der Juden ergießen könnte, um zu plündern und zu morden. Doch Clairvaux gelang es, sie wieder zum Schweigen zu bringen.

»Warum lässt Gott es zu?«, fragte er sie. »Ist er nicht allmächtig? Kann er nicht eine Legion Engel schicken, um die Teufelsbrut hinwegzufegen?«

Nun hatte er wieder ihre Aufmerksamkeit.

»Natürlich kann er das. Es wäre ihm ein Leichtes, diese Geisel von uns zu nehmen. Aber haben wir es denn verdient?«, brüllte er und schüttelte die Faust. »Haben wir nicht gesündigt? Gelogen, gestohlen, gehurt und gemordet? Haben wir nicht den Freund verraten, die Armen ausgeplündert und uns unrechtmäßig bereichert? Große Herren schämen sich nicht, ihre Bastarde vor aller Welt zu zeigen, und ihre Weiber beten in den Kirchen, aber im Geheimen treiben sie Unzucht und Ehebruch. Ein jeder von euch hier soll sein Herz erforschen und mir sagen, ob er frei ist von Sünde.«

Brüsk hielt er inne und blickte sich um, als würde er jedem Einzelnen in die Seele starren. Die Leute senkten beschämt die Augen. Kein Laut war zu hören. Unwillkürlich hielt auch ich den Atem an, denn trug ich nicht ein Kind der Sünde in mir?

Nach schmerzhaft langer Pause fuhr Bernard fort, diesmal wesentlich leiser, und dennoch, in dieser reuevollen Stille reichten seine Worte bis in den hintersten Winkel des Platzes. »Seht ihr? Das ist der Grund, warum Gott keine Engel schickt. Denn wir alle sind elende Sünder und haben es nicht besser verdient. Unsere Brüder und Schwestern im Osten werden gemeuchelt, weil wir Gottes Gebote missachten.«

Nach einer wirkungsvollen Pause hob er die Hände in einer fast hilflosen Geste. »Was können wir tun?«

Betretene Gesichter überall. Viele bekreuzigten sich.

»Sag es uns!«, verlangte einer. Andere nahmen den Ruf auf. »Ja, sag es uns«, schrien sie. »Sag es uns!«

Bernard reckte das Kinn in die Höhe. »In Wahrheit, meine Söhne und Töchter«, rief er nun mit breiter Brust, »solltet ihr froh sein und Gott danken. Denn seht ihr nicht, dass er statt Engel euch schickt, euch allein. In seiner Barmherzigkeit gibt er euch Gelegenheit, es wiedergutzumachen, euch von der Sünde reinzuwaschen und seiner Gnade würdig zu erweisen. Für eine bessere Welt, für Christus, für unseren Erlöser!«

»Amen«, schallte es aus der Menge. »So soll es sein.« Und: »Der Herr sei gelobt.«

»Wer ein Schwert führen kann«, donnerte Bernard, »soll sich den frommen Kriegern anschließen. Wer einen Sohn hat, der soll ihn zu Gott senden, denn auch Er hat Seinen Sohn für uns gegeben. Ein Ritter Christi tötet mit gutem Gewissen. Und noch ruhiger stirbt er selber, denn wenn er stirbt, kommt er ins Himmelreich. Wenn er tötet, nützt er Christus. Für Christus grausam zu sein ist die höchste Stufe der Seligkeit.«

Die Menge unter mir war jetzt von einer gewaltigen Unruhe erfasst. Der ganze Platz war in Bewegung. Immer mehr fingerten an ihren Rosenkränzen und begannen zu beten. Vor der Tribüne sank ein Weib ohnmächtig zu Boden.

»Ich frage euch«, brüllte Abt Bernard noch einmal aus voller Brust. »Sollen Nazareth und Bethlehem den Ungläubigen in die Hände fallen? Können wir es zulassen, dass das Heilige Grab Christi geplündert wird?«

»Nein!«, schrie die Menge zurück. »Tod den Ungläubigen! In ihrem Blut sollen sie ersaufen.«

»Dann geht fort und kämpft. *Ad Dei gloriam.* Kämpft für Gottes Ruhm, und alle Sünden werden euch vergeben sein.«

Und wie um seine Worte zu bekräftigen, fiel plötzlich eine heftige Bö über den Platz her, riss Mützen von den Köpfen und ließ die Banner knattern. Der Wind blähte Bernards Gewand und ließ ihn übermächtig erscheinen, während er dastand, die Arme weit ausgebreitet, wie Moses auf dem Berg Sinai.

Nun war der Tumult vollständig. Die Menge tobte. Mönche stimmten Hymnen an, viele fielen in den Gesang ein, Tränen rannen auch über harte Männergesichter. Und auf einmal schallte es: »Sant Bernard, segne uns. Sant Bernard! Sant Bernard.«

Nun wollten sie nicht mehr aufhören, ihn einen Heiligen zu nennen und sich an seinem Namen heiser zu schreien, denn jeder hatte vom Wunder der *lactatio Bernardi* gehört, von der Mutter Gottes, die diesen Auserwählten von der Milch ihrer Brüste genährt hatte, um ihm ewige Weisheit zu schenken. Wer Platz fand, kniete nieder. Man umarmte sich, Frauen weinten, Mütter hoben ihre Säuglinge in die Höhe und flehten um Bernards Segen. Alles lärmte und johlte durcheinander.

Und der Abt ließ es zu, dass sie ihn einen Heiligen nannten, und hörte nicht auf, die Menschen zu segnen, die nun ihre Gesichter hoffnungsvoll zu ihm aufhoben und seinen Namen riefen. »Sant Bernard, Sant Bernard!«

Das Schauspiel der tobenden Menge war überwältigend, erhebend und schaurig zugleich. Trotz meiner Furcht vor den Auswüchsen dieser Begeisterung hallten seine Worte in mir wider, so dass auch ich widerwillig mitgerissen war.

»Mon Dieu!«, entfuhr es mir. »Wenn heute bloß niemand zu Tode kommt.«

Aimar nickte mit bitterer Miene. »Im ganzen Christenreich hat dieser Mann einen Brand entfacht, der nicht mehr zu löschen ist.«

Aimars Worte lösten den Bann in mir, und ich erkannte ernüchtert den ganzen Wahnsinn dieser Rede. Ums Töten ging es ihm, nur ums Töten. Was hatte das noch mit Christus' Botschaft der Liebe zu tun? Und ich, armes Weib, sollte ich mich etwa schämen, dass ich ein unschuldiges Kind unter dem Herzen trug, dass ich einem Menschlein das Leben schenken durfte? Ich hatte wahrlich genug, und so flohen wir in den Palast.

Dort sagte Aimar noch etwas, das mir lange zu denken gab. Man müsse sich fragen, meinte er, warum der Papst gerade jetzt von einer Bedrohung spreche und zum Kampf gegen die Ungläubigen aufriefe. Wenn sich doch seit langem niemand mehr um Outremer geschert habe.

»Das Volk ist in den letzten Jahren unruhig geworden. Immer mehr Wanderprediger und Ketzer sind unterwegs, die gegen die fetten Pfründe der Geistlichen predigen. Denen laufen viele zu, sogar Adelige. Vielleicht sucht Rom ein Feindbild in der Fremde, um abzulenken. Das würde erklären, warum Clairvaux sich so aufopfernd für diesen Krieg einsetzt.«

Der Leibeigene

Die Bluthunde hatten die Fährte aufgenommen und zerrten aufgeregt jaulend an den Leinen ihrer Führer. Vorsichtig folgten die Männer, denn der, den sie jagten, war wahrscheinlich bewaffnet.

Auch Arnaut brachte seinen Wallach in Bewegung. Der Atem des Pferdes hinterließ Dampfwolken in der kalten Luft. Die Hunde liefen mit feuchten Nasen dicht am Boden, zögerten gelegentlich, um die Witterung zu prüfen, fanden dann untrüglich zur unsichtbaren Spur zurück, die seit geraumer Zeit das Tal verlassen hatte und in dichtbewachsene Höhen führte.

»Dachte ich's mir«, knurrte der alte Gustau, Wildhüter von Rocafort. »Hockt da oben in den Höhlen.«

Eine gleißende Wintersonne zwang ihn, die Lider zusammenzukneifen. Sein Blick wanderte über die Bergkuppe, wo kalkweiße Felsen aus den dunklen Wipfeln der immergrünen Buchsbäume und Steineichen ragten.

»Bist du sicher?«, fragte Raol, sein Herr.

»Gibt nirgendwo bessere Verstecke.«

Gustau nahm die Kappe ab und wischte den Schweiß von der Stirn. Er war wie die Hundeführer zu Fuß unterwegs. Die gewaltige Hakennase und der graue, zottelige Schnauzbart darunter waren die auffälligsten Merkmale in diesem wettergegerbten, von Falten übersäten Gesicht, das Arnaut besser kannte als sein eigenes. Wie oft hatte er nicht als Junge den Wildhüter begleitet, der mehr mit Tieren und Bäumen sprach als mit den Menschen.

»Dann lassen wir besser die Pferde hier«, sagte Arnaut. »Ab jetzt heißt es klettern.« Er ließ sich aus dem Sattel gleiten und warf Jori, seinem jungen Reitknecht, die Zügel zu. »Pass auf die Gäule auf, bis wir zurück sind.«

Sein Onkel Raol und die beiden Wachleute von der Burg stiegen ebenfalls von den Pferden. Sie ließen ihre warmen Umhänge zurück. Der Weg zur Bergkuppe würde schweißtreibend genug werden, trotz des kalten Winterwetters. Nur ein paar Wasserschläuche und die Schwerter behielten sie bei sich.

Die Hunde zogen ihre Führer über kaum erkennbare Wildpfade den Berg hinauf. An manchen Orten war es steil und unwegsam. Die Männer mussten sich durch Dornen und Gestrüpp zwängen, stolperten über loses Geröll, zogen sich an den harten Strünken der Buchsbäume empor oder nutzten zähe Wurzelstränge als Stufen. Immer bergauf, über Lichtungen voll winterbleichem Kraut und mit Rauhreif überzogenen Beerensträuchern, über steile Felshänge, wo nur Krüppelkiefern gediehen und alter Schnee in den Spalten lag.

An einer Stelle gebärdeten sich die Hunde wie toll, schnüffelten im verwelkten Gras, hoben erregt die Köpfe und schlugen an. Überlaut hallte ihr Gebell in der Stille des Berges, durchsichtige Atemwölkchen aus den Kehlen vergingen im Licht der Sonne.

»Er muss verwundet sein«, meinte einer der Hundeführer und deutete auf ein paar rote Tropfen, die an einem Grashalm hingen. Sie hatten auch zuvor schon Blutspuren gefunden.

Gustau beugte sich vor. »Noch frisch«, murmelte er.

Senher Raol atmete heftig, Schweiß perlte auf seiner Stirn. »*Putan,* ich werde zu alt für so was«, fluchte er.

Raol de Montalban, *castelan* von Rocafort und Herr über das ganze Tal, war ein hochgewachsener Mann in den frühen Fünfzigern. Silberne Strähnen zogen sich durch dunkles Haar, das ein schlankes Gesicht mit harten Zügen rahmte. Die Familienähnlichkeit zwischen ihm und Arnaut war unverkennbar, auch wenn Raols Miene meist verschlossen, ja fast grimmig wirkte, so dass er manchem, der ihn nicht näher kannte, Furcht einflößen konnte. Er zog ein wenig das Bein nach. Eine alte Wunde aus den Jahren in Outremer, einer Zeit in seinem Leben, über die er hartnäckig schwieg.

Auch Arnaut war es beim Aufstieg warm geworden, doch sein Atem ging ruhiger, denn er war nicht einmal halb so alt wie sein Oheim und durch tägliche Waffenübungen besonders gut bei Kräften.

»Da, trink«, lachte er und reichte ihm den Wasserschlauch. Raol erfrischte sich in langen Zügen und wischte dann mit dem Ärmel den Schweiß vom Gesicht.

Wegen Jaufrés Krankheit war Arnaut schon seit Wochen auf Rocafort. Er liebte seinen Großvater und wollte zur Hand sein, falls es mit ihm zu Ende gehen sollte. Obwohl der alte Herr sich in den letzten Tagen ein wenig erholt hatte, musste man in seinem Alter mit dem Schlimmsten rechnen.

Heute Vormittag, Arnaut sattelte gerade sein Pferd für den täglichen Ausritt, waren sie gekommen, ihn zu holen. Einer sei erschlagen worden, man müsse sich beeilen, den Flüchtigen zu fangen. Mehr aus Langeweile hatte er sich ihnen angeschlossen.

»Wie heißt der Mann eigentlich?«, fragte er.

»Loris.« Einer der Wachmänner, ein vierschrötiger Kerl, drehte sich zu ihm um. »Leibeigener Bauer. Trinkt gern über den Durst. Dann kann er seinen Zorn nicht beherrschen.«

»Hatte Pech in letzter Zeit«, fügte der andere Kriegsknecht hinzu. »Vor zwei Jahren hatten wir eine schlechte Ernte, und seine Felder liegen am Hang. Steiniger Boden. Ihn hatte es besonders getroffen. Und letzten Sommer hat er sich im Suff mit dem Nachbarn geprügelt. Der hat sich dann angeblich rächen wollen und ihm den Großteil seines Korns abgebrannt.«

»Du hast doch eingegriffen, Oheim, oder?«

Senher Raol zuckte mit den Schultern. »Keiner will's gesehen haben. Du weißt, wie die sind. Wollen es unter sich ausmachen.«

»Was ihm an Korn geblieben war, brauchte er für die Wintersaat«, fuhr der Wachmann fort. »Der Frau und den Kindern zuliebe hat *Senher* Raol ihm die Abgabe erlassen, denn mehr als seine Viecher und etwas Kohl waren ihm nicht geblieben. Tja, und dann ist ihm auch noch die einzige Kuh verreckt. Jetzt muss die Frau im Dorf betteln gehen, damit die Kleinen etwas Milch bekommen.«

Der Mann nahm einen Schluck aus seinem Wasserschlauch, spülte den Mund aus und spuckte den Rest ins Gras. »Man kann verstehen, dass er durchgedreht ist.«

»Mord ist Mord«, knurrte Raol, und der Wachmann senkte den Blick, denn es war nicht ratsam, mit *Senher* Raol zu streiten. Nicht, wenn er wütend war.

»Was ist geschehen?«, fragte Arnaut.

»Die verfluchten Pfaffen von Cubaria!« Raol spie die Worte förmlich aus. »Wollten nicht auf ihren Zehnten verzichten. Auch keinen Aufschub gewähren. Statt mit mir zu reden, sind sie mit zwei Bewaffneten angerückt, um ihm auch noch das Letzte zu nehmen. Einen von denen hat er erschlagen, dann ist er weggelaufen.«

»Böse Sache.«

»Alles nur, damit der Erzbischof sich die Füße wärmen kann.«

»Erzbischof Leveson von Narbona?«

»Wer sonst? An ihn muss Cubaria abführen.«

Das Kloster Cubaria lag nicht weit von Rocafort entfernt und besaß das Zehntrecht der Kirche für das nähere Umland. Nach altem Brauch behielten die Mönche davon ein Drittel, der Rest ging an die erzbischöfliche Diözese.

»Möchte gern wissen, warum sie es noch den Zehnten nennen«, murrte Raol aufgebracht, »denn jetzt nehmen sie sich schon das Doppelte. *Per decretum episcopalis.* Eine Schande, sag ich dir.«

Onkel Raol, sonst wenig gesprächig, war richtig in Fahrt gekommen. »Wenn sie mit dem Geld wenigstens etwas Vernünftiges anstellen würden, den Armen helfen oder Spitäler bauen. Nichts davon. Sie selbst aber leben in Saus und Braus, die hohen geistlichen Herren. Überall schießen Kirchen und

Klöster aus dem Boden. Man fragt sich, wie viele heilige Faulpelze sollen die armen Bauern noch ernähren? Rom ist eine unersättliche Hure, die nach Reichtum und Macht giert. Und ihre Priester sind wie Heuschrecken, die das Land kahlfressen.«

»Du übertreibst, Onkel. Wir nehmen doch auch unseren Ernteanteil«, sagte Arnaut.

»Aber laufen wir etwa in Gold gekleidet umher? Ich kümmere mich wenigstens um mein Landvolk. Wenn es ihnen schlechtgeht, zu wem kommen sie dann, eh?«

Arnaut nickte. Außerhalb der Städte herrschten keine Fürsten, sondern Kastellane wie Onkel Raol. Er blickte ins weite Tal hinab. Alles Land zwischen den beiden Bergrücken Nord und Süd gehörte der *familia* bis hinauf zu den Hängen des Bugarach, des höchsten Gipfels der Gegend, der das Tal von Westen her begrenzte. Hier war er nach dem frühen Tod seines Vaters aufgewachsen, zusammen mit seinen Geschwistern Robert und Ada, und jeder Winkel war ihm vertraut.

Unter ihnen waren die langen Rechtecke der Äcker auszumachen. Ockerfarben und grün die brachen Felder und Wiesen, braun, wo der Winterweizen schlummerte, und an den Hängen die schwarzen, knorrigen Strünke der abgeernteten Rebstöcke. Auf einem steil aufragenden Felsen über dem Flüsschen Agli thronte die Burg Rocafort, völlig unzugänglich von der Flussseite her. Auf der anderen Seite, wo das Dorf ein gutes Stück über dem Talgrund lag, war der Hang weniger abschüssig. Dort schützte eine hohe Ringmauer die Vorburg und eine zweite die höher gelegene innere Burg mit Wehrturm und Herrenhaus. Eine wahre Festung und mit genügend Wasser in den Zisternen kaum einnehmbar.

»Was kümmern dich die Mönche?«, sagte Arnaut. »Du bist doch Herr in diesem Tal.«

Raol hatte noch einmal ausgiebig getrunken. Jetzt gab er den Wasserschlauch zurück.

»Wären die Pfaffen zu mir gekommen, wäre das nicht geschehen. Aber jetzt, sosehr es mich ärgert, muss ich den armen Teufel richten, denn einen Totschlag kann ich ihm nicht durchgehen lassen.«

Er bedeutete den Hundeführern, dass es weiterging. Begierig nahmen die Tiere die Fährte wieder auf, und die Männer reihten sich hinter ihnen ein, um die letzte Strecke in Angriff zu nehmen.

Arnaut lebte seit Jahren im fernen Narbona. Seitdem schien sich auf dem Lande einiges verändert zu haben. Oder hatte er es nur vorher nicht bemerkt? Schon immer hatten Kastellane und Gutsherren über die Händler geklagt, die einen angeblich übers Ohr hauten, wenn sie kamen, um Wein, Schafswolle und Oliven anzukaufen. Aber in letzter Zeit schienen sie sich mehr über den Hochmut der Äbte und Kirchenfürsten aufzuregen. Und man hörte von frommen Männern, die barfuß und in Sacktuch gingen und das Volk beunruhigten. Rom sei die Kirche des Satans, verkündeten sie, man müsse sich von ihr lossagen. Und dennoch, wenn wie überall über den päpstlichen Aufruf zum Zug ins Heilige Land geredet wurde, waren die meisten dafür. Wie war das in Einklang zu bringen?

Die Männer mühten sich durch dichtes Gestrüpp und um einen mächtigen Felsvorsprung herum. Den Himmel konnte man kaum sehen, so hoch und dicht stand das Gesträuch. Ein frischer Fußabdruck fand sich an einer weichen Stelle, niedergetretenes Kraut und ein geknickter Zweig an einer anderen. Ein Stück weiter, auf einem moosbewachsenen Stein, entdeckten die Hunde eine weitere Blutspur. Hier musste er gesessen haben, um sich auszuruhen. Die Hunde wurden immer unruhiger und waren kaum zu halten, so sehr zerrten sie an den Leinen.

»Haltet die Kläffer still«, befahl Raol. »Weit kann er nicht sein.«

Plötzlich endete das Gestrüpp, und sie standen vor einer gewaltigen, zerklüfteten Felswand. Zwischen grauweißen, schräg übereinanderliegenden Gesteinsschichten hatten Wind und Wasser tiefe Furchen und Spalten gegraben. Dunkle Löcher ließen sich erkennen, halb überwuchert von Krüppelkiefern und zähen Sträuchern. Darauf steuerten die Hunde zu. Die Männer folgten vorsichtig, kletterten über Felsplatten und Geröll. Als sie nahe genug herangekommen waren, hob Gustau die Hand, und sie blieben stehen. Die Kriegsknechte zogen ihre Schwerter.

»Loris«, rief der Kräftigere von ihnen. Er hatte eine rauhe Bassstimme. »Besser, du kommst jetzt raus.«

Arnaut sah auf, als eine Krähe lärmend davonstob. Die Hunde achteten nicht auf den Vogel, sondern starrten mit erhobenen Köpfen und zitternden Flanken unentwegt auf die Felsspalte und fiepten dabei vor Erregung.

Doch es rührte sich nichts.

Der Wachmann legte die Hände wie einen Trichter um den Mund. »Loris!«, brüllte er so laut, dass es von den Felsen widerhallte. »Wir wissen, dass du hier bist.«

Darauf schlugen auch die Hunde wieder an, bis sie von ihren Führern beruhigt wurden.

Sie warteten. Nicht einmal ein Lufthauch war zu spüren. Arnaut fragte sich allmählich, ob sie überhaupt auf der richtigen Fährte gewesen waren. »Vielleicht sind wir einem Fuchs nachgelaufen«, sagte er halb im Scherz.

Gustau schüttelte den Kopf. »Er ist hier«, raunte er.

»Loris! Komm endlich raus, sonst müssen wir dich holen«, brüllte der Wachmann.

Da tönte eine Stimme aus der Tiefe der Spalte.

»Der Erste, der sich nähert, kriegt meinen Speer in den Wanst.«

»Hast du damit den Söldner umgebracht?«

»Was geht dich das an, Simon? Ich erkenne dich an deiner versoffenen Stimme. Komm nur her. Ich stech dich ab.«

»Mach keine Umstände, *ome!*«, rief der Wachmann. »Du bist verwundet.«

»Nur ein Kratzer.«

»Sieben gegen einen. Wir packen dich, gleich wie.«

»Mich kriegt ihr nur tot. Lebendig komme ich nicht mit.«

Raol und Arnaut tauschten einen Blick aus.

Nun trat Gustau ein paar Schritte vor. »Loris«, sagte er ruhig, aber gut hörbar. »Du hast genug Unsinn angestellt. Willst du noch jemanden umbringen?«

»Soll ich mich etwa vom Kastellan hängen lassen?«

»Ob du hängst, wird sich zeigen«, mischte Raol sich ein. »Leg den Speer weg und komm raus.«

»Und wenn nicht?«

»Dann legen wir Feuer und räuchern dich aus.«

Nun war es wieder eine Weile still, während Loris dies bedachte.

»Ich will nicht am Galgen hängen«, rief er dann.

»Hättest du dir früher überlegen sollen«, sagte Raol. »Aber noch sind wir nicht so weit. Erst will ich die Sache untersuchen.«

Doch Loris schien den Worten nicht zu trauen. »Wer kümmert sich um meine Kinder, wenn Ihr mich hängt, *Castelan?*«

»Du weißt, ich lasse keine Kinder hungern.«

»Und mein Weib? Sie ist ein gutes Weib.«

Plötzlich hörten sie ihn schluchzen.

»Ich weiß das«, sagte Raol fast sanft. »Nun sei vernünftig, Mann.«

Lange war es still. Schließlich bewegten sich die Büsche vor der Felsspalte und ein hagerer Mann mit wirrem Schopf erschien, bleich, verweint, einen alten Speer in der Hand. Unsicher trat er näher, legte die Waffe auf den Boden. Der Ärmel seines linken Arms war blutgetränkt. Er erhob sich, heftete einen trotzigen Blick auf Raol und nahm die Schultern zurück.

»Meiner Familie soll es gutgehen.« Er wischte sich mit dem Handrücken übers Gesicht. »Ihr habt es versprochen, Herr.«

Raol nickte.

»Ihr habt es versprochen«, sagte Loris noch einmal, eindringlicher als zuvor.

Simon, der Kriegsknecht, wollte ihn binden, aber Raol untersagte es, da der Mann die Hände frei für den Abstieg brauchen würde. Sie nahmen ihn in die Mitte. Er schien sich in sein Schicksal ergeben zu haben. Doch als sie den Weg ins Tal einschlagen wollten, griff er plötzlich in sein Hemd und riss ein Messer heraus.

»Ich will nicht hängen!«, schrie er wie von Sinnen.

Und bevor jemand eingreifen konnte, hatte er sich selbst mit einem Ruck von Ohr zu Ohr die Kehle durchschnitten. Die Männer standen gelähmt vor Schreck. Loris selbst starrte fast ungläubig an sich herunter, als das Blut in einem Schwall aus der schrecklichen Wunde sprudelte, im Nu den Kittel durchtränkte und über die Stiefel auf den Boden rann. Dann schwankte er, verdrehte die Augen, bis nur noch das Weiße zu sehen war, und sank langsam nieder. Eine Weile noch zuckte sein Leib, während das Blut aus ihm strömte und die Erde dunkel färbte. Dann regte er sich nicht mehr.

»Putan merda!«, entfuhr es Raol. »So ein Esel.«

Seine Lippen waren weiß, die Stirn finster vor Zorn.

Lange Zeit sagte niemand etwas. Selbst die Hunde wagten keinen Laut von sich zu geben. Dann zerrten die Männer den Leichnam in die Felsspalte und bedeckten ihn mit Steinen, um ihn vor wilden Tieren zu schützen. Raol würde Leute aus dem Dorf schicken, um die sterblichen Reste zu bergen. Auch wenn er sich selbst gerichtet hatte, sollte Loris ein christliches Begräbnis haben.

Auf dem Rückweg sprachen die Männer kein Wort, bis sie wieder bei den Pferden angekommen waren.

»Hättest du ihn gehängt?«, fragte Arnaut.

Sein Onkel blickte ihn abschätzend an. Der Mund war hart, als er antwortete. »Verdient hätte er es. Aber vielleicht hätte ich ihn auch dazu verdammt, mit dir zu ziehen.«

»Mit mir? Wohin?«

»Auf euren blödsinnigen Heerzug nach Outremer. Redet doch alle Welt davon.«

»Wer sagt, ich nehme das Kreuz?«

»Weil du aussiehst wie einer, der auf Ruhm und Ehre hält. Und zu jung, um zu wissen, wie wenig sie wert sind.«

Damit kehrte er seinem Neffen den Rücken zu und zog sich fußmüde in den Sattel.

♦

Der Kastellan und seine Wachmänner schlugen den Weg zum Hof der Witwe ein, um ihr die Nachricht vom Tode ihres Mannes zu überbringen.

Schweigend kehrten die Übrigen zur Burg zurück. Auch Arnaut war nicht nach Reden zumute. Was Gustau betraf, der sprach ohnehin selten, und die jungen Männer aus dem Dorf, die als Hundeführer dienten, trauten sich nicht, in Arnauts Gegenwart den Mund aufzutun.

Der Tod des Bauern hatte Arnaut getroffen. Lag die Schuld allein bei den Mönchen von Cubaria? Oder hätte Onkel Raol sich anders verhalten sollen? Aber schließlich hatte dieser Loris einen Mann erschlagen. Das Recht musste gewahrt werden. Ohne Recht würde alle Ordnung zusammenbrechen.

Andererseits hatte Loris zur *familia* gehört, und die war gegen Außenstehende zu verteidigen. Den Mönchen stand es nicht zu, ohne Zustimmung des Burgherrn einem von Rocaforts Bauern das letzte Brot aus dem Mund zu stehlen, auch wenn dieser ihnen den Zehnten schuldete. Die Sache würde noch ein Nachspiel haben. Hatte Raol deshalb sein Urteil mildern und den Mann zum Kriegsdienst im Pilgerheer verpflichten wollen?

Die scharfen Worte über Ruhm und Ehre nahm Arnaut ihm nicht übel. Das war Raols Art und nicht bös gemeint.

Auf seine Ehre als Ritter und Edelmann ließ Arnaut nichts kommen, aber Ruhm? Danach verlangte es ihm nicht.

Das Ende dieses einfachen Mannes gab ihm jedoch zu denken. Ein Tod ohne Sinn, vielleicht sogar ein Leben ohne Sinn. Bei diesem Gedanken spürte er wieder das leichte Unbehagen, eine undeutliche Unzufriedenheit mit sich selbst, die sich seit geraumer Zeit in sein Herz geschlichen hatte, ohne dass er dafür den genauen Grund hätte nennen können.

Dabei ging es ihm gut. Es war vor Jahren ein glücklicher Zufall gewesen, der ihn und seinen Freund Severin nach Narbona gebracht und in den Dienst der jungen Erbin Ermengarda geführt hatte, gerade als sie gegen ihren Willen mit dem Grafen Alfons von Tolosa hatte verheiratet werden sollen. Ein abgekartetes Spiel, das dem Grafen das reiche Narbona als Mitgift, der ehrgeizigen Stiefmutter die Regentschaft und dem Erzbischof weitere Reichtümer und Ländereien eingebracht hätte. Doch Ermengardas wilde Flucht hatte ihnen einen Strich durch die Rechnung gemacht. Wie eine Verbrecherin war sie verfolgt und gejagt worden. Felipe, Raimon, Severin und er hatten sie beschützt, nicht zu vergessen Bruder Aimar. Gegen alle Schwierigkeiten und Gefahren hatten sie zusammengehalten und Ermengarda geholfen, den väterlichen Thron zu erringen.

Damals, in der Einsamkeit und Wildnis der Berge, als alles verloren schien, hatte ihre heimliche Liebe begonnen. Fast ein Wunder, dass ausgerechnet er, der Sohn eines unbedeutenden Barons aus der Corbieras, die Zuneigung dieser klugen Fürstentochter hatte erringen können. Nun war sie Herrscherin über Narbona. Er selbst gehörte zu ihren engsten Beratern, war zum Kriegsherrn der Narbonenser Soldaten und ersten Ritter ihrer Turniere aufgestiegen. Sollte er sich da nicht wie Fortunas Liebling fühlen?

Vielleicht war es die Heimlichtuerei, die ihn ärgerte. Nie würde er sich öffentlich zu ihr bekennen, niemals sie als Braut nach Rocafort führen dürfen. Und auch wenn Ermengardas

Ehe nur zum Schein bestand, so nagte es an ihm, dass sie aus Sicht der Kirche Ehebruch begingen. Doch immer, wenn er darüber sprach, wollte sie nichts davon wissen.

Ländereien und schöne Pferde hatte sie ihm geschenkt, an ihrer Tafel hatte er meist den Ehrenplatz. Aber er war ein junger Mann voller Tatendrang und fühlte sich manchmal unruhig wie ein Vogel im Käfig. Nur in Ermengardas Ratsversammlung zu sitzen und alten Männern zuzuhören war ihm nicht genug. Manchmal reizte ihn der Gedanke, einfach seinen Gaul zu satteln und neuen Abenteuern entgegenzureiten. Doch wie konnte er jemals Ermengarda verlassen?

Arnaut ahnte, dass seinem Leben eine Richtung fehlte. Onkel Raol schien seinen Platz in der Welt gefunden zu haben. Hier auf Rocafort führte er zwar ein einfaches Leben, aber als Kastellan trug er die Verantwortung für die gesamte *familia,* für Verwandte, Gesinde, Handwerker, Bauern und Kriegsknechte. Er war sein eigener Herr und außer Gott niemandem Rechenschaft schuldig. Arnaut würde ihn zweifellos eines Tages beerben. Aber war das seine Bestimmung? Oder gab es mehr?

Im Pferdestall der Vorburg half er Jori, seinem Pferd den Sattel abzunehmen, es trockenzureiben und mit frischem Heu zu versorgen. Der Wallach hieß Basil. Ein ruhiges, verlässliches Tier, ausdauernd und von kräftiger Statur. Arnaut strich ihm liebevoll über die Flanken, während er dem Jungen erzählte, was sich auf dem Berg zugetragen hatte.

Da bemerkte er einen der Hundeführer, der sich verlegen am Torpfosten des Stalls herumdrückte. Ein junger Bursche in Joris Alter. Aber wo Jori dunkelhaarig war, hing diesem eine struppige, rothaarige Mähne in das von Sommersprossen übersäte Gesicht.

»Was willst du?«, fragte Arnaut nicht unfreundlich.

»Escusa, Senher«, kam die schüchterne Antwort. »Ich habe gehört, was der Kastellan gesagt hat. Dass Ihr ins Heilige Land ziehen wollt.«

Was faselte alle Welt vom Heiligen Land? Voller Unmut zogen sich Arnauts Brauen zusammen.

»Und?«, erwiderte er gereizt. »Was hat das mit dir zu tun?«

»Ich würde gern mitkommen«, sagte der Bursche und fügte rasch hinzu: »Ich kann mit Pferden umgehen, Herr, und meine Mutter hat mich Kochen und Flicken gelehrt. Ich will Euch ein guter Knecht sein. Außerdem habe ich Bogenschießen gelernt.«

»Du willst dein Dorf und deine Mutter im Stich lassen?«

»Sie ist gestorben. Ich habe sonst niemanden.«

»Mit Hunden scheinst du dich ja auszukennen.«

»Ja, Herr.« Hoffnung glomm in den hellen Augen auf.

Der Bursche hatte ein offenes, ehrliches Gesicht und Arnaut begann, ihn zu mögen.

»Ich muss dich enttäuschen. Ich habe keinesfalls vor, das Kreuz zu nehmen. Also schlag es dir aus dem Kopf.«

»Ach, Herr«, bettelte der Junge. »Es ist mir gleich, wohin es geht. Wenn Ihr mich nur mitnehmt.«

Arnaut musste schmunzeln. Dem Burschen schien es ganz wie ihm selbst zu gehen.

»Hast du etwas ausgefressen, dass du fortwillst?«

»Nein, ich schwör's. Ich würd nur gern die Welt sehen.« Er warf Jori einen hilfesuchenden Blick zu.

Der sprang ihm bei. »Bei deinen vielen Pferden kann doch ein zweiter Knecht nicht schaden, Arnaut«, sagte er.

Der vertraute Umgang zwischen Herrn und Diener stammte aus jenen Tagen, als Jori ebenfalls Mitglied von Ermengardas frecher Bande gewesen war. Ein halbverhungerter Straßenlümmel, den sie durch Zufall aufgelesen hatten. Jetzt war er siebzehn und hatte sich zu einem guten Reitknecht gemausert. Mehr als das, denn seit geraumer Zeit unterwies Arnaut ihn im Kampf mit Schwert und Lanze. Erstaunlich, wie dem dünnen Bengel kräftige Schultern und Arme gewachsen waren. Nicht besonders groß, aber geschickt und zäh war er, dazu ein großartiger Reiter. Der Gedanke lag also nahe, ihn als *escudier*, als Knappen und Schildträger, einzusetzen.

»Du hast nur vier Gäule zu versorgen. Ist dir das etwa schon zu viel?«

»Es kommt noch einer dazu. Hast du es schon vergessen?«

Rocafort besaß ein Gestüt mit edlen Pferden, die in der Gegend gefragt waren. Großvater und sein alter Kampfgefährte Hamid hatten den Grundstock mit sechs Arabern gelegt, die sie vor vielen Jahren aus Outremer mitgebracht und mit einheimischen, größeren Rassen gekreuzt hatten. Sie bildeten sie zu Schlachtrössern aus und erzielten sündhaft teure Preise. Arnaut hatte vor, einen jungen Hengst nach Narbona mitzunehmen, um ihn für sich weiter abzurichten.

»Gut. Fünf also.«

»Und mit all den anderen Dingen, die ich zu tun habe …«

Arnaut fing einen Blick zwischen den beiden Jungs auf.

»Habt ihr euch etwa abgesprochen?«, fragte er misstrauisch. »Ah, ich verstehe. Du strebst nach Höherem und suchst dir einen, der deine Arbeit verrichtet. So läuft das hier.«

Jori senkte unterwürfig die Augen, konnte sich aber ein verschämtes Grinsen nicht verkneifen, woraufhin Arnaut den Blick gen Himmel hob, als flehe er den Herrn um Beistand an. Dann musterte er erneut den Bauernburschen, der ihn mit großen Augen erwartungsvoll anstarrte.

»Daraus wird nichts«, sagte Arnaut. »*Senher* Raol wird nie seine Einwilligung geben. Wo kämen wir hin, wenn ihm alle jungen Bauern wegliefen, um die Welt zu sehen.«

»Er hat schon«, wandte Jori ein.

»Hat was?«

»Zugestimmt.«

»Was?«

Beide Jungs nickten heftig und grinsten sich zu.

»Dann warst du es, der ihm die Sache mit Outremer eingeflüstert hat?«, fragte er Jori.

»Irgendeinen Grund musste ich doch nennen.«

Dazu fiel Arnaut nichts weiter ein, als den Kopf zu schütteln. Er öffnete den Mund, um Jori zurechtzuweisen, als sein jüngerer Bruder Robert atemlos in den Stall gestürzt kam.

»Großvater ist erwacht«, rief Robert. »Du sollst kommen.«

»Wie geht es ihm?«

»Schlechter, glaub ich. Sein Atem pfeift jetzt ständig.«

Arnaut erschrak. Während der letzten Tage hatten sie geglaubt, Großvater sei über den Berg. Deshalb war er heute Morgen ausgeritten, ohne nach ihm zu fragen.

»Geh schon vor. Ich komme.«

Robert machte kehrt und stürmte wieder aus dem Stall. Arnaut blickte ihm nach und bekreuzigte sich. Gebe Gott, dass es nur eine vorübergehende Verschlechterung war.

Dann sah er sich den Bauernburschen noch einmal genauer an. Eine Handbreit größer als Jori, schlank, sehnig, mit kräftigen Händen, die schon von der Feldarbeit gezeichnet waren. Ein Bad würde ihm sicher guttun. Vielleicht sollte man ihm auch den Kopf rasieren. Wegen der Läuse.

»Wie heißt du?«

»Lois Bernat, Herr.«

»Also schön, Lois Bernat. Ich werde es mir überlegen. Aber mach dir keine großen Hoffnungen, denn versprechen will ich nichts, verstanden?«

Ohne ein weiteres Wort stapfte er aus dem Stall und stieg eilig zur *aula* in der Hauptburg hinauf.

Verschmitzt zwinkerte Jori seinem neuen Freund zu. »Keine Sorge. Ich kenne ihn. Die Sache geht in Ordnung.«

♦

Am Nachmittag war klamme Kälte vom Fluss heraufgestiegen. Die Dörfler hatten sich in ihren Hütten verkrochen. Ein scharfer, böiger Wind trieb sein Unwesen in den Gassen und riss ein paar vergilbte Herbstblätter bis hinauf zu den Zinnen der Burg, über der sich der Himmel grau verschleiert hatte. Hoch oben kreisten Krähen um den Wehrturm, und ihre hässlichen Schreie klangen wie Wehklagen.

Doch Arnaut nahm nichts davon wahr. Im Sturmschritt erklomm er die Stufen zur *aula.* In der rußgeschwärzten Halle, am Ende der großen Tafel, saßen seine Geschwister, zusammen mit dem alten Hamid, Großvaters Kriegskameraden aus vergangenen Zeiten. Neben ihnen thronte steif und ernst Cortesa, die stämmige Köchin. Maria, ihre Tochter, kam die Stufen von der Küche herauf und stellte Becher und eine Karaffe Wein auf den Tisch. Ein lebhaftes Feuer loderte im Kamin, doch die gedrückte Stimmung, die auf allen lastete, war zum Greifen spürbar.

La Cosiniera, wie Cortesa von allen nicht ohne Ehrfurcht genannt wurde, war für Arnaut wie die Großmutter, die er nie gekannt hatte. Sie war die heimliche Herrscherin der Burg, die darauf achtete, dass alles seinen geordneten Gang nahm. Obwohl ihre Hüften in den letzten Jahren an Umfang gewonnen hatten, führte sie wie eh und je den Haushalt mit scharfer Zunge und eiserner Hand, und das so gut, dass selbst *Domna* Adela sie gewähren ließ.

Arnaut eilte an ihre Seite und küsste sie auf die Wange.

»Wie geht es ihm?«

Cortesas Augen füllten sich mit Tränen. »Er hat die Nacht kaum geschlafen. Der Husten macht ihm zu schaffen, und das Fieber ist wieder gestiegen.« Mit einer hilflosen Geste fuhr sie sich über das ergraute Haar. »Er ist so schwach geworden …«

Sie sah übernächtigt aus und wirkte abgekämpft, mutlos. Arnaut erschrak. So kannte er Cortesa nicht, sonst so beherzt und stark. Aber sie hing an Großvater, auch wenn sie sich oft wie Katz und Hund stritten. Dass sie seine heimliche Bettgenossin war, wurde von allen in der *familia* geflissentlich übersehen.

Arnauts Schwester Ada füllte ihm einen Becher mit Wein.

Mit ihrer matten Haut, den leicht schrägen Augen und dunklen Locken ähnelte sie ihrer Mutter Adela. Sie war jetzt achtzehn; im kommenden Sommer würde ihre Vermählung mit einem jungen Edelmann aus der Gegend um Quilhan gefeiert werden.

»Wo ist Mutter?«, fragte er sie.

»Sie ist bei ihm.«

»Ich will ihn sehen.«

»Zuerst hat er etwas mit Onkel Raol zu besprechen. Wo bleibt der nur so lange?«

»Er wird gleich hier sein.«

»Habt ihr den Mann gefasst?«

Arnaut nickte nur. Davon erzählen mochte er nicht.

Sein Bruder Robert hockte mit aufgestützten Ellbogen am Tisch, das Kinn in den Händen, und sah aus, als gebe er sich große Mühe, nicht in Tränen auszubrechen, was einem stolzen Knappen von sechzehn Jahren natürlich schlecht angestanden hätte. Trotz der täglichen Reit- und Waffenübungen, denen er sich mit Begeisterung hingab, war er noch immer etwas schmalbrüstig und wenig entwickelt.

Cortesa hielt die Augen geschlossen. Ihre Lippen bewegten sich in stummem Gebet. Ada sah zum Fenster hinaus, und Hamid starrte schweigend vor sich hin. So saßen sie da und warteten auf Raol. Nur das Feuer knackte und knisterte leise.

Rocaforts *aula,* ein Ort gemeinsamer Mahlzeiten und fröhlicher Zusammenkünfte, erschien Arnaut heute seltsam düster und bedrückend. Wo sonst geredet, gescherzt und gelacht, vor allem ausgiebig geschmaust und getrunken wurde, herrschte nun bange Stille. Onkel Raol mochte der Kastellan sein, aber für Arnaut war Großvater Jaufré noch immer Herz und Seele von Rocafort. Ein unverwüstlicher Kerl, der das Leben ebenso wie den Wein und die Köstlichkeiten geliebt hatte, mit denen Cortesa die Familie verwöhnte. Die seit Wochen andauernde Krankheit lag wie eine dunkle Wolke über der Burg.

Als die Tür aufflog, fegte kalte Winterluft in den Raum und ließ das Feuer aufflackern.

»Da bist du endlich!«, rief Ada. »Großvater wartet schon.«

Raol brummte etwas Unverständliches, schloss die Tür und marschierte sporenklirrend zum hinteren Ende der *aula*, wo ein Gang in die Wohngemächer der Burg führte.

Arnaut nahm einen Schluck Wein.

Flüchtig kam ihm sein Vater in den Sinn, der früh bei einer weinseligen Rauferei verstorben war und in Arnauts jungem Leben kaum eine Rolle gespielt hatte. Sein Bruder Robert hatte ihn nicht einmal gekannt. Lehrmeister und Vorbild war immer Großvater gewesen. Arnaut erinnerte sich, wie oft er auf Jaufrés Knien gesessen und seinen Geschichten gelauscht hatte. Das Reiten hatte er ihm beigebracht, wie überhaupt alles, was ein Junge wissen und ein Krieger können muss. Und Arnaut hatte die Lehren aus Jaufrés Jahren in Outremer begierig aufgesogen, wusste mehr über Männer und Pferde, über Schlachtordnung, Hinterhalte, Angriff und Verteidigung als so mancher erfahrene Kriegsherr. Es hatte immer Großvater Jaufré in seinem Leben gegeben. Rocafort ohne ihn? Daran mochte man gar nicht denken.

»Das Heilige Land scheint nicht zur Ruhe zu kommen«, sagte er, nur damit die Stille nicht zu erdrückend wurde.

Hamid nickte. »Man hört so einiges.«

Trotz grauer Haare und Altersflecken auf der mattbraunen Haut saß der alte Sarazene aufrecht auf dem Stuhl, machte überhaupt einen rüstigen Eindruck für einen Mann über siebzig. Vielleicht weil er ein Pferdenarr war und immer noch gern die jungen Gäule zuritt, obwohl sein Weib ihm täglich zusetzte, es doch endlich den Knechten zu überlassen. Lieber im Sattel sterben als im Bett, war die immergleiche unbekümmerte Antwort, seit Arnaut sich erinnern konnte.

»Und wie denkst du über den Aufruf des Papstes?«

Hamid blickte lange auf seine knochigen Hände. Dann schüttelte er den Kopf und seufzte. »Ich höre das Gerede.

Und es macht mich traurig.« Er sah auf und heftete den Blick auf Arnaut. »Weißt du, vor hundert Jahren gab es bei uns diesen Dichter, Al-Ma'arri hieß er. War sehr berühmt. Hielt nichts von Propheten, weder von Jesus noch von Mohammed. Alles Erfindung, was sie so behaupten, hat er gesagt. Den Menschen sei es gutgegangen, bis diese verdammten Propheten kamen und das Leben verpfuschten.« Er fuhr sich mit der Hand durch die krausen Haare. »Natürlich waren nur wenige mit ihm einverstanden, aber ich denke genau wie er. Und so einen wie deinen Papst mit seinem Aufruf, den zähle ich auch zu diesen falschen Propheten. Es lohnt nicht, für nutzlose Ammenmärchen zu sterben. Denk mal darüber nach, mein Junge.«

»Ammenmärchen? Wie kannst du so etwas sagen?«

»Die Religion vernebelt den Verstand und verhindert das Denken.«

Der alte Hamid bekannte sich zwar zum Islam, aber mehr aus Gewohnheit als aus Gläubigkeit, wie alle wussten. In seiner Jugend hatte er die Schriften der Griechen studiert und war ein Verfechter der reinen Vernunft geworden. Und die Erfahrungen eines langen Lebens hatten ihn darin bestärkt.

»Um bei Al-Ma'arri zu bleiben«, fuhr er fort, »nach ihm gäbe es zwei Arten von Menschen, weißt du. Die einen hätten Verstand, aber keine Religion. Den Übrigen sei Religion gegeben, dafür aber wenig Hirn. So jedenfalls drückte er sich aus. Und es sei das Unglück dieser Welt, dass die Hirnlosen in der Überzahl seien. Vielleicht solltest du auch darüber nachdenken.«

»Aber selbst ihr Sarazenen habt eure Religion.«

»Leider«, brummte Hamid.

»Und du und Großvater, ihr habt euer Leben aufs Spiel gesetzt, um Jerusalem zu befreien.«

»Eine Dummheit, wie ich heute weiß. Und ich glaube, selbst dein Großvater wird mir darin nicht widersprechen.«

Wegen einer verbotenen Liebe war Hamid, ursprünglich

aus Damaskus, vor vielen Jahren als Ehebrecher aus der Gemeinschaft der Muslime ausgestoßen und als gebrandmarkter Galeerensklave verkauft worden. Er war geflohen und hatte dadurch sein Leben verwirkt, wenn man ihn gefasst hätte. Da hatte er Jaufré getroffen und war dem Christenheer beigetreten. Viele Jahre lang hatten sie gemeinsam gekämpft und waren darüber Freunde geworden. Zuletzt war er Jaufré bis ins Land der Franken gefolgt, der *franj,* wie er sie mit einem leicht spöttischen Unterton nannte, denn für ihn waren sie immer noch so etwas wie Barbaren.

»Schluss jetzt mit diesem gottlosen Gerede, Hamid«, fauchte Cortesa, die aus ihrer inneren Einkehr erwacht war. Ihre Augen waren gerötet. »Da drin liegt dein bester Freund, vielleicht sogar im Sterben. Hast du keine Ehrfurcht vor seinem letzten Gang?«

Hamid nickte und lächelte traurig. »Verzeih mir, Cortesa. Du hast ja recht. Es ging mir auch eher um die Lebenden.«

Cortesa seufzte und ließ die Schultern hängen. »Wir wissen, wie du die Dinge siehst. Aber das macht es nicht erträglicher. Ich wünschte, du würdest den Kindern nicht solche ketzerischen Flausen in den Kopf setzen.«

»Sie sollen lernen, den Verstand zu gebrauchen, und nicht wie Lämmer hinter Eseln herlaufen, nur weil die am lautesten schreien.«

Cortesa gab es auf, ihm zu widersprechen. Doch nun herrschte wieder betretene Stille.

Wie kann ein Mensch ohne Religion leben, fragte sich Arnaut nicht zum ersten Mal. Die Leute von Rocafort waren nicht kirchenhörig, doch das tägliche Gebet war ihm so natürlich wie das Atmen. Auch wenn man nicht viel darüber nachdachte, Christus war allgegenwärtig. Arnaut schielte zu Hamid hinüber, aber der hielt den Blick auf die Hände in seinem Schoß gesenkt und schien entschlossen, sich bei Cortesa nicht weiter in die Nesseln zu setzen.

Da trat *Domna* Adela in den Raum.

Obwohl schon Ende vierzig und mit tausend Silberfäden im Haar, war sie immer noch eine schöne Frau. Das Bangen um ihren Vater während der letzten Tage hatte ihr jedoch dunkle Schatten unter die Augen gelegt, und die Falten um den Mund schienen sich tiefer gegraben zu haben.

»Er will euch jetzt alle sehen«, sagte sie. »Auch Cortesa und Hamid.«

»Nein, *Domina*«, erwiderte die Köchin leise. »Die Familie geht vor. Maria und ich, wir warten hier.«

Cortesas Zurückhaltung war ungewöhnlich für sie, aber Jaufrés Zustand hatte ihr arg zugesetzt. Oft sind es die äußerlich Starken, denen es schwerfällt, mit Krankheit und Tod umzugehen, dachte Arnaut.

»Wie du willst«, sagte Adela etwas zerstreut und wandte sich an ihre Kinder. »Kommt jetzt. Aber ermüdet ihn nicht.«

Einer nach dem anderen betraten sie die große Schlafkammer, in der selbst Adelas Weihrauchkerzen den Geruch nach Fieberschweiß und körperlichem Verfall nicht vertreiben konnten. Ein großes Feuer im Kamin hielt den Raum fast unerträglich warm.

Ada stürzte an die Seite ihres Großvaters, legte die Arme um seine eckigen Schultern und küsste ihn auf die Wange. Sie hatte feuchte Augen und biss sich auf die Lippen, um die Tränen zurückzuhalten. *Senher* Jaufré lag im großen Ehebett, das er so viele Jahre mit Berta, Raols Mutter, geteilt hatte. Einen Berg von Kissen hatten sie ihm untergeschoben, und Adela hatte ihn gewaschen und hergerichtet. Er trug ein sauberes Hemd, und die eingefallenen Wangen waren glatt rasiert. Sein Atem kam keuchend, die Augen glänzten fiebrig. Dennoch glimmerte der alte Schalk in ihnen.

»Ada, *mon anjol*«, murmelte er. »Du wirst von Tag zu Tag hübscher, mein Engel. Am besten bleibst du überhaupt bei mir. Dein Verlobter hat dich gar nicht verdient …«

Ada machte ein Gesicht, als ob sie nicht wisse, ob sie lachen oder doch lieber losheulen sollte, als ein plötzlicher

Hustenanfall ihn so heftig packte, dass es ihn wild schüttelte und er daran zu ersticken drohte. Dabei hielt er die Faust fest gegen die Brust gepresst, als fürchtete er, sich die Lunge aus dem Hals zu husten. Tränen des Schmerzes rannen ihm aus den Augen, während er mühsam nach Luft rang. Auch Arnaut wagte kaum zu atmen, litt mit ihm, als würde es helfen, dem Alten die Qual ein wenig abzunehmen.

Als es vorüber war, ließ Jaufré sich erschöpft gegen die Kissen sinken. Die Brust hob und senkte sich gleichmäßiger, doch der Atem pfiff und rasselte wie der alte Blasebalg in der Schmiede unten im Dorf. Es war entsetzlich, diesen großen, starken Mann so entkräftet zu sehen.

Domna Adela hob seinen Kopf an, richtete ihm die Kissen, strich ihm die wirren, weißen Strähnen aus der Stirn und glättete sein Hemd. Dann küsste sie ihn auf die Schläfe. Dankbar fasste er ihre Hand. Dann erkannte er Hamid, grinste schwach und bedeutete ihm, sich neben ihn zu setzen.

»Bin froh, dass du hier bist, Alter«, flüsterte er heiser.

»Sprich nicht. Du musst dich schonen«, sagte Hamid.

»Du hast mir oft die Haut gerettet. Aber diesmal wird es dir wohl nicht gelingen.«

Arnaut sah, dass seine Mutter bei diesen Worten feuchte Augen bekam. Mit versteinerter Miene stand sie neben dem Bett. Onkel Raol saß etwas abseits und betrachtete seine Hände. In der Jugend hatte er mit seinem Vater gestritten. Aber das war lange her und längst vergessen.

»Was redest du da?« Hamid grinste Jaufré aufmunternd zu. »Wir beide haben dem Tod doch schon oft ein Schnippchen geschlagen. Ich glaube, er versucht es gar nicht mehr.«

Der Anflug eines Lächelns huschte über Jaufrés Gesicht. Er fasste nach Hamids Hand und hielt sie lange fest umschlungen, bis ein neuer Hustenanfall ihn schüttelte, diesmal zum Glück weniger schlimm als zuvor. Er schloss einen Augenblick die Augen. Dann winkte er Robert und Arnaut zu sich. Hamid machte ihnen Platz.

»Robert, küss deinen Großvater«, krächzte Jaufré mit pfeifendem Atem. Der Junge beugte sich vor und küsste die greise Wange. Seine Kinnmuskeln zuckten, so verzweifelt kämpfte er, nicht die Beherrschung zu verlieren.

»Prachtvolle Enkelsöhne hast du mir geschenkt, Adela«, flüsterte Jaufré. Es war nicht leicht, ihn zu verstehen. »Als wir deine Mutter begruben, warst du erst elf. Ein Rosendorn hatte dich gestochen, und du hast auf ihren Grabstein einen Tropfen Blut gedrückt. Sie sollte in alle Ewigkeit etwas von dir haben.«

Die Erinnerung war zu viel für Adela. Sie schlug schluchzend die Hände vors Gesicht.

Jaufré schien es kaum zu bemerken. »Ich habe oft an Noura gedacht.« Sein Atem ging jetzt leichter. »Wo ist *Fraire* Aimar?«, wollte er plötzlich wissen.

»In Narbona, Großvater«, erwiderte Arnaut. »Wichtige Geschäfte für *Domna* Ermengarda.«

»Setz dich zu mir, Arnaut. Geht es dir gut in Narbona?«

»Ja, Großvater.«

»Ein großartiges Weib, deine Ermengarda.« Es gelang ihm, noch einmal ein Grinsen auf die Lippen zu bringen. »Halte sie gut fest, mein Junge.«

»Ich bemühe mich.«

»Aimar hat mir einmal versprochen, das Grab deiner Großmutter Noura zu besuchen. Ist schon lange her. Ich wünschte, er würde sich daran erinnern.«

Fraire Aimar war ganz jung als armer Schreibermönch nach Rocafort gekommen. *Senher* Jaufré hatte Gefallen an ihm gefunden und ihn in die *familia* aufgenommen.

»Ich will es ihm ausrichten, Großvater.«

»Nach Raol wirst du der *castelan*, mein Junge. Und dann Robert. So ist es bestimmt. Ihr seid die Zukunft der *familia.*«

Er schloss die Lider und seufzte, als habe ihn das Gerede übermäßig erschöpft. Arnaut biss sich auf die Lippen. Was hatte es schon zu bedeuten, wer hier *castelan* wurde, wenn Großvater nur wieder gesund würde.

»Möchtest du ein wenig schlafen, Vater«, fragte Raol sanfter, als man es von ihm gewohnt war.

Jaufrés Augen flogen auf. »Nein, nein. Bald werde ich mehr Schlaf bekommen, als mir lieb ist.« Er wollte sich aufrichten. Raol trat hinzu und hob ihn in eine bequemere Haltung. »Wo ist Cortesa und überhaupt alle? Holt sie her«, krächzte Jaufré. Und während Ada hinauseilte, sagte er: »Ihr werdet mich neben meiner Berta begraben. Du hast es versprochen, Raol.«

»Gewiss, Vater.«

»Du hast doch deine Mutter nicht vergessen.«

»Wie könnte ich?«

»Sie hat so viel von mir ertragen müssen. Das ist das Einzige, das ich wirklich bereue.«

Nicht nur Berta, dachte Arnaut, denn Raol war praktisch ohne Vater aufgewachsen während Jaufrés langer Abwesenheit im Heiligen Land.

Inzwischen füllte sich der Raum, als Mägde und Knechte auf Zehenspitzen die Kammer betraten. Sogar der Wildhüter Gustau und der Schmied, der Dorfälteste, waren gekommen. Maria wischte sich verlegen die Hände an der Schürze ab und fuhr sich mit der Hand übers Haar. Zuletzt stahl sich Cortesa herein.

»Komm zu mir, Cortesa«, sagte Jaufré.

Als sie sich an seine Seite setzte, nahm er ihre Hand in die seinen. »Sei nicht traurig, meine Liebe.«

»So hast du mich noch nie genannt«, hauchte sie.

»Nun hole ich es nach, meine Liebe. Du hast mir die letzten Jahre sehr versüßt. Ich danke dir.« Er streichelte ihr die roten Arbeitshände und lächelte.

Cortesa wandte sich mit tränenüberströmtem Gesicht an Raol. »Wann kommt endlich ein Priester aus Cubaria?«, fragte sie.

»Von dem Lumpenpack will ich keinen sehen«, knurrte Jaufré, bevor Raol antworten konnte, und musste darauf wieder qualvoll husten, bis er grünen Auswurf spuckte.

Cortesa und Adela machten unglückliche Gesichter, aber auch Raol schüttelte energisch den Kopf. Immer wieder in den Jahren hatten sie Ärger mit den Mönchen gehabt.

»Aber das Fegefeuer …«, ließ Ada sich vernehmen. Die Angst vor der Ewigkeit stand ihr ins Gesicht geschrieben.

Doch *Senher* Jaufré ließ sich nicht beeindrucken.

»Hamid und ich sind über die Mauer von Jerusalem geklettert«, sagte er nicht ohne Stolz in der Stimme. »Unsere Sünden sind damit längst vergeben. Auch wenn mein alter Heidenfreund es für Blödsinn hält.« Er zwinkerte Hamid zu. »Aber ich habe es von höchster Stelle. Oder glaubt ihr etwa dem Heiligen Vater nicht?«

Niemand hätte sagen können, ob er es ernst meinte oder nicht. Sein Gesicht war grau vor Erschöpfung. Er legte den Kopf zurück und schloss mit einem Seufzer die Augen. »Ich glaube, ich bin jetzt doch ein wenig müde.«

Die kleine Madonna

Trotz der kalten Umschläge, die Adela und Cortesa stündlich wechselten, stieg das Fieber. Gegen Abend wurde Jaufré teilnahmslos und sprach nicht mehr. In der Nacht fiel er in einen tiefen Schlaf, aus dem er nicht mehr erwachte.

Als frühmorgens das erste Wehklagen durch die Burg hallte, setzten die Frauen ihren Willen durch und holten Beistand aus dem nahen Kloster. *Domna* Adela selbst, so zerschlagen und übernächtigt sie war, begab sich nach Cubaria, um dem Prior einen schweren Beutel Gold für ein gebührendes Begräbnis zu übergeben und mit dem Versprechen, sechs Monate lang täglich eine Messe für ihren Vater zu lesen, auf dass seine Seele nicht allzu lange im *purgatorium* zu leiden habe.

Der Leichnam wurde in der Kapelle zu Rocafort aufgebahrt, damit die Menschen aus dem Tal ihrem alten *dominus* die letzte Ehre erweisen konnten. Den ganzen Tag über pilgerte das Landvolk in das kleine Gotteshaus, um ihn noch einmal zu sehen und für ihn zu beten.

In der Nacht wurde die Totenmesse gefeiert und dem Verstorbenen unter Besprengung mit Weihwasser die *absolutio* erteilt. Begleitet von Psalmengesängen und den Gebeten der Mönche, verharrte die Familie bis zum Morgengrauen auf den Knien, um für Nachlass der Sündenstrafen zu bitten. Dann wurde Jaufré unter der stummen Teilnahme des gesamten Dorfes neben seiner geliebten *Domna* Berta beigesetzt.

Noch Tage nach der Beerdigung lag eine bleierne Stille über dem Tal. Zum ersten Mal in ihrem Leben vernachlässigte Cortesa ihre Pflichten und war für niemanden zu sprechen. Selbst die Tiere in den Ställen gaben kaum einen Laut von sich. Der Himmel blieb verhangen, die Berge ringsum hüllten sich in Grau, einmal schneite es, ging aber gleich in Regen über, der den Boden aufweichte und die Wege in Schlamm versinken ließ.

Arnaut verbrachte Stunden oben in der einsamen Turmkammer, wo Großvater so oft gesessen hatte, um über sein kleines Reich zu schauen und über das Leben nachzusinnen. Lange betrachtete er den Wandteppich, der eine Reiterschlacht türkischer Krieger darstellte, wilde Nomaden aus der Steppe. Mit ihnen hatte Jaufré gekämpft und sie als würdige Gegner geachtet. Nun war er für immer gegangen. Arnaut spürte einen Riss in der Seele.

Als endlich das Wetter aufklarte, hielt ihn nichts mehr in Rocafort, und so ließ er alles für den Aufbruch vorbereiten.

»Wann reitest du?«, fragte *Domna* Adela.

Sie betrachtete ihren Sohn. Er war nach Jaufré geschlagen, groß und kräftig, mit dunklen Locken, die ihm bis auf die Schultern fielen. Sie liebte seine verhaltene und doch selbstsichere Art. Obwohl man sich da täuschen konnte, denn er konnte auch sehr ungestüm und aufbrausend sein. Wie schnell er zum Mann geworden war, fuhr es ihr durch den Kopf. In ihrem Herzen war er immer noch der kleine Junge, so dass sie jedes Mal über seinen Bart erschrak, wenn sie ihn wiedersah.

»Wir reiten morgen früh, Mutter.«

Sie hatten gemeinsam in der kleinen Dorfkapelle noch einmal für Großvater gebetet und standen vor dem Marienbild, das Adela als Kind aus Outremer mitgebracht hatte. Eine wunderschöne byzantinische Arbeit in Rot und Gold. Darauf schaute die Jungfrau Maria mit unendlicher Liebe auf das Jesuskind in ihren Armen. Dieses Bild hatte Adela immer als tröstlich empfunden. Doch seltsamerweise glaubte sie heute, so etwas wie eine schmerzliche Vorahnung im Blick der Mutter Gottes zu erkennen, als wüsste sie schon, was man ihrem Kind antun würde. Ein Schauer lief Adela über den Rücken, und sie schlang den Arm um den Leib des Sohnes und ließ den Kopf an seine Brust sinken.

»Ich wünschte, du würdest nicht gehen.«

Er zog sie fester an sich.

»Narbona ist nicht weit, Mutter.«

»Zu weit für mich«, flüsterte sie.

Adela fühlte sich verlassen seit Jaufrés Tod. Natürlich gab es Robert und Ada und alle anderen auf Rocafort. Mit ihrem Bruder Raol verstand sie sich gut, auch wenn sie nicht von derselben Mutter stammten. Aber dass Arnaut nun wieder in die Welt ziehen würde, das tat weh. Er war ihr Ältester. An ihm hing ihr ganzer Mutterstolz. Und plötzlich flossen die Tränen.

»Ihr Männer wisst nicht, wie es ist, wenn man zurückbleibt und ewig wartet, wenn man bangt und hofft und sich vor dem Tag fürchtet, an dem man die schreckliche Botschaft erhält ...« Sie konnte nicht weiter, hielt sich nur schluchzend an ihm fest.

»Aber, Mutter«, murmelte Arnaut. »Was redest du da?«

Sie wandte sich von ihm ab, wischte sich die Nase. »Ihr Söhne seid die Schlimmsten. Was kümmert euch das Geflenne der Mütter. Kaum aus dem Haus, habt ihr es vergessen.«

Unmut flog über Arnauts Gesicht. Aber dann besann er sich und legte seine Arme um sie. »Zu Adas Hochzeit bin ich zurück.«

»Versprichst du es mir?«

»Ich verspreche es.«

Nun lächelte sie wieder ein wenig und schmiegte sich an ihn. »Ich wünschte, du würdest dich endlich auch vermählen wie Ada und mir Enkel schenken. Oder willst du kinderlos enden wie dein Onkel Raol?«

Warum Raol nie ein Weib genommen hatte, war allen ein Rätsel. Im Dorf hielten sich zwar Gerüchte von dem einen oder anderen Bastard, aber das war sicher nicht mehr als dummer Bauernklatsch.

Als Arnaut ihr nicht antwortete, fügte sie hinzu: »Sosehr ich deine Ermengarda liebe, aber so wie ihr lebt ...«

Das war ein wunder Punkt bei ihr. Anders als Jaufré oder Raol hatte sie sich nie mit der Unschicklichkeit dieser Verbindung abgefunden.

»Ich möchte darüber nicht mehr reden, Mutter.«

Eine Weile lang sprachen sie nicht. Adela hielt ihn nur weiter fest umschlungen.

»Die Toten verschwinden einfach, machen sich davon«, sagte sie. »Sie sind bei Gott, und wir müssen sehen, wie wir hier unten zurechtkommen. Schon als Kind ging es mir so.«

»Als Großmutter Noura starb?«

»Mir kommen immer noch schlimme Erinnerungen an ihren Tod. Plötzlich war sie nicht mehr da, und ich war allein.«

»Ich hätte sie gern gekannt.«

»Das hätte auch ich mir gewünscht. Aber denkt, um Gottes willen, nicht mehr an Aimars Versprechen.«

»Du meinst, ihr Grab zu besuchen?«

Sie nickte. »Es ist alles viel zu lange her. Wahrscheinlich gibt es das Grab gar nicht mehr. Es genügt, dass wir sie in unseren Herzen tragen.«

Arnaut gab ihr einen Kuss auf die Stirn und lachte. »Niemand reist nach Outremer, Mutter. Und Aimar ist viel zu beschäftigt, Ermengarda beim Herrschen zu helfen.«

»Ich wünschte, er würde mich einmal besuchen.«

»Er wird sich freuen, es zu hören.«

Sie hatte schon immer eine Schwäche für den kleinen Mönch gehabt, seit er aufgetaucht war, um Jaufrés Testament aufzusetzen. Damals war sie eine junge Mutter gewesen, und Aimars Schwärmerei hatte ihr geschmeichelt. Nun schwärmte niemand mehr für sie. Es blieb nur die Würde des Alters.

»Achte gut auf dich, mein Junge.«

»Das sagst du jedes Mal.«

Sie holte etwas aus ihrem Gewand hervor. »Nimm dies. Ich will, dass du sie immer bei dir trägst.«

Arnaut starrte auf die kleine, aus Zedernholz geschnitzte Madonnenfigur. Die einst lebhaften Farben waren vom vielen

Handhaben abgegriffen und zu Grau verblichen. Dies war das einzige Erinnerungsstück der Familie an seine Großmutter.

»Zu ihr hat Noura immer gebetet, um deinen Großvater vor Unheil zu bewahren, wenn er auf seinen Kriegszügen war. Nun wird sie dich beschützen.« Adela stellte sich auf Zehenspitzen, um ihn zu küssen. »Geh mit Gott, mein Sohn.«

♦

Am Nachmittag erwarteten Raol und Hamid ihn in der *aula.* Auf dem Tisch lag Jaufrés Schwert, das er sich in Tripolis hatte anfertigen lassen. Eine wertvolle Arbeit von einem Meister der Damaszener Schmiedekunst.

»Es ist jetzt deins«, sagte Raol ohne Umschweife.

»Aber es gehört dir. Du bist doch sein Erbe.«

»Ich brauche es nicht. Und dein Großvater wollte, dass du es bekommst.«

Ehrfürchtig nahm Arnaut das Schwert vom Tisch und zog am lederumwundenen Heft. Fast ohne Widerstand glitt die lange Klinge aus der Scheide. Er trat ans Fenster, um sie zu betrachten. Ein dünner Ölfilm ließ den Stahl im Licht des trüben Tages geheimnisvoll glänzen. Dies war die häufig gebrauchte Waffe eines Kriegers, wie man an kleinen Scharten und winzigen Einkerbungen in der Schneide erkennen konnte, die ausgebessert und sorgfältig geglättet worden waren. Doch das Schwert lag wunderbar in der Hand, die Klinge schlank und gerade, die bläuliche Maserung ein Zeugnis der außergewöhnlichen Kunst seines Schöpfers.

»Indischer Stahl, mein Junge«, erklärte Raol. »So etwas gibt es hier nicht.«

»Ich weiß. Dieses Schwert hab ich oft bewundert.«

Stahl aus dem fernen, sagenumwobenen Indien war das beste Schmiedematerial für Waffen, hart, trotzdem biegsam, im Westen unmöglich zu bekommen und selbst im Orient rar und sündhaft teuer.

»Die Schneide ist nachgeschliffen, der Griff erneuert. Es ist so gut wie eh und je.«

Zum ersten Mal seit Großvaters Beerdigung sah Arnaut ein kleines Lächeln auf der sonst so ernsten Miene seines Oheims, der sich offensichtlich freute, ihm dieses fürstliche Geschenk zu machen. Mit diesem Schwert hatte Großvater im Heiligen Land gekämpft und auch später Rocafort und die *familia* vor Feinden verteidigt.

»Warum hat er ihm eigentlich nie einen Namen gegeben?«

»Viele tun das mit einem wertvollen Schwert«, nickte Hamid. »Als hätte es eine Seele. Aber Jaufré fand so etwas immer lächerlich.«

Arnaut ließ die Waffe durch die Luft schwingen. »Für mich hat es aber doch eine Seele, so wie es sich anfühlt.« Fast andächtig schob er die Klinge zurück in ihr Futteral.

»Die alte Scheide solltest du vielleicht ersetzen«, sagte Raol. »Sie ist arg abgewetzt.«

»Abgewetzt oder nicht. Beide sind füreinander gemacht.«

Arnaut schlang sich den Schwertgurt um die Hüften und war erstaunt, wie gut er passte. Er ging ein paar Schritte damit umher, die linke Hand auf dem Knauf gestützt. Als er sich umdrehte, strahlte er übers ganze Gesicht und sah aus, als hätte das Schwert zu seiner Größe noch eine Handbreit hinzugefügt.

»Wie kann ich dir nur danken, Oheim?«

»Indem du gut darauf achtgibst.«

»Das will ich. Bei Gott, das will ich.«

Hamid räusperte sich. »Ich habe da auch etwas für dich.« Er erhob sich und holte eine lange Lederhülle herbei, die er vor Arnaut auf den Tisch legte, dazu einen Köcher Pfeile.

»Doch nicht deinen Bogen, Hamid.«

»Was soll er mir jetzt noch nützen, Junge?«

Arnaut hatte mit diesem Prachtstück das Schießen gelernt, ein türkischer Reiterbogen von gewaltiger Durchschlagskraft aus verleimtem Holz, Horn und Sehnen, mit dem man unglaubliche achthundert Schritt weit schießen konnte. Dies war immer Hamids Lieblingswaffe gewesen.

»Ich habe ihn zerlegt, Teile ersetzt und neu verleimt. Ist jetzt stärker denn je.«

»Ich bin sprachlos«, sagte Arnaut und umarmte Hamid.

»Da ist noch etwas für dich.« Raol langte hinter seinen Stuhl, um zwei schwere Satteltaschen auf den Tisch zu heben.

Arnaut warf ihm einen misstrauischen Blick zu. »Ist heute ein besonderer Tag, oder womit habe ich das alles verdient?«

Raol grinste verhalten. »Heute ist ein sehr guter Tag dafür, denn du bist jetzt dreiundzwanzig Jahre alt, und es war Jaufrés letzter Wunsch, dir eine Vorauszahlung auf dein Erbe zu gewähren. Schließlich wirst du uns bald wieder verlassen, und da soll es dir an nichts fehlen in der Welt.« Er hantierte umständlich an den Laschen der Packtaschen, um sie zu öffnen.

Als Arnaut hineinschaute, fand er sie mit Lederbeuteln gefüllt, wie man sie für Münzen verwendet. Seine Augen weiteten sich, als er einen davon öffnete. Randvoll mit byzantinischen *solidi* und maurischen *maravedi.*

»Gold?«

»Alles Gold«, grinste Raol.

»Aber das ist ein Vermögen. Wo hast du das her? So viel wirft unser Tal doch nicht ab.«

»Und doch nur ein Teil unseres Familienschatzes.«

Arnaut musste sich setzen. Ihm schwindelte. »Nur ein Teil? Aber …«

»Mein Vater ist damals mit einigen Reichtümern aus Outremer heimgekehrt.«

»Aber das hat er doch in Land und Anteilen an Mühlen, Rinderherden und Handwerksbetrieben angelegt.«

»Da hast du recht. Wie soll ich es erklären?« Raol machte ein verlegenes Gesicht. »Da ist diese alte Geschichte … nichts Unehrenhaftes, das kann ich dir versichern. Eine alte Erbschaft, wenn du willst, von deinem Urgroßvater.«

»Dem alten Montalban?«

»So ähnlich. Nur, wir haben Jaufré geschworen, nichts zu verraten. Erst, wenn du eines Tages *castelan* wirst.«

»Wer ist wir?«

»Nun, ich und Hamid natürlich. Und dann *Fraire* Aimar. Ihm hat mein Vater alles erzählt, falls uns etwas zustoßen sollte.«

»Warum diese Geheimniskrämerei?«

Raols Gesichtsausdruck war plötzlich hart geworden. »Nimm das Geld und stell keine Fragen.«

Arnaut kannte ihn gut genug, um zu wissen, dass weiteres Nachbohren sinnlos war. »Ich danke dir, aber ich brauche kein Gold.«

»Jaufré wollte es so. Ein Mann soll sich nicht von einer Frau aushalten lassen, hat er gesagt.«

Arnaut fühlte, wie ihm die Zornesröte ins Gesicht stieg. »So denkt ihr also!«, rief er. »Was Ermengarda mir zukommen lässt, habe ich mir redlich verdient.«

Raol trat näher und legte ihm versöhnlich den Arm um die Schulter. »Meine Worte waren nicht bös gemeint. Aber das Gold ist unser, und mein Vater und ich dachten, es sei an der Zeit, dass du daraus Nutzen ziehst, was auch immer du damit anfangen willst. Wir von Rocafort sind nicht irgendwer. Das sollst du wissen und niemals vergessen.«

Arnaut bezwang seinen Unmut. Schließlich war es ein fürstliches Geschenk und mit Freuden gegeben. »Nun gut. Du siehst mich wirklich überwältigt. Ich danke dir von Herzen.«

»Noch eine Bitte«, fügte Raol hinzu. »Wir sind seit jeher Lehnsleute von Tolosa gewesen, obwohl alle unsere Nachbarn mit Narbona verbündet sind und so den Katalanen nahestehen. Sprich mit Ermengarda, ob sie gewillt ist, unsere Huldigung anzunehmen.«

Das war ein alter Streit zwischen Raol und seinem Vater gewesen, der fest an seinem Bündnis mit den Grafen von Tolosa festgehalten hatte.

»Willst du Graf Alfons die Treue aufkündigen?«

»Nicht unbedingt. Aber es ist besser, sich in beide Richtungen zu versichern. Ich habe das schon lange im Sinn, wie du weißt.«

Arnaut nickte. »Ich rede mit ihr.« Dann erinnerte er sich an den jungen Burschen aus dem Dorf. »Übrigens, dieser Lois Bernat …«

Raol lachte. »Nimm ihn mit, den Querkopf. Ist eh nicht zu gebrauchen.«

Lange wollte Arnaut diese seltsame Unterredung nicht aus dem Sinn gehen. Warum hatte Raol ihm das Gold aufgedrängt? Wollte er ihn etwa auszahlen? Nein, das konnte nicht sein, denn Raol hatte keine Kinder, und somit war Arnaut sein Erbe. Und aus welchem Grund machten sie so ein Geheimnis darum? Nun, eines Tages würde er es schon erfahren. Er würde das Gold bei den Juden in Narbona anlegen, dann wäre er nicht in Versuchung, es auszugeben.

Bei dem Gedanken an Narbona erfasste ihn eine heftige Sehnsucht nach seiner Ermengarda, nach ihren Gesprächen und sanften Liebkosungen. Großvaters Tod hatte ihn vorübergehend alles andere vergessen lassen. Doch nun kehrte sein Verlangen nach ihr fast schmerzlich zurück.

♦

Der Bauernbursche Lois Bernat war überglücklich, dass er mit auf die Reise durfte, und so aufgeregt, dass er kaum einen ganzen Satz zustande brachte, um seinem neuen Herrn zu danken. Jori blickte erstaunt auf die schweren Satteltaschen, die Arnaut mit größter Sorgfalt auf seinen Wallach schnallte.

Er hatte sich schon am Abend zuvor von der Familie verabschiedet, um gleich bei erstem Licht aufbrechen zu können. Sein Bruder Robert hatte ihm das Versprechen abgerungen, ihn bald einmal in Narbona besuchen zu dürfen. Ada dagegen war viel zu beschäftigt mit dem Nähen und Besticken ihres Brautkleids, um ihm viel Beachtung zu schenken.

Unterhalb der Burg, auf der Dorfwiese, drehte Arnaut sich noch einmal im Sattel um und winkte seiner Mutter zu, die ihnen von der Wehrmauer noch lange nachblickte, bis sie auf der Straße nach Cubaria hinter einer Biegung verschwunden waren. Diesmal hatte sie um seine Abreise mehr Aufhebens als sonst gemacht. Sogar Tränen hatte es gegeben, als würde er ans andere Ende der Welt ziehen. Mütter!, dachte er und musste lächeln.

Zu Pferde von Rocafort nach Narbona brauchte man ungefähr drei Tage. Das heißt, wenn man Ross und Reiter nicht überfordern will und sich die Zeit nimmt, die Schönheiten der bergigen Landschaft zu genießen, oder sich rechtzeitig nach einer Herberge umschaut, um den Tag bei einem wohlverdienten Mahl zu beenden. Denn für feiste Pfaffen, Gutsherren oder Kaufleute, für solche also, die es sich leisten können, hat das Land so manches an feurigem Wein, würzigem Käse und feinen Leckerbissen aus der südlichen Küche zu bieten. Die übrigen armen Schlucker begnügen sich für ein paar Kupferlinge mit einer dünnen, schwach nach Speck riechenden Suppe und einer Strohschütte in der Scheune.

Doch Arnaut hatte es eilig. Den ganzen Tag lang blieben sie im Sattel und dank eines trüben Mondes noch bis tief in die Nacht hinein. Dann hängten sie irgendwo an einem Bach den Pferden die Futterbeutel um, schlangen selbst ein wenig von Cortesas Wegzehrung herunter und legten sich, in dicke Pferdedecken gehüllt, auf den hartgefrorenen Boden. Die goldgefüllten Satteltaschen benutzte Arnaut als Kopfkissen. Vor räuberischem Gesindel, das an einsamen Stellen gern sein Unwesen treibt, fürchtete er sich nicht, denn er und Jori reisten in voller Kriegsausrüstung. Doch zur Sicherheit hielten sie abwechselnd Wache.

Für Lois Bernat war an Schlaf nicht zu denken. Über alles Gesehene musste er grübeln, dazu die lähmende Kälte der

Nacht und seine eigene Aufgeregtheit. Zum ersten Mal in seinem Leben hatte er sein Heimattal verlassen. Alles Neue um sich herum hatte er mit großen Augen betrachtet. Enge Schluchten und dichte Wälder waren ihm bedrohlich erschienen, die mit Winterweizen bestellten Felder begutachtete er hingegen mit Kennermiene. In den kleinen Dörfern, durch die sie kamen, sah er sich aufmerksam um, neugierig, wie die Leute andernorts wohl lebten.

Zum Glück hatte Jori sich seiner angenommen, denn Arnaut schenkte dem Jungen wenig Beachtung und hätte kaum Geduld für seine anfängliche Unsicherheit und Tolpatschigkeit gehabt. Zum Glück war er wenigstens nicht vom Pferd gefallen. Und über seinen geschundenen Hintern wagte er nicht zu jammern.

Kaum zeigte sich der erste graue Streifen am Horizont, war Arnaut schon auf den Beinen. Halb erfroren schlugen sie sich die Arme um die Schultern und versuchten, ein wenig Wärme in die klammen Finger zu hauchen. Mit einem Kanten Brot und ein Stück Wurst in der Faust hievten sie sich wieder in die Sättel. Nur einmal noch hielten sie an, um die Pferde saufen zu lassen.

Jori war an Arnauts Ungestüm gewöhnt. Wenn sein Herr ein Ziel vor Augen hatte, ließ er sich ungern davon ablenken und musste es auf geradem Weg ansteuern. So erreichten sie Narbona schon am frühen Nachmittag des zweiten Tages.

Arnaut schickte die Jungen in den *palatz vescomtal,* um die Pferde zu versorgen und das Gepäck in seine Gemächer zu tragen. Er selbst begab sich, mit seinem Wallach am Zügel, zu einem ihm bekannten und vertrauenswürdigen Juden, mit dessen reicher Familie auch schon Großvater Geschäfte gemacht hatte. Dort hinterlegte er sein Gold zu einträglichen Bedingungen, denn den Juden war es erlaubt, Zinsen zu vereinbaren, solange es nicht in Wucher ausartete. Dann eilte auch er in den Palast, ungeduldig, Ermengarda endlich wieder in die Arme zu schließen. Noch im Pferdestall ließ er sich von Jori die schwere Rüstung abnehmen und das verschwitzte Lederwams. Dann stürmte er die Treppe hinauf zum Wohnbereich der *vescomtessa.*

Im ersten Stockwerk kam ihm sein Freund Severin entgegen.

»Eh, *mon velh*«, rief der freudig und umarmte ihn. »Du bist zurück. Die *domina* verzehrt sich schon nach dir.«

»Wo ist sie?«

»Im Augenblick empfängt sie eine Abordnung der Bürgerschaft. Die machen alle schrecklich ernste Gesichter. Ich fürchte, das wird dauern.«

Severin war eigentlich Lehnsmann der Montalbans von Rocafort, denn er stammte aus Arnauts Tal, wo seine Familie ein einträgliches Gut unterhielt. Aber nachdem er damals beim Angriff auf den Palast Ermengardas Leben gerettet hatte, war er zum *capitan* der vizegräflichen Leibwache aufgestiegen und meist in ihrer Nähe anzutreffen.

»Worum geht's?«, fragte Arnaut.

»Das Übliche, denke ich. Der Hafenausbau, Zölle, Marktrechte, du weißt schon. Ach, und der Erzbischof will eine Sondersteuer erheben, gegen die sich die reichen Bürger auflehnen.«

»Was für eine Steuer?«

»Für die, die sich weigern, ins Heilige Land zu ziehen. Die sollen wenigstens zahlen, damit man Ärmere bewaffnen kann. Seit dieser Abt Bernard hier war, sind alle verrückt geworden, wenn du mich fragst.«

»Clairvaux?«

Severin nickte. »Aber komm. Ich lad dich zu einem Becher ein.«

Sie wanderten über den Marktplatz und begaben sich zu ihrer Lieblingstaverne, *Al Peis d'Argent* – Zum Silbernen Fisch, in der Nähe des Wassertors. Abends war in dieser gemütlichen Fischerspelunke die Hölle los, doch jetzt am Nachmittag war der Schankraum nur mäßig besetzt. Severin bestellte Wein und Oliven und konnte es nicht lassen, ein paar Scherze mit den stadtbekannten Huren auszutauschen, die hier für gewöhnlich auf Kundschaft lauerten. Er schien wie immer guter Dinge zu sein. Es war selten, dass man Severin mürrisch sah.

»Also, was hatte der große Clairvaux denn hier zu suchen?«, nahm Arnaut den Faden wieder auf, nachdem sie sich den ersten Schluck gegönnt hatten.

»Hat eine gewaltige Rede auf dem Marktplatz gehalten. Du hättest den Auflauf sehen sollen. Ganz Narbona war da und hat sich heiser geschrien. Jedenfalls soll es den Sarazenen jetzt an den Kragen gehen. Und wer sich dem bewaffneten Pilgerzug anschließt, kommt gleich ins Paradies. Seitdem ist die Stadt in Aufruhr, und in allen Kirchen sammeln sie für den Heiligen Krieg.«

»Und König Louis hält sein Wort?«

»Wir hörten, dass er sich vor kurzem mit seinen wichtigsten Vasallen getroffen hat, um über den Reiseweg für das Heer zu beraten. Außerdem heißt es, der König der Alemannen will sich nun auch beteiligen. Stell dir vor.«

»*Mon Dieu.* Das hat es ja noch nie gegeben. Zwei Könige.«

»Ich sage dir, mir juckt es auch schon im Hintern.«

»Ach, das ist doch nur was für beutegierige Raufbolde und landlose Abenteurer. Oder hast du es eilig, deine Sünden abzubüßen?«

»Was für Sünden?«, fragte Severin entrüstet.

»Na, deine Weibergeschichten.«

»Ein bisschen Spaß darf man doch noch haben, oder?«

»Jedenfalls hast du es gut hier. Ermengarda hat dich mit Landgütern belehnt. Jetzt bist du wer. Was hast du in Outremer zu suchen?«

»Vielleicht hast du recht«, brummte Severin. »Aber es ist schon schwer, hier zu sitzen, wenn alle Welt in den Krieg zieht.« Er fuhr sich durch den widerborstigen Haarschopf, der durch nichts in der Welt zu bändigen war. Dann nahm er einen tiefen Schluck vom billigen Schankwein.

»Geht es deinem Großvater eigentlich besser?«

»Er ist gestorben«, erwiderte Arnaut leise.

Severin starrte ihn erschrocken an. »*Putan.* Warum hast du mir das nicht gleich gesagt?«

Arnaut zuckte hilflos mit den Schultern. Trotz Beerdigung und Trauerfeiern wurde ihm erst jetzt in aller Deutlichkeit bewusst, dass Großvater Jaufré nun für immer von ihnen gegangen war. Nie mehr würde er sein wettergegerbtes Gesicht sehen oder den sanften Spott in seiner Stimme hören, mit dem er sie als Jungen zurechtgewiesen hatte, noch die rauhen Soldatenflüche, wenn ihm etwas gegen den Strich gegangen war.

»Er war lange krank. Am Ende ist er dem Fieber erlegen.«

»Warst du dabei?«

»Die ganze Familie. Er war mit sich selbst im Reinen, glaube ich, und ist in der Nacht entschlafen.«

Severin bestellte gleich mehr Wein, denn die Nachricht rief nach einem ordentlichen Besäufnis. In stummer Trauer tranken die Freunde und gedachten des alten Haudegens, denn auch für Severin war er wie ein Vater gewesen. Beide hatten ihre Waffenausbildung bei ihm und Hamid genossen.

Nach dem zweiten Krug meldete sich bei Arnaut der Hunger, und sie verlangten vom Wirt, ein gebührendes Mahl aufzutragen. Bei siedend heißen Flusskrebsen, Muscheln in Weinsud und gegrilltem Fisch erinnerten sie sich an ihre wilden Jungenstreiche, an so manche Tracht Prügel, die sie dafür bezogen hatten, und an den harten Drill, den Jaufré ihnen auferlegt hatte. Ein strenger, aber gutherziger Lehrmeister war er gewesen.

»Ich kann nicht mehr«, stöhnte Severin nach Stunden. Er wischte sich das Fett mit einem Rest Brot aus dem Gesicht und träufelte Zitrone über die Finger.

Arnaut ließ den Wirt kommen, um zu zahlen. Das Mahl und Severins Gesellschaft hatten ihm gutgetan. Es war wie der gebührende Abschluss seiner Jugendjahre. Großvater war begraben. Nun musste man nach vorne schauen und sehen, was das Leben so brachte. »Trink endlich aus und lass uns gehen. Mich verlangt nach meinem Mädchen.«

»Das rechte Wort zur rechten Stund«, grinste Severin und blickte sich suchend um. Dann zwinkerte er einem der losen Weiber im Hintergrund zu. »Geh nur«, murmelte er. »Ich komme später.«

♦

»Jetzt erst traust du dich her?«, schmollte Ermengarda.

»Du warst mit deinen Ratsherren beschäftigt.«

»Die sind lange weg. Wo bist du gewesen?«

»Severin und ich haben gespeist.«

»Nicht wieder in dieser Kaschemme? Und mich lässt du warten. Gefalle ich dir etwa nicht mehr?« In gespielter Entrüstung wandte sie ihr Gesicht ab.

Arnaut packte sie um die Taille und drückte ihr einen wilden Kuss auf den Mund. »Ich will dir zeigen, wie du mir gefällst.«

Voll aufgestauter Leidenschaft erwiderte sie sein Ungestüm. Aber nur für einen Augenblick. Dann rümpfte sie die Nase und stieß ihn von sich.

»Du stinkst, Arnaut! Nach Wein, Schweiß und Fisch. Geh dich waschen.«

Sie rief nach ihren Mägden und verordnete ihm ein heißes Bad, bevor er sich ihr noch weiter nähern durfte. Während sie warteten, dass das Bad gerichtet wurde, erzählte er, wie es ihm ergangen war. Nur von dem Gold sagte er nichts, wie ihm sein Oheim aufgetragen hatte.

Ermengarda strich ihm durch die dunklen Locken. »Deine Mutter muss es hart getroffen haben.«

»Es hat sie wieder an den Tod meiner Großmutter erinnert. Sie fühlt sich etwas verlassen, glaube ich.«

Ermengarda kannte das Gefühl aus ihrer Kindheit. Seltsam, dass selbst eine reife Frau wie *Domna* Adela sich beim

Tod ihres Vaters immer noch wie ein verlassenes Kind fühlte. Blieb man denn ewig Kind?

»Und ich raube ihr auch noch den Sohn«, sagte sie.

Er fasste sie unters Kinn und küsste sie auf die Lippen. »Du bist mein Leben«, raunte er.

»Bin ich das?« Ihre Augen leuchteten.

Dieses strahlende Blau hatte ihn vom ersten Augenblick an verhext. Er strich ihr zärtlich über die Wange. »Du weißt es doch.«

Das Bad stand nun bereit, und die Mägde verschwanden mit scheuen Blicken aus der Kammer. Arnaut zerrte sich die Kleider vom Leib, um vorsichtig in das dampfende Wasser des großen Zubers zu steigen, den sie im Nebenraum für ihn hergerichtet hatten.

Beim Anblick seiner breiten Schultern und den von Waffenübungen gestählten Muskeln wurde Ermengarda ganz heiß unter ihrem dünnen Hemd. Am liebsten hätte sie es sich ebenfalls vom Leib gerissen und sich auf ihn gestürzt. Bei dem Gedanken, ihn jetzt auf der Stelle und ganz schamlos im Badewasser zu verführen, musste sie lachen. Die strenge *Domna* Anhes würde vor Entsetzen in Ohnmacht fallen. Aber nein. Ein wenig Warten würde das Wiedersehen nur noch süßer machen.

Wann sollte sie ihm die gute Neuigkeit verraten? Gleich jetzt oder doch besser später? Sie setzte sich auf einen Hocker, um ihm beim Baden zuzuschauen.

»Mein Oheim strebt eine Verbindung mit Narbona an«, sagte Arnaut und tauchte kurz mit dem Kopf unter Wasser. »Er fragt, ob du gewillt bist.«

»Warum kommt er nicht selbst?«

»Ich sollte wohl vorfühlen.«

Nach einer gründlichen Reinigung mit Seife und Schwamm stieg er aus dem Zuber und tropfte den ganzen Boden nass. Rasch wickelte Ermengarda ein großes Leinentuch um ihn.

»Ich höre, die Stadt ist in Aufruhr wegen des Kriegszugs ins Heilige Land«, sagte er. Er bemerkte, wie ein Schatten von Unmut über ihr Antlitz flog. »Severin meint, er hätte selbst nicht übel Lust.«

»Auf keinen Fall!« Eine ärgerliche Röte war ihr in die Wangen gestiegen. »Er führt meine Palastwache an. Ich will ihn nicht entbehren.«

Arnaut machte ein erstauntes Gesicht. »Er ist ein freier Mann, Ermengarda, und kann gehen, wohin er will.«

»Nein, ich verbiete es.« Ihre Augen sprühten vor Zorn. Aber gleich zwang sie sich wieder zu einem Lächeln. »Lass uns nicht darüber reden. Bitte. Nicht heute Abend.«

Sie nahm ihn bei der Hand und führte ihn in ihr Schlafgemach. Jamila hatte das Bett aufgeschlagen und ihnen etwas verdünnten Wein und ein Schälchen mit kandierten Früchten hingestellt, die sie selbst nach einem alten maurischen Rezept herstellte. Ein Kaminfeuer wärmte den Raum, Kerzen verbreiteten ihr weiches Licht.

Arnaut ließ das Leinentuch fallen und zog Ermengarda das Nachtgewand über den Kopf. Das dunkle Haar fiel ihr in Wellen bis über den verlängerten Rücken. Unter seinem Blick schien ein Schauer über ihre Haut zu laufen, und die Spitzen ihrer Brüste drängten sich ihm entgegen. Die Schönheit ihres nackten Leibes nahm ihm wie immer den Atem. Seine Augen hingen an ihr, als wollte er jeden Zoll ihrer Gestalt in sich aufnehmen. Leicht glitten seine Hände über ihre Wangen, berührten sanft die vollen Brüste, folgten den weichen Linien der Hüften.

»Komm«, hauchte sie und zog ihn auf das Lager.

Ihre jungen Leiber fanden wie von selbst zueinander, erkannten und gaben sich in inniger Vertrautheit, verschmolzen ohne Scheu oder Zögern, ließen alles um sie herum verblassen, alles vergessen, als wäre die lustvolle Vereinigung ihres Fleisches die einzige Wirklichkeit in dieser Welt und alles andere nur ein blasser Traum. Wie sehr hatte Arnaut sie vermisst, wie konnte er überhaupt nur einen Augenblick von ihr lassen? Nach dem Höhenflug ihrer Wonnen glühte Ermengardas Gesicht in Glückseligkeit, und ihre Augen lächelten. Er küsste eine einzelne Träne von ihrer Wange.

Wieder zu Atem gekommen, lagen sie eng umschlungen, jeder in Gedanken versunken.

»Entsinnst du dich der kleinen Madonna meiner Mutter?«

»Das holzgeschnitzte Figürchen?«

»Sie hat es mir geschenkt.«

Ermengarda erinnerte sich. *Domna* Adela hatte ihr den heiligen Glücksbringer gezeigt, als sie sich auf ihrer Flucht eine Weile auf Rocafort verkrochen hatte.

»Es soll mich beschützen«, fuhr er fort. »Irgendwie schien sie diesmal mehr besorgt als sonst um mich.«

Ermengarda schmiegte sich enger an seine Brust. »So wie ich, wenn du nicht bei mir bist. Ich sorge mich Tag und Nacht. Es raubt mir den Schlaf.«

»Wirklich? Was soll mir schon geschehen?«

»Wer weiß?« Sie blinzelte belustigt zu ihm auf. »Alles kann geschehen. Vielleicht stürzt du vom Pferd.«

»Ich vom Pferd?«

»Oder ein Bär fällt dich an, ein wilder Stier … schlimmer noch … eine andere Frau.« Dabei stieß sie ihm in vorgetäuschtem Zorn in die Rippen. »Untersteh dich. Sonst bin ich es, die dich umbringt.«

»*Verges Maria.* Ich zittere und flehe um Erbarmen.«

Ermengarda drehte sich auf den Rücken und sagte auf einmal ganz ohne Übergang: »Ich bin schwanger.«

»Was?«

Sie warf ihm einen forschenden Blick zu. »Mein Leib ist gesegnet, wie es heißt.«

Er setzte sich auf und legte ihr die Hand auf den Bauch. »Bist du sicher? Man sieht nichts.«

»Habt ihr Männer denn keine Augen im Kopf? Natürlich sieht man es.« Sie erhob sich bis auf die Knie und streckte den

Bauch raus, den Arnaut mit ernster Miene von allen Seiten betastete und begutachte.

»Ich sehe nichts von Schwangerschaft«, meinte er. Dann fand seine Hand die üppigen Wölbungen ihres Hinterteils. »Oder etwa hier?«

»Ach, du Hornochse!«

Kreischend vor Lachen warf sie sich über ihn. Es kam zu einem wilden Handgemenge, bei dem sie ihn niederrang, seinen Mund mit Küssen versiegelte, bis er um Gnade flehte und sich erneut ihrer hemmungslosen Leidenschaft ergab.

Später, nachdem sie die Kerzen gelöscht und Ermengardas ruhige Atemzüge neben ihm zu hören waren, lag Arnaut noch lange wach und dachte über diese plötzliche Wende nach. Er war besorgt, denn es war nicht das erste Mal. Schon vor über einem Jahr war sie schwanger gewesen.

Zuerst hatten sie sich lange vorgesehen. Ein Bastardkind in ihrer Stellung? Unmöglich würde man meinen. Was bei Männern nicht mehr als hochgezogene Brauen bewirkt hätte, war ehrbaren Damen strengstens verwehrt. Allmählich hatte sich bei Ermengarda jedoch eine Wandlung vollzogen. Ihre Herrschaft über die Vizegrafschaft hatte sich gefestigt, sie war beliebt bei Volk und Adel gleichermaßen. Darum sehe sie nicht ein, warum sie nicht wie andere Frauen leben dürfe. Wer wollte es ihr verwehren? Solle sich doch, wer will, das Maul zerreißen. Arnaut war bei der Sache nicht geheuer gewesen, doch Ermengarda blieb entschlossen. Und was sie sich in den Kopf setzte, führte sie auch durch.

Doch es hatte nicht sein sollen. Eines Morgens war sie mit Blut zwischen den Beinen aufgewacht. Gottlob noch sehr früh in der Schwangerschaft. Arnaut hatte sich mehr als sie erschrocken. So etwas käme vor, hatte sie gesagt, bald werde Gott ein Einsehen haben und ihnen ein gesundes Kind schenken.

Nun war es also so weit. Er freute sich. Aber da waren auch gewisse Fragen. Das Kind würde als Bastard gelten.

Würde es geächtet werden? Was wären seine Rechte? Darüber solle er sich keine Sorgen machen, hatte Ermengarda gesagt. Rechte und Privilegien bestimme immer noch sie als Fürstin. Seine Mutter Adela wäre wahrscheinlich selbst über einen Bastard glücklich. Auch Raol würde es begrüßen, schon aus Bündnisgründen. War er denn der Einzige, dem unwohl bei der Sache war?

In der Dunkelheit fand seine Hand die kleine Madonnenfigur. Mach, dass alles gut wird, flüsterte er und sprach ein kurzes Gebet.

Wahrscheinlich machte er sich ganz unnötige Gedanken. Ob es wohl ein Sohn würde? Andächtig legte er die Hand auf Ermengardas Bauch. Sie seufzte leise im Schlaf, murmelte etwas Unverständliches und drehte sich auf die Seite. Der Duft, der ihrer warmen Haut entströmte, ließ ihn wohlig in den Schlaf hinüberdämmern.

Der Gesandte der Königin

Der März brachte Sonne und den ersten Hauch warmen Wetters, so dass die Menschen ihre wollenen Mäntel ablegten und aus den Häusern kamen wie nach einem langen Winterschlaf.

In Ermengardas Garten erblühten fast über Nacht Krokus, Märzveilchen und Lerchensporn und erfreuten das Herz mit ihren zarten Farben. Ganz ähnlich belebte sich der Marktplatz vor dem vizegräflichen Palast mit den bunten Gewändern edler Damen, die nun zwischen den Ständen schlenderten und mit den Händlern feilschten, während ihre jungen Mägde, die körbeweise Einkäufe zu schleppen hatten, kecke Blicke um sich warfen, wenn ein hübscher Bursche ihren Weg kreuzte.

Die Falkenjagd lebte wieder auf, und auch im Palast nahm das höfische Leben neuen Schwung. Feste wurden gefeiert; es wurde gespeist, gescherzt und getanzt, *joglars* verblüfften mit ihren Künsten, und *trobadors* trugen die Lieder vor, die sie im Winter ersonnen hatten. Es war eine Ehre, zu solchen Gelegenheiten bei Hofe geladen zu sein. Ermengarda thronte auf ihrem Sitz wie die anmutige Muse der schönen Künste, Arnaut niemals weit von ihrer Seite. Und ein lebenslustiger Peire Rogier, der schon lange bei Hofe weilte und es inzwischen zu einiger Berühmtheit als *trobador* gebracht hatte, herrschte über die Gaukler und Spielleute wie ein König der Diebe.

Doch es gab auch Ernsteres als Spiel und Gesang. Arnaut saß mit den Großen der Vizegrafschaft im Rat der Fürstin, obwohl das Gezerre zwischen Bürgertum und Stadtadel und die ewigen Wortgefechte über Zölle, Marktrechte und Privilegien ihn eher langweilten. Wenn Ermengarda ihn nicht besonders darum bat, überließ er dies gerne seinen Freunden Raimon und Felipe.

Letzterer war der einzige Sohn aus dem großen Geschlecht der Menerbas, die über eine Festungsstadt nordwestlich von Narbona herrschten. Auf der gemeinsamen Flucht vor vier Jahren wäre es fast zum Bruch zwischen ihnen gekommen, denn auch Felipe hatte damals nur Augen für Ermengarda gehabt. Inzwischen war er jedoch mit einer von Raimons Schwestern verheiratet und zum wortgewandten Fürsprecher des Adels geworden. Er konnte der Vizegräfin die Gefolgschaft der Kastellane und Landadeligen sichern, wenn sie dessen bedurfte.

Raimon de Narbona entstammte einer reichen Familie, die ausgedehnte Ländereien besaß und weitverzweigte Handelsbeziehungen pflegte. Diesen scharfsinnigen, wenn auch etwas schüchternen jungen Mann hatte Ermengarda mit der Verwaltung ihres Fürstentums betraut. Seiner Weitsicht und seinem Geschäftssinn war es zu verdanken, dass Narbona als Handelsstadt immer mehr an Bedeutung gewann und Ermengardas Reichtum sich vermehrte. Eine kleine Kriegsflotte schützte jetzt Narbonas Handelsschiffe, eine neue Straße ins Landesinnere erweiterte beträchtlich die Zolleinnahmen, und überschüssige Gelder legte er gewinnbringend in den neuen Vierteln außerhalb der Mauern an, denn die Stadt erfreute sich eines vermehrten Zulaufs aus ländlichen Gebieten.

In einem Punkt jedoch widersprach ihm Ermengarda und ließ sich nicht umstimmen. Niemals mehr sollte sich Narbona als schwach erweisen. Kein machthungriger Nachbar, wie damals Alfons de Tolosa, sollte seine begehrlichen Blicke auf Narbona richten und glauben, er könne die vermeintliche Schwäche eines Weibes ungestraft für seine Zwecke nutzen. Da sie sich nicht allein auf die militärischen Pflichten ihrer Vasallen verlassen wollte, war eine kleine und doch schlagkräftige Söldnertruppe entstanden. Anführer dieser Hausmacht war Arnaut. Wenn er Gelder für Rüstungen und

Mannschaften benötigte, musste Raimon klein beigeben und so manche einträgliche Unternehmung verschieben. In seiner Rolle als Kriegsherr kümmerte Arnaut sich auch um den Zustand der Stadtbefestigungen und war oft unterwegs, um die Burgen der Vizegrafschaft in Augenschein zu nehmen und die Kampfbereitschaft der Besatzungen zu überprüfen.

Neben Severin, der sich um Ermengardas Sicherheit sorgte, war *Fraire* Aimar der fünfte im Bunde ihrer engsten Getreuen, ein überaus gelehrter Mönch, Mitte dreißig und somit älter und erfahrener als die anderen. Von *Senher* Jaufré gefördert, war er in Paris Schüler des berühmten Philosophen und Kirchengelehrten Abaelardus gewesen, hatte in Montpelher studiert und in Toledo Übersetzungen von Aristoteles' Schriften aus dem Arabischen gelesen. Auf ihn vertraute Ermengarda im Umgang mit den Mächtigen. Er kannte viele Fürstenhöfe und war für sie bis Barcelona und Saragossa gereist, der neuen Hauptstadt des Königreichs Aragon, wo nun auch ihre Schwester Nina wohnte.

»Sag mal, Aimar. Was höre ich von einem geheimen Schatz der Familie?«, fragte Arnaut ihn bei erster Gelegenheit. Sie waren unterwegs zum Kloster Fontfreda, wo Bruder Aimar die Bauarbeiten zu besichtigen gedachte.

»Was für ein Familienschatz?«

»Stell dich nicht dumm. Du weißt angeblich alles darüber.«

»Ich weiß gar nichts.« Aimars sonst so freundliche Miene war plötzlich verschlossen.

»Raol hat mir Satteltaschen voller Gold gegeben. Ich soll aber den Mund halten.«

»Dann tu es auch und lass mich mit Fragen in Ruhe.«

Sie ritten stumm nebeneinander her. Kurz bevor sie das Kloster erreichten, fing Arnaut noch einmal davon an und ließ nicht locker.

»Es ist eine uralte Geschichte«, brummte Aimar schließlich mit einem gereizten Seufzer. »Jaufré hat ein großes Geheimnis darum gemacht, und ich habe ihm vor Jahren geschworen, nichts verlauten zu lassen. Ich frage mich, warum Raol es überhaupt erwähnen musste, denn es ist nichts von Bedeutung.«

»Scheint sich um eine Menge Gold zu handeln.«

»Raol übertreibt. Du weißt, Jaufrés Vater, der alte Montalban, hat in Spanien gegen die Mauren gekämpft. Da muss wohl einiges an Beute abgefallen sein. Und dein Großvater war auch nicht untätig. Nimm das Geld und sei zufrieden.«

»Warum die Geheimnistuerei?«

»Jede Familie hat Geheimnisse. Wer weiß, wie die Montalbans an ihr Gold gekommen sind? Es gab Dinge, die deinem Großvater unangenehm waren.«

Arnaut lachte. »Hat er etwa Bastarde in die Welt gesetzt, von denen wir nichts wissen? Oder Kirchen geplündert?«

»Nichts davon.« Aimar machte eine wegwerfende Geste. »Alte Geschichten, die keine Bedeutung haben.«

»Und warum sagst du dann nichts?«

»Weil ich einen Eid geschworen habe. Auf die Bibel. Und das ist mir wichtiger als Jaufrés lächerliches Geheimnis.«

Arnaut merkte wohl, dass er nicht mehr aus Aimar herausbekommen würde, und schwieg. Irgendwann würden sie es ihm schon erzählen. Und Aimar hatte recht. Er sollte sich damit zufriedengeben, ein wohlhabender Mann zu sein.

Ermengardas morgendliche Übelkeit hatte sich gelegt. Langsam konnte selbst Arnaut die leichte Wölbung ihres Leibes erkennen, ihre Brüste wurden voller und ihr Gemüt weicher. Und doch machte er sich Sorgen um sie, denn sie war blasser als gewöhnlich, ermüdete schnell und klagte gelegentlich über Leibschmerzen. Er überredete sie, sich zu schonen und auf ihre Jagdausritte zu verzichten. Nicht auszudenken, wenn sie das Kind erneut verlöre.

Und dann, gegen Ende des Monats, es war kurz nach Maria Annuntiata, dem Tag der Verkündigung, da tauchte eine bunte, fremdländisch anmutende Reitertruppe vor den Toren der Stadt auf und errichtete auf weitem Feld ihre Zelte.

Als ihr Anführer bei Ermengarda um Audienz bat, stellte er sich als Josselin de Puylaurens vor, Ritter und Gesandter der Königin Melisende von Jerusalem.

♦

Narbona war seit jeher eine Hafenstadt und lag zudem am Kreuzweg zwischen den Handelsstraßen entlang der Küste und denen, die ins Landesinnere führen. Ohne Unterlass kamen und gingen Pilger, Seeleute, Händler, Edelleute oder Söldnertrupps. Man war hier an Fremde gewöhnt, doch nie zuvor hatte man eine Gesandtschaft der Königin von Jerusalem begrüßen dürfen. Entsprechend war die Aufregung.

Diesen Josselin de Puylaurens hätte man leicht für einen gewandten Höfling halten können, so strahlend war sein zuvorkommendes Lächeln, so makellos sein Gewand, so vollendet seine Umgangsformen, wären da nicht die breiten Schultern, die harten Muskeln und die hässliche Narbe auf seiner bärtigen Wange gewesen. Dies ließ eher auf einen erfahrenen Krieger schließen. Er war ein Mann in mittleren Jahren, von beeindruckender Statur, mit einer blonden Löwenmähne, die ihm bis auf die Schultern fiel, und der fleckigen Haut eines Hellhäutigen, der zu viele Jahre in der Wüstensonne verbracht hatte.

Er stellte seine beiden Begleiter vor, Hugues de Bouillon und Étienne de Bernay, Mönchsritter aus dem Orden der Templer. Auch sie sahen wie Männer aus, mit denen man sich besser nicht streiten sollte. Sie trugen lange Schwerter an der Seite und Kettenpanzer unter den weißen *sobrecots,* die sonnenverbrannten Gesichter wie aus Granit gemeißelt.

»Es ist nicht alle Tage, dass wir so hohen Besuch haben«, sagte Ermengarda, nachdem die Gäste mit Wein versorgt waren. »Was führt Euch zu uns?«

»Midomna Vescomtessa«, erwiderte Josselin. »Wir sind im Auftrag unserer Königin unterwegs, um bei den Fürsten des

Landes für die gute Sache im Heiligen Land zu werben. Wir waren in Barcelona, in Elna und sind nun hier. Wir haben vor, Tolosa, Albi und noch viele andere Höfe zu besuchen und uns später dem Zug des guten König Louis anzuschließen.«

Ermengarda hob ihren Kelch. »Wir werden gewiss nicht abgeneigt sein, Euch eine Summe zu stiften.«

Als Puylaurens ebenfalls seinen Kelch zur Hand nahm, bemerkte Arnaut, dass ihm zwei Glieder am kleinen Finger der linken Hand fehlten und am Ringfinger die Kuppe. Zweifellos ein Schwerthieb.

»Verzeiht, *Midomna*«, hörte er ihn sagen. »Uns mangelt es weniger an Geld als an Männern, die bereit sind, gegen die Sarazenen zu kämpfen.«

Ermengarda runzelte kurz die Stirn, ging aber nicht weiter auf diese Worte ein. Stattdessen bemühte sie sich um ein freundliches Lächeln und schlug den fremden Rittern vor, während ihres Aufenthaltes im Palast zu wohnen.

»Wir bedanken uns für diese Ehre, *Vescomtessa*«, sagte Josselin und ließ seine weißen Zähne aufblitzen, »aber wir ziehen es vor, bei unseren Männern zu nächtigen. Mein Zelt ist eine durchaus bequeme Herberge, wie Ihr Euch gern mit eigenen Augen versichern könnt.«

»Dann zähle ich auf Eure Gegenwart beim Nachtmahl. Sonst hätten wir unseren guten Ruf als Gastgeber zu verlieren.«

Die drei verbeugten sich, und Arnaut erbot sich, teils aus Höflichkeit, teils aus Neugierde, sie zu ihrem Lager zu begleiten. Die Zelte hatten sie am Südufer der Aude aufgeschlagen, nahe der Wehrmauer von lo Borc, dem gegenüberliegenden Stadtteil.

Verstohlen beobachtete Arnaut die beiden Tempelritter. Um den streitbaren Orden rankten Legenden. Hugues de Bouillon schien der Ältere und Anführer zu sein. Freundliche Augen milderten seine kantigen Gesichtszüge, wohingegen der andere etwas Abweisendes, Verschlossenes hatte.

Beide sprachen wenig. Josselin de Puylaurens dagegen schwatzte ungehemmt drauflos, hatte für alles, was er sah, eine Bemerkung übrig.

»Steht es so schlimm um Outremer?«, fragte Arnaut.

»Edessa ging verloren, wie Ihr wisst. Damit liegt auch Antiochia ungeschützt. Und dieser Nur ad-Din ist gefährlich.«

»Nur ad-Din?« Arnaut hörte den Namen zum ersten Mal.

»Der Emir von Aleppo. Noch jung, aber ein gewitzter Kriegsherr. Er versucht, die Ungläubigen unter seinem Banner zu vereinen. Man muss hoffen, dass es ihm nicht gelingt. Er war es auch, der alle Christen in Edessa umgebracht hat.«

»Ist es denn wahr, sie wurden alle ermordet?«

»Armenier, lateinische Christen, Orthodoxe, Männer, Frauen und Kinder. Die große Mehrzahl der Bewohner. Er traute ihnen nicht. Und mit Recht, denn natürlich hätten sie uns bei der ersten Gelegenheit wieder die Tore geöffnet.«

»Hatte die Königin nicht ein Entsatzheer geschickt?«

Josselin nickte. »Wir sind leider kläglich gescheitert. Der Fürst von Antiochia war mehr mit seinen Eroberungen in Cilicia beschäftigt, anstatt uns zu helfen. Auch wir Latiner sind leider zu oft von Uneinigkeit geplagt. Aber das Schlimmste ist, dass es uns überall in Outremer an kampffähigen Männern fehlt, während es den Sarazenen gelingt, immer neue Heere aus dem Boden zu stampfen.«

Die meisten Bewohner Edessas waren armenische Christen gewesen, wie Arnauts Großmutter Noura. Sie hatten vor fünfzig Jahren die lateinischen Ritter mit offenen Armen empfangen, weil sie sich vor den Seldschuken fürchteten, die immer weiter nach Westen vorgedrungen waren. Aber wie hatten die Türken nur sämtliche Bewohner einer Stadt meucheln können? Bei dem Gedanken lief es Arnaut kalt über den Rücken. Knöcheltief musste das Blut in den Gassen gestanden haben.

Sie waren im Lager angekommen, und Arnaut schaute sich um. Josselins bewaffnete Begleitung zählte gut zwei Dutzend

Mann, die Hälfte davon Tempelritter und ihre *sergents d'armes,* die nichtadeligen Krieger des Ordens. Die Übrigen trugen leichte, spitze Helme und kurze Tuniken. Turkopolen, erklärte Josselin, Söhne aus gemischten, christlich-türkischen Familien, die in Outremer als Hilfstruppen und berittene Bogenschützen dienten. Allesamt ausgezeichnet bewaffnet, bemerkte Arnaut. Dazu Knechte und Diener, ja sogar Frauen in weiten, dunklen Umhängen, die sich an einer Feuerstelle zu schaffen machten, seinen Blick aber mieden.

Besonders stachen ihm die Pferde ins Auge, eines edler als das andere. Arnaut wusste Araberblut wohl zu schätzen. Sie waren etwas kleiner als die heimischen Pferde, aber schnell und ausdauernd. Wie sie stolz die Hälse bogen, die Nüstern blähten und die feinen Köpfe mit den langen Mähnen hochwarfen. Die schönsten Geschöpfe unter Gottes Himmel. Wer konnte ihnen widerstehen?

»Ich sehe, Ihr wisst gutes Pferdefleisch zu schätzen«, lachte Josselin, dem Arnauts bewundernde Blicke nicht entgangen waren.

Sie standen vor einem riesigen, braunen Zelt, in der Mitte erhöht, mit Seitenwänden, fast wie ein Haus. Die Stoffbahnen in unterschiedlichen Größen und Schattierungen wirkten verblichen und zusammengeflickt.

Josselin bat ihn einzutreten.

»Ein Beduinenzelt«, erklärte er. »Macht von außen nicht viel her, ist aber innen sehr bequem.«

Das Zelt war breit und geräumig. Die Decke weit über Mannshöhe. Ein großer Hauptraum, dahinter ein abgetrennter Bereich, vermutlich zum Schlafen. Arnaut fand alles erstaunlich wohnlich, der Boden mit weichen, farbigen Teppichen ausgelegt, in ähnlicher Webart wie der in Großvaters Turmkammer. Bunte Seidenkissen auf Feldstühlen, ein klappbarer Reisetisch, auf dem ein Weinschlauch neben achtlos hingeworfenen Dokumenten lag. Satteltaschen in einer Ecke, bronzebeschlagene Koffer und Josselins Waffen und

Rüstung auf einem eigens dafür geschaffenen, hölzernen Stand.

Bevor sie eingetreten waren, hatte Arnaut Frauenstimmen in einer fremden Sprache vernommen. Nun waren sie verstummt, doch im Hintergrund gewahrte er einen Schatten. Mandelförmige Augen unter kohlschwarzen Brauen musterten ihn einen Augenblick lang neugierig. Dann verschwand die Gestalt hinter einem Vorhang.

»Es tut mir leid«, stammelte er verlegen. »Eure Gemahlin. Ich will nicht stören.«

Josselin zuckte gleichmütig mit den Schultern. »Nur eine Sklavin«, sagte er, als wäre es das Selbstverständlichste der Welt, mit Sklavinnen zu reisen.

Dann bestand er darauf, Arnaut die Bauweise des Zeltes zu erläutern. »Die Planen sind aus Ziegenhaar gewebt. Das ist unverwüstlich.« Er deutete auf Öffnungen unter den hölzernen Stützen. »Die lassen Luft zur Kühlung durch das Innere streichen und bei schlechtem Wetter den Rauch des Kochfeuers abziehen. Die Beduinen brennen getrockneten Kameldung. Sauberer als Holz.« Er lachte. »Es muss Euch seltsam erscheinen, dass ich in so einem Zelt reise. Aber während meiner Feldzüge in den heißen Gegenden unseres Landes habe ich mich daran gewöhnt.« Er wies auf einen der Stühle. »Warum setzt Ihr Euch nicht?«

»Ich habe noch einiges zu erledigen.« Der Gedanke an die junge Frau hinter dem Vorhang machte Arnaut verlegen. »Wir sehen uns später im Palast.«

»Wenn Ihr vielleicht etwas Futter für die Tiere erübrigen könntet …«

»Ich werde sehen, dass Ihr aufs beste versorgt werdet.«

Mit gemischten Gefühlen kehrte Arnaut zum Palast zurück. Der Mann war freundlich genug, redete viel und lachte gern. Aber in seinen Augen lag etwas Kaltes.

Als er Ermengarda von den Frauen im Lager und der jungen Sklavin in Josselins Zelt erzählte, zog ein Schatten über ihr Gesicht. Sie hasste Sklaverei und rechnete es sich selbst hoch an, einst ihre Magd Jamila aus den Klauen eines brünstigen Edelmannes befreit zu haben.

Sie schüttelte den Kopf. »Deshalb also wollten sie nicht im Palast wohnen. Das nächtliche Vergnügen ist ihnen wichtiger. Diese Frauen können einem leidtun.«

»Aber die meisten sind doch Tempelritter, Diener Gottes. Sie haben gewiss ein Keuschheitsgelübde abgelegt.«

Sie sah ihn an, als sei er ein einfältiges Kind. »Ach, Arnaut. Manchmal bist du einfach zu gutgläubig. Außerdem ist es wohlbekannt, dass besonders die in Outremer Geborenen schon halbe Sarazenen sind und jeden sittlichen Anstand verloren haben.«

»So. Sagt man das?« Er mochte es nicht, wenn sie ihn belehrte.

»Krieger anwerben«, murmelte sie wütend, ohne auf ihn zu achten. »Nicht in meiner Stadt. Ich hoffe, die verschwinden bald wieder.«

Ihre Stimmung versprach nichts Gutes für den Abend.

Doch trotz dieser düsteren Vorzeichen wurde es ein gelungenes Fest. *Domna* Anhes hatte sich zu Ehren der Gäste überboten. Die alte *aula* des Palastes erstrahlte im Glanz der Kerzen. Es roch nach Bienenwachs und Frühlingsblumen, mit denen man den Boden bestreut hatte. Die Edlen der Stadt erschienen in ihren feinsten Gewändern, die Damen in Schmuck und Seide, und selbst die reichen Bürger waren festlich angetan, wenn auch etwas bescheidener.

Die Ordensritter wurden bestaunt und ins Gespräch gezogen. Dann ließ man sich je nach Rang an den langen Tafeln nieder. Der Wein floss reichlich, und die Speisen nahmen kein Ende, ein Gang vorzüglicher als der andere. Tamburin, Flöten und Lautenklange begleiteten das Gelage und versuchten vergeblich, das Gerede, Getuschel und Gelächter der Tafelnden zu übertönen.

Bis Peire Rogier auftrat. Ermengarda selbst mahnte zur

Ruhe. Alles verstummte, lauschte andächtig seinen neuen Versen, nickte mit dem Kopf im Takt zu den Weisen und ließ sich von der rauchigen Stimme verführen. Ein Lied und dann noch zwei, von Leid und unerfüllter Liebe, zu der die Damen seufzten, wobei der Sänger seine dunklen Augen unverwandt auf *Domna* Ermengarda geheftet hielt, als sei sie allein das Ziel seiner heimlichen Träume. Am Ende, unter stürmischem Beifall, verneigte er sich vor ihr und allen Gästen. Sie nahm einen goldenen Reif vom Arm und warf ihm diesen lachend zu. Auch Josselin zu ihrer Rechten wollte sich nicht lumpen lassen und ließ dem Sänger einige Goldmünzen zukommen. Andere taten es ihm nach, so dass Rogier reichlich entlohnt wurde.

Man redete viel über Josselins Königin im fernen Outremer. Schließlich waren Alleinherrscherinnen wie Melisende von Jerusalem und Urraca von Kastilien doch eher selten. Umso wissbegieriger war Ermengarda zu erfahren, wie Melisende es gelungen war, sich als Frau in den schwierigen Zeiten, die sie durchlebt hatte, durchzusetzen. Josselin erzählte von ihrem Vater, König Balduin, der sie zur Nachfolgerin bestimmt hatte, von ihren drei eigenwilligen Schwestern, von Foulques d'Anjou, ihrem verstorbenen, hartherzigen Ehemann, gegen dessen Ehrgeiz sie sich hatte verteidigen müssen, von haltlosen Ehebruchsbezichtigungen, von Schlachten gegen die Ungläubigen und von ihrem noch unmündigen Sohn, auf dem ihre Hoffnungen ruhten.

Ermengarda war an diesem Abend kein Zeichen von Unmut anzumerken. Es erstaunte Arnaut immer wieder, wie selbstverständlich und gewandt sie mit Fürsten und hohen Gesandten umzugehen wusste. Fast mit Wehmut erinnerte er sich an das unerfahrene, junge Mädchen, in das er sich einst Hals über Kopf verliebt hatte. Nun war sie ganz Fürstin und strahlende Gastgeberin. Josselin machte ihr den Hof, und sie bedankte sich, indem sie ihm eigenhändig die besten Stücke auf den Teller legte.

Der Templer Hugues de Bouillon beteiligte sich bereitwillig an den Gesprächen. In seinem weißen Gewand strahlte er eine natürliche Würde aus. Étienne de Bernay dagegen nahm wenig an der Geselligkeit teil, so dass man ihn bald kaum mehr beachtete. Sein Blick jedoch wanderte mehr als gebührlich zu den hübschen Frauen an der Tafel, nicht ohne einen geringschätzigen Zug um den Mund, als würde er Prunk und Putzsucht der Damen verachten.

Josselin, der wenig trank, dafür viel und ausgelassen lachte, schien seine Augen überall zu haben. Mehr als einmal spürte Arnaut seinen abschätzenden Blick auf sich ruhen. Und wenn der Mann sich dabei ertappt fühlte, zwinkerte er ihm seltsam verschwörerisch zu, als hätten sie etwas gemeinsam. Besonders aber ließ er Ermengarda nicht aus den Augen. Vielleicht war ihm doch bei all ihrer zur Schau getragenen Herzlichkeit eine vorsichtige Zurückhaltung nicht entgangen. Arnaut erwartete, dass er das Anliegen seiner Reise zur Sprache bringen würde. Doch in dieser großen Runde vermieden sowohl Josselin wie Ermengarda, darüber zu reden.

Am folgenden Tag ließen sich die Fremden durch die Stadt führen, besuchten die ehrwürdige Kathedrale Sant Just, sprachen beim Erzbischof vor, der ihnen in allem Unterstützung versprach, und knieten lange vor den Gebeinen Sant Pauls in der gleichnamigen Basilika. Den ganzen Tag über war ihr Lager umringt von Schaulustigen. Auch Jori und sein neuer Freund Lois Bernat waren darunter, begutachteten die Pferde und bestaunten die fremdländischen Waffen und Gewänder. Von den Frauen war diesmal nichts zu sehen.

Am Nachmittag, in einem mit Seilen abgegrenzten Bereich, hielten die Templer zur Belustigung des Volkes Schaukämpfe ab. Einige von ihnen hatten sich als Sarazenen mit runden Schilden und Turbanen verkleidet, gegen die die weißen Ritter zu kämpfen hatten. Die Ordenskrieger beeindruckten durch Waffengeschick und Reitkunst, und jedes Mal, wenn einer der vermeintlichen Gegner mit stumpfer

Lanze vom Pferd gestoßen wurde, jubelte das Volk in heller Begeisterung.

Am Ende der Veranstaltung hielt der Templer Hugues de Bouillon eine Messe ab. Dann riefen die Mönchsritter die umstehenden Männer auf, das Kreuz zu nehmen. Sie sangen Psalmen und brachen immer wieder in den Ruf *»Dieu lo vult«* aus, Gott will es. Aus der großen Menge, die sie umgab, bildete sich langsam eine lange Schlange von jungen Männern. Die Kampfkraft und Geschicklichkeit der Templer hatte ihnen Mut gemacht. Mehr als das. Es hatte ihnen wie junger Wein die Sinne berauscht. Mit Kriegern wie diesen würde man doch gar nichts anderes als den Sieg erringen können, so dachten sie und legten ihr Gelübde ab. Es wären noch viel mehr gewesen, hätten Mütter und Weiber sie nicht unter Tränen zurückgehalten.

Als Ermengarda davon erfuhr, war sie außer sich über eine solche Eigenmächtigkeit. Die schrillen Töne des Abtes von Clairvaux waren ihr noch im Ohr. Und nun dies.

Am Abend wurde im kleineren Kreis gespeist. Ermengardas Beichtvater, der Abt Imbert des Klosters Sant Paul, war zugegen, ihre engsten Getreuen, eine Reihe wichtiger Edelleute und natürlich Josselin und die Ritter des Ordens.

Diesmal war von Herzlichkeit wenig zu spüren. Ermengarda war bleicher als sonst, ihr Gesicht verschlossen. Am Nachmittag hatte sie über Unpässlichkeit geklagt. Nur mit Mühe schien sie sich eine höfliche Begrüßung abzuringen. Auch wenn sie noch jung war, ihre Wirkung auf andere war so, dass ihre Stimmungen einen ganzen Saal erfassen konnten. Alle merkten gleich, dass es Ärger geben würde, und schauten unsicher um sich. Josselin de Puylaurens wusste wohl, dass er ihre Gastfreundschaft ausgenutzt hatte, und verschanzte sich hinter einem spöttischen Lächeln.

»Wie könnt Ihr es wagen, ohne meine Einwilligung den Leuten das Gelübde abzunehmen?«, fuhr sie ihn an, kaum, dass man sich zum Mahl niedergelassen hatte.

Die Templer machten verlegene Gesichter. Doch Josselin lehnte sich selbstbewusst zurück und ließ sich von ihrem Ton nicht beeindrucken.

»Ich dachte, Ihr wäret darüber erfreut«, sagte er. »Außerdem, der Erzbischof …«

»Wollt Ihr etwa den Erzbischof gegen mich ausspielen?«

Erzbischof Leveson und seine ständigen Ränke waren ein rotes Tuch für sie.

»Gott behüte, nein! Aber es ist doch eine Gelegenheit für viele, das Seelenheil zu erlangen. Wollt Ihr ihnen das vorenthalten?«

»Für sein Seelenheil muss niemand in den Krieg ziehen. Es genügt, ein frommes Leben zu führen. Auch zum Beten haben wir Schreine und Kirchen genug.«

Puylaurens runzelte die Stirn. Die Richtung, die dieses Gespräch genommen hatte, passte ihm ganz offensichtlich nicht, doch er beherrschte sich.

»Aber, edle *Vescomtessa.* Es ist ausdrücklicher Wunsch des Heiligen Vaters. Dem wollt Ihr Euch doch wohl nicht widersetzen?« Ein überlegenes Lächeln, das man fast als unverschämt bezeichnen konnte, zeigte sich auf seinen Lippen.

Ermengarda schien dies noch mehr zu reizen. »Der Heilige Vater?« Sie hob das Kinn und bedachte ihn mit einem eiskalten Blick aus blauen Augen. »Seien wir doch mal ehrlich, *Mossenher* Josselin. Gleichwohl, was man dem dummen Volk erzählt. Eure Königin war es, die den Papst um Hilfe angefleht hat. Und warum? Einzig, um ihre Krone zu erhalten. Die Wahrheit ist doch, da haben sich einige Fürsten vor vielen Jahren ein schönes Stück Land zusammengeraubt. Auch Melisendes Vater war einer von ihnen. Und nun soll das gestohlene Land mit dem Blut unserer Männer hier verteidigt werden?«

»Gestohlenes Land?« Puylaurens verschluckte sich fast an seinem Wein. Die Zornesröte stieg ihm in die Wangen. Er sprang so heftig auf, dass sein Becher umfiel und der rote Inhalt in die bestickte Decke sickerte.

»Unerhört!«, schrie er. »Ihr redet vom Heiligen Land. Von Orten, wo Gott der Herr gewandelt ist. Wäret Ihr ein Mann, *Midomna,* würde ich diese Worte mit dem Schwert bestrafen.«

Arnaut, den die überhebliche Art des Gastes schon eine ganze Weile geärgert hatte, stieß nun ebenfalls den Stuhl zurück, und zwar so brüsk, dass er polternd umstürzte. Was nahm sich dieser Kerl heraus? Niemand sprach so mit einer Fürstin, am wenigsten mit Ermengarda.

»Mäßigt Euren Ton, *Mossenher*«, knurrte er und legte die Hand an den Schwertgriff. »Wenn Ihr aber Streit sucht, stehe ich gern zur Verfügung.«

Die Templer waren nun ebenfalls aufgesprungen. Hugues hob beschwörend die Hände, während Étienne de Bernay grinste, als könne er es nicht abwarten, sich zu prügeln. Raimon versuchte, Puylaurens zu beschwichtigen, der ihn aber unwillig zur Seite stieß, zum Ärger von Severin und Felipe, die drohend näher traten.

»*Messenhers*«, rief der alte Abt und rang die Hände. »Ich flehe die Herren an …«

»Arnaut, ich bitte dich«, ließ sich nun auch Ermengarda vernehmen. Sie fürchtete sein ungestümes Wesen. »Ich habe mich im Ton vergriffen. Setz dich wieder. Setzt euch alle wieder hin!«

Niemand achtete auf sie.

»Als Gäste dieser Stadt habt Ihr unserer Fürstin Achtung zu erweisen«, sagte Arnaut ziemlich laut und mit kalter Wut in der Stimme. »Ich erwarte eine Entschuldigung.«

Doch Puylaurens lachte ihm ins Gesicht. Vielleicht scheute er sich, vor einer Frau klein beizugeben.

»Wofür denn? Dass wir ein paar Kerlen das Gelübde abgenommen haben? Wir verlangen nicht mehr, als es eines jeden Christen Pflicht ist.«

Er warf den Kopf mit der blonden Mähne in den Nacken und schob angriffslustig das Kinn vor. Über seinen hochroten Wangen funkelten die Augen wie blaue Saphire. »Aber ich sehe schon«, schrie er aufgebracht. Er schien nun jedes Maß verloren zu haben. »In dieser Stadt gibt es wohl nur Memmen und Weichlinge, sonst würden sie sich nicht von einem Weib so herumkommandieren lassen.«

Jetzt war der ganze Saal auf den Beinen und tobte. Nach solchen Worten war es für jede gütliche Einigung zu spät. Auch die restlichen Templer waren von ihren Sitzen aufgesprungen und umringten schützend Puylaurens und ihre Anführer. Beide Seiten schrien durcheinander, maßen sich mit zornigen Blicken und bewarfen sich mit weiteren Beleidigungen. Severin zog als Erster sein Schwert. Nur Raimon hinderte ihn im letzten Augenblick daran, es zu gebrauchen.

Es wäre zweifellos zu Schlimmerem gekommen, wenn Ermengarda sich nicht plötzlich gekrümmt und aufgeschrien hätte, die Hand auf den Bauch gepresst.

Arnaut, der ebenfalls die Waffe gezogen hatte, sah erschrocken zu ihr hinüber, schwankte, was er tun sollte, war dann aber doch an ihrer Seite, um sie zu stützen.

»Es geht mir nicht gut«, flüsterte sie. »Bring mich in meine Kammer.«

Als er sie hinausführte, hörte er Puylaurens verächtlich lachen. Wütend wollte er sich umdrehen, doch Ermengarda krallte ihre Finger in seinen Ärmel und zog ihn mit beschwörenden Blicken fort.

Diese Unterbrechung hatte der Wut beider Seiten die Spitze genommen. Schimpfworte flogen noch unter hasserfüllten Blicken von den einen zu den anderen, doch während Abt Imbert die Männer in der *aula* beschwor, die Ruhe zu bewahren, steckten sie schließlich zögerlich und unter Murren die Schwerter weg. Man trat auseinander und wusste nicht recht, wie die Sache ehrenhaft zu beenden sei. Dies nutzten die Gäste, um sich vorsichtig zurückzuziehen und den Palast zu verlassen. Man ließ sie gehen, doch alle Beteiligten wussten, der Vorfall würde nicht ohne Nachspiel bleiben.

Sobald man Ermengarda gebettet hatte und ihre Krämpfe sich ein wenig beruhigt hatten, flehte sie Arnaut an, die Sache auf sich beruhen zu lassen. Doch im Stillen wusste sie nur zu gut, dass dies unmöglich geworden war. Man hatte sie und die ganze Stadt öffentlich beleidigt. Für die meisten ließ sich eine solche Schande nur mit Blut reinwaschen. Oh, wie sie ihre hastige Rede bereute.

Sie versuchte nicht einmal, Arnaut zu überreden, einen anderen für ihn kämpfen zu lassen. Das würde er sich nie gestatten. Es war eine Frage der Ehre. Wenigstens erreichte sie, dass er sich ein wenig beruhigte und es Severin und Felipe überließ, einen ordentlichen Zweikampf nach den üblichen Regeln zu vereinbaren, anstatt Puylaurens auf der Stelle anzugreifen.

Gleich im Morgengrauen sollte es ausgefochten werden. Zu Pferd mit Speer und Schild, zu Fuß mit dem Schwert, bis einer von beiden klar besiegt war. Der Unterlegene würde wie üblich Schlachtross, Rüstung und Waffen verlieren. Und um das Schlimmste zu vermeiden, nahm man den Streithähnen das Versprechen ab, nicht mutwillig den Tod des anderen zu suchen. Es genügte, den Gegner kampfunfähig zu machen, um der Ehre Genüge zu tun.

Jede Seite stellte zwei Kampfrichter, die darüber zu wachen hatten. Doch trotz dieser Vorsichtsmaßnahme war allen bewusst, dass die untadelige Einhaltung solcher Regeln am Ende nur vom guten Willen der Kämpfer selbst abhing, denn ein einziger unglücklicher Schwerthieb würde genügen, um einen von beiden zu töten oder zum Krüppel zu machen.

Später, in der Dunkelheit der Kammer lagen Arnaut und Ermengarda beieinander. Er war besorgt um ihren Zustand. Doch es ging ihr besser.

»Warum hast du das gesagt?«, fragte er.

»Der Teufel muss mich geritten haben.«

»Und warum bist du so zornig, dass sie Leute werben?«

Da fing sie an zu weinen. »Verstehst du denn nicht? Sie

suchen keine Bauern und keine Handwerksburschen, sondern Männer wie dich. Für diesen verdammten Krieg. Wir waren glücklich miteinander, du und ich. Jetzt habe ich solche Angst, dass sie dich mir wegnehmen. Wir bekommen doch ein Kind.«

Er streichelte ihr die Wange.

»Was habe ich nur getan?«, stöhnte sie. »Du wirst dich doch nicht von ihm töten lassen? Versprich es mir.«

Unter ihrer Hand spürte sie sein Herz schlagen, aber er sagte nichts, hielt sie nur fest umschlungen.

Wie schnell das Leben einen doch aus der Bahn werfen kann, fuhr es ihr in einem Anfall von Panik durch den Kopf. Sie drängte sich an ihn und bedeckte sein Gesicht mit Küssen.

»Verzeih mir, *mon amor*«, flüsterte sie unter Tränen. »Verzeih mir, verzeih mir.«

Doch Arnaut hörte sie kaum. Seine Gedanken waren schon ganz auf den bevorstehenden Kampf gerichtet.

Der Zorn Gottes

Kaum erhellte das erste zaghafte Grau den Himmelsrand, da trafen die Freunde sich bei Fackelschein im Hofe des Palastes. Severin und Felipe führten ihre Pferde aus dem Stall, um zum Lager der Templer hinüberzureiten und den Kampfplatz einzurichten.

Felipe de Menerba legte Arnaut den Arm um die Schultern. »Du wirst der Viper den Kopf zertreten, Bruder!« Er lachte zuversichtlich und tätschelte ihm rauh die Wange. »Ich freue mich schon darauf.«

Felipe hatte meist für alles einen Scherz auf den Lippen, obwohl seine unbekümmerte Art gelegentlich nur gespielt war. Nun umarmte ihn auch Severin. Dann saßen beide auf und ritten durchs Tor.

Jori half Arnaut, die Rüstung anzulegen. Gepanzerte Beinlinge und die sporenbewehrten Reiterstiefel. Dann das knielange, vorn und hinten geschlitzte *gambais,* ein dickes, aus hartem Rindsleder gestepptes Wams, mit Baumwolle ausgestopft. Darüber zogen sie den Kettenpanzer, den schon sein Großvater getragen hatte. Ein altes, schweres Stück, doppelt verlinkt, aber bei Arnauts Größe und kräftiger Statur kein Nachteil. Über eine wattierte Lederkappe kam die Kettenhaube für Kopf und Hals, dann der schwere Normannenhelm mit eisernem Nasenbügel. Einige trugen jetzt diese neumodischen Topfhelme, die Kopf und Gesicht vollständig umschlossen. Aber Arnaut mochte sie nicht, denn durch die dünnen Seeschlitze ließ sich kaum etwas erkennen.

Über die Panzerung zogen sie das leinene *sobrecot* in den Farben und dem Wappen von Rocafort, dem roten Eber. Dann schlang er sich den Schwertgurt so um die Hüften, dass er etwas vom Gewicht des Panzers von den Schultern nahm und ihm genug Bewegungsfreiheit in den Armen erlaubte. Nur langjährige, tägliche Übung machte es bei dem Gewicht der Rüstung überhaupt möglich, sich im Kampf noch schnell und ungehindert zu bewegen.

Lois Bernat, der Arnauts Streitross Amir gesattelt und gezäumt hatte, führte es in den Hof. Der Hengst trug unter dem Kampfsattel einen langen Überwurf ebenfalls in Rocaforts Farben und einen ledernen, kettenbewehrten Brustpanzer. Das Tier tänzelte unruhig und bleckte gereizt die Zähne, so dass Arnaut ihn am Halfter nehmen und gut zureden musste.

»Mir scheint, du hast so wenig geschlafen wie ich, mein Alter«, murmelte er und gab dem Hengst eine Handvoll Hafer. Sanft strich er ihm über die Nase und raunte ihm Schmeicheleien ins Ohr, bis er sich beruhigt hatte.

Zuletzt zog er die gepanzerten Handschuhe über, hievte sich in den Sattel und lenkte den Hengst an den Wachen vorbei durch das Tor. Jori ritt den Wallach, und Lois Bernat folgte zu Fuß mit einem Maultier, das sie mit Lanzen und Schilden beladen hatten.

Der Marktplatz lag noch menschenleer da. Die Eisen der Hufe klapperten unerträglich laut auf den buckeligen Pflastersteinen. Im Schritt ritten sie durch das Wassertor, das die *militia urbana* gerade erst geöffnet hatte. Auf der römischen Brücke über die Aude verhielten sie einen Augenblick. Ruhig floss das Wasser unter den Bogen des uralten Gemäuers. Ein feiner Dunstschleier hing über dem silbergrauen Fluss, Wasservögel trieben dahin wie schemenhafte, dunkle Tupfen auf einem Bild ohne Farben. Die Welt war still, noch halb im Traum gefangen.

Arnaut fühlte sich leer. Ihn fröstelte in der Kühle der frühen Stunde. Der Zorn des Vorabends hatte sich verflüchtigt. Und doch gebot die Ehre, sich dem Kampf zu stellen. Gegen einen Mann, den er kaum kannte, der ihm gleichgültig war. Wie unnötig kam ihm dies jetzt im Dämmerlicht des neuen Tages vor.

Sie folgten dem Ufer auf der anderen Seite des Flusses. Schattenhaft tauchten die Umrisse des Lagers der Fremden auf. Gestalten bewegten sich zwischen den Zelten, Kochfeuer züngelten gelb.

Es war heller geworden, und weit draußen auf dem Meer, jenseits der Lagune und der Strände, brach die Sonne gleißend über den Horizont. Mit einem Schlag verschwand das Grau, das die Landschaft gefangen gehalten hatte, der feuchte Dunst über dem Fluss löste sich auf, die Bäume grünten, Tau glitzerte auf den Wiesen, alles nahm Farbe an, als hätte der Herrgott frisches Leben in seine Schöpfung gehaucht. Es versprach ein schöner, sonnendurchfluteter Tag zu werden. Kein besserer für einen frühen Tod. Darüber erschrak Arnaut und verbannte gleich wieder diesen unsinnigen Gedanken.

Mit dem Licht kamen auch die Menschen. Einzeln oder in Gruppen, über die Brücke oder aus den Toren von lo Borc. Die meisten zu Fuß, aber auch Edelleute zu Pferde und Damen in Sänften. Und sie wanderten am Ufer entlang bis zum abgesteckten Wiesengrund, den die Kampfrichter vorbereitet hatten. Wenn Arnaut gedacht hatte, niemand würde dem Duell Beachtung schenken, am wenigsten zu dieser frühen Stunde, so hatte er sich geirrt.

»Hat sich wohl herumgesprochen«, grinste Felipe. »Du wirst ihnen ein gutes Schauspiel bieten müssen.«

Auch Severin blickte sich erstaunt um. »Sieht aus, als wäre die halbe Stadt auf den Beinen.«

Jori lehnte die mitgebrachten Lanzen gegen einen Baum. Statt scharfer Klingen trugen sie ein eisernes Krönlein, denn die vier Kampfrichter, Felipe und Severin auf der einen, Hugues de Bouillon und Étienne de Bernay auf der Gegenseite, hatten sich geeinigt, dass mit stumpfen Lanzen gestoßen werden sollte. Auch das war schon gefährlich genug. Ein Treffer würde trotz Panzerung nicht ohne Rippenbrüche abgehen, und eine Lanze, die am Schild des Gegners abglitt, konnte ihn unglücklich im Gesicht treffen. Vielleicht war ein

Topfhelm doch nicht so schlecht, dachte Arnaut, nicht zum ersten Mal. Zumindest für ein *tornei.*

Plötzlich war da wieder die Stimme seines Vaters, als der ihn als Fünfjährigen trotz Todesangst gezwungen hatte, einem bissigen Hofhund das Halsband anzulegen. *Ein Ritter darf keine Angst haben,* hatte er gesagt und verächtlich über Arnauts Tränen gelacht. Nach Stunden ängstlichen Zögerns hatte Arnaut die Furcht überwunden, den Köter mit einem Fleischbrocken aus der Küche geködert und das Halsband übergestreift. *Ein Ritter darf keine Angst haben.* Sosehr er diese Worte damals gehasst hatte, aber in Augenblicken wie diesen erinnerten sie ihn an den Sieg über sich selbst und gaben ihm Mut.

Mehr und mehr Schaulustige drängten sich um den Kampfplatz. Soldaten der Stadtmiliz und der Palastwache sorgten für Ordnung. Als Josselin de Puylaurens eintraf und man ihn und seinen Knappen durch die Einfriedung lassen musste, machten die Leute nur widerwillig Platz. Es gab Zischen und Buhrufe, viele ballten die Fäuste und bewarfen ihn mit unflätigen Ausdrücken.

Arnaut hingegen, als *champio* der *vescomtessa,* genoss die begeisterte Unterstützung der Zuschauer, denn Narbona war stolz auf seine Fürstenfamilie, und niemand sollte sie ungestraft beleidigen. Dass es Arnaut war, der die Ehre der Stadt verteidigte, empfanden alle Anwesenden als selbstverständlich, war er doch der Sieger so mancher Turniere und Liebling der Menge. Eine junge Magd kam zu ihm gelaufen, um ihm unter Beifall ein Gewinde aus Frühlingsblumen aufzudrängen. Als Glücksbringer, wie sie schüchtern stammelte. Er dankte ihr mit ernster Miene und übergab Jori die Blumen zur Aufbewahrung.

Da erschien die junge *vescomtessa* in Person. In Anbetracht ihres Zustands hatte sie auf ein Reittier verzichtet. Acht Männer trugen ihre Sänfte bis in die vorderste Reihe, wo man ihr ehrerbietig Platz machte. Insgeheim hatte Arnaut gehofft, sie würde dem Kampf fernbleiben. Aber wenn einer ihrer Ritter sich für die Ehre der Stadt schlug, durfte sie nicht fehlen, selbst wenn sie es gewollt hätte.

Sie blieb in der Sänfte sitzen und beschränkte sich auf ein ernstes Kopfnicken. Aufrecht und steif saß sie da und konnte den Blick nicht von ihm wenden. Einsam kam sie ihm vor inmitten der aufgeregten Menschenmenge. Er konnte noch die Wärme ihres Leibes spüren und den letzten Kuss, bevor er ihr Bett verlassen hatte. Schließlich riss er sich von ihrem Anblick los.

Josselin de Puylaurens ließ seine braune Stute ruhig um den Kampfplatz traben, um ihre Muskeln aufzuwärmen. Seine Miene war ernst, bisher hatte er noch kein Wort geäußert. Das Pferd war ein kräftiges Tier mit dunklem Schweif und ebensolcher Mähne. Der Mann saß tadellos im Sattel und schien sein Schlachtross mühelos und ohne sichtbares Zutun zu beherrschen. Er war ähnlich wie Arnaut mit einer Rüstung gepanzert, die schon jahrelangen Dienst getan haben musste. Er trug einen losen Umhang mit aufgenähtem Kreuz an der linken Schulter. Das Zeichen der Krieger Christi. Eine Geste des Trotzes?

Ein Fersendruck und Amir fiel ebenfalls in einen leichten Trab, immer rund um den Kampfplatz, ein paar Längen hinter Puylaurens' Stute.

Als die Pferde heftiger zu atmen begannen, gaben die Kampfrichter das Zeichen, und Arnaut ritt zu Jori hinüber, um sich seinen Schild reichen zu lassen. Er hatte einen gewählt, der das Wappen Ermengardas trug, was die Menge mit freudigem Applaus zur Kenntnis nahm. Den Schildgurt hängte er sich um die Schultern. Dann nahm er die lange Lanze in Empfang und stellte sie auf den Steigbügel.

Puylaurens auf der anderen Seite der Arena hatte seinen Umhang abgelegt und schien nun auch bereit zu sein. Sein Wappen waren drei Burgen auf rotem Grund, und der persische Helm auf seinem Kopf hatte kein Visier oder Nasenschutz, dafür eine eiserne Spitze auf der Krone. Langsam wurde es still, die letzten Wetten wurden noch schnell ausgerufen, da ließ Hugues de Bouillon sein Horn erklingen.

Der Kampf war eröffnet.

Zunächst geschah nichts. Die beiden Krieger belauerten sich und warteten, dass einer den Anfang machen würde. Puylaurens' Stute schlug mit dem langen Schweif und tänzelte ein paar Schritte zur Seite. Arnaut merkte, wie Amirs Muskeln sich anspannten und leicht zitterten, aber er stand da, ohne sich zu regen, ließ nur ein gereiztes Schnauben hören. Seltsam, dass die Gäule immer spüren, wenn es ernst wird, dachte er.

Mit einem Mal war die Stute in Bewegung. Wie von einem Katapult abgeschossen, stürmte, ein fliegendes Bündel Eisen, Muskeln und wirbelnde Hufe auf ihn zu. Auch Amir war mit einem Satz in vollem Lauf, dumpf donnerten die Hufe auf dem weichen Grasboden. Arnaut ließ die Zügel fahren. Im Kampf genügten Gewicht und Schenkeldruck. Durch unzählige Übungen wusste der Hengst ohnehin, was nötig war, damit er die Lanze setzen konnte.

Arnaut riss den Schild hoch, klemmte die lange Stange unter den Arm und ließ sie langsam über Amirs Hals absinken, bis die Spitze auf den sich schnell nähernden Schild des Gegners zielte. Hinter den eigenen Schild geduckt, lehnte er sich im letzten Augenblick in den Stoß hinein.

Mit ungeheurer Wucht traf ihn der doppelte Aufprall an Armen und Schultern, schleuderte ihn gegen die hohe Rückenstütze des Kampfsattels und hätte ihn fast vom Pferd gerissen. Doch er fiel nicht. Mit dem Gebrüll der Menge in den Ohren ritt er zu Jori zurück. Die zerborstene Lanze warf er von sich und nahm eine andere entgegen. Auch Puylaurens wurde eine neue gereicht. Die Menge zeigte sich begeistert, denn ihr Liebling hatte sich wacker gehalten. Arnaut hatte einen ersten Geschmack von Josselins Fähigkeiten zu spüren bekommen. Es würde kein leichter Gang werden.

Wieder stürmten sie gegeneinander an, und noch einmal brach Arnauts Lanze. Beim dritten Mal glitt sie vom gegnerischen Schild ab, so dass er beinahe das Gleichgewicht verlor. Ein Aufschrei ging durch die Menge, als er gefährlich wankte. Jetzt war es deutlich. Noch nie hatte er einen besseren Gegner erlebt. Der Mann saß im Sattel wie verwachsen mit seiner Stute.

Als sie erneut gegeneinander anrannten, hob Josselin im letzten Augenblick die Lanze, als wollte er ihn mitten im Gesicht treffen. Ob Fehler oder Absicht würde man niemals wissen. Arnaut hatte keine Gelegenheit mehr, den Schild zu heben, konnte gerade noch den Kopf wegreißen, so dass die Lanzenspitze nur den Helm streifte. Der ins Leere gegangene Stoß brachte den Gegner aus dem Gleichgewicht, und Arnauts gleichzeitiger Treffer mitten auf den Schild tat das Übrige. Josselin drohte zu stürzen. Flink wie eine Katze versuchte er sich noch zu halten, rutschte aber ins Gras, als sein Pferd am Ende der Kampfbahn kehrtmachte.

Das Volk jubelte. Nun würde ihr *champio* siegen.

Doch bevor Arnaut ihn mit angelegter Lanze niederreiten konnte, war Josselin schon auf den Beinen. Den Schild, der ihm noch von der Schulter baumelte, ließ er außer Acht. Stattdessen gelang es ihm, mit beiden Fäusten Arnauts Lanze zu packen und ihn daran vom Pferd zu zerren. Arnaut stürzte schwer und blieb benommen liegen. Die Zuschauer stöhnten auf.

Als er sich aufstützte, spürte er Josselins Schritte nahen. Eben noch rechtzeitig rollte er zur Seite. Mit Wucht fuhr dessen Schwert in die Grasnarbe, wo sein Kopf gelegen hatte. Halb gelang es ihm, sich aufzurichten, als ein Stiefel ihn an der Schulter traf und erneut zu Boden schleuderte. Fußtritte gehörten nicht zur Kampfweise eines Edelmanns in einem *tornei.* Noch einmal gelang es Arnaut, sich wegzudrehen, bevor Josselins scharfe Klinge ihn erreichte. Dann war er auf den Beinen und wich zurück. Der Gegner setzte nach, aber nun hatte Arnaut endlich sein eigenes Schwert in der Hand, um den Angriff abzuwehren.

Josselin hielt kurz inne. Die Narbe auf der geröteten Wange war deutlich sichtbar, sein Mund halb geöffnet, der Atem kam stoßweise. Doch in den Augen fand sich nichts als wilde Entschlossenheit.

Arnaut hatte beim Sturz den Schild verloren. Diesen Nachteil nutzte Josselin und drängte mit dem seinen voran auf Arnaut ein, das lange Schwert in der Rechten, mit dem er immer wieder blitzschnell zuschlug. Arnaut blieb nichts anderes übrig, als auszuweichen oder mit dem Schwert in beiden Fäusten die wuchtigen Hiebe zu parieren. So trieb Josselin ihn über den Kampfplatz.

Der Mann war schnell und wendig auf den Beinen. Erneut wurde Arnaut am Helm getroffen, dass ihm der Schädel dröhnte, dann ein dumpfer Schlag gegen die gepanzerte Schulter, der ihm für Momente den Schwertarm lähmte. Josselin schlug mal mit Schwert, mal mit dem Schild zu und traf ihn an der Hüfte, hakelte mit dem Fuß, um ihn zu Fall zu bringen, und hätte ihn fast durchbohrt, wäre es Arnaut nicht gelungen, sich im letzten Augenblick wegzudrehen.

Immer wieder musste er weichen. Sein Gegner kämpfte mit einer ungezügelten Wildheit, auf die Arnaut nicht vorbereitet war. Josselin gönnte ihm keine Pause, setzte sofort nach und bearbeitete ihn erneut mit knochenrüttelnden Hieben. Seinen eigenen Schild konnte Arnaut nicht erreichen. Der Gegner stand immer richtig, um dies zu vereiteln. Langsam stahl sich Furcht in Arnauts Herz. Hier war ein Mann, der ihm überlegen war und der sich nicht an ritterliche Regeln hielt.

Auch den Zuschauern war Arnauts Bedrängnis nicht entgangen. Still war es geworden auf der Wiese am Fluss. Man hörte nur das Keuchen der Kämpfer, das Klirren der Schwerter und das Dröhnen von Josselins Schild, wenn dieser getroffen wurde.

Das Gewicht von Panzerung und Waffen forderte seinen Zoll. Beiden Männern wurde das Atmen mühsamer. Schweiß klebte ihnen am ganzen Körper.

Vielleicht waren es die fünfzehn oder zwanzig Jahre Altersunterschied, dass Josselin nun nicht mehr so blitzartig nachsetzte, sich mehr Zeit ließ, um Luft zu schöpfen, bevor er abermals angriff. Vielleicht war er sich auch zu sicher geworden und seine Aufmerksamkeit nicht mehr ganz so scharf. Oder es war Arnauts plötzliche und wütende Entschlossenheit, ihm Gleiches mit Gleichem zu vergelten.

Jedenfalls traf es Josselin unvorbereitet, als Arnaut plötzlich vorsprang, ihn am Schildrand packte und mit einem Ruck zu sich zerrte, zu nah, um das Schwert zu gebrauchen. Arnaut sah die Überraschung in Josselins Augen, schlug mit dem Schwertknauf zu, einmal, zweimal, mitten ins Gesicht, stieß ihn dann wieder so heftig von sich, dass der Mann taumelnd auf ein Knie sank, aus Mund und Nase blutend.

Sofort setzte Arnaut nach, um seinen Vorteil zu nutzen. Und bei einem geringeren Mann wäre es ihm gewiss gelungen, doch Josselin war schon wieder auf den Füßen. Wieselflink glitt er zurück, als wollte er flüchten. Arnaut hob das Schwert, drängte ungestüm nach und bemerkte zu spät das Bein, das sein Gegner ihm gestellt hatte. Er strauchelte, kam nur halb hoch, als ihn Josselins Stiefel traf und er zu Boden ging.

Diesmal gelang es ihm nicht, sich dem Gegner zu entziehen. Wie eine Wildkatze war Josselin über ihm, presste das Knie auf seine Brust und nahm den Arm zurück, um ihm das Schwert in die Kehle zu stoßen.

Ermengarda hatte sich während des Kampfes mit großer Willenskraft beherrscht, nicht mit dem Volk zu toben und zu brüllen. Mit auf dem Schoß geballten Fäusten, aber unbeweglicher Miene hatte sie das Hin und Her verfolgt. Doch als sie ihren Liebsten auf dem Rücken liegen und den Gegner zum Todesstoß ausholen sah, da entrang sich ihrer Kehle ein Schrei wie von einem todwunden Tier.

Mit einem Satz versuchte sie, aus der Sänfte zu springen, doch die Füße verfingen sich in den Stoffbahnen ihres Gewandes. Sie verlor das Gleichgewicht, spürte, dass sie fallen würde, und konnte es doch nicht verhindern. Der Sturz war nicht tief, vielleicht nur einen Fuß, dennoch war der Aufprall auf Bauch und Gesicht so heftig, dass es ihr völlig den Atem lähmte. Ein stechender Schmerz durchzuckte ihren Leib, sie wollte schreien, aber es kam kein Laut.

Für Arnaut, der von ihrem Sturz nichts wusste, schien die Welt stillzustehen. Hilflos lag er am Boden, sah nichts als diese Schwertspitze auf seine Kehle gerichtet und Josselins saphirblaue Augen, die ihn aus blutverschmiertem Gesicht voller Mordlust anfunkelten. Trotzig starrte er zurück. Stoß schon zu, Mann, mach ein Ende. Er hörte nicht die Schreie der Menge, spürte nur den feuchten Duft des Grases und der vom Kampf zerstampften Frühlingsblumen. Das war der Tod. Und diesen Geruch würde er mit sich nehmen.

Doch da verschwand die Schwertspitze. Jemand hatte Josselin von ihm fortgerissen. Zwei Fäuste packten ihn rauh unter den Schultern und hoben ihn auf die Füße.

»Verdammt. Das war knapp«, stieß Severin hervor. »Der verfluchte Templer stand daneben und hat sich nicht gerührt.«

Felipe berührte ihn am Arm. »Geht es dir gut? Bist du verwundet?«

Arnaut löste den Helmriemen und holte tief Luft. Sein Gesicht war schweißbedeckt. Er wusste nichts zu sagen, konnte noch keinen Gedanken fassen, außer, dass er den Kampf verloren hatte und seltsamerweise noch lebte. Statt Erleichterung empfand er tiefe Scham über diese Erniedrigung. Verstohlen blickte er zu Josselin hinüber, der Helm und Kettenhaube vom Kopf genommen hatte und selbstzufrieden grinste. Étienne de Bernay schlug ihm auf die Schulter. Im Hintergrund war ein Raunen und Gemurmel unter den Zuschauern zu hören, dessen Bedeutung ihm entging. Erst als er aufgeregte Stimmen und Hilferufe vernahm, blickte er sich um.

Ein Menschenknäuel mühte sich um eine Gestalt am Boden.

Da hörte er Severins erschrockene Stimme.

»*Mon Dieu,* es ist Ermengarda!«

♦

Die Leute waren entsetzt. Die Fürstin war gestürzt, und ihr *champio* hatte den Zweikampf verloren. Bedeutete das etwa Unglück für Narbona? Viele bekreuzigten sich oder machten die *corna,* das Zeichen gegen den bösen Blick und anderes Unheil.

Arnaut, gefolgt von Severin, drängte sich durch die Umstehenden, die ihn hilflos anstarrten. Er riss sich Helm und Kettenhaube herunter und fiel an Ermengardas Seite auf die Knie. Man hatte ihr den Kopf auf ein Sänftenkissen gebettet. Alles Blut war aus dem schönen Gesicht gewichen. Die Unterlippe war aufgeplatzt, unter dem Auge begann eine Prellung die Haut zu schwellen.

Aber das Schlimmste war, sie regte sich nicht.

Entsetzt beugte er sich über sie und packte ihre Schultern.

»Ermengarda«, rief er in Verzweiflung und schüttelte sie.

Es wurde still um sie herum. Die Menschen starrten atemlos und mit bangen Gesichtern.

Dann bewegten sich ihre Lippen. »Du lebst«, hauchte sie, als sie ihn erkannte. »Ich hatte solche Angst.«

»Was ist geschehen, *mon Dieu?*«

»Ich weiß es nicht.«

Plötzlich kniff sie die Augen zusammen und hielt sich mit verzerrtem Gesicht den Bauch. Tränen quollen ihr unter den Lidern hervor.

»Was ist, *mon cor?* Hast du Schmerzen?«

Sie biss sich auf die Lippen und nickte.

»Du machst mir Angst. Was fehlt dir?«

»Geht gleich weg«, flüsterte sie. »Halt mich nur fest.«

Vorsichtig schob er einen Arm unter ihre Schultern und hob sie ein wenig an. Sie atmete tief durch, ließ den Kopf zurücksinken und sah ihn an.

»Küss mich, Arnaut.«

»Was sollen die Leute denken?«

»Das ist mir gleich. Ich bin nur glücklich, dass du lebst. Und dass wir zusammen sind.«

Er küsste sie sanft auf die Lippen, wischte ihr die Tränen aus dem Gesicht und wiegte sie in seinen Armen.

»Bring mich hier weg, Arnaut. Ich bitte dich.«

Er half den Trägern und Leibwachen, sie mit aller Vorsicht in die Sänfte zu heben. Das schien ihr dennoch Schmerzen zu bereiten, denn sie hielt die Hand auf den Bauch gepresst und stöhnte.

»Seid vorsichtig, verflucht!«, brüllte Severin die Männer an und schob ihr das Kissen unter die Schultern. »Und jetzt tragt sie sanft wie auf einer Wolke, ihr Bastarde.«

»Fluch nicht, Severin.«

»Tut mir leid, *Domina.*«

Arnaut fasste ihre Hand. »Nur einen Augenblick. Ich muss noch etwas erledigen.«

Er bedeutete Jori, ihm zu folgen. Trotz seiner Sorge um Ermengarda konnte er nicht gehen, ohne die Dinge mit Josselin geregelt zu haben. Der stand bei seinem Pferd in Begleitung der Templer. Die Leute warfen ihm böse Blicke zu. Ein altes Weib, das vorüberging, spuckte vor ihm auf den Boden. Doch das schien ihn nur zu belustigen.

»Meine Anerkennung«, sagte Arnaut in erzwungener Höflichkeit. »Ihr wart der Bessere.«

Josselin nickte nur. Er sah abgekämpft aus, fuhr sich mit der Hand durch die schweißnassen Haare. »Tut mir leid für Eure *domina.* Sie hat sich doch hoffentlich nichts getan?«

Kaum zu glauben, dass Josselin ihn erst vor wenigen Augenblicken fast umgebracht hätte. Jetzt klang es, als unterhielten sie sich höflich übers Wetter. Nun, zumindest brüstete der Kerl sich nicht mit seinem Sieg.

»Sie ist unglücklich gefallen«, erwiderte Arnaut steif.

»Muss wohl sehr besorgt um Euch gewesen sein.«

Ein anzügliches Grinsen begleitete diese Worte. Étienne neben ihm lachte gehässig auf. Hugues de Bouillon dagegen sandte seinem Ordensbruder einen strafenden Blick, enthielt sich aber jeder Bemerkung.

Nun hob Josselin Arnauts Schwert in die Höhe. »Das habt Ihr eben vergessen. Aber es gehört ja wohl jetzt mir. So waren doch die Regeln, nicht wahr?« Er besah sich aufmerksam die Waffe. »Ein wirklich schönes Stück. Damaszener Arbeit, wie ich sehe.«

Arnaut schluckte. Dass dieser Kerl mit Großvaters Schwert und Rüstung davonziehen würde, der Gedanke versetzte ihm einen Stich ins Herz. Doch es war nicht zu ändern. Der Verlierer hatte seine Waffen abzuliefern.

»Ich muss jetzt die Fürstin begleiten«, sagte er. »Mein *escudier* hier«, er legte Jori den Arm auf die Schulter, »wird Euch gleich alles Weitere bringen.«

»Vergesst den Gaul nicht«, sagte Josselin. »Ein hübsches Tier. Kommt mit gut zupass.« Er lachte vergnügt.

Fast hatte Arnaut es vergessen. Von seinem geliebten Hengst würde er sich ebenfalls trennen müssen. Mit dem Tier war er praktisch aufgewachsen. Die ganze Tragweite der Tragödie wurde ihm plötzlich bewusst. Natürlich war ein Zweikampf immer ein Wagnis, aber Arnaut war es gewohnt, zu siegen. Nie hätte er gedacht, dass es anders sein könnte.

Plötzlich mischte sich Hugues de Bouillon ein. »Ich glaube, man könnte noch eine andere Lösung finden.« Er lächelte Arnaut freundlich zu. »Ich finde, der *Cavalier* Montalban hat sich wacker geschlagen, nicht wahr, Josselin?«

»Doch. Das hat er.«

»Dann sollte er seine Waffen behalten.«

»Wie das?« Josselin runzelte die Stirn. »Wacker geschlagen oder nicht. Abgemacht ist abgemacht.«

»Habgier ist eine Todsünde, mein Lieber, und Ihr wisst es. Genugtuung habt Ihr ja heute erfahren, das sollte Euch genügen. Nun wollen wir uns an den Auftrag der Königin erinnern.« Er wandte sich an Arnaut. »Zu Rechtens sind Eure Waffen verwirkt, *Mossenher.* Aber statt sie Josselin zu überlassen, schenken wir sie dem Herrn. Was meint Ihr?«

Arnaut starrte ihn an. Was zum Teufel sollte das nun?

»Dem Herrn schenken?«

»Ihr behaltet Eure Waffen, aber versprecht, sie für Gott einzusetzen, gegen die Ungläubigen.«

Arnaut brauchte einen Augenblick, bis er verstand.

»Ich soll das Kreuz nehmen?«

Hugues nickte mit einem warmen Lächeln und blickte zu Puylaurens hinüber. »Ihr seid doch einverstanden, Josselin, nicht wahr?«

Puylaurens' Gesichtsausdruck zeigte deutlich, dass er alles andere als einverstanden war, aber er mochte der Autorität des Templers, wenn auch ungern, nicht widersprechen. Plötzlich lachte er. »Für die Königin, was? Meine wunderschöne Königin. Nun gut. Warum nicht? Der Mann kann wenigstens mit dem Schwert umgehen. Ich bin einverstanden.«

»Ich soll schwören?«, fragte Arnaut noch einmal.

»Unter Edelleuten wird das nicht nötig sein.« Hugues lächelte zufrieden. Er nahm Josselin das Schwert ab und hielt es Arnaut hin. »Ihr seid ein Mann von Ehre, da bin ich sicher. Ich vertraue Euch. Nehmt das Schwert und folgt Gott.«

Arnaut runzelte die Stirn. Wollte der Templer ihm nur einen Gefallen tun, um ihn mit diesem Trick aus seiner Schuld zu entbinden, oder meinte er es ernst? Er starrte auf das angebotene Schwert. Der Gedanke, es wieder an sich zu nehmen, war übermächtig, denn was würden sie auf Rocafort zu diesem schmählichen Verlust sagen? Er streckte fast schon die Hand danach aus, da sah er dem Templer in die Augen und fand darin nur Aufrichtigkeit. Der meinte es also ernst. Er sollte sich den Rittern des Kreuzes anschließen. Sein Blick fiel wieder auf das angebotene Schwert, aber in Wahrheit sah er nur Ermengardas geschundenes Gesicht vor Augen.

»Mit Verlaub, Bruder Hugues, ich habe nicht vor, das Kreuz zu nehmen. So schmerzlich mir der Verlust auch ist, aber mein Knappe hier wird Josselin alles überbringen.«

»Schade«, sagte Hugues und reichte die Waffe wieder an Josselin. »Sehr schade. Aber vielleicht überlegt Ihr es Euch noch. Mein Angebot gilt bis zu unserer Abreise.«

Arnaut machte eine leichte Verbeugung. »Ich muss gehen. Gehabt Euch wohl.«

Er drehte sich um und marschierte mit großen Schritten zur wartenden Sänfte. Jori folgte ihm, sah sich aber noch einmal nachdenklich um, bevor er sich beeilte, ihn einzuholen.

»Trödelt nicht«, rief Josselin ihnen hinterher. »Wir brechen bald auf. Hier sind wir ja nicht mehr willkommen.«

»In einer Stunde«, warf Arnaut über die Schulter.

»Und grüßt mir Eure allerliebste *domina*«, hörte er den Mann noch sagen, gefolgt von einem spöttischen Lachen.

♦

Es blieb Arnaut wenig Zeit, über den Verlust an Pferd und Waffen zu trauern, denn Ermengarda ging es von Stunde zu Stunde schlechter. Er blieb bei ihr und hielt sie in seinen Armen, denn sie wollte niemand anderen um sich haben. Als die Schmerzen schlimmer wurden und sich gegen Abend ihre Haut klamm und fiebrig anfühlte, bekam er es mit der Angst zu tun und rief *Domna* Anhes zu Hilfe.

Diese traute den Ärzten der Stadt nur gelehrtes Geschwafel sowie das übliche Aderlassen zu. Die brachten mehr Menschen um, als sie heilten, wie sie fand. Deshalb ließ sie eine alte, erfahrene Kräuterfrau und Hebamme rufen, die dem Palast schon oft gute Dienste geleistet hatte.

Als die Alte endlich eintraf, verbannte sie als Erstes Arnaut aus der Kammer. Anschließend schlug sie die Decke zurück und schüttelte besorgt den Kopf über das blutdurchtränkte Laken.

»Sieht nicht gut aus, Kindchen«, murmelte sie, während Ermengarda sich vor Schmerzen krümmte. »Gib Gott, es kommt alles heraus.« Woraufhin sie sich bekreuzigte.

Dann rief sie Jamila und andere Mägde. Schüsseln und Kessel sollten sie holen, Wasser heiß machen und saubere Tücher und Binden bringen. Und eine Handvoll Kräuter gab sie ihnen, für einen blutstillenden Aufguss. Sie selbst nahm ein Instrument aus ihrer Tasche, wusch sich die Hände und stellte eine Schüssel unter. Danach ging sie ans Werk, um so viel wie möglich von der toten Leibesfrucht zu entfernen, während Ermengarda sich wand und schrie. Jamila, die der Alten zur Hand ging, wurde weiß und musste sich abwenden. So viel Blut.

Schließlich war es vorüber. Erschöpft lag Ermengarda auf den Kissen. Jegliche Farbe war aus dem Gesicht gewichen. Die Hebamme tupfte ihr den Schweiß von der Stirn und flößte ihr Schluck für Schluck den Kräuteraufguss ein. Als Ermengarda später in der Nacht zu frieren begann, hüllte Jamila sie in Decken und legte sich zu ihr, um sie zu wärmen.

»Wenn die Fieberhitze kommt, wickelt ihr stündlich kühle Umschläge um die Waden«, sagte die Alte. »Und gebt ihr viel zu trinken. Am besten von diesem Aufguss.«

Sie ließ noch eine Handvoll Kräuter da und ging.

Arnaut und seine Freunde hatten die Nacht in der *aula* verbracht und sich vor Sorge betrunken.

»Ich wusste gar nicht, dass sie schwanger war«, sagte Felipe mit schwerer Zunge nun schon zum fünften Mal. Er nahm noch einen Schluck, dann heftete sich sein glasiger Blick auf Arnaut. »Ich hoffe, du hast sie nicht auf dem Gewissen.«

»Hör mit dem dummen Gequatsche auf«, knurrte Severin. »Nur weil sie dich nicht wollte …«

»Schon gut«, murmelte Felipe. Er machte ein beleidigtes Gesicht. »Ich sag ja nur.«

»Sag lieber nichts. Und getrunken hast du auch genug.« Severin nahm ihm den Becher weg.

»He«, maulte Felipe und versuchte vergeblich, auf die Füße zu kommen. »Lass die Finger von meinem Wein, *putan.*«

»Geh lieber schlafen.«

Felipe brummte etwas Unverständliches, nickte benommen und legte den Kopf auf den Tisch. Nicht lange und sie hörten ihn schnarchen.

Auch Arnaut hatte zu viel getrunken. Die ganze Nacht hatten sie in größter Unruhe ausgeharrt. Es war ein Kommen und Gehen gewesen, Treppe hoch und Treppe runter. Aber jedes Mal, wenn sie den Kopf herausgestreckt hatten, um nach Ermengarda zu fragen, hatte man sie auf rüde Weise wieder in die *aula* verbannt.

Im Morgengrauen endlich erschien *Domna* Anhes und winkte Arnaut heraus, denn vor den anderen wollte sie nicht reden.

»Sie hat viel Blut verloren«, eröffnete sie ihm ohne Umschweife in ihrer nüchternen Art. »Aber inzwischen hat die Blutung aufgehört. Die Hebamme hat getan, was sie konnte. Wir müssen abwarten.«

Arnaut fasste sich an die Kehle. Ermengarda und Blut. Bei der Vorstellung krampfte sich sein Magen zusammen. Er war bleich wie ein Leichentuch.

»Wie geht es ihr jetzt?«

»Sie ist sehr schwach, aber schläft nun ein wenig. Das solltest du auch tun, Arnaut.«

Er nickte benommen. Eine Trostlosigkeit hatte sich seiner bemächtigt, die *Domna* Anhes nicht verborgen blieb.

»War es ein Junge oder ein Mädchen?«, fragte er.

Zum ersten Mal zeigte die alte Dame so etwas wie Rührung.

»Ich glaube, das willst du besser nicht wissen«, sagte sie und wischte sich über die Augen. »Ermengarda ist jung und stark. Es wird andere Gelegenheiten geben.«

Er ließ den Kopf hängen. Andere Gelegenheiten? Wer weiß? Im Augenblick konnte er keinen klaren Gedanken fassen, außer dass sich ihre Liebe in etwas Hässliches, Brutales verwandelt hatte, etwas, das tötete. Wie konnte er sie jemals wieder berühren so wie früher?

Domna Anhes hob ihre Hand und fuhr ihm durchs Haar. »Geh schlafen, Arnaut. Du kannst ihr jetzt nicht helfen.«

Er dankte ihr für ihre Freundlichkeit und gesellte sich wieder zu den Freunden.

»Und?«, fragte Raimon.

»Es geht ihr besser. Sie schläft jetzt.«

»Dem Himmel sei Dank«, sagte Peire Rogier, der Sänger, und packte Arnaut um die Schultern. »Noch mal gutgegangen. Bald wird sie wieder lachen und uns herumkommandieren. Du wirst sehen.«

Eine einzelne Träne lief Arnaut die Wange herunter. Er nickte. »Bestimmt hast du recht.«

Später in seinen Gemächern ließen ihn weder Übermüdung noch der viele Wein, den er getrunken hatte, zur Ruhe kommen. Bei flackernder Kerze wanderte er aufgewühlt umher. Die Bilder des Tages spukten ihm im Kopf herum. Der Zweikampf, seine Demütigung, aber vor allem Ermengarda, wie sie sich, vor Schmerzen gekrümmt, immer wieder angstvoll an ihn geklammert hatte. Wie ein Schuft war er sich vorgekommen. Um seinetwillen hatte sie all dies erleiden müssen.

Und war diese Liebe nicht Sünde?

Ganz gleich, wie man es drehte, nach Sicht der Kirche waren sie nichts als gemeine *fornicatores,* die sich der Fleischeslust hingaben. Man würde sagen, Gottes Gericht sei wie ein strafender Blitz auf sie niedergefahren. Einen Augenblick lang schmerzte ihn der Gedanke an das ungeborene, unschuldige Kind. Warum musste Gott es zerstören? Doch je mehr er an das Kind dachte, umso verhasster wurde es ihm, diese grausame Geißel, die beinahe Ermengardas Tod gewesen wäre. Vielleicht immer noch.

Und die Heimlichtuerei hatte jetzt natürlich ein Ende, alle würden es wissen, denn eine Schwangerschaft war schließlich Beweis. Straflos würde man sie eine Hure und Ehebrecherin nennen dürfen. Dabei hatte sie es ja geradezu darauf angelegt. Immer hatte er an ihrer Seite sein sollen. Erst heute Morgen wollte sie, dass er sie vor aller Augen küsste. Benahm sich so eine ehrbare Frau, Fürstin oder nicht?

Auch ihn traf die volle Schuld. Er, der Gottes Gebot missachtet und das Bett einer verheirateten Frau geteilt hatte. Viele Männer machten sich nichts aus so etwas. Ja, sie prahlten mit ihren Abenteuern. Aber Arnaut hatte schon immer leise Gewissensbisse gehabt. Dass sie sich liebten, zählte nicht vor Gott. Jetzt hatte Er ihnen nicht nur zum zweiten Mal das Kind der Sünde genommen, sondern gewiss auch die letzte Warnung erteilt.

Und doch, er konnte sich nicht helfen, vor den Augen sah er wieder ihr reines, schönes Gesicht, ihren liebevollen Blick, ihre Lippen, die ihn sanft küssten. Wie konnte das Sünde sein?

Nach einer Weile rastlosen Wanderns und wirrer Gedanken erfasste ihn schließlich eine überwältigende Müdigkeit. Er ließ sich auf sein Lager fallen, und seine Hand fand die kleine Madonnenfigur neben dem Bett. Er betete lange um Vergebung, bis ein tiefer Schlaf ihn von seinen Seelenqualen befreite.

Joris Geheimnis

Trotz aller Bemühungen wurde Ermengarda das Fieber nicht los. Einen Augenblick lang zitterte sie vor Kälte, im nächsten stieß sie alle Decken von sich, weil eine innere Glut sie schier verbrennen wollte. Die meiste Zeit dämmerte sie in einem endlos grauen Traum voller Schwermut und Bedauern dahin. Sie sprach nicht, fragte nur gelegentlich nach Arnaut, blieb ansonsten teilnahmslos.

Jamila tat, was sie konnte, kühlte sie mit feuchten Umschlägen und mühte sich rastlos, ihr das Leiden erträglicher zu machen. Morgens und abends kam die alte Hebamme, um nach ihr zu sehen, betastete den fiebernden Leib, flößte ihr bitteres Gebräu ein, in der Hoffnung, das verzehrende Feuer endlich zu besiegen.

Ermengarda magerte ab, denn mehr als Wasser oder Brühe wollte sie nicht zu sich nehmen. Immer neue Blutungen schwächten sie, bis endlich ihr gequälter Leib auch das Letzte von dem ausschied, was nicht mehr zu ihr gehörte und sie krank machte. Von diesem Tag an begann es, ihr langsam besserzugehen.

In der Stadt machte man sich große Sorgen um die Fürstin. Der Palast war ständig von Menschen belagert, die sich nach ihrem Befinden erkundigten. Adelige und Abgeordnete der Bürgerschaft sprachen vor. Aber die Kräuterfrau hatte allen außer Jamila den Zutritt zu Ermengardas Kammer verboten. Nichts und niemand sollte ihre Genesung stören.

Tagelang war auch Arnaut nur auf *Domna* Anhes' dürftige Meldungen angewiesen. Als er sie endlich besuchen durfte, erschrak er bei ihrem Anblick. Bleich und fast körperlos ruhte sie auf den Kissen. Jamila hatte ihr die langen Haare ausgekämmt, sie ein wenig mit maurischer Schminke hergerichtet, doch weder die tiefen Schatten unter den Augen noch ihr ausgemergelter Leib ließen sich verbergen. Sie wirkte so zerbrechlich, dass er es kaum wagte, sie in die Arme zu schließen.

»Gott sei gelobt, es geht dir besser. Wir hatten solche Angst um dich.«

»Wir?«, fragte sie und sah ihn mit glanzlosen Augen an. »Und du?«

»Ach, *mon cor.* Natürlich ich.«

Lange saßen sie stumm da, hielten sich erst nur an den Händen. Ihren Blicken wich er aus. Es muss die Trauer um das Kind sein, dachte sie, als sie ihn so abwesend sah, berührte sanft sein Gesicht und schmiegte sich in seine Arme. Seine Nähe war ihr ein Trost.

Doch für Arnaut stand nun etwas zwischen ihnen. Er musste sich beherrschen, nicht von ihr abzurücken. Er war zerrissen zwischen seiner Liebe und dem Bedürfnis, sie im Arm zu halten, und dem würgenden Schuldgefühl, das ihn plagte. Wie gern hätte er ihr Mut gemacht, ihr gesagt, sie würden bald andere Kinder haben, aber er konnte es nicht.

Ermengarda, die ihn so sah, mit dem Kopf zwischen den Schultern, küsste seine Wange und fühlte sich als die Stärkere in ihrem gemeinsamen Leid.

»Sei nicht traurig«, flüsterte sie ihm ins Ohr. »Bald wird es mir bessergehen.«

Er nickte. »Das ist das Wichtigste.«

Mehr wusste er nicht zu sagen.

♦

In den Wochen, die folgten, erholte Ermengarda sich rasch, konnte bald das Bett verlassen und sich endlich wieder auf eigenen, wenn auch noch etwas unsicheren Beinen bewegen. Ein wenig Farbe kehrte in ihr Gesicht zurück, sie aß regelmäßiger, nahm wieder zu und wurde kräftiger. Sogar zu Geschäftlichem durfte Raimon sie ansprechen. Auch wenn sie sich oft munterer gab, als es in ihrem Herzen aussah, so war sie doch nicht bereit, in dem Verlust mehr als nur einen vorübergehenden Rückschlag zu sehen, wie ein Faustkämpfer, der sich nach einem Niederschlag trotzig erhebt, um den Kampf aufs Neue aufzunehmen.

Arnaut war heimlich erleichtert, dass sie nicht mehr das nächtliche Lager teilten, da die Hebamme es für längere Zeit verboten hatte. Ermengarda verstand seine Zurückhaltung als Fürsorge für ihren Zustand und machte sich wenig Gedanken darüber. Überhaupt schien die Fehlgeburt seine Seele mehr zu belasten, als sie es einem Mann zugetraut hätte. Das gefiel ihr, obwohl sie ihn nicht traurig sehen wollte. Den Verlust seiner Waffen nahm sie nicht weiter ernst, denn das war nichts, was man nicht mit Geld ersetzen konnte. Und davon besaß sie genug.

Arnaut verbarg vor ihr, dass er täglich über das nachgrübelte, was er jetzt als unselige Liebe empfand. Tagelang war er zu Pferde von Burg zu Burg unterwegs, um dem Hof von Narbona zu entfliehen. Es festigte sich die Überzeugung, dass es so nicht weitergehen konnte.

Um seine Entschlossenheit zu stärken, begann er, seinen Geist mit allerlei fadenscheinigen Begründungen anzufüllen. Bestimmte sie nicht alles in seinem Leben, war doch immer die *domina* und er praktisch ihr Gefangener, wie einer dieser bunten Vögel, die sie in ihrem Garten in Käfigen hielt. Die Vorstellung, einfach wegzufliegen, hatte etwas Verlockendes. Zogen junge Männer wie er nicht in die Ferne, ins Abenteuer? Großvaters wilde Geschichten aus Outremer gewannen neue Bedeutung. Was verschwendete er seine Zeit in Narbona?

Doch kaum wieder in ihrer Nähe, schmolzen solche Gedanken wie Schnee unter der Sonne. Wenn sie ihn zur Begrüßung küsste, konnte er nicht anders, als ihre Zärtlichkeit mit Leidenschaft zu erwidern. Hinterher brannten ihm die Lippen vor

Scham. Wieder hatte er Gottes Gebot verletzt. Es gab nur einen Ausweg. Diese sündige Liebschaft musste ein Ende haben. Er wollte mit ihr reden, fand aber nicht den Mut und fing an, sich selbst für sein Zögern, für seine Feigheit zu hassen.

Dazu kam die Schmach des verlorenen Zweikampfes. Mehr noch. Zum ersten Mal in seinem Leben hatte Arnaut den kalten Atem des Todes im Nacken gespürt. Und wofür? Vordergründig war es um Ermengardas Ehre gegangen. Doch hatte er sich nicht geradezu vorgedrängt, dem frechen Kerl das Maul zu stopfen, begierig auf die Gelegenheit, der schaulustigen Menge mal wieder seinen Mut in einem ritterlichen Kampf zu beweisen?

Dabei hatte Großvater oft genug gepredigt, ein Schwert nie ohne triftigen Grund zu ziehen, weder im Wettstreit noch zur Belustigung anderer und vor allem nicht aus verletzter Eitelkeit. Gegen diesen Rat hatte er verstoßen. Und nicht zum ersten Mal.

Dieser Josselin de Puylaurens hatte seinen Hochmut jedenfalls ganz ohne Rücksicht auf ritterlichen Anstand bestraft. Seine Art zu kämpfen war verbissen, hinterhältig, gnadenlos, wie eine zum Äußersten entschlossene Kellerratte. In seinen Augen hatte nicht wettkämpferischer Ehrgeiz, sondern Mordlust geglüht. Auf einen solchen Kampf war Arnaut nicht vorbereitet gewesen. Wurde so ein Mann in den zermürbenden Kriegen gegen die Ungläubigen? War auch Jaufré so gewesen?

An einem Nachmittag, es war am Tag nach dem heiligen Osterfest, kam er allein von einem Ritt entlang der Strände zurück. Die Ställe lagen verlassen da, kein Reitknecht zu sehen. Nachdem er selbst den Sattel abgenommen, das Tier getränkt und in seinen Stall geführt hatte, ging er in die Futterscheune, um ein Bündel Heu zu holen.

»Lass mich das tun, Arnaut«, hörte er unerwartet Jori sagen, der ihm gefolgt sein musste.

»Ist schon gut. Geh lieber und reib den Gaul trocken.«

Er trat mit der Holzgabel dicht an den Heuhaufen heran, als sein Fuß an etwas Hartes stieß, das unter dem Heu verborgen lag. Verwundert bückte er sich und zerrte daran. Sah wie ein großes, in grobes Leinen gewickeltes Bündel aus.

»Was zum Teufel liegt denn hier?« Er sah sich fragend um. Jori stand in der Tür, seine Augen blickten erschrocken. »Komm, hilf mir mal. Sieht aus, als hat hier jemand etwas versteckt. Warst du das?«

Der Junge ließ Kopf und Schultern hängen. »Nun hast du es also entdeckt.«

»Was hab ich entdeckt?«

Arnaut zerrte wieder an dem Bündel. Es war nicht leicht, es unter dem Gewicht des Heus hervorzuziehen. Jori hockte sich neben ihn. Gemeinsam wuchteten sie es aus dem Heu. Als Arnaut das steife Leinen zurückschlug, leuchtete ihm der rote Eber, sein eigenes Wappenzeichen, entgegen.

»Was hat das zu bedeuten, Jori?«

»Ich habe alles für dich aufbewahrt.« Seine Stimme klang ängstlich.

Arnaut wusste nicht, wie ihm geschah. Obenauf lag der Schild, darunter sein Schwert und Gurt, der schwere Kettenpanzer, Beinlinge, das lederne *gambais,* Kampfhandschuhe, seine gesamte Ausrüstung bis hin zu Amirs Brustpanzer.

»Was wird hier gespielt, Jori?«

Seine Stimme hatte einen gefährlichen Ton angenommen. Der Junge war rot geworden und wischte sich verlegen die dunklen Haare aus der Stirn.

»Ich konnte nicht zusehen, wie du deine Waffen verlierst«, sagte er leise. »Es war ganz leicht. Sie haben mir geglaubt.«

»Was haben sie geglaubt?«

Jori wand sich unter seinem Blick. »Ich hab doch gehört, was der Templer dir vorgeschlagen hat. Da habe ich ihnen einfach gesagt, du hättest es dir überlegt und würdest sein Angebot annehmen. Er war sehr erfreut und hat dir Gottes Segen gesandt. Mich hat er auch gesegnet.«

Arnaut hatte genug gehört. Rot vor Zorn sprang er auf.

»Bist du denn wahnsinnig?«, schrie er. »Ich habe dir vertraut. Und so hintergehst du mich? Ein Straßenlump warst du, als wir dich fanden. Und daran hat sich nichts geändert.«

Er ballte die Faust und holte aus. Jori duckte sich nicht, hob nicht einmal den Arm, wartete nur gefasst auf den Hieb.

»Lass den Jungen in Ruhe«, hörte Arnaut hinter sich. Es war Severin. »Er ist zu mir gekommen und hat mir von dem Angebot erzählt. Da habe ich es ihm erlaubt.«

Arnaut ließ die Faust sinken und drehte sich um.

»Du?«, fragte er ungläubig.

»Na klar! Erst beleidigt uns dieser Puylaurens, und dann soll er auch noch mit Jaufrés Schwert abziehen? Und der andere, dieser de Bernay. Der hat grinsend zugeschaut, als der Kerl dich abstechen wollte. Ordensritter!« Er spuckte verächtlich auf den Boden. »Die sind nicht besser als andere Pfaffen.«

»Zum Teufel! Versteht ihr nicht? Damit habt ihr mich bei meiner Ehre verpflichtet, das Kreuz zu nehmen.«

»Ach, red keinen Unsinn, *ome*«, brummte Severin. »Diese Leute siehst du doch nie wieder. Du schuldest niemandem etwas. Ist ja nicht so, als hättest du einen Eid geschworen.«

»Und warum habt ihr es mir verheimlicht?«

»Ich kenne dich doch. Du hättest ihnen womöglich noch die Waffen nachgetragen.«

»Da liegst du verdammt richtig.« Arnaut ließ sich auf ein Strohbündel sinken. »Und mein Pferd? Wo habt ihr das versteckt?«

»Bei Felipe im Stall.«

Die Menerbas unterhielten einen geräumigen Palast in der Stadt, wo Felipe für gewöhnlich wohnte. Er hielt sich selten in der Festung seiner Familie auf.

Arnaut schüttelte den Kopf. »Eine verdammte Verschwörung also. Meine Freunde hintergehen mich. Nicht zu fassen.«

»Hör auf zu jammern. Sei froh, dass du alles wiederhast.«

»So einfach ist das nicht, *mon Dieu.*« Sein Herz klopfte. Er spürte, dies war ein Zeichen, eine Botschaft. Er musste ergründen, was sie bedeutete. »Lasst mich jetzt allein.«

Nachdem sie gegangen waren, saß er noch lange in der Scheune und betrachtete die Rüstung, die am Boden lag. Im ersten Augenblick war er maßlos wütend auf Jori gewesen, doch je mehr er sich beruhigte und über alles nachdachte, kam es ihm wie eine Fügung vor. Der Zweikampf, Ermengardas Sturz, das Angebot des Mönchsritters. Und nun dies. Eine Kette von Ereignissen, die miteinander verknüpft waren und plötzlich einen Sinn ergaben. Mit einem Mal erschien ihm alles in einem neuen Licht. Deutlichere Fingerzeige konnte Gott ihm doch gar nicht geben. Durfte er noch einen Augenblick länger über sie hinwegsehen?

Es war wie eine Erleuchtung. Sein Entschluss war gefasst. Nichts sollte ihn mehr halten. Lautstark rief er nach Jori und Lois Bernat und befahl ihnen, die Waffen in seine Kammer zu tragen. Dann stürmte er die Treppe hinauf. Ermengarda würde es verstehen. Er musste es ihr gleich sagen.

Als er atemlos in den Empfangssaal stürzte, fand er sie im Gespräch mit dem Abt Imbert vertieft. Unmutig über die Störung sah sie auf, lächelte aber, als sie ihn erkannte.

»Was ist, Arnaut?«

Er verbeugte sich hastig vor dem Abt. »Es tut mir leid, *Mossenher,* dass ich …«

»Nur zu, mein Sohn.« Der alte Geistliche machte Anstalten, sich zu erheben.

»Aber bleibt doch, *Paire* Imbert«, rief Ermengarda und legte ihm die Hand auf den Arm.

»Wir müssen reden, Ermengarda«, drängte Arnaut.

»Kann das nicht warten?«

Sie sah ihn aufmerksam an. Diese blauen Augen konnten so durchdringend sein, als ließe sich nichts vor ihnen verbergen. Der Blick verunsicherte ihn einen Augenblick. Ihr dunkles Haar hatte wieder den alten Glanz. Nachtblaue Seide umschmeichelte ihren Leib, und an der weißen Kehle leuchtete ein einzelner Rubin wie ein Tropfen Blut. Nur Lippen und Wangen waren leicht gerötet in einem Antlitz noch allzu bleich von der langen Krankheit. Aber gerade das ließ sie schöner denn je erscheinen.

Er holte tief Luft, um sich Mut zu machen, entschuldigte sich abermals bei dem alten Abt für die plötzliche Unterbrechung. »Es ist wichtig, *Mossenher*«, fügte er hinzu. »Wenn Ihr erlaubt.«

Paire Imbert dankte es ihm mit einem freundlichen Lächeln. »Ich glaube, wir haben alles besprochen, meine Liebe«, sagte er. »Ich will mich darum kümmern. Ihr könnt ganz beruhigt sein.«

Beide erhoben sich. Ermengarda geleitete ihn bis an die Tür und verabschiedete ihn.

»Was ist denn so schrecklich eilig, dass du unseren guten Abt hinauswerfen musstest«, fragte sie belustigt, als sie allein waren. Sie schritt zu einem Anrichtetisch und schenkte etwas Wein in zwei Kelche. »Eigentlich bin ich froh, dass du gekommen bist. Ich hatte mich schon gelangweilt.«

»Was war denn?«

»Ich habe für die Basilika gestiftet. Zum Dank für meine Genesung. Wir sprachen darüber, wie die Summe zu verwenden ist.« Sie reichte ihm seinen Wein und seufzte. »Manchmal denke ich, immer wenn jemand zu mir kommt, dreht es sich nur um Geld. Almosen, Stiftungen, besondere Ausgaben oder angeblich ganz sichere Anlagen. Die melken mich wie eine Kuh. Ich bin es leid.« Aber dann lächelte sie, schlang den Arm um seine Hüfte und sah zu ihm auf. »Willst du mich nicht küssen?«

Ihre Lippen leuchteten einladend und vertraut. Fast hätte er sich wie immer über sie gebeugt. Aber dann stellte er seinen Kelch auf einen Beistelltisch, fasste sie mit beiden Händen an den Schultern und hielt sie auf Abstand.

»Wir müssen damit aufhören, Ermengarda.«

Befremdet sah sie ihn an. »Mit was?«

»Es ist gegen Gottes Gebot.«

»Wovon redest du?«

»Du sollst nicht ehebrechen, sagt der Herr.«

Sie schüttelte ungläubig den Kopf, ein spöttisches Lächeln auf den Lippen. »Und das fällt dir jetzt nach über vier Jahren ein?«

»Ich meine es ernst. Ich habe lange nachgedacht.«

»Warst du deshalb in letzter Zeit so abwesend?« Sie setzte sich und nahm einen Schluck Wein. »Ich hatte mir schon Sorgen gemacht. Natürlich haben wir beide unter dieser Prüfung gelitten. Auch du. Ich weiß das.« Ihre Augen hatten einen feuchten Glanz bekommen. »Aber Gott hat mich verschont. Nun müssen wir wieder in die Zukunft schauen.« Sie streckte die Hand nach ihm aus. »Komm. Mach nicht so ein Gesicht. Setz dich zu mir.«

»Du verstehst nicht. Gott hat dich nicht verschont. Er hat dir im Gegenteil eine Warnung gegeben. Uns beiden hat er eine Warnung gegeben.«

»Wovon redest du, *amor?*«

Arnaut zögerte noch einen Augenblick. Dann gab er sich einen Ruck. »Ich nehme das Kreuz, Ermengarda«, sagte er.

»Was?«, entfuhr es ihr. Sie runzelte die Stirn, als hätte sie ihn nicht recht verstanden.

»Wer das Kreuz nimmt, dem sind alle Sünden vergeben. Ich tue es für uns beide, Ermengarda. Wir müssen dieses Opfer bringen, um uns reinzuwaschen. Es ist der einzig richtige Weg.«

Sie war aufgesprungen. Der silberne Kelch, der ihrer Hand entglitten war, rollte scheppernd auf den Boden. Schnell trat sie auf ihn zu, packte ihn an beiden Armen und schüttelte ihn.

»Sag, dass du mich zum Narren hältst. Das ist doch ein Scherz, oder?« Ihre Augen bohrten sich in seine Seele.

Er schüttelte stumm den Kopf. »Kein Scherz.«

»Bist du verrückt geworden«, schrie sie plötzlich. »Hör auf damit!« Sie ließ ihn los und wandte sich ab, hielt sich die Hände über die Ohren. »Ich will das nicht hören. Ich will es nicht.«

Dann war sie wieder bei ihm, rüttelte erneut an seinen Schultern, die Augen voller Tränen. »Das ist doch nicht wahr. Sag so etwas nicht.« Sie fasste ihn am Kinn, zwang ihn, ihr in die Augen zu sehen. »Arnaut, sag das nicht. Wir lieben uns doch.«

»Es ist zum Besten für uns beide, *mon anjol.*«

Als er sie seinen Engel nannte, zerbrach jede Selbstbeherrschung in ihr, so dass sie auf die Knie sank und mit verzerrtem Gesicht zu wimmern begann. Die Arme schlang sie in ihrer Verzweiflung um seine Knie, als wollte sie ihn nicht fortlassen.

»Tu mir das nicht an«, schluchzte sie. »Davor habe ich mich gefürchtet, schon seit langem. Dabei habe ich so viel für unsere Liebe auf mich genommen. Weißt du das denn nicht? Meine Stellung. Die Leute. Das Gerede.«

Ihr Anblick schnürte ihm die Kehle zu.

»Ich weiß es«, sagte er halb erstickt. »Und am Ende wärst du beinahe gestorben, weil Gott uns strafen wollte. Und das, mein Herz, hätte ich niemals ertragen.«

Sie blickte wieder zu ihm auf, das Gesicht ein Meer von Tränen. »Aber ich bin nicht gestorben, und ich nehme es jederzeit wieder auf mich. Mit Freuden. Denn ich will ein Kind, Arnaut. Von dir.«

Er machte sich los. »Rede nicht mehr so. Du machst es nur noch schwerer.«

♦

Drei Tage währte ihr Kampf.

Ermengarda bat, weinte und flehte. Sie warf sich ihm zu Füßen, erniedrigte sich. Sie beschwor ihn, es sich zu überlegen, stritt mit ihm, wurde laut, verfluchte ihn gar, bis der ganze Palast vor ihrem Zorn erzitterte und Wachen und Gesinde mit betretenen Mienen durch die Korridore schlichen. Ermengarda war es gleich, wer mithörte. Sollten es doch alle wissen, dass dieser Mann sie mit Füßen trat. Dann wieder versuchte sie es mit Güte, Schmeichelei, bemühte sich, ihn unter Aufgebot all ihrer Reize zu verführen, wie einst Eva im Paradies. Doch gerade die Erinnerung an die Erbsünde festigte seine Standhaftigkeit. Gott hatte ihn gerufen. Er war tief davon überzeugt, nur so ihrer beider Seelenheil erhalten zu können. Und von einem Weib, sosehr er sie liebte, würde er sich nicht vom rechten Weg abbringen lassen.

In ihrer Verzweiflung sandte sie nach *Paire* Imbert und Bruder Aimar, um ihm den Unsinn auszureden. Doch was sollten zwei Geistliche schon gegen eine solch fromme Gesinnung ins Feld führen?

Am Ende war Ermengarda zu erschöpft, um noch zu kämpfen. Und dennoch hockten sie weiter zusammen, konnten nicht voneinander lassen. Aber sie redeten nicht mehr, mieden den Blick des anderen, schwiegen sich gegenseitig an.

Bis Arnaut sagte: »Ich brauche Mannschaften, weißt du. Hundert gut ausgerüstete Berittene würden mir reichen.«

Da loderte plötzlich blinde Wut in ihr auf.

»Ach, die würden dem Herrn reichen, was?«, schrie sie. »Nur hundert Mann? Gar nicht viel, der Herr. Dazu Pferde, Waffen, Zelte. Vielleicht noch ein paar Diener und Verpflegung. Wie wär's denn damit, he? Und Sold. Die Männer wollen doch bezahlt werden, oder? Vielleicht noch eine Schiffspassage!«

Jetzt hatte sie sich mächtig in Rage geredet. Ihre Augen sprühten vor Zorn. »Ich habe dich geliebt und dein Kind getragen«, brüllte sie. »Und zum Dank, dass du mich elendig sitzenlässt, soll ich dir auch noch deinen verdammten Krieg bezahlen? Hast du dir das so gedacht?«

»Es wäre ein gutes Werk. Wir kämpfen doch für Christus.«

»Christus braucht meine Hilfe nicht. Er hat ja dich.«

»Verdammt, Ermengarda. Wie redest du mit mir?«

»Jetzt ist es endgültig genug!«, brüllte sie. »Verschwinde, sag ich. Verschwinde aus meinem Palast und lass dich nie wieder blicken.«

♦

Arnaut zog sich auf das Landgut zurück, das Ermengarda ihm überlassen hatte. Der Hof lag nicht weit von Narbona entfernt, in einer Schleife des Flusses und umgeben von den Hütten einer *vila.* Dort hausten die Leibeigenen, die die Felder des Anwesens bewirtschafteten.

Hier verbrachte er die nächsten Tage allein, um seine Wunden zu lecken. Wie einen Hund hatte sie ihn davongejagt. Er war tief gekränkt und wartete darauf, dass sie es sich anders überlegte und nach ihm senden würde. Stattdessen erschienen Soldaten mit einem Karren, um ihm all seine Habseligkeiten aus dem Palast zu bringen. Eindeutiger hätte ihre Botschaft nicht sein können.

Zuerst war er viel zu wütend und trotzig, um darüber zu trauern. Selbst wenn sie jetzt käme und ihn anflehte, ihr zu verzeihen, es würde ihr nichts nützen. Und doch zögerte er seine Abreise hinaus und wurde von Tag zu Tag niedergeschlagener, denn sie kam nicht.

Inzwischen war es Mai geworden, und wenn er sich König Louis und seinem Heer noch anschließen wollte, dann wurde es Zeit, sich für die große Reise vorzubereiten, denn es hieß, der allgemeine Aufbruch sei für Anfang Juni geplant. Es blieb auch keine Zeit mehr, sich von seiner Familie in Rocafort zu verabschieden. Er hätte sie gern noch einmal gesehen, aber wenigstens würde ihm ein tränenreicher Abschied von seiner Mutter erspart bleiben.

Seine Teilnahme am Aufgebot des Königs hatte Arnaut sich anders vorgestellt. So ganz ohne Gefolge? Eine Hundertschaft bewaffneter Reiter wäre doch das Mindeste gewesen, schon allein zu Ehren Narbonas. Ermengardas hartherzige Weigerung konnte er nicht verstehen. Schließlich hatte sie es seinem Mut zu verdanken, dass sie heute auf dem Thron ihres Vaters saß. Ohne ihn damals hätte sie die Abenteuer der wilden Flucht gar nicht überlebt.

Nun gut. Dann würde er eben allein, nur von Jori und dem Knecht Lois Bernat begleitet, die Reise antreten. Ob die beiden überhaupt gewillt waren, daran verschwendete er keinen Gedanken. Waren sie doch Diener und hatten ihrem Herrn zu gehorchen. Die Ausrüstung für einen so langen Feldzug beschäftigte ihn mehr. Er würde sie vervollständigen müssen. Waffen, warme Kleidung, Zelte, Maultiere.

Dabei kam ihm sein Geld bei dem Juden in den Sinn, das er fast vergessen hatte. Es war eigentlich genug, um ein paar Dutzend Männer anzuwerben. Er würde also doch nicht ohne Gefolge in den Krieg ziehen müssen. In Besiers oder Montpelher wurde er Willige finden, die nicht Ermengardas Zorn zu fürchten hatten.

Der schwarze Hengst Amir war für die Schlacht bestimmt, der Wallach Basil als Reittier. Der noch junge Grauschimmel, den sie aus Rocafort mitgebracht hatten, sollte als Reserve herhalten. Jori hatte eine zum Schlachtross ausgebildete Stute. Dazu erwarben sie auf dem Pferdemarkt noch ein Reitpferd und vier Maultiere, eines davon für Lois Bernat, der inzwischen sattelfest geworden war.

Der Schmied des Gutshofs war gerade dabei, die Gäule zu beschlagen, als eine Staubwolke auf der Straße von Narbona eine größere Reitertruppe ankündigte. Zwei Dutzend Bewaffnete trabten auf den Hof und saßen ab. Freudig umringten sie Arnaut, der sie alle kannte, waren sie doch aus dem kleinen Heer, das er bisher für Ermengarda befehligt hatte.

Severin, der sie anführte, umarmte seinen Freund. Auch Felipe, Raimon und Bruder Aimar waren gekommen. Arnaut rief nach den Knechten, um die Pferde tränken zu lassen, und wollte die Freunde ins Haus führen.

»Warte«, sagte Severin mit ernster Miene. »Zuerst die schlechte Nachricht. Und ruf die Dorfältesten zusammen, denn leider ist mir befohlen worden, dies in aller Öffentlichkeit zu verkünden.«

Arnaut war verdutzt, ließ aber den Dorfvorsteher und noch ein paar andere aus der *vila* rufen. Als sie versammelt waren, stellte Severin einen drahtigen, graubärtigen Mann vor, der sich verlegen vor Arnaut verbeugte.

»Das ist Joan de Capestang«, sagte Severin mit lauter Stimme in die Runde. »Er ist der *villicus,* der Verwalter der Vizegrafschaft hier in der Gegend. Joan wird ab jetzt das Anwesen übernehmen.«

»Was zum Teufel soll das?«, fragte Arnaut.

Severin zog ihn zur Seite. »Tut mir leid, Arnaut, aber du hast den Gutshof zu räumen. Das Landgut war dir zur Nutzung überlassen, aber nicht geschenkt. Nun will Ermengarda es selbst wieder in Besitz nehmen. Ich habe sogar ein Dokument dazu.«

Eine solch öffentliche Schmach verschlug Arnaut die Sprache. »Wie kann sie so etwas tun?«, murmelte er, rot vor Scham. »Nach allem …«

Sein Freund legte ihm den Arm um die Schulter. »Du weißt, Arnaut«, raunte er leise, damit die anderen ihn nicht hören konnten. »Weiber können in ihrer Rache fürchterlich sein. Sie ist eine Fürstin, vergiss das nicht, und aus ihrer Sicht hast du sie schrecklich gedemütigt.«

»Gedemütigt? Nie im Leben …«

»Du hast sie verlassen.«

»Aus gutem Grund.«

»Sie hat lange gewartet, und du bist nicht gekommen.«

»Aber es war doch sie, die mich aus dem Palast gejagt hat.«

Severin zuckte mit den Schultern. »Was willst du, sie ist eine stolze Frau.«

Arnaut schüttelte den Kopf. Es überstieg sein Verständnis.

Nie hätte er ihr eine solche Niedertracht zugetraut. Sie hatten sich doch geliebt.

»Und wozu die Männer in deinem Gefolge? Wollt ihr mich etwa mit Waffengewalt entfernen?«

Severin musste lachen. »Ach wo. Die Kerle haben nur gehört, dass du nach Outremer aufbrichst. Da wollen sie mitkommen. Auch wenn du keinen Sold für sie hast, sie stehen dir treu zur Seite.« Er drehte sich um. »Nicht wahr, Jungs?«

Die nickten und lachten verwegen. Arnaut starrte sie mit offenem Mund an.

»Siehst du. Das war die gute Nachricht«, sagte Severin und weidete sich an Arnauts Überraschung.

»Nun, wenn ihr mitkommen wollt …«, begann Arnaut und sah in die Runde. »Ein wenig kann ich schon zahlen. Für eine Weile wird es reichen.«

»Wir folgen dir bis in die Hölle, Arnaut«, rief einer von ihnen ein bisschen übertrieben. Aber die anderen grinsten zustimmend. Sie schienen äußerst guter Laune, als ginge es auf die Jagd und nicht in den Krieg.

»Du bist beliebter, als du denkst, *mon velh*«, sagte Severin.

»Ich oder mein Sold?«

»Wahrscheinlich beides.«

Das brachte allgemeines Gelächter.

»Und du? Bist du auch dabei?«

»Natürlich, einer muss sich doch um dich kümmern.« Severin schlug ihm auf die Schulter. »*Putan,* Arnaut. In letzter Zeit ist es hier viel zu langweilig geworden. Es wird Zeit, wieder ins Abenteuer zu reiten.«

Da musste Arnaut grinsen. Auch damals hatte die Abenteuerlust sie aus ihrem kleinen Dorf getrieben. War ihnen jetzt die große Stadt schon zu klein geworden? Der Gedanke, in ferne Welten aufzubrechen, hatte plötzlich etwas Unwiderstehliches. Halb vergessene Bilder aus Großvaters Geschichten tauchten vor seinem Auge auf. Flirrende Hitze, schwerbeladene Karawanen, die mächtigen Mauern von Antiochia oder der Anblick Jerusalems auf seinen Hügeln im blendenden Licht des Orients.

»Ermengarda wird dir zürnen«, sagte er.

»Soll sie doch«, brummte Severin und zuckte mit den Schultern. »Ich jedenfalls steh auf deiner Seite, *ome.*«

»Sie wird leider noch mehr zu zürnen haben«, warf nun Bruder Aimar dazwischen. »Denn auch ich werde euch begleiten.«

»Du, Aimar? Aber warum?«

»Hab ich nicht dem alten Jaufré geschworen, das Grab deiner Großmutter zu besuchen? Außerdem wollte ich schon immer das Heilige Land bereisen. Nur die Gefahren haben mich bisher davon abgehalten. Aber mit euch … so eine Gelegenheit kommt nicht wieder.«

»Und ihr beide?«, wandte sich Arnaut an Felipe und Raimon.

»Um Gottes willen, nein«, lachte Raimon. »Ich und Krieg, das passt nicht zusammen.«

»Was mich betrifft«, sagte Felipe, »so hätte ich nicht übel Lust. Aber einer von uns muss sich ja um das Wohl der Vizegrafschaft kümmern. Wir können Ermengarda nicht alle im Stich lassen.«

»Felipe und ich geben auf sie acht, bis du zurückkommst«, fügte Raimon lächelnd hinzu.

Zurückkommen? Arnauts Miene verdüsterte sich, denn wenn er zuvor noch auf Versöhnung gehofft hatte, so war mit dieser kleinlichen Vertreibung von Ermengardas Anwesen der Bruch zwischen ihnen endgültig besiegelt, auch wenn es höllisch weh tat.

»Meine Zeit in Narbona ist nun vorbei«, sagte er und holte tief Luft, wie um sich von den schmerzlichen Gefühlen zu befreien. »Outremer soll auch ein schönes Land sein. Gott allein weiß, ob ich jemals wiederkehre.«

Felipe sah überrascht auf. Forschend ruhte sein Blick auf Arnaut, als wolle er die Gedanken seines Freundes ergründen.

Der bemerkte es und konnte sich eine spitze Äußerung nicht verkneifen. »Nun hast du sie wieder für dich allein, Felipe.«

»Red keinen Unsinn, Arnaut«, erwiderte der verärgert. »Ich hätte gedacht, all das läge längst hinter uns.«

Arnaut starrte betreten auf die Stiefelspitzen.

»Du hast recht. Eine dumme Bemerkung. Vergib mir.«

»Ermengarda gehört niemandem«, sagte Raimon. »Nur sich selbst.« Alle wussten, wie sehr er ihr verbunden war.

»Wenn ihr fertig seid, über *Domna* Ermengarda zu säuseln«, knurrte Severin, »dann können wir vielleicht mal über unseren Aufbruch reden.«

Felipe lachte. »Wie immer der Mann fürs Praktische. Arnaut darf froh sein, dass er dich an seiner Seite hat.«

»Das bin ich«, bestätigte Arnaut und zwinkerte Severin zu. Dann winkte er die anderen Männer zu sich heran. »Hört mal alle her. Wir werden uns den Tolosanern anschließen. Graf Alfons hat das Kreuz genommen und wird Krieger wie uns gut gebrauchen können. Geld hat er jedenfalls genug.«

Das fand beifälliges Gemurmel. Aber Severin wusste, dass die Männer auch ohne Sold gekommen wären, denn sie liebten Arnaut. Er behandelte jeden mit Respekt, traf Entscheidungen mit Entschlossenheit und verlangte von niemandem, was er nicht selbst zu leisten imstande war. Sein Freund war ein geborener Anführer.

»Umso besser«, sagte Severin. »Dann bekommen wir vielleicht eine ganze Schwadron zusammen.«

»In jedem Fall holen wir uns das Gold der Sarazenen«, feixte einer der Männer. »Und ihre Weiber«, wieherte ein anderer unter allgemeinem Beifall.

Arnaut wartete, bis die letzten Lacher verklungen waren.

»Gewiss wird es Gelegenheit zum Plündern geben«, sagte er ernst. »Aber eines will ich klarstellen. Dies hier ist kein üblicher Beutezug, sondern eine Pilgerfahrt ins Gelobte Land. Wir ziehen aus, um unseren Brüdern in Outremer beizustehen und Edessa zu befreien. Eine heilige Aufgabe und ein gottgefälliges Werk, das jedem Krieger, der daran teilnimmt, zur Ehre gereichen wird und zu ewigem Leben an Gottes Seite. Ich verlange Zucht, Ordnung und ein würdevolles Benehmen. Habt ihr mich verstanden?«

Etwas erstaunt sahen sie ihn an. So kannten sie ihn noch gar nicht. Aber dann murmelten sie ihre Zustimmung. Viele bekreuzigten sich, andere nickten ehrfurchtsvoll. Niemand widersprach.

Arnaut fühlte sich von den eigenen Worten unerwartet berührt. In der Tat, dieser mächtige Heerzug, dem sie sich bald anschließen würden, angeführt von zwei Königen der Christenheit, dieses gewaltige Unternehmen stand für weit mehr als Abenteuer und Beute, für mehr als Grenzstreit und Kleinkrieg unter Fürsten und Kastellanen. Ihm wurde mit einem Mal bewusst, wie lächerlich unbedeutend im Vergleich dazu das eigene Leben oder die Vergebung der eigenen unerheblichen Sünden war. Gott hatte weit Größeres mit ihnen vor.

Aus einer plötzlichen Eingebung heraus riss er sein Schwert aus der Scheide und hielt es an der Klinge empor. Wie ein silbernes Kreuz funkelte es in der Sonne. »Bei diesem Schwert und beim Blut der gemeuchelten Kinder von Edessa schwört mir Treue und Gehorsam im Kampf für Jesus Christus, unseren Herrn.«

»Wir schwören«, schrien die Männer. »Rache für Edessa!«

Fraire Aimar ließ sie niederknien und segnete sie nach kurzem Gebet. Dann befahl er ihnen, Kreuze auf ihre Umhänge zu nähen. Denn nun waren sie *milites christi,* Krieger des Herrn.

Buch II

Oktober, Anno Domini 1147

Zwei Könige und ein Kaiser treffen sich in Konstantinopel. Es werden Bündnisse erneuert, Versprechungen gemacht und Eide geschworen. Dann ziehen die Christenheere siegesgewiss dem Feind entgegen. Doch im wilden Niemandsland erweist sich, dass es leichter ist, gegen Satans Mächte zu predigen, als sie zu vernichten.

Ermengarda und Menerba

Das Fenster in meiner Kammer gewährt einen guten Blick auf die Aude und die mächtige Römerbrücke, die die beiden Stadtteile verbindet. Auf ihr drängen sich die Buden und Marktstände der Schlachter und Fischfrauen, die sich gegenseitig beim Anpreisen ihrer Waren zu übertönen suchen.

Auch heute wanderten Hausfrauen und Köchinnen mit großen Körben, alles begutachtend und feilschend, von Stand zu Stand. Unter den Brückenbogen floss träge der Fluss. Fischer ruderten von der Bucht heran, um ihren Fang zu landen. Es sah alles so fröhlich und bunt aus, genau wie jeden Tag. Und so wie letztes Jahr oder gar vor hundert Jahren. Nichts änderte sich je.

Aber das täuschte. Alles hatte sich mit einem Schlag verändert. Es war nicht mehr das gleiche Bild, nicht mehr die gleiche Stadt. Etwas fehlte. Die Freude hatte sich davongestohlen. Obwohl keiner von denen da unten dies zu merken schien. Oder auch nur ahnte, wie trostlos es in meinem Herzen aussah. Ich fühlte mich wieder wie das von allen verlassene Waisenkind, als das ich aufgewachsen war. Nur schlimmer. Ich litt unter dieser Einsamkeit und suchte sie zur gleichen Zeit.

Das beschauliche Bild dieses alltäglichen Treibens dort unten konnte ich nicht länger ertragen. Ich schloss das Fenster und begab mich in den Palastgarten, wo ich allein mit einem Buch die Sonne dieses vielleicht letzten warmen Oktobertages genießen wollte. Doch auch hier blieb ich nicht lange ungestört.

»Darf ich mich zu dir setzen?«

Es war Peire Rogier, Sänger am Hof und mein Freund. Wie immer hatte er seine Laute dabei. Ich machte ihm wortlos auf der Gartenbank Platz. Meinen geliebten Ovid legte ich zur Seite.

»Soll ich dir ein Lied spielen?«, fragte er.

»Nicht jetzt, mein Lieber.«

Er runzelte die Stirn. »Das hört man in letzter Zeit viel zu oft von dir.«

»Es tut mir leid.«

»Langweile ich dich etwa? Ist meine Kunst gar am Ende?«

»Ach, Peire, im Gegenteil. Deine Lieder sind so sterbensschön, dass ich sie kaum ertragen kann. Willst du, dass ich zerfließe und zu nichts mehr zu gebrauchen bin?«

Er lachte. »Du magst also keine Lieder mehr. Kein *canso d'amor.* Und doch liest du Ovid, den Poeten der Liebe.« Er nahm das Büchlein und schlug es an der Stelle auf, wo mein Lesezeichen steckte.

»Nec timide promitte: trahunt promissa puellas«, las er vor. »Scheue dich nicht, Versprechungen zu machen, denn Mädchen lassen sich davon nur allzu gern betören.«

»Da siehst du's, so sind die Männer«, sagte ich schnippisch und nahm ihm das Buch aus der Hand. »Und dann dies hier: *Iuppiter ex alto periuria ridet amantum* … Über die Meineide der Liebenden kann Jupiter nur lachen. Im Südwind lässt er sie verwehen, hat er doch selbst seiner Juno tausend Meineide geschworen.« Ich ließ das Buch sinken. »So wird mit uns Frauen umgegangen.«

Peire seufzte. »Du hast ihm also immer noch nicht verziehen.«

»Warum sollte ich?«

»Obwohl nun schon fast fünf Monate vergangen sind.«

Ich wandte trotzig den Kopf zur Seite und konnte trotzdem nicht verhindern, dass mir die Augen feucht wurden.

»Wer weiß, wo sie jetzt sind«, sagte er.

»Das will ich gar nicht wissen.«

»Und das soll ich dir abnehmen?« Er lehnte die Laute vorsichtig neben sich an die Bank. »Dabei fühle ich mich natürlich auch ein wenig verantwortlich.«

Ich verstand, was er meinte. Peire Rogier hatte mich damals ermutigt, auf böse Stimmen zu pfeifen, mich über Standesunterschiede hinwegzusetzen und endlich mein Herz sprechen zu lassen. Ohne ihn wären Arnaut und ich nie zusammengekommen.

»Ja, vielleicht hätte ich nicht auf dich hören sollen. Was hat es mir gebracht?«

»Bereust du etwa deine Zeit mit Arnaut?«

Er machte ein so erschrockenes Gesicht, dass ich lächeln musste. Ich dachte einen Augenblick nach. Nein, natürlich nicht, denn nur wenigen ist ein Glück beschieden, wie wir es hatten erleben dürfen. Umso grausamer, wenn es endet.

»Ich habe mir nichts vorzuwerfen und nichts zu bereuen. Ich frage mich nur, wenn er mich liebt, wie er vorgibt, wieso verlässt er mich dann?«

»Ermengarda! Er hat nicht mehr getan als tausend andere auch. Ist es so schlimm, dem Ruf des Heiligen Vaters zu folgen?«

»Der Schuft hat mich im Stich gelassen, als ich ihn am meisten brauchte. Zu keiner Zeit hätte es mich schlimmer treffen können.«

»Du meinst, als …«

Er sprach nicht weiter. Es war ihm peinlich.

»Du darfst es ruhig beim Namen nennen«, sagte ich. »Jawohl, als ich sein Kind verloren hatte und seine ganze Stärke gebraucht hätte. Auch eine Fürstin ist nur eine Frau. Es war schwer für mich.«

»Ich weiß das.«

»Und die Schmach. Wie steh ich da? Die *vescomtessa* von Narbona lässt sich unehelich schwängern. Und dann lässt der Kerl sie auch noch sitzen. Ich bin zum Gespött der ganzen Stadt geworden.«

»Du weißt, dass das nicht stimmt.«

»Und er? Er hat nur von Sünde gefaselt und Vergebung. Eine dümmere Ausrede ist ihm wohl nicht eingefallen.«

»Ich glaube, er hat es aufrichtig gemeint.«

»Dann ist er ein leichtgläubiger Tropf. Die reden den Leuten doch nur diesen Unsinn ein, damit sie gefügig sind und tun, was man ihnen sagt. Wir hätten Gott durch unsere Sünden beleidigt, sagen sie, und könnten nur Vergebung finden, indem wir Ungläubige töten.«

»Du meinst Clairvaux.«

»Ihn und andere, die die Gutgläubigkeit der Menschen für ihre Zwecke missbrauchen.« Mir waren Zornestränen in die Augen getreten. Mit dem Rockzipfel wischte ich sie weg. »Wie konnte Arnaut nur auf ein solches Geschwätz reinfallen?«

»Da befindet er sich in guter Gesellschaft. Zwei Könige haben das Kreuz genommen und viele Große des Frankenreichs.«

»Ja, vielleicht hat ihn das gereizt. Der große Heerzug, das Abenteuer. Die Gelegenheit, es seinem Großvater gleichzutun. Wahrscheinlich war das Gerede von Sünde nur ein Vorwand, um mir endlich zu entfliehen.«

»Ein Mann sollte sein Leben selbst bestimmen dürfen.«

»Hab ich ihm das etwa verwehrt?«

Peire sah mich mit seinen dunklen Augen an. »Ich weiß es nicht. Sag du es mir.«

Seine Worte verwirrten mich für einen Augenblick. Aber dann packte mich erneut die Erbitterung. »Wahrscheinlich geht es ihm nur darum, Schlachtenruhm zu erringen und glorreiche Taten zu vollbringen. Ist das nicht, was ihr Männer wollt?«

»Mir genügt, was ich auf meiner Laute vollbringe.«

Armer Peire. Was quälte ich ihn mit meinen düsteren Gedanken? Ich atmete tief durch, um mich zu beruhigen.

»Mit dir wäre ich also glücklicher geworden«, sagte ich halb im Scherz.

Das brachte ihn in Verlegenheit. Aber nur kurz, dann grinste er. »Ach, *Midomna.* Du weißt, ich liebe dich, aber ich schmachte lieber aus der Ferne. Mit vollem Magen dichtet sich so schlecht.«

Da musste auch ich lachen.

»Ich sehe schon. Nicht einmal du willst mir treu sein.«

Peire fasste meine Hand. »Sei nicht bitter, Ermengarda. Er kommt wieder.«

Doch ich entzog mich ihm. »Ich will ihn nicht mehr sehen. Soll er doch eine von diesen Sarazeninnen heiraten.«

♦

In einer Nische meines Empfangsraums, auf hohem Marmorsockel, steht eine kleine römische Bronze der Göttin Diana, eine schöne, lebendig wirkende Arbeit. Sie war das Lieblingsstück meiner Stiefmutter Ermessenda la Bela, die vor mir, nach dem Tod meines Vaters, Regentin gewesen war. Alles, was an la Bela erinnerte, hatte ich aus dem Palast entfernen lassen, außer dieser Statuette. Ich hatte sie behalten, fast wie eine Trophäe, als wollte ich mich immer an den Sieg über diese elende Ränkeschmiedin erinnern, die mir nach dem Leben getrachtet hatte.

Es hieß, la Bela habe dem geheimen Dianakult angehört, hätte die Zauberkräfte der Göttin für ihre machtgierigen Zwecke benutzt. Hatte ich deshalb die Bronze behalten? Ein magisches Götzenbild der Macht, die ich errungen hatte? War ich schon wie la Bela geworden, dass ich immer meinen Kopf durchsetzen musste? Ich sei nicht anders als sie, hatte meine Schwester Nina mir einmal vorgeworfen.

Arnaut wolle doch nur sein Leben selbst bestimmen, hatte Peire Rogier gesagt. Hatte ich ihm das denn verwehrt? War ihm deshalb die Luft zu stickig geworden?

Ich starrte die Göttin an. Ihr kühler Blick gab keine Antwort. Am liebsten hätte ich sie gepackt und auf dem Boden zerschmettert. Aber wie immer hinderte mich etwas daran.

Wütend drehte ich mich um, goss mir einen Becher Wein ein und nahm einen tiefen Schluck. Da fiel mir die andere Geschichte Ovids ein, die ich heute gelesen hatte. Von Ariadne, die sich, von ihrem Geliebten Theseus verlassen, dem Weingott Bacchus hingegeben hatte und seine Braut geworden war. Hastig stellte ich den Becher ab. Nein, mich zu betrinken, das fehlte mir gerade noch.

Und dann musste ich an Adela denken, arme Adela. Ein Sohn, der sich nicht einmal verabschieden kann, der ihr nur einen Boten mit dürren Worten schickt. Aufgelöst war sie nach Narbona gekommen, in Begleitung ihres schweigsamen Bruders Raol. Alles wollte sie wissen, wie es zu Arnauts plötzlichem Entschluss gekommen war. Fast beschuldigte sie mich, Arnaut zu diesem Entschluss getrieben zu haben, bis ich sie überzeugte, dass er selbst darauf bestanden hatte. Von dem verlorenen Kind wollte ich ihr nichts erzählen. Noch zu schmerzhaft war die Erinnerung. Und jedes Mal, wenn ich daran dachte, erfasste mich wieder diese schreckliche Leere.

Eigentlich hatte ich mit Rocafort nichts mehr zu tun haben wollen. Aber wer kann *Domna* Adela nicht zugetan sein? Außerdem erinnerte ich mich an die guten Dienste, die mir *Senher* Raol einmal geleistet hatte, und welchen Dank ich ihm schuldete. Deshalb nahm ich seine Bitte um *homagium* an und ließ ihn Treue zu Narbona schwören.

Erfreulicherweise teilte Raol meinen Abscheu gegenüber diesem unsinnigen Heerzug nach Outremer. Es habe gar nichts mit dem Glauben zu tun, sagte er. Rom gehe es nur um Macht und Einfluss, und jener Clairvaux sei der Gehilfe des Teufels.

Seltsam, mit dem Sohn bin ich zerstritten, doch seine Familie ist mir nun näher denn je.

Es klopfte, und *Domna* Anhes, ohne zu warten, steckte den Kopf zur Tür herein. »Felipe de Menerba wünscht dich zu sprechen.«

Eine ihrer selbst auferlegten Aufgaben war es, über mich wie ein Zerberus zu wachen. Seit Severin die Leibgarde nicht mehr befehligte, kam niemand mehr zu mir, ohne vorher Gnade vor ihren Augen gefunden zu haben.

»Komm einen Augenblick herein, Anhes«, sagte ich. »Ich will dich etwas fragen.«

Sie trat näher. »Was ist, Kind?«

»Glaubst du, ich war zu bestimmend mit Arnaut? Zu herrisch vielleicht?«

Erstaunt sah sie mich an. »Es hat noch keinem Mann geschadet, wenn sein Weib ihm gelegentlich die Federn zurechtstutzt.«

»Ach, so meinte ich das nicht.«

Sie legte ihre Arme um mich und strich mir übers Haar. »Quäl dich nicht, Kind. Schau lieber in die Zukunft. Es gibt Besseres zu tun, als über Männer zu weinen.«

»Du hast recht«, sagte ich und wusste doch, dass sie Arnaut fast ebenso geliebt hatte wie ich. »Bring mir also Felipe herein.«

Lässig und mit einem fröhlichen Grinsen trat Felipe an mich heran und küsste mir die Hand. Dann warf er sich auf einen Stuhl und schlug die Beine übereinander.

»Es wird Zeit, dass wieder Feste gefeiert werden, Ermengarda«, begann er. »Dieses alte Gemäuer ist schon düster genug. Wir sollten es endlich wieder beleben mit Kerzenschein und Wein, Gelächter und Gesang und vor allem mit einem leckeren Fressen. Was sagt Ihr dazu, *Domna* Anhes? Hab ich nicht recht?«

»An mir soll's nicht liegen, *Senher* Felipe«, erwiderte Anhes. Mit einer angedeuteten Verbeugung verließ sie den Raum.

»Was hat das zu bedeuten, Felipe?«

»Seit Arnaut fort ist, ist es nicht mehr lustig bei dir.«

»Muss es immer lustig sein?«

»Wo sind die rauschenden Feste, die du gegeben hast? Wo die Gesellschaft der Freunde? Die Leute beklagen sich. Einige deiner *trobadors* haben schon die Stadt verlassen, denn hier gibt's nichts mehr zu gewinnen.« Er sprang auf und bediente sich mit Wein. »Willst du auch?«

»Nein danke.«

»Im Ernst. Ein Fürst sollte seine Getreuen um sich sammeln, großzügig sein, Freundschaften pflegen, nicht in Trübsal verharren.«

»Du hast recht.«

»Seit Monaten hältst du dich versteckt. Deine Freunde wollen wieder den Glanz deiner Schönheit erstrahlen sehen.«

»Bin ich hässlich geworden?«

Er trat näher, kniete vor mir nieder und fasste meine Hand. »Es gibt auch noch andere, die dich lieben.«

Es war leichthin gesagt, und doch wusste ich, wie ernst es in Wahrheit gemeint war. Felipe hatte nie aufgehört, Gefühle für mich zu hegen. Er war ein paar Jahre älter als Arnaut. Ein gutaussehender Mann, breitschultrig, mit schlanken Hüften und einem Kopf voller rotblonder Locken. Welche Frau würde sich nicht in ihn verlieben? Nina hatte sich nach ihm verzehrt und mich verflucht, als ich sie nach Spanien verheiraten musste.

Ich strich ihm zärtlich durch sein Haar.

»Ich weiß das, Felipe.«

»Warum weinst du?« Er sah mir forschend in die Augen. »Habe ich etwas Unpassendes gesagt?«

»Ich denke an die alten Zeiten. Wie glücklich wir auf unserer Flucht durch die Berge waren, neugierig, unbeschwert, trotz aller Gefahren. Du hattest nur Augen für mich, und Arnaut war eifersüchtig.«

Sein Gesicht verdunkelte sich. »Am Ende war ich es, der Grund hatte, eifersüchtig zu sein. Und bin es noch immer.«

»Du bist verheiratet, Felipe.«

»Was ändert das?«

»Du hast Kinder.«

Er erhob sich und wanderte erregt mit dem Weinkelch in der Hand auf und ab. »Mich hättest du heiraten sollen, Ermengarda. Einen Menerba.«

»Auch wenn ich es gewollt hätte, man hat mir keine Wahl gelassen.«

»Stattdessen hast du diesen Bauerntölpel gewählt.«

»Felipe, nicht in diesem Ton. Außerdem ist er dein Freund.«

»Ja, verflucht. Das macht es nur noch schwerer.« Gereizt marschierte er im Raum umher. »Deshalb ist er trotzdem nur ein kleiner Landbaron, der sich mit deiner Hilfe über andere erheben will.«

»Arnaut erhebt sich über niemanden. Er ist eher ein bescheidener Mann. Und alles, was er hier errungen hat, ist sein eigenes Verdienst gewesen.«

»Nur, weil er ein guter Krieger ist und dir mal einen Gefallen getan hat? Deshalb hängst du immer noch an ihm?«

»Ich hänge nicht an ihm. Hör auf, solche Dinge zu sagen.«

Ich war ebenfalls aufgesprungen, denn langsam ärgerte mich sein Gerede. Vielleicht weil er mich an einer empfindlichen Stelle getroffen hatte. Er hatte ja recht. Mein Herz war nach wie vor an diesen Mann gekettet, auch wenn ich diese Schwäche in mir inzwischen hasste.

»Du bist die *vescomtessa* von Narbona«, rief er, »und hast Besseres verdient als einen dahergelaufenen Ritter. Oder bist du wie all die anderen Weiber, die ihn anhimmeln, wenn er im *tornei* einen Sieg erringt.«

Mir stieg das Blut ins Gesicht. »Jetzt reicht es, Felipe.«

»Warum verteidigst du ihn? Ich dachte, du hasst ihn.«

»Wenn jemand Grund hat, ihn zu hassen, dann bin ich das. Dir steht dieses Recht nicht zu. Ich dulde nicht, dass du so von ihm redest. Oder hast du vergessen, was du ihm schuldest?«

»Ich weiß, ich weiß. Aber nun ist er fort. Und er kommt nicht wieder. Das hat er mir selbst gesagt. Und ich …« Er baute sich vor mir auf und deutete auf die eigene Brust. »Ich bin immer noch da.«

»Ich weiß es zu schätzen, Felipe«, erwiderte ich kühl. »Aber eines hat sich nicht geändert. Als Mann liebe ich dich nicht.«

Es war, als hätte ich ihm eine Ohrfeige gegeben. Er starrte mich an, und dann schien sein Gesicht in sich zusammenzufallen.

»Der verdammte Fluch meines Vaters, den ich geerbt habe«, murmelte er. »Diese unselige Liebe, die einen das Leben lang verfolgt und das Herz zerfrisst.«

»Du bist weder dein Vater, noch bin ich la Bela.«

Wütend sah er mich an. »Nein, das bist du nicht, verflucht! Aber genauso kalt und abweisend.«

Damit schmetterte er den Weinkelch an die Wand und stürmte aus dem Raum.

Ich musste tief Luft holen, denn ich zitterte vor Erregung. Schließlich ließ ich mich auf einen Stuhl fallen und vergrub mein Gesicht in den Händen. Warum hatte ich Arnaut verteidigt? Warum Felipe verletzt? Er war ein guter Mann.

Machte ich denn alles falsch, *mon Dieu?*

Am Bosporus

Ein für Mitte Oktober ungewöhnlich scharfer Nordwind fegte durch die Meerenge des Bosporus und wühlte das Meer zu kabbeliger See auf.

Immer wieder hoben die anrollenden Wogen ruckartig den Bug der Galeote oder krachten mit solcher Wucht in die Planken, dass weiße Gischt über das Deck fegte und das kleine Ruderschiff bis in die Mastspitze erzitterte. Auch der strahlend blaue Himmel war keine Entschädigung für die feuchte Kälte und üble Schaukelei.

Die Galeote war überladen und lag schwer im Wasser. Die Ruderer kämpften an den Riemen, während so manche Welle ihnen das Holz aus den Händen zu reißen oder die Rippen zu brechen drohte. Auch der Steuermann hatte Mühe, den Bug gegen die Wellenkämme zu halten. Mehr als einmal schlug das Schiff quer, so dass grüne See über die Bordwand aufs Deck schwappte, auf dem jeder freie Platz von Männern, Kriegsgerät, verängstigten Pferden und Gepäck belegt war. Durchnässt und in übler Laune klammerten Arnaut und Severin sich irgendwo an die Wanten, wo sie den Seeleuten nicht im Weg waren.

»Noch mal kriegt mich keiner auf so einen Teufelskasten«, brüllte Severin gegen den Wind. Er war bleich und sah aus, als würde er sich gleich übergeben. Auch Aimar, Jori und Lois Bernat hingen mit Elendsmienen an der Bordwand.

Nein, es war kein guter Tag, um überzusetzen. Aber die Byzantiner waren ungeduldig gewesen, das fränkische Heer endlich loszuwerden, bevor Plünderungen und Gewalttätigkeiten überhandnahmen. Trotz Bemühungen der Heerführer war es nicht leicht gewesen, zwanzigtausend Mann im Zaum zu halten. Besonders wenn sie hungrig waren und sich von den unerhörten Preisen der Griechen übervorteilt fühlten.

Von der Stadt am Goldenen Horn hatten die meisten wenig zu sehen bekommen. Außer dem König und seinem Gefolge waren nur ausgewählte Grüppchen eingelassen worden. Der Großteil des Heeres hatte sich mit den zugewiesenen Lagerplätzen weit außerhalb der Vorstädte begnügen müssen, mit wenig Brennholz, schlechter Nahrung und ungenügend Futter für die Tiere. Dazu täglich Prügeleien mit byzantinischen Söldnern, die die Aufgabe hatten, Ordnung zu halten. Und zur Zerstreuung nichts als elende Hafenhuren, die gegen unverschämtes Geld den nach Weibern hungernden Männern ein wenig Erleichterung verschafften. Jedenfalls denen, die geduldig genug waren, stundenlang anzustehen, bis sie an der Reihe waren.

Nach vier Monaten ermüdenden Marsches hatte man sich wahrlich mehr von der reichsten Stadt der Christenheit versprochen, und dementsprechend gereizt war die Stimmung unter dem Heervolk. Aber nun ging es ja weiter. Besser dem Feind entgegenzumarschieren, als sich noch länger von griechischen Aasgeiern ausnehmen zu lassen.

In etwa der Mitte der Meerenge warf der Steuermann das Ruder herum. Von hier ließ sich Kurs auf Chalcedon nehmen, ohne Gefahr zu laufen, dass die schwerbeladene Galeote voll Wasser schlug. Mit Wind und Wellen aus achterlicher Richtung wurden die Bewegungen des Rumpfes ruhiger. Arnaut begann, sich neugierig umzuschauen.

Die antiken Tempel von Chalcedon auf der asiatischen Seite hoben sich weiß gegen einen Hintergrund von sanften, grünen Hügeln ab. Anatolia, wie die Griechen es nannten, das Land der aufgehenden Sonne. Trotz des Windes herrschte reger Verkehr auf dem Bosporus. Gen Süden, und wie Perlen auf einer Schnur, zierten die weißen Segel der Fischerboote den weiten Horizont des Marmarameeres.

Vor ihnen stampfte eine Dromone durch die See, ein massiges byzantinisches Kriegsschiff, dessen hundert Ruderblätter jedes Mal im Sonnenlicht aufblitzten, wenn sie sich im

Gleichtakt aus dem Wasser hoben. Dieses und zwei weitere Kriegsschiffe schienen den Truppentransport zu überwachen.

Ein Blick zurück zeigte, dass immer mehr Schiffe von der Küste ablegten. Über den weißen Wellenkämmen sah man die Helme der Krieger in der Sonne aufblitzen, die sich mühten, die Tiere bei diesem Wetter ruhig zu halten.

Das ganze Unternehmen war von einer atemberaubenden Größenordnung. Es würde drei Tage benötigen, diese Heerschar von zwanzigtausend überzusetzen, davon allein viertausend Berittene mit ihren Pferden, an die zwölftausend Fußsoldaten, der Rest ein Gefolge von Pilgern, Mönchen, Huren, Maultiertreibern, Handwerkern, Knechten und Eheweibern. Allein um zehn Tage Nahrung und Tierfutter mitzuführen, wurden an die achttausend Maultiere benötigt, die natürlich selbst einen Großteil der eigenen Lasten verfraßen. Ochsenkarren wären besser gewesen, leider wenig geeignet auf den steinigen Gebirgspfaden Anatolias.

Arnaut fragte sich, wie später im Landesinnern diese Masse an Mensch und Tier verpflegt werden sollte. Es hieß, Kaiser Manuel habe die Versorgung des Heeres bis nach Antiochia zugesagt. Jedoch erst nachdem König Louis versprochen hatte, alle vormals byzantinischen Gebiete, die sie erobern würden, zurückzugeben. Aber ob den Byzantinern zu trauen war? Sie hatten schon einmal vor fünfzig Jahren die lateinischen Ritter im Stich gelassen. Außerdem machten Gerüchte die Runde, dass Manuel mit den Türken geheime Abkommen habe.

Die Landung gestaltete sich weniger schwierig als gedacht. Während die größeren Schiffe den Hafen anliefen, ließen die Rudergänger der kleineren, wie die Galeote, ihr Gefährt in einer geschützten Bucht einfach auf den flachen Strand auflaufen. Die fränkischen Krieger sprangen ins hüfttiefe Wasser, wateten an Land und halfen, die Schiffe weiter auf den Strand zu ziehen. Pferde und Maultiere wurden in Schlinggurte gehängt und an Hebebäumen über die Reling gehievt, zuletzt der Rest der Ladung von Bord geschleppt und am Strand aufgetürmt. Dann wurde die Galeote wieder ins Meer geschoben, um die nächste Fuhre zu holen.

Nachdem immer mehr Schiffe gelandet waren, bot der Strand ein Bild heillosen Durcheinanders an Waffen, Material, Proviant und Gepäck, brüllenden Männern und widerspenstigen, wiehernden Gäulen. Anführer wie Arnaut ließen Standarten aufpflanzen, damit sich ihre Männer, die auf verschiedenen Schiffen gekommen waren, samt Tieren und Gepäck um sie sammeln konnten. Arnauts Truppe war auf über fünfzig Reiter angeschwollen, denn seit er zu den Tolosanern unter Führung des Grafensohns Bertran de Sant Gilles zählte, hatten sich noch weitere provenzalische Söldner unter sein Banner gestellt.

»Da kommen schon die nächsten Boote«, rief Bertran. »Wir müssen schleunigst vom Strand weg, sonst gibt es hier bald keinen Fußbreit Platz mehr.«

»Meine Männer beladen gerade die Packtiere«, erwiderte Arnaut. »Wenn's recht ist, marschiere ich schon mal zu den Sammelplätzen.«

Ein Teil der Truppen des Grafen von Tolosa war auf dem Landweg gekommen. *Coms* Alfons Jordan selbst aber plante mit seiner persönlichen Hausmacht per Schiff zu reisen. Raimon, sein dreizehnjähriger Sohn und Erbe, war in Tolosa geblieben. Bertran dagegen, ein junger Mann in Arnauts Alter, entstammte einer unehelichen Verbindung, ein Umstand, mit dem er sich sichtlich schwertat, denn er war äußerst empfindlich und aufbrausend, wenn es um seine persönliche Ehre ging. Gleichzeitig war er jedoch wenig dünkelhaft im Umgang und jederzeit offen für die Nöte seiner Männer. Ihm hatte der Vater also diese Abteilung der Tolosaner Heermacht anvertraut, in der Hauptsache Reiter.

Bertran hatte sich den Beinamen Sant Gille gegeben, nach dem Ort, wo die Familie große Ländereien besaß und wo er aufgewachsen war. Vielleicht aber auch, um an seinen berühmtem Großvater Raimon de Sant Gille zu erinnern, dem Erstürmer Jerusalems und Eroberer der Grafschaft Tripolis. Dass auch Arnauts Großvater Jaufré unter diesem Raimon gekämpft hatte, hatte sie einander nähergebracht. Immer wieder wollte Bertran alles hören, was Arnaut aus Jaufrés Erzählungen wusste, und so waren sie auf dem langen Weg bis Konstantinopel trotz ihres Standesunterschieds so etwas wie Freunde geworden.

Als Arnaut Severin das Zeichen zum Aufbruch geben wollte, hielt Bertran ihn zurück. »Warte noch.«

Er deutete auf einen jungen Ritter, der gerade von einem der Schiffe gesprungen war und mit einem großen Bündel auf der Schulter an Land watete, wo bereits ein blutjunger Knappe mit zwei Pferden und einem Maultier auf ihn wartete. Gemeinsam schnallten sie Waffen, Kettenpanzer und Packtaschen auf die Tiere. Trotz Schwert und Helm waren gewisse Rundungen nicht zu übersehen.

»Eine Frau?«, fragte er ungläubig.

Bertran nickte. »Constansa d'Escorralha. Sie ist per Schiff bis Konstantinopel gesegelt und hat auf uns gewartet. Ein Wildfang von einem Mädchen. Völlig verrücktes Weib, wenn du mich fragst. Aber ich kenne die Familie gut und habe versprochen, sie mitzunehmen.«

»Was zum Teufel will sie hier?«

»Tu mir den Gefallen und nimm sie in deine Truppe auf.«

»Ein Weibsbild?«, knurrte Severin, der zu ihnen getreten war. »Wir haben verdammt Besseres zu tun, als Kindermädchen zu spielen.«

Severin, der sonst dem weiblichen Geschlecht alles andere als abgeneigt war, begegnete allem Ungewöhnlichen zunächst mit Misstrauen.

Inzwischen hatte das *Weibsbild* Bertran erkannt und kam auf ihn zu. Sie war groß für eine Frau, schlank und doch kräftig, wie die muskulösen Beine bezeugten, die sich unter den noch vom Seewasser triefenden Beinkleidern abzeichneten. Darüber trug sie eine einfache Tunika und einen groben Wollmantel, aber so selbstverständlich wie das Schwert an ihrer Hüfte hing, schien es durchaus dorthin zu gehören. Sie nahm den Helm ab und fuhr sich mit den Fingern durch halblanges blondes Haar. Nase, Kinn und Brauen waren zu ausgeprägt, um sie schön zu nennen, doch insgesamt hatte ihr Gesicht etwas Ausdrucksvolles. Mit Wangen, rot vom Wind, grinste sie ein wenig schief, als sie Bertran begrüßte.

»Da bin ich«, sagte sie.

»Ich möchte dir Arnaut de Montalban vorstellen«, erwiderte Bertran. »Er wird sich um dich kümmern.«

Mit einem Anflug von Unmut runzelte sie die Stirn. »Ich kann mich ganz gut um mich selbst kümmern, Bertran, und werde niemanden zur Last fallen«, entgegnete sie etwas schnippisch und wandte sich dann an Arnaut. »Aber wenn Ihr mich in Eure Gefolgschaft aufnehmen wollt, *Mossenher,* dann soll es Euer Schaden nicht sein.«

Viel zu überrascht über dieses wehrhafte Weib, das plötzlich in ihrer Mitte aufgetaucht war, brachte Arnaut nicht mehr als ein Nicken zustande.

»Gut.« Bertran grinste verschmitzt. »Dann seid ihr jetzt vollzählig und könnt abmarschieren.«

♦

Constansa d'Escorralha war als uneheliches Mädchen unter sechs Halbbrüdern aufgewachsen. Sie waren treue Vasallen, aber ziemliche Raufbolde, wie Bertran sich ausdrückte, als er Arnaut die Geschichte erzählte. Der Vater, keinen Deut besser als die Söhne, hatte das Kind nur in einem vorübergehenden Anfall von Mitleid in die Familie geholt, nachdem ihre leibliche Mutter, eine flüchtige Liebschaft, bei der Entbindung verstorben war.

Nach dem Tod der Stiefmutter, einige Jahre später, hatte

Constansa als einziges weibliches Wesen in dieser Familie einen schweren Stand gehabt, zumal die Brüder sie ständig fühlen ließen, dass sie nur der Bankert einer Magd war. Die einzige Möglichkeit, vom Vater ein wenig Aufmerksamkeit und Anerkennung zu erhaschen, war, es den Brüdern gleichzutun, zu reiten und zu jagen, zu lernen, mit Waffen umzugehen.

»Und warum liegt sie ausgerechnet dir am Herzen?«, fragte Arnaut.

»Ich weiß nicht. Eine Laune vielleicht«, lachte Bertran. »Oder weil sie ein Bastard ist wie ich.« Jetzt wurde er ernst. »Es ist nicht leicht, so aufzuwachsen. Ich kann ja selbst ein Lied davon singen.«

»Aber dein Vater hält große Stücke auf dich.«

»Ich habe es besser, das ist wahr. Die arme Constansa wurde vom Erbe ausgeschlossen, als der Alte starb. Ins Kloster will sie nicht, eine angemessene Mitgift wollen die Brüder aber nicht rausrücken. Wo soll sie also hin?«

»Und diese Brüder? Sind die nicht im Heer?«

»Sie gehören zur Leibwache meines Bruders in Tolosa.«

Arnaut dachte an sein eigenes Kind, das ebenfalls als Bastard geboren worden wäre, und beschloss, so gut es ging, Constansa unter die Fittiche zu nehmen.

Neben den Kriegern des Königs war das fränkische Heer eine bunte Ansammlung von Truppen aus Bearn, der Auvergne, Lorraine, der Bretagne, der Normandie, Burgund, Aquitania und Tolosa. Es dauerte drei volle Tage, nur um die Marschordnung festzulegen. Eine einheitliche Befehlskette gab es nicht, und jeder kleine Fürst oder Kriegsherr hatte eigene Vorstellungen, wo sein Platz im Heer des Königs sein sollte. Viele drängte es in die Vorhut, weil sie meinten, sich dort besser hervortun zu können, andere fanden es entwürdigend, den Tross zu bewachen. Eifersüchteleien mussten berücksichtigt und Streithähne auseinandergehalten werden. Aber für Arnaut war das nichts Neues. Schon auf dem gesamten Landweg war es so gegangen. Schließlich setzte sich die unabsehbar lange Schlange von Mensch und Tier in Bewegung, und nach sieben Tagen durch eine grüne, fruchtbare Landschaft erreichten sie das alte Nicäa. Am Ufer des großen Sees und nur wenige Steinwürfe von der Wehrmauer entfernt, wurde das Lager aufgeschlagen.

Arnaut war immer wieder erstaunt, wie viel Platz der Bereich des Königs einnahm, wo jedes Mal eine ganze Stadt von prunkvollen Zelten aus der Wiese sprang. Unter den Fürsten, die dem König nahe sein wollten, befanden sich große Namen wie Thierry d'Alsace, Renaud de Bar, Amédée de Savoie, Guillaume de Montferrat. Jeder reiste mit gebührendem Gefolge. Dazu ganze Heerscharen von edlen Damen und Gespielinnen der Königin mit ihren endlosen Wagenladungen an Gepäck, mit ihren Mägden, Dienern und Kaplanen, buntgezäumten Pferden, nicht zu vergessen den vielen *trobadors* und *joglars,* auf die die feine Hofgesellschaft nicht verzichten wollte. Es ging zu wie auf einem Jahrmarkt und nicht wie in einem Heerlager, und besonders abends konnte man die Klänge der höfischen Vergnügungen hören und das Gelächter der edlen Herren beim Mahl.

Das unbekümmerte Treiben des Hofes stand in seltsamem Gegensatz zur religiösen Inbrunst, mit der der junge König und seine Ritter vor Antritt der Reise in der Kirche von Saint Denis die heilige Kommunion und Gottes Segen empfangen hatten. Noch weniger passte die bunte Schar zu den Strapazen des langen Marsches oder überhaupt in diese fremdartige Landschaft. Arnaut fragte sich, wer sie beschützen sollte, wenn es zu einer ernsthaften Schlacht mit den Türken kommen würde.

Bruder Aimar war begierig, das geschichtsträchtige Nicäa zu erforschen, wo im vierten Jahrhundert unter Kaiser Constantin das große, entscheidende Konzil der Christenheit stattgefunden hatte. Alle Kirchen ließen sich die Freunde zeigen, besonders beeindruckend die Hagia Sophia, die alte Römerkirche, aber auch andere Bauten aus dieser Zeit wie das antike Theater und die immer noch mächtigen Befestigungen und Stadttore.

Bisher hatten die Byzantiner ihr Wort gehalten und das Heer gut versorgt, obwohl die Alemannen erst vor drei Wochen plündernd durch die Gegend gezogen waren. Mit vollen Weinschläuchen zur Hand und gefüllten Bäuchen konnte die Stimmung nicht besser sein. Ein paar Tage Rast, dann würde es weiter in Richtung Doryläum gehen, auf dem gleichen Weg quer durch das Landesinnere, den die Alemannen genommen hatten, wie auch schon die erste *militia christi* fünfzig Jahre zuvor.

Den Rat der Griechen, aus Sicherheit doch besser durch die byzantinisch beherrschten Küstenregionen zu marschieren, hatten Louis wie auch Konrad abgelehnt. Trotz anfänglichen Zögerns des jungen und in Kriegsdingen unerfahrenen Königs hatten seine Heerführer alle Vorsicht in den Wind geschlagen. Der direkte Weg sei ihnen lieber, und vor den Seldschuken fürchte man sich nicht, schließlich war man ihretwegen hier. Außerdem heizten die täglichen Gebete und Gesänge der Mönche die religiöse Inbrunst ebenso an wie die Ungeduld, mit der man dem ersten Feindkontakt entgegenfieberte. Mit Gott auf der Seite der Gerechten war der Sieg gewiss. Nur ärgerlich, dass die verdammten Alemannen vorausmarschierten. Die würden als Erste dem Feind begegnen, und da war nur zu hoffen, dass einem noch etwas zu kämpfen übrig bleiben würde.

»Arnaut, erzähl uns mehr von diesen Seldschuken«, bat Bertran de Sant Gille. Auch ihn hatte das Kriegsfieber gepackt. Ruhm und Ehre waren zum Greifen nahe.

In großer Runde saßen sie um ein Lagerfeuer und ließen die Weinschläuche kreisen. Der Abend war sternenklar, aber kalt, so dass die Männer sich Decken und Schafspelze um die Schultern geschlungen hatten. Der flackernde Schein der Flammen erhellte ihre Gesichter. Zugegen waren auch *Fraire*

Aimar, in seiner Ordenstracht, Severin und noch einige Anführer aus Bertrans Haufen. Darunter der massige Joan de Berzi, ein fähiger Reiterführer, den Arnaut noch von früher kannte. Jori hockte zwischen anderen Männern in der zweiten Reihe, zufrieden, dass er dabei sein durfte. Und auch Constansa. Sie sprach mit niemandem, lauschte jedoch aufmerksam auf das, was Arnaut noch aus Großvater Jaufrés Erzählungen zu berichten wusste.

»Die Seldschuken waren Nomaden, bevor sie vor drei oder vier Menschenaltern eingewandert sind«, erzählte er. »Sie stammen aus den Grassteppen des fernen Ostens, wo sie unter den Turkstämmen so viele Krieger finden, wie sie nur brauchen. Sie können mit Pferden umgehen wie kein zweites Volk, und ihre liebste Waffe ist der Bogen, den sie im vollen Galopp treffsicher einzusetzen wissen.«

»Ich habe davon gehört«, sagte Joan de Berzi in seinem grollenden Bass. Arnauts Worte schienen ihn wenig zu beeindrucken. »Leichte Reiterei dieser Art wird uns kaum Schwierigkeiten bereiten.«

»Ihr solltet sie nicht unterschätzen«, bedeutete ihnen einer der griechischen Führer, die den Heerzug begleiteten und ein wenig Fränkisch sprachen. Bruder Aimar, der des Griechischen mächtig war, musste dennoch oft aushelfen.

»Sie sind nicht nur treffsicher«, gab Arnaut zu bedenken, »sondern ihre Pferde sind auch flinker als unsere schweren Gäule. Sie beharken den Feind mit Pfeilen, um ihn zu zermürben, und sind kaum zu fassen, wenn man ihnen nachsetzt. So jedenfalls ist es mir erzählt worden.«

Der Grieche, der in etwa verstanden hatte, nickte dazu. »Sie sind geübt in Scheinangriffen und Hinterhalten«, ließ er durch Aimar sagen.

»Und wie besiegt man sie am besten?«, fragte Bertran.

»Im Nahkampf«, erwiderte Arnaut. »Mit unseren schweren Rüstungen sind wir Mann für Mann überlegen. Man muss sie nur zu packen kriegen.«

»Niemand widersteht einem geballten Angriff fränkischer Reiter«, sagte Bertran mit Überzeugung und wandte sich an den Griechen. »Mein Großvater hat hier in Nicäa die erste Schlacht gegen die Türken gewonnen«, sagte er und ließ Aimar übersetzen. »Raimon Sant Gille. Sagt dir der Name was?«

»Natürlich.« Der Grieche nickte erfreut. »Dann haben wir es ihm zu verdanken, dass meine Heimatstadt wieder byzantinisch geworden ist, nachdem die Seldschuken von Rum sie eingenommen hatten.«

»Rum?«

»Das ist ihr Name für Anatolia«, erklärte Arnaut.

»Wir sind doch *romei*«, grinste der Grieche. »Oströmer natürlich. Und all das Land, das sie jetzt besetzt halten, gehörte einmal Rom.«

Dann redeten sie von anderen Dingen und dachten nicht mehr an die Seldschuken, rühmten sich ihrer Taten auf der Jagd oder bei Wettkämpfen und Turnieren. Und je länger die Weinschläuche kreisten, umso wilder und schauriger wurden die Geschichten.

Als die Runde sich später auflöste und Arnaut und seine Gefährten zu ihren Zelten gingen, lief ihnen im schwachen Schein der Wachfeuer eine Gestalt über den Weg, die Arnaut bekannt vorkam.

»Josselin, seid Ihr das?«, rief er dem Mann hinterher.

»Ah, Montalban.« Josselin hatte sich umgedreht und nun Arnaut ebenfalls erkannt. »Der Mann, der mir noch ein Schwert schuldet.«

»Ich schulde niemandem etwas«, brummte Arnaut.

»Richtig. Du hast es stattdessen Gott versprochen. Ein guter Trick. Aber nichts für ungut. Ich freu mich, dich hier wiederzusehen.«

Arnaut war nicht sicher, ob er sich darüber freuen sollte.

»Ich erinnere mich nicht, dass wir beim Du waren«, sagte er etwas steif.

»Vielleicht nicht. Aber hier sind wir ja nicht bei Hofe. Und unter Kriegskameraden ... das sind wir doch jetzt, oder etwa nicht?«

»Kann man so sagen.«

»Erzähl mir von deiner Reise, *companh.*«

Der vertraute Ton gefiel Arnaut nicht besonders, aber wenn der Gesandte der Königin Melisende ihn so anreden wollte, dann würde er sich nicht bäurisch zeigen.

»Verdammt langer Marsch, aber ohne größere Zwischenfälle. Bis wir auf die Nachhut der Alemannen stießen. Die hatten ganz schön unter dem Landvolk gehaust. Wir waren ausgehungert und baten um Proviant. Den wollten sie uns nicht geben, und dabei kam es zu Zwischenfällen.«

»Ja, sie sind ein bisschen wild, diese Alemannen«, lachte Josselin. »Ich habe gehört, es hat Tote gegeben.«

»Selbst die Lotharinger, die ja eigentlich zu ihnen gehören, wollten mit ihnen nicht mehr weiterziehen. Sie haben sich jetzt uns angeschlossen.«

»Die gemeinsame Sprache verbindet, mein Freund.«

Besonders auch mit den Byzantinern waren die Alemannen heftig zusammengerasselt, als die Truppen des Kaisers eingeschritten waren, um Übergriffe und Plünderungen zu verhindern. Einmal hatte Herzog Friedrich vor Wut über byzantinische Anfeindungen sogar ein Kloster mitsamt seinen Insassen verbrennen lassen. Eine Tat, die die Griechen zutiefst empört hatte.

»Und du?«, fragte Arnaut. »Wie kommt es, dass wir uns hier wiedersehen?«

»Ach, ich war hier und da. Dann per Schiff nach Konstantinopel und nun bin ich hier. Habe mich wieder meinen Freunden, den Templern, angeschlossen. Hugues de Bouillon wird sich freuen, wenn ich ihm sage, dass du seinem Ruf gefolgt bist.«

»Er weiß es schon. Unterwegs haben wir oft miteinander geredet.«

»Umso besser. Hast du den neuen Großmeister kennengelernt?«

»Everard des Barres?«, fragte Arnaut.

»Wir erwarten Großes von ihm. Ich sage es offen. Ohne die Templer wären wir im Heiligen Land verloren.« Sie waren bei Arnauts Zelten angelangt. »Mein Lager ist nicht weit von hier. Du kannst mich gern besuchen, bevor wir aufbrechen. Du weißt ja, wie mein Zelt aussieht. Wer ist dein Kriegsherr, wenn ich fragen darf?«

»Bertran de Sant Gille.«

Bei diesem Namen verfinsterte sich Josselins Miene. »Nicht etwa dieser Tolosaner Bastard?«

»Was dagegen?«

»Nennt sich Sant Gille. Das sagt doch wohl alles«, knurrte Josselin und zog geräuschvoll die Luft durch die Nase, um in hohem Bogen auszuspucken. »Halt dich von dem besser fern. Er und sein Alter sind nur hier, um Unruhe zu stiften. Aber wir werden es nicht zulassen.«

Damit drehte er sich um und ließ Arnaut stehen, der ihm erstaunt nachstarrte. Wovon, *per deable,* redete der Mann da?

Bevor er über Josselins Worte weiter nachdenken konnte, hob im Lager ein großes Geschrei an. Die Feuer flackerten wieder auf, und Männer mit Bränden in den Händen liefen zum großen Sammelplatz in der Mitte des Lagers.

Als die Freunde dort ankamen und sich durch die Menge drängten, sahen sie ein Dutzend Ritter von den Pferden steigen. Die mussten scharf geritten sein, denn den Gäulen troff der Schaum von Brust und Flanken. Die Reiter sahen erschöpft aus, mehrere trugen schmutzige Verbände über blutigen Wunden.

»Alemannen«, rief Severin. »Was machen die hier?«

Unter den Ankömmlingen war ein hochgewachsener, junger Mann, der ihr Anführer zu sein schien. Als er Helm und Kettenhaube vom Kopf zog, kam feuerrotes Haar zum Vorschein. Mit einer herrischen Geste gab er zu verstehen, dass er auf der Stelle den König zu sprechen wünschte.

»Herzog Friedrich von Schwaben«, raunte ihnen jemand zu. »König Konrads Neffe und Erbe.«

»Da muss etwas Schlimmes geschehen sein«, sagte Aimar.

Schon machten die ersten Gerüchte die Runde. Das Heer der Alemannen wäre geschlagen, die Seldschuken würden bald das Lager angreifen, man solle sich besser wappnen. Viele begannen, ihre Habseligkeiten zu packen und die Waffen zu schärfen. Unruhe hatte das Lager erfasst. An Schlaf war nicht mehr zu denken.

Und dann am frühen Morgen wurde es zur niederschmetternden Gewissheit. In der Nähe von Doryläum war Konrads Heer in einen vernichtenden Hinterhalt der Seldschuken geraten.

♦

Wie um die schlimme Kunde zu bestätigen, tauchten immer mehr von den besiegten Alemannen auf. Erst einzeln, dann in Gruppen. Die meisten zu Fuß, auf den verbliebenen Reittieren nur Verwundete mit notdürftigen, blutdurchtränkten Verbänden. Vereinzelt noch ein Pilger oder Mönch unter ihnen, sogar ein paar Frauen. Von den Kriegern hatten viele Rüstung und Schild weggeworfen, um schneller voranzukommen. Dreckig, erschöpft und durstig wankten sie ins Lager, ließen sich ihre Bürde abnehmen und Wasser reichen. Viele warfen sich auf die Knie und dankten Gott für ihre Errettung.

Wie gelähmt standen die fränkischen Ritter um die Ankömmlinge herum und nahmen das Schauspiel ihrer Scham und Erniedrigung in tiefstem Schweigen auf. Auch wenn man die hastig gestammelten Worte und Erklärungen kaum verstand, das Grauen in ihren Augen war beredt genug. Die *militia christi* gedemütigt. Eine Ernüchterung ohnegleichen erfasste das Heer. Wie hatte Gott dies zulassen können? War Er denn nicht auf ihrer Seite?

Endlich brachten sie auch Konrad auf einem Gaul, ebenfalls verwundet und umringt von den Resten seiner Leibwache. Louis selbst war zur Stelle, als sie den graubärtigen König vom Pferd zogen, und umarmte ihn mit aller Fürsorge, während Friedrich mit seinem flammenden Haar steif und schuldbewusst danebenstand. Denn sein Ungestüm war mitschuldig an dieser Niederlage gewesen, wie man später erfahren sollte.

Sofort wurden Reiter ausgesandt, an ihrer Spitze auch Arnaut und seine Männer, um gegen verfolgende Türken zu schützen. Aber vom Feind war nichts zu sehen, nur eine graue Schlange von Flüchtlingen auf der staubigen Straße, zuletzt die Schwächsten unter ihnen, die es trotz Durst und Erschöpfung irgendwie noch schafften, sich auf den Beinen zu halten.

Unter diesen Verfluchten befand sich auch eine Frau, vielleicht um die dreißig. Sie sah aus, als habe sie Schlimmes erlebt, die Kleider hingen ihr in Fetzen vom Leib, sie hatte ihr Schuhwerk verloren und bewegte sich nur noch schleppend auf Füßen, die von Blut und Staub verkrustet waren. Aber ein tiefer Überlebenswille ließ sie nicht zusammenbrechen. Erst als Arnauts Hengst ihr den Weg versperrte, blieb sie stehen und sah auf. Alles Elend der Welt schien in ihren Augen zu stehen.

Arnaut stieg vom Pferd und wies Jori an, ihm zu helfen. Gemeinsam hoben sie das Weib in den Sattel und gaben ihr zu trinken. Ihren Dank konnte sie nur flüstern, zu schwach, auch nur zu lächeln. Die anderen aus Arnauts Truppe taten es ihm gleich, und so kehrten sie, die Gäule am Zügel führend, mit den letzten Flüchtlingen ins Lager zurück.

Constansa half ihnen, die Frau vom Pferd zu heben und mit Jori und Lois Bernat in ihr eigenes Zelt zu tragen.

»Noch ein Weib zu versorgen?«, grummelte Severin.

Ein kalter Blick aus Constansas Augen ließ ihn schweigen. Verlegen beauftragte er Lois Bernat, Wasser für die Frau zu holen und etwas zu essen.

»Sie ist aus Lotharingen«, sagte Constansa später, »und spricht Fränkisch.«

»Wie ist ihr Name?«, fragte Arnaut.

»Elena.«

Er nickte. »Du kümmerst dich um sie?«

»Natürlich«, sagte sie und dann zu Severin: »Keine Sorge. Ein Weib versorgt das andere. Dich brauchen wir nicht dabei.«

»Ist schon gut«, erwiderte der. »Es tut mir leid.«

Mit der Niederlage der Alemannen verbreitete sich große Unsicherheit im Lager der Franken. Der Stimmungsumschwung war gewaltig. Der Feind sei vielleicht unbezwingbar, befürchteten jetzt manche. Und das Ende der Welt sei nahe, verkündeten ein paar selbsternannte Propheten. Der Herr strafe sie alle für ihre Sünden, bekräftigten die Mönche und riefen zur Buße auf.

Am Nachmittag berief König Louis eine Versammlung der Heerführer ein, um gemeinsam zu beraten, was nun zu tun sei. Arnaut durfte auf Bertrans Einladung hin daran teilnehmen.

An die siebzig oder mehr standen dichtgedrängt in einem Ring von Leibwachen vor dem Zelt des Königs. Auch Josselin war darunter, ebenso die Anführer des Templerordens in ihren weißen Mänteln. Etwas abseits die Herzöge von Bayern und Böhmen, denen es ebenfalls gelungen war, zu entkommen.

In der Mitte die zwei ungleichen Könige. Ihre gedrückte Haltung schien die ganze Tragik der Lage zum Ausdruck zu bringen. Der etwas schmächtige Louis, bleich und unsicher, war offensichtlich von den Ereignissen überfordert. Neben ihm, auf einem Feldstuhl, den verbundenen Arm in einer Schlinge, saß grau und mutlos König Konrad. Er war jetzt

Mitte fünfzig, doch die Niederlage und der Verlust seines stolzen Heeres hatten ihn um Jahre altern lassen. Neben ihm, mit der Hand auf seiner Schulter, stand mit finsterer Miene sein Neffe Friedrich.

Allein die junge Königin Alienor schien sich von der allgemeinen Niedergeschlagenheit nicht beeindrucken zu lassen. Ernst, aber gefasst saß sie auf einem elfenbeinernen Feldstuhl und folgte aufmerksam den Mönchen, die die Berichte der Alemannen zu übersetzen hatten.

Um schneller voranzukommen, so wurde erzählt, war kurz nach Nicäa entschieden worden, sich von den meisten unbewaffneten Pilgern, die das Heer begleiteten, zu trennen. Sie sollten in Begleitung einer kleinen Truppe und unter der Führung Bischof Ottos von Freising, des Königs Bruder, auf einer weniger gefährlichen, südlichen Route in Richtung Laodikeia ihren Weg machen. Konrad und seine Heerführer dagegen waren zuversichtlich der alten Straße in Richtung Iconium gefolgt, ohne sich viel über den Feind Gedanken zu machen, da sie sich immer noch auf sicherem byzantinischem Gebiet wähnten.

Die Schwierigkeiten begannen, als in den weiten, menschenleeren Landschaften Proviant und Wasser ausgingen. Aus Futtermangel verloren sie Pferde und Lasttiere, und auch die ersten Männer starben entkräftet am Wegrand. Dann, in der Nähe von Doryläum, gerieten sie in einen Hinterhalt. Von allen Seiten stürmten türkische Reiter auf sie ein und ließen Pfeile auf sie niederregnen.

Mit seinen Rittern wagte Herzog Friedrich einen mutigen Gegenangriff. Es gelang ihnen tatsächlich, die Seldschuken in die Flucht zu schlagen. Aber nun wurde ihnen die Unerfahrenheit des jungen Friedrich zum Verhängnis, denn triumphierend und ohne jede Ordnung ließ er den fliehenden Türken die gesamte Reiterei nachhetzen. Zu spät erkannten sie, dass diese Flucht nur gespielt war. In einem engen Tal wandten sich plötzlich die Türken gegen sie, andere tauchten von allen Seiten auf, und in einem kurzen, blutigen Gefecht verlor der Großteil der alemannischen Ritter das Leben. Friedrich selbst war nur durch ein Wunder entkommen.

Des Schutzes der Reiterei beraubt, war nun das Fußheer den erneuten Angriffen der Seldschuken ausgesetzt gewesen. Obwohl sie sich zurückzogen und in guter Ordnung den langen Rückweg nach Nicäa einschlugen, mussten sie immer mehr Tote und Schwerverwundete zurücklassen. Nach tagelangem Marsch ohne Wasser oder Proviant, bei dem sie beständig von nachsetzenden Türken angegriffen wurden, brach zuletzt jede Ordnung zusammen, Panik griff um sich, und jeder suchte nur noch, das eigene Leben zu retten. Dies machte es den Türken umso leichter, die Männer niederzumachen, wo sie sie trafen. Als die Angriffe endlich aufhörten, hatten nur etwa zweitausend Mann das Gemetzel überlebt.

Wie die Frau, die sich Elena nannte, es geschafft hatte, da durchzukommen, war Arnaut nach dieser Schilderung unbegreiflich.

Lange herrschte betretenes Schweigen. Auf den Gesichtern standen Zweifel und Unentschlossenheit, ja sogar Furcht und Sorge. War dies schon das Ende ihrer Pilgerfahrt? Wenn es den Alemannen so ergangen war, wer konnte da meinen, sie, die Franken, könnten sich besser gegen die Seldschuken behaupten? War nun alles umsonst, nachdem sie so weit gekommen waren?

Mitten in diese verzagte Stille hinein sagte die Königin mit fester Stimme, nun sei es doch wohl hoffentlich jedem Hornochsen klar, dass man nach dem Rat der Byzantiner zu verfahren und die Küstenstraßen zu nehmen habe. Von Aufgabe sei nicht die Rede. Man müsse aus dem Geschehenen nur die richtigen Lehren ziehen.

Die Männer sahen sich an, nickten, einige bedachten sie sogar mit einem bewundernden Lächeln und standen wieder aufrechter. König Louis dagegen warf ihr einen zornigen Blick zu, da sie, ohne ihn zu fragen, zuerst geredet hatte. Dass das Königspaar nicht immer einer Meinung war, hatte sich schon herumgesprochen und erstaunte nur wenige.

Verlegen sicherte Louis den Alemannen jede Unterstützung zu und konnte am Ende doch nichts anderes tun, als seiner Gemahlin zuzustimmen. Es würde also trotz dieses enormen Rückschlags weitergehen.

♦

Für die vielen Toten wurden Messen gelesen. Sie waren als Märtyrer gestorben und würden sogleich Eingang in Gottes Reich finden, dessen war man sicher. Auch für die Verschollenen und für die von den Türken in die Sklaverei verschleppten Weiber und Kinder wurde gebetet. Den edlen Damen um Königin Alienor war zum ersten Mal bewusst geworden, dass auch ihnen ein solches Schicksal blühen könnte, dass ein Kriegszug kein Ausflug war. Von diesem Tag an war vom Gesang der *trobadors* nicht mehr viel zu hören.

Man bereitete den Aufbruch vor. Zunächst sollte es in Richtung Südwesten gehen. Konrad und die Reste des Alemannenheeres schlossen sich den Franken an und würden im Tross folgen. Bei Esseron, das sie am 11. November erreichten, berichtete ein Bote, dass auch Otto von Freising verlustreiche Feindberührungen erlitten hatte und trotzdem vorhatte, sich weiter nach Laodikeia und Attalia durchzuschlagen. Und so beschlossen die Heerführer, sicherheitshalber noch weiter nach Westen bis zur Ägäischen Küste zu marschieren, die sie bei Adramyttion erreichten.

»Gefällt mir nicht«, grummelte Severin. »Wir laufen weg, anstatt uns den Türken zu stellen. Je länger wir sie vermeiden, umso unbezwingbarer werden sie in unseren Köpfen.«

»Da ist etwas dran«, erwiderte Arnaut. »Aber entlang der Küste werden wir leichter versorgt.«

»Hör bloß auf. Der griechische Fraß ist zum Kotzen.«

Die Byzantiner lieferten zwar regelmäßig, aber selten Gutes. Ihr Korn war oft angefault, Gemüse halb verrottet und Fleisch Mangelware, außer wenn fränkische Reitertrupps bei ihrer täglichen Futtersuche ein paar Rinder, Ziegen oder Schweine mitgehen ließen, was eigentlich streng verboten war, denn der König wollte keinen Ärger mit den griechischen Amtsträgern und bestand darauf, alles zu bezahlen.

Konrads Niederlage lastete auf den Gemütern.

»Warum lässt Gott uns im Stich, Bruder Aimar?«, fragte Constansa. »Ich hätte gedacht …«

Aimar lächelte. »Dass wir hier in dieses fremde Land kommen und einfach die Ungläubigen vor uns hertreiben wie Schafe? Hattest du das erwartet?«

Sie lächelte verlegen. »Ja, so ähnlich. Ist wohl dumm von mir.«

»Dann muss ich auch dumm sein«, sagte Severin. »Das habt ihr Pfaffen uns doch versprochen, oder?«

Constansa warf ihm einen überraschten Blick zu. Von ihm hätte sie am wenigsten Zustimmung erwartet.

Fraire Aimar wusste, sie wollten Aufmunterndes von ihm hören. Schließlich war er der Priester und für alles Göttliche zuständig. Aber Antworten hatte er ebenso wenig wie sie.

»Gottes Wege sind nicht leicht zu ergründen«, erwiderte er etwas lahm. »Wir kennen nicht seinen Plan.«

»Plan?«, zischte Severin. »Dieses ziellose Umherwandern sieht mir nicht nach einem Plan aus.«

Am nächsten Tag brachen sie gen Süden und nach Pergamon auf. Es ging durch hügeliges, teils bewaldetes, teils bewirtschaftetes Gelände, an Weinbergen, Feldern und Olivenhainen vorbei und durch winzige Dörfer. Die Gegend war fruchtbar und gut besiedelt. Aber sobald die fränkische Vorhut über einem Hügelkamm auftauchte, versteckten die Dörfler Vieh, Frauen und Kinder. Etwas ängstlich standen sie am Wegrand und begafften die fremden Krieger, die endlos an ihnen vorüberzogen.

Der November zeigte sich von seiner nassen Seite. Grau

und schwer hing der Himmel über der Landschaft, und unter den Abertausenden Füßen und Hufen, die über sie hinwegtrampelten, verwandelten sich die Straßen in wahre Schlammlöcher.

König Konrad kränkelte. Vielleicht war es seine Wunde, die nässte und schmerzte, vielleicht war er einfach erschöpft nach der wilden Flucht von Doryläum. Seinen Landsleuten schien es ähnlich zu gehen. Sie waren niedergeschlagen, hingen ständig zurück und hielten den ganzen Zug auf. So kam es, dass sich bei den Franken, sobald sie eines Alemannen ansichtig wurden, der verächtliche Ruf *»Pousse Allemand!«* einbürgerte, was so viel bedeutete wie: *»Schieb deinen Hintern an!«*

Der Regen machte allen zu schaffen. Die Männer marschierten durchnässt mit steifgefrorenen Gliedern und blauen Lippen, Schuhleder löste sich auf, klamme Kleider rieben an empfindlichen Stellen, Furunkel blühten, und hier und da wurde jemand krank und schleppte sich mit Husten und Fieber dahin. Es kam auch vor, dass einer morgens nicht mehr aufwachte und man ihn hastig am Wegrand begrub. Die Reiter hatten es leichter, doch ihre Tiere litten nicht weniger. An Sätteln und nassen Packriemen scheuerten sie sich wund, Hufe quollen auf und wurden rissig, gelegentlich brach ein Gaul oder Maultier vor Erschöpfung zusammen.

Nachts war es noch unerträglicher. Ohne trockenes Feuerholz war an warmes Essen nicht zu denken. Zum Schlafen blieb nichts, als sich auf dem nassen Boden so gut wie möglich einzurichten, während es von oben durch dünne Zeltwände tropfte, denn die wenigsten besaßen geteerte Planen. Nur die bleierne Müdigkeit nach einem langen Tagesmarsch brachte ein paar Stunden erschöpftes Dahindämmern. Und wenn es graute, war man beinahe froh, wieder sein Pack zu schultern, um weiterzumarschieren und so die Kälte zu besiegen.

Für die Wunder der herrlichen Stadt Pergamon blieb keine

Zeit, selbst wenn Arnaut und seine Freunde noch Lust und Kraft gehabt hätten, Amphitheater und antike Tempel zu bestaunen. In aller Eile wurden Maultiere ausgetauscht, Hufe neu beschlagen und Proviant erstanden. Dann ging es weiter. Zum Glück hatte sich das Wetter inzwischen gebessert, der Himmel war wieder klar, und zum ersten Mal seit Tagen trockneten die Kleider auf dem Leib.

Fast sechs Monate waren sie nun unterwegs. Und langsam mangelte es an allem. Die verblichenen Tuniken zerfielen am Leib und waren von Läusen verseucht. Gegen die winterliche Kälte hüllten sich die Männer in alles, was sich gerade auftreiben ließ. Glücklich, wer einen Umhang aus Schaffell besaß, ansonsten mottenzerfressene Decken, ja selbst alte Getreidesäcke. Brauchbare Stiefel waren zum kostbarsten Gut geworden, so dass viele trotz Kälte barfuß liefen, nur um ihre Stiefel zu schonen.

Für die Menge an Tieren, die das Heer mit sich führte, war es schwer, Hufeisen zu bekommen. In jedem Dorf, durch das sie kamen, suchte man zuerst nach Essbarem, dann nach Hufeisen oder zumindest nach eisernem Gerät, das man umschmieden konnte.

Trotz des königlichen Verbots nahm das Plündern immer mehr überhand. Regelmäßig schwärmten Reiter aus, um Futter für die Tiere zu suchen. Dabei überfielen sie nicht selten Siedlungen, nahmen alles Nützliche mit, töteten widerspenstige Bauern und vergewaltigten deren Weiber. Ob das christlich war, kümmerte sie wenig, schließlich waren sie im Auftrag Gottes unterwegs.

Solche Übergriffe erschwerten die Beziehungen zu den byzantinischen Ordnungsmächten, die täglich bei König Louis Beschwerde über neue Vorfälle einlegten. Man hielt Proviantlieferungen zurück und verlangte Besserung. Das jedoch war Wasser auf den Mühlen der Plünderer. Böse Gerüchte kamen in Umlauf. Die Griechen würden sie nur hinhalten und wollten sie aushungern, denn in Wahrheit hätten sie einen Pakt mit den Türken, die im Landesinneren nur darauf warteten, die *militia christi* endgültig zu erledigen. Es war nur recht, sich zu nehmen, was man brauchte. Es kam sogar zu bewaffneten Auseinandersetzungen mit griechischen Soldaten. Als der König versuchte durchzugreifen und ein paar Raufbolde hängen ließ, steigerte das die Wut der Männer nur noch mehr.

Und wer zum Plündern keine Gelegenheit hatte, der stahl. Besonders das Klauen von Essbarem wurde zur allgemeinen Seuche. Jori, der als Straßenjunge aufgewachsen war, brachte Lois Bernat die alten Tricks bei. Gemeinsam gingen sie auf Raubzug, wenn sie lohnenswerte Ziele erspähten. Der eine lenkte ab, während der andere zuschlug. Sogar Constansa beteiligte sich gelegentlich an diesen Streichen, und Arnaut fragte sich bald nicht mehr, woher die Hammelrippen oder Schweinsfüße stammten, die in ihrem Kochtopf landeten.

Einmal aber wurde Constansa erwischt.

Es war abends, nicht weit von Smyrna gewesen. Hinter einem Kochzelt hatte sie sich ein Huhn aus einem behelfsmäßigen Käfig geschnappt, ihm den Hals umgedreht und das Tier hastig unter ihr Wams gestopft. Ein großes Gezeter hob an, denn sie war beobachtet worden. So schnell sie konnte, rannte sie zu Arnauts Lagerstatt zurück, verfolgt vom Koch und zwei kräftigen Burschen, deren Mienen nichts Gutes verhießen. Quer durchs Lager hetzte sie, sprang über Zeltschnüre und rempelte Männer an, die Verfolger immer im Nacken. Nur ihr verdammtes Huhn wollte sie nicht aufgeben.

Als Severin sie kommen sah, sprang er auf und zog sein Schwert. Constansa brachte sich hinter seinen breiten Rücken in Sicherheit, und die Verfolger blieben heftig atmend stehen, denn Severin sah aus, als würde er dem Erstbesten den Kopf abschlagen.

»Niemand fasst sie an, ihr Bastarde!«, brüllte er. »Oder muss ich euch erst den Wanst aufschlitzen.«

Gleich waren auch Jori und zwei andere aus Arnauts Truppe zur Stelle, die sich drohend neben ihm aufpflanzten.

»Sie hat ein Huhn gestohlen«, keuchte der Koch und zeigte auf Constansa. Seine Kumpane nickten wütend. »Sie soll es rausrücken.«

»Was für ein Huhn?«, sagte Severin verdutzt. »Seht ihr ein Huhn?«, fragte er seine Freunde. »Ich sehe keins.«

»Sie hat es unter ihr Wams gesteckt. Schau hin. Man kann es gut erkennen.«

Tatsächlich. Constansas Bauch wölbte sich verdächtig.

Da begann Severin zu lachen.

»Das ist kein Huhn, ihr Affen. Das Mädel ist schwanger. Das sieht doch jeder. Habt ihr noch nie ein schwangeres Weib gesehen? Vögeln könnt ihr, nehme ich an, aber ansonsten dumm wie Stroh! Sie ist verdammt noch mal schwanger. Und wollt ihr wissen, von wem?«

Drohend machte er einen Schritt nach vorn.

»Nein«, murrten die Kerle erschrocken und wichen zurück. Das wollten sie nicht wissen.

»Dann macht euch davon, ihr verdammten Hurenböcke!«

Und als nun auch Jori und die anderen die Schwerter zogen, traten die Bestohlenen fluchend, aber kleinlaut den Rückzug an, verfolgt von lautem Gelächter.

»So, schwanger bin ich, was?«, kicherte Constansa. »Und ausgerechnet von dir. Das hättest du wohl gern.«

Severin grinste frech wie ein Lausbub. Aber ein bisschen rot wurde er doch.

Die gute Elena lachte sich halb tot über diesen Streich. Dann rupfte sie das Huhn und briet es über dem Feuer. Als es gar war, zerteilte Constansa ihre Beute und schenkte Severin zum Dank nicht nur einen saftigen Schenkel, sondern auch das herzlichste Lächeln überhaupt, seit sie am Bosporus von Bord gestiegen war.

Begegnung mit dem Feind

Nach weiteren Tagesmärschen erreichte das Heer Ephesus, wo man am Meer, an einem flachen Strand, lagerte. Hier waren einige Tage Rast angesagt, um sich von den Mühen zu erholen.

Arnaut half den Jungen, sein Zelt zu errichten. Ein einfaches Ding mit zwei übermannshohen, durch Schnüre gesicherten Stützen, auf denen eine Firststange ruhte. Darüber wurde die Plane geworfen, die ringsum am Boden mit Holzheringen verankert wurde. Auf einer Seite ein Schlitz als Eingang, innen eine geteerte Unterlage, ansonsten warme Wolldecken und etwas Heu in einen Leinensack gestopft, das diente als Kopfkissen. Bei heftigem Regen war die Herberge nicht ganz dicht, aber ansonsten ließ es sich darin leben.

»Du stinkst erbärmlich, Jori, weißt du das?«, sagte Arnaut, als sie fertig waren.

»Nach einem solchen Marsch, da stinken wir doch alle.«

»Nicht mehr länger.« Arnaut packte Jori am Kragen und zerrte ihn zum Wasser.

»He! Was hast du vor, *putan*? Bist du verrückt?«

»Jetzt wird gebadet.«

»Ich kann nicht schwimmen.«

»Ich auch nicht.«

Damit schleuderte Arnaut ihn mit einem Ruck in die sanft anrollenden Wellen, sprang hinterher und tunkte ihn kräftig unter.

»*Merda*, ist das kalt!«, schrie Jori, als er prustend auftauchte.

»Gut so«, lachte Arnaut und tunkte ihn noch einmal unter.

Dann warf er sich selbst in die nächste Welle. Die Kälte verschlug ihm den Atem. Er hockte sich auf die Knie und ruderte wild mit den Armen. Kaum wollte er sich erheben, als Jori sich auf ihn warf und ihn seinerseits untertunkte. Dann stiegen sie lachend aus dem Meer und liefen zum Lagerplatz zurück, wo sie sich schnatternd die nassen Kleider vom Leibe rissen und die Haut mit Leinentüchern rotrieben.

»Immer ein Vergnügen, mit hübschen Kerlen zu reisen«, lachte Elena, die es nicht für nötig befunden hatte, sich beim Anblick ihrer nackten Leiber wegzudrehen. Auch Constansa tat ganz ungeniert. Schließlich war sie mit sechs Brüdern aufgewachsen und fand selbst nichts dabei, sich zum Pinkeln hinter den nächsten Busch zu hocken. So machten es auch die anderen Soldatenweiber, denn für geziertes Getue war kein Platz auf einem Feldzug.

Nahe am Feuer bohrte Elena Stöcke in den Boden und hängte ihre Kleider daran zum Trocknen auf, während Jori und Arnaut in Decken gehüllt danebensaßen.

»Wenigstens sind wir die Läuse los«, sagte Jori, als er sich später wieder ankleidete.

»Mach dir keine Hoffnungen«, lachte Elena, die in einem großen Kessel rührte. »Dazu müsstest du die Lumpen schon verbrennen.«

»Ich hab keine anderen.«

»Und die Haare abrasieren.«

»Bist du verrückt?«

Sie nahm ihr Messer vom Gürtel und legte es in die Glut.

»Geh mit der heißen Klinge über die Nähte. Wenn du Glück hast, erwischst du ihre Eier. Ist einen Versuch wert.«

Sie stemmte die Fäuste in die Seite und beobachtete belustigt sein Bemühen.

Elena schlief nach wie vor in Constansas Zelt und hatte sich dank deren Hilfe rasch von den Strapazen erholt. Um die Schultern eine alte Decke geschlungen, darunter die ausgeliehene Tunika, die ein wenig um die Hüften spannte. Ihre dunklen Haare trug sie in einem losen Knoten im Nacken.

Und trotz der Kälte der Nacht glühten ihre fröhlichen Apfelbäckchen von der Hitze des Kochfeuers.

Wenn es sich nicht gerade um die Damen des Hochadels handelte, so waren die Frauen, die im Heer mitzogen, ziemlich abgebrühte und unverwüstliche Kreaturen geworden. Sie sammelten Brennholz, kochten ihren Kerlen das Essen und verbanden Wunden. Wie die Männer trugen sie ihre Lasten, marschierten über staubige Straßen und schlammige Wege oder durchwateten mit hochgebundenen Röcken eisige Furten. Und wenn ihre Zeit kam, entbanden sie am Wegrand Säuglinge, die sie hastig trockenrieben, in ein Tuch wickelten und sich auf den Rücken schnallten, denn das Heer wartete nicht.

Sie waren eine zähe Brut, und doch war jedes Weib auf Schutz angewiesen, sonst wurde sie zum Freiwild. Denn in der *militia* schien man nur noch über zwei Dinge zu reden. Fressen und Weiber. Kein Wunder nach sechs Monaten erzwungener Enthaltsamkeit. Lagerhuren hatten Hochbetrieb, Vergewaltigungen waren nicht selten, ebenso wenig wie Raufereien und Totschlag, bei denen es meist ebenfalls um Weiber ging.

Severin hatte sich zu Constansas Beschützer aufgeschwungen, und für die Männer aus Arnauts Truppe war sie so etwas wie ihr Glücksbringer geworden. Jeder fremde Kerl, der ihr nachstellte oder sich anmaßte, anzügliche oder abfällige Bemerkungen über das seltsame Kriegerweib zu äußern, fand sich rasch mit einem blauen Auge wieder.

Auch Elena war inzwischen für die Truppe unentbehrlich geworden. Sie beaufsichtigte das Kochen, teilte den Proviant ein, pflegte Blasen und Wunden und hatte ein Kraut für jedes Wehwehchen. Sogar als Hebamme hatte sie sich schon betätigt. Ihre Künste sprachen sich schnell herum, und sie konnte bald Geld zurücklegen für Kleider und ein eigenes Zelt.

Für Arnaut verging kein Tag, an dem er nicht an Ermengarda dachte. Immer noch schmerzte es ihn, wie sie ihn zuletzt behandelt hatte. Und doch überfielen ihn, meist zu den unmöglichsten Zeiten, rührselige Erinnerungsfetzen an ihre Liebe. Manchmal schienen ihre blauen Augen ihn spöttisch zu beobachten, oder er sah ihren lachenden Mund, die Linie ihrer Hüfte. Es war ihm, als könnte er ihre Zärtlichkeiten und ihre seidenweiche Haut immer noch spüren.

Manchmal beobachtete er verstohlen die Huren im Lager und war versucht, sich eine von denen für die Nacht ins Zelt zu holen. Nicht, dass er es nicht schon ein paarmal probiert hatte, wenn auch ohne wirkliche Befriedigung, denn die geschminkten Gesichter und obszönen Gebärden dieser Weiber stießen ihn ab, ganz zu schweigen von der Gefahr, sich Krätze oder Filzläuse einzuhandeln.

Eines Abends waren Arnaut und Bruder Aimar der Einladung gefolgt, bei Josselin zu speisen. Sie saßen im Beduinenzelt des Gastgebers an einer aufgebockten Tafel zusammen mit Everard des Barres, dem neuen Großmeister der Templer, Hugues de Bouillon, der einen hohen Rang im Orden zu bekleiden schien, und Étienne de Bernay, seinem Begleiter, den sie ebenfalls schon aus Narbona kannten.

Es gab gebratene Tauben, zartes Lammfleisch in fremdartiger Zubereitung und dazu einen erlesenen Wein. Die beiden Freunde langten zu, als würde es sich um ihr letztes Mahl handeln.

»Besser als das, was der Pöbel im Heer bekommt«, konnte Arnaut sich nicht verkneifen.

Everard lachte. »Kleines Vorrecht der Höhergestellten auf Gottes Erden. Doch vor Seinem Thron sind wir am Ende alle gleich.«

Erst kürzlich, im April des gleichen Jahres, war Everard in Paris nach dem Tod seines Vorgängers zum *Magister Dei Gratia,* Großmeister von Gottes Gnaden, gekürt worden. Ein breitschultriger Mann in mittleren Jahren aus guter Adelsfamilie, mit hageren Gesichtszügen, graugeflecktem, kurzgeschnittenem Bart und durchdringenden Augen über einer kräftigen Adlernase. Zweihundert der besten Krieger des Ordens begleiteten ihn, die meisten von den Ordensburgen in Spanien, wo sie viel Erfahrung im Kampf gegen Mauren erworben hatten. Dies war die beste Kampftruppe des Heeres, und Everard des Barres hatte, wie es hieß, großen Einfluss auf den jungen König.

Es war eine Ehre, an der Seite dieses Mannes speisen zu dürfen, und Arnaut vermutete, dies war Bouillon zu verdanken, der gerade die Geschichte des Zweikampfs in Narbona zum Besten gab und wie Arnaut dazu gekommen war, das Kreuz zu nehmen.

»Was hat Euch bewogen, Eure Meinung zu ändern?«, fragte Everard, der aufmerksam gelauscht hatte.

»Eine Eigenmächtigkeit meines *escudier*«, entgegnete Arnaut. Über Ermengarda und die wahren Gründe wollte er nichts verlauten lassen. »Es reute ihn, einfach so meine guten Waffen abzuliefern. Als ich später erfuhr, was er getan hatte, war ich sehr wütend auf ihn. Aber dann kam es mir wie ein Fingerzeig des Himmels vor. Und nun bin ich hier.«

Everard schüttelte staunend den Kopf. »Die Wege zu Gott sind oft seltsam«, sagte er mit einem Lächeln. »Ich freue mich jedenfalls, dass Ihr diesen Entschluss gefasst habt, Montalban. Jesus Christus wird es Euch vergelten.«

»Und wer vergilt mir das Schwert und den guten Gaul, den mich der Handel gekostet hat«, maulte Josselin in gespielter Entrüstung.

»Wie ich sehe, hat Gott Euch schon auf Erden dafür belohnt«, sagte Étienne de Bernay mit einem anzüglichen Blick auf die schöne, dunkeläugige Sklavin, die sie bei Tisch bediente. Es war dieselbe, die Arnaut bereits in Narbona gesehen hatte. Heute war sie in feine Gewänder gekleidet und trug silberne Reifen an den Armen. Auch sie hatte ihn erkannt und schenkte ihm ein scheues Lächeln.

Josselin zog sie jetzt näher zu sich heran und legte ihr die Hand auf den hochschwangeren Leib.

»Meine Belohnung ist, wie man sieht, ein Sarazenenbastard.«

Alles lachte. Nicht einmal der Großmeister schien sich an solchen Worten zu stoßen. Arnaut, den die Sklavin an Ermengarda erinnerte, fand wenig Erheiterndes daran. Und er glaubte auch, einen Schmerz in den Augen der Sklavin bemerkt zu haben, bevor sie sich abgewandt hatte, um Wein zu holen.

»Ich habe gehört, Montalban«, sagte daraufhin de Bernay, »Ihr sollt ein Weib in Eurem Gefolge haben, das sich einbildet, ein Mann zu sein.«

»Constansa d'Escorralha«, nickte Arnaut.

De Bernay erklärte dem Großmeister, dass diese Frau sich anmaßte, Waffen zu tragen, und vorhabe, in der *militia* gegen die Türken zu kämpfen. Die Herren fanden das vergnüglich.

»Wir brauchen Krieger, das ist wahr«, spottete Josselin. »Aber das geht zu weit. Die Türken werden uns auslachen, wenn wir jetzt auch noch unsere Weiber in Waffenröcke stecken.«

»Sie kann durchaus mit dem Schwert umgehen«, sagte Arnaut.

»So, kann sie das?«, knurrte de Bernay plötzlich mit einem gehässigen Zug um den Mund. »Ich sage nur, solche Weiber sollte man in einen Sack stecken und ersäufen.«

»Und warum?«

»Weil nach Gottes Willen die Frau dem Mann zu dienen hat und nicht versuchen soll, ihn nachzuäffen. Ihr solltet dem Weibsstück einen Rock anziehen und Demut beibringen. Mit dem Stock, wenn nötig.«

»Sie ist von adeligem Blut«, wandte Arnaut ein.

Er musste sich beherrschen. Dieser de Bernay ging ihm entschieden gegen den Strich. Besonders die versteckten, lüsternen Blicke, die er immer wieder auf Josselins Gespielin warf und die Arnaut wie eine Besudelung ihres gesegneten

Zustands vorkamen. Und das, obwohl der Mann ein Keuschheitsgelübde abgelegt hatte.

»Ihr seid ein wenig harsch, Bruder Étienne«, sagte Everard. Und zu Arnaut: »Wie kommt es, dass sich diese Frau in Eurem Gefolge befindet?«

»Sie ist die Tochter eines verstorbenen Vasallen der Grafen von Tolosa. Bertran de Sant Gille hat sie mir anvertraut«, entgegnete Arnaut. Und mit einem herausfordernden Blick auf de Bernay fügt er hinzu: »Verprügeln werde ich sie ganz bestimmt nicht, *Mossenher.*«

Bei dem Namen Sant Gille hatte sich Josselins Miene verfinstert. »Vor Alfons Jordan und seinem Bastardbalg müssen wir uns in Acht nehmen«, sagte er verdrießlich.

Everard sah ihn fragend an.

»Die haben es auf Tripolis abgesehen«, klärte Josselin ihn auf. »Der alte Erbstreit bricht wieder aus, da bin ich mir sicher. Meine Königin wird mehr als beunruhigt sein.«

Everard nickte. »Das wäre in der Tat nicht gut. Wir brauchen vor allem Einigkeit in diesem Krieg, wenn wir die Ungläubigen besiegen wollen.«

Fraire Aimar fühlte sich genötigt, vom Thema abzulenken, schließlich gehörten sie selbst zum Kriegshaufen der geschmähten Tolosaner. »Wie geht es König Konrad?«, fragte er. »Hat er sich wieder erholt?«

Hugues de Bouillon schüttelte besorgt den Kopf. »Nein, eher im Gegenteil. Er wird morgen per Schiff nach Konstantinopel reisen. Der Basileus selbst hat ihm ärztliche Fürsorge versprochen. Die Führung der Alemannen wird Herzog Friedrich übernehmen.«

»Da wir gerade vom Kaiser sprechen«, sagte Everard mit ernster Miene, »wir haben von ihm Warnung erhalten, dass sich Seldschuken in der Gegend herumtreiben. Er lässt uns sagen, wir sollten uns unbedingt hinter sicheren Mauern halten.«

»Und wie sollen wir zwanzigtausend Mann in Ephesus unterbringen?«, fragte Josselin.

»Eben. Deshalb brechen wir in den nächsten Tagen auf. Der König ist einverstanden. Schließlich können wir das Unvermeidliche nicht ständig vor uns herschieben. Wir müssen nur sehen, dass wir uns nicht, wie Konrad, in eine Falle locken lassen.«

»In der Tat. Ich hoffe, wir erweisen uns als standfester als unsere alemannischen Brüder«, bemerkte Aimar.

»Einer gut geführten fränkischen Reiterei wird nichts widerstehen können. Und vergesst nicht die Templer. Für meine Männer lege ich die Hand ins Feuer.«

Everard hatte dies mit fester Stimme von sich gegeben, und die anderen pflichteten ihm bei. Nur Josselin saß nachdenklich auf seinem Feldstuhl.

»Ihr habt gegen die Mauren in Spanien gekämpft«, sagte er. »Und ich will Eure Entschlossenheit keineswegs dämpfen. Aber hier haben wir es mit einem ganz anderen Gegner zu tun. Besonders seine Kampfweise. Die Turkomanen kämpfen selten zu Fuß. Dafür sind sie aber die besten Reiter der Welt und wahre Teufel im Sattel. Es heißt, sie leben, essen und schlafen auf ihren Gäulen. Und ihre Waffe ist der Bogen, mit dem sie schon als Kinder üben.«

»Und wie begegnet man ihnen?«

»Die Reihen geschlossen halten, wenn möglich auf Nahkampf gehen, aber keine wilden Verfolgungsjagden.«

Sie sprachen noch lange über diese Seldschuken und wie ihnen zu begegnen sei. Josselin de Puylaurens teilte freigebig Wissen und Erfahrung mit ihnen. Vor den Kriegern der Muslime hatte er Respekt, für ihre Lebensweise und ihren Glauben jedoch nur Verachtung.

Die schwangere Sarazenin saß, wenn sie die Herren nicht gerade bediente, still in einer Ecke und lauschte. Arnaut fragte sich, woher sie wohl stammte. Offensichtlich war sie des Fränkischen mächtig. Und mehr als einmal bemerkte er, wie der Hass in ihren Augen funkelte, wenn sie Puylaurens so reden hörte.

An den folgenden Tagen wurden Vorbereitungen für den Weitermarsch getroffen. Diesmal würde es ins Landesinnere gehen, den Mäanderfluss hinauf und dann über Laodikeia bis nach Attalia, von wo aus man über das christliche Cilicia ungestört bis nach Antiochia zu marschieren hoffte.

Doch wie die Griechen versicherten, würde die nächste Strecke zur Herausforderung werden. Byzantinische Späher waren türkischen Reitertrupps begegnet, und Flüchtlinge aus dem Mäandertal berichteten von Überfällen und Plünderungen. All dies ergab kein klares Bild, außer, dass der Feind in der Nähe war und auf sie wartete.

Die Mönche im Heer beteten ohne Unterlass und sangen Hymnen. Unter freiem Himmel und in Gegenwart des Königspaares wurde eine große Messe gelesen, um Gottes Gnade und Hilfe zu erflehen. Waffen wurden geschärft und die Maultiere mit Proviant beladen. Und dann, am Tag vor Christi Geburt, kam der Befehl zum Abmarsch.

»*Miseria*, jetzt wird es ernst«, sagte Jori.

»Nicht mal in einem anständigen griechischen Puff sind wir gewesen«, maulte Severin.

»Dafür kannst du bald einen türkischen probieren.«

Doch auch der Galgenhumor half nur wenig gegen das unruhige Kribbeln im Magen, das die Männer verspürten.

♦

Die Vorhut des Heeres bestand aus tausend Rittern und den besten Fußtruppen, heute angeführt von einem gewissen Geoffroy, *Senher* de Rancon und Günstling der Königin. Die Befehlsgewalt für gewisse Teile des Heeres wechselte oft, damit niemand sich beklagen sollte. Ein gutaussehender Mann, dieser Rancon, wie er stolz, mit selbstsicherem Lächeln, auf seinem großen Streitross saß und den Befehl zum Abmarsch gab.

Wenig später brach auch die Hauptmacht auf. Ihr voraus

trugen Mönche ein gewaltiges, vergüldetes Kreuz, sei es, um den Feind zu schrecken, oder eher, um den eigenen Leuten Mut zu machen. Ihnen folgten Fußtruppen und dann der junge König, in glänzender Rüstung, an der Spitze seiner Ritter und den Kriegern des Tempelordens. Direkt hinter ihm der *porte-oriflamme,* der Fahnenträger, von dessen Lanze das königliche Kriegsbanner wehte, goldene Flammen auf blutrotem Grund.

Arnaut und seine Getreuen ritten gleich im Anschluss. Nach ihnen die übrigen Tolosaner und andere Reitereinheiten. In der Mitte der Kolonne, zum besseren Schutz, reisten der Hof und die edlen Damen, die jetzt, nach den entbehrungsreichen Wintermärschen, sehr viel stiller und fast eingeschüchtert wirkten. Je mehr man sich dem Feind näherte, umso warnender spukte die Erinnerung an das tragische Schicksal der Alemannen in ihren Köpfen.

Den Großteil des Heeres bildeten die Speerkämpfer. Persönliche Habe und Schild auf dem Rücken, Speer über der Schulter und Schwert, wer eins besaß, an der Seite. Gute Ausrüstung unter ihnen war eine Seltenheit. Kettenpanzer trugen die wenigsten. Körperschutz aus hartem Rindsleder war schon üblicher, oft mit aufgenähten Eisenplättchen. Und ziemlich abgerissen sahen sie alle aus, mit langen Haaren und verfilzten Bärten, versehen mit den abenteuerlichsten Kleidungsstücken, Helmen oder Stiefeln.

Dahinter kam endlich der lange Tross, in dem auch die meisten Nichtkämpfer marschierten, ebenfalls von fünfhundert Reitern bewacht. Und den Abschluss bildeten Herzog Friedrich und die Überlebenden seines Heeres. Sie schienen sich erholt zu haben und schritten mit mehr Zuversicht daher. Vielleicht weil sie, im Gegensatz zu den Franken, nun wussten, mit wem sie es zu tun hatten. Das Unbekannte, das man kennt, verliert seinen Schrecken.

Einen Teil der Maultiere hatte man zurücklassen müssen, denn nach den Tagen der Rast waren die Vorräte der Gegend um Ephesus erschöpft und daher kaum noch etwas an Pferdefutter oder Proviant aufzutreiben gewesen. Im fruchtbaren Mäandertal, das unter byzantinischer Herrschaft stand, hoffte man wieder ausreichend Verpflegung zu finden.

Der Weg dorthin führte über den Thorax, eine niedrige, küstennahe Bergkette. Tiefhängende, graue Wolken verbargen die Gipfel. An antiken Ruinen und einem römischen Viadukt vorbei wand sich die Heerschlange durch eine rechts und links bewaldete Talsohle einem sanften Bergsattel entgegen. Über den Köpfen der Marschierenden wehten die bunten Wimpel und Standarten ihrer Anführer. Schnelle Reiter, begleitet von griechischen Führern, waren vorausgeeilt, um den Weg zu erkunden. Auch zu beiden Seiten des Heeres ritten Kundschafter, aber der dichte Bewuchs von krummstämmigen Kiefern und immergrünen Steineichen machte ein Ausschwärmen schwierig.

Plötzlich hallten die Kriegshörner der Vorhut von den Hängen. Erschrocken hielt die Kolonne an. Alles lauschte.

Schwacher Waffenlärm und Geschrei wehte zu ihnen herüber. Zu sehen war nichts. Nur die Straße, die weiter vorn hinter einer Wegbiegung verschwand. Auf den höheren Lagen hingen Nebelschwaden in den Bäumen. Und die fernen Hornrufe hatten etwas Klägliches und zugleich auch Unheimliches.

Arnauts Mund fühlte sich plötzlich trocken an. Waren sie den Seldschuken in die Falle gegangen? Wer hätte ahnen können, dass der Feind schon so weit bis fast vor Ephesus vorgedrungen war? Er zog den Helmgurt fester, nahm den langen Normannenschild von der Schulter und stülpte sich die gepanzerten Kampfhandschuhe über.

Dann sah er sich um. Auch seine Kameraden waren bereit, Lanzen auf den Steigbügeln aufgestützt und Schilde an der Seite. Jori murmelte ein hastiges Gebet, während Ferran, ein graubärtiger Veteran, dem Jungen ein paar beruhigende Worte zuraunte. Der Mann war fast so etwas wie der väterliche

Beistand der Männer in Arnauts Truppe geworden. Severin saß regungslos und mit grimmer Miene im Sattel. Weiter hinten Constansas bleiches Gesicht, nicht mehr als Frau zu erkennen in ihrem Panzer mit Kettenhaube und Helm. Sollte er ihr befehlen, sich zurückzuhalten?

Bevor er weiter darüber nachdenken konnte, preschten zwei Reiter heran, um zu berichten. Die Heerführer sammelten sich beim König. Arnaut kam das alles viel zu langsam vor. Warum ritten sie nicht einfach los? Männer starben vielleicht da oben.

Und dann hieß es tatsächlich: *»Alle Reiter nach vorn!«* Arnaut sah, wie die Templer in ihren weißen *sobrecots* sich in Bewegung setzten. Ihnen voran das Ordensbanner, gefolgt von flatternden, weißen Wimpeln an ihren Lanzen. Er hob den Arm und winkte seine Männer vorwärts. Amir, der ungeduldig mit den Hufen gescharrt hatte, verfiel gleich in einen scharfen Galopp. Mit donnernden Hufen hetzten sie am Wegrand entlang, an den Kolonnen der Fußtruppen vorbei, die versuchten, Platz zu machen. An einigen Stellen war es eng zwischen Wald und Straße, und mehr als einmal wurde in der Hast jemand niedergeritten.

Ein Blick über die Schulter zeigte Arnaut, dass auch andere Reitereinheiten den flachen Hang heraufgaloppierten. Unter dem roten Banner von Tolosa erkannte er Bertran und neben ihm, auf einem gewaltigen Streitross, die massige Gestalt seines Reiterführers, Joan de Berzis.

Immer wieder ertönten die verzweifelten Hörner, jetzt näher und schriller, und dazu das rhythmische Dröhnen feindlicher Kriegstrommeln, das wie panischer Herzschlag in den Ohren pulste. Dann Waffenlärm und Kampfgeschrei. Hinter einer Biegung lichtete sich unerwartet der Wald, und als die fränkischen Reiter durch die Baumgrenze brachen, fanden sie sich in weitem, offenem Gelände wieder, das zum Bergsattel hin leicht anstieg und durch das die Straße verlief, bevor sie die höchste Stelle erreichte und sich dahinter wieder durch ein enges Tal in die Mäanderebene hinabschlängelte.

Diesen Ort hatten die Türken für ihren Hinterhalt gewählt. Guter Wiesengrund für Reiter. Und mitten darin tobte ein verzweifelter Kampf. Doch bevor die Reiterstaffeln ihren Kameraden zu Hilfe eilten, verhielten sie einen Augenblick, um sich einen Überblick zu verschaffen.

Zu linker Hand und nordwärts war das Gelände von Bäumen und einem bewaldeten Hügel begrenzt, hinter dem die Seldschuken ungesehen ausgeharrt hatten. Ahnungslos waren die berittenen Krieger der fränkischen Heerspitze an ihnen vorübergezogen. Erst mit dem Ende des Fußvolks in Sicht war der Feind auf schnellen Pferden aus den Verstecken gekommen und in breiter Front über die Marschkolonne hergefallen.

Bevor man sich sammeln und eine Schildwand bilden konnte, waren viele gleich im ersten Ansturm unter einem Hagel tödlicher Pfeile zu Boden gegangen. Zweifellos hatten die Türken der christlichen Heerschlange den Kopf abschlagen und zugleich die Höhen des Bergsattels besetzen wollen, um so Vorhut und Hauptheer voneinander zu trennen.

Doch die Speerkämpfer waren nicht so leicht zu überwältigen gewesen. Arnaut sah, dass zweitausend Mann am Südostrand der Wiese und mit dem Rücken zu einem Waldstück einen halbkreisförmigen Verteidigungsring gebildet hatten, vier oder fünf Reihen tief, Schilde eng überlappt. Das Gras vor ihnen war übersät mit Toten. Verwundete hatte man in die Mitte gezerrt, wo sich auch ihre wenigen Bogenschützen hinter den Rücken der Vordermänner duckten und den Pfeilregen der Türken zu erwidern suchten.

Vor der Schlachtreihe der Christen tummelte sich eine gewaltige Masse johlender Krieger auf wendigen Pferden. Wie viele es waren, konnte Arnaut in der Eile nicht abschätzen, aber weit mehr als die Franken in ihrer Verteidigungsstellung. Sie trugen kleine, runde Schilde, die sie aber nicht daran hinderten, ihre Bogen zu gebrauchen. Unentwegt stürmten sie heran, schossen zwei, drei Pfeile ab und ließen sich dann wieder zurückfallen, um anderen Platz zu machen. Ein ständiges Heranwirbeln von sich abwechselnden Reitern, begleitet von den dumpfen Schlägen der großen Kesselpauken, die den Trommlern rechts und links am Sattel hingen.

Die Schilde der Verteidiger waren mit Pfeilen gespickt wie Igel. Immer wieder sanken Männer zu Boden, wurden aus der Schlachtreihe gezerrt und durch andere ersetzt, um keine Lücken entstehen zu lassen. Lange würden sie nicht aushalten können. Wo, zum Teufel, waren Geoffroy de Rancon und seine Reiter?

Plötzlich bemerkten die Seldschuken die lange Linie der christlichen Ritter, die am westlichen Waldrand aufgetaucht waren. Mehr und mehr kamen vom Tal herauf und füllten die Reihen. Die türkischen Kriegstrommeln unterbrachen abrupt ihren Rhythmus, Pfiffe und Hörner schallten, dann ließ der Feind von der Schildwand ab und begann, sich neu zu sammeln.

Ohne länger zu warten, stürmten jetzt die Ordensritter in geordneten Angriffskeilen vor, mit dem Banner des Großmeisters in ihrer Mitte. Lächerliche zweihundert Mann warfen sich furchtlos gegen Tausende. Dabei schien es sie wenig zu kümmern, ob ihnen überhaupt jemand folgte. Arnaut konnte nicht anders, als ihre tadellose Schlachtordnung, aber auch ihren Hochmut und ihre Todesverachtung zu bewundern.

Er brüllte »Tolosa!« und gab Amir die Sporen. Nicht nur seine eigenen Männer setzten ihm nach, die ganze Reihe der christlichen Ritter kam in Bewegung, wenn auch nicht so einheitlich geordnet wie die Templer. Hörner gellten, Lanzen senkten sich, und die Hufe von zweitausend Schlachtrössern in geballten Formationen donnerten über den Wiesengrund.

Da begann erneut das Dröhnen der feindlichen Trommeln.

Arnauts Männer reihten sich rechts und links von ihm ein,

wie sie es geübt hatten. Sie duckten sich hinter ihre Schilde, als eine dunkle Wolke auf sie zuflog. Tausende Pfeile zischten vorüber, schlugen mit scharfem Knall in die Schilde oder prallten von eisernen Helmen ab. Getroffene Gäule schrien auf, Reiter stürzten.

Und dann stießen sie in vollem Galopp in die Masse der Türken, Lanzen bohrten sich durch Lederpanzer, hoben Männer aus den Sätteln, barsten beim Aufprall in Stücke. Ein gellender Aufschrei aus unzähligen Kehlen tönte über das Schlachtfeld, Pferde wieherten schrill, Staub wirbelte hoch, und reiterlose Gäule trampelten Verwundete nieder.

Der Angriff war inzwischen in ein wirres Gewühl von Mensch und Tier übergegangen. Immer noch zischten Pfeile durch die Luft, aber nun war es ein Kampf Mann gegen Mann, bei dem die Franken in ihren schweren Rüstungen dem Feind überlegen waren. *»Christus!«*, schrien die Männer und: *»Dieu lo vult!«*

Mit blanken Klingen hieben sie im Getümmel um sich, allen voran die Templer, die tiefe, blutige Schneisen in die Masse der Feinde schnitten. Arnaut parierte den Schwerthieb eines Gegners. Kaum nahm er wahr, wie Joris Lanze sich unter dessen Achsel bohrte, als er schon dem nächsten den Kopf vom Rumpf trennte. Selbst Amir schien entfesselt, biss um sich und trampelte gefallene Türken nieder.

Und dann klangen Hörner von unerwarteter Seite. Geoffroy de Rancons Ritter erschienen in Scharen gegenüber auf der Anhöhe des Bergsattels und stürzten sich mit wehenden Bannern und gesenkten Lanzen in den Rücken der Feinde. Das war zu viel für die Türken. Die Kriegstrommeln verstummten, die Ersten rissen aus, andere folgten, und plötzlich war die ganze Masse der gegnerischen Reiter in wilder Bewegung und floh an der Schildwand vorbei in Richtung Süden, wo freies Entkommen möglich war.

Viele Ritter wollten schon mit Gejohle nachsetzen, doch sofort bliesen die Hörner die Verfolgung ab. Schwer atmend hielten die Reiter inne. Nein, diesen Fehler wollte man nicht wiederholen, denn man erinnerte sich an das Schicksal der Alemannen.

Und dann brach der Jubel los.

Die Ritter stiegen von den erschöpften Gäulen, schrien wild durcheinander, lachten und umarmten sich oder hoben die Arme gen Himmel, um Gott zu danken. Sie hatten die verfluchten Türken geschlagen. Ihr erster Sieg! Andere würden folgen. Der Herr war auf ihrer Seite. Aber als der Blick auf die Toten und Verletzten fiel, wurde es wieder still.

Arnaut war von dem Geschehen völlig benommen. Natürlich war er schon in Kämpfen gewesen, aber noch nie in diesem Umfang. Das Schlachtfeld vor seinen Augen hatte etwas Unwirkliches, wie ein Bild aus dem *infernum.* Verwundete Tiere versuchten, auf die Füße zu kommen, oder schrien zum Erbarmen. Andere herrenlose Gäule standen verloren mit zitternden Flanken und hängenden Köpfen da. Blutverschmierte Schilde und Waffen lagen im Gras, zerborstene Lanzen. Und überall, ob Christ oder Muslim, lagen Leichen in ihrem Blut oder wanden sich Verletzte mit abgeschlagenen Gliedern und aufgeschlitzten Leibern.

Schon suchten Krieger mit Schwertern in den Händen nach verwundeten Türken, die sie abstachen, wo sie sie fanden. Es hatte etwas grausam Kaltes, Unmenschliches an sich, obwohl es für die Betroffenen mit ihren schrecklichen Wunden gewiss besser war, als lange zu leiden. Alles Brauchbare wurde geplündert, ein Messer hier, ein paar Silbermünzen dort, gute Reitstiefel, ja selbst die Kleider wurden von den Gefallenen gezerrt. Und wer von den Speerkämpfern kein Schwert besaß, war nicht zu stolz, sich einen Türkensäbel in den Gürtel zu stecken.

Arnauts Hengst zerrte aufgeregt am Halfter und schnaubte unruhig. »*Calma, mon velh,* es ist vorbei.« Er strich dem Tier beruhigend über den Hals. Zum Glück war es unverletzt geblieben.

»Wir sollten uns nicht zu früh freuen«, sagte Josselin, der neben ihm aufgetaucht war und sein blutiges Schwert am Gewand eines toten Türken abwischte. »Das war kein ernster Angriff gewesen.«

»Wie meinst du?«

»Entweder hatten sie vor, uns in einen Hinterhalt zu locken, so wie sie es mit Herzog Friedrich gemacht haben, oder sie wollten nur unsere Stärke erproben.«

»Glaubst du nicht, der Widerstand unserer Speerkämpfer hat sie überrascht und aufgehalten.«

Josselin hob die Achseln und entfernte sich mit einem spöttischen Grinsen auf den Lippen, als wollte er ausdrücken, Arnaut habe noch viel zu lernen. Ärgerlich blickte der ihm nach.

»Lass dir von dem Bastard nicht die Freude über den Sieg verderben«, sagte Severin und nahm Helm und Kettenhaube ab. Für den Gesandten der Königin Melisende hatte er herzlich wenig übrig.

Arnaut sah sich nach seinen Männern um. »Verluste?«, fragte er Severin.

»Wir haben nur einen Mann verloren.«

»Wer?«

»Der lange Kerl, den wir in Arle aufgelesen haben. Hat einen Pfeil durch die Gurgel bekommen.«

Arnaut wusste, wen er meinte. Ein stiller Bursche, noch jung. Severin schien der Tod des Mannes jedoch nicht weiter zu bekümmern.

»Hast du gesehen, wie sich unser Kleiner hier geschlagen hat?« Voller Stolz zeigte er auf Jori. »Aus dem wird noch ein großer Krieger.«

»Es ging alles viel zu schnell«, murmelte Jori, noch ganz unter dem Eindruck der Schlacht. Auch er hatte sich der Kettenhaube und Lederkappe entledigt und fuhr sich erleichtert mit der Hand durch die schweißnassen Haare. Dann bemerkte er, wie Constansa sich Blut aus dem Gesicht wischte.

»Du bist doch nicht verwundet?«, fragte er besorgt.

»Ist nicht mein Blut«, antwortete sie und holte tief Luft. »Es geht mir gut. Bin nur froh, dass ich noch am Leben bin.«

»Putan«, brummte Severin mehr besorgt als alles andere. »Wenn es nach mir ginge, solltest du die verdammte Rüstung ausziehen und dich zu den Weibern im Tross scheren. Dann müssten wir nicht dauernd Angst um dich haben.«

Dass Severin heimliche Gefühle für sie hegte, war Constansa nicht entgangen. Es verwirrte sie und trieb ihr die Röte ins Gesicht. So etwas war sie nicht gewohnt.

»Das könnte dir wohl passen«, erwiderte sie deshalb patzig. »Vielleicht rette ich dir noch mal den Hintern, du Grobian. Und dann bist du froh über meine Rüstung.«

Die Umstehenden lachten über Severins langes Gesicht.

»Den Tag möchte ich erleben«, entgegnete er mürrisch. Aber dann lächelte er und fuhr ihr freundschaftlich mit der Hand durchs Haar. »Und? Hast du einen Türken erwischt?«

»Weiß nicht.«

»Hast du oder hast du nicht?«

»Ich glaub nicht«, antwortete sie verlegen.

»Jedenfalls ist dir nichts geschehen«, grinste Arnaut. »Hier, nimm einen Schluck Wein.« Er reichte ihr seinen ledernen Weinschlauch, der noch halb gefüllt war.

»Und, Severin«, sagte er zu seinem Freund. »Ab jetzt will ich, dass du ihr nicht mehr von der Seite weichst. Hast du gehört?«

»Ich brauche kein Kindermädchen«, widersprach Constansa.

»Auch du tust, was dir befohlen wird«, blaffte Arnaut sie an.

Damit drehte er sich um und machte die Runde unter seinen übrigen Männern. Einer hatte einen Pfeil in die Schulter bekommen. Dank des Panzers zum Glück nicht tief. Ein anderer blutete aus einer Schnittwunde im Gesicht, ansonsten nichts weiter als ein gequetschter Finger und ein paar Prellungen.

»Nicht schlecht für eine Feuertaufe«, meinte Ferran. »Die Jungs haben sich gut gehalten. Du kannst zufrieden mit ihnen sein.«

Die wenigen unverwundeten Seldschuken, die nicht rechtzeitig entkommen waren, wurden gefesselt und zusammengetrieben. Byzantinische Sklavenhändler, die in Hoffnung auf solche Kriegsbeute die *militia* begleiteten, würden sie übernehmen und nach Ephesus bringen.

Das war also der Feind, dachte Arnaut, als er sich die fremdartigen Männer ansah. Weite Hosen und Stiefel bis zum Knie, gesteppte, langschößige Jacken, einige besaßen lederne Panzer mit aufgenähten Eisenplättchen, und auf dem Kopf trugen sie pelzverbrämte Kappen. Die meisten waren kleiner als die Franken, aber kräftig und muskulös, dunkelhäutig mit langen, schwarzen Haaren, an den Seiten zu Zöpfen geflochten. Kräftige Schnurrbärte schien ihr Mannesstolz zu sein. Einen eingeschüchterten Eindruck machten sie nicht. Viele schienen ihre Gefangenschaft gleichmütig hinzunehmen, andere starrten trotzig und wild aus schmalen, leicht schrägen Augen auf die Ritter aus dem Westen.

»Für Söhne des Satans sehen sie eigentlich ganz menschlich aus«, sagte Arnaut.

»Hattest du Hörner und lange Schwänze erwartet?«, lachte Ferran. »Vielleicht noch einen Pferdefuß?«

»Der liebste Seldschuke ist mir ein toter Seldschuke«, sagte Severin.

Inzwischen war Bertran de Sant Gille zu ihnen herübergewandert. Braune, schweißverklebte Haare hingen ihm in die Stirn, und sein *sobrecot* war blutbesudelt. Er zog Arnaut zur Seite. Das sonst so unbekümmerte Gesicht des jungen Fürstensohns war von der Anstrengung der Schlacht gezeichnet.

Entrüstet schüttelte er den Kopf. »Wir müssen verdammt noch mal vorsichtiger werden. Wie konnte Rancon an den Türken vorbeireiten, ohne sie zu bemerken? Gottlob ist er noch im rechten Augenblick zurückgekommen. Zumindest wissen wir jetzt, dass wir sie schlagen können.« Das Letzte hatte er in grimmer Befriedigung gesagt.

»Einer aus Outremer meinte, es sei nur ein erstes Scharmützel gewesen«, wandte Arnaut ein. »Er kennt sie gut, die Seldschuken.«

»Puylaurens meinst du?«, brummte Bertran verächtlich. »Ich hab gesehen, dass du mit ihm geredet hast. Woher kennst du den Kerl?«

»Er war in Narbona. Spricht schlecht von dir und deinem Vater.«

»Wundert mich nicht. Der steckt mit Königin Melisende unter einer Decke.«

»Er ist ihr Gesandter.«

»Mehr als das, *putan*«, grinste Bertran. »Eher ihr Buhle.«

»Und was hat das mit dir zu tun?«

»Melisendes Schwester Hodierna ist mit meinem Vetter Raimon von Tripolis verheiratet. Sie glauben, dass wir unseren Erbanspruch auf die Grafschaft anmelden.«

»Und? Ist die Befürchtung berechtigt? Wird es Ärger geben? Josselin jedenfalls scheint so zu denken.«

»Wer weiß?« Bertran hob die Schultern und grinste. »Aber bis Tripolis ist noch ein langer Weg. Später sehen wir weiter.«

♦

Nichts in ihrem fünfundzwanzigjährigen Leben hätte Königin Alienor auf den Anblick vorbereiten können, der sich ihr bot, als sie das Schlachtfeld erreichte.

Als wollte der Himmel schnellstens diese Schande der Irdischen bedecken, hatte es zu schneien begonnen. Weiße Flocken taumelten herab und legten sich über eine wüste Landschaft von Tierkadavern, Waffen, zerborstenen Schilden und den nackten, ausgeplünderten Leichen der Besiegten. Über das Gelände verteilt lagen sie einzeln oder in unordentlichen Haufen, dichter dort, wo die heftigsten Kämpfe stattgefunden hatten. Auch das Leiden der vielen Verwundeten entging der Königin nicht.

»Mon Dieu«, entfuhr es ihr. Einen Augenblick lang war sie so fassungslos, dass sie, als das Pferd plötzlich scheute, beinahe aus dem Sattel gestürzt wäre. Der noch frische Geruch von Blut und Exkrementen machte das Tier panisch, und sie hatte Mühe, es zu beruhigen. Aus der vorübergehenden Erstarrung gerissen, klopfte ihr dennoch das Herz wie wild. Schließlich atmete sie tief durch und stählte sich gegen das Elend vor ihren Augen.

Auch die anderen Damen des Hofes betrachteten das Schlachtfeld in sprachlosem Horror. Immer mehr Fußvolk erreichte jetzt den Bergsattel und sammelte sich in großen Haufen am Rande des Wäldchens. Auch sie starrten mit großen Augen um sich, wenn auch nicht ohne grimme Genugtuung. Viele brüllten mit gen Himmel gereckter Faust ihre Schlachtrufe oder schlugen mit den Speeren gegen die Schilde.

Die Anführer des Heeres standen um den König geschart. Alienor sah, wie sie auf ihn einredeten. Er dagegen blieb seltsam still in ihrer Mitte, hörte zu oder nickte gelegentlich mit dem Kopf.

Sie empfand ein wenig Mitleid mit ihm, denn er war kaum älter als sie selbst, und die Führung eines so großen Heerzugs überforderte ihn, wie sie insgeheim wusste. Besonders in diesem zuchtlosen Heer, wo jeder kleine Fürst sich eher der eigenen Nase verpflichtet fühlte als dem Gemeinwohl aller. Abends, in ihrem großen Prunkzelt, war Louis von all den Entscheidungen, die er zu treffen hatte, so erschöpft, dass er kaum noch die Augen offen halten konnte. Und doch schlief er oft schlecht, fuhr mitten in der Nacht schweißgebadet aus dem Schlaf und wälzte sich bis zum Morgengrauen auf seinem Lager. Er würde es nie zugeben, aber vielleicht bedauerte er inzwischen diesen Feldzug, den Papst und Kirche ihm eingeredet hatten. Vielleicht hätte er sein frommes Gelübde einer Wallfahrt nach Jerusalem doch lieber auf friedlichere Weise erfüllt. Nein, der geborene Heerführer war er nicht. Aber er gab sich redliche Mühe.

Alienor sandte nach Geoffroy de Rancon, ihrem Vasallen aus Poitou, um sich berichten zu lassen. Ihre Landsleute aus Aquitanien stellten einen nicht unerheblichen Teil des Heeres, und Rancon war einer ihrer Favoriten.

»Ihr habt Euch an der Nase herumführen lassen, *Mossenher* de Rancon«, sagte sie ungehalten, nachdem er den Hergang geschildert hatte.

Das Siegerlächeln erstarb auf dem hübschen Gesicht des Aquitaniers.

»Es war nebelig, *Domina,* und die Wälder zu dicht für meine berittenen Kundschafter. Da war kein Durchkommen«, erwiderte er lahm.

»Außer für die Türken, wie es scheint.«

»Nun ja. Aber gesiegt haben am Ende wir.«

»In der Tat.« Sie deutete auf das Schlachtfeld. »Wir haben gesiegt. Aber zu welchem Preis?«

»Nur etwas über hundert Tote, *Domina,* und an die dreihundert oder vierhundert Verwundete. Die meisten zum Glück unter dem einfachen Fußvolk.«

»Diese Männer werden uns fehlen. Ich wünsche nicht, dass sich solche verlustreichen Siege wiederholen, *Mossenher.*«

»Nein, *Domina.*«

Sie entließ ihn mit einer Handbewegung.

Da ein weiterer Angriff nicht auszuschließen war, schwärmten Kundschafter aus, um den Spuren der Seldschuken zu folgen. Es war früher Nachmittag, und man hatte es eilig, von diesem unseligen Ort fortzukommen. Irgendwo weiter unten im Tal würde man einen Lagerplatz finden.

Und so wurde hastig, trotz des gefrorenen Bodens, ein langer Graben ausgehoben. Davor lagen die toten Christenkrieger in einer Reihe im Gras. Statt in Särgen waren sie in Planen und Decken gehüllt, auf denen sich schon eine dünne Schneeschicht gebildet hatte, während Bischof Godefroy de Langres die Totenmesse hielt, ein kleiner, hagerer Mann mit einer für seine Größe kraftvollen Stimme und durchdringenden Augen. Die Königin erinnerte sich, dass er von jeher neben Clairvaux einer der Eifrigsten gewesen war, auf dieses gewagte Unternehmen zu drängen. Sie hatten mit der tiefen Frömmigkeit des Königs gespielt ebenso wie mit seinen Schuldgefühlen wegen des Massakers an Unschuldigen in der Champagne vor fünf Jahren, bei dem er die Bewohner eines Ortes in ihrer Kirche hatte einschließen und verbrennen lassen.

Der Bischof hörte nicht auf, die Toten als Märtyrer zu verklären. An Christus' Seite säßen sie nun und würden für das heilige Opfer, das sie auf sich genommen hatten, für immer in aller Herzen bleiben. Nur noch eines sei süßer, als die Feinde Gottes zu töten, nämlich das eigene Leben für Christus hinzugeben.

Die Leichen wurden nebeneinander in die lange Grube gebettet, und der Bischof segnete sie. Wie sie dort so eng beieinanderlagen, sah es fast aus, als stünden sie erneut in der Schildwand, diesmal für die Ewigkeit. Dann wurde der Graben zugeschaufelt, Hörner bliesen zum Aufbruch, der Marsch wurde fortgesetzt. Die toten Seldschuken ließ man unbestattet zurück. Der Schnee würde sie zudecken.

Ein Zeichen des Himmels

Fraire Aimar ritt weit hinten im Tross, unter den Pilgern, Knechten und Frauen der *militia.* Und den Verwundeten. Sein wertvolles Reitpferd, ein Geschenk von *Senher* Jaufré, hatte kurz vor Ephesus zu lahmen begonnen. Es war ihm nichts anderes übriggeblieben, als es schweren Herzens bei einem Händler gegen eine gewöhnliche Maultierstute einzutauschen. Ein wirklich schlechtes Geschäft, allein aus der Not geboren.

Inzwischen jedoch hatte er sich an das Viech gewöhnt. Ein gutmütiges Tier, ausdauernd, trittsicher und genügsam. Auch nicht so launisch oder schreckhaft wie ein Pferd, die Hufe härter und weniger empfindlich. Eigentlich, wenn man es recht bedachte, war ein Maultier das Beste für die bergigen und steinigen Pfade dieses Landes. Der komische helle Fleck auf seiner Stirn erinnerte ihn an eine Blüte, und so hatte er die Stute Flora getauft. Nein, am Ende war er sehr zufrieden mit seinem Tausch.

Von der Schlacht selbst hatte er nichts gesehen, nur die Toten und die Verwundeten, die das Gemetzel hinterlassen hatte. Natürlich war er sich beim Aufbruch in Narbona der Gefahren einer solchen Reise bewusst gewesen, aber der rohen Gewalt des Krieges so unmittelbar ins Antlitz zu blicken, das hatte ihn doch mit ungeahnter Wucht getroffen.

Wie benommen war er Elena zur Seite geeilt, um den Verletzten Hilfe zu leisten, Pfeile aus blutendem Fleisch zu ziehen, Wunden zu säubern und blutstillende Verbände anzulegen, Schultern einzurenken und Brüche zu schienen. Eine ganz neue Erfahrung für einen Bücherwurm wie ihn.

Bei den Schwerverwundeten war die Hoffnung gering, dass sie länger als ein paar Tage überleben würden, aber man konnte versuchen, ihr Leiden ein wenig zu lindern. Oft genügte es schon, Menschen an der Schwelle des Todes die Beichte abzunehmen, um ihnen Frieden zu schenken. *Te absolvo.* Zwei kleine Worte, und doch so mächtig.

Elena verlangte für ihre Dienste kein Geld, aber sie verweigerte sich auch nicht, wenn Männer sich großzügig zeigten. Besonders die Todgeweihten verschenkten für ein Gebet und ein wenig menschliche Wärme gern ihr Letztes, dessen sie ohnehin nicht mehr bedurften.

»Was hat dich eigentlich bewogen, auf diesen Pilgerzug zu gehen«, fragte er sie, die neben ihm herstapfte.

Es schneite immer noch, obwohl der Schnee immer nasser und der Weg immer schlammiger wurde, je weiter sie von den Höhen herabstiegen.

»Na, warum geht man denn auf eine Pilgerreise, eh?«

Aimar lachte. »Nun sag schon, denn für besonders fromm halte ich dich nicht.«

»Ach! Und warum nicht?« Etwas Schelmisches funkelte in ihren Augen. »Und was ist mit dir? Du machst mir nämlich auch nichts vor, Mönchlein. Du bist nicht wie die anderen Pfaffen. Obwohl du einen Haufen Bücher mit dir herumschleppst.«

»Ah. Ich sehe, du hast meine Schwäche erkannt«, grinste er. »Ja, mich treibt die ewige Neugierde. Deshalb lese ich und deshalb reise ich.«

»Was findest du denn in deinen Büchern?«

»Die Weisheiten großer Männer. Es hilft, die Welt zu verstehen und die Natur des Menschen.«

»Dazu braucht man keine Bücher«, sagte sie. »Hier um uns herum pulst das Leben. Du musst nur die Augen aufmachen.«

»Ja, ich fange an, das zu begreifen. Vielleicht bin ich deshalb auf dieser Wallfahrt.«

»Und *Senher* Arnaut?«

Sie warf ihm einen verstohlenen Blick zu. *Fraire* Aimar

merkte wohl, dass die Frage nicht von ungefähr gekommen war. Elena war sehr bemüht um Arnauts Wohlergehen. Er bekam immer das beste Stück Fleisch aus ihrer Hand. Sie hielt sein Zelt sauber und kümmerte sich um seine Kleidung. Und wenn er mit ihr sprach, verwandelte sich ihr Gesicht, so dass man sie fast hätte schön nennen können. Allerdings schien Arnaut wenig davon zu bemerken.

»Ich glaube«, meinte Aimar, »er weiß es selber nicht so genau. Angeblich sucht er Vergebung für seine Sünden. Enttäuschte Liebe spielt da auch eine Rolle. Und das Abenteuer.«

»Wer so einen Mann gehen lässt, muss verrückt sein«, sagte sie und seufzte bedauernd.

»Was zwischen zwei Liebenden vorgeht, weiß Gott allein.«

Elena nickte. »Die verfluchte Liebe. Ihretwegen bin ich auch hier gelandet.«

»Und wo ist der Glückliche?«

»Der blöde Kerl ist gestorben. Schon auf der Herreise. Hat sich bei einer Prügelei den Schädel einschlagen lassen.«

»Das tut mir leid.«

»Ich bin drüber weg.« Sie zuckte mit den Schultern. »Ja, und so versuche ich, mich durchzuschlagen. Wo soll ich sonst hin?«

Sie wanderten schweigend weiter, Aimar auf seinem Maultier und Elena mit ihrem Bündel auf dem Rücken. Er dachte über ihre Worte nach. Auch sie war also nur eine der vielen verlorenen Seelen auf dieser Wallfahrt. Denn wer etwas hatte, das sich lohnte festzuhalten, der blieb zu Hause, der trieb sich nicht am anderen Ende der Welt herum. Sind wir denn alle nur Suchende?, fragte er sich. Und was gibt es überhaupt zu finden?

»Sag mal«, er wies mit dem Kopf auf eine junge Magd, die ihnen auf Schritt und Tritt folgte, »wen hast du denn da aufgelesen?«

»Ach, die«, erwiderte Elena, ohne sich umzusehen. »Die hat heute ihren Kerl verloren. War einer von den Speerkämpfern. Sie wird mir helfen, unsere Truppe zu versorgen. Alleine schaffe ich das nicht. Und Lois Bernat ist ja auch keine große Hilfe. Der muss sich schon um die Pferde kümmern.«

»Wie heißt sie?«

»Joana.«

Verstohlen blickte er sich zu dem jungen Weib um. Das Gesicht unter ihrer wollenen Haube war ernst, fast mürrisch. Hübsch war sie dennoch, und trotz der Decken, die sie gegen die Kälte um sich geschlungen hatte, war etwas Sinnliches in ihren Bewegungen. Er hatte schon bemerkt, dass Männer ihr Blicke zuwarfen, die sie nicht scheute, dreist zu erwidern.

»Wie eine Dienstmagd sieht sie aber nicht aus.« Er zwinkerte Elena zu.

»So, und woher weiß unser Herr Mönch das? Hat er etwa Erfahrung in so was?«

»Ich weiß nicht, was du vorhast, Elena, aber Arnaut wird es vielleicht nicht mögen.«

»Wie das Mädel ihr Auskommen verdient, geht niemand etwas an. Joana bleibt unter meinem Schutz und *basta!*«

»Nun gut. Aber nicht, dass du nachher sagst, ich hätte dich nicht gewarnt«, erwiderte er.

Gegen Abend, der Himmel hatte sich ein wenig geklärt, erreichten sie das ebene Tal, und an einem Zufluss des Mäander wurde das Lager errichtet. Nach und nach trafen die Kundschafter ein. Die Seldschuken seien in großer Eile nach Osten gezogen, hieß es. Zumindest in den nächsten Tagen sei nicht mit ihnen zu rechnen.

Der Boden war nass, das feuchte Holz qualmte zum Erbarmen, aber von den verendeten Pferden auf dem Schlachtfeld hatte man genug Fleisch gerettet, um die mageren Rationen für ein paar Tage aufzubessern. Jedem war klar, dass der Feind noch nicht besiegt war, dennoch war die Stimmung ausnehmend gut.

Trotz der Versorgungsknappheit gab es Wein in ausreichenden Mengen. Und so redeten die Männer über Sieg und Tod, über ihre Liebsten daheim, sangen und betranken sich ausgiebig. Und wie jeder weiß, je sterblicher der Mensch sich fühlt, umso dringender sein Bedürfnis zu kopulieren. Was den Lagerhuren reichlich zugutekam. Joana betrieb ihr Geschäft ebenfalls, wenn auch heimlich, damit Arnaut nichts davon merken sollte.

Sänger machten die Runde und wurden, wo immer sie auftauchten, begeistert empfangen. Harte Krieger, Mörder und Totschläger, Huren und Spitzbuben, sie alle glaubten an ihre Sendung für Gott. Und so stimmten sie das beliebte Lied an, das die *militia christi* schon seit der Heimat begleitete und dessen Verse an diesem Tag eine neue, besondere Bedeutung angenommen hatten.

Chevalier, mult estes guariz,
Quant Deu a vus fait sa clamur
Des Tors e des Amoroviz,
Ki li unt fait tels deshenors
Cher a tor unt ses flieuz saisiz;
Bien en devums aveir dolur.
Cher la fud Deu primes servi.

O Ritter, seid der Erlösung gewiss,
Wenn Gott nach euch ruft
Gegen Türken und Almoraviden zu ziehen,
Die solch Schande ihm angetan
Und zu Unrecht Sein Heilig Land geraubt;
Worüber uns tiefer Schmerz erfasst,
Denn dort als Erstes ward Er verehrt.

An dieser Stelle setzten dann hundert rauhe Kehlen ein, um immer wieder den Kehrreim zu singen:

Ki ore urat of Loovis
Ja mar d'enfern avrat pouur,
Char s'alme et iert en pareis
Od les angles nostre Segnor.

Wer mit Louis gen Osten zieht
Muss die Hölle nicht fürchten;
Denn seine Seele schwebt ins Paradies
Zu den Engeln unseres Herrn.

Zu den Engeln ins Paradies.

Bruder Aimar hatte nicht mitgesungen. Das Lied klang ihm fast wie Hohn in den Ohren. Kurz trafen sich seine und Arnauts Blicke über den züngelnden Flammen des Lagerfeuers. Ich habe ihn gar nicht gefragt, wie er selbst die Schlacht empfunden hat, dachte der Mönch. Aber Arnaut war ein Kerl aus einem Stück. Wahrscheinlich prallte das alles an ihm ab. Schließlich war er Krieger.

Noch zwei Tage verweilten sie an diesem Ort, um sich von der Schlacht zu erholen und die Verwundeten zu pflegen. Griechische Flüchtlinge erreichten das Lager und erzählten von Plünderungen und brutalen Übergriffen der Seldschuken. Viele der Bauern seien in die Berge geflohen, mitsamt Vieh und allem, was sie tragen konnten, um es vor dem Feind zu retten. Das erklärte, warum die fränkischen Reiter von ihren Streifzügen immer öfter mit leeren Händen zurückkehrten.

Zufällig traf Arnaut auf Josselin, der vom Zelt des Königs kam, wo er wegen seiner Kenntnisse über Outremer bei manchen Beratungen gefragt war. Bei seinem Anblick erinnerte Arnaut sich plötzlich an die hübsche Sarazenin und erkundigte sich nach ihr und dem Fortschritt ihrer Schwangerschaft.

»Die Niederkunft ist bald zu erwarten«, sagte Josselin, etwas befremdet über die Nachfrage.

Arnaut selbst war nun auch verlegen geworden. Für gewöhnlich sprachen Männer nicht über solche Dinge.

»Wer hilft ihr bei der Geburt?«, fragte er dennoch.

»Keine Ahnung«, erwiderte Josselin kühl. »Das ist doch Weiberkram. Irgendwie kommen die Bälger schon raus, oder?«

»Ich kann ihr jemanden schicken.«

Josselin zuckte gleichmütig mit den Schultern. »Wie du meinst.« Ein kurzes Kopfnicken, dann eilte er seines Weges.

Mit Schamröte im Gesicht sah Arnaut ihm nach. Was hatte ihn nur dazu getrieben, nach der Frau zu fragen? Es ging ihn doch gar nichts an. Wahrscheinlich, weil ihm sein verlorenes Kind noch immer im Kopf herumspukte. Ja, die Muslima hatte ihn an Ermengardas Schwangerschaft erinnert. Der Schmerz saß nach wie vor tief. Wie es wohl ausgesehen hätte, sein Kind?

Er fand Elena mit Lois Bernat beim Lagerfeuer, wo sie mit einem von den Trossknechten um ein paar Zelte und ein Maultier feilschten. »Die Kerle wollen sich schamlos am Gut der Verstorbenen bereichern«, sagte sie entrüstet. »Na ja, aber am Ende hat er mir trotzdem einen vernünftigen Preis gemacht.«

»Willst du nicht mehr bei Constansa schlafen?«, fragte Arnaut erstaunt.

Sie hob ihr Kinn. »Eine Frau wie ich braucht ihr eigenes Zelt. Und Joana muss ja auch irgendwo schlafen.«

Arnaut sah kurz zu der neuen Magd hinüber, die damit beschäftigt war, Feuerholz zu zerkleinern.

»Aber das Maultier hättest du dir sparen können«, sagte er. »Für zwei kleine Zelte hätten wir noch Platz auf einem der Packtiere gefunden.«

»Ich brauche das Tier für meine Tauschwaren.«

»Tauschwaren?«

»Lois Bernat und ich sind jetzt Geschäftspartner. Er besorgt die Sachen, und ich verkaufe sie.«

Arnaut hob erstaunt die Brauen. Dann blickte er Lois Bernat streng ins Gesicht. »Du hast genug mit den Gäulen zu tun.«

»Keine Sorge, Herr«, beschwichtigte der Junge ihn. »Meine Arbeit werde ich nicht vernachlässigen.«

»Und kein Diebesgut, hörst du? Sonst zieh ich dir das Fell über die Ohren.«

»Nein, Herr. Ich schwöre es.«

»Und du, Elena? Wie bist du plötzlich so reich geworden?«

»Na, das weißt du doch. Ich kümmere mich um die Kranken und Verwundeten.« Sie schürzte vorwurfsvoll die Lippen. »Die sind wenigstens dankbar, wenn man etwas für sie tut. Im Gegensatz zu manch anderen.«

Arnaut wusste nicht recht, was sie mit der letzten Bemerkung gemeint hatte, aber er beschloss, nicht darauf einzugehen. Bei Elena zog man leicht den Kürzeren. »Ich brauche deine Hilfe als Hebamme«, sagte er stattdessen. »Es wird sich gewiss für dich lohnen.«

»Du hast doch nicht etwa jemanden geschwängert?«, stieß sie in gespieltem Entsetzen hervor und lachte gleich darauf über sein verdutztes Gesicht.

Aber als seine Miene sich verdunkelte, tat ihr die Bemerkung leid, auch wenn sie nicht wusste, warum er nicht mit ihr darüber lachen konnte. Offensichtlich hatten ihn die Worte auf eine ihr unverständliche Weise getroffen. Sie berührte sanft seinen Arm.

»*Escusa me*, Arnaut. Nur ein dummer Scherz.«

»Schon gut, Elena.« Er sah einen Augenblick gedankenverloren in die Ferne, dann wandte er sich ihr wieder zu. »Ich möchte, dass du zu *Senher* Josselins Zelt gehst. Jori wird es dir zeigen. Er hat eine sarazenische Sklavin, die ihm teuer ist und die bald ihr Kind erwartet. Ich möchte sichergehen, dass sich jemand um sie kümmert, dass sie alles gut übersteht. Biete also deine Hilfe an.«

»Ich werde mein Bestes tun.«

»Und dies ist für dich.«

Er drückte ihr einen *solido* in die Hand, ein byzantinisches Goldstück. Elena machte große Augen.

»*Verges Maria.* Womit hab ich denn das verdient?«

»Es sind eben nicht alle so undankbar, wie du behauptest«, sagte er mit einem Augenzwinkern und ließ sie stehen.

♦

Am nächsten Morgen wurden weitere der Verwundeten begraben, die über Nacht gestorben waren. Es sollten nicht die Letzten sein. Danach zogen sie weiter.

In der weiten, von Bergen umgebenen Ebene wand sich der Mäander in unzähligen Schleifen dahin. Das Land war fruchtbar und grün, trotz der Jahreszeit. Oliven und Feigenhaine, Wiesen und Felder reihten sich aneinander, unterbrochen nur von Bächen, Hecken und kleineren Gehölzen. Im Frühjahr musste dieser Landstrich ein wahres Paradies sein.

Doch die meisten der Gehöfte standen verlassen, ihre Bewohner waren geflohen. Es war fast unheimlich, durch diese bewirtschaftete und doch menschenleere Landschaft zu marschieren.

Zum Glück fand sich in den Scheunen noch etwas Heu für die Tiere und gelegentlich auch zurückgelassene Vorräte von Weizen, Bohnen, Wintergemüse oder Wein. Seltener trafen sie lebendes Vieh an, eher hastig ausgeweidete Tierkadaver, die die Seldschuken zurückgelassen hatten. Häufig auch mit Exkrementen entweihte oder niedergebrannte Dorfkirchen, von Hufen zertrampelte Gärten, Spuren von hastigen Plünderungen und Leichen von Männern, Frauen und Kindern. Was man ihnen Entwürdigendes angetan hatte, war nur zu offensichtlich. Die griechischen Führer, die das Heer begleiteten, weinten bei diesem Anblick, und in den Herzen der Franken steigerte sich der Hass.

Mit jedem Tag, den sie weiter nach Osten zogen, traten die Berge näher an den sich windenden Fluss heran und verengten das Tal. Da weitere Hinterhalte zu befürchten waren, wurde jedes Waldstück und jedes Nebental von vorauseilenden Reitern durchkämmt. Die zu oft ergebnislose Nahrungssuche nahm viel Zeit in Anspruch, so dass das Heer nur langsam vorankam.

Auch Arnaut und seine Gefährten durchstreiften unentwegt die Gegend. An einem sonnigen Nachmittag waren sie einem Bach bis weit in ein schmales Tal gefolgt, das nach Norden zu stetig anstieg. Auf einer Handvoll Höfen war nicht mehr zu finden gewesen als eingelagerte Äpfel, ein paar Säcke Rüben und einige Amphoren sauren Weines. Von den Bauern nichts zu sehen. Nach den Spuren zu urteilen, waren die Seldschuken wie sooft vor ihnen hier gewesen. Wie lange das her sein mochte, ließ sich auf dem trockenen Boden nicht erkennen, denn es hatte seit Tagen nicht mehr geschneit oder geregnet.

Das Wenige an Nahrung luden sie auf die mitgeführten Packtiere und ritten weiter. Immer dichter drängte der Wald sich an den Weg heran, und seit einer Weile hatten sie keine Äcker mehr angetroffen.

»Wir vergeuden unsere Zeit«, sagte Severin. »Lasst uns umkehren.«

Doch Arnaut bestand darauf, den Pfad noch ein Stück weiter zu erkunden. Krähen flogen auf, als sie sich einer Wegbiegung näherten. Ansonsten war es totenstill. Kein Lüftchen regte sich. Auf den Höhen waren die Baumwipfel immer noch weiß bestäubt, in den dunklen Tiefen des Waldes wucherte undurchdringliches Gestrüpp.

Als sie um die Biegung kamen, erblickten sie auf einer Anhöhe eine einfache, aus Feldsteinen errichtete Hütte. Ringsum eine kleine Lichtung und etwas, das wie ein Gemüsegarten aussah. Eine dünne Rauchsäule stieg über dem Dach in den blauen Winterhimmel.

»Da ist jemand«, sagte Constansa.

»Wer soll da schon sein«, meinte Severin. »Ein Hirte höchstens. Lassen wir ihm seine armseligen Vorräte. Es wird Zeit, dass wir umkehren.«

»Wer auch immer da oben wohnt, wir sollten sie befragen«, wandte Constansa ein. »Vielleicht haben sie etwas gesehen.« Sie blickte zu Arnaut hinüber. »Ich kann mit Alexis hinaufreiten, wenn du erlaubst.«

Alexis war ihr griechischer Begleiter. Ein lustiger Geselle und einer von den jungen Männern, die für ein wenig Silber dem Heer als Führer und Übersetzer dienten. Alexis war Klosterschüler und sprach Latein. Jedenfalls genug, um sich zu verständigen.

»Also gut«, stimmte Arnaut zu.

Doch Severin fühlte sich unwohl dabei, ohne zu wissen, warum. »Jori soll mit ihnen reiten.«

Arnaut nickte. »Aber beeilt euch, damit wir vor Einbruch der Dunkelheit zurück im Lager sind.«

Die drei trabten den schmalen Pfad zur Hütte hinauf. Seltsam, dass niemand ihnen entgegentrat. Auch kein Hofhund schlug an. Vielleicht war der Ort ja doch verlassen.

Vor der Hütte saßen sie ab und banden die Pferde an das Gatter einer leeren Schafhürde und blickten sich um. Außer ein paar Hühnern war niemand zu sehen. Jori hängte seinen Schild an den Sattelknauf. An der Hüttenwand war Feuerholz aufgestapelt. Sie betraten den Innenhof, der auf der anderen Seite durch einen baufälligen Viehstall begrenzt war. Neben einer leeren Heuraufe stand eine magere Ziege und starrte sie vorwurfsvoll an. Hinter dem Stall nur Wald und Gebüsch.

Constansa, die ihren Schild immer noch von der Schulter hängen hatte, ging voran, dann Jori, als Letzter der Grieche Alexis, der sich unsicher umsah.

Und dann bemerkten sie eine reglose Gestalt am Boden, vor der niedrigen Hüttentür. Eine weißhaarige Alte. Sie lag auf dem Bauch, das Gesicht im Dreck, glasige Augen, ein Arm kraftlos ausgestreckt, der andere wie ein letzter Versuch, sich aufzustützen. Unter den dürren Greisenschultern war Blut in die Erde gesickert.

»Verges Maria!«, rief Constansa. »Hört das nie auf?«

Jori näherte sich der Leiche und drehte sie auf den Rücken. Man hatte der Frau die Kehle durchgeschnitten. Und dann sahen es beide zur gleichen Zeit …

»Das Blut ist noch frisch, *putan*«, murmelte Jori und richtete sich hastig auf, denn das konnte nur eines bedeuten.

Im selben Augenblick zischten Pfeile aus den Büschen hinter dem Stall. Einer durchschlug den Hals des jungen Griechen, ein zweiter bohrte sich in Joris Rücken, und ein dritter war für Constansa bestimmt, doch die hatte ihren Schild schon hochgerissen. Mit hohlem Knall bohrte sich die Spitze ins eisenbeschlagene Holz.

Starr vor Schreck zog sie ihr Schwert und machte sich ganz klein hinter dem langen Schild, um keine Blöße zu bieten. Über den Schildrand hinweg starrte sie auf die Sträucher, aus denen die Pfeile gekommen waren. Ein paar Blätter bewegten sich noch, sonst nichts weiter. Constansa wagte einen schnellen Blick hinter sich.

Der Grieche lag am Boden, die Hände um den Pfeil gekrallt, und würgte gurgelnd an seinem eigenen Blut, das aus der zerfetzten Schlagader quoll. Dabei traten ihm vor Entsetzen die Augen aus den Höhlen. Jori wankte benommen und versuchte vergeblich, den Pfeilschaft in seinem Rücken zu erreichen.

»Schnell, stell dich hinter mich«, brüllte sie ihm über die Schulter zu. Sie hatte keine Gelegenheit, noch einmal nach ihm zu schauen, denn schon fuhr ein weiterer Pfeil mit Wucht in den Schild, ein anderer streifte ihren Helm. Doch dann hörte sie erleichtert Joris Atem hinter sich und das unverkennbare Geräusch, als er das Schwert aus der Scheide zog.

»Merda!«, fluchte sie. »Wir sitzen in der Falle. Wie schlimm bist du getroffen?«

»Weiß nicht«, keuchte er. »Ich spür wenig.«

»Spuckst du Blut?«

»Glaub nicht.«

Der junge Grieche war röchelnd zur Seite gesunken, das Gesicht blau angelaufen, die Lungen voller Blut. Tiefer im Wald hörte man ein Pferd wiehern. Dort hatten sie also ihre Reittiere versteckt.

»Kommt her, ihr Scheißkerle, und zeigt euch!«, schrie sie, mehr um ihr eigenes, wildes Herzklopfen zu übertönen.

Sie spürte, wie Jori sie vorsichtig am Schwertgürtel packte und sanft nach hinten zog. »Du deckst uns, und ich führe uns vom Hof runter«, raunte er.

»Verstanden.«

Constansa machte einen vorsichtigen Schritt rückwärts und noch einen. Pfeile zischten ihnen um die Ohren oder bohrten sich in den Schild. Langsam, wie eine zweiköpfige Schildkröte, bewegten sie sich auf die Ecke der Hütte und den Holzstapel zu. Dahinter würden sie sich verschanzen können oder mit Glück unbehelligt bis zu den Pferden gelangen.

Aber so leicht wollten die Seldschuken sie nicht gehen lassen. Mit Gebrüll brachen sie aus ihrem Versteck. Sie waren zu viert, und obwohl sie nur leicht bewaffnet waren, schienen sie sich sicher zu fühlen. Ihre Bogen hatten sie zurückgelassen. Zwei von ihnen preschten vor und schwangen lange Reitersäbel. Ein dritter versuchte, sie zu umgehen und von der Seite anzugreifen.

Jori hatte die Schwerthand gewechselt und tastete mit der Rechten nach einem Holzscheit.

»Links!«, brüllte er Constansa ins Ohr und warf das Scheit mit voller Wucht einem der Türken an den Kopf.

Constansa sprang vor und rammte dem überraschten Kerl auf ihrer Linken das Schwert durch den Leib. Jori deckte derweil ihre rechte Seite, während sie dem Mann vor den Bauch trat und mit einem Ruck das Schwert aus seinem Fleisch befreite. Dann schloss sie zu Jori auf, der gerade einen Hieb parierte, und fing den Säbelhieb eines anderen mit dem Schild ab, während Jori dem Mann den Schädel spaltete.

Die beiden verbliebenen Gegner wichen zurück. Doch bevor sie fliehen konnten, wimmelte der Hof plötzlich von Arnauts Männern. Severin auf seinem Gaul schnitt den beiden Seldschuken den Weg ab, andere sprangen von den Pferden und entwaffneten sie.

Constansa ließ den pfeilbespickten Schild fahren.

»Gott sei gelobt. Das war knapp«, rief sie und holte tief Luft.

Severin war mit einem Satz aus dem Sattel und rannte zu ihr. »Bist du verwundet?«

»Ich nicht. Aber Jori hat einen Pfeil abbekommen.«

Severin starrte sie an, als sähe er sie zum ersten Mal. Dann schlang er seine Arme um sie und drückte sie so fest an sich, dass ihr die Luft ausging.

»He!«, schnappte sie. »Was soll das?«

Statt zu antworten, küsste er sie wild auf den Mund.

Sie stieß ihn heftig von sich. »Bist du verrückt geworden?«, rief sie entrüstet.

»Verrückt vor Liebe«, feixte Ferran. »Hast du das noch nicht gemerkt?«

Severin stand da und grinste verlegen.

Constansa aber war blutrot angelaufen. »Das gibt dir kein Recht …«, fauchte sie, aber sprach den Satz nicht zu Ende, als sie die belustigten Blicke der anderen bemerkte. »Hört auf, so dämlich zu grinsen, und kümmert euch lieber um Jori«, stieß sie wütend hervor.

Es stellte sich heraus, dass dessen Wunde weniger schlimm war als vermutet. Kettenpanzer und Wams hatten die Wucht des Pfeils gebremst, und das Schulterblatt hatte die Spitze endgültig aufgehalten.

»Hör mit dem Gejammer auf«, sagte Severin, nachdem sie den Pfeil entfernt hatten. »In einer Woche ist das vergessen.«

Die beiden Gefangenen wurden gefesselt und auf ein Pferd gebunden. Im Lager würde man sie ausquetschen.

»Was machen wir mit dem da?«, fragte Severin und zeigte auf den Türken mit der tödlichen Bauchwunde, der stöhnend im Gras lag.

Ohne ein Wort holte Ferran mit dem Schwert aus, und das Stöhnen hatte ein Ende. Überrascht sah Severin ihn an, aber Ferran zuckte nur mit den Schultern.

»Ich bin sicher, die Kerle sind Kundschafter«, sagte er. »Ihr Heer muss in der Nähe sein. Besser, wir reiten eiligst zurück und berichten.«

Constansa war immer noch wütend über Severins Benehmen. Hatte er keine Achtung vor ihr? Schließlich hatte sie sich jahrelang gegen ihre Halunken von Brüdern verteidigt und hart gekämpft, den Respekt von Männern zu erringen.

»Auf ein Wort, Severin«, sagte sie und zog ihn zur Seite. »Was hast du dir eigentlich dabei gedacht, vorhin?«

»Ich war einfach froh, dass dir nichts geschehen ist.«

»Würdest du das tun, wenn ich eine Dame bei Hofe wäre?«

»Nun …«

»Man küsst keine Frau ungefragt. Und dann auch noch vor aller Welt. Ich bin nicht eine von deinen Lagerfotzen, merk dir das.«

»Aber Constansa …«

»Wir sind *companhs,* gute Kameraden. Wir kämpfen zusammen. Aber dein Weibchen bin ich nicht. Ist das klar?«

Er nickte verlegen. »Ich werd's mir merken.«

♦

Auch andere Reitereinheiten hatten Feinde gesichtet, doch außer Arnauts Truppe war es niemandem gelungen, Gefangene zu machen. Er hielt es für besser, sie bei den Templern abzuliefern. Der Großmeister würde wissen, wie mit ihnen zu verfahren sei.

»Wo habt ihr sie gefunden?«, fragte Everard des Barres.

Arnaut überließ es Constansa, die Einzelheiten zu erläutern, schließlich war man dank ihr auf die Seldschuken gestoßen. Der Großmeister hörte aufmerksam zu und nickte beifällig.

»Ich gebe zu, ich hätte das keinem Weib zugetraut«, sagte er und konnte ein Schmunzeln nicht verbergen. »Aber offensichtlich habt Ihr Euch gut geschlagen, *Domna* Constansa, und dazu noch Eurem Kameraden das Leben gerettet.« Er drehte sich zu den anderen Tempelrittern um. »Erstaunlich, nicht wahr?«

»Abominabilis«, murmelte Étienne de Bernay und starrte Constansa feindselig an. Auch andere der Tempelritter betrachteten sie mit Befremdung.

»Was findet Ihr abscheulich, Bruder Étienne?«, fragte der Großmeister.

De Bernay, der sich keine Blöße geben wollte, löste seinen Blick von Constansa und wandte sich dem Ordensmeister zu. »Ich rede von dieser abscheulichen Satansbrut, den Türken, *Grand Maître.* Anscheinend haben sie noch nicht genug. Wir müssen auf einen weiteren Angriff vorbereitet sein.«

»Ganz recht«, nickte Everard. »Aber ich frage mich, wo.«

Damit wandten sich die Templer einer Karte zu, die ihnen von den Griechen überlassen worden war, und waren bald so im Gespräch vertieft, dass Arnaut und seine Gefährten sich überflüssig vorkamen. Daher verließen sie das Zelt der Ordensbrüder.

Wenig später, die Männer saßen am Lagerfeuer und schlangen ihr spärliches Abendmahl herunter, gellten schrille, unmenschliche Schreie durch die Nacht. Andere Geräusche verstummten. Es schien, als ob das ganze Lager den Atem anhielt und lauschte.

»Was zum Teufel ist das?«, fragte Jori erschrocken.

»Das Verhör der Gefangenen«, sagte Ferran. »Freiwillig reden die doch nicht.«

Constansa sah ihn erschrocken an. Plötzlich konnte sie nicht mehr essen. Diesen Männern hatte sie Auge in Auge gegenübergestanden. Es waren Feinde, ja. Aber sie kämpften tapfer. Sie nun wie Tiere zu quälen, ihr Fleisch zu martern … Wie war das mit dem freundlichen Gebaren des Großmeisters in Einklang zu bringen? Sie nahm einen tiefen Schluck Wein und versuchte, das Grauen abzuschütteln, das die Schreie der Gefangenen in ihr verursachte.

»Die Türken werden uns den Weg abschneiden wollen«, meinte Bertran Sant Gille nach einer Weile. »Dabei gibt es nur diese eine Straße nach Laodikeia, hier am Fluss entlang. Ich wette, irgendwo, an geeigneter Stelle, werden sie über uns herfallen.«

»Warum müssen wir unbedingt bis nach Laodikeia ziehen?«, wollte *Fraire* Aimar wissen. »Nicht weit von hier gibt es eine Brücke über den Mäander, hab ich mir sagen lassen, die bereits westlich der Kadmusberge nach Attalia führt. Vielleicht können wir so den Feind vermeiden und gewinnen noch Zeit dabei.«

»Du vergisst, wir brauchen Futter und Proviant, ehe wir uns über die Berge wagen.«

»Ich gebe zu, ich verstehe nichts von diesen Dingen«, sagte Aimar. »Der König wird es wohl am besten wissen.«

Nicht nur Constansa sprach dem Wein zu. Würfelspiel und Trinken sind zwei Laster, von denen der Soldat nicht lassen kann. Hunger, Entbehrungen, frostige Nächte und lange Märsche nimmt er ohne Murren auf sich, solange er zu saufen hat. Besonders an Abenden, wenn man es in den Knochen spürt, dass Kampf und Tod nicht mehr weit sind, und man sich fragt, ob man den nächsten Abend noch erleben wird. Dann ist das selige Vergessen, das der alte Weingott Bacchus bietet, wahrlich ein Geschenk des Himmels.

Ein Sänger gesellte sich zu ihnen, und wie um das Geheul der gemarterten Türken zu übertönen, grölten sie die beliebten Lieder, lustige, kämpferische und auch zotige. Unter

Arnauts Männern war ein junger Bursche mit einer klangvollen, hellen Stimme, Esteban hieß er. Er wechselte sich mit dem Sänger ab, und wenn der Kehrreim kam, fiel die ganze Runde ein.

Als die Feuer langsam niederbrannten, wurde es still im Lager. Auch von den Gefangenen war nichts mehr zu hören. Nun stimmte der *trobador* besinnlichere Weisen an, über Abschiedsschmerz und Trennung, über des armen Ritters Herz, das er blutend bei der Liebsten lässt, der in Erfüllung seiner Ritterpflicht, und um dem Schöpfer beizustehen, ins ferne Syrien zieht, auf dass er Ehr und Himmelreich gewönne und bei der Heimkehr auch die Liebe seines Herzens.

Später in seinem Zelt konnte Arnaut nicht schlafen. Die Worte des Liedes hatten sich in sein Hirn gegraben und ließen ihn nicht los. Monate und Monate waren sie marschiert, Tag für Tag, Woche für Woche, ein halbes Leben lang, so kam es ihm jetzt vor, durch Sommerhitze und Winterkälte, durch endlose Landschaften, eine fremder als die andere. War er verdammt, für immer durch die Welt zu irren? War es überhaupt richtig gewesen, Ermengarda zu verlassen, oder doch ein Fehler? Und würde er morgen vielleicht sterben? Und wem hätte sein Tod dann genützt?

♦

Nach der Folter, die wenig an neuen Erkenntnissen gebracht hatte, waren die beiden Seldschuken gezwungen worden, »auf dem einbeinigen Ross zu reiten«, wie man das Pfählen im Volksmund nennt. Ein abgerundeter Pfahl wird mit Fett eingeschmiert und einen Fuß tief in den Mastdarm eingeführt, dann mitsamt dem Verurteilten aufgerichtet und in den Boden gepflanzt, wobei das eigene Gewicht den Pfahl langsam und über Stunden durch den Leib zwängt und den Menschen qualvoll verenden lässt.

Das waren die Schreie gewesen, die noch lange in Constansas Seele nachgehallt und sie bis in ihre Träume verfolgt hatten. Als sie dann am Morgen zur allgemeinen Erbauung des Heeres die nackten, geschändeten Leiber an den Pfählen hängen sah, musste sie sich übergeben.

»Denk daran, was wir unterwegs gesehen haben«, sagte Jori, »und was sie anderen angetan haben.«

Zitternd wischte sie sich den Mund ab.

»Aber wir sind doch Christenmenschen«, flüsterte sie. »Wir sollten es besser wissen.«

Die Herren Geistlichen, die den Zug begleiteten, dachten ganz anders darüber. Die Bischöfe Godefroy de Langres, Arnoul de Lisieux, Étienne de Bar aus Metz, Henri de Lorraine aus Toul und der *legatus* des Papstes, Guido de San Grisogono, hielten es für angebracht, im Angesicht dieser elenden Kadaver eine heilige Messe abzuhalten. Vielleicht, um den Kriegern einen besiegten Feind vorzuführen, um ihren Mut oder den Hass gegen Andersgläubige zu schüren.

Mitten in der Liturgie geschah etwas gänzlich Unerwartetes. Trotz eines wolkenlosen Himmels begann sich die Sonne zu verdunkeln. Es war, als würde sich allmählich eine Hand darüberschieben und einen dunklen Schleier über die Welt legen. Alles erschrak bis ins Knochenmark. Die Männer fielen auf die Knie und bekreuzigten sich. Wollte Gott sie strafen? Nahte denn das Ende der Welt?

Doch Bischof Godefroy war aufgefallen, dass die Sonne nur zum Teil bedeckt wurde.

»Seht doch«, rief er geistesgegenwärtig. »Dies ist Gottes Offenbarung. Der Herr sendet uns das Vorzeichen unseres Sieges. Die finstere Seite der Sonnenscheibe, das sind die Ungläubigen, die Anhänger Satans.« Er wies auf die geschändeten Leichen der Türken. Dann hob er die Arme zur Sonne empor. »Doch Jesus Christus, das Licht der Welt, schickt sich an, sie zu vernichten. Seht nur und staunt!«

Tatsächlich zog sich die Dunkelheit langsam zurück, widerwillig, wie es schien. Das Licht nahm unmerklich, aber stetig zu, so dass man nicht mehr hinschauen konnte, so sehr blendete Gottes gleißende Herrlichkeit. *Lumen mundi,* das Licht der Welt.

Ein Wunder war geschehen. Freudentaumel erfasste die Männer. Halb blind vom gleißenden Licht sprangen sie auf, jubelten und priesen Gott den Herrn.

Als endlich Ruhe einkehrte, kniete Louis nieder und empfing mit von Tränen überströmtem Antlitz die heilige Kommunion aus der Hand des Bischofs. Daraufhin sein Bruder, Robert de Dreux, und der *Comte* Amédée de Savoie, Oheim des Königs, und nach ihnen alle anderen Anführer des Heeres, auch die der Alemannen.

Mit neuer Zuversicht und begleitet von den Lobeshymnen der Mönche, brach die *militia* auf. Das goldene Kreuz war weithin sichtbar, das rote Banner des Königs wehte stolz im Wind.

Die Schlacht am Mäander

Die Marschordnung war auf Betreiben der Templer geändert worden. Der Tross und die Verwundeten wurden zur Sicherheit in die Mitte genommen und die Maultiertreiber angewiesen, die Tiere nebeneinander in mehreren Reihen zu halten und immer dicht an dicht aufzuschließen. Daneben marschierte ebenfalls in mehreren Reihen das Fußvolk. Die rechte Flanke war durch den Fluss gesichert, der bis auf ganz wenige Furten zu tief zum Überqueren war. Vorn, hinten und auf der linken Flanke ritten Schwadrone von gepanzerten Reitern.

Bald kam es zu ersten Angriffen der Seldschuken. Urplötzlich und unerwartet, wie es ihre Art war, tauchten sie aus bewaldeten Seitentälern auf, wo sie hinter Gebüsch und Felsen auf der Lauer gelegen hatten. Auf ihren schnellen Pferden stürmten sie heran, mal vorn, mal weiter hinten, in der Absicht, einen zermürbenden Pfeilhagel auf die Christen niedergehen zu lassen.

Aber die neue Marschordnung bewährte sich, denn bevor sie zu nahe kommen konnten, war schon ein Reitertrupp zur Stelle, der sie mit gesenkten Lanzen angriff und in die Flucht schlug. Vor den Panzerreitern schienen sie nach der letzten Schlacht gehörigen Respekt zu haben. Und so waren die Angriffe zwar lästig, aber hinderten die *militia* nicht, ihren Weg fortzusetzen. Verluste blieben bescheiden, wenn auch jedes Mal Pferde verletzt oder getötet wurden.

Tags darauf, zur Mittagszeit, näherten sie sich dem Ort Antiochia, in einer, trotz der kalten Jahreszeit, lieblich anmutenden Landschaft, voller Weingärten, Olivenhaine und Zitronenbäume. Letztere sah Arnaut zum ersten Mal, erstaunliche Gewächse, die Blüte und Frucht zur gleichen Zeit und das ganze Jahr hindurch hervorbringen.

Dieses kleine Antiochia, eine der vielen Städte dieses Namens, lag auf der Südseite des Flusses und in der Nähe einer der wenigen Furten. Hier war eine römische Brücke erhalten geblieben, nahe der ein munteres Flüsschen aus den südlichen Bergen in den Mäander mündete.

Der Ort selbst, ein altes Städtchen, war gut befestigt, und die Bewohner, beim Anblick der Banner und Fahnen des heraufziehenden Heeres, hatten sich hinter ihre Mauern verschanzt und die Tore verrammelt, fest entschlossen, sie für niemanden, weder Christ noch Türke, zu öffnen.

Das Heer marschierte stetig auf dem nördlichen Ufer heran, wo die Entfernung zwischen den bewaldeten Vorhügeln der Berge und dem Flussbett nicht viel mehr als zweitausend Schritt betrug. Hier mussten sie durch, um nach Laodikeia zu gelangen, oder übersetzen, falls sie, wie Aimar vorgeschlagen hatte, bereits hier in das Hochland aufsteigen und nach Süden marschieren wollten. An diesem Kreuzweg hatten die Türken beschlossen, sich den Christen entgegenzustellen, um sie an jeglichem Fortkommen zu hindern.

Arnaut und seine Männer befanden sich bei den Tolosanern im vorderen Teil des Hauptheeres, als plötzlich Hörner weit hinter ihnen Feindberührung meldeten, ein Angriff auf die Nachhut. Dort befanden sich heute auch die Templer und der König, umgeben von seiner Leibwache und Hausmacht. Diesmal eilten die Tolosaner nicht zu Hilfe, denn ihr Auftrag lautete, was auch geschehen möge, auf ihrem Abschnitt Tross und Hauptheer zu schützen. Reiter hetzten an der Kolonne entlang, um Befehle zu übermitteln und Trödler zum Aufschließen anzutreiben.

Bald sah sich auch die Vorhut angegriffen, wo sich die Hälfte der christlichen Ritter befand. Berittene Bogenschützen hatten sich ihnen in den Weg gestellt und Schwärme von Pfeilen auf sie losgelassen.

»Sie nehmen uns in die Zange«, rief Bertran Arnaut zu.

Sie waren vielleicht dreihundert Schritt vom Fluss entfernt, auf der Höhe der Römerbrücke mit Sicht auf die breite Furt weiter vorn. Auf dieser Seite war das Ufer flach, gegenüber jedoch stieg die Böschung steil aus dem Fluss. Dort tauchten ebenfalls türkische Reiter auf.

Arnaut ritt zu Bertran hinüber.

»Wir müssen die Brücke sichern«, sagte er. »Damit sie uns nicht in die Flanke fallen.«

Bertran gab den Befehl. Ein Meldereiter stob davon, woraufhin ein Trupp Tolosaner Fußkämpfer im Laufschritt zur Brücke eilte.

»Wundert mich, dass sie selbst nicht drauf gekommen sind«, bemerkte Bertran.

Fernes Kampfgetöse lenkte sie ab. Die Ritter der Vorhut waren, wie es aussah, zum Gegenangriff übergegangen. Staubwolken wirbelten in der Ferne hoch, schwach ließen sich Schreie und Waffenlärm ausmachen. Arnaut blickte wieder zum gegenüberliegenden Ufer, an dem sich immer mehr feindliche Reiter sammelten.

»Vergiss die Brücke. Die kommen über den Fluss«, rief er aufgeregt.

»Merda!« Bertran nagte unschlüssig an seiner Unterlippe.

Ein Angriff von der Flussseite her könnte in einer Katastrophe enden, denn diesen Abschnitt sicherten allein die Tolosaner. Wie sollten sie bloß mit lächerlichen dreihundert Reitern die Furt verteidigen? Alle anderen berittenen Truppen befanden sich weiter hinten, in der Vorhut oder beim König.

»Ruft die Männer von der Brücke zurück. Wir brauchen sie hier.« Bertran gab den Befehl, an der Straße entlang eine schützende Schildwand aus Speerkämpfern zu bilden, hinter der sich der Tross sammeln konnte, obwohl ihm klar war, dass das Fußvolk gegen die flinken Reiter der Seldschuken nicht mehr tun konnte, als sich hinter ihre Schilde zu verschanzen. Und ohne Reiterei, um die Flanken zu sichern, nützte selbst eine Schildwand wenig.

»Wie tief ist die Furt«, ließ er einen griechischen Führer fragen, dem die Örtlichkeit vertraut war.

»Für gewöhnlich nicht mehr als einen Fuß tief«, lautete die Übersetzung. »Jetzt im Winter sogar weniger. Kein Problem für Pferde.«

»Und die Breite?«

»Die Furt ist breit.«

»Wie breit?«

»Da können mehr als hundert Mann nebeneinander reiten, bis es wieder tiefer wird.«

Bertran fluchte ausgiebig. »Der Angriff auf die Vorhut ist nur eine Finte. Ihre Hauptmacht kommt über den Fluss, hier, wo wir am schwächsten sind.«

Joan de Berzi näherte sich auf seinem gewaltigen Schlachtross. Auch er hatte die Gefahr erkannt.

»Wir müssen sofort die Furt abriegeln«, sagte er. »Schick die Speerkämpfer ans Ufer.«

»Zu lange, bis die in Stellung sind. Außerdem müssen wir den Tross schützen. Nein, das Fußvolk bleibt hier.«

Schwach tönte entferntes Jubelgeschrei von der Vorhut herüber. Anscheinend hatten die fränkischen Ritter die Oberhand gewonnen und trieben die Seldschuken vor sich her. Bei einer Verfolgung würde man hier nun vollends auf sich gestellt bleiben. Eine verzwickte Lage.

»Dann wenigstens die Reiter nach vorn«, schlug Joan de Berzi vor. »Wir müssen am Ufer eine Verteidigungslinie bilden.«

Bertran war weiterhin unentschlossen. »Wir sind zu wenige«, sagte er.

»Entscheide dich endlich, Bertran«, ließ Joan sich barsch vernehmen. »Wir können nicht den ganzen Tag auf dem Arsch sitzen.«

Die Türken am anderen Ufer wurden immer mehr. Arnaut schätzte sie inzwischen auf mindestens fünf- oder sechstausend. Ihre Kriegstrommeln dröhnten, und sie feuerten sich gegenseitig mit Sprechchören an. Waffen und Helme blitzten in der Sonne. Jeden Augenblick mussten sie über den Fluss kommen. Arnaut fand, Bertran hätte doch Speerkämpfer schicken sollen, um die Furt abzuriegeln. Jetzt war es dazu zu spät.

»Wir müssen sie selbst angreifen«, rief er. »Damit sie gar nicht erst den Fuß ans Ufer kriegen.«

»Du bist verrückt, Junge.« Joan schüttelte energisch den Kopf. »Das Ufer da drüben ist zu steil, da kommen wir nicht hoch. Und im Fluss schießen sie uns zusammen. Und dann mit dieser kleinen Truppe. Ausgeschlossen!«

Joan hatte natürlich recht.

Arnaut warf einen Blick hinter sich, wo unter dem goldenen Kreuz die Maultiere des Trosses zusammengetrieben wurden. Mönche, Frauen und Mitglieder des Hofes sammelten sich dort. Er glaubte, die Königin auf ihrem kostbar gezäumten Pferd zu erkennen. Sie alle starrten verängstigt zu ihnen herüber, als spürten sie, dass allein die Tolosaner Ritter sie vor der Vernichtung schützen konnten. Nur, es musste endlich etwas geschehen.

In seinem Kopf überschlugen sich die Abwägungen. Wenn die Türken erst mal das diesseitige Ufer erreichten, waren sie nicht mehr zu halten. Die Furt selbst war der Engpass, den es zu verteidigen galt. Und dazu bedurfte es nicht vieler. Sie mussten zumindest aushalten, bis andere nachrücken konnten.

»Ich sage, wir greifen an«, rief er entschlossen.

»Und ich sage dir, die hauen uns in Stücke.«

»Gut. Dann sehen wir uns in der Hölle!«

Arnaut reckte die Lanze in die Höhe. *»Per la Reina!«*, brüllte er den eigenen Leuten zu. »Für die Königin!«

Dann gab er dem Hengst die Sporen und preschte vor. Seine Männer taten es ihm gleich, und im Nu galoppierte die kleine Truppe über Felder und Wiesen auf die Furt zu.

»Der Junge ist wahnsinnig«, stieß Joan entsetzt hervor.

Bertrans Augen leuchteten. Arnaut hatte ihn angesteckt.

»Per la Reina!«, schrie auch er und gab seinem Gaul ebenfalls die Sporen.

Da blieb de Berzi nichts anderes übrig, als hastig zum Angriff zu blasen und seinem Herrn zu folgen.

Arnauts Schlachtross Amir flog allen voran in kraftvollen Sätzen auf das flache Ufer zu. Hinter ihm die Tolosaner Reiterei in ungeordneter Hast. Hoffentlich kamen sie nicht zu spät. Die Seldschuken erkannten, dass man ihnen die Furt verwehren wollte, und begannen, ihre Pferde eiligst die Böschung hinab ins flache Wasser zu treiben.

Als Arnaut die Menge der Feinde sah, auf die er zugaloppierte, erfasste ihn mit einem Mal lähmender Schrecken, das Herz pumpte wie wild in seiner Brust. Ich reite in den Tod, dachte er. Wirre Bilder wirbelten durch sein Hirn, Ermengardas Lächeln, das Gesicht seiner Mutter, Großvater auf dem Sterbebett.

Aber als sein Ross über die Uferböschung setzte und die trommelnden Hufe Fontänen aufwarfen, ließ die wilde Jagd ihn die Angst vergessen. Er fühlte sich lebendig wie nie zuvor. Das niedrige Wasser verlangsamte kaum den Lauf des Hengstes, aber Arnaut feuerte ihn noch einmal an, duckte sich hinter seinen Schild und legte die Lanze an. Dafür waren sie beide geboren, das war ihre Bestimmung. Jaufré hätte es verstanden.

Es schien, als ob alle Türken gleichzeitig ihre Bogen auf ihn richteten, Pfeile zischten an ihm vorbei, schlugen in den Schild, prallten von seinem Helm ab. Er spürte, wie Amir getroffen wurde, doch auch das hielt sie nicht auf. Wie ein Geschoss aus der Hölle rasten sie auf den Feind zu. Er zielte auf den ersten Türken, der sich ihm in den Weg stellte. Die Lanze fuhr dem Mann durch Rundschild und Brust und hob ihn aus dem Sattel, bevor er auch nur einen Schrei ausstoßen konnte.

Arnaut ließ den Schaft fahren und riss das Schwert aus der Scheide. Die Wucht seines Angriffs hatte ihn mitten unter die feindlichen Reiter getragen, und die Wildheit, mit der er nun Schwerthiebe austeilte, kam so überraschend, dass sie ihm wenig entgegenzusetzen hatten. Noch bevor seine Kameraden gleich ihm in vollem Galopp in die Seldschuken stießen, hatte er bereits vier oder fünf der Feinde verwundet oder tödlich getroffen.

Nur verschwommen nahm er wahr, dass Jori dicht an seiner rechten Seite kämpfte, sah Ferran mit der gewaltigen Streitaxt um sich hauen, Constansas gerötetes Gesicht hinter Severin, der einem Kerl den Leib aufschlitzte.

Nun hatte sich auch der Rest der Tolosaner in die Schlacht gestürzt. Im Nahkampf wagten die Türken nicht, ihre Bogen zu gebrauchen, aus Furcht, die eigenen Männer zu treffen. Im dichten Gedränge, Mann gegen Mann, zeigten sich die Panzerung und die wilde Entschlossenheit der Christenkrieger überlegen. Fast ungestraft wüteten sie unter den Ungläubigen. Reihenweise stürzten die Seldschuken tödlich getroffen in den Fluss, wo sie unter die Hufe der um sich tretenden Pferde kamen. Blut aus unzähligen Wunden färbte das aufgewühlte Wasser rot, um dann in langen Schlieren von der Strömung flussabwärts zu treiben. Reiterlose Gäule versuchten zu entkommen, behinderten Freund wie Feind oder jagten in kopfloser Flucht davon, bis sie in tiefes Wasser gerieten und ans rettende Ufer schwammen.

Doch immer mehr Türken drängten nach. Und obwohl die Tolosaner wie Berserker kämpften, verloren sie stetig an Männern und an Boden. Schritt für Schritt mussten sie weichen. Einer nach dem anderen wurde umzingelt und niedergemacht. Es half nicht, dass für jeden Tolosaner fünf Türken starben, sie waren einfach nicht genug, um die Furt gegen die Masse des Feindes zu halten.

Fast hatten sie sich aufgegeben, da ertönten Hörner wie himmlische Musik in den Ohren. Die zweitausend Ritter der Vorhut waren zurückgekehrt und kamen mit fliegenden Standarten auf den nördlichen Uferauen herangejagt.

Furcht ließ die Türken zögern. Einem solchen Ansturm von Männern aus Eisen auf ihren schweren Rössern waren sie nicht gewachsen. Die Anführer bliesen zum Rückzug, die Kriegstrommeln verstummten, und wie eine Brandungswelle sprang die Masse von türkischen Reitern die steile Uferböschung hinauf und ließ die tapferen Tolosaner völlig erschöpft in der Mitte der Furt zurück. Die machten eiligst kehrt, um weiteren Pfeilen des Feindes zu entgehen. Dabei schleppten sie verwundete Kameraden mit, während jene, die ihr Pferd verloren hatten, zu Fuß durch die Furt stolperten.

Gegenüber schüttelten die Seldschuken ihre Fäuste und johlten Schmähungen über den Fluss. Hier glaubten sie sich sicher vor den herannahenden Reitern. Mit ihrer schweren Panzerung und behäbigeren Gäulen würden die Christen wohl kaum die steile Böschung erklimmen können.

Die drei Anführer der Vorhut jedoch, Henri de Champagne, Thierry d'Alsace und Guillaume de Macon, dachten gar nicht daran, den wilden Ansturm ihrer Attacke zu bremsen. Im gestreckten Galopp hämmerten sie über die Furt, Wasserfontänen nach allen Seiten verspritzend, und stürmten direkt in einen Hagel von Pfeilen hinein. Pferde wurden getroffen, bäumten sich auf oder überschlugen sich, Reiter stürzten in die Fluten. Wer in tiefes Wasser geriet, ertrank auf der Stelle unter dem Gewicht seiner Rüstung.

Doch die meisten kamen durch, und der schiere Schwung trug sie die Böschung hinauf, mitten unter die Türken. Erneut hob ein fürchterliches Schlachten an. Das Bersten der Lanzen, das schrille Wiehern der Pferde, die Schreie der Getroffenen hallten über den Fluss.

Die Seldschuken versuchten, den Schwertern der Ritter zu entkommen, aber in dem wüsten Gedränge blieben zu viele eingekeilt und wurden zu Opfern der ungezügelten Wut der Franken. Und jene, denen es gelang zu fliehen, ließen fast die Hälfte ihrer Kameraden tot oder verwundet zurück.

Erschöpft und schweißgetränkt ließ Arnaut sich aus dem

Sattel gleiten. Seine Hände zitterten, und die Arme waren so schwer, dass er sie kaum heben konnte. Halb besinnungslos sank er im seichten Wasser auf die Knie und dankte der Jungfrau Maria.

♦

Die Furt war übersät mit Toten, deren schwere Rüstungen ein Abtreiben verhinderten. Verwundete wurden ans Ufer gezogen und im Gras niedergelegt. Man mühte sich, sie zu verbinden, doch so manch einer verblutete in den Armen seiner Kameraden.

Noch immer halb betäubt sah Arnaut, wie Constansa den jungen Esteban stützte, dem das Blut aus einer Schenkelwunde in den Stiefel lief. Sein hübsches Gesicht war schmerzverzerrt, aber er würde überleben, wie es aussah.

Arnaut sammelte seine Leute um sich und stellte fest, dass sie sechs Tote zu beklagen hatten. Sechs Männer, mit denen sie alles geteilt hatten, herausgerissen aus ihrer Mitte. Dazu ein gutes Dutzend Verwundeter, einige schwer. Severin hatte ein stumpfer Schlag ins Gesicht die Nase gebrochen. Arnaut selbst blutete aus einer Schnittwunde an der Wange, und Jori klagte über gebrochene Rippen. Außerdem hatte er seine Stute verloren.

Pferden, die nicht zu retten waren, wurde der Gnadentod gegeben. Überhaupt waren viele Gäule dem Kampf zum Opfer gefallen, so dass so mancher *cavalier* ab morgen zu Fuß gehen würde. Auch Amir hatte einen Pfeil in der Schulter. Zum Glück nur eine Fleischwunde, die rasch heilen würde, wenn sie sich nicht entzündete. Arnaut war froh, dass sein geliebter Hengst noch nicht im Kochtopf enden würde.

Er suchte Bertran. Der stand mitten im Gewühl von stöhnenden Verwundeten und anderen, die sie verbanden oder erschöpft im Gras lagen. Bestürzt über das Ausmaß des Gemetzels unter seinen Tolosanern, sah er sich um. Heute würden sie viele Kameraden zu bestatten haben. Dann blickte er an sich selbst herab.

»Als hätten wir in Blut gebadet«, murmelte er ungläubig. »Und doch leben wir noch …«

Joan de Berzi bahnte sich seinen Weg zu ihnen. Auch er ähnelte einem Schlachter mit seiner besudelten Rüstung. Und er war in Rage.

»Noch so ein Alleingang, Montalban, und du baumelst an der nächsten Eiche«, schnauzte er ihn an und riss sich wütend die Kettenhaube vom Kopf.

Arnaut senkte den Blick. Das Gewissen über die vielen Toten plagte ihn. Hatte er sich von Unbesonnenheit übermannen lassen? Sträflichen Leichtsinn hätte seine Mutter es genannt. Wenn die Vorhut nicht zur rechten Zeit aufgetaucht wäre …

»Es war das einzig Richtige«, erwiderte Bertran. Seine Stimme hatte sich wieder gefestigt. »Sonst wäre die Sache noch ganz anders verlaufen.«

»Meint denn jeder in diesem verfluchten Heer, er könne machen, was er will?«, wetterte Joan.

»Du vergisst, dass ich es war, der den Angriff befohlen hat«, sagte Bertran und funkelte seinen Reiterhauptmann an. Natürlich wussten beide, dass das nicht stimmte.

»Wenn du das so sehen willst, meinetwegen«, sagte Joan angewidert. »Aber in dieser *militia* herrscht keine Ordnung. Jeder meint, er sei sein eigener Feldherr, und der König setzt sich nicht durch. So kann man keinen Krieg führen.«

Bertran lag eine hitzige Antwort auf der Zunge, aber Arnaut fasste ihn beim Arm. »Stimmt schon, was er sagt. Es kann nicht jeder nach seinem Gutdünken handeln.«

»Ich fasse es nicht!«, rief Bertran. »Wir haben uns gerade einen Sieg erkämpft, und ihr beklagt euch?«

Tatsächlich waren die Seldschuken verschwunden. Hinterlassen hatten sie eine Unmenge an Toten, Verwundeten und Gefangenen. Den Christen waren Zelte, Verpflegung und reichlich Beute in die Hände gefallen.

»Einen Sieg, ja«, erwiderte Arnaut. »Aber vernichtet haben wir sie nicht. Außerdem …« Er ließ den Kopf hängen. »Zu viele haben ihr Leben gelassen. Und das ist meine Schuld.«

Doch Bertran ließ sich seine Genugtuung über den Sieg nicht nehmen. »Na, wenn schon«, sagte er. »Jeder wusste, auf was er sich einlässt, als wir losmarschiert sind.«

»Unsinn«, knurrte Joan. »Wir haben gewonnen, aber es hat uns viel gekostet. Uns Tolosanern am meisten.«

Plötzlich war die Königin mitten unter ihnen.

Die am nächsten Stehenden sanken aufs Knie. Sie saß aufrecht im Sattel und musterte die Männer mit ruhigem Blick. Die blutverschmierten Rüstungen und Gesichter schienen sie nicht zu schrecken.

»Wer war der *cavalier,* der vorhin allein und allen voran gegen die Türken geritten ist?«, fragte sie.

Alle Blicke richteten sich auf Arnaut, und eine Gasse öffnete sich vor ihm. Mit flauem Gefühl im Magen trat er vor und beugte sein Knie.

»Ich war das, *Vostra Majestaz.*«

»Wie ist Euer Name?«

»Arnaut de Montalban, *Domina.*«

Sie wiederholte den Namen, als wollte sie ihn sich merken. Dann studierte sie aufmerksam sein Gesicht.

»Ich habe alles beobachtet und denke mir, Ihr habt ohne Befehl gehandelt, und die anderen sind Euch gefolgt.«

»Es tut mir leid, *Domina*«, stammelte Arnaut. »Ich hätte nicht …«

Sie unterbrach ihn. »Es war Ungehorsam, *Senher* Arnaut, und in der Tat kein nachahmenswertes Beispiel.«

»Nein, *Domina.*«

»Es war aber auch ungewöhnlich mutig von Euch.«

Plötzlich lächelte sie, so dass ihr Gesicht sich völlig verwandelte. War sie vorher ernst und sogar etwas furchteinflößend erschienen, so strahlte sie nun so viel Wärme aus, dass man sich von der Hölle in den Himmel gehoben fühlte.

»Und ich glaube«, fuhr sie fort, »an diesem Tag haben wir Eurem Ungehorsam sehr viel zu verdanken.«

Arnaut schlug das Herz bis in den Hals. Dass sie eine außergewöhnliche Schönheit war, hatte er gehört. Doch ihre größte Wirkung lag in ihrem Wesen. Gesicht, Ausdruck, Haltung, aber vor allem das Feuer, das aus ihren Augen sprühte, musste jeden gefangen nehmen.

»Ihr seid aus Tolosa, *Senher* Arnaut?«

»Aus Narbona. Genauer gesagt, aus der Corbieras.«

»Ach, wie gut, hier unter euch meine Sprache zu sprechen. Und wie geht es *Vescomtessa* Ermengarda?«

»Ihr kennt sie?«, fragte Arnaut erstaunt.

»Nicht persönlich. Aber ich habe von ihr gehört. Sie scheint mir eine mutige Frau zu sein. Genau wie Ihr, *Mossenher.*«

»Das ist sie.«

Die Königin wandte sich an die Höflinge, die in ihrer Begleitung waren. »Die Tapfersten findet man doch immer unter meinen braven Provenzalen, nicht wahr? Ungestüm mögen sie sein, aber sie haben ein festes und standhaftes Herz.«

Sie bedachte Arnaut mit einem herzerwärmenden Lächeln, dann blickte sie in die Runde.

»*Messenhers,* ich danke Euch allen und werde dem König berichten, mit welcher Tapferkeit die Tolosaner heute gekämpft und uns den Sieg geschenkt haben.«

Damit wendete sie ihr Pferd und begab sich zu den Zelten des Hofes, die man inzwischen begonnen hatte zu errichten. Für heute würde die *militia* nicht weiterziehen.

Einer nach dem anderen von Arnauts Kriegern drängte sich vor. Sogar die Verwundeten, die noch humpeln konnten. Zum Feiern war ihnen nicht zumute. Aber sie nickten ihm zu, berührten seine Schulter oder grinsten aufmunternd, als wollten sie ihm zeigen, dass sie trotz allem stolz auf das Geleistete waren und zu ihm standen.

♦

Drei Tage lang blieben sie an der Furt, lasen Messen, begruben die Toten und pflegten ihre Verwundeten. Die ausgeplünderten, nackten Leichen der Türken wurden in den Fluss geworfen, wo sie an manchen Stellen so dicht anschwemmten, dass sie ganze Teppiche von verwesenden Leibern bildeten.

Nach diesem Sieg war die allgemeine Stimmung in der *militia* von neuem Mut geprägt. Das Zeichen des Himmels hatte sich bewahrheitet, der Feind war nicht mehr der Schrecken von Doryläum. Man hatte es den verdammten Ungläubigen gezeigt, ja mehr noch, nun war man sicher, dass den fränkischen Reitern nichts und niemand widerstehen konnte.

Bertran de Sant Gille hatte nach den Worten der Königin gehofft, dass der Einsatz der Tolosaner gebührend gewürdigt würde. Schließlich hatten sie sich mit Opfermut den Türken in den Weg gestellt und Hauptheer und Tross gerettet.

Doch bei vielen Nordfranken waren die provenzalischen Günstlinge der Königin nicht sonderlich beliebt. Sie fanden, Alienor habe ohnehin zu viel Einfluss auf den König, der sie trotz vieler Meinungsverschiedenheiten abgöttisch liebte. Und so wurde viel über die Tapferkeit der Herren wie Thierry d'Alsace, Henri de Champagne und anderen geredet, die den entscheidenden Sieg errungen hatten. Kein Wort über die Tolosaner.

Diese fassten es als Kränkung der Ehre ihrer toten Kameraden auf. Sie murrten endlos an den Lagerfeuern, redeten sich in Wut, und nicht wenige sprachen davon, den Pilgerzug zu verlassen. Was nützte es, für andere die Knochen hinzuhalten, wenn es keiner Erwähnung wert war.

Stattdessen ehrte Louis einen gewissen Reynaud de Chastillon, der sich in der Nachhut an des Königs Seite gegen die Seldschuken ausgezeichnet hatte. Er stammte aus Reims, einer Gegend, die dem Herzen des Königs näherlag, und war ein junger Ritter aus guter Adelsfamilie. Sehr kühn und selbstbewusst trat er auf und schien sich in der Nähe der Mächtigen ganz selbstverständlich wohl zu fühlen.

Eine Angelegenheit, die den König in Verlegenheit brachte, waren die etwa dreihundert türkischen Gefangenen. Eine Handvoll darunter waren offensichtlich Männer von Rang, die man nach Ephesus schicken konnte, da sie einiges an Lösegeld wert waren. Doch was mit dem Rest anfangen, einfache Reiter, manche noch halbe Nomaden, nicht wenige verwundet?

Die Bischöfe rieten dem König, die Söhne Satans in die Hölle zu schicken, wo sie hingehörten. Für ihre Kirchenbeschmutzungen und Gotteslästerungen hätten sie es mehr als verdient. Sie erinnerten ihn eindringlich an die Worte des guten Abtes Clairvaux, für Gott grausam zu sein sei doch das Höchste der Seligkeit. Und müsse die Erde nicht von dieser Heidenbrut gereinigt werden, wenn nötig durch ihr eigenes Blut?

Doch Louis zögerte. Er scheute sich, einen solchen Befehl zu geben. Da erbot sich dieser Reynaud de Chastillon, die Bewachung der Gefangenen zu übernehmen, bis man sich geeinigt habe. Unterdessen könnten sich die Sklavenhändler aussuchen, wer ihnen für ihre Zwecke geeignet schien. Vielleicht würde sich die Frage so von alleine klären.

Er ließ die Gefangenen aus dem Lager entfernen, damit sie des Königs Empfindlichkeiten nicht weiter belasteten, errichtete nahe dem Städtchen Antiochia eine Umfriedung, die man nichts anderes als einen Pferch für wilde Tiere nennen konnte, und ließ sie dort von seinen Männern bewachen. Louis war ihm dankbar und fragte nicht mehr nach dem Schicksal der Gefangenen, auch nicht, als das Heer aufbrach und weiterzog.

An einem Abend, sie waren noch eine Tagesreise von Laodikeia entfernt, saßen Arnaut und seine Männer am Lagerfeuer und kauten lustlos am Pferdefleisch, das die Frauen auf Spießen brieten. Die eigenen Reittiere zu verzehren widerstrebte ihnen, auch wenn es wenig anderes zu essen gab. Elena verteilte streng die mageren Rationen. Jetzt hatte sie neben

Joana sogar noch eine zweite Magd unter ihre Fittiche genommen. Doch niemand verlor ein Wort darüber.

Die Stimmung war niedergeschlagen. Die Bilder des Horrors waren noch allgegenwärtig in ihren Köpfen und ließen sie nicht schlafen. Zu viele Lücken hatte die Schlacht in ihre Reihen gerissen. Am Vortag waren noch zwei ihren Wunden erlegen.

»Was ist eigentlich aus den Gefangenen geworden?«, fragte Arnaut und wischte sich das Fett von den Lippen. Er nahm einen Schluck Wasser. Selbst der Wein war rar geworden.

»Das würde ich auch gern wissen«, sagte Constansa. »Hat einer was gehört?« Die entsetzliche Hinrichtung der beiden Seldschuken spukte ihr noch immer im Geiste herum.

Severin schüttelte den Kopf. Seine gebrochene Nase schmerzte höllisch, und er hatte sogar Schwierigkeiten, richtig zuzubeißen. Elena musste ihm sein Fleisch in winzige Stücke schneiden. Zum Glück hatte er keinen Zahn verloren. Das hätte seiner Eitelkeit einen herben Schlag versetzt.

Ferran, der alte Kämpe, räusperte sich. »Was denkst du denn, was sie mit ihnen gemacht haben?«

Constansa zuckte mit den Schultern. »Sollten die Sklavenhändler sie nicht übernehmen?«

»Einige der Kräftigsten haben sie sich rausgesucht«, sagte Ferran. »Die Übrigen …« Er sprach nicht weiter, sondern fuhr nur mit dem Zeigefinger über die Kehle.

»Das ist nicht wahr«, flüsterte Constansa entsetzt. »Woher willst du das wissen?«

»Ich war auf Streife und habe die Leichen gesehen.«

Die Gespräche verstummten jäh. Constansa traten Tränen in die Augen. Aber sie war nicht die Einzige in der Runde, der es so ging. Den Feind in der Schlacht töten, das war eine Sache. Aber Wehrlose kaltblütig ermorden?

Severin schüttelte den Kopf. »Ich wette, da stecken die Pfaffen dahinter. Die sind doch so erpicht darauf, alle Heiden vom Angesicht der Erde zu tilgen.« Wütend starrte er *Fraire*

Aimar an, als wollte er ihn herausfordern, sich zu rechtfertigen.

»Sieh mich nicht so an«, sagte Aimar. »Ich bin genauso sprachlos wie ihr.«

»Angeblich sollen es die Leute aus Antiochia gewesen sein«, meinte Ferran. »Heimlich, in der Nacht. Um sich für die Plünderungen der letzten Wochen zu rächen.«

»Wer glaubt denn so was?«

»Der König schon.«

»Der König.« Severin spuckte verächtlich ins Feuer.

So strahlend das Bild des Monarchen war, als sie ausgezogen waren, so sehr verdüsterte es sich hier zunehmend. Wie konnte er so etwas dulden? Und dieser Reynaud de Chastillon ritt daher, als würde ihm die Welt gehören.

»Urteilt über euren König nicht zu harsch«, wandte Aimar ein. »Sein Verhalten zeigt, dass er ein Gewissen hat. Seine Sünde ist, dass er die Augen verschließt. Aber glaubt mir, das tun viele, wenn nicht gar die meisten. Und eben das nutzen andere, um ungestraft ihre Verbrechen zu begehen.«

»Sie umbringen, nur weil sie Heiden waren?«

»Ach, man findet immer eine Rechtfertigung. Den Heiden sagt man so viel Schlechtes nach, dass sie ja eigentlich keine Menschen sein können. Und wenn sie keine Menschen sind, darf man sie wie räudige Hunde töten. Ich wette, die Bischöfe sind diesem Reynaud dankbar. Was für ein gottgefälliges Werk er doch getan hat.«

»Ich wusste nicht, dass du so bitter bist«, sagte Arnaut.

»Ich liebe meinen Gott genau wie ihr«, erwiderte Aimar. »Aber es gibt Dinge in dieser Kirche, die niemand gutheißen kann.«

»Und warum sind wir dann hier?«, fragte Constansa.

Aimar zuckte mit den Schultern. »Weil es der Papst in seiner Weisheit so wünscht.«

»Was ist denn das für eine Antwort?«, fragte Severin. »Wir wollten es doch alle.«

»Das ist wahr. Weil ihr euch habt verführen lassen.«

»Von wem? Was redest du da?«

»Man hat euch geschmeichelt und vom Himmelreich geschwärmt, in das ihr alle kommen werdet. Und von den Muslimen haben sie euch nur das Schlimmste erzählt. Ich aber habe sie in Toledo kennengelernt. Glaubt mir. Es sind Lügen, die man euch aufgetischt hat.«

Severin starrte ihn an. Was Aimar da sagte, machte ihn wütend. Der Mönch musste sich irren. Aber ihm fehlte dessen Bücherwissen, um sich mit ihm zu streiten.

»Dummes Zeug«, brummte er. »Ich hab genug davon. Ich geh jetzt schlafen.«

Natürlich wollte es keiner zugeben, aber es war das erste Mal, dass ihr fester Glaube an die Richtigkeit dieser Pilgerfahrt ins Wanken geraten war. Constansa blieb noch sitzen und starrte in die Glut. Auch Severin war geblieben.

»Ich dachte, du wolltest schlafen«, sagte sie.

»Ich muss mit dir reden«, meinte er unbeholfen. »Ich sterbe jedes Mal vor Angst, wenn ich dich in die Schlacht reiten sehe. Es bringt mich um, Constansa.«

»Ich weiß«, sagte sie leise.

»Du weißt es?« Etwas wie Hoffnung kam in seinen Blick.

Sie legte ihre Hand auf die seine. »Armer Severin. So verletzt.«

»Wie meinst du das?«

Sie lächelte. »Na, zumindest deine Nase ist immer noch geschwollen.« Sie lehnte sich zu ihm hinüber und küsste ihn auf die Wange. Dann erhob sie sich. »Komm, troll dich endlich in dein Zelt. Es ist spät.«

Auch er stand mit einem Stöhnen auf. »Du spielst mit mir. Aber ich sage dir, Weib. Eines Tages …«

»Eines Tages werde ich als alte Jungfer sterben, meinst du das?« Sie grinste ihn an. »Ist es das, was du mir sagen wolltest?«

Er griff nach ihr, aber sie war schneller und entwischte ihm in Richtung ihres Zeltes. Severin hörte sie noch lachen. Er seufzte und begab sich würdevollen Schrittes zu den Latrinen. »Eines Tages«, murmelte er.

Bevor auch Arnaut sich zurückzog, war er noch mal zu Elenas Zelt gegangen.

»Wie geht es Josselins Sklavin?«, fragte er

»Rund wie eine reife Frucht«, erwiderte Elena. »Aber noch tut sich nichts.«

»Du kümmerst dich weiterhin um sie?«

»Jeden Tag.«

Arnaut hätte nicht sagen können, warum ihn ausgerechnet das Schicksal dieser Sarazenin beschäftigte. Hatten sie nicht genug Sorgen am Hals?

»Wie heißt sie eigentlich«, wollte er wissen.

»Munira.«

»Redet sie mit dir?«

»Ja. Sie kommt aus einem Ort, der sich Schaizar oder so ähnlich nennt. Ist bei einem Karawanenüberfall geraubt worden. Kaufmannstochter. Nicht von edlem Blut, deshalb hat ihr Herr sich nicht bemüht, sie auszulösen. Sie kann ihn übrigens nicht ausstehen.«

»Warum?«

»Er hasst Muslime. Und er schlägt sie, wenn sie nicht alles zu seiner Zufriedenheit erledigt.«

»In ihrem Zustand?«

»Das ist dem Schwein egal.«

»Hätte ich nicht von ihm gedacht. Er ist doch ein höflicher Mann.«

Aber dann erinnerte er sich, wie Josselin Ermengarda beleidigt hatte und mit welch wilder Rücksichtslosigkeit er damals in Narbona ihren Zweikampf ausgefochten hatte.

»Du weißt nicht, was wir Frauen manchmal zu erdulden haben, Arnaut.«

»Sammelst du deshalb jedes gefallene Weib auf, das dir über den Weg läuft?«, fragte er spöttisch.

Elena war rot geworden, obwohl man es in der Dunkelheit nicht sehen konnte. »Du meinst Belinda?«

»Heißt sie so?«

»Ich hoffe, die Mädchen stören dich nicht. Unser Lager ist sauber, wie du sicher bemerkt hast. Sie waschen, kochen und kümmern sich um deine Männer.«

»Wie sie sich um die Männer kümmern, habe ich schon mitbekommen«, erwiderte Arnaut trocken. »Zahlen sie dir eigentlich einen Anteil? Dafür, dass du sie beschützen lässt?«

Es war ihm also nicht verborgen geblieben, dachte sie.

»Ein wenig«, erwiderte sie verlegen. »Wir alle müssen schließlich sehen, wie wir zurechtkommen.«

Arnaut schüttelte den Kopf. »Nun bin ich also Hurenmeister geworden.«

Jetzt funkelte es zornig in ihren Augen. »Und was ist schon dabei? Sollen die beiden etwa verhungern? Die Kerle sehnen sich nach ein bisschen Liebe. Ist das so schwer zu begreifen?«

»Das nennst du Liebe?«

Ihre Augen hatten einen feuchten Schimmer bekommen. »Ja, Liebe. Oder sind wir schon so verroht, dass wir nichts mehr empfinden, Arnaut?«

Er sah zur Seite. Gegen den schwachen Schein der sterbenden Lagerfeuer im Hintergrund konnte sie sein Profil ausmachen.

Wortlos trat sie dicht an ihn heran, nahm seine Hand und legte sie sanft auf ihre Brust. Arnaut war überrascht. Und doch schlangen sich seine Arme wie von selbst um sie. Ihr Haar roch nach dem Feuer, ihr weicher Leib, der sich an ihn schmiegte, erregte ihn plötzlich mit ungeahnter Heftigkeit. Sie hob ihr Kinn und suchte seine Lippen. Aber dann erinnerte er sich anderer Umarmungen und machte sich behutsam von ihr los.

»Ich suche keine Liebe, Elena.«

»Was suchst du dann?«

»Nichts«, murmelte er verlegen. Er wünschte ihr noch eine gute Nacht und war gleich darauf in der Dunkelheit verschwunden.

♦

Endlich, am 3. Januar, öffneten sich die Berge zu beiden Seiten des Flusses, und sie gelangten in ein weites, von schneebedeckten Höhenzügen umsäumtes Tal, an dessen fernem Ende sich die Kirchtürme von Laodikeia erkennen ließen.

In dieser nicht unbedeutenden byzantinischen Stadt erhofften sie sich Kunde von Bischof Otto von Freising und seinen schutzbefohlenen Pilgern. Aber vor allem hatten sie vor, die so verzweifelt benötigten Vorräte für die nächste große Wegstrecke durch das Hochland des Taurus zu sammeln.

Dem König und seinen Heerführern war inzwischen klargeworden, dass sie die Versorgungsschwierigkeiten auf diesem langen Weg weit unterschätzt hatten. Im Inneren Anatolias bedeutete die Macht des Kaisers wenig, und sich im tiefen Winter vom Lande selbst zu ernähren hatte sich als schwierig erwiesen. Nach Kampf, langen Märschen und schlechter Verpflegung waren viele geschwächt. Alle Hoffnungen lagen deshalb auf der reichen Gegend um Laodikeia. Mit Glück würde sich dort der ausgedünnte Bestand an Pferden und Lasttieren ersetzen lassen.

Auch einige von Arnauts Leuten waren jetzt zu Fuß unterwegs. Arnaut selbst ritt seinen Wallach, um den verwundeten Amir zu schonen, und hatte Jori den jungen Hengst gegeben, den sie als Ersatz aus Rocafort mitgenommen hatten. Joris Schulter schmerzte noch, aber die Wunde heilte gut.

Sie verließen den Mäander und folgten jetzt einem Zufluss, der sich durch das Tal schlängelte und irgendwo südlich der Stadt im Gebirge entsprang. Auf den fruchtbaren Auen reihten sich Ackerflächen, Viehweiden und Gärten aneinander.

Auf der nördlichen Hangseite des Tals gab es Weinberge. Doch zu ihrer großen Enttäuschung waren Scheunen und Schober leer, die Behausungen verlassen und im ganzen Tal weder Mensch noch Tier zu sehen.

Im Gegensatz zu den Siedlungen am unteren Lauf des Mäander gab es keine Anzeichen von Gewalt oder Plünderung. Hier hatten die Türken also nicht gehaust. Aus unerfindlichen Gründen mussten die Bewohner freiwillig ihr Land verlassen und alles Tragbare mitgenommen haben.

Nachdem die *militia* einen Lagerplatz nicht weit von der Stadt gefunden hatte, ritt König Louis mit großem Gefolge vor die Tore. Zu seinem Ärger fand er diese verschlossen vor. Bewaffnete standen auf den Zinnen und ließen sich nicht bewegen, die Franken einzulassen.

Erst als die Sonne schon im Begriff war, hinter den Bergen zu versinken, erschien ein mürrischer Statthalter mit einer schwerbewaffneten Leibwache im fränkischen Lager und ließ sich vor den König und seine Berater führen. Demetrios Anargyros war sein Name, ein alternder, fetter Beamter des Byzantinischen Reiches, der seine Glatze unter einer schlechtsitzenden, blonden Perücke versteckte. Weder der König noch die versammelten Anführer des Heeres schienen ihn sonderlich zu beeindrucken.

Ja, die Alemannen unter Bischof Otto seien hier wohlbehalten durchgezogen, sagte er auf Anfrage des jungen Friedrich von Schwaben. In Richtung Attalia. Man habe sie mit allem Notwendigen versorgt. Doch als der König das Gleiche für sich und sein Heer verlangte, zuckte der Mann bedauernd mit den Schultern.

»Ich muss Euch leider enttäuschen«, ließ er übersetzen. »Die Bewohner sind in die Berge geflohen und haben alle Vorräte mitgenommen.«

»Aber wieso?«

»Man hat von Euren Plünderungen und anderen Schandtaten gehört. Niemand lässt sich gerne ausrauben, *Sire.*«

»Aber das waren Einzelfälle. Und wir sind bereit, für alles zu bezahlen.«

»Ich kann Euch beim besten Willen nicht helfen.«

»Es ist dir hoffentlich klar«, fuhr Amédée de Savoie wütend dazwischen, »dass wir eure erbärmliche Stadt erstürmen können. Dann nehmen wir uns, was uns zusteht.«

Comte Amédée, ein Mann von aufbrausendem Wesen, war der Oheim des Königs und konnte sich solche Einmischungen erlauben.

»Sicher, *Mossenher*«, erwiderte der Grieche ungerührt. »Deshalb werdet Ihr aber trotzdem leere Speicher vorfinden.«

»Und wenn wir dich an deinem frechen Hals aufhängen?«, schrie Amédée erbost.

Der Grieche enthielt sich einer Antwort, sah ihn nur mit beleidigter Miene an. Louis beruhigte den Oheim. Es bringe nichts, sich aufzuregen. Aber selbst als er von der Vereinbarung mit dem Kaiser sprach, der die Versorgung des Heeres unter Strafandrohung befohlen hatte, schien dies auf Demetrius Anargyros wenig Eindruck zu machen.

»Konstantinopel ist weit, *Sire.* Hier herrschen andere Gesetze. Wir leben im Grenzland und sind auf gute Nachbarschaft mit den Seldschuken angewiesen.«

»Ihr wollt uns also nicht helfen?«

Demetrius hob in gespielter Ohnmacht die Hände. »Was kann ich tun? Wenn Ihr meint, Ihr könnt die Leute überzeugen, *Sire,* dann redet selbst mit ihnen.«

»Und wo finden wir sie?«

Es folgte eine unbestimmte Armbewegung in Richtung Berge. »Irgendwo da oben. Woher soll ich das wissen?«

Damit stand er auf und verließ ohne ein weiteres Wort das Zelt. Fassungslos über eine solche Frechheit blieb der König auf seinem Feldstuhl sitzen.

»Anargyros, der *Unbestechliche.* Dass ich nicht lache.« Godefroy, der ein wenig Griechisch sprach, schüttelte angewidert den Kopf. »Ich wette, von den Türken lässt er sich nur allzu gerne schmieren.«

»Diese verdammten Griechen«, fluchte *Comte* Amédée. »Natürlich stecken sie mit den Türken unter einer Decke. Alles ein falsches Spiel. Der Kaiser führt uns an der Nase herum.«

»Warum sollte er?«, fragte Louis.

»Weil er nicht will, dass wir Antiochia stärken. Ihm ist es lieber, wir verrecken unterwegs.«

Zwischen Jerusalem und Konstantinopel herrschte seit fünfzig Jahren ein Gezerre um das von den ersten Kreuzrittern eroberte Antiochia. Von Rechts wegen war es ein Lehen des Kaiserreichs, obwohl die Latiner das anders sahen. Sollte ein fränkisches Heer dem Fürsten von Antiochia helfen, Edessa oder gar Aleppo zu erobern, könnte er es endlich wagen, sich von Konstantinopel loszusagen. Das wäre für die Kirche Roms allerdings ein großer Sieg.

»Antiochia gehört uns Latinern«, meldete sich hitzig Étienne de Bar, der Bischof von Metz. »Es wird Zeit, dort keine griechischen Patriarchen mehr zuzulassen. Warum sollten wir die griechische Kirche noch länger dulden? Rom ist die einzige und wahre Kirche.«

»Messenhers!« Die Königin war aufgestanden und stampfte ungeduldig mit dem Fuß auf. »Rom hier und Konstantinopel da … Das Gerede ertrage ich schon, seit wir aufgebrochen sind. Und ich habe es gründlich satt. Unsere Leute hungern. Wir haben, wie wir wissen, noch eine schwierige Strecke vor uns. Wie sollen wir es ohne Vorräte durch die Berge schaffen? Die Stadt zu erstürmen ist nutzlos. Was also ist zu tun?«

Sie schwiegen betroffen und sahen sich ratlos an. Auch der König hatte keine Antwort. Er am allerwenigsten. Und das ärgerte ihn.

»Es würde vielleicht helfen, *Madame,* wenn Ihr auch nur die Hälfte Eures lächerlichen Plunders wegwerfen wolltet«, äußerte er ungehalten. »Dann hätten wir mehr Platz für Nützlicheres als Pelze und Roben.«

»Gerne, *Sire*«, erwiderte sie scharf, »wenn es den klugen Herren hier endlich gelänge, Futter und Nahrung aufzutreiben.«

Der König warf ihr einen gereizten Blick zu. Die Angesprochenen sahen verlegen weg. Das häufige Gezänk zwischen den königlichen Gatten machte die Lage nicht erträglicher.

»Warten wir ein paar Tage«, schlug Étienne de Bar beschwichtigend vor. »Wenn wir den Einheimischen zeigen, dass wir es friedlich mit ihnen meinen …«

»Schicken wir lieber Kundschafter in die Berge, um sie aufzuspüren«, knurrte Amédée, immer noch wütend. »Irgendwo müssen sie doch ihre Vorräte versteckt haben.«

♦

»Und wie ist diese Sklavin, um die du dich kümmerst?«, fragte Constansa.

»Zuerst war sie misstrauisch«, erwiderte Elena. »Aber inzwischen … Sie tut mir leid, das arme Kind. So ganz allein unter Feinden. So müssen wir ihr doch vorkommen.«

»Und nun trägt sie auch noch das Balg ihres Entführers.«

»Dafür kann das Kleine doch nichts.«

»Ich glaube, ich würde so ein Kind hassen.«

»Ach wo. Wenn du es erst mal in den Armen hältst …«

Sie saßen auf einer Bank im Hof eines kleinen Anwesens. Elena hatte darauf bestanden, Constansa bei ihren Streifzügen zu begleiten. Die Gegend war sicher, keine Seldschuken weit und breit, nicht einmal Einheimische.

Sie hatten Ställe, Speicher und Gebäude durchsucht und das wenige Brauchbare auf ein paar Maultieren verstaut. Eine Ladung Heu, einige Zöpfe Knoblauch und Zwiebeln, gelagertes Obst, getrocknete Kräuter und sogar eine Speckseite, die man im Rauchfang vergessen hatte. Auf einem anderen Hof war ihnen eine kleine Herde Gänse in die Arme gelaufen, die sie gefangen und geschlachtet hatten. Das, was Arnauts Truppe nicht unbedingt selbst benötigte, verkaufte Elena zu einträglichen Preisen. So eine fette Gans brachte richtig gutes Silber, besonders bei den verwöhnten Höflingen der Königin.

An diesem Tag war es ungewöhnlich warm für die Jahreszeit. Constansa schloss die Augen und hielt ihr Gesicht in die Sonne. Sie versuchte sich vorzustellen, wie es wohl war, ein Kind zu haben. Unwillkürlich musste sie dabei an Severin denken. Er war ein Tolpatsch. Und doch hatte er etwas Fürsorgliches. Ein liebenswerter Tolpatsch. Aber nein. Für eine Familie war sie nicht geschaffen. Sie seufzte.

»Ich hätte gern gewusst, an was du gerade denkst«, sagte Elena mit einem Augenzwinkern. »Oder soll ich sagen, an wen?«

Constansa wurde rot. »Nichts, gar nichts.« Sie sprang auf. »Komm, wir müssen weiter.«

In diesem Augenblick trabten Reiter auf den Hof. Ein Templer in weißem Mantel und ein halbes Dutzend seiner Sergeanten. Als der Mann aus dem Sattel stieg und auf sie zukam, erkannten sie Étienne de Bernay.

»Wen haben wir denn hier?«, tönte der. »Das ist doch die kleine Hure, die meint, es mit Männern aufnehmen zu können.«

Er zwinkerte seinen Leuten zu, die ebenfalls herangetreten waren. Elena war aufgesprungen. Ihr schlug das Herz heftig gegen die Rippen, denn sie erkannte etwas Bösartiges in den Augen dieses Mönchkriegers. Und das Grinsen der anderen Kerle war nicht weniger beunruhigend.

Constansa dagegen legte die Hand auf den Schwertgriff und starrte mit kaltem Blick zurück. Elena packte sie am Arm und versuchte, sie wegzuziehen. »Komm, lass uns verschwinden.«

Einer verstellte ihr den Weg zu den Reittieren. »Nicht so hastig, meine Süße«, sagte er und grinste breit. Vorn fehlte ihm ein Schneidezahn.

»Haltet sie gut fest, Jungs«, sagte Étienne. »Damit uns die Vögelchen nicht davonfliegen.«

Constansas Schwert war halb aus der Scheide, als zwei bullige Kerle sie an den Armen packten, ihr ein Knie in den Rücken stemmten und ihren Kopf an den Haaren so weit zurückbogen, dass sie völlig hilflos war. Sie spürte die Finger des Templers auf ihrer Kehle, wie sie sanft über die Haut strichen, dann hinabwanderten und ihre unter Kettenringen verborgenen Brüste berührten. Schließlich griff er ihr brutal in den Schritt.

»Vielleicht sollten wir ihr mal zeigen, wozu der Herrgott Weiber geschaffen hat«, sagte er. »Sicher nicht zum Kriegführen.«

Die anderen feixten. Elena heulte auf, als einer ihr den Rock herunterriss und ihren Hintern befingerte. Constansa gab keinen Laut von sich, kämpfte aber, um sich zu befreien. Doch die Männer waren zu stark. Sie lachten über ihr vergebliches Ringen, als wäre das alles ein Riesenspaß.

»Los, zieht die Kleine aus«, befahl der Templer.

Zwei weitere kamen hinzu, um zu helfen. Gegen vier starke Männer war Constansa völlig hilflos, sosehr sie sich auch wehrte. Sie zogen ihr Panzer, *gambais* und Tunika über den Kopf und rissen mit einem Ruck das Leinenhemd entzwei. Beim Anblick ihrer nackten Brüste, die bei dem wilden Gezerre aufreizend vor seinen Augen tanzten, bekam der Templer einen gierigen Blick.

»Los, den Rest auch«, sagte er sichtlich erregt und öffnete seinen Schwertgürtel.

Constansa trat um sich, als die Kerle sich an ihren Hosen zu schaffen machten. Doch ein Faustschlag wie von einem Hammer ließ sie fast die Besinnung verlieren. Und dann spürte sie die kalte Winterluft auf ihrer nackten Scham.

»Wehr dich nicht«, schrie Elena. »Sonst schlagen sie dich tot.«

»Kluges Mädchen«, lachte der Templer, während er sich selbst entblößte. »Von der kannst du lernen.«

Ihr Kämpfen war vergeblich. Sie warfen sie auf den Rücken, zwei von ihnen hielten ihre Arme wie Schraubstöcke, die anderen zerrten ihre Knie auseinander. Als der Templer sein geschwollenes Glied in sie zu bohren suchte, heulte und schrie sie wie ein verwundetes Tier.

»Verdammt, die ist ja noch Jungfrau«, grunzte er und stieß härter zu. »Na, umso besser.«

Jäh übermannte sie ein scharfer Schmerz, der in ein Brennen überging. Ihre Muskeln zitterten vor Anstrengung, weil sie sich noch immer mühte, dem Griff der Männer zu entkommen. Doch langsam dämmerte ihr die Sinnlosigkeit jeder Gegenwehr, und so ließ sie es einfach geschehen. Sie lag da und starrte, ohne zu sehen, in den blauen Himmel, hörte weder das Lachen ihrer Peiniger noch das wollüstige Stöhnen hinter ihr, wo Elena das Gleiche zu ertragen hatte, schien kaum wahrzunehmen, dass noch andere Kerle über ihr keuchten und einer nach dem anderen sie mit seinen ekelhaften Ergüssen füllte.

»Jetzt weißt du, wozu ein Weib gut ist«, grinste Étienne de Bernay befriedigt und legte seinen Schwertgurt wieder an. »Vergiss es nicht.«

Er schwang sich auf seinen Gaul, und mit einem Lachen verließen die Männer den Hof.

Nun war es wieder still auf dem Anwesen. Der Himmel war immer noch blau, und dieselbe Sonne schien unbeteiligt auf sie herab. Und doch war alles anders geworden. Während Elena sich hochstemmte und zum Brunnen kroch, lag Constansa zusammengekrümmt und zitternd auf der kalten Erde. Sie fühlte sich unendlich schmutzig und besudelt. Ach, würde doch nur ihr Herz aufhören zu schlagen. Nicht einmal weinen konnte sie. Nur nach Sterben war ihr zumute.

Nach einer langen Weile brachte Elena sie dazu, sich endlich zu erheben. Sie wuschen sich mit frischem Brunnenwasser, das sie aus der Tiefe holten. Constansa konnte nicht aufhören, sich zu waschen, bis sie völlig durchgefroren war und vor Kälte zitterte. Zwischen ihren Beinen brannte es wie Feuer, außerdem blutete sie ein wenig. Aber das nahm sie kaum zur Kenntnis. Nur alles wegwaschen, den Dreck, die Scham, den Ekel. Schließlich nahm Elena sie in den Arm und führte sie zur Bank. Dort half sie ihr, sich anzukleiden. Es dauerte lange, bis Constansa in der Lage war, einen zusammenhängenden Gedanken zu fassen.

»Es vergeht«, sagte Elena immer wieder. »Du wirst sehen.«

»So etwas vergeht nicht. Niemals.«

Constansa brach in Tränen aus. Elena hielt sie fest umschlungen und wiegte sie in den Armen, doch es dauerte lange, bis sie sich etwas beruhigte.

»Er wird es büßen«, murmelte Constansa und schluckte ihre Tränen herunter. »Er wird daran ersticken. Ich schwöre es.«

»Gegen einen Templer kannst du nicht ankommen. Der wird alles abstreiten. Und was immer er sagt, seine Männer werden es beschwören. Am besten, du vergisst die Sache.«

»Niemals«, schwor Constansa.

»Und falls du schwanger wirst, ich weiß, wie man das wieder wegkriegt. Mach dir keine Gedanken darüber.«

»Er wird es büßen«, schrie Constansa ihre Wut heraus.

Und dann packte sie die andere an der Tunika. »Und du wirst nichts sagen. Kein Sterbenswort. Zu niemand, hörst du? Sonst bring ich dich um.«

Buch III

Januar, Anno Domini 1148

Die Christenheit jubelt. Lissabon ist den Mauren entrissen, und für die Wenden an der Elbe heißt es, Bekehrung oder Tod. Zehntausende dieser Heiden sterben in den brennenden Dörfern. Doch im Osten warten schwere Zeiten auf die frommen Pilger.

Ermengarda und der Ketzer

»Genug für heute.«

Müde schob ich die Dokumente beiseite, die Raimon mir zur Durchsicht überlassen hatte. Spenden an Kirchen und Hospize, Stiftungsurkunden, Auflistungen von Pachterträgen, Zolleinnahmen und Salzsteuern. Die winzigen, in enge Zeilen gefassten Schriftzeichen schwammen mir schon vor Augen.

»*Perdona me,* Ermengarda.« Raimon lächelte mir verständnisvoll zu. »Es hatte sich so einiges angehäuft …«

»Wird schon alles seine Richtigkeit haben, mein Lieber. Bitte schenk mir etwas Wein ein, aber verdünnt. Vielleicht hilft das gegen meine Kopfschmerzen.«

Raimon war in der Tat die Verlässlichkeit *in persona.* Tag für Tag, oft bis spät in die Nacht, kümmerte er sich unermüdlich um die Verwaltung der Vizegrafschaft und um die verschiedenen Besitztümer, Einnahmen und Ausgaben. Da Bruder Aimar nicht mehr da war, ihm zu helfen, hatte er sich noch mehr Arbeit aufgebürdet. Dabei sollte ich mich schämen, seine heimliche Schwärmerei für mich so eigensüchtig auszunutzen.

»Wird es nicht Zeit, Raimon, dass du dir eine Frau suchst?«, fragte ich wie beiläufig, nachdem er mir einen Kelch gereicht hatte.

»Eine Frau?« Er machte ein verdutztes Gesicht, als wäre die Frage abwegig. Dann lachte er verlegen. »Dafür habe ich doch gar keine Zeit.«

»Willst du keine Kinder?«

»Mein Bruder hat schon einen Stall voll. Und meine Schwester auch. An Erben wird es in unserer Familie nicht mangeln.«

»Darin ähneln wir uns, du und ich«, sagte ich niedergeschlagen. »Keine Kinder.«

»Du bist jung, Ermengarda«, versuchte er, mich aufzumuntern. »Du hast noch viel Zeit.«

Er hatte taktvoll vermieden, von Arnaut und seiner möglichen Rückkehr zu sprechen.

Ich schüttelte den Kopf. »Die alte Hebamme … du erinnerst dich an sie? Sie hat gesagt, da sei zu viel in meinem Leib zerrissen.«

Wochenlang war ich wie zerstört gewesen. Keine Kinder mehr? Dann hatte ich gedacht, wie wollte die Alte das überhaupt wissen. Konnte sie mir in den Bauch sehen? Doch irgendwie fühlte ich, dass sie recht hatte. Ich würde keine Kinder mehr gebären können. Seltsam, dass ich mit einem Mann darüber sprechen konnte. Aber Raimon war wie ein Bruder. Man sagt das so leicht dahin, aber bei ihm empfand ich es wirklich so. Ihm konnte ich alles sagen.

»Das ist bitter«, erwiderte er und seufzte.

»Ach, ich habe mich damit abgefunden.«

Er warf mir einen zweifelnden Blick zu. »Aber Narbona braucht einen Erben.«

»Keine Sorge. Meine Schwester Nina hat geschworen, mir ihren Erstgeborenen zu schicken, wenn er sechzehn wird. Bis dahin sind es noch viele Jahre, aber wenn er kommt, wirst du ihm alles beibringen, was er braucht, um ein kluger Herrscher zu werden.«

»Ein Spanier?« In seiner Stimme lagen Zweifel.

»Er ist von meinem Blut, Raimon. Nina hat ihm den stolzen Namen meiner Vorfahren gegeben … Aimeric. Und sie redet nur in unserer *lenga romana* mit ihm. Du musst dir keine Sorgen machen. Er wird ein guter Narbonenser Fürst.«

»Und ich soll ihn ausbilden, meinst du?«

»Wer sonst?«

Er lachte. »Nun, ein wenig Übung im Vatersein bekomme ich ja schon jetzt, seit Felipe fort ist.«

Ja, Felipe, sein Schwager, hatte uns verlassen, um sich ebenfalls auf diesen vermaledeiten Pilgerzug zu begeben. Seit dem Tag unseres Streits hatte er mich gemieden und sich dann vor Monaten nach Antiochia eingeschifft. Auch er ein Dickkopf wie die anderen. Ach, wie ich diesen Papst hasse, seine verdammte, kriegshetzerische Bulle und all seine elenden Lakaien, von Erzbischöfen bis Kardinälen. Am meisten diesen Clairvaux, den alle anhimmeln.

»Und wie lebt deine Schwester damit?«

»Dass Felipe fort ist?« Er zuckte mit den Schultern. »Sie hat ihre Kinder, weißt du. Und die Familie. Sie sagt nicht viel.«

»Hält ihre Gefühle unter Verschluss. Wie du.«

Er lächelte etwas unsicher, sammelte die Dokumente ein und erhob sich. »Ich lass dich jetzt besser mit meinen Angelegenheiten in Frieden.«

An der Tür wandte er sich noch einmal um. »Bevor ich es vergesse, Ermengarda, was machen wir mit diesem Prediger?«

»Was ist dein Rat?«

»Er wiegelt das Volk mit seinen Lehren auf. Das heißt, die eine Hälfte der Stadt spuckt auf ihn, und die Übrigen vergöttern den Kerl, weil er gegen die Pfaffen wettert. Es könnte zu Unruhen kommen. Wir sollten ihm die Stadt verbieten.«

»Wie heißt er?«

»Henri de Lausanne.«

»Zieht der nicht schon seit Jahren durch die Lande?«

»So ist es. Und bekommt immer mehr Zulauf.«

»Ein Gutes hat es wenigstens. Diese Wanderprediger sorgen bei der hohen Geistlichkeit für Aufregung«, erwiderte ich schadenfroh, denn alles, was unseren guten Erzbischof ärgerte, machte mir kindisches Vergnügen. »Ich würde brennend gern hören, was so ein Mann zu sagen hat. Sollen wir ihn holen lassen?«

»Um Gottes willen. Du kannst doch keinen Ketzer in den Palast laden. Das käme ja einer Zustimmung gleich.«

»Leider hast du recht. Versuch aber, mehr über ihn herauszufinden.«

Raimon nickte und verließ den Raum. Ich nahm einen Schluck Wein und aß ein wenig von dem Honiggebäck, das Jamila mir hingestellt hatte.

Nein, ich war nicht aufrichtig mit Raimon gewesen, denn dass ich keine Kinder mehr haben sollte, damit hatte ich mich noch überhaupt nicht abgefunden. Ein schrecklicher Fluch, wenn es stimmte. War es Gottes Strafe, wie Arnaut behauptete? Aber was war das für ein Gott, der etwas gegen Kinder der Liebe haben sollte? Außerdem ist die Welt doch voller Bastarde, die sich bester Gesundheit erfreuen. Ach, Arnaut, warum bist du nur so verbohrt?

♦

»Aus dem Weg, gute Frau«, hörte ich hinter mir eine rauhe Stimme keuchen, und eine Hand schob mich unsanft zur Seite. Ich trat zurück und ließ einen Arbeiter an mir vorbei, der ein schweres Fass auf der Schulter trug.

Es war ein Gedränge in der dunklen Gasse, und es stank nach Pferdekot und Pisse. Handwerker, Marktfrauen, Bürgerinnen, alles strömte der *caularia* zu, dem großen Marktplatz vor dem Palast, wo der Prediger heute reden sollte. Ich fragte mich, ob ich noch recht bei Trost war, mich unerkannt unters Volk zu mischen.

Nachdem mir Raimon weiteres über den Mann berichtet hatte, war ich noch viel neugieriger geworden und wollte nun selbst hören, was er zu sagen hatte. Und so hatte ich mich zu Raimons Entsetzen als einfache Magd verkleidet und aus einem Hinterausgang des Palastes geschlichen. Ich warf mir einen langen Umhang über Kopf und Schultern, aus dem nur meine Nasenspitze hervorschaute. Bei der Kälte der Jahreszeit sah ich nicht anders aus als die meisten Frauen.

Die Menge schob mich auf den Marktplatz. Hier war es

heller, man konnte freier atmen. Ich drängelte mich vor und sah ihn schon bald aus der Nähe, diesen Henri de Lausanne. Er redete gerade mit einer Gruppe Frauen, die darauf bestanden, sich von ihm segnen zu lassen.

Der Mann sah aus, wie Raimon ihn beschrieben hatte. Ein hochgewachsener, erschreckend hagerer Kerl mit verfilztem Bart und Haar. Am Leib trug er nichts als eine grobe Mönchskutte, geflickt und dreckig. Angeblich lebte er von Almosen, schlief auf dem nackten Boden und lief selbst im Winter barfuß herum. Alles in allem eine erbärmliche Gestalt, auf die man die Hunde gehetzt hätte, wäre da nicht die klangvolle Stimme, die klugen grauen Augen und sein freundliches Lächeln gewesen. Und natürlich sein Ruf und seine Beliebtheit beim einfachen Volk.

Er war weit herumgekommen. Ob er wirklich aus Lausanne stammte, konnte niemand sagen. Jedenfalls war er ein *petrobrusianus.* So nannten die Geistlichen die Schüler jenes Peire de Bruis, der vor seinem Tod vor siebzehn Jahren im ganzen Süden Ketzerlehren verbreitet hatte. Auch hier in Narbona gab es viele Anhänger. Nach ihm hatten auch andere Prediger in seinem Sinne gewirkt, aber keiner so überzeugend wie dieser Henri, so versicherte mir Raimon.

Inzwischen waren die Umstehenden ungeduldig geworden. Sie wollten ihn endlich hören.

»Liebe Brüder und Schwestern in Christus«, begann er mit ruhiger Stimme. »Gestern sprachen wir vom Opfer, das Jesus gebracht hat. Und darüber, was dies für jeden von uns bedeutet.«

Sie lauschten aufmerksam, fast begierig. Einfache Bürger beiderlei Geschlechts, Handwerker, Fischer, Seeleute. Seine Stimme trug über den ganzen Platz.

»Heute aber wollen wir darüber reden, was aus seinem Opfer geworden ist.«

Er sah einen Augenblick zu Boden, als würde er sich sammeln, dann blickte er den Menschen um ihn herum in die

Augen. »Gestorben ist ein einfacher Mann, der die Liebe predigte, der nichts besaß, der barfuß wandelte, den kein Ehrgeiz trieb. Und doch konnte er, und kann es noch immer, unsere Herzen rühren und Wunder vollbringen.«

»Amen«, murmelten viele und bekreuzigten sich.

»Aber was haben sie daraus gemacht«, rief er nun lauter. »Anstatt seinem Beispiel zu folgen, haben sie auf seinem Grab ein gewaltiges Gebäude des Pomps und des Ehrgeizes errichtet. Es ist die Kirche Roms, mit der sie die ganze Welt beherrschen wollen. Aber wer sind denn diese Priester, die sich über uns erheben? Ich sage euch, hört nicht auf sie, denn sie sind nicht von Jesus gesandt. Sie sind nichts als die Hunde Roms, euch zu knechten und zu schröpfen. Den Bischöfen und Kardinälen in ihren purpurnen Gewändern geht es nicht um euch. Ihnen geht es nur um Geld, um ihre Pfründe und um Macht. Selbst mit Königen und Prinzen ringen sie, um auch über sie zu herrschen. Das hat nichts mehr mit einem Christus zu tun, der die Geldwechsler aus dem Tempel verbannte.«

Ein beifälliges Raunen ging durch die Menge. Solche Worte kamen bei den einfachen Leuten an. Aber aus den hinteren Reihen ließen sich auch Zischen und vereinzelte Schmährufe vernehmen.

»Braucht ein Mensch überhaupt einen Priester, um mit seinem Gott zu reden?«, fragte Henri die Menge. »Ist Gott nicht allmächtig? Versteht er nicht jede Sprache, auch die des einfachen Mannes? Wozu dann aber Kirchen und Paläste wie dieses herrliche Haus des Erzbischofs, vor dem wir stehen? Gewaltige Ländereien besitzt der Mann, Burgen und Klöster. Seine Truhen bersten vor Gold. Doch in den Straßen sieht es anders aus. Da verrecken die Armen, erfrieren Bettler in der Winterkälte, und es weinen Mütter, weil sie für ihre Kinder nichts zu essen haben. Ein Hirte will der Mann sein? Ich frage euch, braucht ihr einen solchen Hirten? Wem nützt er außer sich selbst?«

Die Leute sahen sich an und murrten untereinander. Eine

junge Frau neben mir, ärmlich gekleidet und mit drei kleinen Kindern am Rock, nickte heftig. »Eine Schande ist das«, ließ sie lautstark vernehmen. Andere stimmten zu.

»Nein, Gott hört uns auch ohne Kirchen, wenn wir zu ihm beten«, rief Henri. »Er braucht keinen Mittler, Er hört uns überall, auf dem Feld oder in der Werkstatt. Und es muss auch nicht auf Lateinisch sein. Er freut sich über jeden, der aus freien Stücken und aus tiefem Glauben zu Ihm kommt. Der Ihm sein Herz öffnet.«

Er hielt einen Augenblick inne, um die Worte wirken zu lassen.

»Aus freien Stücken«, wiederholte er dann. »Denn was nutzt Ihm einer, der gezwungen wurde, Christ zu sein? Den die Eltern zum Christen bestimmt haben, als sie ihn taufen ließen. Ist der aus freien Stücken gekommen? Was weiß ein Säugling schon von Christus? Und warum sollte ein Kind in der Hölle schmoren, nur weil es zufällig vor der Taufe verstorben ist? Wird unser lieber Heiland es wirklich in die Hölle schicken? Natürlich nicht, denn Christus liebt besonders die Kinder in ihrer Unschuld. Er selbst aber ließ sich erst als Erwachsener taufen, als er wusste, was das bedeutet. Und so, meine Brüder und Schwestern, sollen auch wir es halten.«

Predigte der Mann etwa die Abschaffung der Kindstaufe, der Kirchen und des Priestertums? Selbst ich war erschrocken. Das ging zu weit. Und doch ließen seine Worte mich nicht unberührt.

»Aus diesem Grund ist es ebenso unsinnig, die Heiden mit dem Schwert bekehren zu wollen«, fuhr er fort. »Wollen wir erzwungene Christen, die nur aus Furcht den seidenen Saum des Kirchenfürsten küssen? Das kann nicht im Sinne Gottes sein. Nein, sage ich. Statt sie zu töten, sollten wir sie christlicher Liebe teilhaftig werden lassen, damit sie die Glorie des Herrn in sich selbst verspüren. Aber was tun wir? Wir schicken Krieger in ihr Land, um ihre Städte und Dörfer zu verheeren. Das soll gottgefällig sein? Werden sie so etwa zum Glauben bekehrt? Was hat das noch mit der Botschaft der Nächstenliebe zu tun, die Jesus von Nazareth uns gesandt hat?«

Henri hatte sich mächtig in Eifer geredet und die letzten Worte fast gebrüllt. *Mon Dieu.* Das war eine ganz andere Predigt als die des Abtes Clairvaux. Viele in der Menge hatten Väter, Söhne oder Brüder in der *militia christi.* Und sie sorgten sich um sie. Nach mehr als sechs Monaten ohne Kunde von ihren Lieben war die Begeisterung für diese Pilgerfahrt des Papstes umgeschlagen, wie Brot, das verschimmelt, oder Wein, der zu Essig wird. Die Männer fehlten überall, wo sie gebraucht wurden. Frauen mussten allein für ihre Familien kämpfen und verfluchten den Tag, an dem ihre Kerle mit den Soldaten gezogen waren. Wie ich auch.

Aber nicht allen, die auf dem Marktplatz standen, gefiel, was Henri sagte. Sie versuchten, ihn mit Pfiffen und Gebrüll zu übertönen. Einer bewarf ihn mit Pferdekot, der ihn an der Schulter traf. Es kam zu Rempeleien und Handgreiflichkeiten. Ich bekam Angst, wollte nicht in eine Rauferei verwickelt werden und begann, mich langsam zurückzuziehen.

Der Prediger ließ sich nicht entmutigen. Sein Gesicht war rot vor Zorn, die Adern auf seiner Stirn traten hervor. »Aber im Grunde geht es doch gar nicht um die Botschaft Jesu. Denn Rom genügt schon lange nicht mehr, was es besitzt. In Outremer, in Spanien, überall sollen Ungläubige vernichtet und ihr Land geraubt werden. Und Rom bedient sich der Prinzen und Könige, um seine Gier nach Herrschaft in fremde Welten zu tragen. Aber gebt acht, ihr guten Leute, denn alles, was in diesen Tagen geschieht, ist schon in der Bibel offenbart.«

Einen Augenblick herrschte Stille. In der Bibel?

»Ja, in der Bibel«, schrie Henri. »Aber das ist die Stelle, die sie euch verschweigen. Denn dort steht geschrieben von der großen Hure Babylon, die nicht ruht, bis sie alles verschlungen hat. Von der sich die Könige auf Erden verführen lassen, trunken vom Wein ihrer Hurerei. Wir alle wissen, wer gemeint ist. In Purpur und Scharlach ist sie gekleidet, mit Gold und edlen Steinen bedeckt, in ihrer Hand der Becher voll der Greuel auf Erden. Sie ist trunken vom Blut der Heiligen …«

Weiter kam er nicht.

Kriegsknechte des Erzbischofs hatten sich rüde durch die Menge gedrängt, packten ihn nun und schlugen auf ihn ein. Er stürzte auf die Knie, Blut rann ihm aus Mund und Nase. Ein Aufschrei der Entrüstung ging durch die Menge, andere johlten Beifall. Mit blanken Schwertern in der Faust verschafften sich die Soldaten Platz. Dann zerrten sie die ausgemergelte Gestalt des Predigers mit sich fort und verschwanden im Palast des Erzbischofs.

Ich war immer noch wie gebannt von seinen Worten. Einen Augenblick lang fürchtete ich, es würde zu Unruhen kommen, aber nach einigem Gerangel und Gebrüll löste sich die Menge auf, und ich konnte mich unbemerkt in den Palast zurückschleichen.

Der ersten Wache, der ich begegnete, warf ich meinen Umhang zu und befahl ihm, mir Raimon zu schicken.

»Der Erzbischof hat ihn gefangen gesetzt«, sagte ich zornig, als er erschien.

»Das habe ich beobachtet. Wenigstens hat er einen Tumult verhindert.«

»Verstehst du nicht? Er hat kein Recht dazu. Der Marktplatz ist meine Domäne, und überhaupt die Gerichtsbarkeit in solchen Dingen liegt bei mir, nicht bei der Kirche.«

Er sah mich erstaunt an. »Ich weiß. Er missbraucht sein Amt. Aber was kümmert dich ein zerlumpter Prediger?«

»Zerlumpt mag er sein, aber was er sagt, ist nicht dumm. Vielleicht in manchem übertrieben, trotzdem …«

»Geht es dir um den Prediger oder um einen Streit mit dem Erzbischof?«

»Ganz gleich. Geh sofort zu Leveson und verlange, dass man den Mann an mich übergibt. Und wenn nicht, dann wird er es bedauern, das kannst du ihm ausrichten.«

Drei Stunden blieb er fort. Es musste ein zähes Ringen gewesen sein, aber es war ihm nicht gelungen, meinen Wunsch durchzusetzen. Dabei ist Raimon ein äußerst geschickter Unterhändler. Der Kerl habe die Kirche beleidigt, so Levesons Antwort. Peire de Bruis habe vor Jahren schon genug Aufruhr gestiftet, man wünsche keine Wiederholung. Überhaupt sei man nicht länger gewillt, solche Lästerungen der heiligen Kirche straflos hinzunehmen.

»Aber er hat nicht das Recht dazu.«

»In diesem Fall pfeift er auf deine Gerichtsbarkeit, Ermengarda. Vergiss nicht, er herrscht auch als Fürst über halb Narbona. Was willst du tun? Den Palast des Erzbischofs stürmen? Der Kerl gehöre ins Loch, sagt er, und zwar endgültig, um darin zu verfaulen. Leveson ist sogar ziemlich ausfällig geworden. Ich wage kaum, seine Worte zu wiederholen.«

»Was hat er gesagt?«

Raimon war sichtlich verlegen und wand sich, bis ich ihn drängte. »Wenn hier schon von babylonischen Huren geredet würde, so sagte er, dann könne er bei der nächsten Sonntagsmesse gern auch von einer anderen Hure berichten, einer hier in Narbona, die mit ihren Rittern Unzucht treibt.«

Mir blieb die Luft weg. »Das wagt er nicht.«

»Verlass dich nicht darauf. Er war ziemlich aufgebracht.«

Ich ließ mich auf einen Stuhl sinken. Eine unverschämte Drohung. Überhaupt war ich des ewigen Gerangels mit diesem Kirchenmann müde. Es war wirklich Zeit, ihn in die Schranken zu weisen.

»Das werden wir so nicht hinnehmen«, sagte ich entschlossen. »Wir werden uns etwas ausdenken.«

Aber bevor wir die Angelegenheit weiter besprechen konnten, sprang die Tür auf, und *Domna* Anhes kam hereingestürmt.

»Ein Brief, Ermengarda«, rief sie aufgeregt und fuchtelte mit einer ledernen Briefhülle in der Luft herum. »Aus Konstantinopel!«

Aus Konstantinopel. Ich fasste mir ans Herz. Das konnte nur eines bedeuten. Wer sollte mir sonst von dort schreiben? Ich musste bleich geworden sein, denn beide, Raimon und Anhes, waren sofort an meiner Seite.

»Geht es dir gut, Kind?«, fragte Anhes besorgt.

»Natürlich. Nun gib schon her.« Ich riss ihr den Brief aus der Hand. »Und lasst mich jetzt beide allein.«

Hastig brach ich das Siegel auf und zog das gerollte Pergament aus der Hülle.

Von Bruder Aimar
an Ermengarda, Vescomtessa
Oktober, AD 1147

Der Brief war also von Aimar, dachte ich zuerst etwas enttäuscht. Trotzdem, endlich ein Lebenszeichen. Oder gar schlechte Nachrichten? Mein Herz klopfte wild. Beklommen las ich weiter.

Salve Domina,
obwohl diese Pilgerfahrt nicht Deine Zustimmung gefunden hat, möchte ich Dir berichten, wie es uns ergangen ist. Zunächst solltest Du Arnaut nicht zürnen, wenn einige Deiner Söldner in seinen Dienst getreten sind. Sie sind freiwillig gekommen. Er hat sie nicht dazu gedrängt.
Wir haben uns Alfons Jordans Sohn Bertran und einer Abteilung Tolosaner auf dem Landweg angeschlossen. Der Graf von Tolosa selbst plant später per Schiff ins Heilige Land zu reisen.
Es war ein langer Weg durch viele Länder. Über den Rhenus, entlang der Danubia, durch die großen Ebenen der Ungarn und Bulgaren bis nach Adrianopolis und nun endlich, Anfang Oktober, nach vier Monaten, haben wir Konstantinopel erreicht.
Ich hatte Glück und durfte in die Stadt. Wüsste ich nicht,

dass Jerusalem das Zentrum der Welt ist, man könnte meinen, es läge hier. Riesige Kirchen und Paläste, Bäder und mit Statuen geschmückte Plätze. Man kommt aus dem Staunen nicht heraus, wohin man auch seine Schritte lenkt. Unterwegs hatten wir einige Schwierigkeiten mit den Soldaten des Kaisers, aber hier behandelt man uns gut, auch wenn sie Wucherpreise für die tägliche Nahrung verlangen. Weshalb der König so schnell wie möglich aufbrechen will. Morgen werden wir nach Asia übersetzen.
Es geht uns allen gut. Arnaut weiß nicht, dass ich Dir schreibe, aber Severinus lässt Dich grüßen. Vielleicht gelingt es mir, Dir eine Botschaft von Antiochia zu senden, soweit es Gottes Wille ist, uns wohlbehalten bis dorthin zu geleiten.

Der Herr sei mit Dir,
Dein treuer Diener
Aimar

Ich ließ das Blatt auf meinen Schoß sinken.

Tränen strömten mir über die Wangen. Maria im Himmel, dir sei gedankt! Es ging ihnen also gut. Das war das Allerwichtigste. Es ging ihnen gut, wiederholte ich immer wieder bei mir. Und damit war doch auch Arnaut gemeint, nicht wahr?

Ich konnte kaum einen anderen Gedanken fassen und musste erst einmal tief durchatmen. Arnaut war, wie es aussah, auf der langen Reise weder an Fieber erkrankt, vom Pferd gestürzt noch vom Blitz erschlagen. Ach herrje, war ich erleichtert. Erst in diesem Augenblick wurde mir so recht bewusst, wie sehr ich doch gebangt hatte.

Ich las die Nachricht ein zweites, ein drittes und ein viertes Mal. Im Oktober hatte Aimar ihn geschrieben. Vier Monate war dieser Brief unterwegs gewesen. Aber nun war er hier bei mir. Ich drückte den Fetzen Pergament an meine Brust und war für einen Augenblick das glücklichste Weib in ganz Narbona.

Der Schicksalsberg

Alles war bereit, die Lagerfeuer gelöscht, die Tiere beladen, die Marschordnung festgelegt.

Arnaut untersuchte noch einmal die Wunde an Amirs Schulter. Sie nässte nicht mehr und schien zu heilen. Er strich dem Hengst aufmunternd über Hals und Flanken. Schmerzlich zu sehen, wie mager das Tier geworden war. Auch vermisste er das widerspenstige Feuer in seinen Augen. Seinem Wallach, den er seit Tagen ritt, ging es nicht besser. Das harte, wenig nahrhafte Wintergras war einfach nicht genug für die Leistungen, die den Tieren täglich abverlangt wurden. Unter der schlechten Versorgung schienen vor allem die Pferde zu leiden, weit mehr als die Maultiere.

»Gib gut auf ihn acht, Lois Bernat.«

Der Junge hielt den Hengst am Halfter und strich ihm liebevoll über die Nase. Er und die anderen Pferdeknechte würden wie gewohnt mit den Packtieren im Tross marschieren, zusammen mit den noch nicht kampffähigen Verwundeten ihrer Truppe, mit Elena und ihren Mägden, Joana und Belinda.

»Keine Sorge, *Senher*«, grinste Lois Bernat. Die Mühsale der Reise schienen ihm eher gutgetan zu haben. Er war kräftiger geworden, und sein Rotschopf war allen ein vertrauter Anblick im Lager.

»Ich hab noch etwas Heu und Hafer aufgetrieben«, sagte er. »Damit können wir ein paar Tage länger auskommen.«

Arnaut gab ihm einen freundlichen Klaps auf die Wange. »Ich weiß nicht, wie du das immer fertigbringst, Junge.«

Lois Bernat hatte eine fast unheimliche Gabe, Dinge aufzutreiben, die die Truppe brauchte. Nahrung, Futter, Schuhwerk, wollene Decken oder Hufeisen für die Tiere. Meistens fragte man besser nicht, woher der Segen stammte. Seine Beute verteilte er freigebig an alle, die es am Nötigsten hatten. Deshalb konnte er, wenn bei seinen Beutezügen Mut oder Muskeln gefordert waren, auf jeden der Männer zählen. Es blieb auch immer etwas für Elena übrig, die damit in beider Namen einen schwunghaften Handel betrieb, denn in Zeiten der Not lässt sich, wie man weiß, oft am besten verdienen.

Drei Tage hatte das Heer in Laodikeia verweilt, in der Hoffnung, die Einheimischen würden sich überreden lassen, zurückzukehren und ihre Vorräte zu teilen. Doch vergeblich. Niemand hatte sich blicken lassen, die Stadttore waren verschlossen geblieben. Die meisten edlen Herren waren überzeugt, man müsse nur die Stadt erstürmen, sie wie eine reife Nuss aufknacken, um alles Nötige zu finden. Doch der König wollte es sich nicht mit Byzanz und dem Kaiser verderben, auf dessen Hilfe er auch in Zukunft zählen wollte. Kein Angriff also auf Laodikeia.

Nachdem im ganzen Tal noch die letzte Hütte nach Essbarem durchsucht worden war, hatte man schweren Herzens beschlossen aufzubrechen. Bis nach Attalia an der Küste standen ihnen fünfzehn Tage durch unwegsames Hochland bevor. Die Verpflegung, die sie zusammengekratzt hatten, würde für höchstens fünf oder sechs davon reichen. Am meisten machte ihnen Sorge, die Tiere durchzubringen.

Arnaut blickte gen Süden. Der Himmel war bedeckt. Ein scharfer Wind blies von den verschneiten Höhen herab und schnitt durch Mark und Bein. Der massige Kadmus mit seiner schneebedeckten Spitze und dunklen Wäldern auf den steilen Hängen stand wie ein finsterer Hüter neben dem Tor zum Hochland, einem engen, schluchtartigen Tal an seiner Flanke. Durch diese scharfe Kerbe zwischen mächtigen Bergen würden sie aufsteigen müssen, ein Gelände wie geschaffen für Hinterhalte. Ein ungutes Gefühl beschlich ihn bei dem Gedanken.

Er sah sich um. Seine Männer waren bereit. Auch Bertran

saß im Sattel, Leibwache und Fahnenträger an der Seite. Sein rotes Banner flatterte über ihnen im Wind, das Tuch verblichen, die Ränder ausgefranst. Die Tolosaner, die noch viele Verwundete zu versorgen hatten, waren unter anderen zur Bewachung des Trosses eingeteilt, der in der Mitte des Heerzugs marschieren würde, wo sich auch die Alemannen befanden. Der König und die Templer bildeten die Nachhut.

Die Vorhut dagegen war längst aufgebrochen und bestand fast ausschließlich aus der Reiterei, um besser gegen Angriffe der Seldschuken gewappnet zu sein. Nach ihnen war eine große Zahl Fußtruppen an der Reihe. Und nun sie selbst. Arnaut hob den Arm zum Abmarsch.

Auch Constansa gab ihrem Pferd die Fersen und folgte dichtauf. Sie versuchte, ihre Gedanken einzig auf den kommenden Marsch zu richten, obwohl es ihr schwerfiel, die quälenden Erinnerungen abzuschütteln. Sie spürte immer noch die gierigen Hände, die sie begrapscht hatten, das brutale Eindringen in ihren Leib. Würde sie sich jemals wieder ganz rein fühlen?

An jenem unheilvollen Tag waren sie erst in der Dunkelheit ins Lager zurückgekehrt und hatten sich wie Diebe zu den Zelten geschlichen. Am nächsten Morgen war es Constansa nur mit großer Überwindung gelungen, überhaupt ihr Gesicht zu zeigen, als könnte man ihr das Vorgefallene an der Stirn ablesen.

Nur Elenas tröstende Gegenwart und Zuspruch hatten sie davor bewahrt, nicht völlig in Selbsthass und Schwermut zu verfallen. Inzwischen war sie fest entschlossen, ihre Schmach tief in sich zu vergraben und auf den Tag der Vergeltung zu warten. Der Gedanke an Rache verlieh ihr genügend Kraft, ihre Verletzung vor allen zu verbergen und wie gewohnt ihren Platz in Arnauts Truppe einzunehmen.

Nur Severin hatte sich nicht täuschen lassen. Ihm war gleich aufgefallen, dass sie mit einem Mal stiller und verschlossener geworden war. Sie lachte nur noch selten und schien ihn zu meiden. Er konnte es sich nicht erklären. Hatte er sie verletzt? Seine Fragen hatte sie barsch zurückgewiesen. Gekränkt hielt er sich von ihr fern und bildete den Abschluss der Truppe.

Weiter hinten hatte sich nun auch der Tross in Bewegung gesetzt. Elena zog ihr Packtier hinter sich her. Neben ihr ritt die hochschwangere Sklavin Munira auf einem Maultier mit silberbeschlagenem Zaumzeug aus rotem Leder. Da die Geburt bald zu erwarten war, hatte Elena von Josselin die Erlaubnis erwirkt, Munira auf dem Marsch in ihrer Nähe zu behalten.

»Wie fühlst du dich, Kind?«, fragte sie.

Die Sklavin stemmte die Fäuste in den Rücken und stöhnte. »Der Sattel drücken mich, gleich, wie sitzen.« Sie sprach nur gebrochen Fränkisch, aber Elena verstand, was sie meinte.

»Bald bist du deine Bürde los«, sagte sie.

Als eine Abteilung Templer an ihnen vorübertrabte, erkannte Elena einen ihrer gottverfluchten Peiniger wieder. Der Kerl hatte die Unverfrorenheit, ihr auch noch anzüglich zuzuwinken. Wütend hob sie einen Stein vom Boden, beherrschte sich jedoch im letzten Augenblick.

»Das Schwein hat mich um Geld betrogen«, sagte sie zur Erklärung, als sie Muniras erstaunten Blick auf sich spürte.

In Wahrheit hatte Elena die Vergewaltigung stärker mitgenommen, als sie Constansa gegenüber hatte zugeben wollen. Auch in ihr schwärte das Erlebte wie eine offene Wunde, und trotz ihres Schwurs, Stillschweigen zu bewahren, war das Bedürfnis groß, sich jemandem anzuvertrauen. In einem stillen Augenblick hatte sie unter dem Siegel des Beichtgeheimnisses mit *Fraire* Aimar geredet.

»Es waren Templer? Bist du sicher?«, hatte er empört gefragt. »Man muss sie bestrafen. Der König ist sehr streng in allem, was mit Unzucht zu tun hat.«

»Constansa will, dass niemand etwas erfährt«, flüsterte sie.

»Besser, es wächst Gras über die Sache. Bei mir ist es anders. Die meisten halten mich ohnehin für eine Hure, auch wenn es nicht stimmt. Aber als Adelige könnte die arme Constansa niemand mehr in die Augen blicken, wenn es herauskäme.«

Aimar seufzte. »Noch dazu Ordensbrüder. Wie schändlich.« Er schüttelte den Kopf. »Vielleicht ist es der Krieg. Im Krieg verrohen die Menschen.«

Elena ließ ihren Tränen freien Lauf. »Man fühlt sich so getreten und entehrt, als wäre man nichts als Dreck unter ihren Stiefeln. Dabei muss man noch dankbar sein, dass sie einen nicht umgebracht haben. Und Constansa, die frisst es in sich hinein, bis sie daran erstickt.«

»Soll ich mit ihr reden?«

»Um Gottes willen, nein. Sie würde vor Scham sterben. Ich kümmere mich schon um sie.«

Das war gestern gewesen.

»Was bist du so still, Elena?«, fragte Belinda, die zu ihr aufgeschlossen war. Sie war ein hübsches, rundliches Ding, das trotz der schmalen Kost immer noch genug Speck auf den Rippen hatte, um den Männern zu gefallen.

»Nichts. Mir geht es gut. Wenn es mit Munira so weit ist, will ich, dass du mir hilfst.«

Belinda nickte. »Ich weiß, wie es geht.«

»Du kannst auf uns zählen«, sagte auch Joana.

Weiter vorn marschierten die Tolosaner. *Fraire* Aimar hatte sich heute zu ihnen gesellt. »Was, glaubst du, haben wir im Hochland zu erwarten?«, fragte er Bertran.

»Karge Landschaften wahrscheinlich. Und ich hoffe nicht, dass hinter jedem Felsen ein Seldschuke lauert.« Er lachte.

Um die Mittagszeit, nach einer kurzen Rast, stieg die Straße an. Linker Hand ein breiter Bergbach, hier und da noch eine Bauernkate oder Schäferhütte, doch je weiter sie hinaufkamen, umso einsamer wurde es. Das Tal wurde enger, der Wald immer dichter und dunkler, die Hänge steiler. Jeder wusste, dass sie von hier an ins unbekannte Land der Seldschuken eindrangen. Beunruhigend auch, dass die griechischen Führer die *militia* verlassen hatten. Ohne ein Wort waren sie verschwunden.

Um sich aufzumuntern, stimmten die Männer das beliebte Lied an, das zur Hymne dieser Wallfahrt geworden war: *»Wer mit Louis gen Osten zieht, muss die Hölle nicht fürchten …«*

Die Worte gaben ihnen Mut. Hatten sie nicht zweimal schon gesiegt? Wovor sollten sie sich also fürchten? Weder vor der Hölle noch vor den Türken, verflucht noch mal! Und so sangen sie, bis die Kehlen heiser waren.

Doch dann kamen sie an eine Stelle, wo sie eine grausige Entdeckung machten, die ihnen den Frohsinn gründlich vertrieb. Zu beiden Seiten des Weges lagen unzählige halb verweste Leichen, die anklagend aus leeren Augenhöhlen starrten, ausgeplündert und von wilden Tieren bis zur Unkenntlichkeit angefressen. Und doch erkannten Herzog Friedrich und die Seinen an Einzelheiten, wie die Form einer Schuhschnalle oder das Wappen auf einem verblichenem *sobrecot,* dass es Alemannen waren. Bischof Otto von Freising und seine Leute mussten hier den Tod gefunden haben, eine andere Erklärung gab es nicht. Dieser grausige Fund inmitten dunkler Wälder erschütterte die Moral der Krieger aufs tiefste. Viele wandten sich stumm ab, andere fielen auf die Knie und beteten für die Seelen der Erschlagenen.

»Dieser Statthalter, dieser verfluchte Demetrios, hat sie verraten«, wetterte Robert de Dreux, der Bruder des Königs. »An die Seldschuken hat er sie verkauft, dafür gehe ich jede Wette ein.«

»Sie treiben ein böses Spiel mit uns«, pflichtete Amédée de Savoie ihm bei. »Schon gemerkt? Alle griechischen Führer haben sich davongemacht. Die wussten schon, was wir hier finden würden.«

»Hab ich nicht immer gesagt, wir hätten Konstantinopel stürmen sollen, anstatt uns hier die Füße wund zu laufen?«, zischte Bischof Godefroy. »Das hätte der Christenheit mehr Gutes getan als alles andere.«

»Und der Kirche noch mehr Macht beschert, als sie schon hat«, knurrte Amédée. »Kaum zu ertragen, wenn ihr mich fragt.«

Doch der König fragte nicht. Er machte nur ein gequältes Gesicht über so viel dummes Gerede.

»Wir müssen weiter«, sagte schließlich Everard des Barres, der Großmeister. »Lasst die Leichen eiligst begraben und befehlt den Männern ständige Kampfbereitschaft.«

Flache Gräber wurden ausgehoben. Und bald setzte sich der Zug wieder in Bewegung. Diesmal hatte niemand Lust zu singen. Schweren Schrittes marschierten die Männer bergan, bis es zu dunkeln begann.

An ein ordentliches Lager war nicht zu denken, dazu fehlte es an freiem Gelände. Der Hang, auf dem sie sich befanden, war zu abschüssig, um mehr als ein paar Zelte zu errichten. Die meisten schliefen in Decken gerollt am Wegrand oder im Unterholz unter Bäumen. Wenn sie überhaupt schliefen und nicht beklommen auf jedes Geräusch des nächtlichen Waldes lauschten.

Auch Königin Alienor fand keinen Schlaf. Ganz so hatte sie sich eine Wallfahrt nach Jerusalem nicht vorgestellt. Auf die vielen Toten und Verwundeten war sie nicht vorbereitet gewesen. Es zerriss ihr das Herz, die Männer leiden zu sehen. Auch wenn sie niemals klagte, aber die Eintönigkeit des Marsches zerrte an den Nerven. Sie fühlte sich schmutzig, schien ständig zu frieren und hatte es gründlich satt, in Zelten zu leben, in Pferdekot zu treten und halbgares, angekohltes Fleisch zu essen.

Obwohl sie seit Monaten nicht miteinander schliefen, heute klammerte sie sich an den Leib ihres Gemahls. Und seine ungeschickten Bemühungen, sie zu befriedigen, waren ihr ein Trost in dieser Nacht.

♦

Kurz nach Mitternacht setzten die Wehen ein.

Die Sarazenin Munira biss die Zähne zusammen, um ein Stöhnen zu unterdrücken. Aber dann wurde sie von einem so heftigen Schmerz gepackt, dass sie aufschrie.

Elena rührte sich schlaftrunken. »Was ist, mein Engel?«

»Ich glaube, es kommt.«

Elena richtete sich auf. »Und das Fruchtwasser?«

»Schon, glaube ich.« Munira stöhnte. »Tut so weh.«

»Das hört gleich wieder auf.«

Tatsächlich flachte der Schmerz bald ab, und Munira entspannte sich etwas. Dafür fror sie wieder elendig trotz der Teppiche und Decken, in die sie sich gewickelt hatte. Die Kälte kam vom feuchten Boden herauf und durchdrang einfach alles.

Elena rückte dichter an sie heran und zog über beide auch ihre eigene Decke. Dann lagen sie still und warteten auf die nächste Wehe. Am Himmel hing ein bleicher Halbmond, dessen kaltes Licht durch die Äste der Bäume sickerte. Zu beiden Seiten hörten sie das Schnarchen der Männer. Etwas unterhalb und nicht weit von der Stelle, wo sie lagen, konnte man den Schein eines Lagerfeuers ausmachen und die Schatten der Soldaten, die Wache hielten. Hinter ihnen raschelte es im Gras, und Munira zuckte zusammen.

»Es ist nichts«, murmelte Elena. »Versuch zu schlafen.«

Ein unsinniger Rat, denn wie zu erwarten wurde Munira die ganze Nacht hindurch von Wehen geschüttelt, die sich in immer kürzeren Abständen wiederholten. Doch das Kind wollte nicht kommen. Es war, als würde es sich sträuben, in diese kalte, unwirtliche Welt entlassen zu werden.

»Beim ersten Mal dauert es immer länger«, beruhigte Elena die Sarazenin. »Du musst dich nicht ängstigen.«

Joana und Belinda halfen im Morgengrauen, die Decken zusammenzurollen und auf Elenas Packtier zu verstauen. Gemeinsam mit *Fraire* Aimar schafften sie es, die sich vor Schmerzen krümmende Munira in den Sattel zu heben, denn es ging weiter, und das Heer wartete nicht auf schwangere Weiber.

Auch Arnauts Männer machten sich bereit. Er zurrte den Sattelgurt an seinem Wallach fest, verstaute Hamids Bogen am Sattel und hängte sich einen Köcher Pfeile um die Schultern.

»Heute brauchen wir keine Lanzen«, sagte er zu Severin. »Kein Gelände für einen Reiterkampf. Sag den anderen Bescheid. Und sie sollen ihre Augen offen halten.« Dann wandte er sich an Jori. »Nimm dir eine Handvoll Männer und kümmere dich um unsere Verwundeten und Frauen. Die Sarazenin ist kurz vor der Niederkunft.«

»Erwartest du einen Angriff?«

»Wir müssen auf alles gefasst sein.«

Die Königin, nach einer schlaflosen Nacht, saß müde und zerschlagen im Sattel, umgeben von ihrer persönlichen Leibwache. Sie war in dicke Pelze gehüllt, die die klamme Kälte jedoch kaum zu besiegen vermochten. Bleich und fröstelnd nahm sie ihren Platz im hinteren Teil des Trosses ein. Die Hörner bliesen zum Aufbruch. Hungrig und durchgefroren nahm die *militia* den Marsch wieder auf.

Gemäß der Gewohnheit, sich die wichtigen Führungsaufgaben untereinander zu teilen, war es diesmal wieder an Geoffroy de Rancon, die Vorhut zu befehligen. Ihm zur Seite stand Amédée de Savoie. Der König und die Templer führten wie zuvor die Nachhut an.

Der Weg wurde steiniger und steiler, und der Tross mit seinen schwerbeladenen Maultieren immer langsamer. Nicht selten brachen die geschwächten Tiere zusammen und konnten selbst mit Flüchen und Peitschenhieben, bis das Blut floss, nicht bewogen werden aufzustehen. So manches Tier musste mit durchschnittener Kehle zurückgelassen werden. Und wo es nicht möglich war, die Lasten umzuverteilen, blieb nichts anderes übrig, als vor allem Futter und Verpflegung zu retten, den Rest in die Schlucht zu kippen.

Hunderte von Tierkadavern blieben zurück, man hatte nicht einmal Zeit, sie auszuweiden und ihr Fleisch mitzunehmen, schon drängelten die Boten des Königs, endlich weiterzuziehen und nicht den ganzen Heerzug aufzuhalten. Und so wurde man nicht wählerisch, alles Hinderliche loszuwerden. Als Erstes entledigte man sich des schweren Kriegsgeräts, wie die zerlegten Teile von Wurfmaschinen und Katapulten, Sturmleitern, hölzerne Stützpfeiler und Werkzeug zum Untertunneln von Mauern. Immer mehr wurde aussortiert, selbst das umfangreiche Gepäck der Hofdamen blieb nicht verschont.

Die ständigen Unterbrechungen und das nötige Umladen führten dazu, dass am Nachmittag das Hauptheer den Kontakt zur Vorhut völlig verloren hatte.

Der Himmel war noch trüber als am Morgen, es hatte angefangen, leicht zu schneien, obwohl die Flocken am Boden schnell zu Wasser zerflossen. Sie befanden sich jetzt in einer langgestreckten Talmulde, durch die immer noch das Bächlein plätscherte. Arnauts Blick wanderte zu den Höhen, die noch vor ihnen lagen. Wie weit es wohl bis zum Pass sein mochte, denn es war verabredet, dort die Nacht zu verbringen. Wahrscheinlich sicherte die Reiterei gerade den Lagerplatz. Hoffentlich würden sie es noch vor Einbruch der Dunkelheit schaffen, denn es graute ihm vor einer weiteren Nacht in der Kälte der Berge ohne Unterschlupf und Feuer.

Weiter zurück im Tross wurde die Sarazenin von einer neuen Wehe überfallen. Sie krampfte ihre Fäuste in die Mähne des Maultiers und schrie ihren Schmerz heraus. Belinda und Elena stützten sie, damit sie nicht aus dem Sattel rutschte.

»Die Wehen kommen jetzt fast ununterbrochen«, stellte Elena fest. »Es muss gleich so weit sein.« Sie sah sich nach einem geeigneten Platz um. »Da vorn bei dem Felsen. Joana, die Decken.«

»Aber wir können doch nicht hier zurückbleiben«, sagte Belinda ängstlich. »Die warten nicht auf uns.«

»Soll sie das Kind etwa im Sattel kriegen?«

Elena zerrte Muniras Maultier und ihr eigenes vom Wegrand und band beide Tiere an einem Bäumchen fest. Als die Wehe nachließ, hoben sie die Schwangere vorsichtig aus dem Sattel, führten sie auf wackeligen Beinen zu einem moosbewachsenen Felsen, neben dem Joana Decken ausgebreitet hatte.

Zitternd ließ sich Munira nieder. »Ich habe Angst«, flüsterte sie. »Ihr lasst mich doch nicht allein?«

»Natürlich nicht, du dummes Huhn. Und jetzt nimm die Beine auseinander. Ich muss fühlen, wie weit es ist.«

Männer stapften vorbei und starrten neugierig, als Elena ihr die Hand unter den Rock schob und sie vorsichtig abtastete. Als einer von ihnen sich umdrehte und eine freche Bemerkung zum Besten gab, warf Joana wütend mit einem Stein nach ihm. Unter Gelächter marschierten die Kerle weiter.

»Es hat angefangen«, sagte Elena mit Befriedigung. »Los Mädels, ihr müsst sie stützen.« Und zu Munira: »Du gehst jetzt in die Hocke, das ist am besten. Die beiden halten dich fest, ich helfe dir. Immer, wenn die Wehen kommen, musst du ganz fest drücken, verstanden?«

Munira starrte sie aus großen Augen an und nickte ängstlich. Da tauchten Jori und fünf von seinen Kameraden auf und saßen ab. Sie zogen die Pferde vom Weg und banden sie zwischen Sträuchern an.

»Ist es so weit?«, fragte er.

»Frag nicht so blöd«, erwiderte Joana. »Hilf lieber.«

»Du hältst sie von hinten, Jori«, sagte Elena. »Sie muss in der Hocke bleiben, verstanden?«

Munira schrie gellend auf und hielt sich den Bauch. Jori stellte sich breitbeinig hinter sie und schlang ihr die Arme unter die Achseln.

»Press, Kindchen, press«, schrie Elena ihr ins Ohr.

Die Sklavin hielt die Luft an und presste, bis sie rot vor

Anstrengung aussah, als würde sie ersticken. Dann schnappte sie mit einem gurgelnden Schrei nach Luft.

»Weiter. Nicht nachlassen. Pressen!«

Plötzlich warnten Hörner weiter vorn, sie hörten Gebrüll und Waffenlärm. Einer von Joris Männern zuckte zusammen, drehte sich um die eigene Achse und fiel flach aufs Gesicht. Mit Entsetzen sahen sie, dass ein Pfeil aus seinem Rücken ragte. Andere Geschosse zischten ihnen um die Köpfe, zwei, drei trafen Muniras Maultier, das mit schrillem Wiehern in die Knie brach. Auf dem Pfad wurden Männer und Lasttiere getroffen. Die Tiere scheuten und wären in ihrer Panik davongaloppiert, hätten sich ihre Halter nicht mit aller Macht an Zügel und Halfter gehängt.

»Deckung!«, brüllte Jori und wartete nicht, bis seine Krieger eine kleine Schildwand um die Frauen gebildet hatten. Ohne Rücksicht zerrte er die vor Schmerzen schreiende und strampelnde Munira an den Achseln tiefer in den Wald und hinter den Felsen, neben dem sie gelagert hatten. Dort ließ er sie wie einen Mehlsack fallen und rannte geduckt zu den Pferden.

Aimar war schreckensbleich neben ihm aufgetaucht.

»Hilf mir, die Gäule in den Wald zu bringen«, rief er ihm zu und griff sich die Zügel von drei Pferden.

Aimar folgte mit den anderen Tieren. Trotz ihrer Bemühungen hatte eines von ihnen schon einen Pfeil in der Schulter stecken. Es wieherte schrill, stieg, um sich loszureißen.

»Merda!«, schrie Jori, zerrte seinen Schild vom Sattel und lief zum Weg zurück, wo ihn eine neue Salve von Pfeilen empfing.

Aimar mühte sich, das verwundete Tier zu beruhigen. Als es endlich mit zitternden Flanken und hängendem Kopf dastand, schlang er die Zügel um einen Ast und schlich sich geduckt durch die Büsche bis hinter den Felsen, wo Munira nach Luft schnappend auf dem Rücken lag. Joana und Elena waren bei ihr. Hier waren sie vor den Pfeilen geschützt. Die

Sklavin versuchte, sich aufzurichten, warf einen panischen Blick um sich.

»Seldschuken töten uns alle«, keuchte sie und begann, in ihrer Sprache laut zu ihrem Gott zu rufen. Als eine neue Wehe sie packte, heulte sie auf.

»Halt sie von hinten fest, Aimar«, rief Elena ihm zu. »Du musst sie stützen.« Ihre rechte Gesichtshälfte war blutüberströmt.

»Bist du verletzt?«, fragte er entsetzt.

Sie fasste sich kurz an die Stirn und betrachtete das Blut auf ihren Fingern. »Etwas hat mich gestreift, glaube ich.«

»Lass mich sehen.«

»Nein, kümmere dich um Munira. Na los, tu, was ich sage.«

Aimar gehorchte. Er kniete hinter Munira auf den Boden, legte ihr die Arme um die Brust und zog sie an sich, so dass sie halb auf ihm lag. Ihr gewaltiger Bauch wölbte sich, und ihre Glieder zitterten unter den Krämpfen der Wehen. Ungerührt tastete Elena ihr zwischen den Beinen.

»Es kommt«, rief sie, »ich spüre es. Los, Munira, streng dich an.«

Die Sarazenin hechelte wie ein Hund, dann drückte sie mit aller Kraft, Gesicht rot, die Adern am Hals zum Bersten geschwollen. Der Schmerz war nun so heftig, dass sie sicher war, ihr Inneres würde entzweigerissen. Sie stieß einen schrillen Schrei aus, der durch den Wald gellte.

»Es bringt mich um«, japste sie unter Tränen, als die Wehe endlich nachließ.

»Nichts da, Kindchen. Weiter so. Nicht aufhören.«

Hundert Schritt tiefer im Wald hockte Lois Bernat und lauschte den beunruhigenden Geräuschen, die zu ihm drangen. Er hatte sich keine Zeit zum Nachdenken gelassen, als die ersten Pfeile durch die Marschkolonne flogen. Sofort hatte er Arnauts Hengst Amir mit sich in die Büsche gezogen. Nur weg von der drohenden Gefahr. Nicht, weil er um sein Leben fürchtete, sondern weil er diesen Gaul so sehr liebte, dass er es sich nie verziehen hätte, wenn dem Tier etwas zugestoßen wäre. Wenn es nach ihm ginge, dürfte Arnaut ihn niemals in die Schlacht reiten. Nun lauschte er beklommen den Geräuschen des Todes.

Jori ließ sich neben seinen Männern am Wegrand aufs Knie fallen, Schild vor dem Leib. Immer noch war der Weg voll panischer Tiere und Knechte, die versuchten, ihrer Herr zu werden. Leichte Ziele für die Seldschuken, die aus der Deckung der Bäume am anderen Bachufer schossen.

»Runter vom Weg«, brüllte Jori. Ein Hammerschlag traf seinen Helm, weitere Pfeile gruben sich in den Schild. »Runter vom Weg«, schrie er noch mal und schwang das Schwert in der Luft. »Alle Kämpfer zu mir.«

Knechte zerrten die Lasttiere von der Straße und gingen im Gebüsch oder hinter Felsbrocken in Deckung, zwangen die Tiere, sich niederzulegen. Tote blieben zurück, Verletzte humpelten oder krochen, wurden von ihren Kameraden zwischen die Büsche gezerrt.

Verwundete Tolosaner Krieger, die in der Nähe waren und noch kämpfen konnten, rannten zu der kleinen Gruppe um Jori und verstärkten die Schildwand. Hinter ihren Rücken suchten Maultiertreiber und Frauen Schutz, einige mit Säuglingen auf dem Rücken. Langsam schien etwas Ordnung in das wilde Durcheinander zu kommen.

Da entdeckte Jori eine Bewegung zwischen den Bäumen vor ihnen. »Rückt dichter zusammen«, rief er. »Und macht euch bereit. Die Bastarde kommen.«

»Gebt ihnen Eisen zu schmecken, Jungs«, knurrte der Mann neben ihm. »Die Hölle wartet schon auf sie.«

Fünfhundert Schritt weiter vorn hatten Arnaut und seine Krieger beim ersten Pfeilhagel ebenfalls versucht, ihre Pferde aus der Schusslinie zu nehmen. Trotzdem waren viele Tiere getroffen worden, auch Arnauts Wallach Basil steckte ein Pfeil tief in der Brust. Arnaut riss sich von dem Anblick los und rannte mit den anderen zum Weg zurück.

Nicht weit von ihnen befanden sich Bertran und seine Ritter. Dahinter war der Tross ins Stocken gekommen. Getroffene Lasttiere rissen sich los, um durch den Bach zu fliehen, wo sie, von weiteren Pfeilen getroffen, unter ihrer Last zusammenbrachen. In der anderen Richtung, bergauf, lag die lange Kolonne von Speerkämpfern unter heftigem Beschuss von beiden Seiten des Tals. Pfeile flogen so dicht von allen Seiten, dass immer mehr Männer ins blutige Gras sanken und die Reihen sichtlich dünner wurden, obwohl sie sich verzweifelt mühten, eine ordentliche Schildwand zu bilden. Offensichtlich waren sie das Ziel des Hauptangriffs.

»Geben wir ihnen Hilfe?«, fragte Severin neben ihm.

»Nein. Wir haben den Tross zu schützen.«

Es brach ihm fast das Herz, untätig zuzusehen, wie die Fußtruppen niedergemacht wurden, aber diesmal würde er seine Befehle nicht missachten. Er blickte sich nach allen Seiten um. Bertran gab ihm ein Zeichen, und er nickte sein Einverständnis.

»Wir sollen uns bis zum Waldrand zurückziehen«, sagte er.

Dort bildeten sie zusammen mit Bertrans Männern eine Verteidigungslinie, hinter der sich Mensch und Tier zu sammeln begannen. Auch an dieser Stelle blieben viele blutend auf dem Weg zurück, darunter mehrere von Arnauts Männern. Zwischen den Bäumen waren sie zumindest einigermaßen vor Reiterangriffen geschützt.

Constansa konnte den Angstschweiß ihrer Kameraden riechen. Sie selbst war seltsam gefasst. Schon bei den ersten Pfeilen war sie sicher gewesen, hier an diesem gottverlassenen Ort in Anatolia würde sie sterben. Und warum nicht? Hatte sie doch nichts mehr, auf das sie sich freuen konnte. Der Tod würde sie erlösen. Wenn sie wenigstens ihr Herzblut für einen ihrer Freunde geben durfte, dann war es gut.

Aber dann fiel ihr der verfluchte Templer ein und dass er, wenn sie starb, ungestraft davonkommen würde. Wut und

Hass flammten in ihr auf und verliehen ihr neue Lebenskraft. Sie drängte sich enger an Ferran, der ihre rechte Seite deckte. Nein, noch war es nicht zu Ende, noch atmete sie.

♦

Geoffroy de Rancon und die Ritter der Vorhut hatten nichts von der Tragödie bemerkt, die sich weit hinter ihnen abspielte. Einige Stunden zuvor waren sie auf der Passhöhe angekommen, wo sie Befehl hatten, auf das Hauptheer zu warten. Sie hatten den Ort jedoch wenig geeignet für ein großes Lager vorgefunden, von Felsbrocken übersät und den kalten Winden ausgesetzt.

Von dort oben konnten sie weit ins Hochland des Taurus blicken, durch das sie am nächsten Tag ziehen würden. Vor ihnen senkte sich das Gelände sanft bis zu einer weiten, teilweise baumlosen Talebene ab, die ihnen zum Lagern wesentlich geeigneter erschien.

Geoffroy schlug vor, Kundschafter ausschwärmen zu lassen, aber in jedem Fall weiterzuziehen, um dort unten einen Lagerplatz zu finden. Vielleicht eine windgeschützte Stelle an einem Bach. *Comte* Amédée, der von Kriegführung wenig Ahnung hatte, fand den Plan gut. Da das Hauptheer wesentlich langsamer als geplant vorangekommen war, war es Rancon entgangen, wie weit er sich bereits entfernt hatte. Boten zurückzuschicken war ihm nicht in den Sinn gekommen. Unbekümmert hatte er den Befehl zum Weitermarsch gegeben.

Auch dem König war lange nicht bewusst, dass sein Heer im Begriff war, in Stücke gehauen zu werden. Zum wiederholten Mal war der Vormarsch ins Stocken geraten, und die Männer fluchten ausgiebig über diese Unterbrechungen, wenn sie sicher sein konnten, dass der König ihre Gotteslästerungen nicht hörte. Bis ein Bote sich durch die lange Marschkolonne gekämpft hatte und atemlos berichtete.

Louis war entsetzt.

»Wo ist Rancon?«, fragte er. Es wäre die Aufgabe der Vorhut gewesen, die Marschkolonnen des Hauptheeres zu schützen.

»Wir wissen es nicht. Wir haben seit Stunden jede Berührung verloren.«

»Wie schlimm ist es?«

»Es sind Tausende. Sie greifen von allen Seiten an. Unsere Männer sterben, *Sire.*«

Der König wartete nicht einmal auf die Templer. Umgeben von seiner Garde stürmte er voran. Hornstöße und der Schrei *»Aus dem Weg! Hier reitet der König!«* ließen die Krieger auf der Straße zur Seite springen. So schnell die Pferde sie tragen wollten, jagten die Ritter den Berg hinauf. Doch als sie den Tross erreichten, kamen sie an engen Stellen nur mühsam voran, so sehr war die Straße von Maultieren und Packpferden verstopft.

Jori, weiter oben, sah die Seldschuken aus dem Wald vorrücken. Sein Herz hämmerte in der Brust, denn sie selbst waren zu wenige, um sie aufzuhalten. Er spürte noch seine Wunde, aber das war jetzt unwichtig. Er war nur froh, dass er dank Arnaut als Ritter mit dem Schwert in der Hand und nicht als zerlumpter Bettler sterben würde.

Ihre Bogen hatten die Türken über die Schulter gehängt. Leicht bewaffnet mochten sie sein, aber die schiere Menge an schwertschwingenden Kriegern würde ihr kleines Häuflein schnell erdrücken. Nur das mit Steinen übersäte Bachbett und der Weg trennte sie noch von ihnen.

»Lasst sie kommen und deckt euch gegenseitig. Keine Lücke lassen«, rief er seinen Männern zu. So hatte er es von Arnaut gelernt. »Was auch immer geschieht, bleibt standhaft. Wenn wir fliehen, sind wir alle tot.«

Belinda hatte es beim ersten Angriff versäumt, sich rechtzeitig hinter den Felsen in Sicherheit zu bringen. Nun lag sie im verwelkten Gras mit einem Pfeil in der Brust. Als der Beschuss endlich aufhörte und Joana die Türken nahen sah, rannte sie vor, packte ihre Freundin unter den Achseln und schleifte sie über feuchte Gräser tiefer ins Gebüsch bis hinter den Felsen. Dort ließ sie Belinda erschöpft auf den laubbedeckten Waldboden sinken.

Belinda lächelte schwach, als Joana sich weinend über sie beugte. »Bete für mich, wenn du in Jerusalem bist«, flüsterte sie. Blutige Blasen bildeten sich beim Sprechen in ihren Mundwinkeln. »Am Grab des Herrn. Ich hab's nicht geschafft, aber du …«

Joana nickte, während ihre Tränen auf Belindas Hände tropften, die sie fest umschlungen hielt. »Ich verspreche es«, sagte sie, obwohl sie glaubte, dass es nicht mehr lange dauern würde, bis sie alle tot sein würden.

Sie blickte auf und sah Elena mit blutüberströmtem Gesicht am Felsen sitzen. In ihren Armen hielt sie das Neugeborene, deckte es mit ihrem Umhang zu, um es vor der Kälte zu schützen. Neben ihr, mit noch gespreizten Beinen, lag Munira, die bei der letzten Anstrengung ohnmächtig geworden war.

Trotz Kampfeslärm und Stöhnen der Verwundeten um sie herum hörte Joana in diesem Augenblick nur noch das dünne Stimmchen des Kindes, das nach Luft rang. Inmitten von Tod und Zerstörung war ein neues Leben geboren. Ein Wunder Gottes. Falls sie dies hier überleben würde, so wusste Joana in diesem Augenblick, würde ihr Hurendasein für immer ein Ende haben.

»Du musst die Nabelschnur abbinden, Aimar«, sagte Elena so müde, als hätte sie selbst das Kind geboren.

»Und deine Wunde?«, fragte er.

»Nicht wichtig. Nun mach schon.«

Aimar riss sich einen losen Faden aus der Kutte und machte sich an die Arbeit.

Nicht weit von ihrem Standort nahten endlich des Königs Ritter. Dahinter kamen die Templer, und unter den Ersten von ihnen ritt Josselin de Puylaurens mit seinen Turkopolen. Die Seldschuken gegenüber Joris kleiner Schildwand zögerten, als sie die Ritter sahen. Doch der König hielt sich nicht mit ihnen auf. Er suchte sein Hauptheer, das sich weiter vorn befinden musste, und jagte an ihnen vorbei.

Josselin erkannte das Wappen auf Joris Schild und das silberbeschlagene, rote Zaumzeug von Muniras Maultier, das verwundet am Boden lag. Er brüllte seinen Männern einen Befehl zu, schwenkte vom Weg ab, setzte über den Bach und raste in vollem Lauf mitten unter die Seldschuken. Die Turkopolen und ein Dutzend Sergeanten der Templer folgten. Die Hufe der Gäule trampelten Männer nieder. Schwerter blitzten auf und wüteten unter den überraschten Türken, die sich alsbald zur Flucht wandten und den Bachgrund, übersät mit ihren Toten und Verwundeten, hinter sich ließen.

Josselin setzte zurück über den Bach und ließ sich aus dem Sattel gleiten. »Ich kenne dich doch«, rief er Jori zu, der ihm danken wollte. »Wo ist sie?«

»Hinter dem Felsen.«

Mit blutigem Schwert in der Hand stürmte Josselin durchs Gebüsch. Als er Munira wohlbehalten mit dem Säugling im Arm vorfand, blieb er schwer atmend vor ihr stehen und starrte lange auf sie herab.

»Was ist es?«, fragte er schließlich.

»Ein Mädchen«, antwortete Elena, während Munira ihm einen ängstlichen Blick zuwarf.

»Putan«, grollte er. »Zu was Besserem bist du wohl nicht fähig.«

Damit drehte er sich um und lief zum Weg zurück, wo gerade eine lange Kolonne von Alemannen heranmarschierte.

»Ich muss weiter«, rief er Jori zu. »Nimm die Frauen mit und haltet euch an die Alemannen. Da seid ihr sicherer als hier.« Mit diesen Worten sprang er aufs Pferd und sprengte mit seinen Männern im Gefolge davon.

Die Fußtruppen des Hauptheeres weiter vorn waren in arger Bedrängnis. Die Seldschuken hatten inzwischen auf weiteren Beschuss verzichtet und in Scharen angegriffen. Ihre übliche Kampfweise verlangte nach offenem Gelände, Angriff und Scheinflucht auf schnellen Pferden. Doch hier in den Bergen war dies durch Felsen, Wald und Dickicht nicht gegeben. Tagelang hatten sie auf der Lauer gelegen, wohl wissend, dass es keinen anderen Weg für die Christen geben konnte. Und nun war ihr Feind in die Falle gegangen. Von den Hängen und aus den Dickichten des Waldes waren sie herangestürmt und hatten sich zu Fuß und in großer Menge auf die schwindende Zahl der Speerkämpfer gestürzt. Hier, in diesem schmalen Auenstreifen am Bach, suchten sie die Entscheidung.

Ein Trupp Armbrustschützen war gleich im ersten Ansturm niedergemacht worden, und nun klafften immer größere Lücken in der Schildwand, die sich nach beiden Seiten hin verteidigen musste.

Auch die Tolosaner waren lange beschossen worden, aber dank Schild und Panzerung der Ritter waren die Verluste erträglich geblieben. Hinter dem Schutz der Kameraden hatte Arnaut von seinem Bogen Gebrauch gemacht und so manchen Türken, der sich aus der Deckung der Büsche gewagt hatte, zur Strecke gebracht. Doch Bertrans Männer waren nicht Ziel des Hauptangriffs. Und nun mussten sie untätig zusehen, wie christliche Krieger vor ihren Augen gemeuchelt wurden.

»Wo ist die verfluchte Vorhut?«

Bertran kaute auf der Unterlippe.

»Rancon hat sich mal wieder davongemacht«, knurrte Joan de Berzi angewidert. »Wer weiß, wo der ist.«

»Wir müssen eingreifen, sonst steht da bald kein Mann mehr.«

Joan nickte. »Wenn die Vorhut nicht kommt, sind wir ohnehin bald alle tot. Wir können es hinauszögern und so viele von den Bastarden mitnehmen wie möglich. Das ist alles.«

Bertran bekreuzigte sich und war kurz davor, den Befehl zum Angriff zu geben, als sie die Banner des Königs durch die Bäume blitzen sahen. Fünfhundert königliche Ritter hetzten den Weg herauf, das rote *oriflamme* strömte von einer Lanze in vorderster Reihe. Der König musste irgendwo unter ihnen sein, obwohl er heute nicht das blaue *sobrecot* mit der *fleur-de-lis*-Zeichnung trug. Schaum flog den Gäulen vom Maul, als sie herannahten, sie sahen abgekämpft aus, aber es war wie eine Erscheinung der himmlischen Heerscharen, mit der sich die Reiter in ihren glänzenden Rüstungen auf die überraschten Türken warfen. Auch die Templer kamen im Galopp und nahmen sie von der anderen Seite in die Zange.

Ein mächtiges Getöse hob an, Pferde wieherten, Waffen klirrten, Schilde dröhnten, Männer schrien vor Wut oder im Todeskampf. Zunächst gelang es den Rittern, den Feind zurückzudrängen. Doch ihre Pferde waren ausgepumpt und erschöpft. Die Türken formierten sich neu, griffen ihrerseits an. Sie duckten sich unter den Schwertern der Christen, schlitzten ihren Gäulen die Bäuche auf, durchschnitten Sehnen und brachten sie zu Fall, um sich dann zu dritt oder viert auf den gestürzten Reiter zu werfen.

Da blies Bertran zum Angriff, und die Tolosaner rannten in breiter Front vor, um sich unter die Kämpfenden zu mengen. Mit Glück würden sie den Ausschlag geben können. Einen Augenblick lang erfasste Arnaut Panik, als sie sich dem blutigen Gemetzel näherten. *Ein Ritter darf keine Angst haben!* Der unsinnige Spruch seines Vaters hallte ihm wie das ewige Echo der eigenen Furcht zwischen den Ohren.

Dann fand er sich mitten im Gewühl, Severin an seiner Seite. Einer deckte den anderen, während sie sich vorarbeiteten und dabei versuchten, nicht unter die Hufe der eigenen Ritter zu kommen. Eine Horde Türken griff sie an. Sie teilten nach allen Seiten aus, Feinde fielen vor ihren Schwertern, doch es waren zu viele. Als sie in Bedrängnis gerieten, waren Ferran und Constansa zur Stelle, um sie freizukämpfen. Constansas Gesicht war gerötet, der Mund offen, ihre Augen blitzten in der Erregung des Kampfes. Ihr *sobrecot* war blutgetränkt.

Schon verlor Arnaut sie aus den Augen, als er gegen einen Felsen gedrängt wurde. Doch die türkischen Krieger wendeten sich von ihm ab, begannen, den Felsen zu erklimmen. Oben stand ein einzelner Ritter, der sich nur mit Mühe den Feind vom Leib halten konnte. Als sein Pferd unter ihm gestorben war, musste er sich hierhin gerettet haben. Zwei, drei fielen unter seinen Streichen, dann ein weiterer. Doch andere drängten nach. Plötzlich erkannte Arnaut das schmale Gesicht mit der langen, dünnen Nase. *Putan!*, es war der König, der dort um sein Leben kämpfte.

Arnaut zögerte nicht. Er ließ den Schild fahren, war mit zwei Sätzen auf dem Felsen und gebrauchte sein Schwert beidhändig, hackte sich wie besessen einen Weg durch die Türkenkrieger, die keinen Angriff von hinten erwartet hatten. Auch Severin war wieder bei ihm, und zusammen töteten sie die Letzten, die dem König noch hätten gefährlich werden können.

Kaum hielten Arnaut und Severin inne, um Atem zu schöpfen, als sich der Schlachtenlärm hinter ihnen zu einem Jubelschrei aus tausend Kehlen wandelte.

Zu seinem Erstaunen sah Arnaut die Türken weichen. Trotz großer Verluste hatten Templer und königliche Garde den Feind lang genug gebunden, dass die schon fast besiegten Speerkämpfer neuen Mut hatten fassen können. Mit vereinten Kräften war es dann gelungen, das Schlachtglück zu wenden. Als die Seldschuken begannen, um ihr Leben zu rennen, setzten die Ritter nach und machten sie in großen Mengen nieder, bevor sie im Wald verschwinden konnten.

»Que Dieu vous remerci, Messeigneurs«, sagte eine Stimme hinter ihnen. Sie drehten sich um und sanken vor dem König auf die Knie.

Louis bedankte sich noch einmal, dann stand er lange unbeweglich neben ihnen und blickte auf das Schlachtfeld, auf die unfassbare Menge an Toten, auf die schmerzverzerrten Gesichter der Verwundeten, er hörte die Schreie der verendenden Tiere, er glaubte, das Blut zu riechen, das in die Erde sickerte. Es war ein einziger Alptraum. Er fand nicht einmal die Kraft zu beten und Gott zu danken. Benommen wie ein Nachtwandler stieg er vom Fels hinab und ließ sich von den Überlebenden seiner königlichen Garde in Empfang nehmen.

Unbestritten war es seinem Einsatz zu verdanken, dass die *militia christi* einer endgültigen Vernichtung entgangen war. Aber nur mit knapper Not und unter enormen Verlusten. Später würden manche behaupten, hier am Kadmus wurde der Mut des Königs gebrochen.

Die Angst im Nacken

Wer nach dem Ende des Gemetzels um sich blickte, tat es mit Entsetzen. Das also war, was die Alten mit dem Wort *ager sanguinis* beschrieben, Blutfeld und Todesacker. Scheideweg der Schicksale, wo der Schnitter die unerbittliche Sense schwingt, ein schnelles Ende für viele, langes Siechtum für andere oder ein Leben als Krüppel. Hoffnungen zerstört, Seelen verletzt, Stolz gedemütigt.

Kaum hatten sich die Dankgebete der Überlebenden verflüchtigt, da zankten sich schon Plünderer um irgendeinen Goldring, einen Türkendolch oder eine Handvoll Münzen. Scharen von Krähen sammelten sich aufgeregt in den Bäumen, als hätten sie bereits die Witterung verwesenden Fleisches aufgenommen, und erstritten sich die besten Plätze für das zu erwartende Festmahl.

Auch am Bach und entlang des Weges hatten die Seldschuken Leid und Zerstörung hinterlassen. Tote Knechte, verendete Tiere, verwundete Weiber, Kinder, die nach ihren Müttern schrien. Viele waren in den Wald geflohen und wagten sich nun langsam zurück. Sie begannen, den Verwundeten zu helfen und die verängstigten Packtiere einzufangen, die den Ansturm überlebt hatten. Elenas Maultier war unversehrt geblieben, wie auch Aimars Flora, die er nun für die Sarazenin holte, denn ihr eigenes Reittier war tot.

Die Dirne Joana konnte sich nicht von der toten Belinda losreißen. Sie hockte neben ihr auf dem Waldboden und wischte mit etwas Wasser aus ihrer hölzernen Feldflasche das Blut aus dem Gesicht der Freundin, strich ihr das blonde Haar aus der Stirn. Mit geschlossenen Augen sah sie aus wie immer, friedlich, fast zufrieden. Sie war als Hure gestorben, aber im Geiste sah Joana sie nun bei den Engeln, neben Maria

Magdalena an der Seite des Herrn sitzen. Mit einem schmutzigen Ärmel wischte sie sich über die verweinten Augen. Eine unendliche Müdigkeit hatte sie erfasst. Zu gern hätte sie sich zu Belinda gelegt und sie begleitet, nur fort aus dieser hässlichen Welt.

»Joana. Wir müssen weiter«, rief Jori vom Wegrand.

Verwirrt fuhr sie hoch. »Sie muss doch begraben werden.«

»Keine Zeit. Wir können hier nicht bleiben.«

Kein Begräbnis für Belinda? Nicht einmal das? »Wir können sie doch nicht einfach liegen lassen.«

»Komm jetzt«, rief auch Elena. »Das Heer wartet nicht.«

»Aber die Tiere werden sie fressen«, flüsterte Joana zu sich selbst. Und sie fing wie eine Wilde an, mit bloßen Händen Erde, Laub und kleine Zweige zusammenzukratzen und über ihre tote Freundin zu häufen. Nur das Gesicht ließ sie frei. Sie konnte sich nicht dazu bringen, das Gesicht mit Dreck und faulem Laub zu bedecken.

»Was machst du da?«, hörte sie Elenas Stimme an ihrer Seite. Auch Jori war da und wollte sie wegziehen.

»Lasst mich! Die Tiere.«

»Aber das nützt doch nichts«, sagte Elena. »Sie ist tot und spürt nichts mehr. Komm jetzt, Kind. Wir müssen weiter.«

Die beiden fassten sie unter die Arme und zogen sie von der Leiche weg. Es war für Joana, als beginge sie Verrat an ihrer Freundin, und doch ließ sie sich widerstrebend fortführen. Blind vor Tränen stolperte sie über eine Wurzel und war dankbar für Joris Arm um ihre Schultern.

Als sie das Schlachtfeld weiter bachaufwärts erreichten, erfasste die Frauen unbeschreibliches Grauen, denn was sie nun an abgetrennten Gliedern und kopflosen Leichen sahen, war kaum noch zu ertragen. Joana musste sich übergeben. Und sie war nicht die Einzige. Das Jüngste Gericht am Ende aller Tage konnte nicht schlimmer aussehen.

Irgendwo in diesem blutigen Durcheinander fanden sie Arnaut und seine Gefährten, die sich erschöpft um ihn und seine Standarte gesammelt hatten. Auch Lois Bernat war mit dem Hengst Amir wieder aufgetaucht.

Als Elena Arnaut unversehrt wiederfand, konnte sie die Tränen nicht länger zurückhalten. Nach seinem verrückten Angriff am Mäander war sie sicher gewesen, ihn heute nicht mehr unter den Lebenden zu finden. Halb aus Erleichterung und weil das gerade Erlebte mit erneuter Wucht über sie herfiel, brach sie in die Knie und schlug schluchzend die Hände vors Gesicht. Während des Angriffs hatte sie sich nur um die Geburt des Kindes kümmern wollen, hatte Schrecken und Gefahr ausgeblendet. Aber jetzt, auch als Arnaut sich neben sie niederkniete und sie beruhigend in den Armen wiegte, zitterte sie noch lange am ganzen Leib. Als schließlich *Fraire* Aimar darauf bestand, sich um ihre Wunde zu kümmern, ließ sie es geschehen.

»Wie schlimm ist es?«, fragte Arnaut besorgt.

»Nur oberflächlich, glaube ich.« Aimar hatte die Verletzung mit dem Rest des Wassers aus seiner Feldflasche gespült und wischte ihr nun notdürftig das Gesicht sauber. »Es blutet jedenfalls nicht mehr.«

Arnaut strich ihr fürsorglich über die Wange und wollte etwas Aufmunterndes sagen, aber dann unterließ er es. Im Angesicht des Elends um sie herum konnte es nur hohl und lächerlich klingen. Er bemerkte die Sarazenin auf Aimars Maultier und das schrumpelige Gesichtchen eines Säuglings in den Falten ihres Umhangs. Munira bedachte ihn mit einem Blick aus dunklen Augen, die noch von Angst gezeichnet waren.

»Ich danke Euch, *Senher*«, sagte sie. »Und Elena.«

Er nickte ihr zu. »Jetzt müssen wir den Vater finden.«

»Ich glaube, sie würde lieber bei uns bleiben«, warf Elena ein, die sich sichtlich beruhigt hatte.

»Zum Glück warst du in ihrer Not zur Stelle. Aber die Frau gehört Josselin. Das heißt, wenn er noch lebt.«

»Er lebt«, bestätigte Esteban. »Ich hab ihn gesehen.«

»Wundert mich nicht. Bastarde wie der überleben doch alles«, zischte Elena. »Es sind immer nur die Guten, die sterben.«

In der Tat war Arnauts Truppe zu einem traurigen Häuflein zusammengeschmolzen. Mehr als zwei Dutzend kampffähige Männer zählte sie nicht mehr. Und auch von denen hatte jeder zweite irgendeine Verletzung zu beklagen. Sie waren dreckig, blutbespritzt, Arme und Beine schwer wie Blei, ihre Wunden schmerzten, jede Bewegung schien zu viel. Doch noch schlimmer lastete die Niederlage auf den Gemütern. Kaum einer sprach ein Wort. Stumm tauschten sie scheue Blicke oder Berührungen aus, als wollten sie sich gegenseitig bestätigen, dass sie noch am Leben waren. Arnaut war froh, auch Esteban lebend zu sehen. Er humpelte zwar noch, aber die Wunde, die er am Mäander erhalten hatte, verheilte dank Elenas Pflege.

Severin beobachtete verstohlen Constansa, die erschöpft auf einen Stein gesunken war und niemandem Beachtung schenkte. Außer einem Bluterguss unter dem Auge schien sie unversehrt.

»Die überlebt uns noch alle«, murmelte Ferran, der seinem Blick gefolgt war.

»Sie hat sich verändert.«

»Wer hat das nicht, *mon velh*«, erwiderte Ferran müde.

Befehle schallten über das Feld. Ein Reitertrupp wurde ausgesandt, um Rancon und die Vorhut zu finden. Die umliegenden Leichen der Christen wurden hastig für eine kurze Totenmesse zusammengetragen. Für eine Bestattung blieb keine Zeit, denn der Großmeister, Everard de Barres, drängte zum Aufbruch. Wer konnte wissen, ob der Feind nicht ein zweites Mal angreifen würde.

Starr vor Trauer und Bitterkeit stand der König mit gesenktem Haupt, während die Geistlichen ihre Gebete beendeten. Als Bischof Godefroy de Langres an ihm vorüberging, packte er ihn am Ärmel.

»Und wo war Gott heute, Bischof?« Seine Stimme war

voller Bitterkeit. »Wo waren die Heiligen und die himmlischen Heerscharen, die Ihr uns versprochen habt?«

Der Bischof sah ihn betroffen an und wusste nichts zu erwidern. Louis wies auf die langen Reihen der Toten vor ihnen. »Zufrieden mit Eurem Werk? Oder sind es der Märtyrer noch nicht genug?«

»Ich glaube, Ihr vergesst Euch, *Sire.*«

»Wer uns vergessen hat, *Monseigneur,* das wissen wir. Gott hat uns vergessen.«

Mit diesen Worten ließ er den Geistlichen stehen. Auch vermied er, der Königin in die Augen zu sehen. Zu tief und zu schmerzhaft waren die Wunden der erlittenen Schmach in seiner Seele, als dass er sie mit dieser Frau, die er liebte, teilen konnte.

Arnaut verabschiedete sich schweren Herzens von seinem treuen Wallach. Er selbst brachte es nicht fertig, Hand an das verwundete Pferd zu legen. Noch weniger konnte er zusehen, wie seine Gefährten es zerlegten. In aller Eile wurden auch andere Tiere notgeschlachtet und die Fleischstücke auf die Maultiere des nachrückenden Trosses verteilt. Alles Entbehrliche wurde dafür zurückgelassen.

Rancons Lager erreichten sie erst spät in der Nacht. Viele waren nicht mehr in der Lage, Zelte zu errichten, falls sie überhaupt noch welche besaßen, sondern rollten sich der Kälte zum Trotz halbtot vor Müdigkeit in ihre Decken.

♦

Am nächsten Morgen, im Zelt des Königs, kam die Abrechnung für Rancons Verantwortungslosigkeit.

»Was habt Ihr Euch dabei gedacht, *Monseigneur?*«, fragte Louis im engen Kreis seiner Berater. Er sprach in gedämpftem Tonfall, aber selten hatten sie ihn so wütend gesehen. Wie ein geprügelter Hund stand Geoffroy de Rancon vor seinem König.

»Wir hatten keine Anzeichen dafür, dass die Seldschuken in der Nähe waren, *Sire.*«

»Es ist das zweite Mal, dass Ihr blind am Feind vorbeigestolpert seid.«

»Es tut mir leid, *Sire.*«

»Ist Euch nicht in den Sinn gekommen, auf uns zu warten oder Reiter zu schicken, um zu sehen, ob wir Unterstützung gebraucht hätten?«

Rancon wagte es nicht, den Blick zu heben. Niemand beeilte sich, ihn zu verteidigen. Auch ihm selbst wollte keine kluge Erwiderung einfallen.

»Ihr hattet Befehl, auf der Passhöhe zu lagern«, fuhr der König unerbittlich fort. »Stattdessen habt Ihr Euch davongemacht.«

»Nicht aus Feigheit, *Sire*«, entgegnete Rancon mit einem letzten Rest an Würde.

»Nein, nicht aus Feigheit. Sondern aus Ungehorsam, Achtlosigkeit und bodenloser Dummheit.«

Die Worte trafen Rancon wie Peitschenhiebe. Noch nie hatte der König so mit einem Untergebenen gesprochen. Die anderen Herren nickten dennoch grimmig ihre Zustimmung, denn nur dem unverzeihlichen Ungehorsam dieses Kerls war es zu verdanken, dass die *militia* beinahe vernichtet worden war. Nahezu zweitausend Mann Fußvolk und nicht wenige Reiter hatten den Tod gefunden, von den vielen Verwundeten, vom Verlust an Lasttieren und Kriegsgerät gar nicht zu reden. Deshalb hatten die meisten gefordert, den verdammten Aquitanier auf der Stelle hängen zu lassen.

Selbst Alienors Fürsprache hätte ein solches Urteil nicht abwenden können, wäre da nicht Amédée de Savoie als zweiter Befehlshaber der Vorhut mitschuldig gewesen. Bei allem Wunsch nach Gerechtigkeit konnte Louis nicht gut seinen eigenen Onkel aufknüpfen lassen. Und wenn er Amédée verschonte, musste er Rancon notgedrungen ebenfalls laufenlassen.

»Von nun an, *Monseigneur*«, sagte er schneidend und bedachte auch seinen Oheim mit einem vernichtenden Blick, der wenigstens den Anstand hatte, rot zu werden. »Von nun an werdet Ihr, außer Eurem verdammten Gaul, niemandem mehr Befehle erteilen.«

Ob es Rancon bewusst war, wie knapp er dem Tod durch den Strang entgangen war, ließ sich nicht sagen. Er rang verzweifelt nach Haltung und war doch totenbleich geworden.

»Sobald wir Attalia erreichen«, fuhr der König fort, »werdet Ihr das nächste Schiff in die Heimat nehmen, habt Ihr mich verstanden? Und nun geht mir aus den Augen. Ich will Euch nicht mehr sehen.«

Nachdem Rancon zutiefst beschämt die Versammlung verlassen hatte, herrschte einen Augenblick lang Schweigen. Amédée wusste nicht recht, wo er hinschauen sollte. Der König aber musterte die Umstehenden. Eine grimme Entschlossenheit schien von ihm auszugehen.

»Messeigneurs«, sagte er. »Wir sind zu der Erkenntnis gelangt, dass Wir einiges in der Führung des Heeres ändern müssen. Seit unserem Aufbruch aus der Heimat haben Wir unter Streitereien und Eigenmächtigkeiten der einzelnen Fürsten zu leiden gehabt. Es hat durchweg an Zucht und Ordnung gemangelt. Rancon ist dafür nur das neueste Beispiel, diesmal mit verheerenden Folgen.«

Sie wussten genau, was er meinte, und senkten betreten die Köpfe.

Und dann machte der König eine erstaunliche Ankündigung.

»Nur ganz wenige von uns, und ich zähle mich selbst dazu, haben Erfahrung in der Führung einer großen Heermacht wie dieser. Deshalb haben Wir beschlossen, jemanden damit zu betrauen, der diese Erfahrung besitzt und unser aller Vertrauen genießt. Großmeister Everard de Barres.«

Der König hatte vor, die Führung der *militia* abzutreten?

Ein erstauntes Gemurmel hob an. Ein unerhörter Vorgang. So etwas hatte es noch nie gegeben.

»Ich bitte Euch, *Grand Maître*«, sagte der König und gab dem Großmeister die Erlaubnis, die Einzelheiten vorzutragen.

Everard erhob sich. Man sah ihm an, dass er sich noch schwertat, in dieser Rolle vor ihnen zu erscheinen. Aber dann trat er einen Schritt vor und erklärte mit ruhigen Worten den Versammelten sein Vorhaben.

»Im Krieg, *Messeigneurs,* ist keine Zeit für langes Gerede oder für Querköpfe, die nach eigenem Gutdünken handeln, so tapfer sie im Einzelnen auch sein mögen. Das kann nur zum Untergang führen, wie wir gestern gesehen haben.«

Trotz ihrer Überraschung hörten sie aufmerksam zu, denn sie hatten ihn als einen Mann der Einsicht und Klugheit schätzen gelernt.

»Gemeinsame Beratungen werden natürlich weiterhin stattfinden, wann immer die Zeit dazu gegeben ist.« Jetzt wurde seine Stimme schärfer. »Ansonsten verlange ich von allen Ordnung, Verlässlichkeit und absoluten Gehorsam. Befehle kommen vom Heerführer und werden von allen Gliedern des Heeres sofort und ohne Murren befolgt.«

Sie starrten ihn mit großen Augen an. Solche Töne war man nicht gewohnt. Schließlich waren sie dem König freiwillig und mit ihren eigenen Männern gefolgt, nicht um sich herumkommandieren zu lassen.

»Und das schließt mich mit ein«, warf der König rasch ein, als er ihren Unmut spürte. »Ab heute bin ich nur Anführer der königlichen Garde und unterstelle mich ganz und gar der Führung des Großmeisters.«

Die Männer trauten ihren Ohren nicht. Was zum Teufel ging hier vor?

»Ich weiß, dies alles ist höchst ungewöhnlich«, sagte Everard mit einem verständnisvollen Lächeln. »Aber wir haben noch einen langen Weg durch gefährliches Gebiet vor uns, und weitere Verluste können wir uns nicht leisten. Es ist deshalb unerlässlich, dem Wunsch des Königs mit aller Deutlichkeit zu entsprechen. Um dies zu gewährleisten, haben der König und ich entschieden, dass jede Kampfeinheit einen meiner erfahrenen Tempelritter zur Seite gestellt bekommt. Sie werden Euch als Berater dienen und sind gleichzeitig mein verlängerter Arm, um sicherzustellen, dass alle Teile des Heeres gut zusammenarbeiten.«

Die Herren saßen fassungslos mit offenen Mündern. Sie hatten Tempelrittern zu gehorchen? Wie würden sie da vor ihren eigenen Leuten dastehen? Nein, sie mussten sich verhört haben. Ein Sturm der Entrüstung hob an.

Es dauerte noch eine ganze Weile, bis es dem König und seinem Großmeister gelang, die anderen zu überzeugen, dass es nicht nur das Vernünftigste war, sondern zum Erhalt des Heeres und des eigenen Überlebens zwingend erforderlich. Und wenn der König selbst mit gutem Beispiel voranging und bereit war, sich unterzuordnen, so hatte niemand Grund, um seine Würde vor den Mannschaften zu fürchten.

♦

Während der nächsten Tage führte der Weg des Heeres durch eine flache, schier endlose Hochebene, zu beiden Seiten von gewaltigen, schneebedeckten Bergen begleitet. Schneeregen und eisige Winde am Tag, Frost und klirrende Kälte in der Nacht. Das Land war wild und einsam, bestand teils aus Kiefernwäldern, teils aus offenem Weideland, dünn besiedelt von turkmenischen Hirten und Kleinbauern, die vor wenigen Generationen eingewandert waren.

Wer auch immer in dieser gottverlassenen Gegend sein Leben aus dem kargen Boden fristete, war vor den herannahenden Christen geflohen. Die einzige Straße war nicht viel mehr als ein steiniger Saumpfad, an Stellen voller zugefrorener Schlammkuhlen.

Viele der Ritter hatten ihr Pferd verloren und marschierten notgedrungen, Schild auf dem Rücken, wie gemeine Fußtruppen. Wer noch einen Gaul besaß, war ständig unterwegs, entweder zum Schutz des Heeres eingeteilt oder zur meist vergeblichen Suche nach Nahrung und Futter.

Von den Seldschuken sah man wenig, und doch schienen sie allgegenwärtig zu sein. Man fand ihre frischen Spuren im Schneematsch, und gelegentlich waren im Dämmerlicht auf einem der Hügelkämme die Umrisse ihrer Spähtrupps zu erkennen, bevor sie wieder verschwanden. Irgendwo da draußen, in den Wäldern oder in den Schluchten der Berge, war der Feind und folgte dem langen Marsch der *militia.* Einmal entdeckten Kundschafter Anzeichen eines größeren Lagers, das hastig verlassen worden war. All dies zeigte, dass der Feind ihnen weiter im Nacken saß.

Die Maßnahmen des Großmeisters schienen zu wirken. Trotz Hunger und Kälte, Verwundungen und schlechter körperlicher Verfassung gab es selten Nachzügler. Die Kolonnen marschierten in guter Ordnung, und auch den Ruf *»Pousse Allemand!«* hatte man schon lange nicht mehr gehört. Im Gegenteil, die Alemannen waren jetzt ein fester Bestandteil der neuen Regelung, die Everard de Barres dem Heer aufgezwungen hatte. Ohne Unterlass ließ er größere Einheiten von vier- oder fünfhundert Reitern zu beiden Seiten der Marschroute das Land durchstreifen, gefolgt von anderen in Kampfbereitschaft, die schnell und je nach Bedarf eingesetzt werden konnten. Hinter diesem schützenden Schirm konnte das Heer unbehelligt marschieren. Massive Angriffe waren bisher ausgeblieben.

Dagegen kam es immer wieder zu Überfällen durch kleinere Gruppen berittener Bogenschützen an Orten, wo die Reiterei sich gerade nicht befand. Unerwartet tauchten diese aus einem Wäldchen oder einer Senke auf, schlugen zu und machten sich wieder davon, bevor die Ritter eingreifen konnten. Nachzügler oder Spähtrupps der Christen, die nach

Nahrung suchten, verschwanden oft spurlos. Und wenn man ihre Leichen fand, waren sie grausam zugerichtet.

Doch das Schlimmste war, morgens Kameraden mit durchschnittener Kehle zu finden, Opfer geisterhafter, nächtlicher Überfälle. Das zerrte mehr an den Nerven als ein heißer Kampf am helllichten Tag. Die Männer bekamen Angst, des Nachts am Lagerrand auch nur pissen zu gehen. Wahrscheinlich waren die Übeltäter nicht einmal Seldschuken, sondern einheimische Turkomanen, die auf ihre Weise ihr Land verteidigten. Eine Art der Kriegführung, die den christlichen Rittern fremd und unheimlich war, eine heimtückische Bedrohung, als würden Dämonen nachts aus finsteren Löchern kriechen, um ihre Opfer lautlos zu verschlingen.

Kein Wunder, dass abergläubische Gerüchte die Runde machten. Es seien die Geister getöteter Seldschuken, die sich an ihren Mördern zu rächen suchten. Andere behaupteten, der Schlund der Hölle wäre nicht mehr fern, und mit jedem Schritt nähere man sich dem Untergang. Viele bemühten sich, wach zu bleiben, oder schliefen mit dem Schwert in der Hand. Posten wurden verdoppelt, Wachfeuer loderten bis zum Morgengrauen, und doch kam es immer wieder vor, dass Männer im Schlaf ermordet wurden. Hätten sie einen der Bastarde erwischt, dann wäre Pfählen noch die mildeste Rache gewesen. Aber die Angreifer blieben unsichtbar, was sie nur noch beängstigender machte.

Eines Abends saßen Arnaut und seine Gefährten um ein gewaltiges Lagerfeuer unter einem eisig funkelnden Sternenhimmel. Sie hatten sich Decken um die Schultern gelegt und starrten gierig auf das Stück Pferdeschulter, das an zwei Spießen briet.

Ferran hockte vor den Flammen und rieb sich die rissigen, schwieligen Hände. »Von vorn wird man geröstet und hinten friert man sich den Arsch ab«, murrte er.

Bisher eine Quelle der Zuversicht und Seelenstärke, war Ferran in der letzten Zeit etwas mürrisch geworden, wirkte oft gereizt und ungeduldig. Vielleicht weil er nicht mehr der Jüngste war, litt er mehr unter den Strapazen.

»Einmal wenden, dann garst du von beiden Seiten«, spottete Severin. Er stach mit dem Dolch ins Fleisch, um zu sehen, ob es durch war. Der Bratenduft quälte ihre hungrigen Mägen.

»Ich schwöre, ich fasse mein Lebtag kein Pferdefleisch mehr an«, behauptete Esteban. Auch er wirkte bedrückt. Seine glockenklare Gesangsstimme hatte sie schon lange nicht mehr erfreut.

»Sei froh um jeden Bissen, *mon gartz*«, brummte Severin. »Das ist nämlich dein letzter. Für die nächsten Tage sieht's schlecht aus.«

»Und wenn du deins nicht willst«, sagte Ferran, »ich nehm's dir gerne ab.«

Auch wenn sie über Esteban lachten, aber ihre treuen Gäule zu verzehren fiel auch den anderen schwer. Mangels Besserem hatten sie von den Tieren gelebt, die am Kadmus umgekommen waren und deren Fleisch sich dank der Kälte gehalten hatte. Denn auch Salz zum Pökeln war nicht vorhanden. Aber nun würden sie die nächsten acht Tage bis nach Attalia hungern müssen, außer sie schlachteten noch mehr von ihren wertvollen Pferden und Maultieren.

Ferran ließ sich unter Stöhnen auf dem Sattel nieder, den er als Sitz benutzte. Seit Tagen plagten ihn eitrige Geschwüre am Hintern. Verdrossen betrachtete er seine zerschlissenen Stiefel. Lange würden sie nicht mehr halten.

»Zu saufen gibt's auch nichts mehr«, klagte er.

»Stimmt«, grinste Severin, den bisher nichts anzufechten schien. Er jammerte selten und nahm meist alles mit einem Lachen oder Schulterzucken hin. »Dazu kann ich nur sagen, nüchtern bist du noch unerträglicher als besoffen. Wenn wir ankommen, schenk ich dir 'n Fass vom Besten. Da kannst du dich reinsetzen und deine Läuse ertränken.«

Dafür erntete er müdes Gelächter, denn Läuse hatte fast

jeder. Auch an Furunkeln, Frostbeulen, Durchfall und Würmern litten viele. All das war noch erträglich. Aber wer starkes Fieber bekam, der war oft verloren. Täglich musste das Heer Kameraden am Wegrand zurücklassen. Am Anfang waren es nur Verwundete gewesen, fauliger Wundbrand die übliche Todesursache. Inzwischen aber starben immer mehr auch an Lungen- oder Fleckfieber, Unterernährung oder Erschöpfung.

Dieser ständige Aderlass an Menschenleben hinterließ bei den Mannschaften tiefe Niedergeschlagenheit. Niemand wollte es sich anmerken lassen, dennoch war jeder Schritt durch dieses Land von schleichender Furcht begleitet. Ein nicht enden wollender Marsch in den Tod.

»Stimmt es eigentlich, ihr habt den König gerettet?«, fragte Joana, die das Fleisch sorgfältig zerteilte und jedem seinen Anteil auf der Messerspitze reichte. »Oder hat Severin nur aufgeschnitten?«

Joanas plötzliche Keuschheit hatten die Männer erst mit Erstaunen, dann mit Humor aufgenommen. Gewiss nur eine vorübergehende Laune, meinten sie. Durch die Mühsal und die tägliche Bedrohung waren sie eine eingeschworene Gemeinschaft geworden, und das schloss Frauen wie Joana mit ein, auch wenn sie mal nicht den Schoß öffnen wollte. Dieser Tage stünde einem der Sinn ohnehin nicht nach Fleischeslust, und man würde gern auf sie warten, raunten ihr nicht wenige zu.

»Von wegen aufgeschnitten«, verteidigte sich Severin. »Es ist wahr, wir haben ihn rausgehauen.«

»Die Türken hatten ihn zum Glück nicht erkannt«, fügte Arnaut hinzu. »Er trug nur ein einfaches Kettenhemd. Sonst wären sie ihn stärker angegangen, und wir säßen wohl auch nicht mehr hier.« Er sah müde aus, hatte tiefe Schatten unter den Augen und beteiligte sich nur selten an den Gesprächen.

»Hat er sich wenigstens bedankt?«, fragte Elena.

»Hat er«, erwiderte Severin.

»Und was hat er euch versprochen? Doch mindestens ein paar Herzogtümer oder Grafschaften«, spottete sie.

»Ja. Bestimmt welche im Land der Türken«, lästerte Ferran. »Ihr müsst sie nur noch erobern.«

»Ein paar fette Schinken hätten's auch getan«, meinte Jori.

Ferran verdrehte die Augen. »Hör bloß auf, von Schinken zu quatschen. Da wird mir ganz anders.«

»Ich wette, die Höflinge essen besser. Rede doch mal mit der Königin, Arnaut«, riet Severin. »Die hat ein Auge auf dich geworfen, da bin ich sicher. Vielleicht lässt sie dir ein paar Schinken zukommen. Und etwas Wein für unseren durstigen Kumpel hier.« Er schlug Ferran auf die Schulter.

»Ein Freund der Königin zu sein nutzt derzeit wenig«, meinte Bertran, der sich mit Joan de Berzi und noch ein paar Tolosanern zu ihnen gesetzt hatte. Bertran war auch einer, ähnlich wie Severin, an dem alles abzuprallen schien. Er machte keine Ausnahme für sich selbst, marschierte oft zu Fuß, um seinen Gaul zu schonen, und aß den gleichen Fraß wie seine Männer. »Eher im Gegenteil, würd ich sagen. Ihr Einfluss bei Hofe ist vielen ein Dorn im Auge, und nach allem, was Rancon sich geleistet hat, haben wir Provenzalen gar nichts mehr zu melden.«

»*Fol pec!* Ein besseres Geschenk hätte der Trottel den Türken kaum machen können«, meinte Ferran. »Hätte mich nicht gestört, ihn baumeln zu sehen.«

»Ich frage mich, wann sie uns angreifen«, ließ sich Joan de Berzis grollender Bass vernehmen. Trotz unfreiwilligen Fastens war seine hünenhafte Gestalt immer noch beeindruckend. Besonders seit er sich nicht mehr rasierte und ein gewaltiger Bart ihm bis auf die Brust fiel. »Kann mir kaum denken, dass die uns ungeschoren davonkommen lassen.«

»Vielleicht hat ihnen das letzte Mal gereicht«, bemerkte Esteban und kaute an seinem Stück Pferdefleisch.

Joan warf ihm einen verächtlichen Blick zu. »Träum weiter, Junge. Die schlagen zu, wenn wir es am wenigsten erwarten.«

Der Templer Étienne de Bernay, der gerade von einem Treffen mit seinem Großmeister gekommen war, ließ sich am Feuer nieder. Ihn hatte man den Tolosanern zugeteilt, und seitdem wich er Bertran nicht mehr von der Seite. Niemand mochte den kalten Fisch, obwohl er sich höflich genug benahm. Am allerwenigsten Elena, die beim Anblick ihres Peinigers bleich geworden war.

»Ich stimme unserem jungen Freund durchaus zu«, widersprach er de Berzi. »Die Türken haben schließlich auch Federn gelassen. Vermutlich sitzen sie irgendwo und lecken ihre Wunden. Und unsere neue Marschordnung macht es ihnen doppelt schwer, einen Hinterhalt zu legen.«

Während er sprach, ruhten seine kalten Augen auf Joana. Obwohl das Mädchen einiges gewohnt war, aber diese abschätzende Musterung war ihr seltsam unangenehm. Sie wich seinem Blick aus und wischte ihr Messer sauber.

»Oder sie warten auf Verstärkung«, gab *Fraire* Aimar zu bedenken. Schon immer von schmächtiger Gestalt, schien seine Mönchskutte inzwischen viel zu groß für ihn geworden zu sein. Er sah aus, als könnte man ihm durch die Rippen pusten.

Bertran lachte. »Aus dir, Mönchlein, wird noch ein Feldherr. Aber ich glaube, du hast recht.«

»Im offenen Gelände sind wir noch sicher …«, begann Joan de Berzi, wurde aber sofort von Ferrans bitterem Gelächter unterbrochen.

»Sicher nenne ich was anderes. Jeden Tag verrecken welche. Wenn es so weitergeht, bleibt von unserer glorreichen *militia* nicht mehr viel übrig.«

Kopfnicken und gemurmelte Zustimmung bei den anderen.

»Ich meinte«, Joan de Berzi machte eine ungeduldige Handbewegung, »richtig gefährlich wird es, wenn wir den Taurus überqueren. Da nützt uns die Reiterei herzlich wenig.«

Elena hörte nicht mehr zu. Der Blick, den der Templer Joana zugeworfen hatte, war ihr nicht entgangen und rührte die hässlichen Erinnerungen in ihr auf. Sie erhob sich, denn sie konnte nicht länger ertragen, das Lagerfeuer mit diesem Kerl zu teilen. Natürlich tat der Hurensohn, als würde er sie nicht kennen. Und sie selbst musste natürlich ebenfalls Stillschweigen bewahren. Aber am liebsten hätte sie ihm glühende Kohlen in die Augen geworfen, *lo filh da puta!*

Zitternd vor Wut und Scham kroch sie in ihr Zelt und wickelte sich in eiskalte Decken, die vor Schmutz starrten, denn auf diesem Marsch war an Waschen nicht mehr zu denken. Ob Constansa es mit ihrer Rache ernst meinte? Wie gern würde auch sie diesen Bastard in seinem Blut liegen sehen. Aber vielleicht sollte sie es ihr lieber ausreden. Der Mann war gefährlich, zu stark für Constansa. Und wenn sie bei dem Versuch erwischt wurde? Nicht auszudenken!

Als ihre Wut sich wieder abkühlte, dachte sie an Arnaut, wie jede Nacht beim Einschlafen. Auch er war mager geworden in den letzten Tagen. Noch schlimmer aber, dass er ihr lustlos und entmutigt vorkam. Obwohl er nicht darüber sprach, doch die Schlachten und der Verlust der Gefährten schienen an ihm mehr als an den anderen zu nagen. Seitdem war er seltsam verstummt, in sich gekehrt, als hätte er Reden und Lachen verlernt. Dabei war doch ein Witz zur rechten Zeit das Einzige, was noch den Geist der Mannschaft aufrechterhielt. Wenn sie über ihre miese Lage nicht mehr lachen konnten, dann war wirklich alles verloren.

Elena sehnte sich heimlich danach, Arnaut in die Arme zu nehmen. Natürlich wusste sie von seiner Liebe zu dieser Fürstin Ermengarda. Die anderen hatten es ihr erzählt. Nein, sie war nicht eifersüchtig. Wer war sie denn, *mon Dieu*, im Vergleich zu einer Dame von hohem Stand? Doch nur ein dummes Weib von niederer Geburt auf diesem vermaledeiten Heerzug, das nichts besaß in der Welt als eine zerschlissene Tunika, ein altes Zelt und ein Maultier, das man bald schlachten würde, wenn sie Pech hatte. Nein, sie hatte kein Recht, eifersüchtig zu sein. Aber sie hätte Arnaut gern wieder lachen gesehen und in ihren mütterlichen Anwandlungen alles getan, um ihn für einen Augenblick das Elend vergessen zu lassen.

Währenddessen kümmerte sich Constansa um ihr Pferd, das unter Sattel und Gurt wund gescheuert war. Ihr junger Knecht war den Pfeilen der Türken zum Opfer gefallen, wie auch ihr zweites Pferd. Nun besaß sie nur dieses leidende, abgemagerte Tier, das kaum noch einem Schlachtross glich. Sie schlang die Arme um den sehnigen Hals und konnte nicht verhindern, dass ihr die Tränen kamen. Warum war sie überhaupt zu dieser Pilgerfahrt aufgebrochen? Sie konnte sich kaum noch daran erinnern. Das Leben in der Heimat schien ihr plötzlich wunderbar verklärt. Am Abend, nach einer Jagd, würde sie jetzt am warmen Kamin sitzen und heißen Gewürzwein schlürfen. Mit Wehmut dachte sie an ihre Hunde, die sie zurückgelassen hatte.

Aber dann erinnerte sie sich ihrer Halbbrüder. Alles war besser, als mit denen zu leben. Hier war sie wenigstens frei. Und den Tod fürchtete sie nicht. Sie beschloss, das Pferd die nächsten Tage zu schonen und zu Fuß zu gehen, denn ihre Stiefel waren noch brauchbar.

Als sie sich dem Lagerfeuer näherte und schon von weitem den verhassten Templer erkannte, erstarrten ihre Glieder, als wären sie zu Eis gefroren. Schreckensbilder jenes Nachmittags überfluteten ihr gequältes Hirn, sie hörte wieder das geile Grunzen der Kerle, die sich auf ihr mühten, spürte das Gefühl der völligen Machtlosigkeit und der Schändung ihres Leibes. Sie fing so heftig zu zittern an, dass ihr die Knie zu versagen drohten. Elenas Zelt war nicht weit, deshalb kroch sie hinein, in die tröstenden Arme ihrer Leidensgenossin.

»Du hast ihn also auch gesehen«, flüsterte Elena.

Constansa konnte nicht sprechen, nur schwach nicken.

»Er reitet mit Bertran. Wir werden das Schwein noch öfter zu ertragen haben.«

Sie lagen still und lauschten auf die Geräusche des Lagers und das Gemurmel der Männer am Feuer. Constansa hatte sich langsam wieder in der Gewalt und wischte sich die Tränen vom Gesicht. »Wie kommst du eigentlich selbst damit zurecht? Ich habe dich nicht einmal gefragt.«

Elena blieb eine Weile stumm, bevor sie sprach. »Ach, weißt du«, sagte sie schließlich. »Bei mir ist es nicht das erste Mal. Für manche sind Weiber nichts als Freiwild. So was passiert eben.«

Constansa setzte sich ruckartig auf. »So was passiert eben? Ich sage dir, solchen Schweinen gehört ein Dolch in die Eingeweide. Das ist die einzige Antwort.«

Severin war auf dem Weg zurück von den bewachten Latrinen, die täglich am Lagerrand ausgehoben wurden. Er fragte sich, wo Constansa war. In letzter Zeit gab sie sich spröde und unzugänglich. Und nicht nur ihm gegenüber. Selten richtete sie ein Wort an jemanden. Als er an Elenas Zelt vorüberkam, vernahm er leise Stimmen. Etwas trieb ihn dazu, sich hinzuhocken und zu lauschen.

»Hör mal, du kannst einen angesehenen Templer nicht ermorden. Die hängen dich auf«, hörte er Elena sagen.

»Willst du es einfach hinnehmen, was sie uns angetan haben?« Das war Constansas Stimme. »Noch dazu von einem Mann des Glaubens.«

»Ein Mann des Glaubens?« Elena lachte grimmig. »Meinst du, die sind besser? Sieh es mal so, Kindchen, der Kerl ist einfach nur ein frommes Miststück mit einem geilen Schwanz. In Zukunft sieh zu, dass du solchen Drecksäcken nicht mehr den Rücken zukehrst.«

Severin erstarrte. Hatte er richtig gehört?

Dann wieder Elena: »Sag mal, du bist doch nicht etwa schwanger?«

»Nein. Gestern kamen meine Blutungen.«

»Gott sei gepriesen. Wenigstens das.«

Da konnte Severin es nicht mehr aushalten. Mit einem

Ruck riss er die Zeltplane beiseite. »Was geht hier vor?«, zischte er. »Wovon redet ihr beiden?«

Einige bange Herzschläge lang herrschte lähmende Stille. Dann kam Constansa aus dem Zelt und stieß ihn beiseite.

»Was geht dich das an?«

»Was mich das angeht?«, rief er aufgebracht. »Wer ist der Kerl? Was hat er dir angetan?«

»Seid still«, flüsterte Elena beschwörend, die auch aus dem Zelt gekrochen kam. »Wollt ihr, dass das halbe Lager mithört?«

Severin packte Constansa am Arm. Er sprach jetzt zwar leiser, aber nicht weniger eindringlich. »*Que deable se passa?* Ich will, dass du mir alles sagst.«

»Nimm deine Pfoten von mir, ich warne dich«, fauchte sie und riss sich los.

Sie starrten sich gegenseitig an. Severin aufgebracht und gleichzeitig verletzt, besorgt, ratlos. Constansa dagegen schäumte vor Wut, und ihre Augen funkelten hasserfüllt. »Von euch Kerlen hab ich genug.«

»Constansa, *mon anjol*«, flüsterte Elena beschwichtigend. »Du bellst den falschen Baum an. Der Mann liebt dich, verdammt noch mal. Er hat ein Recht zu wissen, wie es um dich steht.«

Constansa bedachte sie mit einem vernichtenden Blick. »Liebe?«, zischte sie verächtlich. »Ich kenne keine Liebe. Nur geile Böcke.« Damit drehte sie ihnen den Rücken zu.

Aber Severin hatte nicht vor, sich so leicht abspeisen zu lassen. Doch bevor er weitere Fragen stellen konnte, hörten sie Constansa plötzlich aufschluchzen. Beide Hände vors Gesicht geschlagen, schüttelte sie nur immer wieder den Kopf. Und dann wurde sie von ihren Gefühlen so heftig überwältigt, dass sie, die Arme im Schmerz an den Bauch gepresst, ein Wehklagen wie ein verwundetes Tier von sich gab. Elena war sofort zur Stelle und schlang beschützend die Arme um sie.

»Er soll verschwinden«, schluchzte Constansa.

Severin war über die unerwarteten Enthüllungen völlig zerschmettert. Hilflos und verwirrt strich er sich über sein widerborstiges Haar. Constansa so leiden zu sehen traf ihn tief ins Herz. Aber dann wurde er wütend. »Elena, ich frage jetzt zum letzten Mal. Was zum Teufel ist passiert? Ich will alles wissen.«

»Sie will nicht darüber reden«, raunte Elena ihm zu. »Niemand darf es erfahren. Du musst es versprechen, hast du gehört?«

»Ich soll versprechen …?« Er starrte zum Feuer hinüber, und seine Augen verengten sich. »Es ist der Templer, oder? Du bist vorhin mit einem Mördergesicht davongelaufen, als er kam. Der verdammte Templer ist es.«

Elena sah ihn nur mit großen Augen an. Da packte er sie am Nacken und schüttelte sie wie eine Katze. »Red endlich, Weib! Der Templer war es, oder?«

Und als sie schließlich nickte, fluchte er lange und ausgiebig. Dann verlangte er Einzelheiten.

»Wir waren auf der Suche nach Essbarem in der Nähe von Laodikeia«, erzählte sie schließlich nach einem langen Seufzer. »Auf einem Bauernhof haben sie uns erwischt.«

»Dich auch?«

Sie nickte betrübt.

»Es waren mehrere, sagst du?«

»Ein halbes Dutzend. Ich kann mich nicht an alle erinnern. De Bernay jedenfalls war ihr Anführer. Er musste es schon lange auf Constansa abgesehen haben. Er befahl den anderen, sie zu halten, während er den Anfang machte.«

Severin glaubte, seine Seele müsse zerreißen. »Den Anfang? Haben etwa alle …?« Er konnte es nicht aussprechen.

Elena sah zu Boden und schwieg. Doch die Geste war eindeutig. Für Severin war die Vorstellung dessen, was Constansa durchgemacht hatte, genug, ihn um den Verstand zu bringen. Ihn, der sonst so gleichmütig war, überkam eine solche Raserei, dass er glaubte, daran zu ersticken. Das Blut pochte in den Schläfen, kalter Schweiß stand ihm auf der Stirn. Immer wieder ballte er die Fäuste, als müsste er jemanden auf der Stelle erwürgen.

»Ich bringe sie alle um. Ich schwöre es euch.«

Plötzlich stand Constansa vor ihm. Ihre verheulten Augen blitzten zornig auf. »Wenn einer das Schwein umbringt, dann bin ich es. Du hast nichts damit zu tun.«

»Nicht so laut, Kinder«, erinnerte Elena besorgt.

»Und ob ich das habe«, gab Severin zurück. »Ich tue es jetzt gleich. Du wirst sehen.«

Er zog sein Schwert und wollte davonstürmen, als Constansa ihm in den Arm fiel und ihn mit aller Kraft festhielt. »Sei kein Idiot«, raunte sie schroff. »Der Kerl ist ein Templer. Der bringt dich um.«

»Ich sage dir, der Mann ist eine wandelnde Leiche.«

Er wollte sich losmachen. Doch sie hing immer noch an seinem Arm und rang mit ihm. Aber als sie merkte, dass sie ihn nicht aufhalten konnte, veränderte sich mit einem Mal ihr Gesicht, und sie bettelte, fast wie ein Kind.

»Severin, lass es sein, ich bitte dich.«

»Warum, verflucht?«

»Ich will nicht, dass dir etwas zustößt.«

Erstaunt sah er sie an. »Ich dachte, du machst dir nichts aus mir.«

»Sei kein Dummkopf«, schimpfte sie, aber nun war ihr Ton nicht mehr schroff. »Natürlich mache ich mir was aus dir.«

Sie sah zu ihm auf. Im Licht des Mondes glänzten ihre Augen feucht und verletzlich. Lange erforschte sie sein Gesicht. Dann senkte sie den Blick. »Ich hasse mich selbst für alles. Und ich sterbe vor Scham«, flüsterte sie. »Bitte verachte mich nicht.«

Langsam ließ er das Schwert wieder in die Scheide gleiten. »Dich verachten? *Jes Maria,* Constansa. Wie kommst du denn darauf?« Er schüttelte ungläubig den Kopf.

Noch einmal zog er sie an sich. Diesmal ließ sie es geschehen, ja, sie klammerte sich sogar an ihn. Er hielt sie fest umschlungen und strich ihr immer wieder übers Haar und über den Rücken. »Es tut mir so leid«, murmelte er. »Es tut mir so leid.«

Lange standen sie so da, vereint in Trauer und Zorn und einigem mehr, von dem sie noch nicht wussten, was daraus werden würde.

»Hört mal zu, ihr Turteltauben«, raunte Elena schließlich. »Wenn ihr den Kerl bestrafen wollt, dann müsst ihr es klüger anstellen, als ihn mit dem Schwert zu fordern.«

Severin warf ihr einen scharfen Blick zu.

»Außerdem«, fügte sie hinzu, »wüsste das ganze Lager dann, um was es geht. Und das wollen wir doch nicht, oder?«

»Hast du etwas Besseres im Sinn?«

Sie sah sich kurz um, ob keiner lauschte, trat schließlich näher und blickte den beiden verschwörerisch in die Augen. »Wollt ihr wissen, wie ich es machen würde?«, fragte sie leise.

»Nun sag schon.«

»Lasst es aussehen, als wären es die Türken gewesen. Nachts, heimlich, und dann ...«, sie fuhr sich mit dem Finger über die Kehle. »Niemand wird euch verdächtigen.«

Severin runzelte die Stirn. »Das ist nicht ritterlich.«

»Aber klüger.«

Er sah sie lange an und dachte nach. Am Ende holte er tief Luft. »In jedem Fall hat der Kerl sein Leben verwirkt, ganz gleich, wie wir es anstellen«, sagte er mit finsterer Miene.

Constansa dagegen hatte wenig Bedenken. »Ich bin dafür«, sagte sie entschlossen.

Wildschafe

Arnaut lag mit offenen Augen in seinem Zelt.

Der Mond erhellte ein wenig von der Plane über seinem Kopf, so dass es im Innern nicht völlig dunkel war. Im Lager war es still geworden, wenn auch noch fernes Gemurmel von den Wachfeuern zu hören war, das gelegentliche Knacken von frischen Ästen, die nachgelegt wurden, oder ein sanftes Schnauben der Pferde, die nahebei dösten oder etwas Wintergras rupften.

Wie so oft dieser Tage konnte er keinen Schlaf finden. Der Krieg war zu etwas geworden, das er so nicht erwartet hatte. Konnte er sich derartig getäuscht haben? Hatte Großvater Jaufré ihm in seinen Geschichten etwas Falsches vorgegaukelt, oder hatte er sich schon als Junge selbst belogen, nur das Heldenhafte, das Männerabenteuer sehen wollen? Er versuchte, die eigenen Gedanken und Erwartungen zu ergründen, die er vor seinem Aufbruch gehabt hatte.

Als *miles christi* in den Kampf zu ziehen, als Krieger des Herrn für etwas Höheres zu streiten, als sich mit benachbarten Kastellanen in sinnlosen Scharmützeln herumzuschlagen, das hatte etwas Erhabenes für ihn bedeutet, etwas Sinngebendes. Sich hervorzutun unter Männern gleicher Gesinnung, das war ehrenvoll. Und ja, das Abenteuer, auch das hatte ihn gelockt, wenn er ehrlich war.

Die Hoffnung, die eigenen Verfehlungen zu büßen, sich vor seinem Gott von der Sünde des Ehebruchs zu reinigen, war zuerst wie eine Erlösung erschienen, doch inzwischen mehr und mehr in den Hintergrund getreten. Vielleicht weil ihm dämmerte, dass sie alle auf diesem Pilgerzug in einem gewaltigen Widerspruch gefangen waren. Sie zogen durch fremdes Land, raubten und mordeten, brachen täglich Gottes

Gebot, und all dies, um sich angeblich das Himmelreich zu sichern. Die Priester sahen darin nichts Unvereinbares. Im Gegenteil. Man tat schließlich Gottes Werk. Möglicherweise war er einfach zu einfältig, das zu verstehen.

Schlimmer noch als solche Zweifel waren Tod und Schrecken und all das Leiden, das er in den letzten Wochen gesehen hatte. Daran war nichts Heldenhaftes. Es war nur Elend. Aber am Ende diente auch das einem guten Zweck, wenn es darum ging, ihren Brüdern in Outremer zu Hilfe zu eilen und Edessa den Christen wiederzugeben. Doch wenn es so weiterging wie bisher, würden sie es nicht einmal bis dorthin schaffen.

Der Feldzug, mit so viel Begeisterung begonnen, war schlecht geplant und noch schlechter geführt. Von den Griechen hatten sie sich an der Nase herumführen lassen, die Seldschuken schlugen zu, wie es ihnen gefiel, und ihre eigenen stolzen Anführer stritten sich, machten grobe Fehler, für die viel zu viele ihr Leben gelassen hatten. Mitten im Winter irrten sie ohne Futter oder Nahrung durch eine öde Landschaft. Es gab nicht einmal mehr genug Zelte für alle. Die lagen in der Schlucht am Kadmus mit anderen Dingen, die sie jetzt gut hätten gebrauchen können. Sollten sie nicht bald die Küste erreichen, so war die *militia* verloren.

Wie lebt ein König damit, fragte er sich, den Tod von Tausenden zu verantworten? Wie kann er noch schlafen? Arnaut jedenfalls kämpfte jede Nacht darum, ein wenig Schlaf zu finden, denn der Tod zu vieler Kameraden, für die er verantwortlich war, lastete auf seiner Seele. Jaufré hatte einmal gesagt, in der Schlacht selbst gehe es nicht um hehre Ziele. Da gehe es nur ums Überleben der Truppe. Man kämpft für seine Kameraden und für nichts anderes. Jetzt verstand er, was damit gemeint war. Und doch, mitten im Schlachtgetümmel, starben Männer rechts und links, und man war hilflos dagegen.

Ermengarda hatte es geahnt. Bei dem Gedanken an sie kamen ihm die Tränen. Warum hatte er nicht auf sie gehört?

Männer zogen in den Krieg, ohne dass ihre Weiber es ihnen ausreden konnten.

Er schwor sich, von nun an selbstmörderische Ritte wie am Mäander zu unterlassen. Jetzt schämte er sich dafür. Im Gegenteil, ab sofort würde er alles dafür tun, so viele von seiner Truppe wie nur irgend möglich lebend durchzubringen. Das wenigstens schuldete er ihnen.

♦

Im Morgengrauen sammelte Arnaut seine engsten Vertrauten um sich. Verschlafen, mit knurrenden Mägen und im Morgenwind zitternd, standen sie um ihn herum, Severin, Jori, Ferran, Constansa, Aimar und Elena.

»Hört gut zu«, sagte er. »Die nächsten Tage werden schwierig werden. Wo die Seldschuken lauern, wissen wir nicht, aber es drohen weitere Überfälle. Außerdem, der Hunger im Heer könnte nicht wenige ermutigen, alles für ein bisschen Essen zu tun, zu stehlen und vielleicht sogar zu töten. Seid deshalb wachsam. Lasst nie unsere Tiere aus den Augen, und keiner geht irgendwo alleine hin. Immer in Begleitung. Habt ihr verstanden?«

Stumm nickten sie ihre Zustimmung.

»Wir haben bisher tapfer gekämpft. Aber jetzt kommt es mir darauf an, dass wir alle sicher und wohlbehalten Antiochia erreichen. Und ich meine wirklich alle.«

Die Truppe bestand nicht nur aus den zwei Dutzend einsatzfähigen Rittern, Constansa mit eingerechnet, und einer Handvoll Verwundeter, die bisher überlebt hatten. Von den Knechten, die sich wie Lois Bernat um die Tiere, um Zelte und Waffen kümmerten, waren noch sechs bei ihnen. Elena und Joana waren auch nicht die einzigen Frauen. Zwei der Reiter wurden von ihren Eheweibern begleitet, einige andere hatten unterwegs ein Liebchen aufgegabelt. Sie alle waren Arnauts Schutzbefohlene.

»Wir werden deshalb unsere Marschordnung ändern«, fuhr er fort. »Von jetzt an bleiben wir immer zusammen. Die Krieger nehmen Packtiere, Frauen und Knechte in die Mitte.«

»Aber die sollen doch im Tross marschieren«, warf Jori ein. »Und wir Reiter bekommen täglich andere Aufgaben zugeteilt. Wie sollen wir sie da beschützen?«

»Indem wir uns dumm stellen«, spottete Severin. »Will der Soldat einen Befehl nicht ausführen, dann stellt er sich blöd. Sieht wenigstens nicht nach Befehlsverweigerung aus.«

»Wo hast du denn solche Weisheiten her?«, schmunzelte Arnaut.

»Anführer halten ihre Männer doch immer für einfältig. Dümmer jedenfalls als sie selbst.«

Das brachte ein Grinsen auf ihre Gesichter.

»Na schön«, sagte Arnaut. »Natürlich müssen wir Ritter für den Großmeister stellen, aber zumindest die fünf, die kein Pferd mehr haben, sind mir für die Sicherheit verantwortlich. Und Ferran, du bist ihr *capitan.*«

»Warum ich?«, fragte Ferran. »Ich hab noch einen Gaul. Denkst du etwa, ich bin zu alt zum Kämpfen?«

»Red keinen Unsinn. Ich brauche einen guten Mann und verlass mich auf deine Erfahrung. Und wir werden dir so viele wie möglich zur Seite stellen, auch wenn wir uns hier und da dumm stellen müssen, wie Severin es nennt.« Er zwinkerte ihnen zu. »Wir werden das Heer nicht im Stich lassen, aber Sicherheit geht vor. Das wollte ich euch nur sagen. Tot nützen wir niemandem.«

Wenig später kroch die Sonne hinter den Bergen hervor, der allgemeine Aufbruch war zu erwarten. Der Himmel war klar, und es versprach, ein angenehmer Marschtag zu werden. Zumindest würden sie nicht unter Schnee oder Eisregen zu leiden haben.

»Hast du etwas an deiner Marschordnung geändert?«, fragte Bertran, dem es gleich aufgefallen war.

»Ich will nicht, dass Zelte gestohlen werden und meine Maultiere auf fremden Küchenspießen enden.«

»Verstehe«, kam die nachdenkliche Antwort. »Da ist was dran.« Er hauchte in die klammen Finger, um sie zu beleben. »Verdammte Kälte. Wenn man sein Schwert anpackt, muss man Angst haben, dass die Finger anfrieren. Und beim scheißen holt man sich den Tod.«

»Sei froh, wenn du noch was zu scheißen hast.«

»Auch wieder wahr. Langsam hab ich aber genug von dem Ganzen, weißt du? Gestern hab ich sogar Blut gepisst.«

»Hast du Schmerzen?«

Bertran nickte unglücklich.

»Eine unserer Frauen kennt sich mit Kräutern aus. Ich werde sie heute Abend zu dir schicken.«

Während sie warteten, dass die Kolonne vor ihnen sich in Bewegung setzte, sahen sie Josselin de Puylaurens mit seinen fremdländisch anmutenden Turkopolen heranreiten. Arnaut fragte sich, wie er es fertigbrachte, denn seine Gäule sahen frischer aus als die traurigen Kreaturen, die die meisten ritten. Er winkte ihm zu, und Josselin zügelte sein Pferd, um ein paar Worte zu wechseln.

»Ich sehe, du weilst noch unter den Lebenden, Montalban«, grinste er. »Was immer du treibst, pass gut auf mein hübsches Schwert auf. Wär schade drum.« Er fand das witzig und lachte ausgiebig.

»Danke übrigens für deine Hilfe am Kadmus«, erwiderte Arnaut. »Jori hat mir berichtet.«

»Nicht der Rede wert.«

Dass Arnauts Leute sich ihrerseits während der Schlacht aufopfernd um seine Sklavin gekümmert und wahrscheinlich ihr Leben gerettet hatten, schien Josselin keiner Erwähnung wert zu sein.

»Wie geht es Munira und dem Kind?«, fragte Arnaut dennoch.

Josselins Miene verfinsterte sich schlagartig. »Sag mal,

Montalban. Was hast du andauernd mit meiner Sklavin? Die geht dich doch einen Dreck an.«

Arnaut war sprachlos.

»He, *ome*«, fuhr Bertran dazwischen. »Was soll der Ton? Er hat sich nur nach ihrer Gesundheit erkundigt.«

Josselin musterte ihn verächtlich. »Was mischst du dich ein, Tolosaner?«, rief er. »Überhaupt, was ich dich schon lange fragen wollte. Was machst du eigentlich auf diesem Feldzug? Warum bist du wirklich hier?«

Der herablassende Ton reizte Bertran. »Was soll die Frage?«, erwiderte er ärgerlich. »Wir reiten mit König Louis, wie jeder gute Christ. Du hoffentlich auch.«

»Und warum ist dein Alter nicht dabei, der edle Graf von Tolosa?«

»Er kommt später, per Schiff.«

»Wie schön für ihn.«

»Was soll das heißen?«

»Ist er zu gut für uns? Will er sich nicht die Finger schmutzig machen? Hier im Dreck von Anatolia?«

Josselins blaue Augen funkelten angriffslustig.

Arnaut fühlte sich plötzlich unwohl, denn er kannte dessen scharfe Zunge und ungezügeltes Wesen.

»Es war von Anfang an so ausgemacht«, verteidigte sich Bertran hitzig.

»Lass es gut sein, Bertran«, raunte Arnaut ihm zu. »Das führt zu nichts.«

»Verdammt noch mal«, raunzte Bertran zurück. »Keiner redet so über meinen Vater.«

Josselin lachte spöttisch auf. »Ich will dir sagen, warum er nicht hier ist. Weil ihm der Pilgerzug einen Dreck bedeutet. Er hat ganz andere Dinge im Sinn.«

Bertran war das Blut ins Gesicht gestiegen. »Was willst du damit andeuten?«, bellte er zurück.

»Du bist doch nur hier, damit man nicht sagen kann, die Tolosaner wären nicht gekommen, als der König rief. Willst du etwa behaupten, zu mehr als ein paar hundert Mann wäre Tolosa nicht fähig?«

»Mein Vater wird mehr Truppen bringen.«

»Ha!«, lachte Josselin auf. »Das will ich gern glauben. Aber die bringt er zu anderen Zwecken. Ich habe mich in Tolosa umgehört, ich weiß, was ihr vorhabt. In Wahrheit wollt ihr euch Tripolis unter den Nagel reißen. Wahrscheinlich wollt ihr auch noch den König erpressen, wo er jetzt jeden Mann gegen die Türken braucht. Eure Kriegshilfe gegen seine Unterstützung in dieser Frage. Ist das der Plan?«

»So ein Unsinn.«

»Aber Tripolis gehört nicht euch, merk dir das. Eure Ansprüche sind hohl, und wir werden es niemals zulassen …«

»Was zum Teufel schert es dich, wem Tripolis gehört?«, brüllte Bertran. Bisher hatte er sich noch zurückgehalten, doch nun war es genug. »Also wenn wir schon davon reden … Jawohl, wir haben die größeren Ansprüche auf die Grafschaft. Mein Vater ist der einzig wahre Erbe des Eroberers von Tripolis. Sein Halbbruder war ein Bastard.«

»Genau wie du einer bist. Ein jämmerlicher Bastard.«

Einen Augenblick lang herrschte gespannte Stille. Bertran hochrot im Gesicht, die Augen wild funkelnd, Josselin hämisch grinsend. Die anderen hielten den Atem an, denn sie wussten, wie persönlich der junge Prinz jede Schmähung seiner unehelichen Abstammung nahm. Und wie erwartet riss Bertran sein Schwert aus der Scheide und gab dem Pferd die Sporen, um sich auf seinen Widersacher zu stürzen. Eben noch rechtzeitig erwischte Joan de Berzi die Zügel des Gauls und verhinderte den Angriff.

»Lass los, verflucht!«, schrie Bertran mit schwingendem Schwert, als würde er auch vor Joan nicht haltmachen. »Ich will den Kerl erschlagen, wie er es verdient.«

Auch die Turkopolen hielten jetzt Waffen in der Hand. Doch Arnaut und andere umringten Bertran oder schoben sich zwischen die Streithähne. Bertran tobte, fuchtelte mit dem Schwert herum, bis es nicht ausblieb, dass er einen seiner Männer an der Hand verletzte, aber befreien konnte er sich nicht.

Josselin dagegen lachte gehässig. »Versucht es nur. Wir werden es zu verhindern wissen«, rief er und machte sich mit seinen Turkopolen davon.

»Hurensohn, verdammter«, fluchte Bertran. »Dem werd ich Benehmen beibringen. Der wird mein Schwert zu kosten kriegen.«

»Ruhig Blut, Bertran«, beschwichtigte Joan ihn. »Der Kerl ist doch nur eine Laus. Was lässt du dich von dem so reizen?«

»Ja, eine Laus, die man mit dem Nagel zerquetscht.«

Aimar, im Sattel seiner Flora, hatte den Vorfall beobachtet und sich seine Gedanken gemacht. Nun beugte er sich zu Arnaut hinüber und raunte: »Da braut sich was zusammen, fürchte ich.«

»Ich frage mich, was diesem Puylaurens so sehr an Tripolis gelegen ist? Man könnte meinen, es gehörte ihm.«

»Das möchte ich auch gern wissen, *putan*«, fluchte Bertran, der sich aber langsam wieder beruhigte.

»Ich kann es mir nur so erklären«, sagte Aimar. »Er ist Königin Melisendes Vertrauter. Und sie und ihre drei Schwestern beherrschen Outremer oder haben überall ihre Finger im Spiel. In Jerusalem herrscht sie selbst, in Antiochia ist ihre Nichte die Gemahlin des Fürsten und in Tripolis ihre Schwester Hodierna. Die vierte ist eine einflussreiche Äbtissin. Und wie man so hört, sind sie alle ziemlich eigensinnige Frauen, die aber wie Pech und Schwefel zusammenhalten.«

»Na und?«, fragte Bertran.

»Sie fürchten vermutlich, dass du und dein Vater, dass ihr die Machtverhältnisse stören könntet, wenn es hart auf hart kommt.« Er blickte Bertran forschend in die Augen.

Der sah weg und sagte eine Weile nichts. Dann zuckte er mit den Schultern. »Wenn es hart auf hart kommt.«

♦

»Woher weißt du das alles?«, fragte später Arnaut, als zur Mittagszeit eine Rast eingelegt wurde. Um den Hunger zu betäuben, kauten sie auf ein paar Nüssen herum, aus einem Vorrat, den Lois Bernat irgendwo aufgetrieben hatte.

»Mönche reisen ebenso gern, wie sie schwatzen«, erwiderte Aimar. »In einem Kloster erfährt man viel über die Welt. Wandernde Mönche, Pilger, studierte Männer. Das ist, was ich an meinem Stand so liebe. Außer dem Studium bedeutender Werke natürlich.«

»Glaubst du im Ernst, Alfons und sein Vater haben vor, sich Tripolis anzueignen?«

»Wäre nicht das erste Mal, dass es Erbstreit in dieser Familie gibt. Es sind deshalb schon häufiger Kriege geführt worden. Die Aquitanier erheben bis heute Anspruch auf Tolosa selbst, denn Alienors Großmutter stammt daher und wurde vor langer Zeit widerrechtlich enterbt.«

Arnaut nickte. »Ich erinnere mich an die Belagerung von Tolosa vor einigen Jahren. Aber was hat das alles mit Tripolis zu tun?«

»Nichts. Ich sage nur, dass Erbstreit den Tolosanern im Blut liegt. Und was den Besitz von Tripolis betrifft, so liegen die Dinge auch hier nicht eindeutig. Ich hoffe nur, wir werden nicht mit hineingezogen.«

Nun, Erbstreit unter Tolosanern, was hatte das schon zu bedeuten, wenn es doch jetzt einzig darum ging, die nächsten Tage zu überleben? Es war immer schwieriger geworden, die Disziplin aufrechtzuerhalten. Selbst Auspeitschen und Hängen hielt manche nicht davon ab, dem Nächsten das wenige an Essbarem zu rauben, das er noch besaß. Und nur aus gemeinsamer Furcht vor dem Feind brach die Ordnung nicht völlig zusammen. Arnauts Männer bewachten ihre Tiere Tag und Nacht, konnten trotzdem nicht verhindern, dass ihnen einige gestohlen wurden. Drei der Maultiere hatten sie selbst schlachten müssen.

Noch mehr Gepäck und Ausrüstung musste zurückgelassen werden. Die Marschkolonnen schleppten sich mühselig dahin. Wem die Schuhsohlen durchgelaufen waren, band sich Lumpen um die Füße. Männer erkrankten und konnten nicht mehr mithalten. Da Zurückgebliebene dazu verdammt waren, einsam in der Einöde zu sterben oder von den Turkomanen ermordet zu werden, versuchten ihre Kameraden oft, sie noch eine Weile auf dem Rücken zu schleppen, gaben es aber nach Stunden auf, weil sie selbst zu schwach waren. Viele stolperten teilnahmslos dahin, andere griffen schon beim kleinsten Anlass zur Waffe. Messerstechereien waren an der Tagesordnung. Und nachts, wie immer, schlugen die Turkomanen zu.

Am Abend nach dem Streit zwischen Bertran und Josselin erhitzten sich die Gemüter in der *militia,* denn Ritter brachten eine Reihe von Seldschuken ins Lager, die sie während eines heftigen Scharmützels gefangen genommen hatten.

An ihnen wurde die aufgestaute Wut der letzten Wochen ausgelassen. Schon bei ihrer Ankunft wurden drei von ihnen in wenigen Augenblicken von den Pferden gezerrt und von der rasenden Meute in blutige Stücke gerissen. Nur unter Einsatz der Waffen gelang es, die übrigen zwanzig Gefangenen von der Menge zu trennen. Aber auch das geschah nicht aus Menschlichkeit, denn nach einem grausamen Verhör unter Folter, zog man ihnen die Haut in Streifen vom Leib, ließ sie anschließend an den eigenen, abgeschnittenen Geschlechtsteilen ersticken oder schlitzte ihnen die Leiber auf, um sie mit heraushängenden Gedärmen qualvoll verenden zu lassen.

Sosehr sich die meisten an diesem Blutrausch ergötzt hatten, am nächsten Morgen blieb nur Katzenjammer zurück, und die Niedergeschlagenheit war umso größer. Die Priester legten das Schicksal der Gefangenen als Zeichen Gottes aus, dass man bald alle Heiden vernichten würde. Sie ließen nicht ab, Gottes Glorie zu verkünden, und je mutloser das Heer wurde, umso mehr verlegten sie sich aufs Beten. Immer noch wurde das goldene Kreuz vorangetragen, und die Mönche verdoppelten den Eifer ihrer Gesänge. Die Bischöfe beschworen das Heervolk, ihre Sünden zu bereuen und Gottes Prüfungen mannhaft zu ertragen, denn das Himmelreich und die Erlösung aus diesem Tal der Tränen seien ihnen gewiss.

Der Plan, heimlich und im Dunkel der Nacht ihre Rache an dem Templer Étienne de Bernay zu nehmen, hatte sich als weitaus schwieriger erwiesen als gedacht. Sosehr Constansa und Severin versuchten, ihm aufzulauern, selten war er allein. Außerdem blieben wegen der Diebstähle zu viele wach, die mit Argusaugen ihr Hab und Gut bewachten. Sein Zelt teilte er mit anderen Ordensbrüdern, und wenn er ausritt, war er von Kriegern umgeben. Am Ende waren auch sie zu entkräftet, um weiter an diesem Plan festzuhalten. Sie würden die Sache verschieben müssen.

Ein Gutes hatte es dennoch, denn zwischen den beiden war eine neue Verbundenheit entstanden. Constansa begann, ihm zu vertrauen, sie war nicht mehr abweisend, suchte im Gegenteil seine Nähe, teilte ihre Gedanken mit ihm. Auch wenn sie sich noch dagegen wehrte, aber ihre Gefühle für ihn wuchsen von Tag zu Tag. Nur wenn er sie berühren wollte, dann überfiel sie wieder panische Angst, und sie wich vor ihm zurück. Aber Severin, der sonst nicht für seine Feinfühligkeit bekannt war, verstand es.

Arnaut hatte am Abend Lois Bernat geholfen, seinen Hengst zu versorgen, als Elena sich ihnen näherte.

»Dein Freund, der junge Prinz, ist krank«, sagte sie.

»Bertran? Was hat er?«

»Pinkelt Blut und hat Schmerzen dabei. Und inzwischen auch starkes Fieber.«

Das waren keine guten Nachrichten. »Hast du ihm etwas gegeben?«, fragte er besorgt.

»Mein Kräutervorrat ist zu Ende. Eine Handvoll Minze für einen Aufguss, mehr nicht. Es wird wenig nützen. Seinem Knecht hab ich aufgetragen, ihn viel Wasser trinken zu lassen. Davon haben wir ja genug in dieser verfluchten Gegend. Ein Mönch hat mir mal versichert, das soll helfen, wenn man sich die Blase verkühlt hat.«

»Ich danke dir«, sagte Arnaut und legte den Arm um sie.

Sie war überrascht, aber schmiegte sich an ihn und genoss die Berührung, vor allem sein Lächeln, das für einen seltenen Augenblick ganz allein ihr gehörte. Wenn Arnaut lächelte, verwandelte sich sein Gesicht, wurde jungenhaft, fast unbekümmert, und es verschwanden für kurze Zeit Ernst und Trauer aus seinen Augen. Ach, könnte sie doch nur sein Lächeln festhalten.

Bertran lag fiebernd und in Decken gehüllt auf einem Lager nahe am Feuer. Der Schüttelfrost hielt ihn im Griff.

»Die wollen mich umbringen, Arnaut«, stöhnte er. »Dauernd soll ich Wasser saufen oder irgendein Kräutergebräu, als wär ich ein Gaul. Und wenn ich pisse, zerreißt es mich.«

»Soll aber die Krankheit aus dem Leib waschen.«

»Glaubst du, man verreckt an so was?«

»Ach was. Morgen geht's dir wieder besser.«

Doch so wie Bertran aussah, war das kaum zu erwarten. Er war totenbleich mit dunklen Ringen unter den Augen und einer Stimme rauh wie ein Reibeisen. Die Stirn fühlte sich glühend heiß an. Arnaut musste sich zusammenreißen, um seine Besorgnis nicht zu zeigen, denn schon viele waren an Fieber gestorben.

»Falls es mich erwischt«, sagte Bertran, »möchte ich, dass du etwas für mich tust.«

»Red keinen Unsinn. Du stirbst nicht. Wir haben ja noch einiges vor, wir beide, oder nicht?«

»Da hast du verdammt recht.« Er grinste schwach. »Trotzdem. Ich will, dass du dich um meine Schwester kümmerst.«

»Du hast eine Schwester?«

»Mehrere. Aber diese ist von der gleichen Mutter. Sie heißt Beatriz.«

»Was ist mir ihr?«

»Sie begleitet meinen Vater. Wahrscheinlich sind sie schon gesegelt, denn er wollte den Kaiser in Konstantinopel aufsuchen. Um die Wahrheit zu sagen, meine Schwester und ich, wir sind bei Hofe in Tolosa nur eine Peinlichkeit, besonders für meine lieben, ehelichen Halbgeschwister.«

»Das kann ich mir nicht vorstellen. Du übertreibst.«

»Vielleicht. Mein Vater jedenfalls will uns in Outremer ein anderes Leben ermöglichen, weit weg vom Hof in Tolosa.«

»Du sollst also doch Graf von Tripolis werden?«

»Ist einen Versuch wert. Und Beatriz wird in Outremer eine gute Verbindung eingehen. Mein Vater hat da schon einiges angebahnt, wie ich vermute.« Er schloss die Augen und stöhnte. »*Merda,* es bringt mich noch um, aber ich glaube, ich muss schon wieder pissen.«

Er rief nach seinem Knecht, und Arnaut drehte sich zur Seite, als der ihm eine Pfanne unterschob. Bertran biss sich auf die Lippen, bis er es nicht mehr aushalten konnte und vor Schmerzen schrie. Als er es endlich geschafft hatte, ließ er sich mit Tränen in den Augen zurück auf sein Lager sinken. Der Knecht deckte ihn bis zur Nasenspitze zu und trug die Pfanne weg.

»Als würde es einem die Eingeweide zerreißen«, flüsterte er schwach. Seine Stirn war schweißbedeckt.

Arnaut legte ihm aufmunternd die Hand auf die Schulter. »Beatriz soll also heiraten, sagtest du.«

Bertran nickte. »Mein Vater ist zurzeit nicht gut auf sie zu sprechen. Sie haben sich fürchterlich gestritten. Er hat gedroht, sie dem Erstbesten zu geben, der einen Adelstitel hat.« Ein Fieberschauer schüttelte ihn erneut. Er schloss die Augen und schwieg eine Weile. »Es ist wegen einer Liebschaft mit einem bettelarmen *trobador,* von dem sie nicht lassen will«, sagte er dann. »War das Gespräch der ganzen Stadt. Mein Vater hat ihn vom Hof verjagt. Beatriz war untröstlich. Ich hab sie in keinem guten Zustand zurückgelassen.«

»Ha! Unglückliche Liebe«, lachte Arnaut bitter. »Wie passend. Dann können wir uns ja gegenseitig aufheitern.«

»Natürlich.« Bertran grinste, so dass für einen Augenblick der Schalk in seinen Augen blitzte. »Das hatte ich ja fast vergessen. Der arme Ritter und die Fürstin von Narbona.«

»So arm auch wieder nicht.«

Bertran wurde wieder ernst. »Kümmere dich um Beatriz, Arnaut. Du kennst doch meinen Vater. Der kann ein ziemlicher Tyrann sein. Auf dich hält er aber große Stücke, das weiß ich.«

Arnaut erinnerte sich, wie er damals *Coms* Alfons in den Unruhen um Narbona gefangen genommen hatte. Der Graf hatte es ihm nicht übelgenommen. Im Gegenteil, er hatte seinen draufgängerischen Mut bewundert, ihm später sogar angeboten, in seine Dienste zu treten. Das war mit ein Grund dafür gewesen, warum Arnaut mit den Tolosanern gezogen war.

»Er wird deine Schwester wohl kaum mit einem wie mich verheiraten wollen.«

»Natürlich nicht. Obwohl ihr wirklich Schlimmeres passieren könnte, wenn du mich fragst«, sagte Bertran mit einem Lächeln. »Beatriz und ich, wir waren immer ein Herz und eine Seele. Ich möchte nicht, dass sie in falsche Hände gerät.«

Arnaut schüttelte den Kopf. »Das wird sie nicht, denn in ein paar Tagen bist du wieder gesund, und wenn wir in Tripolis sind, kümmerst du dich selbst um sie.«

♦

Am nächsten Morgen wuchteten sie den fiebernden Bertran dick eingehüllt auf sein Pferd. Hitzewellen überfielen ihn regelmäßig, und obwohl er sich unendlich schwach fühlte und im Sattel wankte, wollte er nichts von einer behelfsmäßigen Sänfte hören. »Warum soll es mir besser gehen als meinen Männern«, knurrte er und biss die Zähne zusammen.

Die *militia* näherte sich den Höhen des westlichen Taurus. Sie würden noch einmal alle Kraft zusammennehmen müssen, um die Pässe zu überwinden, die das Tor zur flachen Küstenregion von Attalia bildeten. Diese war fest in byzantinischer Hand. Wenn die Seldschuken also vorhatten, sie erneut anzugreifen, dann würde es hier geschehen.

Arnaut durchstreifte mit zehn seiner Reiter die ersten Erhebungen, durch die die Straße sich wand. Sie waren als Späher unterwegs. Die Sonne schien aus einem klaren Himmel auf sie herab und wärmte die müden Knochen. Auf den Gipfeln lag Schnee, aber hier unten war das Gelände steinig und trocken. Wenig Wald, dafür wechselten Sträucher und niedriges, an Stellen undurchdringliches Gestrüpp mit offenen Flächen, die mit Rosmarin, Ginster und wilden Kräutern überwuchert waren. Im Frühling würden diese Hänge in allen Farben leuchten.

»Schaut mal her«, rief Esteban aufgeregt. »Bilde ich mir das ein, oder sind das wirklich Schafe da oben?« Er wies auf die Kuppe eines nahen Hügels.

Tatsächlich. Zwischen Felsbrocken und niedrigen Büschen konnten sie das dunkelbraune Fell von Wildschafen erkennen.

»Gehen wir jagen?«, fragte Jori. Freudige Erregung stand in seinen Augen.

Arnaut hob die Hand, um die Sonne auszublenden. Wildschafe waren nicht schwer zu erlegen, wenn es gelang, sie einzukreisen. Aber in diesem steinigen Gelände?

»Wir sind als Späher hier, nicht um zu jagen.«

Aber wie konnte er seinen ausgemergelten Gefährten eine Jagd verwehren? Allein beim Anblick der Tiere wurde auch ihm schon der Mund wässrig. Sie teilten sich rasch in Gruppen auf, um den Hügel von zwei Seiten weiträumig zu umgehen, während eine dritte Gruppe die Tiere zutreiben sollte.

Arnaut ritt mit Jori und Esteban. In der Hoffnung, die Schafe nicht aufzuschrecken, lenkten sie die Pferde zuerst weg von der Hügelkuppe, um dann in weitem Bogen dahinterzugelangen. Geröll und felsiger Grund taten den Hufen der Pferde nicht gut, und Disteldornen rissen ihnen Wunden ins Fell, wenn sie sich durch dichtes Gestrüpp zwängen mussten.

»Ich glaube, sie haben uns bemerkt«, sagte Esteban, der seine Augen nicht von den Schafen gelassen hatte.

Mehrere Muttertiere hatten die Köpfe erhoben und äugten aufmerksam in alle Richtungen. Einige begannen, sich langsam von der Hügelkuppe abzusetzen.

»Wir müssen uns beeilen, sonst sind sie weg«, meinte Jori.

Arnaut spannte die Sehne auf seinen Bogen. Die Anstrengung ließ ihn einen Augenblick lang vor Hunger schwindelig werden, so dass er fast fürchtete, aus dem Sattel zu fallen. Er schüttelte ärgerlich den Kopf und atmete tief durch. Dann gab er Amir die Sporen. Sie änderten die Richtung, um den Wildschafen den Weg abzuschneiden.

Plötzlich ein dumpfer Aufschlag und ein gurgelnder Schrei. Erschrocken blickte Arnaut sich um. Es war Esteban. Ein Pfeil hatte ihm den Oberkiefer zertrümmert und ragte am Nacken wieder heraus. Und als der Junge die Zügel fahren ließ und nach der Wunde griff, traf ihn ein zweiter mitten auf der Brust und durchschlug die Ringe seiner Panzerung.

Arnaut sah ihn noch aus dem Sattel gleiten, ehe er selbst einen wuchtigen Schlag im Oberschenkel verspürte. Noch drei Pfeile zischten heran. Einer glitt von Arnauts gepanzerter Schulter ab. Auch die anderen verfehlten knapp ihr Ziel. Statt Angst durchzuckte ihn eine unbändige Wut. Diese verfluchten Hinterhalte! Hinter Büschen entdeckte er eine Bewegung und gab Amir sofort die Sporen. Es konnten nur wenige Angreifer sein, sonst wären sie alle drei schon tot. Als der Hengst durchs Gestrüpp brach, sah er fünf Turkmenen, die wie wild davonrannten, wahrscheinlich zu ihren kleinen, wendigen Pferden, die irgendwo im Dickicht versteckt sein mussten.

Noch im vollen Galopp zog er die Bogensehne bis ans Ohr und ließ den Pfeil davonschnellen. Im Rücken getroffen, brach einer der Kerle zusammen. Ein zweiter Pfeil durchbohrte die Lende eines anderen, der sich, mit einem krummen Schwert in der Hand, umdrehte, um sich zu wehren. Bevor er die Klinge heben konnte, war Jori schon heran und spaltete ihm mit einem Hieb den Schädel.

Ein weiterer Turkmene zerrte an seiner Bogensehne, verfehlte Jori jedoch, der unerwartet sein Pferd herumgerissen hatte. Arnauts Pfeil dagegen traf den Kerl mitten ins Gesicht und riss ihn von den Füßen. Den letzten beiden Fliehenden galoppierte Jori hinterher. Arnaut legte noch einmal an und zielte sorgfältig. Trotz der Entfernung fällte er einen von ihnen mit einem Treffer in den Nacken. Der andere blieb in Panik stehen und warf die Waffen fort. Doch sein Blut spritzte hoch, als Jori ihm mit einem Hieb den Kopf von den Schultern trennte. Arnaut ließ den Bogen sinken und sah zu, wie Jori vom Pferd sprang und mit Befriedigung die Turkmenen erledigte, die noch atmeten.

»Du bist getroffen«, stellte er fest, als er den Pfeil aus Arnauts Schenkel ragen sah.

»Kümmere dich um Esteban. Ich komme zurecht.«

Die Wucht des Pfeils war durch Kettenpanzer und *gambais* gebremst worden. Trotzdem war die Spitze noch tief in den Muskel eingedrungen. Er wusste, es war besser, sie gleich herauszuziehen, bevor es zu schmerzhaft wurde und er den Mut verlor. Er bekreuzigte sich, packte den Schaft mit beiden Händen und biss die Zähne zusammen. Ein heftiger Ruck und mit einem Schmerzensschrei kam die blutige Spitze zum Vorschein.

»Merda«, fluchte er und warf den verdammten Pfeil weit von sich in die Büsche. Er wendete Amir und ritt zu Esteban, der mit glasigen Augen im Gras lag.

»Er ist tot«, sagte Jori, der sein Pferd am Zügel hielt und auf den gefallenen Freund hinabstarrte.

Arnaut war für einen Augenblick wie gelähmt. Esteban war nicht der beste Krieger gewesen, aber beliebt bei allen.

Ein fröhlicher Junge. Sie würden mehr als nur seine Stimme vermissen.

»Die müssen hinter den Schafen her gewesen sein«, sagte Jori. »So wie wir.«

Arnaut wünschte, er hätte auf die Jagd verzichtet. Was zum Teufel hatte die Turkmenen bewogen, sie anzugreifen? Wahrscheinlich hatte ihr Hass sie alle Vorsicht vergessen lassen. Nun waren sie tot, wie auch Esteban. Was für eine unsinnige Verschwendung an Menschenleben war dieser elende Krieg. Die Wunde hatte zu schmerzen begonnen, und vom Knie abwärts war sein Bein rot vor Blut, das vom Steigbügel auf den Boden tropfte.

Severin und die anderen tauchten auf und machten lange Gesichter, als sie sahen, was geschehen war. Sie hatten tatsächlich eines der Wildschafe erlegen können. Zumindest für einen Abend würde man sich satt essen können. Nach einigem Suchen fanden sie die Pferde der getöteten Turkmenen, zu wertvoll, um sie zurückzulassen. Auch Estebans Leiche nahmen sie mit.

Bei Sonnenuntergang, nachdem die *militia* das Lager aufgeschlagen hatte, versammelten sich die Gefährten zu einer bescheidenen Beerdigung. Mit gesenktem Haupt und schwerem Herzen stimmten sie ein, als Bruder Aimar das Gebet sprach. Dann betteten sie den Leichnam des jungen Ritters in die kühle Erde Anatolias.

Als die feierliche Handlung vorüber war, ließ Arnaut es endlich zu, dass Elena seine Wunde auswusch und verband. Und nach dem Verzehr des wenigen Fleisches, das das Wildschaf hergegeben hatte, entfloh er den Gesprächen der Kameraden und zog sich in sein Zelt zurück. Dort lag er mutlos im Halbdunkel des schwachen Scheins, der von den Lagerfeuern über die Planen flackerte.

Viele waren von ihnen gegangen. Warum berührte ausgerechnet Estebans Tod ihn so besonders? War es, weil er erst vor wenigen Tagen geschworen hatte, sie alle heil nach Antiochia zu führen? Es kam ihm vor, als würde Gott seine Bemühungen verhöhnen. Die Wunde peinigte ihn. Aber es war ein Schmerz, den er willkommen hieß, denn er fühlte sich für Estebans Tod verantwortlich, hatte ihn nicht beschützen können. Nun lag der Junge in fremder Erde. Seine Familie würde niemals das Grab besuchen können, nicht einmal wissen, wo man ihn verscharrt hatte.

Als die Feuer niederbrannten und es dunkel im Zelt geworden war, konnte er immer noch nicht schlafen. Da gewahrte er eine Hand, die durch den Eingangsschlitz tastete, und wollte schon hochfahren, als er sanft berührt wurde und eine Frauengestalt ins Zelt schlüpfte. Er konnte sie im Dunkeln nicht erkennen und wusste doch, dass es Elena war. Er machte ihr Platz, ließ sie unter seine Felldecke kriechen und legte den Arm um sie.

Lange lagen sie still, ohne ein Wort. Allein schon die Gegenwart, der Atem und die Wärme des anderen, die sanften Berührungen hatten etwas Tröstliches. Elena, sonst so stark und ungebrochen, fühlte sich mit einem Mal klein und schwach in seinen Armen und dennoch so geborgen, dass sie die Tränen nicht länger zurückhalten konnte. Sie weinte über die Schrecken der letzten Monate und über Menschen, die für immer dahingegangen waren. Aber sie weinte auch über ihr Glück, in dieser Nacht bei ihm liegen zu dürfen.

Als ihre Finger zärtlich über sein Gesicht wanderten, hielt ihn selbst der Schmerz der Wunde nicht länger zurück. Mit verzweifelter Heftigkeit klammerte er sich an sie und spürte dabei ihre Weiblichkeit mit brennender Deutlichkeit. In der Heimlichkeit und Dunkelheit des Zeltes erlebten sie das ewige Wunder, nicht nur des Fleisches, sondern der Berührung zweier Seelen, die trotz Tod, Leid und Entbehrung immer noch fähig waren, einander Liebe zu schenken.

In den frühen Morgenstunden ließ Elena ihn schlafend zurück und schlich sich aus dem Zelt. Dass sie den Mut aufgebracht hatte, bereute sie nicht, auch wenn sie klug genug war, nicht viel mehr von dieser Liebe zu erwarten.

Der Marsch des nächsten Tages wurde hart. Aber nach einem mühseligen Aufstieg überwand das christliche Heer die Höhen des Taurus. Zu aller Erstaunen war von den Seldschuken weit und breit nichts zu sehen gewesen. Die ersten byzantinischen Patrouillen kamen ihnen entgegen, und am Abend, von der Passhöhe herunter, sahen sie, wie am Horizont das weite Meer sich vor ihren Blicken auftat. An seinen fernen Gestaden war eine Stadt zu erkennen. Das musste Attalia sein, deren weiße Mauern im Sonnenuntergang leuchteten und die Herzen mit Hoffnung füllten.

Gestrandet

Für die Bewohner von Attalia musste das Christenheer, das unerwartet in der fruchtbaren Landschaft vor ihren Toren aufgetaucht war, ein seltsamer Anblick sein.

Grau vom Staub der Straße, ausgemergelt und am Ende ihrer Kräfte schleppten sich Männer und Tiere dahin. Die verhärmten Gesichter, die Verbände an vielen der zerlumpten Gestalten und die oft blutverkrusteten *sobrecots* erzählten ihre eigene Geschichte.

Und doch grinsten diese Franken in idiotischer Dankbarkeit, als Bauern sie am Wegrand mit Körben voller Obst und Gemüse empfingen, fliegende Händler ihnen Wein, Brot, Datteln oder Gebratenes boten. Sie ließen auf der Stelle ihr Pack zu Boden gleiten, tauschten oft das Letzte an Beute oder Silber gegen etwas zu essen ein, um es auf der Stelle gierig herunterzuschlingen. Danach wollten viele gar nicht mehr aufstehen, und es dauerte lange, bis ein ordentliches Lager errichtet werden konnte.

Mit Tränen in den Augen umarmte Friedrich von Schwaben seinen totgeglaubten Oheim, Bischof Otto von Freising, der es mit einer kleinen Schar Überlebender ebenfalls bis Attalia geschafft hatte, und nun mit Freuden seine Landsleute in Empfang nahm.

Als die griechischen Weinhändler im Lager auftauchten, vergaßen die meisten ihre Müdigkeit. Ein unvorstellbares Saufgelage hob an, als müssten die Männer an einem Abend alles nachholen, was sie in den letzten Wochen entbehrt hatten. Vielleicht auch, um für eine Nacht das Grauen der erlebten Schlachten zu verdrängen. Und so wollte das Grölen der Feiernden nicht aufhören, überall zwischen den Zelten stolperte man über Weinleichen oder trunken kopulierende Paare.

Am Morgen erschienen Vertreter der byzantinischen Obrigkeit, allen voran der Statthalter von Attalia, ein gewisser Alexandros Stavros, und der Gesandte des Kaisers, ein Lombarde, der sich Landolfo nannte.

Sie warfen missbilligende Blicke auf die geflickten, vom Wetter gezeichneten Zelte und verwahrlosten Krieger. Man sah es ihren Mienen an, dass sie das elende Pack am liebsten zum Teufel geschickt hätten, wären da nicht die harten Gesichter kampferprobter Männer gewesen, die nicht zögern würden, ihre Waffen zu gebrauchen.

Als man sie ins Zelt des Königs bat, bemühten sie sich um vornehme Höflichkeit, wie es sich für byzantinische Würdenträger gehörte.

»Gelobt sei Jesus Christus«, begann Landolfo, nachdem man sich allgemein bekannt gemacht hatte. Er schien der Wortführer zu sein und übersetzte, soweit es erforderlich war. »Wir hatten kaum noch mit euch gerechnet, *Sire.* Umso überaus glücklicher sind wir, Euch willkommen zu heißen.«

Mit diesen Worten verbeugte er sich. Und dann noch einmal besonders vor Königin Alienor, wohl aus Erstaunen, dass eine solche Dame den Feldzug begleitete, und weil ihre Schönheit ihn rührte, die trotz der Strapazen des langen Marsches nicht zu übersehen war. König Louis entschuldigte sich, dass er den Herren keine Gastgeschenke machen könne, aber man habe den Großteil des Trosses verloren. Dann überließ er es dem Großmeister, die Bedürfnisse des Heeres anzusprechen.

»Wir brauchen dringend Verpflegung für etwa zwölftausend Mann«, sagte Everard de Barres. »Ich glaube, so viele sind wir noch. Außerdem Heu und Hafer für Pferde und Maultiere.«

»Wie viele Tiere?«

»Dreitausend schätze ich. Wir haben eine Menge unterwegs verloren und würden sie ebenfalls gern ersetzen.«

Die Byzantiner warfen sich betretene Blicke zu.

»Das wird schwierig werden«, sagte Alexandros, der Statthalter, ein untersetzter Mann mit wohlgenährtem Bauch. Sein Blick hatte etwas Berechnendes. »Es ist Ende Januar. Wir haben kaum selbst genug. Und Pferde …« Er hob die Hände in einer hilflosen Geste, als ob an Pferde gar nicht zu denken sei.

»Müssen Wir daran erinnern«, warf König Louis ein, »dass der Kaiser die Verpflegung des Heeres angeordnet hat? Soviel Wir wissen, sind alle Hafenstädte an der Küste entsprechend benachrichtigt worden. Und selbstverständlich bezahlen Wir für alles.«

»Wir haben die Anordnung erhalten«, erwiderte Alexandros mit einem bedauernden Achselzucken. »Nur die Umstände …«

»Ihr müsst verstehen, *Sire*«, ergänzte Landolfo. »Attalia ist von türkisch besetzten Gebieten völlig eingeschlossen. Wir sind ihnen sogar zu Tribut verpflichtet. Unsere besten Weiden an den Hängen des Taurus sind in der Hand der Seldschuken und die Nutzung von ihrem guten Willen abhängig. Wir können deshalb kein Futter in solchen Mengen versprechen. Und an Nahrung mangelt es ebenso.«

Für einen Augenblick herrschte Betroffenheit im Zelt des Königs. Man hatte gehofft, hier in Attalia endlich gute Verpflegung zu erhalten und die Verluste an Tieren wiedergutzumachen. Sofort flackerte Misstrauen auf. Wahrscheinlich wollten diese elenden Griechen nur die Preise hochtreiben, um dann nichts als angefaultes Getreide zu liefern.

»Ohne frische Pferde und Maultiere und ohne ausreichende Verpflegung sind wir nicht in der Lage, den Weg fortzusetzen«, sagte Everard mit durchdringendem Blick. »Dann werdet ihr uns hier für lange Zeit ertragen müssen.«

Seine kühlen Augen hafteten auf den Byzantinern, die verlegen schwiegen, denn Everard, wie jeder der Anwesenden, wusste, dass Attalia, dank des Hafens an einer sonst steinigen Küste, eine wohlhabende Stadt war. Schon vor undenklichen Zeiten hatten hier Menschen gesiedelt und Handel getrieben.

Die Byzantiner besaßen außerdem Schiffe. Sie konnten zur Not alles herbeischaffen.

Die Stadt war zwar gut befestigt, aber doch zu schwach, um sich gegen die Franken zu wehren, sollte es ihnen einfallen, die Mauern im Sturm zu nehmen. Und selbst wenn sie friedlich blieben, der längere Aufenthalt dieses Heeres würde sämtliche Vorräte aufzehren und die Menschen von Attalia selbst an den Rand des Hungers treiben. Nicht zu vergessen die Übergriffe, Plünderungen und Schändungen, die eine solche Ansammlung von ausgehungerten und gewaltbereiten Männern mit sich bringen mochte. Diese Gedanken gingen Alexandros durch den Kopf, während er abzuschätzen versuchte, wie ernst Everard seine Drohung meinte. Man musste diese verdammten Latiner irgendwie loswerden, koste es, was es wolle. Er zog den Lombarden für einen Augenblick zur Seite, um mit ihm auf Griechisch zu tuscheln.

»Nun?«, fragte der Großmeister streng, als sie sich ihnen wieder zuwandten.

»Wir werden Schiffe aussenden und versuchen, Euch zufriedenzustellen«, versicherte Landolfo und verbeugte sich zuerst vor dem König und dann noch einmal mit einem besonders warmherzigen Lächeln vor der Königin. Er war sichtlich enttäuscht, als sie dies nur mit einem hochmütigen Kopfnicken beantwortete. »Es wird allerdings etwas dauern, fürchte ich, bis wir genügend herangeschafft haben. Auch müssen wir hoffen, dass uns das Meer keinen Strich durch die Rechnung macht. In dieser Jahreszeit … Ihr versteht, was ich meine.«

»Brot für das Heer brauchen wir aber sofort«, ließ sich Everard drohend vernehmen. »Sonst verhungern uns die Männer. Wenn ihr nicht liefert, müssen wir es uns selbst besorgen.«

»Wir werden liefern«, sagte Alexandros zähneknirschend. »Gegen Bezahlung natürlich.«

Der König nickte. »Schreibt nur alles auf. Wir werden

euch Schuldscheine geben. Die Templer verbürgen sich dafür.«

Gold wäre Alexandros lieber gewesen, aber der Templerorden, der im ganzen Frankenreich viele Stifte und Ländereien verwaltete, hatte sich zum Bankhaus für derlei Geldgeschäfte zwischen Ost und West entwickelt und genoss einen guten Ruf. Deshalb wagte er nicht, das Angebot des Königs auszuschlagen.

»Da wäre allerdings noch etwas«, meinte Landolfo etwas verlegen. »Wir müssen darauf bestehen, dass Ihr den Eid erneuert, *Sire,* den Ihr dem Kaiser geschworen habt. Ich habe entsprechende Anweisungen erhalten.«

»Zweifelst du etwa am Wort des Königs, Bube«, polterte Amédée de Savoie. »Wir lassen uns nicht erpressen …«

Louis brachte ihn mit einer Handbewegung zum Schweigen. »Wir sind guten Willens, mein Freund«, sagte er zu Landolfo. »Wenn es den Kaiser und Euch beruhigt, so erfüllen Wir Euch den Wunsch.«

Und so schworen Louis und seine Heerführer, auch wenn es manchem übel aufstieß, ein zweites Mal, die Rechte des Kaiserreichs auf ehemalige byzantinische Besitzungen zu respektieren.

♦

»Es ist nicht zu machen«, sagte Severin.

Constansa warf ihm einen trotzigen Blick zu. »Willst du etwa aufgeben?«

»Nein, aber an den Kerl kommt man nicht ran.«

Seit zwei Wochen lagerte die *militia* jetzt vor Attalia, und währenddessen hatten sie alles versucht, Étienne de Bernay aufzulauern.

Constansa schüttelte zornig den Kopf. »Er darf nicht davonkommen. Ich habe es mir geschworen.«

Es war inzwischen zu einer Besessenheit bei ihr geworden.

Severin musste fürchten, dass sie irgendwann den Verstand verlor und dem Kerl am helllichten Tag und vor aller Welt das Schwert in den Leib rammte, ganz gleich, was mit ihr danach geschehen würde.

Sie saßen zusammen mit Elena hoch über dem Meer und beobachteten die Brandung, die sich unermüdlich gegen die Felsen warf und jedes Mal weiße Gischt aufspritzen ließ. Möwen kreisten lärmend, stürzten sich kopfüber in die Wellen und tauchten mit einem zappelnden Fisch im Schnabel wieder auf. Nach der Kälte im Hochland war es angenehm warm an der Küste und so wohltuend, hier in der Sonne zu sitzen.

Severin betrachtete Constansas Gesicht, die aufs Meer hinausblickte, wo Fischerboote sich treiben ließen. Der Wind spielte in ihren sonnengebleichten Haaren, die in einem hübschen Gegensatz zur Bräune der Haut standen. Ihre Augen waren klarer geworden, die Wangen nicht mehr so hohl, und jetzt, da sie zum ersten Mal seit langer Zeit keinen Kettenpanzer trug, waren auch ihre weiblichen Formen nicht zu übersehen. Er sehnte sich danach, sie endlich in die Arme zu nehmen und ihr seine Liebe zu beweisen.

Doch zwischen ihnen stand immer noch die abscheuliche Tat des Templers. Er hasste ihn ebenso wie Constansa, wenn das überhaupt möglich war. Aber in Wahrheit bereitete es ihm Unbehagen, einen Mann hinterhältig zu ermorden. Laut sagen würde er das allerdings nicht.

Am liebsten hätte er die Sache auf sich allein genommen, den Templer unter irgendeinem Vorwand herausgefordert und in ehrlichem Zweikampf getötet. Um sich selbst fürchtete er nicht dabei, denn dass die Gerechtigkeit siegen würde, daran hegte er keinen Zweifel. Doch Constansa würde es ihm nicht danken, wenn er sie um ihre Rache betrog. Sie selbst wollte den entscheidenden Streich führen, er sollte nur ihr Helfer und Handlanger sein, eine Rolle, die ihm im Grunde nicht behagte.

»Er geht häufig in die Stadt«, sagte Elena. »Auch abends. Vielleicht sollten wir ihm dort auflauern.«

Den fränkischen Kriegern war es nicht erlaubt, die Stadt zu betreten. Die guten Bürger schreckte die Vorstellung, ganze Horden von groben Soldaten durch die Gassen streifen zu lassen und zuzusehen, wie sie ihre Weiber und Töchter belästigten. Eine Ausnahme hatten sie natürlich für das Königspaar gemacht und für die wichtigsten Heerführer und Bischöfe. Frauen und Geistliche hatten ebenfalls Zutritt und so auch die Templer, alle anderen mussten draußen bleiben.

»Die lassen mich nicht rein«, meinte deshalb Severin.

»Uns Frauen schon«, antwortete Elena und sah zu Constansa hinüber, die ihren Blick nachdenklich erwiderte.

»Kommt nicht in Frage«, ereiferte sich Severin. »Ich lass euch das nicht alleine machen.«

»Und wie willst du uns daran hindern?«

Constansa sah ihn ruhig an, verletzend kalt, so kam es ihm vor. Manchmal war es wirklich schwer mit ihr.

»Viel Erfolg«, brummte er, erhob sich missgelaunt und ließ die beiden Frauen allein am Meer zurück.

»Du solltest ihn nicht so behandeln«, sagte Elena. »Er sorgt sich um dich.«

Constansa sah wieder aufs Meer hinaus. »Heute Abend gehen wir in die Stadt.«

♦

Die Verpflegung der Griechen war auch diesmal von fragwürdiger Qualität, dafür aber teuer. Immerhin hatte die *militia* zunächst nicht hungern müssen, denn Schiffe hatten eine Ladung an Nahrung, Futter für die Tiere und sogar ein wenig Kleidung, Stiefel und anderes gebracht, das dringend benötigt wurde. Wer Geld hatte, konnte sich seinen Kettenpanzer ausbessern oder neue Lanzenschäfte anfertigen lassen. Mit geflickten und gewaschenen Kleidern, sauberen Haaren und zurechtgestutzten Bärten sahen Arnauts Männer wieder menschlich aus. Auch sein Hengst, wie die anderen Pferde, erholte sich zusehends.

Eines jedoch machte allen Sorge. Es war unmöglich, Pferde und Maultiere anzukaufen. Mehr als die Hälfte der Ritter hatten ihre Streitrösser verloren, was die Schlagkraft des Heeres gewaltig schwächte. Und wie sollten sie ohne Packtiere den langen Marsch bis Antiochia überstehen? Über schwierige Bergpfade und durch zum Teil feindliches Gebiet?

Gerüchte machten die Runde, dass der König das Heer per Schiff nach Antiochia überführen wollte.

»Kann ich mir nicht vorstellen«, meinte Ferran beim Abendmahl. »So viele Schiffe, wie wir bräuchten, gibt es gar nicht.«

»Ich wär dafür«, ließ Bertran verlauten. Er war lange krank gewesen und hatte sich nur langsam erholt, aber an diesem Abend teilte er zum ersten Mal wieder das Mahl mit den Gefährten. »Was nützt es uns, hier herumzulungern? Es wird Zeit, aufzubrechen.«

Joana war damit beschäftigt, Fladenbrot auf einem heißen Blech zu backen. Zum Erstaunen aller war sie immer noch keusch. Eine Schande, dachten viele, besonders da das Mädel in letzter Zeit so fröhlich und wie aufgeblüht wirkte. Appetitlich eben.

»Severin, wo sind eigentlich Constansa und Elena?«, fragte Arnaut.

Der hob nur mürrisch die Schultern. »Woher, *putan,* soll ich das wissen? In der Stadt vermutlich.«

Arnaut sah ihn verwundert an. Schlechte Laune? Das war so gar nicht Severins Art. Waren er und Constansa nicht seit Wochen unzertrennlich? Sie mussten sich gestritten haben, schloss er.

Jori hockte sich neben ihn. »Kann ich dich mal sprechen, Arnaut?«, raunte er.

»Sprich, *ome*«, sagte er aufgeräumt.

Jori räusperte sich verlegen. »Ist nicht für alle bestimmt, was ich zu sagen habe«, flüsterte er, wobei er mit Joana einen kurzen, aber bedeutungsschwangeren Blick austauschte. Da ist mir etwas entgangen, sagte sich Arnaut, der es bemerkt hatte.

»Na gut. Gehen wir ein Stück.« Sie erhoben sich und schlenderten zu den Einfriedungen für die Pferde. »Was hast du auf dem Herzen?«

Jori blickte auf seine Stiefel und druckste herum. Es fiel ihm sichtlich schwer, den Mund aufzumachen.

»Ich möchte deinen Segen«, bekam er schließlich heraus und blickte Arnaut danach fast angriffslustig an, als erwartete er heftigen Gegenwind. Was war nur heute mit allen los?

»Meinen Segen? Wofür?«

»Ich will heiraten.«

»Du willst was?«

»Du hast mich gehört.«

»Wen zum Teufel?«

»Joana.«

»Joana?« Arnaut war wie vor den Kopf gestoßen. »Aber sie ist eine Hure«, stammelte er.

»Nicht mehr.«

»Vielleicht nicht für den Augenblick. Aber wie lange noch?«

»Sie will nichts mehr damit zu tun haben.«

»Und seit wann geht das schon mit euch?«

»Seit der Schlacht am Kadmus.«

»Ich werd verrückt. Aber du bist doch viel zu jung.«

»Wir lieben uns.«

Amir kam zu ihnen getrottet, und Arnaut strich ihm zärtlich über die Nüstern.

»Aber dazu brauchst du nicht zu heiraten. Viele in der *militia* leben mit Weibern zusammen, haben sogar Kinder. Ohne Vermählung.«

»Das ist nicht christlich.«

»Und dich kümmert's, was christlich ist?«

»Joana will es so.«

Arnaut schüttelte ungläubig den Kopf. »Sie meint es also ernst. Will eine ehrbare Frau werden.«

»Sie ist fest entschlossen. Sie will nicht als Hure sterben. So wie Belinda.«

»Und du sollst sie vor den Nachstellungen der anderen Kerle schützen, oder?«

»Wenn sie doch dann mein Weib ist.«

Arnaut sah ihn forschend an. »Und du bist dir sicher?«

»Hör mal, Arnaut. Es stört mich nicht, was sie gemacht hat. Du weißt, wo ich herkomme. Wären nicht die Huren und die Aussätzigen von Narbona gewesen, wäre ich als Kind verhungert und erfroren. Joana ist ein guter Mensch.«

»Und sie liebt dich.«

Jori nickte ernst. Arnaut hätte fast gelacht, so, wie der Junge mit großen Augen und roten Ohren vor ihm stand. Als hinge sein ganzes Glück allein von dieser Entscheidung ab. Doch offensichtlich tat es das in seinen Augen.

»Mann, Jori. Wir kennen uns nun schon so lange.« Er legte ihm den Arm um die Schultern und drückte ihn rauh an sich. »Wenn das dein Wunsch ist, meinen Segen hast du. Morgen kann euch Aimar trauen, wenn's recht ist.«

Jori traten Tränen in die Augen. »Danke, Arnaut, danke.«

♦

Der König hatte seine wichtigsten Anführer zur Beratung gerufen. Darunter auch den Großmeister in Begleitung von Étienne de Bernay, der heute den erkrankten Hugues de Bouillon vertrat. Einer, der fehlte, war Geoffrey de Rancon. Der hatte sich still und leise nach Konstantinopel eingeschifft. Niemand weinte ihm eine Träne nach, nicht einmal die Königin.

Den ganzen Abend schon hatten die Herren die Lage besprochen und sich dabei immer mehr ereifert. Auf die Griechen war kein Verlass, davon waren alle überzeugt. Die anfänglich gelieferten Vorräte waren zum großen Teil aufgebraucht und weitere Lieferungen unsicher. Angeblich war das Wetter schuld, der Mangel an geeigneten Schiffen oder der Ernteverlust des letzten Jahres. Die gereizte Stimmung der edlen Herren war auf dem Siedepunkt.

»Alles nur Ausflüchte«, schäumte Amédée de Savoie. »Wir sollten endlich die Stadt stürmen und holen, was uns zusteht. Das war schon in Laodikeia so. Auch da wolltest du nicht auf mich hören, Louis. Wie lange willst du noch zögern?«

»Wir haben Kaiser Manuel geschworen, sein Land friedlich zu durchqueren«, antwortete der König trotzig. »Ich habe nicht vor, meinen Schwur zu brechen.«

»Ja, aber hat er nicht versprochen, das Heer mit allem Nötigen zu beliefern?«, rief Renaud le Borgne, der alte, einäugige *Comte* de Bar. »In Wahrheit verhandelt er Friedensabkommen mit den Türken, während er uns auf dem Trockenen sitzen lässt. Und diesen verlogenen Lombarden Landolfo sollten wir am besten gleich aufhängen, zum Zeichen, dass wir es ernst meinen.«

Das erntete beifälliges Gemurmel aus der Runde, aber einen ärgerlichen Blick des Königs.

»Besser wäre es, die Griechen zu zwingen, uns Schiffe zu liefern«, sagte der Bischof von Metz ein wenig ruhiger. »Damit wir hier endlich wegkommen. Jeder weitere Tag an dieser Küste schwächt das Heer.«

Königin Alienor, die sich bisher wenig an den hitzigen Auseinandersetzungen beteiligt hatte, ergriff nun das Wort. »Das ist ein guter Vorschlag. Wir sollten wenigstens einen Teil des Heeres einschiffen. Die Kranken und Schwachen, die Pilger und Frauen. Da hätte man viele hungrige Mäuler weniger zu versorgen. Das würde die Lage für den Rest des Heeres doch gewiss erleichtern.«

Dieses Mal schien das königliche Paar der gleichen Meinung zu sein, denn Louis griff den Gedanken begeistert auf und begann eine feurige kleine Ansprache, wobei es den anderen vorkam, als wollte er vor allem sich selbst Mut einreden.

»*Messeigneurs*«, sagte er und stellte sich in Pose. »Lassen wir uns nicht von Widrigkeiten unterkriegen. Wie die Königin schon sagte, zeigen wir uns ganz von unserer christlichen Seite und erfüllen gleichzeitig, was wir dem Papst versprochen haben. Wir sind *miles christi*, Ritter des Herrn, und haben geschworen, unser Leben für Gott zu geben.«

Sie nickten stumm und warteten, was nun folgen würde.

»Schicken wir in der Tat Frauen und Pilger, die Kranken und Schwachen per Schiff nach Antiochia. Diese Leute haben genug gelitten. Wir anderen aber, das heißt Euer König und seine treuen Ritter, wir werden uns auf diese Weise umso leichter mit dem Schwert durchkämpfen und wie unsere tapferen Vorfahren Ruhm und Ehre auf Erden und ewigen Frieden im Himmelreich erringen können. Der Weg mag lang sein, aber mit Gottes Hilfe sind wir bereits bis hierhergekommen. Der Allmächtige in seiner Gnade wird uns auch den Rest des Weges führen.«

Die anderen blickten sich erstaunt an. Hatte die Königin ihm etwa eingeredet, ihre eigene Person und den lästigen Hofstaat an edlen Damen zu retten, während die Männer sich doch bitte von den Türken in Stücke hauen lassen sollten? Dieser Frau war alles zuzutrauen. Oder hatte der König jeden Sinn für die Wirklichkeit verloren? Niemand konnte Louis' Worte ernst nehmen, aber keiner wagte, ihm direkt zu widersprechen.

Everard de Barres, der Großmeister, warf Étienne de Bernay an seiner Seite einen kurzen Blick zu, als wollte er sich Ermutigung holen für das, was er nun zu sagen hatte.

»Bei allem Respekt, *Sire*«, begann er in seiner höflichen und freundlichen Art, die der König schätzte. »Wenn Ihr auf unsere tapferen Väter verweist, so lagen damals mit Verlaub die Dinge doch ein wenig anders. Sie mussten auf niemanden Rücksicht nehmen und waren sofort in Schlachten mit den Türken verwickelt. Durch Beute und die Eroberung von feindlichen Festungen konnten sie sich genügend bereichern, um damit den Marsch durch Anatolia und die Versorgung des Heeres bestreiten zu können. Und von den christlichen Armeniern wurden sie mit offenen Armen empfangen und mit allem Nötigen versehen. Die fortwährenden Kämpfe waren außerdem dazu angetan, die Männer zu stählen. Nie hat es eine bessere Kampftruppe gegeben.«

Die Anwesenden, der König inbegriffen, konnten diesen Worten nur zustimmen. Sie erinnerten sich der vielen Geschichten und Legenden, in denen kleine, tapfere Häuflein christlicher Ritter ganze Heerscharen von Sarazenen geschlagen hatten.

»Wir dagegen, mit Ausnahme der Alemannen«, fuhr Everard fort, »haben den Kampf lange gemieden und uns ganz auf die Byzantiner verlassen. Beute war uns wenig beschieden, stattdessen mussten wir alles Gold, das wir mitgeführt haben, für schlechte und überteuerte Verpflegung ausgeben. Und wie faul und unaufmerksam unsere Krieger geworden sind, das haben wir zu unserem Leidwesen am Kadmus erfahren müssen. Der lange Weg hat uns geschwächt, die meisten Streitrösser sind elendig verreckt, und wir haben einen Großteil unserer Kampfkraft eingebüßt. Ein weiterer langer Marsch durch unwegsames und feindliches Gebiet ohne Pferde oder Maultiere wird unseren Untergang nur beschleunigen.«

Es war still im Raum geworden. Mit betretenen Mienen hatten die Männer gelauscht. Noch niemand hatte so deutlich die Wahrheit gesagt. Jeder wusste, wenn nicht endlich etwas geschah, war das Ende dieses Pilgerzugs gekommen. Sie blickten auf den König, der mit Tränen in den Augen zugehört hatte. Sein Traum lag in Scherben am Boden.

Nach langem Schweigen gelang es Louis, Everard de Barres in die Augen zu sehen. »Was schlagt Ihr also vor, *Grand Maître?*«

»Wir müssen genau das Gegenteil tun, *Sire*«, sagte Everard und verbeugte sich vor der Königin mit einem kleinen Lächeln der Entschuldigung, bevor er fortfuhr. »Nicht die Schwachen sollten wir retten, sondern die Starken. Die Gesunden und Kampffähigen müssen wir nach Antiochia verschiffen, allen voran die Ritter. Dort werden wir auch Pferde und verlorene Ausrüstung ersetzen können. Nur so können wir diesen Pilgerzug zu einem guten Ende führen und unsere Pflicht als *miles christi* erfüllen.«

»Ihr wollt die anderen hier zurücklassen? Das ist ihr sicherer Tod«, hauchte der König. »Ich kann das nicht.«

»Wir vertrauen auf Eure Stärke, *Sire*«, sagte Everard mit ruhiger Bestimmtheit. »Wir haben keine andere Wahl. Die Griechen sollen so viele Schiffe sammeln wie nur irgend möglich. Aber wenn es nicht reicht, wird man einige unserer Leute zurücklassen müssen.«

♦

»Da kommt er«, flüsterte Elena.

»Ist er allein?«, fragte Constansa.

»Sieht so aus. Versteck dich.«

Die Gasse war dunkel. Nur an der nächsten Straßenecke brannte eine einsame Fackel, und in ihrem Schein war die hochgewachsene Gestalt des Templers aufgetaucht.

»*Jes Maria,* ich hab Angst«, murmelte Elena und bekreuzigte sich.

»Halt dich an das, was wir verabredet haben«, zischte Constansa und packte den Knüppel fester, den sie sich vorher sorgsam ausgesucht hatte. Schwerter waren in der Stadt verboten. Nur ihren Dolch hatte sie hereinschmuggeln können.

Sie trat einige Schritte zurück und presste sich gegen das kalte Gemäuer des tiefschwarzen, stollenähnlichen Gewölbes, in dem die beiden Frauen sich verborgen hielten. Eigentlich einer der drei Torbogen des einstigen Hadrianstors, das zu Ehren jenes römischen Kaisers errichtet worden war. Nun lag es seit Jahrhunderten ungenutzt, das hintere Ende durch die später entstandene Stadtbefestigung verschlossen und zugemauert. Trotz der marmornen Säulen war es ein übles Loch und roch nach Urin und Verwesung. Ratten raschelten im Unrat.

Am Nachmittag waren sie Étienne de Bernay heimlich bis zum Palast gefolgt, wo der König Herberge gefunden hatte. Irgendeine Besprechung war dort im Gange gewesen, die spät geendet hatte. Und hier war er nun, der verfluchte Templer, auf dem Heimweg zum Lager und, wie sehnlichst erhofft, auch noch allein und unbewaffnet.

Seine genagelten Stiefel hallten auf den Pflastersteinen und kamen näher. Constansas Herz klopfte bis zum Hals, obwohl sie beherzter als Elena war. Beide wussten, wenn sie einen Fehler machten, würde es böse enden.

Inzwischen war der Mann auf der Höhe des Torbogens angelangt und somit auch in Constansas Blickfeld. Jetzt mussten sie handeln. Doch Elena zitterte so sehr vor Furcht, dass sie sich nur an die marmorne Säule des Bogens klammern und mit starrem Blick verfolgen konnte, wie der Kerl an ihrem Versteck vorüberging. Gleich würde er hinter der nächsten Ecke verschwinden und die Gelegenheit ungenutzt verstreichen.

Da trat Constansa ihrer Freundin kurz entschlossen ans Schienbein. Elena entfuhr ungewollt ein Schmerzschrei. Und irgendwie half es, die Starre zu lösen. Nun schrie und jammerte sie noch einmal, diesmal gespielt und wie verabredet. Weinerlich rief sie um Hilfe. Constansa zog sich wieder in die schwärzeste Ecke des Torbogens zurück. Sie stampfte mit den Füßen auf, schlug mit dem Knüppel auf den modrigen Boden, als fände ein Kampf statt, während Elena heulte, wie jemand, der misshandelt wird.

Der Templer war ruckartig stehen geblieben. Nun wandte

er sich um. Die Schreie kamen aus einem der drei dunklen Torbogen hinter ihm. Es ließ sich kaum etwas erkennen, außer undeutlichen Bewegungen und den flüchtigen Schatten eines Frauenrocks. War das ein Soldat, der gegen ausdrückliche Anordnung …?

Die Sache hätte ihn wenig gekümmert, wenn der König den Templern nicht befohlen hätte, die Disziplin im Heer durchzusetzen. Also rief er eine Warnung aus. Darauf wurde es still. Aber dann vernahm er erneut ein unterdrücktes Wimmern. Ohne Zögern rannte er los und war in wenigen Schritten bei Elena angelangt, die vor Angst die Arme hochriss, als der Templer vor ihr auftauchte.

»Was geht hier vor?«, knurrte er und packte sie an den Gelenken. Da traf ihn ein wuchtiger Hieb am Hinterkopf, der ihn auf ein Knie sacken ließ. Er drehte sich in die Richtung, aus der der Angriff gekommen war. Ein weiterer Schlag erwischte ihn, diesmal an der Schläfe. Wie ein gefällter Baumstamm brach er zusammen und regte sich nicht mehr.

Constansa trat vor und fühlte die Halsschlagader. »Der lebt noch«, sagte sie erstaunt, denn sie hatte mit aller Kraft zugeschlagen.

Im schwachen Schein der fernen Fackel konnte sie sein Gesicht gerade noch erkennen. Das Blut pochte ihr in den Schläfen beim Anblick dieser verhassten Züge. Seine Brust hob und senkte sich, sonst lag er still, ausgestreckt auf dem Rücken und bewegungslos, ihr völlig ausgeliefert. Er trug wie Constansa weder Schwert noch Rüstung. Unter seinem weißen Mantel hatte er nur eine Tunika der gleichen Farbe.

»Dann bring ihn endlich um«, flüsterte Elena. Sie wagte kaum zu atmen.

Constansa wechselte den Knüppel in die Linke und zog ihr Messer aus der Scheide. In kalter Wut legte sie die Klinge an den warmen Hals. Die Haut war weich unter dem Stahl. Sie fühlte das Blut pulsieren und den Atem, der durch die Luftröhre strömte. Ein schneller Schnitt von Ohr zu Ohr und sein Herzblut würde in einem Schwall aus der Wunde schießen und den Boden tränken. Dann würde jedes Leben diesen dreimal verfluchten Leib verlassen, der sie missbraucht und besudelt hatte. In die Hölle würde die schwarze Seele fahren und nichts als eine stinkende Leiche zurücklassen. Jetzt! Tu es endlich!

Aber sie konnte nicht.

Ihre Hand zitterte. Sie war erstaunt und erschrocken darüber. Was hinderte sie daran, diesen elenden Wurm zu zertreten, so wie sie es sich tausendmal erträumt hatte? Sie versuchte es noch einmal. Aber die Hand wollte ihr nicht gehorchen.

»Nun mach schon«, flennte Elena am Ende ihrer Beherrschung. »Was ist, wenn er aufwacht?«

»Der wacht nicht auf«, sagte Constansa mit erzwungener Ruhe, obwohl ihr Herz wie wild in der Brust hämmerte.

»Auf was wartest du dann?« Elena hüpfte fast vor Aufregung und Panik. »Tu es endlich. Und dann nichts wie weg.«

»Er ist wehrlos. Ich bring es nicht fertig.«

»Aber wenn der lebt, dann sind wir dran.«

»Er hat uns gar nicht gesehen«, raunte Constansa.

Plötzlich formte sich ein Gedanke in ihr. Sie packte den Templer am Bart und schüttelte ihn. Aber der Mann regte sich nicht. Der Schlag an die Schläfe hatte ihn völlig betäubt. Sie nahm den Dolch und schlitzte ihm die Tunika bis zum Gürtel auf. Dann machte sie den ersten tiefen Schnitt in seine Brust. Das Blut quoll aus der Wunde und lief an seinem Leib herunter.

»*Que Dieu m'ajut.* Was machst du da?«

»Der wird sich sein Leben lang an uns erinnern.«

Mit schnellen Schnitten arbeitete sie weiter, und als Elena ihr über die Schulter sah, erkannte sie ein Wort in blutigen Lettern auf die Brust geschrieben:

STUPRATOR

»Was ist das?«, fragte Elena atemlos.

Constansa antwortete nicht. Sie nahm eine Handvoll Dreck und schmierte es in die blutigen Wunden.

»Das wird gute Narben machen«, raunte sie befriedigt. Dann erhob sie sich. »Los, nichts wie weg hier.«

Und die beiden rannten wie von Furien gehetzt davon. Am Stadttor verlangsamten sie ihren Schritt und warteten, bis ihr Atem sich beruhigt hatte. Schließlich gingen sie gemächlich an den griechischen Wachen vorbei und schlugen unter dem Schein einer schmalen Mondsichel den Weg zum Lager ein.

»Es tut mir leid, Constansa, ich hätte beinahe alles vermasselt.«

Constansa umarmte sie. »Ach was! Du warst großartig.«

»Was war das, was du ihm in die Brust geschnitten hast.«

»Der ist doch Mönch«, lachte Constansa grimmig. »Also hab ich ihm was Lateinisches auf die Brust geschnitzt. *Stuprator.* Es bedeutet Schänder.«

Elena fasste sich ans Herz. »*Mon Dieu,* bist du verrückt? Er wird wissen, wer es gewesen ist.«

»Na und?«, erwiderte Constansa. »Die Narben wird er niemandem zeigen können. Und wenn er mich verfolgt, dann kann ich ihn endlich aus Notwehr töten.«

»*Verges Maria*«, flüsterte Elena und bekreuzigte sich ein zweites Mal an diesem Abend. »Ich glaube, du bist wahnsinnig.«

♦

Der gleichen Meinung war auch Severin, als Constansa ihm alles erzählte. Es war spät in der Nacht. Severin lag auf dem Ellbogen gestützt auf seinem Lager, und Constansa saß mit gekreuzten Beinen vor ihm. Ein brennender Kienspan erhellte ihre Gesichter.

»Wie konntest du das tun?«, fragte er ungläubig. »Der wird nicht ruhen, bis er dich umgebracht hat.«

Aber Constansa lachte nur. »Dann musst du mich eben beschützen.« Sie grinste mit unschuldigem Augenaufschlag. »Das tust du doch gerne, mich beschützen, oder nicht?«

»Du machst dich wieder lustig über mich«, grollte er.

Sie erhob sich, blies die Flamme aus und legte sich zu ihm. »Ach was. Küss mich lieber, anstatt mir böse zu sein.«

Das ließ er sich nicht zweimal sagen.

Constansa war wie ausgewechselt. Auch wenn sie diesen Templerbastard nicht umgebracht hatte, aber ihre Rache war vollständig, und das berauschte sie, stieg ihr zu Kopf wie junger Wein. Sie schmiegte sich an Severins Brust, und es störte sie nicht einmal, dass seine Arme sie fest umschlangen und seine Hände an Orte zu wandern begannen, die sie ihm bisher verweigert hatte. Aber auch jetzt nur bis zu einer gewissen Grenze.

»Du musst mir Zeit geben«, flüsterte sie und küsste seine bärtige Wange.

»Alle Zeit der Welt, *amor*«, raunte er ihr ins Ohr.

In seinen Armen schlief sie schließlich ein, und Severin hielt Wache über ihren Schlummer. Er war besorgt, denn die Sache mit dem Templer würde ein Nachspiel haben, davon war er überzeugt. Von nun an würde er wirklich auf Schritt und Tritt über sie wachen müssen.

Zwei Tage später wurde die Vermählung zwischen Jori und Joana gefeiert. Die Frauen nahmen die Gelegenheit wahr, sich hübsch zu machen. Die zerschlissenen Gewänder wurden ausgebessert und mit neuen Borten versehen, Haare gewaschen, Zöpfe geflochten. Für Joana fertigte Elena sogar eine Haartracht aus Leinen, bunter Wolle und aufgestickten Glasperlen, die sie auf dem Markt gefunden hatte.

Constansa kam sich neben den anderen Frauen plump und bäurisch vor, bis Elena auch ihr die Haare schnitt, die Tunika enger raffte und sie überredete, einen bestickten Gürtel zu kaufen. Ihre Hände rieb sie mit Gänsefett ein, um sie weicher und geschmeidiger zu machen. Und für die Vermählung half sie ihr, die ersten zarten Frühlingsblüten ins Haar zu flechten.

Severin machte ein erstauntes Gesicht, als er Constansa sah. Sie sonnte sich in seiner Bewunderung und genoss es, sich endlich ganz ohne das schwere Kettenhemd frei und beschwingt zu bewegen.

Am Nachmittag versammelten sich alle Gefährten um Joana und Jori. Bruder Aimar traute die beiden und segnete ihre Verbindung. Er flehte Gottes Segen auf sie herab und reichte ihnen Salz und Brot zum Zeichen ihres neuen Standes. Elena vergoss reichlich Tränen, Jori strahlte, und Joana, unter dem Jubel der versammelten Mannschaft, küsste ihn ausgiebig und hingebungsvoll. Dann überkam auch sie die Rührung. Besonders als alle für einen Augenblick ihrer Freundin Belinda und anderer toter Kameraden gedachten.

Arnaut schenkte dem Paar eine Handvoll Goldmünzen aus seinem mager gewordenen Schatz. Severin gab einen Türkendolch, Constansa ein silbernes Kreuz, und auch die Übrigen legten an Münzen oder Beutestücken zusammen, was sie erübrigen konnten. Gefeiert wurde mit den gebratenen Rippen und der mageren Lende einer Ziege, der doppelten Ration an Fladenbrot und ein paar Schläuchen sauren Weins, den Lois Bernat irgendwo aufgetrieben hatte. Zum ersten Mal wurde wieder gesungen. Und dies bis spät in die Nacht. Die Anzüglichkeiten und zotigen Witze rissen nicht ab, als die Neuvermählten sich endlich zur Nachtruhe zurückzogen.

Trotz der kargen Umstände war es eine fröhliche Hochzeit gewesen. Und wer dieser Tage die Gelegenheit hatte, sein Zelt mit einem Weib zu teilen, der schätzte sich glücklich und genoss die Zweisamkeit, denn nichts heilt die Wunden der Seele besser als ein wenig Zärtlichkeit. Auch Arnaut musste in dieser Nacht nicht darauf verzichten.

♦

In den Tagen, in denen sich das Heervolk langsam von den Strapazen des Marsches erholte und mit Ungeduld und knurrenden Mägen auf bessere Verpflegung hoffte, ließ Severin seine Constansa nicht aus den Augen und bestand darauf, dass sie beide immer gewappnet gingen, wenn sie die Nähe der Gefährten verließen.

Doch Étienne de Bernay schien wie vom Erdboden verschluckt zu sein. Auf vorsichtige Nachfrage bei anderen Templern hieß es, er sei erkrankt, das Fieber fessle ihn an sein Lager.

»Die Wunden müssen sich entzündet haben«, berichtete er Constansa.

»Soll er doch leiden«, erwiderte sie mit Befriedigung. »Der wird sich in Zukunft zweimal überlegen, ob er einer Frau so etwas antut.«

Mitte März war es endlich so weit.

Der Hafen war mit Schiffen vollgestopft, und eine allgemeine Ankündigung bestätigte die Gerüchte, die schon seit Wochen im Lager die Runde machten. Das Königspaar, der Hof und ein Teil des Heeres würden sich einschiffen und nach Antiochia segeln. Die Templer, die königliche Garde und so viele Ritter wie möglich nebst ihrer verbliebenen Pferde sollten sie begleiten. Aber nur Krieger, da es an ausreichendem Schiffsraum mangele. Kranke, Frauen, Pilger oder Knechte müssten vorerst zurückbleiben.

Wie zu erwarten war, löste die Ankündigung helle Aufregung aus.

Er sei enttäuscht, ließ König Louis ausrufen, dass es den Byzantinern nicht gelungen war, mehr Schiffe zu stellen. Aber niemand solle sich sorgen, denn der kriegserfahrene und von allen geachtete Thierry d'Alsace, *Comte* de Flandre, würde den Befehl über die verbleibenden Truppen übernehmen. Ihm zur Seite stehe Archambaud de Bourbon, ein ebenso erfahrener Anführer. Der von den Griechen versprochene Proviant werde bald eintreffen, und sobald die Schiffe zurückgekehrt seien, würde man den Rest der *militia* abholen.

»Uns haben sie nicht eingeschifft«, sagte Joan de Berzi. »Wir Tolosaner gehören wohl jetzt zum Abschaum der Welt.«

Der sonst so unverwüstliche de Berzi hatte sich verändert. Er war in sich gekehrt und wortkarg geworden, sah schnell in allem das Schlechte.

»Red kein dummes Zeug«, erwiderte Bertran. »Sie werden uns schon holen. Es bleiben ja auch noch andere Reitereinheiten zurück. Und auch auf die kampferprobten Fußtruppen wird der König wohl kaum verzichten wollen.«

»Ich sage dir, Bertran«, widersprach Joan und warf den Holzsplitter weg, mit dem er in den Zähnen gestochert hatte. »Die lassen uns hier verrecken. In den Hügeln über der Stadt sind schon Kundschafter der Seldschuken gesichtet worden. Sobald die Schiffe weg sind, werden die über uns herfallen.«

»Hör auf mit deinen Schauergeschichten, Joan. Der *Comte* de Flandre bleibt auch zurück. Erinnert ihr euch, wie der uns an der Furt über den Mäander rausgehauen hat?«

»Ich erinnere mich«, nickte Arnaut. »Guter Mann.«

»Der wird schon wissen, was er tut.«

»Ihr werdet noch an meine Worte denken«, sagte Joan.

Niemand wollte glauben, dass man sie hier im Stich lassen würde. Aberwitzig, das zu denken. Dennoch waren Joans düstere Worte beunruhigend.

»Sag mal, Arnaut«, meinte Bertran. »Ist das nicht Josselins hübsche Sklavin da drüben bei deinen Zelten? Der wird sie doch wohl nicht mit dem Kind zurücklassen, oder?«

Arnaut erhob sich mit etwas Mühe, die Wunde schmerzte noch, und wanderte zu seinem Kochfeuer hinüber.

»Sie weiß nicht, wohin«, empfing ihn Elena. »Der Bastard hat wohl keine Verwendung mehr für sie.«

»Das kann ich nicht glauben«, sagte Arnaut.

Munira trug das Kind in einem weiten Schal fest an ihre Brust gebunden. »Was wird aus mir, *Senher?*« Sie sah ihn aus dunklen Augen an.

»Ich werde mit ihm reden.«

Als er Josselins Lagerplatz erreichte, wurde dort hastig gepackt und das große Beduinenzelt zusammengelegt.

»Du bist für die ersten Schiffe eingeteilt?«, fragte er Josselin, der seine persönlichen Habseligkeiten in die Satteltaschen stopfte.

»So ist es«, war die knappe Antwort.

»Und du lässt Munira zurück?«

Josselin blickte auf und runzelte die Stirn. »Kein Platz für Weiber. Strikte Anordnung.«

»Unsinn. Alle Anführer haben ihre Frauen dabei. Der halbe Hof besteht aus Frauen.«

»Was kümmert's dich?«, wollte Josselin gereizt wissen. »Sie ist eine Sklavin, weiter nichts.«

»Und dein Kind?«

»Pah!«, lachte der Mann. »Bist du bei Trost? Was soll ich mit einem Sarazenenbankert?«

Das ließ in Arnaut die Wut hochkochen. Drohend trat er näher. »Du bist für sie verantwortlich.«

Aber Josselin ließ sich nicht einschüchtern. Breitbeinig, mit beiden Fäusten in die Seiten gestemmt, funkelte er Arnaut aus seinen saphirblauen Augen an.

»Du kannst Munira gern behalten, Arnaut. Du lechzt doch schon lange nach ihrer samtweichen Haut, oder?« Er lachte schallend.

Arnaut holte mit der Faust aus. Doch Josselin trat rasch zurück und hatte plötzlich einen Dolch in der Hand.

»Ich glaube, das solltest du besser lassen. Oder willst du eine zweite Demütigung von mir?«

Arnaut ließ die Arme sinken. Eine blutige Schlägerei würde gewiss nichts bessermachen. »Du nimmst sie also nicht mit?«, versuchte er es noch einmal. »Überleg es dir.«

»Im Gegenteil. Ich schenke dir Munira. Und wenn du sie satthast, dann verkauf sie einfach. Die bringt bestimmt ein schönes Sümmchen. Hübsch genug ist sie ja.«

Er steckte den Dolch wieder ein. »Sonst noch was?«

»Filh de puta«, murmelte Arnaut angewidert und wandte sich zum Gehen.

»Ich sehe dich in Antiochia, *companh*«, hörte er Josselin. »Das heißt, wenn du ein Schiff findest.« Auch das war von Gelächter gefolgt.

»Du bleibst vorerst bei uns, Munira«, sagte Arnaut, als er zurück war.

»Danke, *Senher.*« Sie lächelte und versuchte, seine Hand zu küssen. Er ließ es nicht zu, sondern streichelte dem Kind stattdessen über das Köpfchen.

»Langsam habe ich den Eindruck«, meinte er später zu Elena, »dass wir uns von einer Kampfeinheit in eine Kinderkrippe verwandeln.«

Sie musste lachen, denn Muniras Säugling war nicht der einzige in der Truppe. »Wäre nicht das Schlechteste«, erwiderte sie spöttisch. »Wir müssten euch Kerlen nur Kinderpflege beibringen.«

Doch dann wurde sie wieder ernster. »Sehnst du dich nicht nach einem normalen Leben?«

»Ohne Krieg, meinst du?«

Sie nickte.

Mit bangen Herzen sahen sie den Schiffen nach, die langsam dem fernen Horizont entgegenstrebten, und Arnaut fragte sich, wann die Seldschuken angreifen würden. Lange würden sie nicht zu warten haben, schätzte er.

Buch IV

März, Anno Domini 1148

Das große Unternehmen der heiligen Kirche gerät ins Stocken, die Begeisterung der frommen Pilger beginnt zu lahmen, Selbstsucht, Streit und Eifersucht lassen Bündnisse bröckeln. Aber noch einmal mühen sich drei Könige, alles zum Guten zu wenden.

Ermengarda und der Trobador

Sag mir, Rogier, was ist für dich die Liebe?«

»Warum fragst du mich das, *Midomna*? Es weiß doch jeder, was Liebe ist.«

Verwirrt blickte er mich auf die ihm eigene Art an, die ein wenig an unterwürfige Hundeaugen erinnerte. Eine Täuschung, denn mein guter Sängerfreund konnte ziemlich frech und respektlos sein, besonders in seinen Spottliedern. Man hörte auch gewisse Geschichten über ihn, von durchzechten Nächten in üblen Spelunken, vom Umgang mit zwielichtigen Gestalten und wüsten Weibern.

»Ich will es aber von dir hören, von einem Kenner. Du hast dir einen gewissen Ruf erworben, mein Guter.«

»Ich bitte dich, Ermengarda. Seit wann achtest du auf dummes Geschwätz?«

Ich musste über sein besorgtes Gesicht lächeln. »Hast du etwas zu verbergen?«

»Natürlich nicht«, schmollte er in gespielter Entrüstung. »Meine Seele liegt allein dir zu Füßen, und du trampelst darauf herum.«

»Ach, Peire«, lachte ich. »Du bist unverbesserlich.«

Wir hatten einen müßigen Nachmittag am warmen Kamin verbracht, mit Liedern, unterhaltsamen Geschichten und auch ein wenig Klatsch und Tratsch, wie es sich so ergibt, wenn man in angenehmer Gesellschaft zusammensitzt und nichts Besseres zu tun hat. Raimon und andere Freunde bei Hofe hatten sich gerade verabschiedet. Auch *Domna* Anhes war davongeeilt, um Anordnungen für das Abendmahl zu treffen, denn wir gaben einen Empfang für Würdenträger der Stadt. Peire Rogier und ich waren allein zurückgeblieben.

»Zweifelst du an meiner Aufrichtigkeit?«, fragte er.

Es war ein Spiel. Es gehörte zu seiner Rolle bei Hofe, dass er sich als schmachtender Bewunderer der Fürstin aufführte. Aber nach den vielen Liedern an diesem Nachmittag und dem schamlosen Geplapper über heimliche Liebesbeziehungen bei Hofe oder in der Stadt war ich nicht mehr dazu aufgelegt.

»Jetzt mal im Ernst«, sagte ich. »Einer wie du, der ungebunden ist, der sich vergnügt und alles nimmt, was sich ihm darbietet ...« Er machte eine entrüstete Handbewegung, als müsste er solche Anschuldigungen weit von sich weisen. »Leugne nicht, Peire«, fuhr ich mit erhobenem Zeigefinger und gespieltem Zorn fort. »Mir ist so einiges zu Ohren gekommen, was dich betrifft. Aber darum geht es mir nicht. Du lebst die Liebe in vollen Zügen, du denkst über sie nach und verewigst sie in deinen Versen. Deshalb sag mir, was ist sie für dich?«

»*Mon Dieu,* Ermengarda. Mit einer Antwort könnte man ein ganzes Buch füllen«, antwortete er wieder versöhnt. »Dicker als die Bibel.«

»Nun zier dich nicht.«

»Das Wort *amor* selbst erklärt schon alles.« Er zwinkerte mir zu. »Es kommt von *amus,* was so viel wie *fangen* oder *gefangen sein* bedeutet. Der Liebende ist Gefangener in den Ketten seiner Begierde und wünscht nichts sehnlicher, als auch den anderen mit diesem Haken zu fangen.«

»Du bist ein Esel, Peire«, lachte ich. »Der Haken heißt *hamus* und nicht *amus* und hat mit der Liebe rein gar nichts zu tun.«

Er zuckte mit den Schultern und grinste. »Nun gut. Dein Latein ist besser als meines. Aber du kannst nicht leugnen, dass die Schönheit des anderen Geschlechts uns träumen lässt, in den Armen des anderen zu liegen und all das zu tun, was uns die Liebe in diesem Fall gebietet. Dieses Begehren nach Erfüllung ist doch allen Menschen angeboren.«

Ich musste an unsere steife *Domna* Anhes denken. Es fiel

mir schwer, mir vorzustellen, dass auch sie solche Träume haben könnte. Aber wahrscheinlich nur, weil in diesem Punkt das Leben an ihr vorübergegangen war.

»Wenn dem so ist«, sagte ich, »und das will ich gar nicht bestreiten, warum singt ihr *trobadors* dann nicht von der Glückseligkeit der Liebe? Stattdessen klagt und jammert ihr endlos über die versagte, die unerfüllte Liebe. Man sollte meinen, es gäbe nichts als Leid und Weh.«

»Ah! Da hast du einen wunden Punkt getroffen. Denn mit der Erfüllung entflieht meist die Liebe. Sie wird alltäglich, sie erhebt uns nicht mehr, lässt unser Herz nicht mehr erzittern. Die unerfüllte Liebe dagegen ist die höchste Form der Liebe, die *fin d'amor,* die hohe Minne. Sie währt bis in alle Ewigkeit.«

»Dichtergewäsch.«

Er warf mir einen gekränkten Blick zu. »Dichtergewäsch? Vielleicht. Aber eine glückliche Liebe bietet dem Poeten wenig. Die fatale, die verbotene oder die zerstörerische Liebe, das ist Stoff für Lieder. Die Gemüter rührt nicht das Glück, sondern *la passió,* das Leiden der Liebenden, das Begehren, der unerfüllbare Wahnsinn, mit dem sie geschlagen sind, und alle Verstrickungen, die sich daraus ergeben.«

»Da ist was dran.«

»Du kennst die Geschichte von Tristan und Iseult?«

»Wer kennt sie nicht?«

»Eben. Alle, die sie hören, sind davon ergriffen. Die Liebe, die nicht sein darf. Das Schwert zwischen den Liebenden. Der Fluch des Ehebruchs, der über ihnen hängt.«

»Aber sie stehlen sich dennoch ihre Liebe.«

»Sie können nicht anders. Der Liebestrank, du erinnerst dich. Aber selbst der soll ja nur drei Jahre lang wirken.« Er grinste spöttisch.

»Zumindest waren sie glücklich.«

»Vorübergehend. Sie kosten also von diesem Apfel und werden bald darauf, wie Adam und Eva, aus dem Paradies vertrieben. Und beim Versuch, alle Hindernisse zu überwinden, sterben sie. Der Tod ist die endgültige Entsagung einer unseligen Leidenschaft.«

»Ja. Das ist sehr traurig.«

»Kannst du dir Iseult am Herd vorstellen, fett geworden und mit sechs Kindern am Rock, während sie Tristan den Brei kocht? So eine Geschichte würde niemand hören wollen.«

»Du bist ein Scheusal«, rief ich und warf mit einem Stück Brot nach ihm, das übrig geblieben war.

»Schau dich doch selbst an«, fuhr er ungerührt fort, nachdem er die Krümel von seinem Wams gelesen hatte. »Du warst glücklich mit Arnaut, gewiss. Und seit er fort ist, geht es dir wahrlich schlecht. Ich wette, du schläfst nicht gut, du hast abgenommen, bist oft ungeduldig und launisch. Aber wenn jemand seinen Namen erwähnt, dann kommt so ein Glanz in deine Augen. Glaub nicht, dass man es nicht bemerkt. Du leidest, aber du hast ihn noch nie so geliebt wie jetzt.«

Betroffen starrte ich ihn an. Mein Herz hatte heftig zu schlagen begonnen, und ich merkte, wie mir die Röte in die Wangen stieg. Machte er sich lustig über mich?

Doch er lächelte nur sanft mit seinen Hundeaugen und sprach mit leiser Stimme:

Ver ditz qui m'apella lechai
Ni deziron d'amor de lonh,
Car nulhs autres jois tant no'm plai
Cum jauzimens d'amor de lonh.

Wahr spricht, wer mich unersättlich nennt
dürstend nach ferner Liebe,
denn nichts erfüllt mich mehr als diese Lust
an Liebe aus der Ferne.

Die weiche, rauchige Stimme und dann diese Worte. Kein Wunder, dass mir die Tränen kamen. Ja, verdammt. Die ferne Liebe. Ich wollte, ich könnte sie mir aus dem Herzen reißen.

»Ich muss mich umziehen«, brachte ich hervor und verließ fluchtartig den Saal.

♦

Jamila legte gerade letzte Hand an meine Haartracht, als man mir meldete, dass Adela, Arnauts Mutter, unverhofft eingetroffen war.

»Ich glaube, du solltest sie gleich empfangen«, sagte *Domna* Anhes. »Sie sieht verstört aus.«

Ich erschrak. Brachte sie schlechte Kunde von Arnaut? Die Furcht, ihm könnte etwas zugestoßen sein, lag immer dicht unter der gefassten Oberfläche, die ich zu bewahren suchte.

Ich sprang auf.

»Aber *Domina,* der Goldreif fehlt noch«, rief Jamila.

»Nicht jetzt«, erwiderte ich und begab mich schnellen Schrittes in den privaten Audienzsaal, wo ich noch vor wenigen Stunden mit Rogier gesessen hatte.

Da stand *Domna* Adela, noch in warmer Reisekleidung, und wirkte verloren in dieser ungewohnten Umgebung. Als ich auf sie zueilte, fiel sie mir mit einem kleinen Schluchzen in die Arme.

»Ach, *Domina.* Ich bin so froh, Euch zu sehen.«

Ich umarmte sie innig und hielt sie dann auf Armeslänge, um in ihr Gesicht zu schauen.

»Was ist, *Domna* Adela?«

Vielleicht war es das schwache Licht der wenigen Kerzen im Raum, aber sie kam mir bleich und verhärmt vor, um Jahre gealtert. Neben ihr stand verlegen ein schlaksiger, junger Mann, offensichtlich Robert, Arnauts Bruder. Er war mächtig gewachsen, seit ich ihn das letzte Mal gesehen hatte.

»Ist etwas geschehen?«, fragte ich mit bangem Herzen. »Habt Ihr Kunde von Arnaut?«

Adela schüttelte den Kopf und warf mir einen gequälten Blick aus feuchten Augen zu. »Nein. Es ist mein Bruder Raol. Er ist vor einer Woche gestorben.«

»*O mon Dieu.* Das tut mir leid.«

Ich führte sie zu einem bequemen Stuhl. Sie nahm den Reisehut ab, ließ ihren wollenen Umhang fallen und setzte sich. Die dunklen, mit Grau durchsetzten Haare waren zu einem lockeren Knoten im Nacken gebunden. Von ihr hatte Arnaut sein volles Haar, konnte ich nicht umhin zu denken. Und trotz ihrer Trauer saß sie mit geradem Rücken, immer eine Frau von Anmut und Würde, wie ich sie kannte und liebte.

Jamila brachte Wein, Datteln und kleine Honigkuchen. Sie legte Scheite nach, so dass das Feuer hell aufflackerte. Dann zündete sie noch weitere Kerzen an, bis der Raum in einem angenehm goldenen Glanz erstrahlte. Ich trug ihr auf, Raimon zu sagen, dass ich an dem Empfang nicht würde teilnehmen können. Dann bat ich auch Robert, sich zu setzen.

Er sah sich neugierig um und schenkte mir ein zaghaftes Lächeln. Ein hübscher Junge, der Arnaut sehr ähnelte, wenn er auch nicht ganz so groß und kräftig war.

»Wie ist es passiert?«, fragte ich.

»Aus heiterem Himmel«, sagte sie und schüttelte den Kopf, als könne sie es nach wie vor nicht glauben. »Der Schlag hat ihn getroffen. Morgens ritt er aus, wie immer. Mittags brachten sie ihn heim. Er lebte noch zwei Tage, konnte aber nicht mehr reden. Die ganze rechte Seite war gelähmt. In der Nacht ist er verstorben. Ich glaube, er hat zum Glück nicht viel davon mitbekommen.«

Mein Gott. Raol. Ein Mann wie ein Granitfels. Einfach so umgefallen. Er hatte mir einmal sehr geholfen. Sein Tod betrübte mich, auch wenn ich erleichtert war, dass die schlechte Nachricht nichts mit Arnaut zu tun hatte.

Ich streichelte Adelas Hand. »Ich bin froh, dass Ihr gekommen seid. Wenn ich etwas tun kann?«

Ihre Augen füllten sich mit Tränen. »Ich war nicht darauf vorbereitet«, flüsterte sie. »Erst mein Vater. Und nun auch noch Raol. Was soll aus Rocafort werden?«

»Ich bin ja auch noch da. Braucht Ihr einen Verwalter, jemanden, der sich um die Ländereien kümmert?«

»Nein, *Midomna,* ich danke Euch. Für den Augenblick kommen Cortesa und ich zurecht. Den alten Hamid gibt es ja auch noch. Ich mache mir nur Sorgen um die Zukunft.«

»Aber Ihr habt doch zwei starke Söhne, *Domna* Adela.«

Sie holte ein zerknautschtes, schon feuchtes Tüchlein aus der Tasche und betupfte damit ihre Augen. Dann warf sie einen Blick auf ihren Sohn.

»Ihr habt recht. Robert ist mir eine wahre Stütze. Aber er ist noch so jung. Wenn doch nur Arnaut hier wäre.« Sie sah mich fast flehentlich an. »Habt Ihr etwas von ihm gehört? Ich hatte gehofft … Deshalb sind wir gekommen.«

Ich schüttelte den Kopf. »Nichts Neues seit dem Brief.« Von Aimars Nachricht hatte ich ihr eine Abschrift zugesandt.

»Es heißt, das Heer der Alemannen sei besiegt worden«, hauchte sie. »Wir sind alle in schrecklicher Sorge.«

Ich nickte. »Ja, so ist es. Die Alemannen sind in eine Falle geraten, wie mir berichtet wurde. Aber unser König hat einen anderen Weg genommen. Entlang der Küste. Die letzte Kunde ist von einem Ort namens Ephesus. Von dort sind sie zu Weihnachten ins Landesinnere aufgebrochen. Man konnte mir noch von einer Schlacht in der Nähe berichten, die die Unseren aber ohne größere Verluste gewonnen haben.«

»Ohne größere Verluste«, sagte sie tonlos.

Das Wort *Verluste* hing zwischen uns, während wir uns lange schweigend ansahen. Weihnachten war schon Monate her. Alles konnte inzwischen geschehen sein, Gutes wie Schlechtes.

»Ihr habt euch zerstritten, nicht wahr?«, sagte sie.

»Es war meine Schuld.«

»Ist er deshalb mit dem König gezogen?«

»Nein. Das hatte andere Gründe.« Ich warf einen verunsicherten Blick auf Robert.

Der merkte mir die Verlegenheit an und erhob sich. »Soll ich besser draußen warten, *Domina?*«

Wie feinfühlig von ihm. Es war das erste Wort, das er seit seiner Ankunft gesprochen hatte. Sein Gesicht war ernst, aber gefasst. Und nicht ohne Selbstvertrauen. Er war kein Kind mehr. Also wollte ich ihn auch nicht wie eines behandeln.

»Bleib hier, Robert. Ich habe keine Geheimnisse vor dir oder deiner Mutter.« Dann holte ich tief Luft. »Arnaut und ich erwarteten ein Kind.«

Adelas Augen weiteten sich. Aber sie unterbrach mich nicht.

»Ich war überglücklich«, fuhr ich fort. »Aber durch einen Unfall während der Schwangerschaft ist es mir genommen worden. Danach war ich lange krank. Es hätte nicht viel gefehlt und ich wäre selbst gestorben.«

»Verges Maria.« Adela bekreuzigte sich. Sie stand auf, kniete vor mir nieder und umfasste meine Hände, um mich zu trösten. »Wenn ich das doch nur gewusst hätte, *Midomna.* Ihr hättet mich rufen sollen. Ich wäre wie ein Vogel geflogen, um Euch beizustehen.«

»Ich bitte dich, Adela, nenn mich nicht mehr *midomna.* Ich betrachte euch alle als meine Familie. Außer meiner Halbschwester Nina habe ich keine andere. Und jetzt, da ihr beide hier seid, merke ich, wie froh ich darüber bin.«

Sie drückte meine Hände fester und lächelte. »Ein Enkelkind. Ich hatte es mir so gewünscht«, sagte sie, und ihre Augen wurden feucht. »Aber es wird andere geben, Ermengarda. Ganz gewiss wird es andere geben.«

Ich nickte nur, jetzt ebenfalls in Tränen. Die Meinung der alten Kräuterfrau wollte ich lieber nicht erwähnen. »Arnaut fühlte sich schuldig«, sagte ich stattdessen. »Wir hätten gesündigt, und es sei Gottes gerechte Strafe.«

»Deshalb also ist er …«

Ich bejahte, tief unglücklich.

»Wenn Gott alle unehelichen Kinder strafen wollte«, sagte sie und erhob sich wieder, »dann müsste er ganze Landstriche entvölkern. Auch ich wäre gar nicht erst geboren worden und er folglich ebenfalls nicht. Welcher elende Priester hat ihm diesen Unsinn eingeredet? Hoffentlich nicht Aimar?«

»Nein, nicht Aimar. Ganz im Gegenteil.«

In diesem Augenblick steckte Raimon den Kopf herein.

»Ich möchte nicht stören«, sagte er. »Bist du sicher, Ermengarda, du kannst nicht anwesend sein?«

Ich schüttelte den Kopf. »Du musst mich entschuldigen.«

»Gut. Übrigens, *Abas* Clairvaux ist bereit, dir morgen Vormittag seine Aufwartung zu machen.«

»Danke, Raimon.«

Er nickte uns kurz zu und schloss die Tür.

Adela hatte sich wieder gesetzt. Und doch sah man ihr an, dass sie aufgewühlt war. »Clairvaux? Ist das nicht dieser Kirchenmann, der den ganzen Wahnsinn angestachelt hat?«

»Das ist er.«

»Verhext hat er alle mit seinem Gift.«

»So ist es. Aber leider denken die meisten anders.«

»Hamid hat recht. Dieses elende Gerede von Sünde.« Ihre Augen funkelten vor Zorn. »Sie reden uns ein, der Mensch sei in Sünde geboren, damit wir ihnen gehorchen und unsere Söhne und Männer opfern. Wo soll in einem unschuldigen Kind auch nur ein Funke von Sünde sein? Nein, ich spucke auf ihre verdammte Erbsünde.«

»Du solltest nicht so reden, Mutter«, ließ Robert vernehmen. »Das ist Gotteslästerung.«

»Ist es etwa keine Gotteslästerung, Menschen zum Töten aufzuwiegeln? Du bist im Frieden aufgewachsen, Robert, aber dein Großvater, der alte Hamid und Raol, die haben das

Schlimmste in Outremer miterlebt. Selbst ich. Wir wissen, was sich Menschen in solchen Kriegen antun. Und dein Bruder hätte es auch wissen müssen. Großvater und Hamid haben ihn oft genug gewarnt. Es hat mir fast das Herz gebrochen, als ich hörte, dass er ihr verdammtes Kreuz genommen hat.«

Der Junge fühlte sich sichtlich unwohl. Hilfesuchend blickte er mich an. »So redet sie jeden Tag.«

»Robert«, sagte ich. »Die meisten haben sich von solchen Hetzreden betören lassen. Ich hoffe nur, dass du klüger bist.«

Er sah mich aufmerksam an.

»Du bist ein junger Ritter und findest es vielleicht aufregend, in den Krieg zu ziehen. Aber alte Männer wie Clairvaux benutzen euch nur für ihre Zwecke. Weißt du, mit was er sich gebrüstet hat, als das Heer fort war?«

Er schüttelte den Kopf.

»Städte und Burgen seien nun leer, nicht ein Mann unter sieben Weibern sei zurückgeblieben. Überall nichts als Witwen von noch lebenden Männern. So hat er sich ausgedrückt.«

»Was meint er damit?«

»Für ihn sind die Männer, die in den Krieg ziehen, schon wandelnde Leichen, verstehst du? Sie haben sich für Christus geopfert. Und das findet er gut. Sie wissen, dass sie euch in den Tod schicken, und nehmen es gern in Kauf. Dabei geht es doch nur um die Macht der Kirche. Macht über Könige, Macht über Byzanz. Und ein bisschen Land in Outremer, weit weg von hier. Willst du dein junges Leben dafür aufs Spiel setzen? Für den Ehrgeiz alter Männer?«

Meine Worte hatten Robert verunsichert, und er senkte den Blick. Ich betrachtete sein junges Gesicht und die geröteten Wangen, auf denen der erste Flaum wuchs. Am liebsten hätte ich ihn in die Arme genommen, so sehr ähnelte er Arnaut.

»Und was will dieser Priester bei dir?«, fragte Adela.

»Er bereist den Süden, zieht von Stadt zu Stadt, um gegen die Ketzer zu predigen, die immer mehr Zulauf finden.«

»Die Herren sind wohl besorgt«, erwiderte sie nicht ohne Befriedigung.

»Sag mal, kennst du einen Henri de Lausanne?«

»Schon gehört. Ein Wanderprediger, nicht?«

»Der sitzt hier seit Monaten im Verlies des Erzbischofs.«

»Von denen gibt es einige. Oft reden sie wirres Zeug.« Sie senkte plötzlich vertraulich die Stimme. »Aber hast du schon von den Guten Christen gehört?«

»Gerüchte, aber ich weiß nichts Genaues.«

»Auf dem Land gibt es viele, die auf sie hören«, raunte sie. »Sogar Familien vom Adel sollen sich ihnen angeschlossen haben.«

»Mutter«, warf Robert ein. »Sie predigen gegen die Kirche. Sie wollen alles ändern.«

»Na und? Wäre nicht das Schlechteste.« Sie wandte sich wieder mir zu. »Es sind herzensgute Menschen, rein und gottesfürchtig. Ihre Priester leben in Armut und versuchen, ein Leben in Vollkommenheit zu führen. Viele ihrer Anhänger geben alles Silber für die Armen her.«

»Du willst doch nicht eine von ihnen werden?«

»Man muss darüber nachdenken«, sagte sie. »Unter den Guten Christen sind alle gleich, und Frauen gelten bei ihnen genauso viel wie Männer.«

»Ihr müsst es ihr ausreden, *Domina*«, sagte Robert.

♦

Domna Anhes und das Gesinde sorgten dafür, dass meine Gäste aus Rocafort aufs beste untergebracht waren. Später teilten wir drei ein einfaches Abendmahl und, nachdem Robert sich zurückgezogen hatte, wetzten wir Frauen unser Mundwerk wie zwei eifrige Klatschbasen die halbe Nacht hindurch. Sie erzählte mir alles über ihre Kindheit, über Jaufrés Heimkehr aus Outremer, über Hamids weise Sprüche und Adas Hochzeit, über Arnaut und sein Gezeter, wenn er sich als kleiner Bub weh getan hatte, seinen Ehrgeiz bei der Waffenausbildung und seine Liebe für die Pferde auf dem Gestüt.

Trotz Sorge um ihren Sohn und Trauer um ihren Bruder Raol genossen wir den gemeinsamen Abend. Adela war wie die Mutter, die ich nie gehabt hatte. Auch sie war begierig, von unserem Leben in Narbona zu hören. Für ein paar Stunden vergaßen wir unseren Kummer, und es blieb nicht aus, dass wir ein paar Karaffen Wein leerten. Ich glaube, es krähten schon die ersten Hähne, als wir endlich den Weg ins Bett fanden.

Am nächsten Morgen, reichlich unausgeschlafen, empfing ich *Abas* Clairvaux, der mich mit der gleichen Freundlichkeit wie schon zuvor begrüßte.

»Ihr seid nicht auf der Seite der heiligen Kirche, wie ich gehört habe, *Domna* Ermengarda«, sagte er jedoch unvermittelt, nachdem er sich gesetzt hatte.

In der Bemerkung lag nichts Unfreundliches, sie klang eher wie die beiläufige Erwähnung einer Tatsache, die ihn nicht sonderlich zu bekümmern schien. Warum auch sollte ihn die Meinung einer unbedeutenden Vizegräfin anfechten, ein Mann, der das Ohr von Königen und Päpsten hatte?

»Ich bin auf der Seite unseres lieben Herrn Jesu und der Menschen, für die er gestorben ist«, erwiderte ich.

Die Antwort schien ihm zu gefallen, denn er lächelte anerkennend. »Dann liegen wir nicht so weit auseinander, meine Liebe. Ihr sorgt Euch um das Erdendasein der Menschen, während ich mich um ihr Seelenheil und ewiges Leben kümmere.«

»Indem Ihr sie in den Tod schickt?«

Ich hatte mir geschworen, jeden Streit zu vermeiden, denn mein Zweck war ein anderer, aber diese Frage ließ sich einfach nicht verhindern.

»Wenn Gott uns ruft, auch das«, entgegnete er. »Und wir

haben erste Erfolge zu verzeichnen. Die Mauren sind aus Portugal vertrieben. Auch andernorts in Spanien ist die Christenheit im Vormarsch. Und die Wenden werden in Mengen bekehrt, wenn man den Berichten Glauben schenken darf.«

Ich hatte eher davon gehört, dass man sie in Mengen abschlachtete in ihren Dörfern, unterließ es aber, weiter darauf einzugehen.

»Und das Heer König Konrads?«

Sein Antlitz verdunkelte sich, doch nur für einen Augenblick. Dann lächelte er wieder milde. »Ein Rückschlag in der Tat. Aber wer Gott dienen will, darf keinen Kampf ohne Mühe, keinen Sieg ohne Opfer erwarten.«

»Ich hoffe nur, dass Er es damit bewenden lässt und unsere Männer wieder gesund nach Hause führt.«

Er nickte. »Das hoffen wir alle. Aber, *Domna* Ermengarda, Ihr habt doch gewiss etwas anderes auf dem Herzen. Was kann ich also für Euch tun?«

»Ihr habt recht, *Mossenher.*«

Bevor ich mein Anliegen vorbrachte, bot ich ihm Wein an, und diesmal ließ er sich dankend von mir bedienen.

»Mir geht es um einen harmlosen Mann, der unrechtmäßig beim Erzbischof Leveson im Verlies rottet«, sagte ich, nachdem wir uns höflich zugetrunken hatten.

Er hob die Brauen. »Um wen handelt es sich?«

»Ein gewisser Henri de Lausanne«, fuhr ich fort. »Ein Wanderprediger, der nur wirres Zeug redet.«

Er hob die buschigen Brauen. »Wirres Zeug, *Midomna?* Ich habe von dem Mann gehört. Er verdammt die heilige Kirche, will sie abschaffen. Solche Lehren sind gefährlich für den Erhalt unserer Weltordnung. Warum setzt Ihr Euch für ihn ein?«

»Er ist nur ein armer Tropf, der niemandem etwas zuleide tut. Er ist kein Aufrührer, und er hat nicht die öffentliche Ordnung gestört. Außerdem hat der Erzbischof kein Recht, sich in meine Gerichtsbarkeit einzumischen.«

»Ich habe gehört, dass Ihr und der Erzbischof sich nicht

besonders gut verstehen. Da möchte ich mich nicht einmischen. Außerdem, die Ketzerplage nimmt ständig zu. Ihr wisst, aus diesem Grund war ich gerade in Tolosa, Albi und anderen Städten. Wir müssen diesen abtrünnigen und gefährlichen Gedanken Einhalt gebieten, bevor es zum Flächenbrand kommt.«

»Gerade deshalb wende ich mich an Euch, *Mossenher.* Ich bewundere Eure Einstellung zu dieser Frage, denn Ihr empfehlt doch, sich mit diesen Ketzern vernünftig auseinanderzusetzen, mit ihnen zu reden, sie vom wahren Weg zu Christus zu überzeugen, so wie Ihr es selbst auf dieser Reise tut.«

»Ja, weil ich fürchte, Gewalt könnte sie nur noch verstockter machen, ihnen immer mehr Anhänger zutreiben.«

Kaum hatte er das gesagt, blitzte es in seinen Augen auf. »Ah, ich verstehe«, sagte er und schmunzelte. »Ihr seid nicht nur schön, sondern auch durchtrieben, *Midomna.* Ihr wollt mich an meinen eigenen Worten messen, was diesen Ketzer betrifft.«

Ich setzte meine beste Unschuldsmiene auf und lächelte.

»Nun gut. Ich werde mit Leveson reden. Aber Euer Schützling wird gefälligst aus Narbona verschwinden. Und mit seinen aufrührerischen Reden soll es ein Ende haben.«

»Versprochen«, sagte ich.

Nachdem er sich verabschiedet hatte, blieb ich niedergeschlagen zurück. Wie konnte dieser Mann so freundlich und liebenswert im Umgang sein, wenn er gleichzeitig eine Botschaft gnadenlosen Hasses predigte, die in diesen Tagen alles übertönte und gegen die man machtlos geworden war. Ich hätte nichts lieber gewünscht, als mich mit ihm zu streiten, ihn zu widerlegen, aber was hätte es genützt?

Zumindest war es mir gelungen, ihnen ein einziges Menschenkind zu entreißen, auch wenn dies wenig bedeutete im Angesicht der Abertausende, die in diesem heiligen Brand unterzugehen drohten. Ich kniete nieder und flehte zu Gott, mir Arnaut und die vielen anderen heil zurückzubringen.

Der Prinz von Antiochia

Nur drei Tage dauerte die Überfahrt bis Antiochia, dank stürmischer Westwinde, die allerdings wenig zur Bequemlichkeit der Reisenden beitrugen. Der halbe Hofstaat hing mit grünen Gesichtern über der Bordwand oder klammerte sich angstvoll an Wanten und Masten. Auch die Königin war froh, als man endlich eines Nachmittags die langen Sandstrände nördlich der Mündung des Orontes sichtete und bald darauf in den Hafen von Saint Simeon einlief.

Der Ort war das antike Seleucia Pieria, inzwischen nach dem nahe gelegenen Kloster umbenannt, und diente schon immer als Hafen von Antiochia.

Alienor verlangte, unter den Ersten von Bord zu gehen, und betrat mit noch unsicheren Beinen, aber voll ungeduldiger Vorfreude den Boden des glorreichen Fürstentums. Dies war für sie geheiligte Erde, wo Christenkrieger des ersten bewaffneten Pilgerzugs so schrecklich geblutet hatten, wo sie mit Ausdauer und List die mächtige Stadt an sich gebracht und dann mit Hilfe der Heiligen das Türkenheer überwältigt hatten, das gegen sie ausgesandt worden war.

Antiochia war ihrer *familia* ganz besonders verbunden, denn hier hatte sich ihr Großvater, der Herzog Guilhem von Aquitania, vor fünfzig Jahren aufgehalten, wenn ihm auch persönlich kein Kriegsglück beschieden gewesen war. Aber vor allem, weil hier nun ihr Oheim Prinz Raimon herrschte, Guilhems jüngster Sohn, als Fürst eines der vier latinischen Eroberungen Outremers. Von hier aus und mit seiner Hilfe würden sie endlich ihr Versprechen einlösen und Edessa den Türken entreißen können.

Während der König und seine Anführer sich um die Landung der Mannschaften kümmerten, begab sich Alienor zum nahen Kloster Saint Simeon, um Gott für die glückliche Überfahrt zu danken.

Allerdings war ihr unwohl bei dem Gedanken an die Menschen, die man in Attalia zurückgelassen hatte. Darüber war es zwischen ihr und Louis zum Streit gekommen. Einerseits war Alienor froh, den Strapazen eines erneuten langen Marsches entflohen zu sein, umso mehr jedoch plagte sie das Gewissen. Auch des Königs Versicherungen halfen wenig, er habe Thierry d'Alsace mit genügend Mitteln ausgestattet, um sich mit allen Kriegern, Pilgern und Frauen bei allernächster Gelegenheit ebenfalls einzuschiffen. Zu wenig Vertrauen hatte sie in die Griechen. Und es bedurfte keiner militärischen Erfahrung, um zu wissen, dass die Seldschuken Thierry nicht friedlich ziehen lassen würden.

Doch am nächsten Morgen wurde sie durch die Ankunft des Fürsten Raimon, an der Spitze seiner Ritter, von diesen Sorgen abgelenkt. Der war bei der ersten Kunde ihrer Landung aufgebrochen und hatte sich nicht gescheut, die halbe Nacht im Sattel zu verbringen. Nun sprang er in schimmernder Rüstung von seinem prächtigen Schimmel, ging auf den König zu und ergriff mit großer Freude seine beiden Hände.

»Endlich seid Ihr da, *Sire.* Wir haben Euch nur allzu sehnlichst erwartet.«

Nachdem die Männer sich herzlich begrüßt hatten, wandte sich Raimon an Alienor und umarmte und küsste sie mit der allergrößten Vertrautheit, was einige der fränkischen Adeligen doch sehr verwunderte, aber schließlich waren sie als Kinder zusammen aufgewachsen.

»*Bon Dieu,* Alienor. Du bist ja noch tausendmal schöner geworden. Wie lange ist es nun schon her?«

»Dreizehn Jahre«, erwiderte sie und himmelte ihn an.

Alienor konnte sich nicht helfen, sie sonnte sich in seiner offensichtlichen Bewunderung und war froh, dass sie sich für diesen Empfang ein wenig herausgeputzt hatte. Dreiunddreißig Jahre zählte Raimon, nur sieben Jahre älter als sie selbst.

Und was für ein stattlicher Kerl er doch war, groß, schlank, von elegantem, höfischem Benehmen, ein tapferer Krieger, wie man hörte. Gesunde Zähne blitzten in diesem von der südlichen Sonne gebräunten Gesicht, und eine dunkle Locke fiel ihm über das rechte Auge, was seiner Erscheinung etwas Verwegenes verlieh.

Neben diesem strahlenden Mann verblasste ihr magerer Louis, und sie musste sich beherrschen, um Raimon nicht für sich allein mit Beschlag zu belegen.

Der Prinz und seine normannischen Ritter, denn das waren sie in der Mehrzahl, hatten edelgezäumte Pferde für den König und sein Gefolge mitgeführt. Und so brach man gleich auf, um die drei bis vier Stunden Wegstrecke von Saint Simeon nach Antiochia in Angriff zu nehmen.

Vor den Augen der Königin präsentierte sich das Tal des Orontes im ersten Frühlingsrausch. Bunte Tupfer auf Wiesen und Sträuchern wetteiferten mit der Obstblüte auf den Feldern. Bäche plätscherten durch grüne Auen, und in der Luft war ein ständiges Summen von Bienen, in den Zweigen ein reges Gezwitscher von emsigen Nestbauern zu hören.

Hatte sie auf dem Marsch durch Anatolia die Berge zu hassen gelernt, das mühselige Auf und Ab der steinigen Pfade, immer von schlechtem Wetter und Feinden bedroht, so erschienen ihr hier die blauen Höhen, die das Flusstal rahmten, wie wohlwollende Wächter über einer von Gott gesegneten Landschaft. Überhaupt war nun alles anders. Die freundlichen Gesichter, der angeregte Austausch mit Raimon und seinen Männern, die alles erklärten und auf besondere Schönheiten der Gegend verwiesen, all dies war angetan, für einige Stunden die Strapazen der letzten Monate zu vergessen.

Und als sie endlich der großen Stadt ansichtig wurden, blieb ihr vor Staunen der Mund offen stehen. Antiochia war äußerst anmutig gelegen, eingebettet zwischen dem Orontes im Westen und dem Berg Silphius im Osten, auf dessen unteren Hängen sich Weinberge emporzogen. Aber was so sehr beeindruckte, war das schiere Ausmaß der Stadt und ihrer gewaltigen Mauern, die am Fluss entlang und bis über die Höhen des Silphius verliefen, wo hoch oben die Zitadelle thronte.

»So riesig«, sagte Alienor. »Ich habe noch nie eine solche Stadt gesehen. Außer Konstantinopel natürlich.«

»Antiochia gehörte neben Rom, Alexandria und Konstantinopel zu den größten Städten der Alten Welt«, sagte Raimon. »Jetzt leben hier viel weniger Menschen, aber immer noch an die zwanzigtausend. Zur Versorgung gibt es Felder und Gärten sogar innerhalb der Mauern, und der Silphius liefert genügend Wasser, so dass man einer Belagerung ewig standhalten kann.«

Wie bezeichnend, dass Männer immer zuerst über das Militärische reden müssen, dachte Alienor. Aber sie unterbrach ihn nicht, denn er sah so blendend aus auf seinem weißen Hengst mit der Nachmittagssonne im Haar.

»Vierhundert Türme zählt die Stadtmauer«, fügte er hinzu. »Unmöglich einzunehmen. An der Flussseite lassen sich keine Belagerungstürme anbringen und in den Bergen dahinter noch viel weniger.«

Nur durch Bestechung und Verrat war es vor fünfzig Jahren den Normannen des großen Bohemund von Tarent gelungen, als Erste in die Stadt einzudringen und so die achtmonatige Belagerung erfolgreich abzuschließen. Allerdings nicht ohne ein schreckliches Blutbad unter der Bevölkerung anzurichten, die nur zum geringen Teil muslimisch gewesen war. Auch heute lebte in der Stadt ein buntes Gemisch von Griechen, Latinern und Armeniern, orthodoxen wie lateinischen Christen, Maroniten oder Juden. Die Oberschicht bildeten die fränkischen Ritter, zumeist Normannen aus Italia und Sizilien.

Schon weit bevor das königliche Paar und sein Gefolge sich der Brücke über den Orontes näherte, wurde es von einer begeisterten Menschenmenge empfangen, die den Weg vor den Hufen ihrer Pferde mit frischen Blüten bestreute und sich von den fränkischen Bischöfen an der Seite des Königs segnen ließ. Im Triumph ritten die Ankömmlinge über die Brücke, passierten das mächtige Stadttor und ließen sich auf der breiten Prachtstraße, die zum Prinzenpalast führte, von jubelnden Menschen feiern.

Alienor war verwirrt. Mit knapper Not waren sie den Türken entkommen, der Großteil des Pilgerzugs harrte noch in Attalia aus, und doch wurden sie hier empfangen, als hätten sie einen großen Sieg errungen.

Auch im Palast setzte sich die Huldigung in ähnlicher Weise fort. Der Hofstaat des Fürstentums stand Spalier, Männer wie Frauen in prächtigen Gewändern verbeugten sich, Hände streckten sich ihnen entgegen, Gesichter lächelten erwartungsvoll.

Prinz Raimon stellte ihnen den lateinischen Patriarchen der Stadt vor, Aimery de Limoges, ein allerseits respektierter Kirchenmann und Gelehrter, der es Raimon ermöglicht hatte, Constance, die eigentliche Erbin, vor zwölf Jahren zu ehelichen und so die Herrschaft über das Fürstentum zu übernehmen.

Nachdem Alienor den Ring des Patriarchen geküsst hatte, wandte sie sich der jungen Fürstin zu. Die hatte, wie sie wusste, mit ihren einundzwanzig Jahren dem Prinzen bereits vier Kinder geschenkt, darunter einen männlichen Erben. Ein Glück, das Alienor selbst noch nicht beschieden war. Trotz ihres normannischen Blutes schien Constance mit ihren dunklen Haaren und kräftigen Brauen eher nach der armenischen Großmutter zu schlagen. Auch der selbstbewusste Geist, der aus ihren Augen sprach, erinnerte an die Willensstärke ihrer Mutter Alice, die sich nach dem Tod ihres Mannes lange gesträubt hatte, die Herrschaft über das Fürstentum aus der Hand zu geben.

Die beiden jungen Frauen küssten sich freundlich die Wangen, jedoch nicht ohne eine gewisse abwartende Zurückhaltung. König Louis und der Patriarch fanden schnell Gemeinsames zu plaudern. Und während der Prinz sich weiter mit Alienor beschäftigte, legte Constance den Arm wie zufällig um seine Hüfte, wobei sie Alienor herausfordernd musterte, eine Botschaft zwischen Weib und Weib, die deutlicher nicht hätte sein können.

♦

Eine Woche war es her, seit der König und die Mehrzahl der Ritter sich nach Antiochia abgesetzt hatten. Die Zurückgelassenen in Attalia warteten täglich auf die Rückkehr der Schiffe und auf weitere, die der Lombarde Landolfo versprochen hatte, um auch sie aufzunehmen.

Doch es kamen keine.

Nur an Ausflüchten herrschte bei den Griechen kein Mangel. Das schlechte Wetter sei schuld, und tatsächlich war es seit Tagen stürmisch gewesen. Es mangele an geeigneten Truppentransportern in den benachbarten Häfen, oder andere eilige Aufträge der kaiserlichen Verwaltung hätten Vorrang und so weiter und so weiter.

Thierry d'Alsace, der tapfere *Comte* de Flandre, der sich zusammen mit Archambaud de Bourbon erboten hatte, die Verantwortung für den Rückzug der restlichen Truppen, ihren Frauen und den vielen Pilgern und Mönchen zu übernehmen, war nicht der Einzige, der sich Sorgen machte. Immer öfter waren in den letzten Tagen Kundschafter der Seldschuken gesichtet worden. Der Feind schien sich erneut zu sammeln, ein Angriff war nicht länger auszuschließen.

Die Stimmung war daher gedrückt, die Mannschaften wurden zunehmend unruhig. An den Lagerfeuern wurde geredet, dass der König, die Fürsten und die feinen Herren Bischöfe mit ihren Konkubinen jetzt in Antiochia von goldenen Tellern speisen würden. Der Rest des Heeres würde sie wenig kümmern, ja, man hätte gar nicht vor, sie abzuholen.

Zudem machten schaurige Geschichten die Runde, was die Türken mit ihren Gefangenen anstellten, wobei Verschleppung und Sklaverei noch die mildesten der zu erwartenden Greuel waren. Viele drängten darauf, dass man nicht länger warten, sondern sich auf eigene Faust durchschlagen solle, bevor es dafür zu spät sein würde.

Comte Thierry, ein besonders erfahrener Krieger und Anführer, hielt nichts von solchen Vorschlägen. Zu Fuß durch feindliches Gebiet ohne Führer, über unwegsame Berge oder entlang der felsigen Küsten, das würde nur ihren Tod bedeuten.

Wieder einmal, wie jeden Tag, war er im Palast des Statthalters vorstellig geworden, um Alexandros Stavros und den Lombarden Landolfo zu drängen, endlich ihren Vertrag zu erfüllen und bessere Verpflegung, aber vor allem Schiffe zu liefern.

»Warum geht das nicht schneller?«, fragte er gereizt, als sie ihm neue Ausreden auftischten. »Ihr müsstet doch begierig sein, uns endlich loszuwerden.«

»Wir tun unser Bestes, mein guter Graf«, sagte Landolfo mit einem ebenfalls genervten Seufzer. »Nur zaubern können wir leider nicht.«

»Und bei dem bisschen Geld, das Ihr bietet«, fügte Alexandros mit Hilfe eines Übersetzers hinzu, »solltet Ihr nicht zu wählerisch sein.«

»Mehr Bares hat der König mir nicht gegeben«, erwiderte Thierry grimmig. »Aber was ist mit den großzügigen Schuldscheinen, die er Euch für die Überfahrt überlassen hat?«

»Schuldscheine.« Alexandros zog geringschätzig die Mundwinkel herunter, als wären die Papiere nicht wert, sich damit auch nur den Hintern abzuwischen. »Kapitäne und Seeleute wollen ihr Geld sofort und nicht erst Monate später, wenn überhaupt.«

Thierrys Brauen zogen sich angriffslustig zusammen. »Wollt Ihr etwa das Wort unseres Königs in Frage stellen?«

»Natürlich nicht«, beeilte Landolfo sich, ihn zu beschwichtigen. Der Graf war ein beeindruckender Mann, und man sollte vermeiden, ihn allzu sehr zu verärgern. Immerhin könnten die Franken versucht sein, die Stadt zu plündern. »Wie ich schon sagte, mein werter Graf, wir tun unser Bestes. Nur ein wenig Geduld.«

Wieder einmal musste Thierry unverrichteter Dinge abziehen. Aus Sicherheitsgründen verlegte er das Lager näher an die Ringmauer der Stadt. Im schlimmsten Fall würde man sich dahinter zurückziehen können. Und um die Männer zu beschäftigen, befahl er den Fußtruppen, einen äußeren Erdwall um das Lager aufzuwerfen. Die Pferde hatten sich erholt, seitdem sie frisches Frühlingsgras zu fressen bekommen hatten, und so wurde die verbliebene Reiterei, darunter auch die Tolosaner, täglich ausgesandt, um Ausschau nach dem Feind zu halten.

Eines Nachmittags, es hatte seit vielen Tagen nicht geregnet, näherte sich ohne Vorwarnung eine gewaltige Staubwolke der Stadt, als hätte sich ein Höllenschlund geöffnet. Die Erde bebte dazu. Und als die Leute noch rätselten, was das sein könnte, tauchten berittene Seldschuken aus der Wolke auf und jagten in vollem Galopp auf das Lager zu.

Nun ließen auch die türkischen Kriegstrommeln keinen Zweifel mehr daran, was zu erwarten war. Überall im Lager hasteten Fußtruppen zu ihren Waffen, um den halb fertiggestellten Wall zu besetzen. Menschen irrten umher, Panik machte sich breit, schon fielen die Ersten unter den Pfeilen des Feindes.

Thierry, hoch zu Ross, ließ in aller Eile eine lange Schildwand aufstellen, um die noch ungeschützte Seite des Lagers zu verteidigen. Den Wall vermieden die Türken, aber hier ritten sie immer wieder heran, schossen tödliche Pfeile ab oder versuchten, sich ihren Weg durch die dünnen, sich gerade erst formierenden Linien der fränkischen Fußtruppen zu hacken.

»Wo ist unsere Reiterei, verflucht noch mal?« Ferran zog

sich hastig die Kampfhandschuhe über und hängte sich den Schildriemen über die Schulter.

Er und einige andere aus Arnauts Truppe waren zurückgeblieben, um über Zelte und Frauen zu wachen. Sie waren ohne Reittiere, denn was die Gefährten noch an Pferden besaßen, hatten sie den anderen überlassen, die sich jetzt irgendwo da draußen in der verdammten Landschaft herumtrieben. Nur nicht hier, wo sie gebraucht wurden.

Der *Comte* d'Alsace kam auf seinem Gaul herangeprescht und brüllte, alle Frauen und Pilger sollten sich gefälligst hinter der Stadtmauer in Sicherheit bringen. Dann ritt er weiter, um an anderer Stelle für Ordnung zu sorgen oder die Krieger in der Schildwand anzufeuern, schneller die Lücken zu füllen und standhaft zu bleiben. Als an einer Stelle Männer zu weichen begannen, trieb er sie mit blankem Schwert und wilden Flüchen zurück in die Reihe. Pfeile umschwirrten ihn, und es war allein Fortuna oder Gottes Gnade zu verdanken, dass er unverletzt blieb.

»Los, ihr habt gehört«, rief Ferran. »Ab zum nächsten Stadttor. Aber bleibt dicht beisammen, damit ich euch im Auge behalten kann.«

Elena schlang das Lederbündel über die Schulter, in dem sie ihre wertvollsten Habseligkeiten aufbewahrte. Aimar packte die Zügel seiner Flora, und Joana half der Sklavin Munira, hastig die Tuchschlinge mit dem Säugling um die Brust zu binden.

Das Kind spürte die Angst um sich herum und schrie zum Erbarmen. Auch die anderen Weiber aus Arnauts Truppe, einige wie Munira mit Säuglingen im Arm, drängten sich mit schreckensweißen Gesichtern um Ferrans Ritter. In geschlossener Gruppe eilten sie zwischen den Zelten hindurch und folgten den vielen Frauen, Mönchen und Pilgern, die zusammenströmten und sich immer dichter unter den Mauerbogen der Stadttore drängten. Als sich vereinzelt türkische Pfeile bis in die verängstigte Menge verirrten und erste Opfer forderten, drohte Panik auszubrechen.

»Warum geht es zum Teufel nicht weiter?«, donnerte Ferran. Dann herrschte er Aimar an: »Lass das verdammte Maultier zurück. Du siehst doch das Gedränge.«

Aber Aimar wollte das Halfter nicht loslassen, legte sogar schützend einen Arm um den Hals seiner treuen Flora. Sie trug sein mageres Gepäck und vor allem seine wertvollen Bücher, für die er lieber gestorben wäre, als sie aufzugeben.

»Ist es zu fassen?«, rief einer der Männer entsetzt, ein gewisser Duran. »Die haben doch tatsächlich die Tore verrammelt.«

Und jetzt sahen es alle mit Schrecken.

Byzantinische Soldaten standen auf den Wehrgängen mit Armbrüsten im Anschlag. Und die waren nicht gegen die Türken gerichtet. Einige der Pilger versuchten die Mauer zu erklimmen, aber gezielte Schüsse aus griechischen Armbrüsten bereiteten diesen Versuchen ein schnelles Ende. Ein Aufschrei des Entsetzens aus tausend Kehlen war die Antwort.

Angstvolle Blicke bestätigten, dass die Seldschuken die fränkischen Krieger immer weiter zurückdrängten. Verzweifelt hoben die Menschen unter der Mauer ihre Arme, schrien und flehten die Griechen an, sie endlich einzulassen. Viele fielen auf die Knie und beteten, andere starrten hilfesuchend um sich. Flucht schien unmöglich. Wohin auch?

♦

Die fränkische Reiterei war seit dem Morgengrauen unterwegs. Sie waren der Straße bis hinauf in die Berge gefolgt, von wo die *militia* vor Wochen gekommen war.

Obwohl Kundschafter in mehrere Nebentäler eingedrungen waren, hatten sie außer alten Spuren eines längst verlassenen Lagers nichts von den Seldschuken zu sehen bekommen. Schließlich waren sie umgekehrt.

Inzwischen war es früher Nachmittag, und die Sonne brannte so kräftig herunter, dass man unter der Panzerung ins Schwitzen kam. Die Reiterkolonne, die immerhin noch aus etwa vierhundert Mann bestand, bewegte sich in leichtem Trab heimwärts. Die Tolosaner unter Bertran Sant Gille ritten weit voraus an der Spitze. Bald würden sie wieder im Lager sein.

»Vielleicht haben die Türken aufgegeben«, unterbrach Bertran das Schweigen, laut genug, damit die anderen in seiner Nähe ihn hören konnten.

»Mach dir keine falschen Hoffnungen«, erwiderte Joan de Berzi. »Irgendwo werden sie schon sein. Es gibt noch genug Täler, in denen sie sich verstecken können. Nach ihren Verlusten am Kadmus haben sie uns größtenteils in Ruhe gelassen. Aber ich wette, mit jedem Tag sammeln sie mehr Krieger unter ihre Banner.«

Arnaut stimmte zu. »Höchste Zeit, dass wir von dieser Küste verschwinden.« Er war müde. Die Wunde über seinem Knie heilte zwar, aber schmerzte jetzt nach dem langen Ritt.

»Verschwinden ja. Aber die Frage ist, wie.« Joan zog den Handschuh ab und wischte sich den Schweiß vom Gesicht. »Louis wird uns nicht holen lassen. Wir werden uns allein durchschlagen müssen.«

»Immer fröhlich und voller Zuversicht«, spottete Bertran. »Das ist, was wir an dir lieben, Joan.«

»Kein Grund, sich die Augen zu verschließen«, kam die brummige Antwort. »Wo sind die verdammten Schiffe? Siehst du welche?«

Von der Stelle aus, wo sie sich gerade befanden, konnte man das ferne Meer überblicken. Kein Segel weit und breit zu entdecken. Nur die Mauern und Kirchtürme von Attalia vor ihnen an der Küste.

»Was ist das?« Arnaut deutete auf die Stadt. Schützend hielt er die Hand über die Augen, um besser sehen zu können. Von der Stadtmauer aus trieb der Westwind so etwas wie eine durchsichtige Dunstschliere am Meer entlang. »Ist das eine Wolke? Oder Rauch?«

Sie zügelten ihre Gäule und starrten angestrengt in Richtung Attalia.

»Sieht nach Staub aus«, sagte Joan nach einiger Überlegung.

Sie tauschten erschrockene Blicke. Nur eine große Zahl von Pferden war in der Lage, solchen Staub aufzuwirbeln. Und außer den ihren gab es nur wenige Reittiere in der Stadt. Auch keine Viehherden.

Schlimmes ahnend, befahl Bertran einem seiner Ritter, die Beobachtung an Archambaud de Bourbon zu melden, der die Reiterei befehligte. Dann nahmen sie ihren Weg wieder auf.

Kurze Zeit später trafen sie auf eine breite, von unzähligen Tieren ausgetretene Spur, die von Westen heranführte und weiter in Richtung Stadt verlief.

Joan betrachtete eingehend die Masse an Hufabdrücken. »Sie müssen erst kürzlich hier durchgekommen sein.«

Bertran schickte noch einen Reiter zurück. Und es dauerte nicht lange, da kam Archambaud selbst mit Gefolge herangeprescht. Er war ein kräftiger Mann in den frühen Fünfzigern mit einem gewaltigen Schnurrbart im Gesicht, auf dem er sorgenvoll kaute, während er auf die breite Spur starrte.

Neben ihm saß Reynaud de Chastillon im Sattel, der Türkenschlächter vom Mäander. »Wir haben sie gefunden, *bon Dieu*«, rief der und grinste, als könne er es nicht abwarten, sich endlich wieder mit den Türken zu messen.

Archambaud warf ihm einen gereizten Blick zu, bevor er sich an die anderen wandte.

»Jetzt, *Messeigneurs,* heißt es sich beeilen«, bellte er und gab den Befehl, zum Angriff zu blasen. »Gib Gott, dass wir noch rechtzeitig kommen.«

Mit fliegenden Fahnen setzte sich die Kolonne in Bewegung. Trotz aller Eile behielten sie eine leichte Gangart bei, um die Tiere nicht frühzeitig zu ermüden. Auch auf weitere Hornsignale wurde verzichtet. Mit Glück würden sie den Feind überraschen können.

Als sie sich dem Lager näherten, formierten sich die Ritter in fächerförmig breiter Front. Die Türken hatten die Gefahr in ihrem Rücken noch nicht bemerkt, wie es schien. Es waren weniger als befürchtet, dennoch klafften gefährliche Lücken in der fränkischen Schildreihe, und es war offensichtlich, dass die hastig zusammengestellten Fußtruppen mächtig bedrängt wurden.

Die Ritter brauchten keine weiteren Befehle. Sie gaben ihren Gäulen die Sporen, und ohne Rücksicht galoppierten sie durch Gärten und Felder, zertrampelten Beete, setzten über Bewässerungsgräben und brachen durch niedrige Hecken. Arnaut ritt an der Spitze seiner Männer, die sich am rechten Flügel der breiten Reiterfront befanden.

Als sie näher kamen, bemerkte er, dass eine Masse von türkischen Reitern an einer Stelle die Verteidigungslinie durchbrochen hatte und die Schildreihe von hinten aufzurollen drohte. Andere waren bis in die Zeltstadt vorgedrungen, um ungeachtet des heißen Kampfes zu plündern.

Arnaut krampfte sich das Herz zusammen, denn dort zwischen den Zelten wähnte er Aimar und die Frauen. Ferran und seine Handvoll Männer waren zu wenige, um sie zu beschützen. Wild blickte er um sich. Der kürzeste Weg zu den Zelten war über den unfertigen Wall, der von Fußtruppen besetzt gehalten wurde. Arnaut hob den Arm und rief seinen Reitern zu, ihm zu folgen. Ohne genau zu wissen, was er tat, lenkte er seinen Hengst direkt auf den mannshohen Erdwall zu.

Die Truppen auf dem Wall sahen sie kommen und stoben rechtzeitig zur Seite. Amir war mit zwei Sätzen auf der Krone, und halb schlitterte, halb sprang er auf der anderen Seite hinunter. Nicht allen gelang das Gleiche. Einer der Gäule brach sich das Bein, ein Reiter stürzte aus dem Sattel und blieb bewusstlos liegen. Arnaut nahm dies nicht wahr. Er gab Amir erneut die Sporen und hetzte weiter.

Staub wirbelte in der Luft, der Rauch von Zelten, die Feuer gefangen hatten, Waffengeklirr und die wilden Schreie der Kämpfenden in der Schildwand fügten sich zu einem wüsten Durcheinander. Arnaut stürzte sich auf den ersten Feind und durchbohrte ihn mit der Lanze. Dann riss er das Schwert aus der Scheide. Sein Hieb ließ einen zweiten aus dem Sattel sinken. Die Kameraden hatten aufgeschlossen, und gemeinsam trieben sie die Türken, die zum Plündern abgesessen waren, vor sich her. Die Anspannung der letzten Monate, die ständigen Verluste, die allgemeine Verbitterung, all das entfachte eine solche Wut unter den Rittern, dass sie wie Berserker wüteten.

Die Überraschung und der furiose Ansturm von zwei Seiten waren genug, um die Seldschuken auseinanderzutreiben. Die Männer in der Schildwand jubelten und stürmten ihrerseits vor, schlitzten Pferdebäuche auf und zerrten Türken von den Gäulen, wo sie ihrer habhaft werden konnten. Und plötzlich, wie ein Spuk, war der Kampf vorbei, die Seldschuken galoppierten, Tote und Verwundete zurücklassend, davon.

Arnaut nahm den Helm ab. Schweiß rann ihm in Strömen vom Gesicht. Plötzlich fand er sich Auge in Auge mit einem blutbespritzten Reynaud de Chastillon, der verwegen grinste und ihm zuwinkte.

»Du bist ein Teufelskerl, Montalban. Ich sah dich über den Wall reiten und bin dir mit meinen Männern gefolgt.« Er lenkte sein Schlachtross näher und bot Arnaut den Handschlag an. »So sind wir ihnen in den Rücken gefallen. Ich fürchte, die hätten sonst noch Schlimmeres angerichtet.«

»Dann danke ich dir für deine Hilfe«, antwortete Arnaut und schlug ein. »Aber du weißt, die kommen wieder.«

Reynaud lachte. »Ich freu mich drauf.«

Arnaut sah sich benommen um. Wo waren Elena und die anderen? Ihnen galt seine erste Sorge. Jetzt erst gewahrte er die Menschenmenge, die unterhalb der Stadtmauern wogte.

»Dort drüben müssen sie sein«, sagte Severin und ließ sich müde aus dem Sattel gleiten.

»Ich sehe sie«, rief Constansa und sprang ebenfalls vom Pferd. Sie lief der kleinen Gruppe entgegen und schloss Elena in die Arme, die Muniras Säugling trug. »Was ist mit der Sarazenin?«

Nun erkannte sie es selbst, als Ferran und ein anderer der Männer Munira heranschleppten und sie vorsichtig ins zertrampelte Gras legten. Ein Seldschukenpfeil hatte ihre linke Schulter durchschlagen. Er war von hinten eingedrungen, und vorn ragte die blutige Spitze hervor. Muniras Lider flatterten, und ihre Augäpfel verdrehten sich. Dann verlor sie das Bewusstsein.

♦

»Warum seid Ihr so erpicht darauf, Aleppo einzunehmen?«, fragte König Louis und wischte sich den Schweiß von der Stirn.

Er saß auf seinem Pferd, das unruhig mit dem Schweif um sich schlug, und starrte auf die fernen Stadtmauern am flirrenden Horizont. Es war ein außergewöhnlich warmer Tag für Anfang April, und der König bekam eine Ahnung davon, wie es hier im Sommer sein würde, welche Strapazen ein Feldzug in der heißen Jahreszeit seinen Rittern abverlangen würde.

»Warum habt Ihr uns hergebracht?«, fragte er erneut, nun ein wenig ungehalten. »Ist nicht Edessa unser Ziel? Sind wir nicht den ganzen Weg gekommen, um Edessa zu befreien?«

An der Spitze von fünfhundert Reitern waren sie seit Tagen unterwegs, weil Raimon darauf bestanden hatte, Louis und seinen fränkischen Heerführern einen persönlichen Eindruck von Landschaft und Gegebenheiten Nordsyriens zu vermitteln, des Landes, in denen die bevorstehenden Kämpfe stattfinden würden. Sie waren bis tief in die Grafschaft Edessa vorgestoßen, die sich in Feindeshand befand, hatten dann einen weiten Schwenk nach Süden vorgenommen und standen an diesem Nachmittag in Sichtweite der Festungsstadt Aleppo.

Vor der Höhle des Löwen, wie Raimon sich ausdrückte.

»Um ehrlich zu sein«, erwiderte Prinz Raimon. »Edessa ist von Christen leer gefegt. Sie sind alle tot oder geflohen. Die Befestigungen befinden sich in einem jämmerlichen Zustand.«

»Umso leichter, die Stadt zurückzuerobern.«

»Wir würden trotzdem große Verluste einstecken, denn Edessa ist für die Ungläubigen zu einer Frage des Stolzes geworden.«

»Wie für uns«, sagte Henri, Bischof von Toul, der mit ihnen geritten war.

»Natürlich. Aber es würde uns keinen Vorteil bringen.«

Was er meinte, aber nicht sagen durfte, eine Rückeroberung Edessas würde nur seinem Rivalen zum Vorteil gereichen, dem vertriebenen Grafen Josselin von Edessa, mit dem er im Streit lag, dem Fürstentum Antiochia aber nichts einbringen. Nein, er hatte ganz andere Pläne. Und mit Hilfe der *militia christi* ließen sie sich durchsetzen. Er war deshalb entschlossen, sich diese Gelegenheit nicht entgehen zu lassen.

»Warum um Ruinen kämpfen, wenn wir den Muslimen einen entscheidenden Schlag versetzen können, von dem die sich nicht mehr erholen würden?« Raimon deutete auf die fernen Stadtmauern. »Aleppo ist der Schlüssel zu der gesamten Region. Sein Emir, Nur ad-Din, ist der mächtigste und einflussreichste Fürst Syriens und Palästinas. Er schürt den Heiligen Krieg gegen uns. Wenn wir ihn besiegen, fällt uns alles zu. Edessa, Aleppo und Schaizar werden uns gehören. Und Homs, ja sogar Damaskus werden uns Tribut zahlen. König Balduin hätte den Rücken frei und könnte über einen Feldzug gegen Ägypten nachdenken.«

»Und Ihr wäret mit solchen Gebietserweiterungen nicht länger am Gängelband der Byzantiner«, stellte *Comte*

Amédée de Savoie mit einem listigen Grinsen fest. Er hatte verstanden, um was es Raimon ging. Seine Bemerkung erinnerte die anderen daran, dass Antiochia offiziell ein Lehen des Kaisers von Konstantinopel war, ein Umstand, der allen Latinern gegen den Strich ging.

»Und bräuchtet nicht mehr zu fürchten, einen orthodoxen Patriarchen vor die Nase gesetzt zu bekommen«, fügte Bischof Henri mit grimmiger Befriedigung hinzu. »Schluss mit den griechischen Einmischungen.«

Der König schwieg.

Ob sich die byzantinische Lehnshoheit über Antiochia so leicht abschütteln ließ, bezweifelte er. Überhaupt mochte er diesen Raimon, diesen Oheim seiner Gemahlin, nicht besonders, obwohl er versuchte, es sich nicht anmerken zu lassen. Zu selbstsicher, zu eitel, den Kopf voller luftiger Gedanken. Dabei hatte er ihn bisher selten in der Kirche gesehen. Und dann andauernd diese Tuscheleien zwischen ihm und Alienor. Wenn sie wenigstens Fränkisch sprechen würden statt ihres südlichen Kauderwelsches.

Überhaupt kamen ihm die latinischen Adeligen von Antiochia recht seltsam vor. Diese leichten Gewänder, in denen Männer irgendwie weibisch wirkten. Das fremde Essen, das ihm während der ersten Tage nichts als Durchfall beschert hatte. Feste und Empfänge ohne Ende, orientalische Musik, die in den Ohren schmerzte. Allein schon deshalb war ihm die Kathedrale Saint Pierre eine Zuflucht geworden. Dort konnte er wenigstens die schönen Stimmen der Mönche hören und Trost im Gebet finden, während die Herren der Stadt sich in ihren Bädern suhlten, von Sklavinnen massieren ließen und weiß Gott was auf seidenen Kissen trieben. Nein, mit dieser Lebensart wusste er wenig anzufangen. Was unterschied diese Leute eigentlich noch von den Ungläubigen? Und was ihn besonders ärgerte, Alienor fand das alles natürlich wahnsinnig aufregend, konnte nicht genug von all dem fremden Zeug bekommen.

»Dürfen wir Eure Meinung hören, *Sire?*« Raimons Stimme riss ihn aus seinen Gedanken.

»Wie meint Ihr?«, fragte er etwas benommen.

»Seid Ihr einverstanden, dass Aleppo unser vorrangiges Ziel sein sollte, *Sire?*«

Der König bedachte den Prinzen mit einem misstrauischen Seitenblick. Der Mann sah gut aus, wie alle aus dieser Familie. Aber zu viel an leiblicher Schönheit kann ein Fluch sein. Es verdirbt die Seele und führt zum Laster. Auch Alienor war viel zu lieblich, als es für sie gut war. Ob sie? Nun, daran wollte er nicht denken.

»Ich sehe hier äußerst starke Befestigungen«, erwiderte er mürrisch und deutete auf die beeindruckenden Mauern der Stadt. »Keine leichte Sache.«

»Holz für Belagerungsmaschinen können wir liefern«, sagte Raimon. »Handwerker auch. Zugtiere und Feldschmieden dürften keine Schwierigkeiten darstellen. Wir sind auch in der Lage, das Heer für längere Zeit gut zu versorgen. Uns hier in Outremer hat es einfach nur an kampffähigen Männern gefehlt.«

»Die haben wir ja jetzt«, warf Amédée selbstzufrieden ein.

»Und doch habt Ihr, wie auch die Alemannen, große Verluste hinnehmen müssen.«

»War nicht zu vermeiden.«

Trotz aller Ehren, die man den Ankömmlingen aus der alten Heimat entgegenbrachte, war bei den Männern aus Outremer ein gewisser Unmut spürbar, auch wenn man diesen nicht in Worte fasste. Durch die Niederlagen der *militia* war der Ruf der Unbesiegbarkeit fränkischer Ritter ernsthaft angekratzt und dem Spott der Sarazenen ausgesetzt. So jedenfalls konnte man es an den sorgenvollen Mienen der heimischen Edelleute ablesen.

»Und was ist mit dem Teil des Heeres, den Ihr in Attalia zurückgelassen habt?«, fragte Raimon.

»Sie werden bald eintreffen«, war die dünnlippige Antwort des Königs. Was mischte dieser Mann sich in ihre Angelegenheiten ein?

»Es ist ein langer Weg durch feindliches Gebiet«, gab Raimon zu bedenken. »Ihr hättet sie nicht zurücklassen dürfen.«

»Gott erkennt die Seinen, Prinz«, sagte der Bischof streng. »Er wird sie sicher zu uns geleiten.«

Raimon warf dem Geistlichen einen gereizten Blick zu. »Dann betet stündlich dafür, *Monseigneur.* Sie werden es brauchen.«

♦

Während König Louis und sein Gefolge einige Tagesreisen entfernt die Befestigungen von Aleppo begutachteten, verbrachte Alienor angenehme Stunden im Garten der jungen Fürstin Constance, umgeben von den Damen beider Höfe.

Eine gewisse Rivalität oder zumindest Wachsamkeit zwischen diesen beiden Frauen war immer noch spürbar, aber vielleicht bemühten sie sich gerade deshalb um besondere Herzlichkeit im Umgang miteinander.

Constance verwöhnte Alienor mit den erlesensten Speisen der levantinischen Küche, machte ihr Geschenke von goldenen Ringen und edelsteinbesetzten Diademen. Und im Gegenzug überreichte ihr Alienor ein kostbares Schachspiel und einige elfenbeinverzierte Schmuckkästchen, Dinge, die sie von der unglücklichen Schlacht am Kadmus noch hatte retten können. Und sie wies ihre *trobadors* an, Loblieder auf Constance zu dichten, die sie dann zum Vergnügen aller Anwesenden darbieten durften.

Das Leben im ausgedehnten, ehemals byzantinischen Palast von Antiochia gefiel Alienor ausnehmend gut. Für alles Fremde war sie offen, sie genoss die griechischen Bäder, die Bequemlichkeiten der sarazenischen Kultur und fand ihr Vergnügen an persischen und arabischen Versen, die sie sich übersetzen ließ.

An diesem Nachmittag, während Spielleute im Hintergrund für eine angenehme Stimmung sorgten, ließen die Damen sich die feinsten Stoffe vorführen, die die Händler der Souks ihnen zur Auswahl gebracht hatten. Reine Seide in leuchtenden Farben aus dem fernen China, sündhaft teurer Brokat aus Konstantinopel, feiner Damast mit seinen aufwendigen Webmustern oder auch nur einfache, leichte Baumwollstoffe, die in der Hitze des Sommers so angenehm zu tragen waren.

Zu Constances Füßen spielten drei ihrer kleinen Kinder, das vierte lag in den Armen einer Amme, die es stillte.

»Ich beneide Euch«, sagte Alienor. »So jung und schon so gesegnet. Raimon muss sehr stolz auf Euch sein.«

Bevor sie antwortete, warf Constance ihr einen Blick zu, als wollte sie sich vergewissern, ob das Lob ernst gemeint war. »Ach, Raimon«, lachte sie dann. »Dem ist nur wichtig, dass er einen Sohn hat.«

»Das ist mir bisher nicht gelungen. Ich habe nur eine kleine Tochter.«

»Vermisst Ihr sie?«

Alienor versuchte, ihr Herz zu erforschen. Fast ein Jahr lang hatte sie die kleine Marie nicht mehr in den Armen gehalten. »Sie ist gut versorgt«, sagte sie schließlich, ohne weiter auf die Frage einzugehen.

»Da Ihr Euren Gemahl begleitet, wird es gewiss bald einen Kronprinzen geben«, meinte Constance nicht ohne ein anzügliches Lächeln.

Nicht sehr wahrscheinlich, dachte Alienor, so wie die Dinge lagen. Louis, wenn er nicht im Rat seiner Anführer saß, verbrachte die Zeit mit Beten oder in ernsten Gesprächen mit seinen Kaplanen und Bischöfen. Was immer seine Laster waren, Wollust gehörte nicht dazu. Sie schliefen meist getrennt, und wenn sie ehrlich war, kam ihr das nicht ungelegen. Nur, sie konnte schon die Klagen hören, die allerorts über sie hereinbrechen würden, wenn sie nicht bald einen männlichen Erben zustande brachte.

»Dafür beten wir«, sagte sie.

Constance lachte. »Mit Beten ist es nicht getan, meine Liebe.« Dabei machte sie ein äußerst selbstzufriedenes Gesicht, ganz wie eine wohlgenährte Katze.

Ja, prahl nur mit deinem Mann und mach dich lustig über mich, dachte Alienor, während ihr der Unmut die Wangen färbte. Aber sie beherrschte sich.

»Wie ist es eigentlich zu dieser ungewöhnlichen Vermählung gekommen, zwischen Euch und meinem Verwandten?«

Constance war die stolze Enkelin des großen Bohemund, des normannischen Eroberers von Antiochia. Und nachdem ihr Vater, dessen Sohn und Nachfolger, jung verstorben war, hatte man nach einem würdigen Prinzen gesucht. Die Wahl war, weiß Gott aus welchem Grund, auf den jungen Aquitanier Raimon de Poitier gefallen, der zu der Zeit am englischen Hof geweilt hatte.

»Eigentlich sollte Raimon meine Mutter Alice heiraten. So dachte sie jedenfalls.« Constance kicherte wie ein kleines Mädchen. »Sie war ja schließlich die Witwe und Regentin. Aber man hat es sich anders überlegt. Und wer meine Mutter kennt, der weiß auch, warum.«

Alice war die zweite der vier eigensinnigen Töchter König Balduins von Jerusalem und hatte gegen den Willen des Hochadels von Outremer alles versucht, selbst an der Macht zu bleiben. Sie hatte sich kriegerisch gegen ihren eigenen Vater aufgelehnt, hatte versucht, Constance erst mit Byzanz, dann, o welcher Frevel, sogar mit dem Türkenfürsten Zengi zu verkuppeln, nur um ihren eigenen Machtanspruch zu sichern. Man hatte so ziemlich genug von Alice gehabt.

»Meine Mutter ist eine Tyrannin. Schlimmer noch als meine Tante Melisende. Raimon musste sich ohne ihr Wissen ins Land schleichen, und der Patriarch Aimery hat uns heimlich getraut, obwohl ich erst dreizehn war.«

Die Geschichte belustigte sie ganz offensichtlich, und sie malte die Einzelheiten mit schadenfrohem Vergnügen aus.

Zwischen Mutter und Tochter schien wenig Liebe verloren zu sein. Vielleicht weil Constance ebenso eigensinnig und widerspenstig wie die eigene Mutter war, dachte Alienor.

»Und wo ist sie jetzt?«

»Sobald Raimon als Prinz bestätigt war, hat man sie in die Verbannung geschickt. Sie lebt auf ihren Gütern in Latakia.«

Verbannt. Arme Alice. Alienor selbst war ja ebenfalls alleinige Herrscherin über ihr Aquitanien und würde sich das nicht nehmen lassen. Sie konnte Frauen wie Alice verstehen. Warum sollten sie vor den Männern zurückstehen, besonders wenn sie sich nicht dümmer anstellten? Und wer war ihre Tochter, um über sie zu lästern?

Constance badete ganz offensichtlich in Fortunas Wohlwollen mit einem Mann wie Raimon und schien es wohl zu schätzen. Bei dem Gedanken an Raimon schlug das Herz der Königin heftiger, wie so oft in diesen Tagen. Sie wusste, dass es sich um eine dumme Schwärmerei aus Mädchentagen handelte und dass sie gut daran täte, diese nicht überhandnehmen zu lassen.

Unter den Edelfrauen befand sich auch eine junge Muslima, Ayla mit Namen. Sie war eine Base des berüchtigten Emirs Nur ad-Din und auf dem Weg von Aleppo nach Homs von einem christlichen Spähtrupp überrascht und mitsamt ihrer Dienerschaft in Geiselhaft genommen worden. Seit zwei Jahren wartete sie nun schon am Hofe von Antiochia darauf, dass man sich endlich über das Lösegeld einigte. Sie war gut behandelt worden, konnte sich frei bewegen und hatte inzwischen auch gelernt, sich auf Fränkisch verständlich zu machen.

»Ayla«, wandte sich die Königin jetzt an sie. »Wie ist das bei euch Seldschuken mit der Nachfolge?«

»Ach, schrecklich bei uns.« Ayla rollte die Augen und hob die Hände in gespielter Verzweiflung. Dann lächelte sie, und die Zähne blitzten weiß in ihrem mattbraunen Gesicht. »Nicht so … wie sagt man … ordentlich wie bei euch *franj*.«

Ayla war eine Frohnatur. Dass sie sich unter Christen befand, schien sie nicht zu bedrücken. Mit ihren großen, dunklen Augen, blauschwarzen Haaren, die halb unter einem Schleier versteckt blieben, und dem reichen Schmuck an Perlen und Goldmünzen, der Stirn und Hals zierte, kam sie Alienor sehr fremdländisch vor, ein Eindruck, der durch die holprige Aussprache ihres fehlerhaften Fränkisch noch verstärkt wurde. Kaum zu glauben, dachte Alienor, dass sie hier so umgänglich mit einer Frau des Feindes plauderte, als wäre es ihre Nachbarin.

»Das würde ich jetzt aber auch gern wissen«, sagte die Gräfin von Flandern, eine der Damen der Königin und Gemahlin jenes Thierry d'Alsace, auf den man sehnlichst wartete.

»Emire bei uns haben mehr als eine Frau. Manche sogar viele Frauen. Denn dann gibt es auch viele Söhne. Wichtig für Nachfolge.«

»Viele Frauen für einen einzigen Mann?« Die Gräfin machte große Augen. »Wie schrecklich!«

»Ehefrauen von Emir geht es sehr gut. Fehlt ihnen gar nichts. Das ist unsere Art zu leben. Ein Mann, der Frauen schlecht behandelt, wird verachtet.«

»Nun, daran könnten sich einige unserer Herren ein Beispiel nehmen«, warf die Königin lächelnd ein.

»Schlimm ist, wenn Emir stirbt«, fuhr Ayla fort, und eine dunkle Wolke zog über ihr Gesicht. »Es gibt keine Regel für Nachfolge, und dann kämpfen alle Söhne untereinander. Oft ist viel Krieg oder Mord, bis einer gewinnt.«

»Wie entsetzlich«, rief die Gräfin.

»Herrscherblut soll stark sein. Der mit stärkstem Blut wird Emir. Das war immer so bei uns.« Sie sah die bestürzten Gesichter der anderen Frauen um sich herum und zuckte mit den Schultern. »Aber nur bei Fürsten. Und manchmal geht es auch anders. Mein Vetter Nur ad-Din ist ein kluger Mann. Hat sich mit Brüdern geeinigt, als sein Vater Zengi gestorben ist. Sie haben alles geteilt und leben in Frieden.«

»Nur ad-Din. Er wird uns immer als grausamer Fürst geschildert.«

»Ist er nicht. Ein guter Muslim, sehr gläubig. Herrscht mit Überzeugung, nicht Gewalt.«

Dass er die meisten Christen von Edessa hatte ermorden lassen, wusste auch Ayla, aber man war höflich genug, es nicht zu erwähnen. Die Christen von Edessa waren gestorben, weil sie bei einem Gegenangriff der Latiner die türkische Garnison verraten hatten. Auch wenn dieser Umstand im Westen zur Kriegshetze ausgeschlachtet worden war, wusste doch jeder in Outremer, dass man es umgekehrt ähnlich gemacht hätte.

Diese Widersprüchlichkeiten des Lebens in Outremer verwirrten Alienor. Einerseits fügten sich beide Seiten die schlimmsten Grausamkeiten zu, und andererseits behandelte man sich, besonders was Adelige wie Ayla betraf, mit der größten gegenseitigen Zuvorkommenheit und Ritterlichkeit. Karawanen wurden überfallen und ausgeraubt, aber die Souks in Antiochia waren vollgestopft mit Waren aus dem Orient. Sie hatte gehört, dass sich christliche Fürsten vorübergehend sogar mit lokalen Emiren verbündeten, wenn es ihren Absichten dienlich war. Damaskus zum Beispiel war Jerusalem freundschaftlich verbunden, weil die Damaszener Übergriffe von Nur ad-Din fürchteten. Wer sollte sich da noch auskennen?

In diesem Augenblick erreichte ein Bote die Versammlung der Damen und berichtete, dass in Saint Simeon Schiffe aus Attalia mit Truppen an Bord gelandet seien.

Die Königin sprang auf. Ihr Gesicht rötete sich. »Wann werden sie erwartet?«

»Die Ersten werden schon bald die Stadt erreichen.«

»Lasst mein Pferd satteln. Ich reite ihnen entgegen.«

Sie verabschiedete sich und eilte in ihre Gemächer, um sich umzuziehen.

♦

Der Anblick der Krieger, die auf der Straße von Saint Simeon herangewandert kamen, versetzte Alienor mit einem Schlag zurück in die Wochen und Monate des langen, verlustreichen Marsches.

Sie kamen zu Fuß oder zu Pferde, mit rostigen Schilden, die meisten zerlumpt, niedergeschlagen, manche in Verbänden, keine Freude auf den Gesichtern, dass sie es bis hierher geschafft hatten. Alienor versuchte, etwas in ihren Augen zu lesen, aber die Männer nickten ihrer Königin nur teilnahmslos zu, während sie an ihr vorüberzogen. So sieht kein siegreiches Heer aus, durchfuhr es sie.

»Madame.«

Vor ihr war plötzlich hoch zu Ross Thierry d'Alsace aufgetaucht. Sie hatte ihn gar nicht kommen sehen. Neben ihm Archambaud de Bourbon. Beide verbeugten sich im Sattel mit steinernen Mienen. Ein Dritter war dabei, wie hieß er noch? Chastillon oder so ähnlich. Der König mochte ihn. Dieser Mann schien besseren Mutes zu sein, denn er lächelte ihr wenigstens zu.

Sie wandte sich an den Grafen. »Eure Gemahlin lässt Euch grüßen, *Monseigneur* Thierry. Sie erwartet Euch.«

Er nickte nur. Sein Schweigen verunsicherte sie. Kaum wagte sie die Frage zu stellen, die ihr auf der Seele brannte. »Und wie ist es Euch ergangen, meine Herren?«

Der *Comte* de Flandre blickte zuerst zu Archambaud hinüber, der schweigend auf seinem Schnauzbart kaute, dann sah er die Königin mit traurigen Augen an.

»Es war die schwerste Entscheidung, die ich je zu treffen hatte, *Madame.*«

Sie verstand sofort. »Ihr konntet nicht alle mitbringen«, flüsterte sie und holte tief Luft, als drohte sie zu ersticken.

»So ist es«, erwiderte er. »Die Byzantiner weigerten sich, mehr für uns zu tun. Sie hielten die Tore gegen uns verschlossen, die Seldschuken bedrängten uns. Und als endlich ein paar Schiffe auftauchten …« Er zuckte mit den Schultern. »Der

König hatte mir befohlen, die besten Krieger zu retten, auch um den Preis, die Übrigen ihrem Schicksal zu überlassen.«

Alienor kamen die Tränen. »Wie viele?«

»Der Zurückgebliebenen? Fünf- oder sechstausend. Wer weiß das schon so genau. Ein Drittel davon Fußtruppen. Der Rest …« Er sprach nicht weiter. Zu schmerzhaft war die Erinnerung.

»Werden sie es alleine schaffen?«

Archambaud, der bisher geschwiegen hatte, räusperte sich. »Es ist nicht wirklich zu erwarten, *Madame.*«

»Betet für sie, *Majesté*«, sagte Thierry. Damit verbeugte er sich erneut und lenkte sein Pferd auf die Straße zurück. Die anderen folgten ihm.

Beklommen blickte die Königin ihnen nach. Beschuldigen sie etwa mich?, fragte sie sich. Umgeben von ihrer persönlichen Leibwache, blieb sie unbeweglich auf dem Pferd sitzen und ließ die Soldaten an sich vorüberziehen. Eine namenlose Reihe von verschwommen wahrgenommenen Gesichtern, zwanzig, fünfzig, hundert. Wie viele waren eigentlich fünf- oder sechstausend? Erschreckend viele, stellte sie fest. In diesem Augenblick erfasste sie das ganze Ausmaß dieses Unglücks. Während sie selbst sich in Sicherheit befand, irrten diese vielen Menschen, darunter Frauen und Kinder, in den Bergen von Anatolia umher und wurden vielleicht gerade jetzt von feindlichen Horden niedergemetzelt.

Sie schlug die Hand vors Gesicht, denn eine tiefe Scham hatte sie erfasst. Es hätte einen anderen Weg geben müssen. Sie hätte Louis überzeugen sollen zu bleiben. Besser, sie wären alle gemeinsam zugrunde gegangen. Doch dann wurde ihr klar, dass auch dies keine Lösung gewesen wäre. Wie waren sie nur in diese Lage geraten? Sie verstand zum ersten Mal, was es hieß, zu herrschen. Wie unwichtig die äußeren Zeichen der Macht waren und wie schwer es war, das Richtige zu tun. Welch grausame Entscheidungen einem abgefordert wurden. Und wie so viele davon betroffen waren.

Als sie aufsah, blieb ihr Blick an einem Mann auf einem schmucken Hengst haften, der weder Helm noch Kettenhaube trug. Er kam ihr bekannt vor. Und dann erinnerte sie sich.

»*Senher* Montalban«, rief sie ihm zu.

Arnaut zügelte sein Pferd, blickte herüber und lenkte Amir vom Weg ab. Seine Miene war ernst, aber ausdruckslos, wie das der meisten anderen Soldaten.

»Domina?«, fragte er nur, ohne sich mit Verbeugungen oder anderen Höflichkeiten aufzuhalten. Lag auch in seinem Gesicht etwas Vorwurfsvolles, oder bildete sie sich das nur ein?

»Ich bin so froh, Euch wohlbehalten anzutreffen«, murmelte sie verlegen. »Schließlich verdanke ich Euch mein Leben.«

Er nickte nur und machte Anstalten, sich zu entfernen.

»Wartet!«

Die Königin trat ihrem Pferd in die Flanken und reihte sich an seiner Seite ein. Es gab ein kleines Durcheinander hinter ihnen, als die Leibwache sich ebenfalls in die Marschkolonne zwängte.

»Wie ist es gewesen?«, wollte sie wissen. »Ich will die Wahrheit. Ihr sollt mich nicht verschonen.«

Arnaut sagte lange nichts. Dann blickte er sie an. Für einen Moment schien alle Zurückhaltung von ihm abzufallen, und aus seinen dunkelbraunen Augen sprachen Verwundbarkeit und tiefer Schmerz. Ihr wurde bewusst, wie jung er noch war.

»Es hat mehrere Angriffe der Türken gegeben«, erklärte er, »und noch mehr Verluste. Aber das Schlimmste war zuletzt, als der Befehl zum Einschiffen kam. Alles wollte mit, rottete sich am Hafen zusammen. Es war ein gewaltiger Aufruhr. Wir mussten am Ende unsere Waffen gebrauchen.«

»O mon Dieu!«

»Wisst Ihr, wie man sich fühlt, wenn man die eigenen Leute erschlagen muss, um sich selbst zu retten? Ich werde mein Lebtag lang nicht diese anklagenden Augen vergessen. Und die flehenden Hände.« Er fuhr sich mit der Hand über die Stirn, wie um die Erinnerung wegzuwischen. »Ich wäre selbst geblieben. Aber man hat Verantwortung für die eigenen Männer und ihre Frauen.«

»Sie haben es also geschafft?«

»Ein paar sind noch gefallen, aber die anderen«, er deutete hinter sich, »die haben es geschafft.«

»Wenigstens das. Dem Herrn sei Dank.«

»Ich danke keinem Herrn, *Domina.* Weder dem da oben noch einem hier auf Erden.« Er starrte sie herausfordernd an. Seine Züge waren wieder beherrscht, doch in den Augen loderte es. »Ich bin mit fünfzig Mann ausgezogen. Übrig geblieben sind weniger als zwei Dutzend. Im ganzen Heer ist es ähnlich. Und wofür? Was haben wir vorzuweisen für diese Opfer? Wir sind bisher nicht einmal in die Nähe unseres Ziels gekommen. Wofür das alles?«

»Wir folgen Gottes Ruf.«

Arnaut lachte spöttisch. »Ich weiß nicht, wessen Ruf wir folgen, *Domina.* Gott jedenfalls scheint es ziemlich gleichgültig zu sein, was wir Menschen hier auf Erden treiben.«

»Sagt das nicht«, erwiderte Alienor betroffen.

»Oder er liebt die Sarazenen mehr als uns.«

Der Gedanke war noch schwerer zu ertragen als Gottes Gleichgültigkeit. Wir hätten nicht den Landweg nehmen sollen, dachte Alienor. König Roger von Sizilien hatte bereitwilligst Schiffe angeboten. Aber der war mit Byzanz verfeindet, und den Kaiser wollte man nicht brüskieren. So war es zu dem langen Marsch gekommen. War all dies Elend nur aus Eitelkeit und dummer Politik geschehen?

In jedem Fall aus sträflicher Unfähigkeit, das war ihr jetzt klargeworden. Louis ließ sich von seinen Ratgebern herumzerren, wie es den Herren gerade passte. Besonders der Klerus hatte sein Ohr. Das Heer hatte er nicht wirklich im Griff gehabt. Und sie selbst, auch wenn sie nichts von Krieg verstand, war mitverantwortlich, das war ihr jetzt deutlich geworden. Sie hatte nicht ihren Verstand gebraucht, hatte sich mehr von Neugier und den Verlockungen einer Reise ins fremdländische Outremer gefangen nehmen lassen, als die Wirklichkeit zu sehen. Ihr Geschlecht und ihre Jugend hatte sie vorgeschoben, um unbequeme Entscheidungen den Älteren und den Männern zu überlassen. Aber von nun an würde sie sich nicht mehr einfach beiseiteschieben lassen.

»Es sind Fehler gemacht worden«, sagte sie. Als Arnaut sie überrascht ansah, legte sie ihm die Hand auf den Arm. »Ihr habt Schlimmes erlebt, *Mossenher.* Ihr müsst Euch ausruhen.«

»Wir brauchen Verpflegung. Und vielleicht zur Abwechslung mal ein Dach über dem Kopf.«

»Für das Nötigste ist gesorgt. Was mich betrifft, so habe ich eine Bitte.«

»Was immer Ihr wünscht, *Domina.*«

»Ich möchte, dass Ihr in meine Dienste tretet. Ihr und Eure kleine Truppe. So kann ich mehr für Euch tun.«

Arnaut erlaubte sich ein kleines Lächeln. »Das ist sehr ehrenvoll für mich, Herrin. Aber ich bin dem jungen Herrn Bertran aus Tolosa verpflichtet und möchte ihn nicht im Stich lassen.«

»Vielleicht überlegt Ihr es Euch, mein lieber Arnaut. Kommt mich im Prinzenpalast besuchen. Ich werde Euch bei Hofe vorstellen.«

Die Rache des Templers

Arnauts Mannschaft hatte Glück, denn sie wurde über mehrere Häuser verteilt einquartiert. Die meisten schliefen in einer großen Scheune unter einem Dach mit ihren Pferden. Severin aber war es gelungen, ein baufälliges Häuschen in einer stillen Gasse zu ergattern, und hatte Constansa zu überreden versucht, es mit ihm zu teilen. Aber die Nächte allein mit einem Mann zu verbringen, auch wenn es sich um Severin handelte, dazu war sie noch nicht bereit. Und so waren dort Elena, Munira und noch ein paar Frauen mit ihr eingezogen.

Der Zustand der Sarazenin war besorgniserregend. Der Pfeil, der ihr die Schulter durchbohrt hatte, war nicht schwer zu entfernen gewesen, die Lunge zum Glück nicht getroffen. Doch während der letzten Tage in Attalia hatte sich die Wunde entzündet. Unter heftigem Fieber und mehr tot als lebendig hatte sie die Seereise überstanden. Nun lag sie grau und abgemagert, immer noch mit glühender Stirn auf einer Strohschütte, während Elena versuchte, ihr etwas Gemüsebrühe einzuflößen.

»Morgen will ich auf dem Markt die richtigen Kräuter für sie finden«, sagte sie zu Arnaut.

Er gab ihr eine Börse mit Silbergeld. »Hol einen Arzt. Die Griechen sollen bessere Ärzte sein als unsere.«

Elena nickte, aber nach ihrem Gesichtsausdruck zu schließen, schien sie wenig von diesem Vorschlag zu halten. Ärzte redeten zwar gelehrtes Zeug, verstanden aber nichts von Heilung, war ihre Einstellung. Sie stellte den Napf beiseite, richtete Muniras Bett und strich ihr die nassen Haare aus der Stirn.

»Wo ist mein Kind?«, flüsterte Munira. Sie wollte sich aufsetzen, aber die Bewegung ließ sie vor Schmerz zusammenzucken.

Elena drückte sie sanft zurück aufs Kissen. »Ist gut versorgt, mein Engel. Schlaf jetzt.«

Sie ließ die Kerze in Muniras Kammer brennen und zog Arnaut hinaus in den Hauptraum des alten Hauses. Die Tür ließ sie angelehnt. Am Küchentisch erkannte er Loisa, eine der Frauen, die ihren Kerl verloren hatten. Dass er sie mit aufgeknöpfter Bluse sah, schien Loisa wenig zu stören. Im Gegenteil, sie lächelte zufrieden, als würde sie es genießen, dass an jeder ihrer milchschweren Brüste ein Kind saugte.

»Männer raus«, sagte Constansa mit einem Grinsen und schob ihn in Richtung Tür.

»Ich geh ja schon«, erwiderte er ungeduldig und wandte sich noch einmal an Elena. »Wir sollten Josselin finden, damit er sich um sie kümmert.«

»Nicht wieder zu diesem Bastard.«

»Was sollen wir denn sonst mit ihr machen?«

»Erst einmal schauen, dass sie uns nicht wegstirbt. Dann sehen wir weiter.«

»Na schön. Wenn ihr etwas braucht …«

»Wir kommen schon zurecht, Arnaut«, sagte Constansa und schloss die Tür hinter ihm.

Er blieb noch einen Augenblick stehen und sog die angenehme Abendluft tief in die Lungen. Arme Munira. In was war sie nur hineingeraten? Am besten wäre es, man würde sie in ihre Heimatstadt bringen, wenn sich eine Gelegenheit böte.

Als sich seine Augen an die Dunkelheit gewöhnt hatten, glaubte er, im Schatten eines gegenüberliegenden Hauseingangs den weißen Mantel eines Templers zu erkennen. Was tat ein Templer hier? Die hatten doch gewiss bessere Unterkünfte als eine Baracke in diesem armseligen Viertel der Stadt. Aber vielleicht hatte er sich getäuscht. Er zuckte mit den Schultern und machte sich auf den Weg zu seiner eigenen Herberge.

Er hatte ein paar Straßen weiter zwei Stuben im Haus eines Töpfers angemietet, direkt über dessen Werkstatt. Die Familie des Handwerkers war im hinteren Teil des Hauses zusammengerückt. Die Frau hatte versprochen, sich auch um Essen und Wäsche zu kümmern. Es war also für alles gesorgt. Ungewohnt war nur, in einem richtigen Haus statt in einem windigen Zelt zu schlafen.

Diese Gemächer teilte er jetzt mit Severin, der über Constansas Unnahbarkeit maulte und dennoch weiterhin der alten Gewohnheit entsagte, sein Vergnügen bei den Huren zu finden. Arnaut zog ihn deshalb gerne auf. Was ihm denn fehle, ob er krank sei oder ob er vorhabe, sich dem Mönchsorden anzuschließen? Zu letzterer Bemerkung machte Severin eine besonders finstere Miene. Arnaut konnte ja nicht ahnen, dass ein gewisser Ordensbruder seinem Freund Sorgen bereitete.

Étienne de Bernay schien wieder bei voller Gesundheit zu sein. Severin hatte ihn bei einer Parade der Templer gesehen. Dass Constansa allein mit den Frauen wohnte, bereitete ihm Sorgen. Aber sie tat, als gäbe es keine Bedrohung in ihrem Leben, wollte nicht mehr an die ganze hässliche Geschichte erinnert werden. Jedes Wort darüber forderte nur ihren Zorn heraus.

Die nächsten Tage boten der *militia christi,* das heißt, was von ihr übrig geblieben war, Gelegenheit zur Erholung. Nicht wenige hatten Unterkunft in den Häusern der Stadt gefunden, und zum ersten Mal seit langer Zeit konnte man sich richtig satt essen. Der König schenkte jedem Ritter, der ohne Reittier war, ein neues Pferd. Zelte, Ausrüstung und Waffen wurden instand gesetzt, und sogar ein Teil des überfälligen Solds wurde ausbezahlt. Die Männer hatten plötzlich Geld in der Tasche, konnten sich neu einkleiden und machten die Spelunken und Hurenhäuser unsicher, so dass die normannische Stadtwache alle Hände voll zu tun hatte, die Ordnung aufrechtzuerhalten.

Sattler fertigten Zaumzeug an, Holz wurde herangeschafft,

Schmiede und Zimmerleute begannen, Belagerungsmaschinen zu bauen, *ballistae* und anderes verlorengegangenes Kriegsgerät zu ersetzen. Das alles kostete den König viel Geld. Mehrmals schon während des Marsches hatte er seinen Reichsverweser in Paris, den Abt Suger, schriftlich um Geldsendungen ersucht. Aber da noch nichts davon eingetroffen war, musste er sich auf die Templer verlassen, ihm das Nötige vorzustrecken. Der Großmeister Everard de Barres machte sich deshalb ernsthaft Sorgen, denn die gewaltigen Summen, die benötigt wurden, fingen an, selbst die Möglichkeiten des reichen Ordens zu übersteigen, wenn nicht bald Geld aus der Heimat eintraf.

Arnaut, der von Bertran für seine bisherigen Dienste entlohnt worden war, konnte seine Leute zusammenrufen und auch ihnen Sold aushändigen. Dazu legte er für jeden noch ein persönliches Geschenk, denn er hatte ein paar seiner Wechsel einlösen können, und auch die Handvoll Frauen, die unterwegs ihre Ehemänner verloren hatten, bekamen deren Anteil ausbezahlt, eine Praxis, die keinesfalls selbstverständlich war.

»Die Dinge liefen nicht so, wie wir uns das vorgestellt hatten«, sagte er den Gefährten, die danach im Kreis um ihn herumsaßen. »Wir haben einiges durchgemacht und zu viele Kameraden verloren. Deshalb werde ich es niemandem verübeln, wenn er mir nicht weiter folgen möchte. Ich entbinde jeden, der es wünscht, von seinem Treueschwur.«

Betroffen starrten sie ihn an.

»Willst du uns etwa fortschicken?«, fragte Ferran.

»Natürlich nicht. Aber ich möchte keinen zwingen, weiter mit mir in den Krieg zu ziehen. Vielleicht findet der eine oder andere ein Auskommen hier in Outremer. Oder das Geld reicht für einen Platz auf einem Schiff in Richtung Heimat. In jedem Fall danke ich allen, die mir bis jetzt die Treue gehalten haben.«

Sie sahen sich gegenseitig an, unsicher, was sie sagen sollten. Hier war die Gelegenheit, sich von der Pilgerfahrt in Ehren loszusagen, ohne als Fahnenflüchtiger zu gelten, ein anderes Leben zu beginnen, ohne Kriegsdienst, Entbehrungen und Schlachten. Die, die Weiber hatten, dachten vielleicht ernsthaft darüber nach. Die anderen versuchten es, konnten sich aber kaum ein Dasein ohne ihre Kameraden vorstellen.

Nach einer Weile des Schweigens hielt Duran sich den Weinschlauch an die Kehle und trank lang und ausgiebig. Dann rülpste er. »Ich sag dir eines, Arnaut, mich wirst du nicht so schnell los, auch wenn wir den Teufel am Schwanz packen und aus der Hölle ziehen müssen.« Dazu lachte er so unbändig, als wollte er schon jetzt dem Teufel Angst machen.

Es war eine idiotische Bemerkung, und alle wussten es. Und trotzdem brachen sie ebenfalls in wildes Gewieher aus und schlugen ihm ausgelassen auf die Schulter.

»Da hast du deine Antwort«, grinste Ferran. Er blickte allen in der Runde ins Gesicht. »Oder will sich doch einer von euch Bastarden davonschleichen?«

Keiner wollte. Stattdessen ließen sie die Weinschläuche kreisen und widmeten sich mit Scherzen und Gelächter dem ernsthaften Geschäft, sich gründlich zu besaufen. Arnaut schüttelte den Kopf. Wie unvernünftige Kinder führten sie sich auf. Er hingegen fühlte sich alt wie Methusalem.

♦

»Ich danke dir für das Geld«, sagte Elena.

Sie saßen allein auf der Treppe vor dem alten Haus, in dem die Frauen untergebracht waren.

»Du hast es dir mehr als verdient«, erwiderte Arnaut.

»Womit? Dass ich mit dir geschlafen habe?«

Er zuckte zusammen und sah sie ungläubig an. »Wie kannst du so etwas sagen?«

Einen Augenblick lang hielt sie wütend seinem Blick stand.

Dann sah sie weg und holte tief Luft, um ihrer Erregung Herr zu werden.

»Was ist denn plötzlich in dich gefahren?«, fragte er.

Lange starrte sie vor sich hin. Als sie sich ihm wieder zuwandte, hatte sie Tränen in den Augen.

»Es tut mir leid. Manchmal bin ich kratzbürstig.«

Er legte den Arm um sie. »Nun sag schon, was ist los.«

Sie rückte näher und lehnte den Kopf an seine Schulter. Er strich ihr ein paar Strähnen aus der Stirn und sah ihr forschend ins Gesicht.

»Schickst du mich jetzt auch fort«, fragte sie.

»Ich schicke niemanden fort. Und am allerwenigsten dich. Ich wollte nur jedem Gelegenheit geben, frei zu entscheiden. Und das betrifft dich genauso wie alle anderen. Du hast überlebt, aber nur durch großes Glück, das weißt du selbst. Willst du dich weiter so in Gefahr bringen?«

»Was geschieht jetzt mit uns?«

»Ich nehme an, wir werden gegen Edessa ziehen. Dazu sind wir schließlich gekommen.« Die wirkliche Bedeutung ihrer Frage schien ihm entgangen zu sein.

»Nimm mich mit«, bettelte sie dennoch.

»Du weißt, was uns bevorsteht. Mehr Schlachten, mehr Tote. Warum bleibst du nicht in Antiochia? Machst einen Laden auf? Ich möchte dich in Sicherheit wissen.«

»Du schickst mich also doch weg.«

»Sei nicht dumm.«

»Ist es wegen deiner Fürstin?«, fragte sie spitz und setzte sich auf.

Seine Lider verengten sich, und er starrte sie wütend an. »Was geht dich meine Fürstin an?«

Sie musste einen wunden Punkt getroffen haben, denn noch nie hatte er sie so angeherrscht.

»Nichts«, sagte sie verletzt. »Nichts geht mich deine Ermengarda an. Es tut mir leid. Ich hätte sie nicht erwähnen sollen.«

»Du bleibst bei uns, wenn du möchtest. Oder du beginnst ein neues Leben. Wozu ich dir rate. Hier oder in Jerusalem.«

»Du hast wahrscheinlich recht.«

»Was ist mit Munira? Wird sie wieder gesund werden?«

»Es geht ihr etwas besser.«

»Ich dachte, wir sollten sie bis in die Nähe ihrer Stadt bringen, damit sie zu ihrer Familie zurückkehren kann.«

»Das habe ich sie auch schon gefragt, aber sie will alles, nur nicht das.«

»Warum nicht, um Gottes willen?«

»Sie kann nicht mehr zurück. Nicht mit dem Kind eines Franken. Sie wäre eine Ausgestoßene, von allen verachtet.«

»Sie wurde gefangen genommen und als Sklavin gehalten.« Arnaut schüttelte den Kopf.

»Macht keinen Unterschied.« Elena erhob sich und sah auf ihn herab. »Armer Arnaut. Du wirst uns noch eine Weile am Hals haben.« Damit verschwand sie im Haus.

Arnaut blieb auf der Treppe sitzen. Er hatte es sich so einfach vorgestellt, als sie damals aufgebrochen waren. Ein paar Söldner um sich sammeln und in den Krieg ziehen, sich mit Ruhm bedecken und von Sünden geläutert heimkehren. Doch die Wirklichkeit hatte sich anders dargestellt. Nun kam er sich wie ein sorgenvoller *pater familias* vor. Jeder Mann, den er verlor, schmerzte ihn mehr, als er sagen konnte. Am liebsten hätte er sie alle nach Hause geschickt, aber sie hafteten an ihm und wollten nicht loslassen. Am schlimmsten waren die vertrauensvollen Blicke der Weiber mit ihren Kindern an der Brust. Und Elena, die Besseres verdient hatte als ein paar gestohlene Stunden mit einem Kerl wie ihm.

Am nächsten Tag kam er der Bitte der Königin nach und sprach im Prinzenpalast vor. Er hatte sich neue Kleider zugelegt und trug, außer einem Dolch, keine Waffen. Es dauerte eine Weile, bis man ihn vorließ, dann wurde er in den von Steineichen und Pinien beschatteten Garten des Palastes geführt, wo der Hof sich aufhielt. Die Königin stellte ihn ihrer Umgebung als den Helden der Schlacht am Mäander vor.

Der Hof bestand in der Hauptsache aus den Gräfinnen und Baroninnen, die Alienor auf dem Marsch begleitet hatten, aus adeligen Gespielinnen der Fürstin Constance, geistlichen Würdenträgern, einigen fränkischen und normannischen Edelleuten und den üblichen *trobadors* und Gauklern, die für Unterhaltung sorgten. Der König und Prinz Raimon waren von ihrem Erkundungsritt zurückgekehrt, wie es hieß, befanden sich aber in endlosen Besprechungen mit den anderen Anführern.

Der Garten war eine Augenweide, voller Blumen und Sträuchern aller Art, kurzgeschnittenem Gras, auf dem die Herrschaften wandelten, Bänke zum Sitzen und lange Tafeln, an denen es an Erfrischungen nicht mangelte. Was für ein Gegensatz zu den Entbehrungen der letzten Monate.

Arnaut fragte sich jedoch, warum er eigentlich eingeladen worden war. Die Königin war mit dem Patriarchen im Gespräch, andere schienen wenig mit ihm anfangen zu können. Über Attalia wollte niemand reden. Die Pfauen und seltenen Vögel, die Verse der *trobadors,* die Gewänder der normannischen Damen und die fremdländische Küche erregten weit mehr Aufmerksamkeit als der weitere Verlauf der Pilgerfahrt oder das Schicksal der Menschen, die man in Attalia zurückgelassen hatte. Es war fast, als wollte man alles meiden, was mit dem Feldzug zu tun hatte. Vor allem die fränkischen Damen schienen froh, fürs Erste den Strapazen und dem Horror des Marsches entronnen zu sein und sich wieder den schönen Dingen des Lebens zuwenden zu dürfen.

An einem Teich, auf dem zahme Wasservögel schwammen, hielt die junge Fürstin Constance Hof. Sie schien sehr guter Laune zu sein und befand sich in angeregtem Gespräch mit einem hochgewachsenen Ritter, dessen Haupt eine rotblonde Mähne umwallte. Als der Mann mit jemandem an seiner Seite sprach und sein Profil zeigte, erkannte er Reynaud de Chastillon, den er zuvor nur in Kettenhaube und Helm gesehen hatte. Auch Reynaud hatte ihn jetzt entdeckt und winkte ihn zu sich.

Als Arnaut zu der Gruppe trat, legte ihm Reynaud den Arm um die Schultern. »Hier ist einer unserer tapfersten Krieger, *Mesdames*«, stellte er Arnaut den Damen vor. »Ich wünschte, wir hätten mehr von seiner Sorte. Er kommt aus dem Süden, was wir ihm aber gerne verzeihen wollen.«

Ausgelassenes Lachen belohnte diesen Spruch.

Arnaut nannte höflich seinen Namen und verbeugte sich. Die Fürstin Constance schenkte ihm ein kurzes, unaufrichtiges Lächeln, dann himmelte sie wieder Chastillon an. Zwischen den beiden schien eine fast greifbare Spannung zu herrschen, die von den anderen in der kleinen Gruppe teils wohlwollend, teils spöttisch wahrgenommen wurde. Da scheinst du ja eine Eroberung gemacht zu haben, mein Junge, dachte Arnaut. Was wohl der Prinz dazu sagen würde?

Er wandte sich ab und wollte den Garten schon verlassen, als er sich plötzlich einer äußerst fremd aussehenden, jungen Frau gegenübersah, die ihn aus einigen Schritten Entfernung beobachtet hatte und sich nun jemand anders zuwandte. Was machte eine Türkin in dieser Versammlung? Denn das musste sie sein, zumindest eine Muslima, davon war er überzeugt. Sie hatte volle Lippen und ein edles Profil, trug viel Goldschmuck, war aber ansonsten in lange, schwarze Gewänder gehüllt, das Haar verschleiert. Jetzt warf sie ihm erneut einen kurzen Blick zu, wandte sich dann wieder ab.

»Gefällt sie dir?«, hörte er Reynaud raunen, der hinter ihn getreten war. »Sie ist eine adelige Geisel aus Aleppo. Komm, ich stell dich vor.«

»Geh du nur und kümmere dich um deine Fürstin. Sie verzehrt sich sonst.«

Reynaud lachte in sich hinein. »Ein hübsches Ding, meine kleine Fürstin, nicht wahr?« Er fasste Arnaut am Arm und zog ihn mit sich. »Aber erst stelle ich dir Ayla vor.«

Arnaut konnte sich nur wundern, wie gewandt sich dieser Chastillon unter den Edlen des Hofes bewegte. Alle schienen ihn bereits zu kennen, obwohl er wie Arnaut erst seit ein paar Tagen in Antiochia weilte. Nachdem Reynaud ihn der schönen Türkin vorgestellt hatte, blieb er noch für ein paar scherzhafte Bemerkungen, dann ließ er sie beide allein.

»Ist er dein Freund?«, fragte Ayla und blickte mit dunklen Augen zu ihm auf. Sie schien alle Welt zu duzen. Sicher war das einfacher für sie. Und Arnaut fand es reizend.

»Nicht wirklich. Ich kenne ihn nur flüchtig.«

»Was ist bitte flüchtig?«

»Nur ganz wenig, oberflächlich.«

Sie nickte und lächelte verlegen. »Ich lerne noch.«

»Im Gegenteil. Ich bin erstaunt, wie gut Ihr … ich meine, wie gut du unsere Sprache sprichst.«

Sie machte eine wegwerfende Handbewegung. Dann runzelte sie die Stirn. »Mit dem musst du vorsichtig sein.«

»Mit Chastillon? Warum?«

»Ist nett, aber ehrgeizig. Ich kenne solche. Man darf nicht den Rücken zudrehen. Verstehst du?« Sie lachte über ihr eigenes Fränkisch, und ihr Gesicht hellte sich dabei auf.

Auf die Frage, warum sie sich in Antiochia aufhielt, erzählte Ayla ihm ihre Geschichte. Arnaut war beeindruckt, in ihr eine Verwandte des berüchtigten Nur ad-Din vorzufinden.

»Und seit zwei Jahren kann man sich nicht über das Lösegeld einigen?«, fragte er.

Sie schien es mit Humor zu nehmen. »Ich bin nur Base, Tochter von Nebenfrau«, lachte sie. »Nicht so viel wert, wie Prinz Raimon denken. Aber für gutes Geschäft muss man Geduld haben.«

Sie setzten sich auf eine der Bänke im Garten und unterhielten sich eine Weile. Zum ersten Mal seit Wochen konnte Arnaut ungezwungen lachen. Ayla hatte eine drollige Art, die Dinge zu sehen, und machte sich über ihre eigenen Landsleute ebenso lustig wie über die barbarischen Franken. Da man sich so gut verstand, traute er sich, ihr eine heikle Frage zu stellen.

»Einen Rat bitte, Ayla. Ich habe durch Zufall eine Muslima aus Schaizar in meinem Gefolge. Kaufmannstochter. Ihre Karawane wurde überfallen, und sie wurde von einem Franken gefangen genommen und als Sklavin gezwungen, seine Geliebte zu werden. Sie hat ein Kind von ihm, aber inzwischen hat er sie verstoßen. Er ist auch nicht mehr in Antiochia. Wir können ihn jedenfalls nicht finden. Ich möchte ihr aber helfen und sie nach Schaizar zu ihrer Familie bringen. Nur, sie weigert sich.«

Ayla hatte ihm aufmerksam zugehört und schüttelte nun den Kopf. »Tu das nicht. Die bringen sie um.« Sie fuhr sich mit dem Zeigefinger in unmissverständlicher Geste über die Kehle. »Die in Schaizar sind Araber. Noch strenger als wir. Sie hat ihre Familie entehrt.«

»Aber es ist doch nicht ihre Schuld.«

»Pech für sie.«

Arnaut machte ein betretenes Gesicht. »Ich frage mich, was ich mit ihr machen soll.«

»Ist hübsch?«

Er nickte.

»Dann nimm selbst als Sklavin.«

Sie lachte über sein verdutztes Gesicht, und ihre Zähne blitzten. Dann winkte sie ab. »Ach, weiß schon. Franken dürfen nur eine Frau haben. Dumm eigentlich. Hast du schon Frau?«

Die Frage verwirrte ihn. »Nicht wirklich«, stammelte er.

Sie blickte ihn spöttisch an. »Nicht wirklich? Also Geistfrau, oder was?«

»So ähnlich.« Arnaut war errötet.

Ayla erhob sich. »Ich muss jetzt gehen. Wenn Sonne untergeht, muss man beten.«

Auch er stand auf. Sie lächelte ihm noch einmal zu, und

bevor er sich verabschieden konnte, war sie schon davongeeilt. Versonnen sah er ihr nach. Eine Türkin, *mon Dieu.* Er war noch ganz von diesem Gespräch eingenommen, als er die Stimme der Königin hinter sich hörte.

»Wie ich sehe, habt Ihr Euch gut eingelebt, *Mossenher.* Ist sie nicht erstaunlich?« Alienor war wie üblich von Damen und Höflingen umgeben.

Er verbeugte sich. »Das ist sie, *Domina.*«

»Und? Habt Ihr es Euch überlegt, ob Ihr in meinen Dienst treten wollt?«

»Wir sind eine Kampfeinheit, Herrin«, antwortete er unsicher, »und nicht für das Leben bei Hofe gemacht.«

»Man gewöhnt sich daran, Arnaut.« Sie bedeutete ihrem Gefolge durch eine Geste, dass sie wünschte, allein mit Arnaut zu reden, und hakte sich bei ihm unter.

»Gehen wir ein paar Schritte«, sagte sie. »Nach Anatolia muss Euch das höfische Leben hier seltsam erscheinen, aber nicht alle sind so oberflächlich, wie es scheint.«

»Ich weiß Euer Angebot sehr zu schätzen, *Domina,* aber …«

»Ihr seid Bertran de Sant Gille verschworen. Und ich achte das. Dann bleibt mir wenigstens freundschaftlich verbunden. Versprecht es mir.« Sie lächelte zu ihm auf.

Arnaut fühlte sich tolpatschig und ungelenk in der Gegenwart dieser betörenden Frau, die seine Königin war.

»Mehr als das, *Midomna*«, sagte er verlegen. »Wer ließe sich nicht für Euch in Stücke hauen?«

»Jetzt klingt Ihr auch schon wie ein Höfling, mein Guter«, lachte sie. »Da mag ich doch lieber den rauhen Krieger.«

Sie drückte ihm herzlich den Arm und rückte noch näher an ihn heran, so dass er einen Dufthauch von Rosenöl und Lavendel wahrnahm, der ihrem Haar entströmte.

»Übrigens hört man Gerüchte«, raunte sie, »dass Bertran und sein Vater vorhaben, ihre Ansprüche auf Tripolis geltend zu machen. Ist da etwas dran?«

Die Frage kam überraschend.

»Ich weiß nicht, *Midomna*«, erwiderte er vorsichtig.

»Das wäre den Leuten in Outremer sicher nicht recht. Aber natürlich könnte der König, als oberster Lehnsherr Tolosas, seine Unterstützung schlecht verweigern, wenn es darauf ankäme. Versteht Ihr mich?« Sie blickte ihn eindringlich an. »Aber das habt Ihr nicht von mir.«

»Natürlich nicht.«

»Wir Provenzalen müssen zusammenhalten, nicht wahr?« Mit einem vielsagenden Lächeln bot sie ihm die Hand. Arnaut beugte sich darüber und hauchte einen Kuss auf ihre beringten Finger.

»Ihr seid hier jederzeit willkommen, mein guter Arnaut. Ich werde der Leibwache ausrichten, Euch Zutritt zu gewähren, wann immer Ihr es wünscht.«

Damit ließ sie ihn stehen und kehrte zu ihrem Gefolge zurück. Ein seltsames Gespräch. Wollte sie ihn als Boten benutzen? Sollte er Bertran andeuten, dass die Königin, ja vielleicht sogar der König selbst, seinem Anliegen wohlwollend gegenüberstehen würde? Es hatte fast geklungen, als suchte sie Verbündete unter den Tolosanern. Aber zu welchem Zweck?

♦

Arnaut, Severin und *Fraire* Aimar waren den langen Weg zur Zitadelle aufgestiegen, die hoch oben auf der Spitze des Silphius thronte, und saßen nun, dem blauen Himmel ganz nahe, auf einem Felsbrocken unterhalb der Ringmauer.

Die Aussicht war überwältigend. Das breite Tal des Orontes lag ihnen zu Füßen, blaue Berge im Hintergrund, unten der Fluss, der sich seinen Weg an der Stadtmauer vorbei durch die grüne Landschaft in Richtung Meer bahnte, wo sie ganz fern im Dunst des warmen Tages ein paar winzige Türmchen von Saint Simeon zu erkennen glaubten.

Von hier oben konnte man die gewaltigen Ausmaße der

Stadtmauern am besten einschätzen. Ein Wachturm reihte sich an den anderen, Ausfalltore im Tal gab es nur fünf, ein sechstes, das Eiserne Tor, lag in einer Schlucht auf dem Berg nicht weit von ihrem Standort.

Die schachbrettartige Anlage der Straßen zeugte vom antiken Ursprung der Stadt, ebenso die Überreste vieler griechischer Tempel. Römisch waren die Mosaiken, die überall zu finden waren, wie auch die kuppelüberdachten Basiliken. Überhaupt hatte Antiochia, mit Ausnahme der Basare, wenig Orientalisches an sich und war mit seinen Palästen und öffentlichen Bauten eine byzantinische Stadt durch und durch. Linker Hand konnten sie auf den Prinzenpalast hinabsehen, direkt gegenüber lag die gewaltige Kathedrale Saint Pierre. In ihrem Innern hatte der Hirtenjunge Bartholomäus die heilige Lanze gefunden, mit deren Hilfe es gelungen war, die Türken in der letzten, verzweifelten Schlacht um Antiochia zu besiegen.

»Ich stelle mir vor, wie mein Großvater hier acht Monate lang gekämpft hat«, sagte Arnaut. »Dort unten am Fluss vor der Stadt haben sie den Winter hindurch in Schlamm und Regen gehaust, gefroren, gehungert und Blut geschissen, als die Seuche sie im Griff hatte. Unglaublich, dass wir jetzt hier sitzen.«

»Ich weiß«, erwiderte Aimar. »Er hat mir ja seine ganze Geschichte erzählt. Und dies ist die Heimatstadt deiner Großmutter, Noura.«

»Als er in der Schlacht verwundet wurde, hat sie ihn gesund gepflegt. Und das, obwohl sie beim Sturm der Christen ihre ganze Familie verloren hatte.«

»Immerhin hat Jaufré sie aus den Trümmern ihres Hauses und vor den Greueltaten des Pöbels retten können.«

»Ich wünschte, meine Mutter könnte jetzt hier bei uns sein, in der Stadt ihrer Vorfahren«, sagte Arnaut. »Man hat mir gesagt, es leben noch immer viele Armenier hier.«

Bei dem Gedanken an seine Mutter würgte es ihn in der

Kehle. Alles in der Heimat schien inzwischen so unendlich weit und unerreichbar. »Daheim wissen sie nicht einmal, ob wir noch leben«, murmelte er und dachte dabei an Ermengarda.

»Ich habe ihr geschrieben, weißt du«, gestand Aimar verlegen.

»Wem?«

»Ermengarda. Von Konstantinopel aus.«

Arnaut mied seinen Blick und starrte lange in die Ferne.

»Und warum hast du mir das verschwiegen?«

»Ich dachte, du würdest wütend auf mich sein.«

»Da hast du verdammt recht. In Konstantinopel wäre ich wirklich wütend gewesen.« Er legte den Arm um Aimars dünne Schultern. »Ach, Aimar. Du kannst dir gar nicht vorstellen, wie sehr ich sie vermisse.«

Alle drei saßen sie still da und dachten an die Heimat, an das ferne Rocafort, an Narbona und an Ermengarda.

»Dann schreib doch noch einen Brief«, schlug Severin vor. »In Saint Simeon kommen und gehen die Schiffe. Da gibt es bestimmt Gelegenheit, ihn abzuschicken.«

»Ja, sag ihr, dass es uns gutgeht«, stimmte Arnaut zu. »Und dass ich sie liebe. Und dass ich ein Idiot war.« Er wischte sich über die Augen. »Und an meine Mutter schreibst du auch. Sie wird sich freuen, von dir zu hören. Sie hat dich immer gerngehabt.«

»So, meinst du?« Nun hatte auch Aimar feuchte Augen. »Ich verrate dir jetzt etwas, das niemand weiß. Für deine Mutter hatte ich immer eine große Schwäche. Dabei muss ich mich schämen, denn es steht mir nicht zu. Ich hoffe, du nimmst es mir nicht übel.« Er lachte verlegen. »Und was sollte sie schon mit einem armen Mönchlein wie mir anfangen, was? Außerdem viel zu jung für sie.«

Arnaut sah ihn erstaunt an. »Weiß sie davon?«

Aimar schüttelte betrübt den Kopf.

Severin entstöpselte seinen Weinschlauch und reichte ihn

herum. »Jetzt sauft erst mal einen guten Schluck, bevor ihr bei diesem Liebesgesülze noch ganz in Tränen zerfließt.«

»Du musst groß reden«, brummte Arnaut. »Wenn ich an deine Constansa denke, die scheint dich fest am Wickel zu haben.«

»He, ich geb's ja zu«, erwiderte Severin mit einem gutmütigen Grinsen. »Das Weib hat mich verhext. Dabei ist sie kratzbürstig wie ein Igel.«

»Du bist einfach versessen auf kratzbürstige Amazonen. Was schwer zu kriegen ist, zählt wohl doppelt, was? Hör also mit dem Gejammer auf.«

»Ich jammere nicht.« Severins Miene wurde plötzlich ernst. »Aber es gibt ein ziemliches Ärgernis, über das ich mit euch reden muss. Bis jetzt hab ich das Maul gehalten, und ich glaube, Constansa bringt mich um, wenn ich euch davon erzähle, aber ich brauche eure Hilfe.«

»Was ist los?«

»Es war in Laodikeia. Elena ist auch betroffen.«

Aimar fuhr erschrocken auf. »Die Sache mit dem Templer?«

»Du weißt davon?«

Aimar nickte. »Im Beichtgeheimnis.«

»Will mich mal jemand aufklären?«, rief Arnaut.

Und so begann Severin, die ganze hässliche Geschichte zu erzählen, von der Vergewaltigung, Constansas Erniedrigung und Scham, wie er selbst davon erfahren hatte, von ihren fruchtlosen Bemühungen, dem Templer aufzulauern, und schließlich vom außergewöhnlichen Mut der Frauen und Constansas Rache.

Arnaut war sprachlos und zornig zugleich.

»Verdammt noch mal, Severin. Seid ihr denn von allen guten Geistern verlassen? Ihr könnt doch nicht hinterrücks einen Templer ermorden. Ganz gleich, wie sehr der Kerl es verdient hätte.«

Severin ließ schuldbewusst den Kopf hängen. »Ist ja auch nicht gelungen. Zum Glück.«

»Und ich kann es nicht fassen, dass Elena zu so etwas fähig

ist. Zu mir hat sie kein Sterbenswörtchen gesagt. Aber du, Severin, du hättest mir alles schon früher erzählen müssen.«

»Versteh doch. Die Frauen fühlten sich besudelt und schrecklich beschämt. Besonders Constansa. Soll die ganze Welt erfahren, was man ihr angetan hat?«

Arnaut sah ihn betroffen an. Erst jetzt dämmerte ihm die ganze Schwere des Vorfalls und was die Frauen erlitten hatten. Und das von einem der Templer, der ein leuchtendes Vorbild für das ganze Heer sein sollte, als Krieger und als Christ.

»Ich hätte mit Hugues de Bouillon geredet oder dem Großmeister«, sagte er etwas kleinlauter. »Sie hätten eine Anhörung angesetzt.«

»Glaub doch nicht, das hätte etwas genützt«, rief Severin entrüstet. »Die hätten ihn nur gedeckt und Constansa eine verleumderische Hure geschimpft. Meinst du, die Templer würden einen ihrer Brüder ans Messer liefern?«

»Dann vielleicht beim König.«

»Die Aussage von zwei Weibern gegen den Templerorden? Ein Mannsweib und eine Marketenderin? Vergiss es, *ome.*«

Arnaut seufzte. »Wahrscheinlich hast du recht.«

»Die meisten denken doch, dass die Weiber selbst schuld sind. Und die Kerle lässt man laufen«, sagte Aimar angewidert. »Du musst dich auch nicht über Munira wundern, dass das arme Kind sich nicht zu ihrer Familie traut. Ist doch überall das Gleiche.«

Arnaut packte plötzlich eine schreckliche, ohnmächtige Wut, als er sich Elena und Constansa in der Gewalt dieser rohen Kerle vorstellte. »Die beiden hätten dem Bastard die Kehle durchschneiden sollen. Jetzt wird sich das Schwein rächen, darauf verwette ich mein Erbe.«

»Eben deshalb musste ich mit dir reden«, sagte Severin. »Gestern bin ich ihm nämlich über den Weg gelaufen. Er war in Begleitung seiner Sergeanten, dieselben Kerle, nehme ich an, die damals dabei waren. Und de Bernay weiß genau, wer ich bin. Sag deiner Hure, hat er mir zugeflüstert, ihr letztes

Stündlein habe geschlagen. Die Augen werde er ihr ausstechen und die Titten abschneiden und vielleicht noch ein paar Dinge mehr, bevor er sie umbringen würde. Seine Kerle haben dabei gefeixt, als freuten sie sich schon auf das Fest.«

»Hast du Constansa davon erzählt?«

»Eben nicht. Ich will sie doch nicht ängstigen. Aber wie soll ich sie allein gegen diese Bande beschützen?«

»Sind Munira und Loisa noch da?«

»Nein. Loisa wollte bei Gustau, ihrem neuen Kerl, schlafen. Du weißt, sie stillt auch Muniras Kind.«

»Constansa und Elena sind also allein?«

Severin nickte. »Zum Glück haben die Templer keine Ahnung, wo sie untergebracht sind.«

»Da wär ich mir nicht so sicher«, sagte Arnaut, der sich plötzlich siedend heiß erinnerte. »Ich habe einen in der Nähe herumlungern sehen, der wie ein Templer aussah. Vielleicht beobachten sie schon das Haus und warten nur auf eine günstige Gelegenheit.«

»Jes Maria!« Severin starrte ihn mit großen Augen an.

Arnaut sprang auf. »Was warten wir noch? Bewegt euren Hintern, wir haben zu tun.«

♦

Die drei Freunde beeilten sich, den Berg herunterzukommen. Severin sah im Geiste schon Constansa auf dem Boden des Hauses in einer Blutlache liegen, womöglich verstümmelt. Der Schweiß trat ihm aus allen Poren, und das nicht nur wegen des hastigen Abstiegs.

Endlich ließen sie die Weinberge an den unteren Hängen hinter sich und tauchten in das farbige Gewühl der Gassen ein, bahnten sich ihren Weg zwischen wackeligen Verkaufsständen hindurch, an prallgefüllten Körben mit Obst oder Gewürzen vorbei, an Kannen und Kupferkesseln, an Amphoren voller Wein oder Öl. Es roch nach Schlachtabfällen, nach frischem Brot, nach Thymian und Salbei und nach den gegrillten Lammspießchen, die an jeder Ecke angeboten wurden. Sie schoben aufdringliche Händler beiseite, rempelten in ihrer Eile Lastenträger an und ernteten Flüche in allen Sprachen der Levante.

»Wartet mal«, rief Arnaut plötzlich. »Seh ich Gespenster, oder ist das Felipe da drüben?«

»Wo?«

»Da, bei dem Teppichhändler an der Ecke.«

Tatsächlich. Arnaut hatte sich nicht getäuscht. Da stand Felipe de Menerba, gesund und munter, mit seinem *escudier* an der Seite, den sie noch aus Narbona kannten, und feilschte mit dem Händler.

»Mensch, Felipe«, tönte Arnaut und umarmte den überraschten Freund. »Was hat dich denn hierher verschlagen?«

»Meint ihr, ich überlass das Kämpfen euch allein?«, grinste der, nachdem jeder ihn herzlich begrüßt hatte, begeistert, ihn zu sehen. Ihn hier zu treffen war wie ein lieber Gruß aus der Heimat.

»Schon lange hier?«, fragte Bruder Aimar.

»Ich habe eine lange Reise hinter mir. Italia bis Tarent, dann Griechenland, Konstantinopel. Dort habe ich mich längere Zeit aufgehalten. Ich war auch schon in Tripolis, und hier bin ich vor etwa zwei Wochen gelandet. Der König und sein Heer waren gerade angekommen.«

»Warum hast du uns nicht gesucht?«, fragte Arnaut.

»Konnte euch nicht finden.« Er zuckte mit den Schultern. »Viele haben's ja auch nicht geschafft, wie ich höre.«

Er sagte das so leichthin, dass Aimar sich wunderte. Felipe schien ihm etwas kühler als sonst. Hatte er überhaupt versucht, sie zu finden?

Severin zappelte ungeduldig von einem Fuß auf den anderen. Auch Arnaut drängte es, das Gespräch schnell abzubrechen. Aber er wollte nicht unhöflich sein.

»Lauf schon vor, Severin. Wir kommen gleich nach.«

»Gut. Also bis später.« Severin machte sich eiligst davon.

»Was ist denn mit ihm?«, fragte Felipe.

»Nichts. Nur eine dringende Angelegenheit«, sagte Arnaut. Die Sache ging Felipe nichts an, außerdem kannte er Constansa ja gar nicht. »Mann, bin ich froh, dich zu sehen.«

»Hab wohl eine Menge verpasst, wie man mir erzählt hat.«

Arnauts Miene verfinsterte sich. »Darüber kannst du froh sein. Das war verdammt kein Honigschlecken.«

»Und ihr musstet Volk zurücklassen.«

»Ja. Wir hoffen inständig, dass sie noch durchkommen. Dieser ganze Feldzug ist wie verflucht, das kann ich dir sagen. Aber am besten erzählen wir dir das alles später. Wo bist du untergekommen?«

»In einer Herberge.« Felipe erklärte ihnen, wo er zu finden war. »Verdammt teuer, übrigens. Die wollen sich hier an uns bereichern.«

»Das kennen wir schon«, lachte Arnaut. »Aber als *vescoms* von Menerba bist du doch kein armer Schlucker. Sieh dich an, wie herausgeputzt du bist. Alles vom Feinsten. Nicht wie wir verlausten Krieger mit unseren abgelatschten Stiefeln. Und ich wette, du hast ein paar hundert kriegswütige Kerle mitgebracht.«

Felipe schüttelte den Kopf. »Außer Enric hier, meinen *escudier*, nur zwei Pferdeknechte.«

»Dann schließ dich uns an. Wir sind bei den Tolosanern.«

»Na, da hätte ich ja lange nach euch suchen können. Dort hätte ich euch am wenigsten vermutet, nach unserem kleinen Krieg gegen Graf Alfons damals.«

»Aus Feinden werden Verbündete. Außerdem ist Alfons immer noch Lehnsherr meiner Familie. Entschuldige, aber wir müssen jetzt weiter. Bis bald, *mon velh.*«

Sie ließen Felipe stehen, der ihnen verwundert nachsah, und hasteten zur Unterkunft der Truppe, um Jori und Ferran abzuholen.

»Er war etwas seltsam, unser guter Felipe«, sagte Aimar.

»Wie meinst du?«

»Zurückhaltend kam er mir vor. Glaubst du, er hat sich wirklich gefreut, uns zu sehen?«

»Wie kommst du auf so was?«

Aimar konnte seinen Eindruck nicht erklären. Vielleicht hatte er sich getäuscht und Felipe war nur überrascht gewesen, so plötzlich seinen Freunden gegenüberzustehen.

In der Scheune nahmen sie Ferran und Jori zur Seite und erklärten ihnen das Nötigste. Beide machten große Augen, und Ferran wurde so rot vor Zorn, dass man fürchten musste, eine Stirnader würde ihm platzen. Constansa, trotz ihrer manchmal herben Art, war eine von ihnen und allen ans Herz gewachsen. Und Elena noch viel mehr. Niemand zum Teufel sollte ungestraft eine der Ihren anrühren. In kürzester Zeit waren die Männer gewappnet und eilten ins Viertel, wo die beiden wohnten. Auch Aimar wollte sich nichts entgehen lassen.

»Was hast du vor?«, fragte er Arnaut.

»Bis jetzt ist ja noch nichts passiert. Wir werden sie einfach bewachen müssen.«

»Und was wäre, wenn ihr euch im Haus versteckt?«

»Eine Falle meinst du?«

»He, das gefällt mir«, knurrte Ferran. »Dann zahlen wir es den Hurensöhnen mit gleicher Münze heim.«

Aber als sie das Haus in der einsamen Gasse erreichten, fanden sie die Tür nur noch lose im Rahmen hängen. Offensichtlich aufgebrochen. Sie blieben wie angewurzelt stehen und horchten. Von innen kam ein leises Wimmern, dann ein dumpfer Schlag, ein unterdrückter Schrei. Und Männerlachen.

Arnaut bedeutete ihnen, sich ein paar Schritte zurückzuziehen. Dicht an die Mauer des Hauses drängten sie sich, um nicht von innen gesehen zu werden.

»Was machen wir jetzt?«, flüsterte Jori.

♦

Severins Kopf fühlte sich an, als hätte ihn ein Vorschlaghammer getroffen. Er versuchte, das Kinn zu heben und die Augen zu öffnen. Das rechte war zugeklebt, vor dem linken tanzten undeutliche Lichter und Schatten. Ein Rinnsal lief ihm über Wange und Kinn, und seine Mundhöhle war mit so etwas wie einem Lumpen zugestopft. Er wollte mit der Hand danach tasten, doch seine Arme waren unbeweglich.

»Unser verliebter Junge kommt zu sich«, hörte er eine Stimme hinter sich. Dann ein heiseres Lachen.

Jemand packte ihn am Haar und riss seinen Kopf zurück. Blitze zuckten ihm durchs Hirn. Ein scharfer Schmerz über der Braue ließ ihn aufschreien, doch nur ein Gurgeln kam aus dem zugestopften Mund.

Er blinzelte, als einer sich über ihn beugte, mühte sich zu erkennen, wer das war. Langsam verdichtete sich das Bild, und er starrte in die kalten Augen des Templers Étienne de Bernay. Mit einem Ruck bemühte er sich hochzukommen, merkte dabei erst jetzt, dass er mit Armen und Beinen an einen Stuhl gefesselt war. Er brüllte, nicht vor Schmerz sondern vor Ohnmacht, würgte an seinem Knebel und ließ sich schließlich wieder zurückfallen.

»Ganz ruhig, mein Junge«, hörte er den Templer sagen.

Severin versuchte mit aller Kraft, die Fesseln zu sprengen, doch sie schnitten sich nur tiefer in sein Fleisch. Undeutlich erinnerte er sich, dass er gekommen war, um Constansa zu warnen. Constansa. Er erschrak. Wo war sie, *mon Dieu?* Wild sah er um sich, konnte sie nirgends entdecken. De Bernays verdammte Fratze verdeckte ihm die Sicht. Aber einen Blick auf Elena erhaschte er, starr vor Angst in den Armen eines grobschlächtigen Sergeanten, der ihr ein Messer an die Kehle drückte.

»Zeigen wir ihm doch sein Liebchen«, hörte er den gleichen Kerl hinter sich, der schon zuvor gesprochen hatte.

De Bernay richtete sich auf und gab den Blick frei.

Constansa war zu Severins Horror bei den Armen an einen

Dachbalken aufgehängt. Splitterfasernackt, der Mund ebenfalls mit einem Stofffetzen geknebelt, die gefesselten Hände rot geschwollen von gestautem Blut. Die weit aufgerissenen Augen hielt sie starr auf ihn gerichtet. Todesangst stand darin geschrieben. Plötzlich verzerrte sich ihr Gesicht. Mit wütendem Stöhnen bewegte sie die Beine, trat mit bloßen Füßen nach dem Templer. Der aber wich leichtfüßig aus und lachte nur. Entmutigt gab sie auf, denn die Fesseln mussten höllisch schmerzen. Tränenüberströmt und kraftlos, mit gesenktem Haupt ließ sie sich baumeln. Dabei verschlangen die Templer mit gierigen Blicken ihren nackten Leib, der sich am Strick, an dem sie hing, ein wenig um die eigene Achse drehte und alles an ihr preisgab.

Seine Liebste wie ein Stück Schlachtvieh von der Decke hängen zu sehen, das war zu viel für Severin. Erneut nahm er seine ganze Kraft zusammen, um sich zu befreien. Der Kopf schien ihm schier zu platzen, und fast erstickte er an dem stinkenden Knebel. Aber mehr als einen Faustschlag von de Bernay mitten ins Gesicht brachten ihm seine Bemühungen nicht.

»Ich frage mich, wer von euch dreien so gelehrt Latein spricht«, fragte de Bernay und massierte sich die Knöchel der rechten Hand. »Sicher nicht die Kupplerin da drüben. Warst du das etwa, der mich so verziert hat, Junge? Aber ich tippe doch eher auf dein hübsches Liebchen. Sieht mir mehr nach Frauenhandwerk aus. Ist im Grunde natürlich gleich. Sterben werdet ihr alle drei, sobald wir mit euch fertig sind.«

Severin warf verzweifelte Blicke um sich. Neben dem, der Elena im Griff hatte, und dem Kerl hinter ihm befanden sich noch zwei weitere Sergeanten im Raum. Sie rekelten sich auf Stühlen und schauten belustigt zu.

»Gut sieht sie aus, wie sie da hängt, dein Täubchen, findest du nicht? Da könnte ein Mann sich schon vergessen.« De Bernay hatte jetzt eine blitzende Klinge in der Hand und strich ihr damit fast liebevoll über den Bauch. Als sie ängstlich zurückzuckte, lachte er. »Weißt du eigentlich, dass sie noch unberührt war? Mir allein hat sie die Ehre geschenkt, sie zu entjungfern, stell dir vor.«

Er wechselte das Messer in die andere Hand und fuhr ihr damit sanft über das runde Hinterteil, als wollte er sie liebkosen. Bei der Berührung zuckte sie abermals zurück und stöhnte auf. Die Haut hatte sich zu Gänsehaut zusammengezogen, ihre Beine zitterten vor Angst, und plötzlich lief ihr Urin an den Schenkeln herab, tropfte von den Füßen auf den Boden. Sehr zum Vergnügen der beiden Kerle auf den Stühlen.

»Uns Männern wollte sie es gleichtun«, grinste de Bernay. »Dabei ist sie doch nur ein Weib.« Er fasste sie an der Hüfte und drehte sie langsam um die eigene Achse. »Seht ihr, Jungs? Nur ein Weib. Wenn auch ein prächtiges.«

Er nahm das Messer wieder in die Rechte. »Aber wenn sie kein Weib mehr sein will, dann können wir ihr doch behilflich sein. Wozu braucht sie dann noch Titten?«

Die Messerspitze fuhr mit einem Mal an der Unterseite der linken Brust entlang und hinterließ einen langen, oberflächlichen Schnitt, aus dem aber sofort das Blut quoll und an Rippen und Bauch hinunterlief. Constansa zuckte wild zurück und schrie in ihren Knebel, Panik und Schmerz in den Augen.

Severin hielt es nicht mehr aus und strengte sich an, den Stuhl, auf dem er saß, zu Fall zu bringen, nur um nicht länger ohnmächtig zuschauen zu müssen. Aber der Mann hinter ihm hielt ihn fest.

»Sieh an, sie wehrt sich«, lachte der Templer befriedigt. »Möchte sie etwa doch kein Mann werden? Nun, ich fürchte, dazu ist es jetzt zu spät.« Er riss seine Tunika auf und zeigte Severin die rosahellen, frisch verheilten Narben auf seiner Brust. »Siehst du das hier? Ein hübsches Andenken von deiner Hure. Ist es nicht gerecht, dass ich sie dafür bestrafe?«

Er wandte sich wieder Constansa zu und berührte nun

auch die andere Brust mit der Klinge. Sie versuchte verzweifelt, ihren Leib von ihm wegzudrehen. Ihr Gesicht war blutrot vor Anstrengung und panischer Angst, sie atmete so heftig, dass Severin fürchtete, sie könnte an ihrem Knebel ersticken.

Doch was in diesem Augenblick in aller Plötzlichkeit über sie alle hereinbrach, das ging so schnell, dass Severin sich später nur noch in Bruchstücken daran erinnern konnte.

Mit lautem Krachen flog der Rest der Eingangstür zu Boden. Und dann stand Arnaut mit blitzender Klinge im Raum wie der Erzengel Gabriel persönlich. Ein wuchtiger Hieb und einer der Sergeanten stürzte am Schädel getroffen vom Stuhl und rührte sich nicht mehr. Als der zweite Sergeant aufsprang, bohrte sich ihm Ferrans Klinge in den Leib, der ebenfalls aus dem Nichts aufgetaucht war.

Arnaut warf sich auf den Templer.

Der hatte noch das Schwert ziehen und den Angriff parieren können. Bevor er jedoch zum Gegenschlag ausholen konnte, hatte Constansa hinter ihm die Beine angezogen und ihn mit beiden Füßen in den Rücken gestoßen. Das brachte ihn ins Straucheln. Und er schrie auf, als Arnauts Klinge ihm in die ungedeckte Schulter fuhr. Er taumelte rückwärts, nur um in Joris Schwert zu laufen, der durch den Hintereingang gekommen war. Wie blödsinnig betrachtete der Templer die blutige Stahlspitze, die ihm unversehens aus dem Bauch gewachsen war. Die Waffe entglitt ihm, und er wankte ächzend auf unsicheren Beinen, nachdem Jori ihm die Klinge wieder aus dem Leib gezerrt hatte. Arnaut schlug noch einmal zu, und de Bernay, tödlich im Nacken getroffen, brach in die Knie. Ein Blutstrahl sprühte aus der Wunde, seine Augenlider flatterten im Todeskampf, dann fiel er flach aufs Gesicht und lag still.

Der Mann hinter Severin wehrte sich anfangs noch, aber als er sich drei entschlossenen Kämpfern gegenübersah, warf er mit einem Fluch die Waffe fort und ließ sich fesseln.

Nur derjenige, der Elena mit dem Messer bedrohte, wollte nicht aufgeben. »Lasst mich gehen«, schrie er. »Sonst bring ich die Hure um.«

Arnaut ließ das bluttriefende Schwert sinken. »Gib auf, Mann. Du kommst hier sonst nicht mehr lebend raus.«

Während er den Kerl in Schach hielt, schnitten Ferran und Jori Constansa von der Decke, nahmen ihr den Knebel ab und hüllten sie in einen Umhang. Sie stöhnte und zitterte am ganzen Leib. Vor de Bernays Leiche blieb sie stehen und starrte auf die Blutlache, die sich unter ihm ausgebreitet hatte. Jori führte sie zu einer Bank, während Ferran Severin befreite. Der konnte die Fesseln nicht schnell genug herunterreißen, schon hob er sein Schwert vom Boden auf und war mit einem Wutschrei an Arnauts Seite.

»Lass sofort die Frau los, du Schwein«, brüllte er und trat mit erhobener Waffe einen Schritt vor, als wollte er dem Mann den Schädel spalten. Elena schrie auf, der Kerl zerrte sie ein paar Schritte mit sich, sein Dolch immer noch an ihrer Kehle.

»Zurück«, zischte Arnaut, der Angst um Elena hatte. »Geh und kümmere dich um Constansa.«

Severin hielt inne und atmete heftig. Er sah übel aus. Seine Handgelenke bluteten, wo der Strick ihm in die Haut geschnitten hatte. Die Hände selbst waren blau angeschwollen, über dem rechten Auge hatte er eine tiefe Platzwunde. Eine Gesichtshälfte war eine einzige Maske von Blut, aus der die wilden Augen eines Mörders blickten. Nur mit Mühe schien er sich zurückzuhalten. Widerwillig trat er zur Seite und überließ Jori den Platz.

Trotzig zog der letzte der Sergeanten Elena hinter sich her. Mit ihr als Geisel hoffte er, durch die Eingangstür zu entkommen, als plötzlich Hugues de Bouillon vor ihm auftauchte, der ihn in kaltem Zorn anstarrte.

»Es ist vorbei, Bruder«, sagte Hugues und hielt die Hand auf. »Gib mir sofort den Dolch.«

So war die Zucht der Templer, dass der Mann angesichts dieser Autorität endlich bereit war, sich zu unterwerfen. Er schlug die Augen nieder und händigte den Dolch aus. Elena floh mit einem Aufschluchzen zu Constansa, der Raum füllte sich mit noch mehr Templern, und zuletzt erschien auch Aimar, der sie eiligst geholt hatte.

Hugues de Bouillon trat in die Mitte des Raumes und blickte sich um. Er sah den toten Sergeanten und den anderen, der sich sterbensbleich den Bauch hielt. Den beiden Frauen, die sich etwas gefasst hatten, nickte er unmerklich und mit ernster Miene zu. Dass Constansa unter ihrem Umhang anscheinend nackt war, nahm er mit grimmiger Miene zur Kenntnis. Schließlich fiel sein Blick auf die Leiche de Bernays. Lange stand er unbeweglich davor. Dann seufzte er tief.

»Es ist auch meine Schuld«, sagte er leise.

Es war still im Raum. Niemand wagte, seine Gedanken zu unterbrechen.

»Es hatte schon öfter Gerüchte gegeben«, fuhr er fort. »In Spanien. Aber ich wollte es nicht wahrhaben und habe ihn immer verteidigt.« Er schüttelte den Kopf, als könnte er es noch immer nicht glauben. »Gott der Herr wird ihn richten«, murmelte er schließlich.

Die Templer sammelten die Toten und Verwundeten ein und nahmen auch die anderen Gefangenen mit. Mit Étienne de Bernays Tod endete die Bedrohung für Constansa. Es blieben jedoch die seelischen Wunden, die noch lange schwären sollten.

Den Frauen war der Gedanke unerträglich, auch nur eine einzige weitere Nacht in diesem Haus zu verbringen. Besonders Constansa war nach dem Erlebten so außer sich, dass sie panische Angst hatte, ohne Severins Arme um sich einzuschlafen. Was andere darüber dachten, war ihr inzwischen gleich. Und so willigte sie trotz ihres früheren Vorsatzes ein, für die nächsten Tage in Severins Kammer über der Werkstatt zu ziehen.

Arnaut bot Elena ebenfalls an, bei ihm zu nächtigen. Sie lächelte etwas schmerzlich, dankte ihm und den anderen für ihre Rettung, behauptete aber, sich um Munira kümmern zu müssen, und das sei leichter bei den anderen Frauen in der Scheune. Nachdem sie Severins und Constansas Wunden versorgt hatte, ließ sie die drei allein.

Dass Elena sein Angebot ausgeschlagen hatte, kam ihm nicht ungelegen. Sosehr er ihr zugetan war, eine dauerhafte Verbindung lag ihm fern.

Statt um Elena kreisten seine Gedanken um den Templer Étienne de Bernay. Wie wird ein Mensch so wie dieser Kerl? Warum hatte er Frauen gehasst und Freude daran gehabt, sie zu demütigen? War er vom Teufel besessen gewesen? Wie konnte Gott, wenn er doch das Licht der Welt war, es zulassen, dass ein Mensch so viel Hass in sich trug? Noch dazu ein Mönch, der täglich neu Gelegenheit hatte, Gottes Liebesbotschaft in sich aufzunehmen und zu verkörpern. Wozu dienten das ständige Beten und all das schöne Getue der Mönche, wenn es nicht gelang, aus einem wie de Bernay einen guten Menschen zu machen?

In der Nacht schlief Arnaut unruhig, träumte von einer unerreichbaren Ermengarda, die ihn verstoßen und ihm den Zugang zum Palast von Narbona verwehrt hatte. Nur Felipe de Menerba ließen die Wachen ein. Hoch zu Ross saß der, in feines Tuch gehüllt, und warf ihm einen verächtlichen Blick zu, bevor er weiterritt. Musik drang aus dem Palast, Frauenlachen, das so hell wie Glocken klang. Ein Fest. Er selbst in Lumpen gehüllt. Schmutzig und mit nackten Füßen schleppte er sich dahin, auf einen knorrigen Stab gestützt. Er wanderte durch eine trockene Landschaft, nichts wuchs am Wegesrand. Ein heißer Wind wirbelte plötzlich Staub zu einer gewaltigen Wolke auf, aus der Seldschuken auf ihn zugeritten kamen. Er hob den Stab, um sich zu wehren. Hufe donnerten um ihn herum, ein Säbel kam aus dem Nichts und … er schreckte hoch. Das Herz raste wie wild. Es dauerte eine ganze Weile, bis er begriff, dass es nur ein Traum gewesen war.

Constansa, in der Kammer nebenan, konnte überhaupt keinen Schlaf finden. Der Schnitt unter ihrer Brust schmerzte, und es gelang ihr nicht, die schrecklichen Bilder zu verjagen, die sie quälten. Auch Severin lag lange wach, hielt sie fest umschlungen, wenn sie wieder zu zittern begann, streichelte ihr Haar und flüsterte ihr zärtliche Worte ins Ohr. Ohne seine Gegenwart, seinen starken Leib, seine Wärme, in die sie sich schmiegte, hätte sie, davon war sie überzeugt, mit Sicherheit den Verstand verloren. Als er schließlich eingeschlafen war, lag sie, mit dem Kopf auf seiner Brust, ganz eng an seiner Seite, schwelgte im Duft seiner Haut und lauschte jedem beruhigenden Schlag seines Herzens.

Nouras Grab

Während der nächsten Tage besuchte Arnaut täglich für ein paar Stunden den Prinzenpalast, in der Hauptsache, um Ayla zu treffen. Er war begierig, mehr über ihre Welt zu erfahren. Und er musste sich eingestehen, dass er dabei auch ihre Gegenwart zu schätzen begann, ihr ausgelassenes Lachen und ihre lustige Art, die Menschen bei Hofe zu beschreiben.

Sie erklärte ihm den Islam, die Hingabe zu Gott, sprach von Mohammed und der Botschaft Allahs, legte ihm die fünf Säulen des Glaubens auseinander, das Glaubensbekenntnis, das tägliche Gebet, die Pflicht eines jeden Muslims, Almosen für die Armen zu spenden, den Fastenmonat Ramadan und die Pilgerreise nach Mekka.

Vieles fand er gut, besonders die Almosenpflicht, und war erstaunt, wie ähnlich so manches dem Christentum doch war. Waren nicht auch bei den Christen das tägliche Gebet Gesetz, das Bekenntnis zu Christus, die vierzigtägige Fastenzeit und die Sehnsucht jedes Christen, einmal im Leben nach Jerusalem zu pilgern?

»Warum hassen wir uns eigentlich gegenseitig, Christen und Muslime?«

»Wir hassen euch nicht«, erwiderte sie. »Wir achten Juden und Christen. Wir sind alle Ibrahims Nachkommen. Aber ihr *franj* tun uns leid.«

»Warum?«

»Weil Hölle ist das Schicksal von allen Ungläubigen. Christen, Juden, alle gehen in Hölle.«

»Das Gleiche denken wir auch von euch.«

Sie zuckte mit den Schultern. »*Franj* sind verdammt«, sagte sie. »Und dumm. Barbaren. Nix wissen von Heilen, von Bauen, von Sternen. Von Poesie. Haben keine Poesie.«

»Dann bring sie mir bei.«

»Wenn du so viel wissen willst, Arnaut, warum nicht lernen Persisch und Arabisch? Lies Koran, werde Muslim?«

»Ich soll Muslim werden?« Er lachte.

»Dann kannst du Muslima heiraten, so wie ich.« Sie sah ihm dabei keck ins Gesicht und lachte ihn aus, als er rot wurde.

Er beschloss, auf ihren leichten Ton einzugehen. »Und umgekehrt? Du könntest doch einen Christen heiraten, wie mich.«

Da wurde sie wieder ernst. »Geht nicht. Ungläubigen zu heiraten ist Todsünde. Dann jeder mich darf umbringen.«

Das wiederum war barbarisch in seinen Augen.

»Glaubst du, Muslime sind bessere Menschen?«

»Früher glaubte ich das. Ich dachte, alle *franj* sind Teufel. Aber nun ...« Sie schenkte ihm ein allerliebstes Lächeln.

Was sollte das nun wieder bedeuten?

»Erzähl mir von Nur ad-Din«, sagte er verwirrt. »Ist er ein großer Feldherr?«

Sie schüttelte den Kopf. »Vater Zengi war noch ein besserer Krieger. Aber Gewalt ihm hat wenig genützt. Ist dann selbst ermordet worden. Nur ad-Din ist klüger. Ihr *franj* solltet ihn fürchten. Mehr als Zengi.«

»Warum das?«

»Weil er sehr gläubig ist. Er befiehlt nicht. Er überzeugt. Er ruft alle Muslime zum *djihad* auf.«

»Was ist das?«

»Heiliger Krieg gegen Ungläubige. Zengi wollte immer nur Land erobern. Wie alle Kriegsherren. Für Nur ad-Din ist Land unwichtig. Der Sieg des Glaubens ist ihm alles. Und Menschen folgen ihm. Immer mehr.«

Diese Gespräche, so angenehm sie waren, brachten sein Verständnis der Welt gehörig durcheinander. Beide Seiten predigten den Heiligen Krieg. Wer hatte recht? Wer unrecht? War es das, was der alte Hamid gemeint hatte, als er von den

Propheten der Welt gesprochen hatte. Wie sie den Menschen das Hirn vernebeln und ihnen mehr schaden als nützen?

Gelegentlich sah er auch die Königin, in den Sälen des Palastes oder im Garten. Oft war sie in Begleitung des Prinzen. Dann lachte sie viel, schwadronierte mit ihm auf Provenzalisch, während er ihr den Hof machte.

»Sie ist verliebt«, sagte Ayla.

»Was? Das ist unmöglich. Er ist ihr Onkel.«

»Doch. Schau sie dir an.«

Und dann sah er es auch. Alienors Wangen glühten, und ihre Augen leuchteten, wenn der Prinz in ihrer Nähe war. Manchmal berührte sie ihn flüchtig, oder sie verweilten zu lange, wenn er sie zur Begrüßung küsste.

»Kann nicht gut enden«, war Aylas Einschätzung.

»Sie ist viel zu klug dazu.«

»Mensch nicht klug, wenn Liebe.«

Da begann er, für seine Königin zu fürchten. Er bemerkte die giftigen Blicke der Fürstin Constance, die es dem Prinzen heimzuzahlen suchte, indem sie ungebührlich viel Zeit mit dem *Chevalier* de Chastillon verbrachte. Ihm entging auch nicht die offene Missbilligung in den Augen der fränkischen Geistlichen und die höfliche, aber kurz angebundene Art, wie der König mit ihr sprach. Oder dass sich weit weniger der fränkischen Adeligen um sie scharten als zuvor. Nur die Provenzalen und die *trobadors* blieben ihr wie immer treu. Aber die Königin schien dies alles nicht zu kümmern. Wie Ayla sagte, Mensch nicht klug, wenn Liebe.

An einem sonnigen Nachmittag, alles vergnügte sich unter schattigen Bäumen im Garten, tauchte Josselin de Puylaurens auf. Er war verschwitzt und staubig, schien lang und scharf geritten zu sein. Er bemerkte Arnaut, schenkte ihm jedoch nur ein kühles Kopfnicken und schritt ohne Zögern auf die Gruppe um den König zu. Man machte ihm Platz, er huldigte dem Herrscher, sprach ein paar Worte, dann erhoben sich alle hastig und zogen sich gemeinsam mit Josselin in einen der Audienzräume zurück. Den Prinzen luden sie nicht dazu ein. Arnaut fragte sich, was dies wohl zu bedeuten habe.

Am nächsten Tag fing er Reynaud de Chastillon ab, um ihn auszufragen, schließlich schien der Mann Zugang zu den höheren Kreisen zu haben.

»Ich sehe, du hast dich gut mit unserer hübschen Muslima angefreundet«, grinste der blonde Edelmann nach der Begrüßung.

»Und du mit der Fürstin.«

»Ich sage dir«, raunte Chastillon ihm vertraulich zu. »Sollte der Prinz irgendwann das Zeitliche segnen, dann heirate ich die Frau.«

»Das kann doch nicht dein Ernst sein.«

»Warum nicht? Ein Mann muss das eigene Glück schmieden. Was könnte mir denn Besseres passieren, als über Antiochia zu herrschen?«

Über so viel Selbstvertrauen und unverhohlenen Ehrgeiz konnte Arnaut nur staunen. »Und sie würde dich wollen?«

»Frisst mir aus der Hand, das gute Kind.« Er lachte herzlich über Arnauts verdutztes Gesicht. Dann sagte er: »Aber ich wette, du wolltest etwas anderes von mir.«

»Der Auftritt gestern. Dieser Puylaurens. Du kennst ihn sicher. Was hatte das zu bedeuten?«

»Der ist gerade aus Jerusalem gekommen. Gesandter des jungen Königs Balduin. Oder auch Bettgenosse der Königsmutter Melisende, wie man's nimmt. Sie hält immer noch alle Fäden in der Hand.«

»Und?«

»Es heißt, Konrad ist wieder bei uns. Gerade aus Konstantinopel eingetroffen und in Acre gelandet. Gesünder als zuvor und voller Tatendrang. Scheint auch noch eine Menge Söldner angeworben zu haben. Jedenfalls möchte er, dass sich Louis ihm anschließt und nach Jerusalem kommt. Darüber reden sie jetzt. Oder, besser gesagt, darüber streiten sie.«

»Aber wir sollen doch Edessa befreien.«

Chastillon zuckte mit den Schultern. »Mir ist es gleich, wo wir kämpfen. Raimon will natürlich lieber gegen Aleppo marschieren. Was ohne Zweifel klug wäre. Nur Louis kann Prinz Raimon nicht ausstehen. Was man ihm nicht verdenken kann.« Er lachte gehässig. »Außerdem flüstern die Bischöfe Louis ins Ohr, dass Gebietserweiterungen von Antiochia nur den Byzantinern als Lehnsherren zugutekämen. Man dürfe Byzanz nicht stärken.«

»Aber Jerusalem? Gegen wen soll die *militia* denn da kämpfen?«

»Damaskus.«

»Bist du verrückt? Das sind doch Verbündete.«

»Ja, weil die Damaszener den Emir Nur ad-Din nicht zu stark werden lassen wollen. Aber das kann sich auch wieder ändern. Stell dir vor, wir hätten Damaskus.«

Arnaut schwirrte der Kopf.

Wussten die überhaupt noch, was sie taten? Er konnte sich nicht vorstellen, dass Prinz Raimon sich dazu hergeben würde. Und gewiss auch nicht die Königin. Hatten sie deshalb den ganzen Weg gemacht, all die Verluste an Toten und Verwundeten und das Leid und Elend des Marsches ertragen, um jetzt aus persönlichen Abneigungen oder einer Laune Konrads heraus das Ziel der Pilgerfahrt aufs Spiel zu setzen, indem man einen Verbündeten angriff?

♦

Dass König Konrad in Acre eingetroffen war, machte schnell die Runde in der Stadt. Bertran Sant Gille, mit dem Arnaut darüber sprach, konnte Arnauts Entrüstung über eine mögliche Änderung des Feldzugs nicht wirklich teilen. Wie Chastillon schien auch ihn die Sache wenig zu kümmern.

»Verdammt noch mal, Bertran«, rief Arnaut ärgerlich. »Hast du nur Tripolis im Sinn? Alles andere ist dir gleichgültig?«

»Dass ich für Louis kämpfe, habe ich ja schon bewiesen, oder?«, erwiderte Bertran. »Davon abgesehen, hast du recht, Tripolis ist mir wichtig. Wäre dir dein Erbe nicht wichtig?«

»Wir sind ausgezogen, um für Gott zu kämpfen, um Edessa zu befreien, damit christliche Pilger unbelästigt das Heilige Land besuchen können, um unseren Glauben zu verteidigen.«

»Ja, natürlich.«

»Aber was geschieht? Auf dem elenden Weg hierher haben wir nichts als geblutet. Und das wegen unserer byzantinischen Christenbrüder, die mit dem Feind paktieren, und wegen der Unfähigkeit unserer Anführer. Das halbe Heer haben wir im Stich gelassen, und kein Hahn kräht mehr danach, ob sie überhaupt noch leben. Ja, ich grübele in letzter Zeit, wozu wir all diese Opfer gebracht haben. Und du hast nichts anderes im Kopf, als an den eigenen Vorteil zu denken.«

»He, Bruder. Schrei mich nicht an. Ich war den ganzen Weg an deiner Seite, hab alles mitgemacht und mehr Männer verloren als du. Schon vergessen?«

Aber Arnaut hörte gar nicht zu. »Ich sag dir, du solltest sie sehen bei Hofe. Sie vergnügen sich mit Liedern und köstlichen Speisen. Es wird endlos geredet und getagt. Der Prinz will sich Aleppo schnappen. Die Bischöfe verschwören sich gegen Byzanz, denen geht es nur um die Macht Roms. Der König ist eifersüchtig, und die Höflinge nutzen das Gerangel, um sich bei den einen oder anderen in Stellung zu bringen. Attalia ist dabei schon vergessen, Edessa unwichtig geworden. Und die *militia* sitzt tatenlos herum und macht die Hurenhäuser unsicher. Das ist doch alles zum Kotzen, wenn du mich fragst.«

»Mann, hast du aber einen schlechten Tag heute, was?«

»Wozu sind wir hier, kannst du mir das sagen? Sind wir den ganzen Weg gekommen, nur um Prinz Raimon reicher zu machen? Oder damit Louis in Pomp und Glorie in Jerusalem einziehen kann, als Retter der Christenheit?«

»Kann es sein, dass du ein bisschen weltfremd bist, mein Lieber? Du hast zu hehre Erwartungen. Jeder sorgt sich um seinen eigenen Vorteil. Erwartest du etwas anderes?«

Arnaut sah ihn wütend an. Aber dann zuckte er mit den Schultern und seufzte ergeben. »Vielleicht hast du recht. Ich erwarte zu viel. Die gute Nachricht übrigens ist, dass dein Vater in Kürze in Acre erwartet wird.«

»Bist du sicher? Woher weißt du das?«

»Ein Freund aus Narbona, der vor ein paar Tagen in Saint Simeon eingetroffen ist. War einige Monate lang in Konstantinopel und hatte zuletzt Gelegenheit, mit Leuten aus dem Gefolge deines Vaters zu reden, der sich dort ebenfalls aufhält. Jedenfalls hatten sie vor, sich bald einzuschiffen. Wahrscheinlich sind sie schon unterwegs.«

»Dann brechen wir auf. Ich will ihm entgegenreiten.«

»Acre ist weit. Willst du mit deinen Reitern den ganzen Weg bestreiten, nur um wieder zurückzukommen?«

»Du hast doch gerade gesagt, vielleicht geht es gar nicht gegen Edessa oder Aleppo.«

»Bis jetzt ist das nur ein Gerücht.«

»Mit einem hast du jedenfalls recht. Wir sitzen hier nur tatenlos auf unseren Ärschen. Und ich hab genug davon.«

»Na schön. Aber auf dem Weg nach Acre solltest du dich nicht in Tripolis sehen lassen. Wer dem König die Botschaft überbracht hat, war Josselin de Puylaurens. Du erinnerst dich an ihn. Er lässt dir sagen, dein Besuch in der Grafschaft sei höchst unerwünscht.«

Bertran lachte abfällig. »Keine Sorge. Meine Vettern werden mich noch früh genug zu sehen bekommen.«

»Was immer ihr vorhabt, du und dein Vater, ihr solltet es euch mit Louis nicht verderben. Er könnte nämlich geneigt sein, euren Anspruch bei entsprechender Gegenleistung zu unterstützen.«

»Wer sagt das?«

»Die Königin selbst. Ich soll es dir ausrichten.«

»Ist das wahr?« Bertrans Augen leuchteten, als hätte Arnaut ihm das schönste Geschenk gemacht.

»Ich glaube, die Königin sucht sich Tolosas Bündnistreue zu erkaufen.«

»Kann sie gerne haben, solange sie uns unterstützt.«

Er war ganz aufgeregt und hatte es nun noch eiliger, die guten Neuigkeiten mit seinem Vater zu besprechen.

»Ich werde gleich in den nächsten Tagen aufbrechen. Kommst du mit?«

»Nicht bis Acre. Ich will das Grab meiner Großmutter in Tripolis besuchen.«

»Dann reisen wir bis dahin zusammen.«

Diese Meinungsverschiedenheit sollte nicht die einzige an diesem Tag bleiben, denn am Abend trafen Arnaut, Severin und Jori sich mit Felipe in der Taverne seiner Herberge. Sie versuchten, ihn zu überreden, die Truppe bis Tripolis zu begleiten, aber Felipe gab vor, er wolle lieber beim Heer des Königs bleiben. Nach dem Essen jedoch, als alle vier schon so einiges getrunken hatten, sollte der wahre Grund seiner Zurückhaltung zutage treten.

Arnaut erzählte von seinem Gespräch mit Bertran und den Zweifeln, die er hegte. »Man hat uns eingeredet, dass Gott uns brauche, um Edessa zu befreien. Jetzt sehe ich, es geht eigentlich nur um Land und Macht, so wie immer. Da steckt nichts Heiliges dahinter.«

»Aber unsereins darf seine Knochen hinhalten«, sagte Jori.

»So ist es. Wenn wir wenigstens noch etwas erreicht hätten, aber der Heerführung unseres guten Königs traue ich inzwischen nichts mehr zu.«

»Sind wir nicht hier, um den Ungläubigen das Fürchten zu lehren?«, fragte Felipe mit schwerer Zunge. »Sie vom Angesicht der Erde zu tilgen?«

»Die sind bei weitem nicht die Teufel, als die man sie uns geschildert hat. Hier in Outremer haben die Leute täglichen Umgang mit ihnen. Der Handel blüht, mit Damaskus ist man sogar verbündet. Man hat nicht wenige Gewohnheiten der Sarazenen übernommen. Bei Hofe habe ich eine Türkin kennengelernt, die mir ihren Glauben erklärt hat. Er unterscheidet sich nicht so sehr von unserem.«

»So, und was willst du uns damit sagen?« Severin schenkte allen nach, denn das viele Reden machte durstig. Besonders Felipe sprach dieser Tage dem Wein weit mehr zu als die anderen. So kannten sie ihn eigentlich nicht aus ihrer gemeinsamen Zeit in Narbona, aber seit man sich in Antiochia wiederbegegnet war, schien er sich nur schwer mäßigen zu können. Auch nicht an diesem Abend.

»Ich sage es nur unter uns«, erwiderte Arnaut. »Aber ich bereue inzwischen, dass ich das Kreuz genommen habe. Ich glaube, es war ein Fehler.«

Bei diesen Worten setzte Felipe sich ruckartig auf.

»Ach, der Herr hat sich geirrt?«, rief er wütend. »So mal eben schnell andert man seine Meinung?«

Die anderen sahen ihn erstaunt an. Niemand verstand seinen plötzlichen Zorn.

»Du führst alle nur ins Unglück, merkst du das nicht?«, wetterte er gegen Arnaut.

»Wenn du die Männer meinst, die gefallen sind, so schmerzt mich das weit mehr, als du denkst, Felipe. Aber die sind alle freiwillig gekommen.«

»Ja. Und weißt du auch, warum?« Felipe nahm noch einen tiefen Schluck. »Weil du sie bequatscht hast. Weil sie dich lieben, du Bastard. Weiß der Teufel, warum.«

Arnaut saß sehr still und blickte Felipe aufmerksam ins zornige Gesicht. Auch die anderen rührten sich nicht.

»Sie lieben dich. Wie auch Ermengarda dich liebt.«

»Es geht also um Ermengarda.«

»Da hast du verdammt recht, es geht um Ermengarda. Es ist immer um Ermengarda gegangen. Erst nimmst du sie mir weg, dann schwängerst du sie. Und am Ende lässt du sie sitzen, wie eine Küchenmagd, der man überdrüssig ist.«

Arnaut stand auf. »Jetzt reicht's, Felipe.«

Auch Felipe torkelte auf die Füße. »Warum denkst du, bin ich hier?«, schrie er aufgebracht. »Auch nur deinetwegen. Und jetzt sagst du, es war ein kleiner Denkfehler von dir?«

»Felipe, beherrsch dich.«

Aber Felipe war weit davon entfernt, sich noch beherrschen zu können. »Du bist ein *filh de puta,* wie er im Buch steht«, brüllte er. »Ein gottverdammter Hurensohn.«

Er holte weit aus, um Arnaut seine Faust ins Gesicht zu schlagen, verfehlte ihn jedoch. Der Schwung riss ihn mit, er verlor das Gleichgewicht und krachte mit dem Oberkörper auf den Tisch. Karaffen und Becher flogen zu Boden, wo sie zerbrachen und Wein in alle Richtungen verspritzten.

Jetzt waren auch Severin und Jori aufgesprungen.

»Ihr bringt ihn besser in seine Kammer«, sagte Arnaut.

»Keiner fasst mich an«, knurrte Felipe und rappelte sich wieder auf. »Ich habe gesagt, was ich zu sagen hatte.«

Damit verließ er betont aufrecht, wenn auch mit unsicheren Schritten, die Trinkstube.

»Was zum Teufel ist denn in den gefahren?«, murmelte Severin.

»Ermengarda hat ihn verschmäht«, sagte Jori. »Zum zweiten Mal.«

»Glaubst du?«

»Warum sollte er sonst so wütend auf dich sein?«

♦

Obwohl viele klagten, dass die *militia* zu lange in Antiochia verweilte, so hatte dies auch sein Gutes. Die Ruhepause hatte erlaubt, alles Verlorene an Waffen und Gerät zu ersetzen, ja sogar die kürzlich erstandenen Pferde zu brauchbaren Schlachtrössern auszubilden. Dazu kam, dass täglich Überlebende aus Attalia auftauchten, die sich irgendwie durchgeschlagen hatten und jetzt fußmüde, zerlumpt und oft verwundet ihren Weg in die Stadt fanden. Es waren nicht viele und durchweg nur erfahrene Kämpfer. Harte Gesellen, die sich nicht gescheut hatten, Frauen und Pilger ihrem Schicksal zu überlassen, um sich selbst allein durch Rücksichtslosigkeit, Zähigkeit und Bauernschläue retten zu können.

Diese Männer waren mehr als verbittert darüber, wie man mit ihnen umgesprungen war. Sie rotteten sich zusammen und zogen randalierend durch die Straßen, sangen Spottlieder auf den König und prügelten sich in den Schenken. Dabei floss nicht selten Blut. Doch am Ende gliederten sie sich wieder ins Heer ein. Wo sollten sie auch hin? Geld für eine Schiffsreise in die Heimat besaßen sie nicht. Nur im Heer gab es zu essen, genügend Wein, um ihren Kummer zu ersäufen, und so etwas wie Ordnung, um ihre Würde wiederherzustellen.

Der König zeigte sich enttäuscht über den Hass und Spott, der ihm aus den Liedern dieser Männer entgegenschlug. Er fühlte sich missverstanden und verbrachte nur noch mehr Stunden in frommem Gebet und in Gesprächen mit seinen Geistlichen.

Der Prinz von Antiochia hatte in den letzten Wochen alles getan, um Louis zu überzeugen, gegen Aleppo zu ziehen. Sogar der kluge Patriarch der Stadt, der ebenso gut wie Raimon die strategische Lage kannte, war ein eifriger Fürsprecher gewesen, nicht zu vergessen die normannischen Adeligen, die auf eine baldige Entscheidung drängten.

Doch der König zögerte, verharrte in Ausflüchten, wollte sich nicht festlegen. In Wahrheit hasste er diesen aufgeblasenen Aquitanier, der ständig um seine Frau herumscharwenzelte. Aber das konnte er natürlich in der Versammlung der normannischen Adeligen nicht äußern. Und andere stichhaltige Begründungen für seine Abneigung gegenüber Raimons Plan ließen sich nicht finden. Da war ihm König Konrads Appell, sich mit ihm in Jerusalem zu treffen, gerade recht gekommen. Eine Vereinigung der Heere würde die Schlagkraft erhöhen, so wurde gesagt. Konrad selbst bestand auf Jerusalem, schon allein wegen der gewaltigen Strahlkraft einer Zusammenkunft dreier Könige in der Heiligen Stadt. Der Abt Clairvaux selbst hätte sich nichts Wirksameres für die Moral der Christen ausdenken können, so fand Louis.

Seiner resoluten Gattin gegenüberzutreten und ihr diese Entscheidung mitzuteilen, dazu sah er sich allerdings genötigt, Verstärkung aufzufahren. Die Bischöfe Godefroy de Langres, Arnoul de Lisieux, Étienne de Bar aus Metz und Henri de Lorraine aus Toul begleiteten ihn, als er in Alienors Gemächern vorsprach. Der *legatus* des Papstes, Guido de San Grisogono, war schon vor Tagen nach Jerusalem abgereist.

Die Königin hatte bereits ihr Morgenmahl beendet und war für einen Ausritt zur Falkenjagd gekleidet, als diese Abordnung bei ihr erschien.

»Ich werde Euch vielleicht enttäuschen müssen, *Madame*«, nahm Louis sich gleich ein Herz, nachdem alle Platz genommen hatten und seine Gemahlin ihn neugierig musterte. »Es war schon immer mein größter Wunsch, in der Grabeskirche zu Jerusalem zu beten, wie Ihr wisst. Konrad mit seiner Botschaft hat uns nun den Weg gewiesen. Dort liegt die Bestimmung dieses Pilgerzugs.«

»Um zu beten?«

»Nun, man wird sich natürlich mit König Balduin und Königin Melisende und dem Hohen Rat von Jerusalem beraten, wie der Feldzug weiterzuführen ist.«

»Durch die Belagerung von Aleppo hoffentlich«, sagte die Königin gereizt. »Wie mein Oheim nicht müde wird, Euch jeden Tag ans Herz zu legen.«

»Es gibt auch andere Möglichkeiten.«

»Welche?«

»Ascalon. Oder Damaskus.«

»Mit Damaskus sind wir verbündet.«

»Aber es wäre ein Schlag, von dem sich die Sarazenen kaum erholen würden.«

»Und Nur ad-Din würdet Ihr damit alle Muslime des Landes in die Arme treiben. Er ist derjenige, den es zu besiegen gilt, nicht Damaskus und noch weniger die Ägypter.«

Die Königin hatte sich erhoben. Sie war erregt, ihr Antlitz gerötet. Die Bischöfe machten besorgte Gesichter, denn sie war für ihre scharfe Zunge gefürchtet.

»Dem König sind all diese Begründungen bekannt, *Majesté*«, beeilte sich Godefroy de Langres, sie mit sanfter Stimme zu beschwichtigen. »Es scheint uns aber doch …«

»Wenn dem König diese Gründe bekannt sind«, sagte sie, »warum verweigert er sich dann jeglicher Vernunft? Dummheiten sind schon genug gemacht worden.«

»Madame«, erwiderte Louis steif. »Ihr seid eine Frau und nicht fürs Militärische gemacht. Ihr könnt diese Dinge nicht verstehen.«

»Ich bin zu blöd, meint Ihr?«

»Natürlich nicht, *Majesté*«, versuchte Godefroy de Langres es noch einmal auf sanfte Art. »Drei Könige der Christenheit vereint in Jerusalem. Und dazu der Hohe Rat. Sie werden gemeinsam doch gewiss den besten Weg finden, und nicht nur Euer …« Er stockte, denn fast wäre ihm das falsche Wort entschlüpft. »… nicht nur Euer werter Oheim, *Majesté.*«

»Mein Oheim lebt und kämpft hier seit vielen Jahren. Er und seine Barone wissen weitaus besser als ihr allesamt, wie die Sarazenen zu bekämpfen sind und was zu tun ist.«

Der Bischof sah sie unsicher an.

»Gleichwohl, *Madame*«, sprang der König ihm bei. »Mein Entschluss ist gefasst. Wir ziehen nach Jerusalem. Ich kam, um es Euch mitzuteilen.« Er stand auf. »Und nun wünsche ich Euch eine erfolgreiche Jagd.«

Auch die Herren Bischöfe erhoben sich.

Alienor aber blieb vor ihm stehen und starrte ihn wütend an. Sie hatte schon erwartet, dass Louis sich drücken wollte. Während die erlittenen Verluste sie selbst eher entschlossener gemacht hatten, den Kampf zum Feind zu tragen und mit Hilfe des Prinzen die Sache zu Ende zu bringen, so schienen sie bei Louis das Gegenteil bewirkt zu haben.

»Ihr wollt Euch also nach Jerusalem verkriechen und anderen die Entscheidung überlassen.«

Louis machte ein entrüstetes Gesicht. »Wir verkriechen uns nicht, *Madame.* Wir führen die Heere zusammen. Wir stärken die *militia,* bevor wir zum entscheidenden Schlag ausholen.«

Die Königin lachte spöttisch. Dann trat sie noch näher an ihn heran, so dass er einen Schritt zurückwich.

»Wenn du darauf bestehst, Louis«, duzte sie ihn plötzlich, »dann zähle weder auf mich noch auf meine Provenzalen. Ich bleibe in Antiochia.«

»Wie bitte?«

»Du hast mich gehört. Die Aquitanier folgen meinem Befehl, denn ich bin immer noch ihre Herzogin. Und Tolosa wird sich mir ebenfalls anschließen, dafür habe ich gesorgt.«

»Das könnt Ihr nicht tun.« Der König war bestürzt.

»Und ob, Louis. Mein Oheim wird sich freuen, wenigstens diese Unterstützung zu bekommen.«

Die Bischöfe tauschten zutiefst erschrockene Blicke aus. Das war eine unerhörte Auflehnung gegen die Autorität des Königs. Es könnte das Heer spalten.

»Du willst hierbleiben? Bei diesem … diesem …«

Louis übermannte der Zorn, als er sich ausmalte, was sie da Unerhörtes vorhatte. Aber dann riss er sich zusammen und fand zum formellen Ton zurück.

»Es wird Zeit, *Madame*«, sagte er schneidend, »dass Ihr Eure Pflichten als Gemahlin des Königs achtet, anstatt sich so ungehörig aufzuführen, wie Ihr es gegenwärtig tut.«

So, jetzt hatte er es endlich deutlich gesagt.

Aber Alienor ließ sich davon nicht einschüchtern. »Und auch Ihr, *Sire,* solltet Eure Ehepflichten wahrnehmen und Euch mehr wie ein Mann statt wie ein Mönch aufführen.«

Der Bischof von Metz wurde bleich, der von Toul bekreuzigte sich, als hätte der Teufel selbst gerade mit dem Huf gescharrt. Der König starrte sprachlos sein widerspenstiges Weib an, während sein Adamsapfel ein reges Eigenleben entwickelte. Er selbst war über diese Bissigkeit viel zu überrascht, um etwas Vernünftiges zu entgegnen.

»Das ist ungebührlich, *Madame*«, sagte er schließlich, als ihm nichts Besseres einfiel. »Äußerst ungebührlich. Ich kann so etwas nicht hinnehmen.«

Doch Alienor goss gleich noch mehr Öl ins Feuer. »Ihr werdet es in der Tat nicht länger hinnehmen müssen, *Sire.* Ich verlange die Scheidung. Mit allem Nachdruck.«

Es war kein plötzlicher Entschluss. Seit Wochen schon hatte sie darüber nachgedacht. Sie konnte diesen elenden Frömmler nicht länger ertragen.

»Majesté«, rief Godefroy de Langres aufs höchste beunruhigt. »Das ist doch nicht Euer Ernst!«

»Mein voller Ernst.«

»Aber mit welcher Begründung?«

»Wegen zu naher Verwandtschaft, *Messenhers*«, erwiderte sie. »Wir sind Vettern vierten Grades, wie Euch gewiss bekannt sein dürfte.«

»Nun ja«, stammelte der Bischof. »Bei Verbindungen großer Familien nimmt man es doch nicht ganz so genau, *Majesté.*«

»Diese Ehe verstößt gegen Kirchenrecht. Da wird selbst der Papst sich einer Auflösung nicht entgegenstellen können.«

Die Herren Geistlichen standen völlig entsetzt da und wussten nichts zu sagen. Es war, als hätte jemand Feuer im königlichen Palast gelegt. Unsicher schielten sie zu Louis hinüber. Der war hochrot im Gesicht, die Augen zu schmalen Schlitzen verengt. Dann drehte er sich auf dem Absatz um und verließ den Raum.

Bischof Godefroy warf der Königin noch einen letzten Blick zu, so, als wollte er sagen, sie würde dies noch bereuen.

Nun war offener Streit ausgebrochen. Und das verhieß nichts Gutes. Die Königin war maßlos wütend über so viel Dummheit, der König fühlte sich unendlich gedemütigt, und Prinz Raimon war niedergeschmettert, als Louis ein paar Tage später ganz offiziell im Rat der Edelleute von Antiochia seine Entscheidung wiederholte. All seine schönen Pläne für ein größeres Antiochia waren damit zunichte. Da beschloss er, Rache an Louis zu nehmen. Hatte er sich bisher noch zurückgenommen, nun würde er ihm sein Weib stehlen.

♦

Die Tage der Reise von Antiochia nach Tripolis gehörten für Constansa zu den schönsten ihres Lebens. Ihre Wunde spürte sie kaum noch. Die Truppe war guter Laune, wieder bestens ausgerüstet, besaß ausgeruhte, wohlgenährte Pferde und bewegte sich gemächlich durch eine zwar bergige, aber grüne Landschaft voller Kiefernwälder, Pinien und Zypressen. Es war angenehm warm, am Wegrand blühte es, die Zikaden zirpten, und wenn sie auf einer Höhe verweilten, war in der Ferne das Meer zu sehen, blau und unendlich weit.

Nach dem Tod des verhassten Templers fühlte Constansa sich wie erlöst. Sie war beileibe keine ängstliche Frau. Gefahr oder selbst der Tod schreckten sie wenig. Aber über Wochen zu spüren, dass dieser Kerl in ihrer Nähe lauerte, das war quälender und bedrückender gewesen, als sie es sich selbst hatte eingestehen wollen. Nun war es, als könne sie zum ersten Mal seit langem wieder frei atmen.

Doch vor allem war es Severin, der ihr die Tage versüßte. Sein Frohsinn munterte sie auf. Wenn sie sich nach gewohnter Art gelegentlich noch schroff oder abweisend zeigte, so begegnete er dem mit Gutmütigkeit und Humor. Es war schwer, sich mit ihm zu streiten. Und was sie besonders genoss, war seine Fürsorglichkeit. Niemand war jemals fürsorglich zu ihr gewesen. Die Brüder hatten sie zu oft beiseitegeschoben, ihr Vater hatte seine Jagdhunde mehr geliebt als die eigene Tochter. Männer waren für sie immer Widersacher gewesen, gegen die sie sich alles hatte erkämpfen müssen. Dass es bei Severin so ganz anders war, erstaunte sie. Sie musste sich daran gewöhnen, dass zum ersten Mal ein Mann um sie besorgt war. Nicht, dass er sie bemutterte oder gar bevormundete. Das hätte sie auf keinen Fall geduldet. Aber er war auf eine zuverlässige und doch unaufdringliche Weise für sie da, die ihr keine Freiheiten nahm. Sie musste nicht länger misstrauisch sein. Mit jedem Tag gewann sie ein wenig mehr an Zuversicht und Vertrauen, sich ihm zu öffnen.

Gelegenheit dazu ergab sich an einem lauen Abend. Während die anderen beim Lagerfeuer redeten, erklommen Severin und Constansa den Hügel, unter dem die Zelte aufgeschlagen waren und von wo aus man bis zum Meer schauen konnte. Es war jene stille Zeit der Dämmerung, wenn die Sonne gerade hinter dem Horizont versinkt, die Vögel bereits die Köpfe zwischen die Flügel stecken, aber der Himmel noch nicht bereit ist, den Tag endgültig gehen zu lassen.

Auf einer grasbewachsenen Stelle ließen sie sich nieder. Und obwohl Constansas Herz wie wild schlug und ihre Hände dabei zitterten, begann sie, den Gürtel abzulegen, die Bänder ihrer Tunika zu lösen. Als sie aber ganz entblößt dasaß, seine erstaunten Blicke über ihren Leib wandern sah, da verließ sie plötzlich der Mut. Die Hände sanken kraftlos in den Schoß, beschämt wandte sie das Antlitz zur Seite. Gras pikste ihre Haut, und ein kühler Windhauch strich ihr über die nackten Brüste, so dass ihr fröstelte. Sie kam sich lächerlich vor und bereute den vorschnellen Entschluss. Doch bevor sie wieder aufstehen konnte, zog er sie in seine Arme und besänftigte ihr Herz mit kleinen Zärtlichkeiten, als wäre sie ein Kind, das nach Trost verlangt. Nach einer Weile wurden Küsse und Liebkosungen leidenschaftlicher. Als auch Severin an seinen Kleidern zu zerren begann, da half sie ihm in seiner

Ungeduld und erschrak dann doch vor seiner nackten, stürmischen Männlichkeit und zuckte zurück.

»Es muss nicht sein, wenn du nicht willst«, raunte er.

»Doch. Ich will«, flüsterte sie und öffnete mit zitternden Knien ihren Schoß.

Und so entdeckte Constansa die Liebe. Auch wenn sie zunächst mehr Severins leibliche Wärme und streichelnden Hände genoss als irgendeine Erfüllung, so war sie doch glücklicher als je zuvor in ihrem Leben. Aber mit jedem Mal, mit dem sie in dieser Nacht ihre Liebe erneuerten, lösten sich Furcht und Anspannung von ihr, und sie begann, Gefühle und Leibesregungen wahrzunehmen, die sie zuerst erstaunten, sogar erschreckten und sie schließlich in jenen Taumel von Begehren und Leidenschaft stürzten, der nicht ruht, bis alle Lust gestillt ist, bis der Nachtwind den Schweiß kühlt und der Schlummer sanft die Seele entführt.

Severin und Constansa waren nicht die Einzigen, die diese unbeschwerten Tage genossen. Auch Jori und seine Angetraute konnten nicht voneinander lassen. Joana war verliebt, und jeder konnte es sehen. Ferran und die anderen ließen jedoch kaum eine Gelegenheit aus, sie damit zu necken. Wieso sie denn so herzlos gewesen sei, diesen dahergelaufenen Kerl zu ehelichen, und ob sie keinen ihrer früheren Liebhaber vermisse. Es war nicht böse gemeint, und bei ihrer Vergangenheit hätte man meinen können, sie wäre an zweideutige Scherze und Anzüglichkeiten gewöhnt. Aber nun, da sie ganz allein Jori gehörte, errötete sie jedes Mal wie eine ungeküsste Jungfrau und ärgerte sich über die dummen Sprüche. Bis Jori genug hatte und versprach, dem Nächsten, der sein Lästermaul nicht halten konnte, gründlich den Arsch zu versohlen.

Elena ging zu Fuß. Sie hielt nichts vom Reiten. Außerdem war ihr Maultier bepackt mit allerlei Zeug, das sie in Antiochia erworben hatte. Neben ihr ritt oft Bruder Aimar auf seiner Flora. Sie redeten viel über die Zeiten, die hinter ihnen lagen, über Kameraden, die sie verloren hatten, über Esteban, der ihren Marsch jetzt mit seiner schönen Stimme begleitet hätte. Und manchmal, wenn Elena ihre Scheu überwand, auch über Arnaut. Es war das Einzige, was sie sich in Bezug auf ihn noch gestattete, denn sie wusste, dass er für sie unerreichbar war. Ihre Hoffnungen, wenn sie je welche gehegt hatte, waren endgültig begraben, und wenn die Truppe irgendwo unter Sternen lagerte, schlug sie ihr Zelt so weit wie möglich von seinem auf. Aimar merkte, wie sehr sie litt, aber der Herrgott und die Zeit würden es schon heilen.

Arnaut dagegen dachte noch einmal an seine Begegnung mit der Türkin Ayla. Beim Abschied hatte sie für einen Augenblick feuchte Augen bekommen. »Wenn Allah will, *franj*, dann sehen wir uns wieder. Ich hoffe es.« Aber gleich darauf hatte sie wieder gescherzt, dass ihr Vetter sie bei all dem Gerede über Krieg gewiss vergessen und sie in Antiochia als alte Jungfer enden würde. Dann hatte sie ihn rasch auf die Wange geküsst und sich eilig, ohne einen Blick zurück, entfernt.

Auch über Felipe grübelte Arnaut.

Anscheinend war der noch immer nicht darüber hinweg, dass sie einmal Rivalen um Ermengardas Gunst gewesen waren. Dabei waren sie doch längst wieder Freunde geworden. Vielleicht hatte Jori recht, und Felipe hatte seine Abwesenheit genutzt, um Ermengarda erneut für sich zu gewinnen. Die Vorstellung, dass sie einen anderen gehören könnte, versetzte ihm einen tiefen Stich. Sie hatten sich entzweit. Und doch, in seinem Herzen konnte er nicht von ihr lassen.

Aber zürnen mochte er Felipe nicht. Der junge Vizegraf von Menerba wäre für Ermengarda die weitaus passendere Verbindung gewesen, ein Mann des Hochadels und aus ihren Kreisen. Inzwischen hätte sie gewiss ein paar gesunde Kinder von ihm. War das nicht immer ihr sehnlichster Wunsch gewesen? Er selbst hatte allen nur Unglück gebracht mit dieser sündigen Liebschaft. Deswegen war er jetzt hier. Aber was zum Teufel hatte Felipe auf diesem verdammten Heerzug zu suchen? Da wurde ihm bewusst, dass von den alten Freunden nur Raimon in Narbona geblieben war. Ermengarda musste sich einsam fühlen.

»Was grübelt unser junger Feldherr?«, wollte *Fraire* Aimar wissen, der zu ihm aufgeschlossen war.

»Ich frage mich, warum ihr euch alle diesem Pilgerzug angeschlossen habt? Und jetzt auch noch Felipe.« Er schüttelte den Kopf. »Und was ist mit dir? Warum bist du mitgekommen?«

Aimar lachte. »Jedenfalls nicht, um irgendwelche Sünden zu büßen so wie du. Ich hatte ganz selbstsüchtige Gründe. Es hat mich schon immer gereizt, dieses Land zu besuchen. Eine Pilgerreise nach Jerusalem. Ist das nicht der Lebenswunsch eines jeden guten Christen? Mit der *militia,* so dachte ich, wäre das die bequemste und sicherste Art. Du siehst, ich habe mich gewaltig geirrt. Aber wenigstens gibt es hier gute Gesellschaft.«

»Ich sehe, du redest viel mit Elena.«

»Sie ist ein gutes Weib. Du solltest der Armen mehr Beachtung schenken.«

»Ich weiß, sie ist ein gutes Weib. Aber ich hätte mich nicht mit ihr einlassen sollen. Mir steht, *per deable,* nicht der Sinn nach Weibern.«

»Außer vielleicht nach einer gewissen Türkin.«

»Es reicht, Aimar.« Seine Augen funkelten zornig.

»Ich nehm's ja schon zurück«, grinste der. »Geht mich auch gar nichts an. Aber warum so mürrisch? Was bedrückt dich?«

»Wenn du mal aufhören willst, von Weibern zu quatschen, dann sag ich's dir vielleicht.«

»Gut. Dann lass hören.«

»Ich kann in letzter Zeit nicht mehr beten. Ich bemühe mich, aber ich kriege es nicht zustande. Da ist nichts in meinem Herzen außer stumpfer, gähnender Leere. Höchstens Wut.«

»Hat das einen besonderen Grund?«

»Ich weiß nicht, wie es dir geht, aber ich träume nachts. Von Blut und Gemetzel. Ich sehe die Augen von Fremden, die ich erschlagen habe, oder von Kameraden, die sich im Todeskampf an mich klammern. Ich wache schweißbedeckt auf und habe Wut. Wut auf Gott. Beten erscheint mir mit jedem Tag sinnloser.«

»Du verlierst doch nicht etwa deinen Glauben?«

»Nein. Aber es scheint unserem Herrgott herzlich wenig zu kümmern, was wir Menschen tun, was mit uns geschieht. Bei all den grauenvollen, ungerechten Dingen … Warum schreitet Gott nicht ein? Warum lässt Er es zu?«

»Vielleicht, weil Er erst am Ende aller Tage darüber richten will.«

»Aber wer das Böse zulässt, ist vielleicht selbst böse.«

Arnaut war ein wenig erschrocken, dass er so etwas Ungeheuerliches gesagt hatte. Aber Aimar schien sich nicht daran zu stoßen.

»Das ist eine Frage für Philosophen, mein Lieber. Ist Gott böse, weil er Böses geschehen lässt? Die Kirche sagt dazu, Gott lässt das Böse geschehen, um uns für unsere Sünden zu strafen.«

»Hör mir auf damit. Diese Predigten kenne ich zur Genüge. Wir armen Sünder sollen uns fürchten und Gottes Werk tun.«

»Und? Fürchtest du dich nicht? Vor dem Fegefeuer, vor der ewigen Verdammnis? Du hast das Kreuz genommen, weil du glaubtest, eine Sünde begangen zu haben.«

»Natürlich fürchte ich die ewige Verdammnis. Wie jeder Christ. Aber inzwischen denke ich, meine Sünde war nur eine kleine, lächerliche Verfehlung. Wem tut schon mein Ehebruch weh, der ja eigentlich kein wirklicher war? Was ist überhaupt ein Ehebruch im Vergleich zu den grausamen Dingen, die wir in der *militia* tun? Und das auch noch im Namen Gottes. Die Gefangenen, die wir gefoltert und abgeschlachtet haben. Plünderungen und Schändungen, die Toten auf den Schlachtfeldern. Und wie konnte der König sein halbes Heer dem Untergang preisgeben? Tausende sind dabei draufgegangen. Und wenn dies alles Gottes Wille war, was haben die armen Opfer denn überhaupt getan, um solches Unheil zu verdienen? Erinnerst du dich an die Kinderleichen am Mäander, die die Türken zurückgelassen haben? Welche Sünden sollen denn die armen Kinder begangen haben?«

»Niemand weiß, für was das Böse am Ende gut ist«, sagte Aimar ein wenig verlegen. »Oder umgekehrt das Gute.«

»Komm mir nicht mit diesem Unsinn, Aimar, dass wir Gottes geheimen Plan nicht kennen oder so was. Das hört man doch immer von euch Priestern, wenn ihr nicht weiterwisst.«

»Ich meine nur, dass das eine das andere bewirken kann in der endlosen Kette von Ursache und Wirkung.«

»Ich glaube nicht mehr an Gottes Plan. Ist es etwa Gottes Plan, dass die Türken uns vernichten sollen? Wir, die für Ihn in die Schlacht gezogen sind?«

»Wenn es nicht sein Plan ist, was dann? Meinst du, Er schaut einfach zu und lässt uns ins Messer laufen?«

»Nein, ich glaube, Er schaut überhaupt nicht zu. Gott ist abwesend. Denn wenn Er zuschauen würde, müsste ich sagen, Er ist böse. Da ich das aber nicht glaube, muss ich annehmen, wir sind Ihm gleichgültig, Er ist mit anderen Dingen beschäftigt.«

»Und deshalb hältst du es für sinnlos zu beten.«

»Ja. Denn inzwischen glaube ich auch nicht mehr, dass Er uns gerufen hat, für Ihn zu kämpfen, wie behauptet wird. In Wahrheit streiten wir gar nicht für Gott, sondern nur für den Papst. Oder für Abt Clairvaux, der uns allen diesen Pilgerzug aufgeschwatzt hat. Für Prinz Raimon oder für die Königin von Jerusalem meinetwegen, nur nicht für Gott. Und wenn alles nur Menschenwerk ist, dann muss man sich fragen, ob es überhaupt gerecht ist, diesen Krieg zu führen. Warum kämpfen wir gegen die Sarazenen? Noch dazu so weit von unserer Heimat entfernt. Mir haben sie nichts getan. Wegen ein paar Glaubensunterschieden? Ich wette, es hat überhaupt nichts mit Gott oder unserem Glauben zu tun.«

»Das sind ein paar ernste Dinge, die du da ansprichst«, sagte Aimar betroffen, als Arnaut geendet hatte. »Du stellst Gottes Vorsehung in Frage und gleich auch noch die Unfehlbarkeit des Papstes. Ich sage das nur, damit du weißt, dass du wie ein Ketzer klingst. Sei vorsichtig. Es sind schon Leute für weniger gerichtet worden.«

»Gut. Dann sag mir endlich, wie du darüber denkst?«

»In Spanien hatte ich Umgang mit den Mauren. Auch die Muslime glauben an den einen Gott, vielleicht sogar den gleichen wie wir. Und da unsere Religion älter ist, muss man annehmen, sie haben sich bei uns und den Juden bedient. Was ja nicht verwerflich ist, im Gegenteil. Du hast recht, eigentlich sollten wir sie wie Brüder behandeln. Aber Brüder streiten sich nicht selten, wie du weißt. Und was deine andere Frage betrifft, ob es Gott kümmert, was wir Menschen tun, das kann ich dir nicht sagen. Aber dass es bei diesem Krieg um weit mehr als nur um den Glauben geht, das steht wohl außer Frage.«

»Dann hat man uns also betrogen.«

»Weil du gekommen bist, um für Gott zu streiten?«

»Ich und tausend andere.«

»Aber das tut ihr doch auch. Für ein christliches Outremer zumindest.«

»Dafür wären die meisten wohl eher zu Hause geblieben.«

»Ermengarda und andere waren von Anfang an dagegen. Aber du wolltest dich ja nicht belehren lassen, erinnerst du dich? Wenn du ehrlich bist, ist es dir auch nicht um Gott gegangen, sondern nur um deine kleine Seele. Damit dir deine lächerliche Sünde verziehen werde und du ins Paradies kommst.«

Betroffen starrte Arnaut ihn an. Lange ritten sie schweigend nebeneinanderher.

»Entschuldige«, sagte Aimar.

»Nein. Du hast völlig recht. Meine lächerliche Sünde. Ich hätte dableiben sollen.«

»Und was hindert dich, das nächste Schiff zu nehmen?«

Aber darauf wollte Arnaut ihm keine Antwort geben.

Nachdem sie die Berge bezwungen hatten, gelangte die Kolonne der Tolosaner in die flachere Küstenregion von Latakia, wo sie an einem breiten Sandstrand lagerten, bevor sie am nächsten Tag am Meer entlang weiter in Richtung Tortosa marschierten. Dort schlugen sie am Abend des sechsten Reisetages ihre Zelte auf. In diesem Städtchen waren Hamid und Großvater Jaufré sich zum ersten Mal begegnet. Die Geschichte war auf Rocafort oft erzählt worden.

Von hier aus konnte man schon gut die weißen Spitzen des Libanongebirges sehen, an dessen westlichen Ausläufern Tripolis lag. Östlich von ihnen wussten sie die Burg Krak des Chevaliers, die der gegenwärtige Graf Raimon von Tripolis vor ein paar Jahren dem Ritterorden der Hospitaliers de Saint-Jean überlassen hatte, den Johannitern. Sie bewachte die wichtigen Handelswege zu den muslimischen Städten Homs und Hama, die im fruchtbaren Orontestal lagen. In südöstlicher Richtung, weit hinter Homs, begann die Wüste, wo Beduinen hausten und die Karawanen aus dem Osten bedrohten, weshalb diese nicht ohne schwerbewaffnete Begleitung auskamen.

Von Tortosa waren es noch zwei Tagesreisen. Bertran war ausgezeichneter Laune, sprach mit den einheimischen Führern und sah sich aufmerksam um, als wollte er sich schon mit allen Einzelheiten seines zukünftigen Reiches vertraut machen. Auch Joan de Berzi hatte seine sorgenvolle Miene abgelegt und war wieder zu Frohsinn und Scherzen aufgelegt. Auf halbem Weg von Tortosa deutete er auf eine ferne Burg, die sich östlich von der Küstenstraße in den Hügeln erhob. Arima, so werde sie genannt, sagten die Führer, eine gut befestigte Anlage. Bertran fand, es gebe kaum eine bessere Lage, um die wichtige Küstenstraße zu beherrschen. Vielleicht sollte man die Burg noch stärker ausbauen.

Am Nachmittag des zweiten Tages waren sie bis in Sichtweite der Stadtmauern von Tripolis gekommen. »Hier trennen wir uns, mein Freund«, sagte Bertran zu Arnaut. »Ich bin sicher, die wissen schon, dass wir hier sind. Aber ich werde deinen Rat befolgen und die Stadt umgehen. Du kannst mir später berichten, wenn wir uns in Acre wiedersehen. Bleib nicht zu lange.«

Arnaut und Aimar näherten sich der alten Phönizierstadt mit Neugierde und fast so etwas wie Ehrfurcht. Hier hatte Jaufré so viele Jahre verbracht, hatte am langjährigen Kampf um die Grafschaft teilgenommen, an Raubzügen gegen Hama, Homs und Damaskus. Hier war Alfons Jordan, Bertrans Vater, noch während der Belagerung geboren worden, hier hatte Adela ihre Kindheit verbracht. Für Bruder Aimar, dem Jaufré vor vielen Jahren, als sein Sohn Raol noch als verschollen galt, sein ganzes Leben und seine Geheimnisse anvertraut hatte, war es wie ein Heimkommen. Immer schon hatte er sich gewünscht, diesen Ort eines Tages besuchen zu dürfen.

Sie fanden Unterkunft in einer großen Herberge mit ausgedehnten Stallungen in den Außenbezirken der Stadt. Tripolis war längst zu klein für seine Befestigungen geworden. Ein Meer von Häusern und Hütten erstreckte sich zwischen der gewaltigen Ringmauer und der trutzigen Burg Mons Pelegrinus, die auf einem Hügel gegenüber lag und deren *castelan* Jaufré einst gewesen war. Ein großer, hässlicher Klotz, von Bertrans Großvater in nur einem Jahr errichtet, um den Verteidigern von Tripolis die Versorgung abzuschneiden. Die heutigen Grafen lebten aber in der Stadt, im alten Palast der einstigen arabischen Herrscher.

»Es ist seltsam«, sagte *Fraire* Aimar, als sie am Abend durch das bunte, von Genuesen verwaltete Hafenviertel schlenderten. Die Kais waren voller Schiffe, Kaschemmen an jeder Ecke, Seeleute aus allen Teilen des Mittelmeeres, Straßenverkäufer, orthodoxe Priester, arabische Händler, Huren, Bettler und provenzalische Soldaten. »Ich meine, diese Mischung aus Ost und West ist erstaunlich. Wohin man sich auch wendet, man hört Arabisch, Griechisch, das Ligurische der genuesischen Seeleute und dazu überall unsere eigene *lenga romana.* Durch Jaufrés Erzählungen kommt mir vieles so bekannt vor. Alles ist fremd und zugleich vertraut. Ein verwirrendes Gefühl.«

»Aber die *Keusche Barbara* gibt es wohl nicht mehr«, lachte Arnaut. Gemeint war das Hurenhaus einer berüchtigten Dame, bei der Jaufré und seine Kumpane einst die Nächte durchzecht hatten.

»Zum Glück. Sie wäre inzwischen doch ein bisschen alt für dich.«

Als sie im Grafenpalast ihre Aufwartung machen wollten, hieß es, das Fürstenpaar sei eiligst und mit kleinem Gefolge nach Acre aufgebrochen.

»Alle Wege scheinen nach Acre zu führen«, sagte Arnaut.

»Vielleicht entscheidet sich dort das Schicksal unseres Freundes Bertran.«

»Zum Besten, hoffe ich.«

Am nächsten Morgen besuchten sie Jaufré Rudels Grab. Der große Dichter, den sie aus seiner Zeit in Narbona kannten, war von Konstantinopel auf dem gleichen Schiff wie Felipe gekommen. Sterbenskrank hatte man ihn an Land getragen, um ihm den letzten Wunsch zu erfüllen. Einmal wenigstens hatte er die schöne Gräfin Hodierna von Tripolis sehen wollen, der er so viele berühmte Lieder gewidmet hatte. Hodierna hatte sich um ihn gekümmert, ihn in ein *hospitium* bringen und pflegen lassen. Doch leider war er wenige Tage darauf gestorben, angeblich in ihren Armen.

Zwei Tage später ließen Arnaut und Aimar die Truppe in der Stadt zurück und ritten in die Hügel. Nach einigen Stunden gelang es ihnen, das Anwesen zu finden, das einmal Jaufré und Noura gehört hatte. Das Haupthaus war zu einer kleinen Burg ausgebaut worden. Dort wurden sie herzlich von der Familie empfangen. Blonde Kinder tollten im Hof, wo Arnauts Großmutter bei einem Türkenüberfall den Tod gefunden hatte.

»Unsere Eltern sind leider verstorben«, sagte der jetzige Besitzer, ein freundlicher Edelmann um die fünfzig. Er war der Sohn des bärenstarken Normannen, der einst Jaufrés Waffenmeister gewesen war. »Aber wir erinnern uns noch gut an deinen Großvater.«

»Und Nouras Grab?«, fragte Arnaut. »Gibt es das noch?«

»Natürlich. Gleich an der Kirchmauer im Dorf. Wir haben es nicht verkommen lassen. Schließlich verdanken wir Jaufré diesen Besitz. Und deine Großmutter hat uns Kinder gepflegt, wenn wir krank waren.«

Das Dorf war eine Maronitensiedlung, wo die Bauern in der Hauptsache Aramäisch sprachen. Der Priester führte sie zu Nouras Grab. Als Arnaut die verwitterten Schriftzeichen auf dem Grabstein las, rührte es ihn zu Tränen.

NOURA
AMATA·MATER·UXORQUE
ANNO·DOMINI·MCX
CUM·MAGNO·SUORUM·LUCTU·VITA·CESSIT
CUIUS·ANIMA·REQUIESCAT·IN·PACE

EXEGIT·HOC·MONUMENTUM
GOFFREDUS·MONTALBANUS
CUM·ADELA·FILIA

Im Geiste übersetzte er für sich die Inschrift: *Zur großen Trauer der Ihren verstarb Noura, geliebte Mutter und Gemahlin, im Jahre des Herrn 1110. Möge ihre Seele in Frieden ruhen. Errichtet von Goffredus Montalbanus und Tochter Adela.*

Sie standen lange still und gedachten einer Frau, die sie beide nie gekannt hatten und die doch die Ahnherrin der *familia* war, Jaufrés große Liebe. Besonders für Arnaut war dies ein bewegender Augenblick. Noch nie war ihm so deutlich wie jetzt bewusst, dass er Wurzeln in diesem Land besaß. Sie war armenische Christin gewesen, eine Tochter Syriens aus einer wohlhabenden Familie von Ärzten und Kaufleuten, die alle ihr Leben im Sturm der westlichen Ritter verloren hatten, außer sie selbst. Und trotz allem hatte sie einem dieser fremden Ritter ihr Herz geschenkt.

»Ich hatte ihm versprochen, Nouras Grab zu besuchen«, sagte Aimar, ebenfalls bewegt. »Ich bin froh, dass wir zusammen hier sind.«

»Ich weiß.« Arnaut wischte sich die Tränen von der Wange. »Meine Mutter wollte es mir ausreden.« Er legte Aimar den Arm um die Schulter. »Und recht hatte sie. Verdammt langer und gefährlicher Weg, nur um ein Grab zu besuchen.«

Er nahm die kleine, verblichene Figur der Jungfrau Maria aus der Gürteltasche und stellte sie auf den Grabstein.

»Da ist deine Madonna, Großmutter«, murmelte er. »Sie hat uns alle beschützt. Wie du es dir erhofft hast.«

»*Mon Dieu.* Du hast das Figürchen noch?«

»Immer bei mir.«

Sie ließen sich im Gras nieder. Es war angenehm neben der Maronitenkirche. Das Dorf lag auf einer Anhöhe, und ein warmer Wind von den sonnengetränkten Feldern wehte durch die dunklen Pinien, die ihnen in der Nachmittagssonne Schatten boten. Arnaut ließ seine Blicke über die weite Landschaft schweifen, die bestellten Felder, die grünen Hügel. Ein Falke rüttelte hoch oben am Himmel, ging in einen Gleitflug über und schwang sich an anderer Stelle erneut in die Höhe.

»Hier ließe es sich gut leben«, sagte er. »Ich habe es mir überlegt, Aimar. Ich werde ganz hierbleiben. Wenn wir schon nicht für Gott, sondern für ein christliches Outremer kämpfen, dann soll sich meine Mühe wenigstens lohnen.«

»Du willst Rocafort aufgeben?«

»Rocafort hat Raol. Und da ist ja auch noch mein Bruder Robert.«

»An Ermengarda denkst du nicht?«

Arnaut rupfte einen Grashalm aus und kaute gedankenverloren darauf herum. Allzu lebhaft und schmerzhaft war die Erinnerung an ihren großen Streit und wie Ermengarda ihn wie einen Hund von ihrem Land verjagt hatte.

»Dazu ist es zu spät«, sagte er. »Was so zerbrochen ist, lässt sich nicht mehr heilen.«

»Und bei welchem Herrn willst du dienen?«

Arnaut warf den Grashalm weg. »Sollte es Bertran gelingen, die Grafschaft für sich in Besitz zu nehmen, oder einen Teil davon, wird er vielleicht einen Flecken Land für mich erübrigen können.«

»Und du bist wirklich sicher, dass du das möchtest?«

»Im Grunde weiß ich nicht recht, wo ich hingehöre. Stamme ich nicht zur Hälfte auch von hier? Dieser Ort ist ebenso gut wie jeder andere.«

Aimar sah ihn lange an, während er mit sich zu ringen schien. »Jaufré hat schon Bertrans Großvater treu gedient«, sagte er schließlich, »warum nicht du dem Enkel? Zumal ihr ohnehin schon Vettern seid.«

Das war so leicht dahingesagt, dass es eine Weile dauerte, bis Arnaut die Bedeutung bewusst wurde. Abrupt saß er auf.

»Was war das eben?«

»Dass ihr verwandt seid, du und Bertran.«

»Willst du dich über mich lustig machen?«

»Durchaus nicht. Ich sage dir jetzt etwas, obwohl ich es eigentlich nicht dürfte und Raol mich gewiss dafür verfluchen wird. Wie du weißt, hat Jaufré mich erkoren, die Geheimnisse der *familia* zu bewahren, immer nur für den jeweiligen *castelan.* Und eines davon ist, dass dein Großvater mit dem Hause Tolosa verwandt ist. Niemand weiß davon, und das muss auch so bleiben. Selbst Bertran solltest du nichts davon verlauten lassen, denn dieses Wissen könnte dir gefährlich werden. Hast du mich verstanden?«

Benommen nickte Arnaut. »Hat das auch mit dem geheimen Schatz zu tun?«

»Hat es. Und mit so einigen anderen Dingen.«

»Mit wem ist er denn verwandt gewesen? Erzähl mir mehr.«

»Nein, das werde ich nicht. Das erfährt nur Robert, wenn er eines Tages *castelan* ist. Ich habe die Sache nur erwähnt, weil du entschlossen bist, in Outremer zu bleiben. Du wirst einen treuen Lehnsherrn brauchen können. Und Bertran braucht einen guten Freund, wenn er hier Fuß fassen will. Ich mag ihn, aber er ist nicht so stark wie du. Zusammen könnt ihr viel erreichen. Er ist dein Vetter, und die Bande des Blutes sind stärker als alle anderen.«

Mehr wollte er nicht sagen, sosehr Arnaut ihn auch bedrängte.

Das gewagte Spiel

Im Prinzenpalast von Antiochia spitzten sich die Dinge zu. Aus allen Ecken des alten Gemäuers raunte, flüsterte und kicherte es. Das schreckliche, das vernichtende Wörtchen *Hahnrei* machte die Runde, jenes elende Wort, vor dem alle braven Ehemänner mehr zittern als vor Tod oder Pest, das aus jedem rechten Kerl einen lächerlichen, bedauernswerten Hanswurst macht. *Il est cocu, ce pauvre,* hieß es schadenfroh hinter vorgehaltener Hand, *cocu, cornu, cornut!* Ganz gleich, in welcher fränkischen Mundart, es bedeutete immer das Gleiche. Hörner hat sie ihm aufgesetzt, *mon Dieu,* und zwar gewaltige. Die normannischen Adeligen lachten sich ins Fäustchen und rieben sich die Hände, dass ihr Prinz, der Teufelskerl, es dem feigen Frankenkönig heimgezahlt hatte.

Die Fürstin Constance schäumte allerdings vor Wut und war nahe daran, alles aufzudecken, es dem König brühwarm unter die Nase zu reiben, wenn der kluge Patriarch Aimery de Limoges sie nicht im letzten Augenblick gehindert hätte. Denn ihm lag daran, den offenen Bruch mit Louis um jeden Preis zu vermeiden. Im Stillen machte sie jedoch ihrem treulosen Gatten die Hölle heiß, verweigerte ihm Zugang zu ihren Gemächern und tröstete sich umso mehr mit ihrem neuen Verehrer Chastillon. Allerdings nur in aller Öffentlichkeit, denn schließlich war sie auf ihren eigenen Ruf bedacht. Nicht wie diese Schlampe aus Aquitanien.

Louis wusste von nichts.

Der Prinzenpalast war ihm jedoch zuwider. Er konnte sich dort mit niemandem anfreunden. Im Gegenteil, seit seiner Entscheidung, nach Jerusalem zu ziehen, fand er sich ständig feindseligen Blicken ausgesetzt. Oder man tuschelte hinter vorgehaltener Hand. Auch bemerkte er manchmal unterdrücktes Gelächter und belustigte Blicke, die ihm zu gelten schienen. Er konnte es sich nicht erklären. Oder er tat zumindest so. Denn wer die Wahrheit fürchtet, macht gern die Augen zu und gibt sich blind. Der Lieblingsort des Königs war die Kathedrale, wo er Stunden verbrachte und zu seinem Heiland betete.

Als die Zeit kam, der *militia* den Befehl zum Aufbruch nach Süden zu geben, bekräftigte Alienor noch einmal ihren Wunsch auf Scheidung und verweigerte ihrem Gemahl erneut den Gehorsam. Trotzig empfing sie ihn in ihren Gemächern, mit Prinz Raimon an der Seite, um ihn wissen zu lassen, dass sie keinesfalls gewillt war, seinen blödsinnigen Zug nach Jerusalem zu begleiten.

Was tun?

Der König war unschlüssig. Sosehr er den Prinzen hasste, mit Antiochia ganz zu brechen lag ihm nicht. Die Einheit der Christenheit stand auf dem Spiel, denn Konrad hatte deutlich gemacht, ein Krieg im Norden Syriens käme für ihn nicht in Frage. Louis vermutete den Kaiser von Byzanz dahinter, der verhindern wollte, dass Prinz Raimon durch die Eroberung von Aleppo zu stark würde und sich von Konstantinopel lossagen könnte. Aber vor allem, wie sollte er mit seiner widerspenstigen Frau umgehen?

»Seht Ihr nicht, *Sire,* welch schändliches Spiel die Königin mit Euch treibt«, wagte sich endlich Bischof Godefroy de Langres vor. »Wie kann sie Euch so bloßstellen?«

»Dieses Weib hat alle Scham verloren«, giftete jetzt auch der Bischof von Metz. »Sie macht Euch zum Gespött der Leute.«

Der König saß stumm da, die Lippen zusammengepresst. Am liebsten hätte er sich die Ohren zugehalten.

»Ist es denn wahr?«, fragte er schließlich.

Niemand hatte die schändliche Angelegenheit beim Namen genannt, aber alle wussten, was er meinte. Anführer wie Thierry d'Alsace, Renaud de Bar, Guillaume de Montferrat und der Großmeister Everard standen mit ernsten Gesichtern da, enthielten sich jedoch jeder Bemerkung. Nur Amédée de Savoie, der Oheim des Königs, nahm wie immer kein Blatt vor den Mund.

»Streunenden Katzen dreht man den Hals um«, knurrte er.

Gequält sah der König zu ihm auf. »Was soll ich denn tun?«

»Sire«, meldete sich wieder Bischof Godefroy. »Wir haben viele Rückschläge erleiden müssen. Der Ruf der christlichen Ritter hat gelitten, ebenso wie das Ansehen der Krone. Ihr könnt dem verfluchten Kerl nicht erlauben, Euch auch noch das Weib zu stehlen.«

»Nein«, flüsterte er.

»Setz die Hure unter Arrest«, riet Amédée. »Noch heute Nacht. Wir nehmen sie mit, ob sie will oder nicht.«

»Sie gefangen nehmen?«, fragte der König ungläubig.

»Es gibt keinen anderen Weg«, bestätigte auch Godefroy.

Unsicher blickte Louis in die Gesichter der Männer um ihn herum. Einer nach dem anderen nickte grimmig und murmelte seine Zustimmung.

»Was ist nur aus uns geworden?«, seufzte der König und schüttelte den Kopf. Aber schließlich gab er widerstrebend sein Einverständnis.

Noch in der gleichen Stunde drangen Krieger der Leibgarde unter Waffengewalt in die Gemächer der Königin ein und setzten sie und ihr Gefolge fest. Die Nacht verbrachte sie tobend vor Wut hinter verriegelten Türen, ohne Möglichkeit, sich mit irgendjemandem zu verständigen. Am nächsten Morgen, die *militia* stand schon zum Aufbruch bereit, wurde sie wie ein Bündel Gepäck auf ihr Pferd gehoben und mit schwerbewaffneten Rittern umgeben, um jede Flucht und jeden Wortwechsel mit den Gastgebern zu verhindern.

Waren Louis und sein Heer bei der Ankunft mit so viel Hoffnung, Ehren und Begeisterung aufgenommen worden, so schlichen sie sich jetzt wie geprügelte Hunde aus der Stadt.

Niemand jubelte, niemand warf ihnen Blumen zu Füßen. Stattdessen regnete es Schmährufe und Demütigungen auf sie herab.

♦

Der alte Graf Raimon Sant Gille von Tolosa, Bertrans Großvater und einer der Befreier Jerusalems, war in seinem Leben dreimal verheiratet gewesen. Die erste Frau, Tochter des Markgrafen der Provence, hatte ihm einen Sohn geschenkt, der ebenfalls Bertran hieß und die Grafschaft erben sollte. Doch dann ließ der Vater die Ehe für ungültig erklären. Wegen zu naher Verwandtschaft. Obwohl es gewiss andere Gründe gegeben hatte. Sicher auch den Wunsch, eine günstigere politische Verbindung einzugehen, denn seine zweite Gemahlin wurde die Tochter des mächtigen Grafen von Sizilien. Dass der Sohn dadurch zum Bastard wurde, nahm er hin, da er auf neuen Kindersegen vertraute.

Leider vergebens, denn der zweiten Frau blieben Kinder versagt, und so währte auch diese Ehe nicht sehr lange. Zuletzt heiratete er Elvira, eine uneheliche Tochter des Königs von Kastilien. An freudigen Erwartungen mangelte es bei ihr nicht, doch es waren meist Fehlgeburten, oder die Kinder waren schwächlich und starben kurz nach der Entbindung.

Als Raimon im Jahre 1096, inzwischen schon weit über fünfzig, sich dem ersten großen Heerzug zur Befreiung Jerusalems anschloss, musste er verzweifelt gewesen sein, noch immer keinen rechtmäßigen Erben zu haben. Und so nahm er seine junge Frau kurzerhand mit auf diesen beschwerlichen Feldzug. Tatsächlich gebar sie ihm in Tripolis einen Sohn, Alfons Jordan. Das Kind war kaum drei Jahre alt, als Raimon verstarb, noch bevor Tripolis selbst gefallen war.

Elvira hatte bald genug vom Leben in Feldlagern und kehrte mit dem Jungen heim, wo Raimons Erstgeborener, Bertran der Bastard, inzwischen schon Mitte dreißig, die Regentschaft innehielt. Elvira verlangte für ihren Sohn Alfons Jordan die Grafschaft Tolosa als sein rechtmäßiges Erbe. Notgedrungen zog Bertran nach Tripolis, wo er die Belagerung der Stadt, die sein Vater begonnen hatte, erfolgreich zu Ende führte und dort einige Jahre herrschte, bis er im Jahre 1112 verstarb. Nach ihm wurde sein halbwüchsiger Sohn Pons Graf von Tripolis.

So war es zu den zwei Linien des Hauses Tolosa gekommen, die rechtmäßige im Süden des Frankenreiches in der Person des Grafen Alfons Jordan und die Seitenlinie, die von Alfons' unehelichem Halbbruder abstammte und in Tripolis herrschte.

Der gegenwärtige Graf von Tripolis hieß ebenfalls Raimon wie sein berühmter Urgroßvater, war dreiunddreißig Jahre alt und mit Hodierna verehelicht, einer der vier wilden, unabhängigen Töchter des alten Königs Balduin, eine vielbesungene Schönheit von schlanker Gestalt und rabenschwarzem Haar wie ihre armenische Mutter. Sie war die »ferne Liebe«, die Jaufré Rudel in seinen Liedern so unsterblich gemacht hatte.

Raimon, ihr Gatte, war angeblich ein eifersüchtiger Tropf und dies nicht ohne Grund, wie Lästermäuler behaupteten. Ob das gemeinsame Töchterlein wirklich seines war, wurde von manchen angezweifelt.

Als dieses Paar nun von Josselin de Puylaurens erfahren hatte, dass Alfons Jordan mit seinem Sohn im Anmarsch war und was die beiden wahrscheinlich im Schilde führten, waren sie sehr beunruhigt. Denn obwohl ihre Linie der Familie die Grafschaft Tripolis seit vielen Jahren regierte, so war doch nicht von der Hand zu weisen, dass Alfons stärkere Rechte besaß. Irgendwie, Gerüchte scheinen sich ja immer schneller zu verbreiten, als ein gutes Pferd laufen kann, hatten sie Wind davon bekommen, dass die Königin Alienor gewillt war, Alfons' Ansprüche zu unterstützen.

In Panik hatten sie Hilferufe an Hodiernas Schwester, die

Königin Melisende von Jerusalem, gesandt und waren selbst aufgebrochen, um sich mit ihr auf halbem Wege zu treffen. Nur Melisendes Einfluss, so dachten sie, konnte verhindern, dass sie die Grafschaft verlieren würden.

In Acre stießen sie auf Alfons, der eine Woche zuvor mit seiner Tochter Beatriz und frischen Truppen im Gefolge gelandet war. Auch Bertran war kurz zuvor eingetroffen. Vater und Schwester hatten ihn mit großer Freude in die Arme geschlossen, überglücklich, ihn bei guter Gesundheit anzutreffen.

Alfons war sich unsicher, ob er nach Norden oder Süden ziehen sollte. Gern hätte er sogleich die Grafschaft Tripolis besichtigt, mit der ihn nur noch schemenhafte Bilder aus seiner frühen Kindheit verbanden, auch wenn es ihm weniger darum ging, alte Erinnerungen aufzufrischen, als endlich den Ort seiner Begierde in Augenschein zu nehmen.

In den letzten Jahrzehnten hatte sich der Handel zwischen Ost und West stark ausgeweitet, und der Hafen von Tripolis war zu einem wichtigen Umschlagsplatz geworden, eine sprudelnde Quelle von Steuereinnahmen. Nachdem es ihm vor Jahren nicht gelungen war, die reiche Hafenstadt Narbona in seine Gewalt zu bekommen, war er jetzt umso entschlossener, sich das fette Tripolis nicht entgehen zu lassen.

Alfons' Barone waren dagegen gekommen, um für Gott zu kämpfen und den Heiden den Garaus zu machen. Deshalb drangen sie darauf, sich so bald wie möglich König Louis im Norden Syriens anzuschließen. Das Ziel des Feldzugs war nach ihrem Verständnis noch immer Edessa. Niemand wusste, was in Antiochia gerade vorgefallen war, obwohl Bertran im Stillen den Vater gewarnt hatte, dass zwischen Louis und dem Prinzen Raimon nicht alles zum Besten stünde.

Andererseits befand sich König Konrad mit kürzlich eingetroffenen Verstärkungen bereits in Jerusalem. Und da Alfons selbst gerade erst aus Konstantinopel angereist war, wusste er, dass die Alemannen weder gegen Edessa noch gegen Aleppo zu ziehen gewillt waren. Das war kürzlich mit dem Basileus verabredet worden, mit dem Konrad verwandtschaftliche Beziehungen verbanden, war doch seine eigene Schwägerin Kaiser Manuels Gemahlin. Letzterer wünschte keine militärische Unterstützung zugunsten des Prinzen von Antiochia, den er selbst erst vor ein paar Jahren bekriegt hatte, um ihn an seine Lehnspflichten zu erinnern.

Die Frage, wie es mit der *militia christi* weitergehen sollte, war somit noch zu klären. Dieses Wirrwarr von unterschiedlichen, sich widersprechenden Zielen und Absichten der beteiligten Herrscher und Kirchenfürsten verhieß nichts Gutes für den weiteren Verlauf, besonders im Angesicht des geschwächten Christenheeres. Alfons sah daher den Zeitpunkt gut gewählt, gerade jetzt auf seine angestammten Rechte zu pochen. Louis würde es sich kaum erlauben können, die Tolosaner zu verärgern. Das Spiel um den Besitz der reichen Grafschaft Tripolis konnte also beginnen.

Die Begegnung zwischen Alfons und seinem Großneffen, Raimon von Tripolis, gestaltete sich den Umständen entsprechend frostig. Man bemühte sich zunächst um Höflichkeit, erging sich in unverfänglichen Plaudereien, erkundigte sich artig nach dem gegenseitigen Wohlbefinden, doch die Spannung zwischen den Parteien war äußerst greifbar. Außerdem fand die feurig lebhafte Hodierna es schwer, den Schein höflichen Einvernehmens lange aufrechtzuerhalten, und fing an, giftige Andeutungen zu machen. Und so war es bald unmöglich, noch länger um den heißen Brei herumzureden.

Während es Alfons noch eher gelang, die Ruhe zu bewahren, so schlugen bei seinen Verwandten rasch die Wellen bitterster Empörung hoch. Ob er denn vergessen habe, dass Elvira damals in seinem Namen auf Tripolis verzichtet hatte, eine Behauptung, die Alfons entschieden zurückwies. Außerdem sei seine Mutter nur Regentin gewesen und habe gar nichts von solcher Tragweite in seinem Namen entscheiden können.

Hodierna warf ihm vor, sich all die Jahre einen Dreck um

Tripolis gekümmert zu haben. Sie dagegen hätten die Grafschaft gegen alle Feinde verteidigt. Sie hätten daher das Gewohnheitsrecht sowie das Vertrauen der anderen Fürsten in Outremer, denn ohne sie gäbe es überhaupt keine Grafschaft mehr. Was ihm denn einfiele, hier plötzlich aufzutauchen und zu beanspruchen, wofür er nie einen Finger gekrümmt hätte.

Damit lag sie natürlich richtig, doch Alfons entgegnete, Recht sei Recht und solche legitimen Ansprüche verjährten nicht. Wo käme man denn hin, wenn man nicht länger angestammtes Recht achten würde.

Es ging hoch her. Bertran saß benommen dabei, wagte sich nicht an den stundenlangen Wortgefechten zu beteiligen, außer dass er irgendwann fragte, als alle ermattet innehielten, was man denn nun vernünftigerweise tun sollte. Graf Raimon bedachte ihn mit einem verächtlichen Blick. Es war das erste Mal, dass er ihn überhaupt wahrzunehmen schien.

Alfons erklärte, er werde ein Schiedsgericht der Könige und Fürsten einberufen, um seinen gerechten Forderungen Nachdruck zu verleihen. Es treffe sich gut, dass sich König Louis und die Blüte des fränkischen Hochadels im Land befänden, um diesen alten Streit zu seinen Gunsten zu entscheiden.

Das war allerdings das Letzte, was sich Graf und Gräfin wünschten. Plötzlich wurden sie freundlicher und beschworen ihn, gemeinsam doch erst mit Königin Melisende zu reden, mit der man im nahen Caesarea verabredet war. Schließlich sei Tripolis vor allem Teil des Königreichs Jerusalem und wichtiger Bestandteil der christlichen Präsenz in Outremer. Da habe Melisende doch ganz entschieden mitzureden. Sie sei als weise Herrscherin bekannt und würde gewiss eine für alle gerechte Lösung finden.

Dagegen ließ sich wenig einwenden. Und so erklärte sich Alfons bereit, erst einmal nach Caesarea zu reisen. Danach würde man weitersehen.

♦

Der Hafen von Acre war der sicherste Seehafen der Küste weit und breit, bei jedem Wetter zugänglich und daher von großer Bedeutung für den Handel. Die Stadt selbst lag, durch eine mächtige Festungsanlage geschützt, auf einer vorgeschobenen Halbinsel. Erst nach erbitterten Kämpfen hatte sie sich im Jahr 1104 den christlichen Rittern ergeben. Seitdem blühte der Warenverkehr mit dem Westen. Die Abgaben allein dieser Stadt brachten dem Königreich Jerusalem mehr ein als die gesamten jährlichen Einnahmen des fränkischen Königshauses.

Hier hatte Arnaut gehofft, Bertran und seinen Vater anzutreffen, nur um zu erfahren, dass sie weiter bis Caesarea gezogen waren. Ohne die Sehenswürdigkeiten der Stadt zu beachten, machten sie sich also wieder auf den Weg und erreichten nach zweitägiger Reise ihr Ziel. Caesarea, von Sand und Dünen umgeben und einst von Herodes nach Caesar Augustus benannt, war ebenfalls ein Handelsplatz und Hafen, jedoch von geringerer Bedeutung. Schon von weitem ließ sich eine bunte Zeltstadt vor den Toren ausmachen. Wimpel und Standarten knatterten in der steifen Brise, die von seewärts her über das Land wehte, und das rote Banner Tolosas zeigte ihnen, dass sie am richtigen Ort angelangt waren.

»Da seid ihr endlich«, grinste Bertran, als sie müde von den Gäulen stiegen. »Dachte schon, ihr hättet euch selbständig gemacht.«

»Was soll uns hier schon locken, außer Sand und Felsen?«, scherzte Arnaut. »Weiß nicht, was dir an diesen steinigen Äckern und ausgetrockneten Hügeln so gefällt.«

»Was redest du, *ome?* Outremer ist wie ein blühender Garten und der Wein vorzüglich.«

»Dann lass ihn mal fließen, deinen Wein, unsere Kehlen sind staubtrocken.«

»Komm mein Lieber, erst einmal sollst du meinen Vater begrüßen und meine Schwester kennenlernen.« Und auf dem Weg zum Zelt des Grafen raunte er ihm zu: »Sie sind alle hier.«

»Wer?«

»Hodierna und mein Vetter Raimon. Die Königin Melisende und sogar unser Freund Josselin de Puylaurens.«

»Sieht es nach einer Einigung aus?«

Bertran zuckte mit den Schultern. »Schwer zu sagen. Aber ich glaube, wir sitzen am längeren Hebel.«

Sie näherten sich dem prunkvollen Zelt des Fürsten, und als sie an den Wachen vorbei ins Innere traten, fanden sie ihn im Gespräch mit seinen Reiterführern, darunter auch Joan de Berzi, der ihnen fröhlich zuzwinkerte. Graf Alfons erhob sich mit breitem Grinsen.

»Arnaut de Montalban«, rief er und trat näher. »Lass dich ansehen. Wie lange ist es her? Fünf Jahre? Du siehst erwachsener aus, mein Junge.«

»Und Ihr seid immer noch der Gleiche, *Mossenher.*«

Das stimmte nicht ganz. Man sah Alfons durchaus die Jahre an, die vergangen waren, seit sie sich das letzte Mal in Narbona gesehen hatten. Er musste jetzt etwa fünfundvierzig Jahre zählen, und seine dunklen Haare waren von silbernen Strähnen durchzogen. Hochgewachsen, schon immer etwas zu Körperfülle neigend, waren seine bläulichen, glattrasierten Wangen inzwischen voller denn je, und sein Bauchumfang zeugte von reichlich gutem Essen und zu wenig Bewegung. Dennoch war er eine beeindruckende Gestalt und überragte sogar seinen Sohn um eine Handbreit.

»Das ist der tolldreiste … Kerl, der die Frechheit hatte, mich gefangen zu nehmen«, rief er seinen Baronen gut gelaunt zu. »Und auch noch gänzlich ohne Hosen, und zwar im Bett einer edlen *domna, in … flagranti* sozusagen. Joan hier kann es bestätigen.«

Die Geschichte war allgemein bekannt, und die anderen Edelleute stimmten in sein fröhliches Gelächter ein. Arnaut hatte bemerkt, dass er immer noch diesen kleinen Sprachfehler besaß. Nicht, dass er wirklich stotterte, aber gelegentlich stockte sein Redefluss, wenn ein Wort ihm nicht so flink von der Zunge gleiten wollte.

Der Graf legte Arnaut die Hand auf die Schulter. Plötzlich war er ernst geworden, in seinen Augen lag Trauer und Betroffenheit. »Bertran hat mir berichtet. Zu viele gute Männer mussten draufgehen. Nicht wenige habe ich selbst ... gekannt.« Er schüttelte den Kopf. »Jedenfalls bin ich froh, dass ihr Freunde geworden seid. Und nun möchte ich dir meine Tochter Beatriz vorstellen.«

Eine junge Frau erhob sich im Hintergrund des Zeltes. Arnaut hatte sie bisher nicht wahrgenommen. Im Gegensatz zu ihrem Vater und Bruder war sie eher zierlich, so dass sie in den Reitkleidern, die sie trug, etwas unbeholfen aussah. Seidene Gewänder hätten ihr besser zu Gesicht gestanden. Sie näherte sich jedoch mit anmutigen Bewegungen und schenkte Arnaut einen langen Blick aus großen, graugrünen Augen. Das goldblonde Haar trug sie zu einem dicken Zopf geflochten, der ihr bis weit über den Rücken fiel. Sie hob ihm die Hand entgegen, und als er sich zum Kuss darüberbeugte, bemerkte er, wie schmal ihr Handgelenk war.

»Seid uns willkommen, *Mossenher* de Montalban«, sagte sie mit einem verhaltenen Lächeln, wobei sie ihn abschätzend musterte, als fragte sie sich, mit was für einem Kerl ihr Bruder da wohl befreundet war.

»Du entschuldigst uns, meine Liebe«, sagte Alfons und tätschelte ihr die Wange. »Wir möchten gern die Lage besprechen.«

»Natürlich.« Beatriz ließ ihren Blick noch etwas länger auf Arnaut verweilen und verließ dann das Zelt. Auch die anderen Herren verabschiedeten sich, ein Diener brachte Wein und eine Schale Datteln, dann waren sie allein.

»Bertran hat mir schon ausführlich berichtet, aber ich will alles noch einmal aus deinem Munde hören«, sagte Alfons. »Von Anfang an.«

Und so erzählte Arnaut das Erlebte aus seiner Sicht, angefangen vom langen Marsch entlang der Küste Anatolias und durch das Mäandertal, von den Schlachten, besonders der am

Kadmus, von den letzten Tagen in Attalia und der entsetzlichen Schmach, das halbe Heer zurückzulassen.

»Er ist kein Heermeister«, sagte Alfons und meinte König Louis. »Das lässt auch für die nächste Zukunft nichts Gutes ahnen. Zumindest war es klug, den Templern zu vertrauen. Und was ist dann in Antiochia vorgefallen? Du warst bei Hofe, sagt Bertran.« Er lächelte seinem Sohn zu, und man merkte, dass er ihm sehr zugetan war.

»Es wird darüber gestritten, wie es weitergehen soll«, sagte Arnaut. »Von Edessa keine Rede mehr. Der Prinz will gegen Aleppo marschieren, die Königin unterstützt ihn dabei.«

Alfons lachte kurz auf. »Weiß der Teufel, wozu das noch führen soll, aber wir werden immer mehr von … Weibern beherrscht, habt ihr das schon gemerkt? Alienor scheint mehr *colhons* zu haben als ihr Louis. Und morgen wirst du diese Melisende kennenlernen, ein Weib mit Haaren auf den Zähnen. Na, und deine Ermengarda ist ja auch nicht ohne. Wie geht es ihr übrigens?«

»Gut, soviel ich weiß.«

»Freut mich. Auch wenn ihr beide damals meine Pläne durchkreuzt habt. Aber ich trage ihr nichts nach.«

Alfons war ein guter Verlierer gewesen, wie Arnaut sich erinnerte. Er berichtete nun in allen Einzelheiten, was die Königin Alienor in Sachen Tripolis gesagt hatte.

»Das kommt uns sehr zupass«, bemerkte Alfons zufrieden. »Besonders die Stimme des Königs wird in dieser Sache viel Gewicht haben.« Er fuhr seinem Sohn mit einer zärtlichen Geste durch die Haare. »Wir werden noch einen rechten Fürsten aus dir machen, mein Junge. Du wirst sehen.«

Arnaut fragte sich, ob er seinen ehelichen Kindern daheim in Tolosa wohl auch so viel Liebe entgegenbrachte wie den beiden unehelichen.

♦

Königin Melisende war in Begleitung einer Hundertschaft Ritter angereist. Zum ersten Mal sah Arnaut die goldenen Kreuze vor silbernem Grund auf den stolzen Bannern des christlichen Königreichs Jerusalem.

Nach Graf Alfons' Beschreibung hatte er sich Melisende als männerfressenden, feuerspeienden Drachen vorgestellt. Umso mehr überraschte ihn ihre natürliche Freundlichkeit, mit der sie am Morgen alle Versammelten begrüßte. Ihre Schwester Hodierna umarmte sie herzlich, von Alfons ließ sie sich die Wangen küssen, und auch mit den anderen Edelleuten, die vor ihr das Knie beugten, tauschte sie ein paar höfliche Worte aus. Sogar Arnaut bedachte sie mit einem Lächeln, als man ihn vorstellte.

Und doch ging von ihr eine respekteinflößende Aura aus, die alle Anwesenden in den Bann schlug, selbst Alfons zeigte sich ein wenig befangen in ihrer Gegenwart. Sie war knapp über vierzig, aber immer noch eine anziehende Frau, nicht sehr groß, dunkelhaarig mit kräftigen Augenbrauen, einem großzügigen Mund, der gerne zu lächeln schien. Doch nachdem die Begrüßungen beendet waren und alle sich an der Tafelrunde niedergelassen hatten, wurde ihr Blick kühl und ihr Gesichtsausdruck undurchdringlich. Die Botschaft war deutlich. Ende der Nettigkeiten, Zeit, zur Sache zu kommen.

Arnaut sah sich um. Nicht weit von seiner Königin saß Josselin de Puylaurens, der ihm einen kalten Blick zuwarf. Der Mann hatte nicht ein einziges Mal nach seinem Kind oder nach Munira gefragt, als hätte es sie nie gegeben, obwohl beide nicht weiter als ein paar hundert Schritt entfernt lagerten. Vielleicht verständlich, wenn er tatsächlich der Geliebte der Königin war, wie behauptet wurde. Kurzzeitig überlegte Arnaut, ob er Puylaurens mit seiner Sklavin in Verlegenheit bringen sollte, verwarf den Gedanken jedoch als kindisch.

Nachdem Graf Alfons seine Ansprüche dargelegt hatte, trug Raimon von Tripolis die Sicht der Gegenseite vor. Der Mann hatte einen grausamen Zug um den Mund und eine unangenehme Art, Bertran mit verächtlichen Blicken zu bedenken. Alfons musste seinem Sohn mehrmals die Hand auf den Arm legen, um ihn zurückzuhalten.

Es dauerte nicht lange, bis die Gemüter sich erhitzten. Graf Raimon warf Alfons Habgier vor. Er habe sich nie einen Deut um Outremer gekümmert und wolle sich nun zum Schaden anderer bereichern. Man müsse dem einen Riegel vorschieben, besonders da es um die Sicherheit der christlichen Reiche in Outremer gehe.

Hodierna beteiligte sich nicht an den Beschuldigungen und Rechtfertigungen beider Seiten, aber ihre wütenden Blicke waren geeignet, Alfons auf der Stelle umzubringen.

Neben ihrem Bruder saß Beatriz. Arnaut wunderte sich, dass der Graf sie an dieser Versammlung von Männern teilnehmen ließ. Natürlich tat dies auch Hodierna, aber für die Töchter Balduins galten wohl andere Regeln. Er versuchte, beide Frauen zu vergleichen. Die Gräfin, eine dunkle, voll erblühte Schönheit, sich ihrer Wirkung bewusst und nicht ohne Hochmut. Alfons' Tochter dagegen zehn Jahre jünger, goldlockig, Haut wie ein Pfirsich und etwas scheu in dieser Umgebung. Hätte er zwischen ihnen zu wählen gehabt, wäre ihm die Entscheidung nicht leichtgefallen.

Beatriz schien nicht sonderlich auf das zu achten, was gesagt wurde. Stattdessen überraschte er sie dabei, wie sie ihn beobachtete. Als sich ihre Blicke kreuzten, sah sie schnell weg und tuschelte mit ihrem Bruder. Der blickte zu ihm herüber und zwinkerte ihm zu. Was zum Teufel hatte das nun zu bedeuten?

Königin Melisende folgte dem bissigen Geplänkel aufmerksam und mit großer Ruhe, und als Graf Raimon begann, ausfällig zu werden, rief sie ihn scharf zur Ordnung. Sie gab sich offensichtlich Mühe, sachlich und unparteiisch zu wirken. Nach einer Stunde ließ sie die Tagung unterbrechen, damit man sich ein wenig die Beine vertreten konnte.

Vor dem Zelt ergriff Arnaut die Gelegenheit, ein Wort mit

Josselin zu wechseln. Er fasste ihn am Arm und zog ihn zur Seite. »Fragst du dich nicht, wie es Munira geht und ob sie überlebt hat?«, raunte er ihm zu.

»Untersteh dich, etwas davon verlauten zu lassen«, zischte Josselin zurück.

»Würde es dich in Verlegenheit bringen?«

»Das geht dich einen Dreck an, Montalban.«

»Sei beruhigt. Beiden geht es gut. Und sie sind hier im Lager, wenn du sie sehen möchtest.«

»Was willst du? Soll ich dir Geld für sie geben, damit du mich in Ruhe lässt?«

»Dein Geld brauche ich nicht. Etwas anderes hätte ich erwartet.«

Aber darauf erhielt er keine Antwort, sondern nur einen wütenden Blick. Dann ließ ihn Josselin stehen, um sich der Gruppe um Graf Raimon anzuschließen.

Es fiel Arnaut auf, dass die Teilnehmer der Versammlung jeweils unter sich blieben. Niemand aus Outremer redete mit den Tolosaner Edelleuten, die etwas verlegen um Alfons und Bertran herumstanden. Während der Gespräche hatten sie zugehört, gelegentlich die Brauen gehoben oder den Kopf geschüttelt, aber ansonsten wenig Regung gezeigt. Arnaut hatte das Gefühl, dieser Streit war den meisten unangenehm. Was ging sie Tripolis an oder wem es gehörte? Deshalb waren sie nicht gekommen.

Bald darauf rief ein Ritter der Königin die Umstehenden zurück ins Zelt, und alle nahmen wieder Platz.

»Nun, Graf Alfons«, eröffnete Melisende erneut die Sitzung, »was schlagt Ihr vor, um diesen Streit gütlich zu beenden?«

Alfons genehmigte sich einen tiefen Schluck Wein, bevor er antwortete. »Ich dachte, ich hätte dies deutlich gemacht«, ließ er sich ungerührt vernehmen. »Die bedingungslose Übergabe der Grafschaft, wie es mir als rechtmäßigem Erbe meines Vaters nach … Brauch und Recht zusteht.«

Graf Raimon sprang auf. »Auf keinen Fall. Eher fließt Blut, als dass ich nachgebe«, brüllte er.

Auch Hodierna beugte sich vor und funkelte Alfons an. »Selbst deine Königin Alienor wird dir nicht mehr helfen können, nach der Kunde, die uns zugegangen ist.«

»Welche Kunde soll das sein?«

»Boten aus Antiochia«, erklärte Melisende in die Runde und fasste mit knappen Worten die besorgniserregenden Neuigkeiten zusammen. »Louis und der Prinz haben sich überworfen. Darin ist wohl Königin Alienor nicht ganz unschuldig. Jedenfalls ist das fränkische Heer auf dem Weg nach Jerusalem, und Antiochia wird sich, wie es aussieht, nicht mehr am weiteren Verlauf des Feldzugs beteiligen.«

Das löste Bestürzung unter den übrigen Anwesenden aus. Erschrocken sah man sich an, Raunen und Flüstern machten die Runde. Auch Alfons war überrascht. Er saß sehr still und ließ die Worte einen Augenblick lang sinken. Man sah es förmlich in seinem Hirn arbeiten. War das nun gut oder schlecht für sein Anliegen?

»Aber was hat das mit unserer Erbfrage zu tun?«, fragte er.

»Weil Louis die königliche Hure unter Arrest gestellt hat«, schrie Raimon. Sein Gesicht war rot angelaufen, Speicheltröpfchen flogen ihm aus dem Mund. »Niemand wird mehr einen Furz darauf geben, was sie sagt. Louis wird auf die Stimme der Vernunft hören.«

Betroffen sahen sich Vater und Sohn an. Alienor eine Gefangene? Konnte das denn wahr sein? Doch es dauerte nicht lange, da stahl sich ein listiger Ausdruck in Alfons' Augen.

»Umso besser«, sagte er. »Wenn Antiochia sich zurückzieht, wird Louis uns Tolosaner bitter nötig haben. Er wird mich nicht verärgern wollen. Wer soll denn sonst noch für ihn kämpfen? Du und dein lächerlicher Haufen müder Söldner? Hör am besten auf zu streiten, Raimon, und zieh dich gleich aus Tripolis zurück.«

Seine Worte oder die unverhohlene Selbstgefälligkeit, mit

der sie gesagt worden waren, lösten auf der Gegenseite einen Sturm an Entrüstung, Vorwürfen und Beleidigungen aus. Wenn seine Männer ihn nicht zurückgehalten hätten, wäre Raimon seinem Großonkel an die Kehle gegangen.

Darauf sah sich Melisende genötigt, die Fortsetzung der Verhandlungen auf den nächsten Tag zu verschieben, mit der Empfehlung, die Gemüter gefälligst zu kühlen, denn mit Schreien und Toben würde nichts zu erreichen sein.

Obwohl Arnaut die beiden nicht besonders mochte, taten ihm Raimon und Hodierna leid. Sie waren inzwischen die dritte Generation von Herrschern dieser Grafschaft, und nun tauchte aus heiterem Himmel der Großonkel auf und beanspruchte ihren Besitz. Dass sie mit allen Mitteln dagegen kämpften, war nur verständlich. Außerdem war Alfons für Arnaut kein Fremder. Unter dieser behäbigen Gutmütigkeit verbarg sich ein Wolf, der vor nichts zurückschreckte. Das hatte der Graf bereits in Narbona bewiesen, wo er versucht hatte, sich auf ähnliche Weise eine reiche Beute zu sichern. Er war ein Spieler. Wenn er verlor, zuckte er grinsend mit den Schultern, bis sich eine neue Gelegenheit bot. Und diese hieß nun Tripolis.

Bertran wollte von solchen Bedenken nichts wissen, und Arnaut merkte, wie versessen sein Freund darauf war, den Fall zu seinen Gunsten zu entscheiden. Nun, vom belächelten Bastard zum geachteten Fürsten von Tripolis aufzusteigen, das konnte einem schon den Kopf verdrehen.

Spät in der Nacht ließ Melisende Graf Alfons allein zu einer vertraulichen Unterredung bitten. Nur Josselin war an ihrer Seite, beteiligte sich aber nicht an dem Gespräch. Dennoch wunderte es Alfons, wie viel Vertrauen dieser Mann bei seiner Königin genoss.

»Outremer befindet sich in einer schwierigen Lage, wie Ihr wisst, *Mossenher* Alfons«, sagte sie. »Wir sind von Feinden umgeben. Der Verlust Edessas war ein herber Rückschlag. Die Fürstentümer Antiochia, Tripolis und Jerusalem sind wie Perlen an einer Kette entlang der Küste aufgereiht. Eine Schwächung oder gar der Verlust der Grafschaft Tripolis würde die anderen beiden räumlich voneinander trennen und in höchste Gefahr bringen. Dann wäre der Traum von Outremer bald zu Ende.«

»Ich habe nicht vor, Tripolis zu schwächen. Im Gegenteil. Ich kann weitere Truppen kommen lassen. Mein Sohn Bertran wird die Grafschaft in meinem Namen regieren und sich ganz unter die Lehnsherrschaft Jerusalems stellen.«

»Ihr wollt also tatsächlich Euren Bastard als Regenten einsetzen?«, konnte Josselin sich nicht verkneifen zu fragen.

Melisende wies ihn mit einer ärgerlichen Handbewegung zurecht.

»Wen ich als Regenten bestimme, ist ganz allein meine Sache«, war Alfons' kühle Antwort.

»Vielleicht könnte man über eine Teilung des Gebiets nachdenken«, schlug die Königin vor.

»Warum sollte ich mich mit einem Teil begnügen, wenn mir alles zusteht.«

»Und wenn Euch Graf Raimon angemessen entschädigen würde?«

»Ich glaube kaum, dass er so viel aufbringen kann.« Alfons erhob sich. »Und selbst wenn. Ich lasse mich nicht kaufen.«

Drei Tage lang ging dieses Tauziehen weiter. Es wurde gestritten, gezetert und gedroht, aber Alfons blieb hart. Das Einzige, auf das er sich einließ, war, seinem Großneffen eine beträchtliche Summe als Entschädigung in Aussicht zu stellen, über deren Höhe zu verhandeln sei. Aber dem verweigerte sich energisch das Grafenpaar, und auch Melisende zeigte sich wenig begeistert, denn an Geld schien es in Outremer nicht zu mangeln. Nur Land war Macht und wichtiger als alles Geld. Am Ende würde dem Grafenpaar nichts anderes übrigbleiben, als sich tatsächlich dem Schiedsspruch der Könige und Fürsten zu unterwerfen, auf dem Alfons bestand.

War die Stimmung von Anfang an vergiftet gewesen, so

war nun der offene Hass nicht länger zu verbergen. Hodierna beschimpfte Alfons aufs schärfste, bis sie vor Wut keinen vollständigen Satz mehr zustande brachte. Und ihr Gemahl hätte sogar vom Schwert Gebrauch gemacht, wäre man nicht von Edelleuten und Rittern beider Seiten umgeben gewesen.

Nur Melisende blieb weiterhin beherrscht. Sie setzte eine versöhnliche Miene auf, schlug vor, gemäß Alfons' Wunsch die Frage im Beisein von König Louis und den übrigen Fürsten dem Hohen Rat von Jerusalem zu unterbreiten. Auch wenn man sich heute noch nicht habe einigen können, so sei es doch besser, den Streit fürs Erste beizulegen und sich in gutem Einvernehmen zu trennen. Zur Versöhnung lud sie deshalb alle Beteiligten mitsamt Gefolge zu einem großen Mittagsmahl ein, das am nächsten Tag stattfinden sollte.

Als sich die Versammlung auflöste, blieb ihr Blick noch einen Augenblick auf Alfons haften, ohne dass dieser es bemerkte. Dabei war ihr lächelnder Mund hart geworden und eine unbarmherzige Kälte in ihre Augen getreten. Arnaut konnte sich des Eindrucks nicht erwehren, sie habe einen Entschluss gefasst. Und ihm bangte bei dem Gedanken.

Zerronnene Träume

Es war dieser Tage zunehmend wärmer geworden, die Sonne stach unbarmherzig von einem knallblauen Himmel herab, und so fand das Gastgelage im Freien unter einer riesigen Zeltplane statt, die dem Seewind erlaubte, die Gesichter der Tafelnden zu kühlen.

Die Leute aus dem Ort hatten auf Befehl der Königin die Speisen angerichtet. Es gab Hammelfleisch in scharfer Sauce, am Spieß geröstete Zicklein, aber vor allem Fisch jeder Art und Zubereitung, Muscheln, Seeigel, Krebse und Garnelen, gedünstet, in Butter gebraten oder gegrillt und mit Zitrone beträufelt.

Am Anfang war man noch etwas zurückhaltend, aber das gute Essen machte fröhlich, der Wein löste die Zungen und ließ den bösen Streit vergessen. Die Barone wurden immer ausgelassener, tranken einander zu. Tolosaner scherzten mit Rittern aus Tripolis oder Jerusalem, man erzählte sich Geschichten, schob einander besondere Leckerbissen zum Probieren zu. Ja selbst Graf Raimon war wie ausgewechselt, und auch Hodierna strahlte in liebenswürdiger Schönheit und ließ sich von den Männern um sie herum hofieren.

Alfons trank heftiger, als ihm guttat, und redete viel. Sein Gesicht war aufgedunsen und gerötet, die Lippen fettig vom reichen Essen. In Siegerlaune war er entschlossen zu feiern, lachte lautstark über die eigenen Witze, war bemüht, sich aller Welt gegenüber freundlich und großherzig zu geben. Er trank seinem Verwandten zu und bedachte Hodierna mit ein paar plumpen Schmeicheleien, die sie mit säuerlichem Lächeln entgegennahm. Ja, er fing sogar eine lebhafte Unterhaltung mit Josselin de Puylaurens an, der neben ihm saß. Arnaut musste ein zweites Mal hinschauen. Puylaurens im trauten Gespräch mit Alfons von Tolosa? Jetzt stießen sie sogar an und lachten miteinander. Nicht zu fassen.

Dann wurde er abgelenkt und versuchte zu erhaschen, was Königin Melisende einigen Tolosanern über das Leben in Jerusalem erzählte. Die Männer zeigten sich begierig, die Heilige Stadt zu besuchen und in der Grabeskirche zu beten. Sie lauschten Melisendes Beschreibungen der verschiedenen Stadtviertel und Sehenswürdigkeiten. Ihr Kaplan erzählte unter anderem von Bethlehem und wo man sich im Jordan taufen lassen sollte. Aber auch über das Hauptquartier der Templer in der alten al-Aqsa-Moschee auf dem Tempelberg wurde geredet, über Truppenstärke und über den Stand der Beziehungen zu den moslemischen Nachbarreichen.

Datteln, kandierte Früchte und honigtriefende Küchlein wurden gereicht. So zog sich der Nachmittag dahin mit Wein, Gesprächen, fröhlichem Gelächter und allgemeiner Verbrüderung.

»Ihr seid still, *Senher* Arnaut«, hörte er eine junge Stimme sagen. Es war Beatriz. Sie setzte sich neben ihn, nahm ihm den Becher aus der Hand und trank einen Schluck daraus. Dann schaute sie ihm über den Becherrand in die Augen. »Was geht in Eurem Kopf vor? Darf man es wissen?«

»Ich höre zu, *Midomna.* Es ist nicht oft, dass man einer Königin lauschen darf.«

»Ah, die schönen Töchter König Balduins. Alle liegen ihnen zu Füßen.« Sie tauchte einen Finger in den Wein und schnippte ihm ein paar Tröpfchen ins Gesicht, als wollte sie ihn dafür bestrafen.

»Kein Grund, eifersüchtig zu sein«, lachte er. »Ich weiß nicht, warum Bertran mir verheimlicht hat, wie schön Ihr seid, *Midomna.*«

Sie nahm die Artigkeit mit einem leichten Neigen des Kopfes und spöttischen Lächeln entgegen. »Wer sagt, dass ich eifersüchtig bin?« Aber dann wurde sie ernst und stellte den Becher ab. »Findet Ihr es nicht seltsam? Seit Tagen kratzen sie sich gegenseitig die Augen aus, und nun ist alles Fröhlichkeit und Wohlgefallen.«

»Man kann sich nicht ewig streiten. Und vielleicht findet der Hohe Rat eine Lösung.«

»Soll er. Mir ist das einerlei«, sagte sie mit einem Anflug von Niedergeschlagenheit. »Dieses Land ödet mich an, und ich kann es nicht abwarten heimzukehren.«

Arnaut erinnerte sich, was ihr Bruder von ihrer unglücklichen Liebschaft erwähnt hatte.

»Bertran hat mir erzählt.«

Sie runzelte ärgerlich die Stirn. »So, hat er das? Das geht niemanden etwas …«

Sie wurde von besorgten Stimmen unterbrochen. Männer waren aufgesprungen und um Alfons bemüht. Der Graf war kreidebleich geworden und stemmte sich keuchend gegen die Kante der Tafel. Schweiß stand ihm auf der Stirn, und er stierte mit weit aufgerissenen Augen vor sich hin. Sein Atem kam stoßweise.

»Mir ist … schlecht«, keuchte er.

»Was ist, Vater?« Bertran war an seiner Seite.

»Weiß nicht. Fisch vielleicht …«

Er musste würgen, hielt sich die Hand vor den Mund, taumelte auf die Füße, und dann ergoss sich ein mächtiger Schwall sauren Mageninhalts über die Tafel, besudelte Becher und Nachtisch. Er würgte noch einmal. Diesmal traf es *sobrecot,* Beinlinge und Schuhe.

Bei dem Anblick waren die Männer um ihn herum erschrocken. Beatriz riss ein sauberes Leinentuch vom Tisch und tupfte vergeblich an ihm herum.

Dann lachte Joan de Berzi laut auf. »Du hast zu viel gefressen, *Dominus*«, rief er. »Kotz es raus, dann fühlst du dich wohler.«

Auch andere grinsten belustigt und hoben ihre Becher, um ihm zuzuprosten.

»Komm, Vater. Geh ein paar Schritte.« Bertran fasste ihn am Arm.

Alfons nickte schwach, als ihn ein erneuter Brechkrampf packte. Diesmal war es nur gallige Flüssigkeit. Einiges davon beschmutzte seinen Sohn. Beatriz bemühte sich, ihrem Vater den Mund sauber zu wischen.

»*Merda*«, krächzte Alfons schwach, versuchte, etwas zu sagen, aber es wollte ihm nicht so recht gelingen. Sein Mund öffnete sich wie ein gestrandeter Fisch, doch nur ein Gurgeln kam hervor. Er lehnte sich schwer auf Bertran, fasste sich an die Brust, schien nur mit Mühe zu atmen.

Und dann bemerkte Arnaut, wie sich auf einmal seine Augen in Panik weiteten und auf die Weinbecher starrten, die noch auf der Tafel standen. Er war sichtlich bemüht, den Finger zu heben, darauf zu deuten, wollte etwas schrecklich Wichtiges mitteilen. Aber mehr als ein hilfloses Stöhnen gelang ihm nicht. Dann begann er, an allen Gliedern zu zittern und zu zucken. Seine Augen verdrehten sich, bis nur noch das Weiße zu sehen war. Als ihm die Knie den Dienst versagten, fing Bertran ihn auf und ließ ihn vorsichtig zu Boden gleiten.

»Vater!«, schrie er. »Was ist los, *mon Dieu?*«

Neugierig drängten die Umstehenden näher heran, um zu sehen, was mit dem Grafen war. Joan hielt sie mehr schlecht als recht zurück. »Ruhig, Leute. Nur eine Schwäche. Es wird ihm gleich bessergehen.«

Alfons hob den Kopf, die Sehnen am Hals standen hervor wie Schiffstaue, das Gesicht war schrecklich verzerrt. Noch einmal strengte er sich an, etwas, das sein Hirn quälte, in Worte zu fassen, doch vergeblich. Es war totenstill um sie herum geworden, doch niemand hatte sein Röcheln verstanden, auch nicht Bertran in seiner Aufregung. Nur Arnaut, der dicht neben ihm hockte, glaubte, das furchtbare Wort auf den Lippen des Grafen gelesen zu haben. Und es traf ihn wie ein Keulenschlag. Josselin und Alfons an der Tafel, die Weinbecher zwischen ihnen, der Graf, wie er seinen eigenen in einem Zug leerte und lachte. Die Becher … so einfach zu vertauschen … und Josselin, der sich mit einem Grinsen entfernte.

»Gift«, entfuhr es ihm. »Es war Gift.«

Nur Beatriz schien ihn gehört zu haben.

»Nein!«, kreischte sie auf.

Inzwischen starrten alle gebannt auf Alfons, der weiter in Krämpfen zuckte. Als die Atemnot sich wie ein Felsbrocken auf ihn legte und ihn immer mehr erdrückte, färbte sich das Gesicht allmählich blau. Es half auch nichts, dass Bertran ihn in hilfloser Verzweiflung schüttelte, ihn aufrichten wollte. Beatriz stand mit vor Entsetzen geweiteten Augen daneben. Schließlich ließ sich von Alfons noch ein letzter ächzender Laut vernehmen, er sackte langsam weg, die Fersen schlugen ein paarmal auf den Boden, dann lag er still.

Bertran wollte seinen Vater nicht gehen lassen, versetzte ihm Schläge auf die Wangen, um ihn wiederzubeleben, bis ihm die Sinnlosigkeit bewusst wurde. Völlig benommen erhob er sich, unfähig, einen klaren Gedanken zu fassen.

Jetzt warf sich Beatriz mit hohem Klagelaut über den Leichnam und zerrte an ihm, während die Blicke der Umstehenden wie gebannt an Bertrans Gesicht hingen, als könnten sie dort eine Erklärung für das Unfassbare finden. Die Verwirrung war von seinen bleichen Zügen gewichen. Mit verengten Lidern starrte er zu Arnaut hinüber.

»Was hast du gerade gesagt?«

»Gift«, wiederholte Arnaut und deutete auf die Becher.

Er ließ seine Augen über die Menge wandern. Wo zum Teufel war Josselin? Er konnte ihn nirgends entdecken. Der Hund hatte sich davongemacht.

»Ihr Schweine!«, brüllte Bertran und riss sein Schwert aus der Scheide. Sein Gesicht war blutrot angelaufen, und sein Blick heftete sich auf Graf Raimon und seine Gemahlin, die sich die ganze Zeit über etwas abseits gehalten hatten. »Verfluchte Mörderbande!«

Die Menge sprang erschrocken zurück. Bertran nutzte die Lücke, riss eine Tafel, die ihm im Weg stand, von den Böcken, ließ Geschirr und Weinkannen zu Boden krachen und stürmte in tödlicher Absicht auf die beiden los. Hodierna schrie auf, ihr Mann stellte sich vor sie, griff selbst zur Waffe. Joan, gefolgt von Arnaut, stürzte hinter Bertran her, um ihn zu hindern, in seiner Wut eine Mordtat zu begehen. Auch andere warfen sich ins Getümmel, Klingen blitzten in der Sonne, man versuchte, das Grafenpaar abzuschirmen und Bertran die Waffe zu entwinden. Arnaut war mittendrin im Gewühl. Vor ihm rang Joan mit seinem Herrn, der wie ein Berserker wütete. Erst als Joan aufschrie und sein Blut über ihn und andere spritzte, kam Bertran zur Besinnung.

Hastig trat die Menge zurück. Joan lag am Boden, tödlich am Hals getroffen. Wessen Klinge es im dichten Gedränge gewesen war, ließ sich nicht sagen. Er tastete nach der schrecklichen Wunde und konnte doch nicht verhindern, dass ihm das Blut in einer gewaltigen Fontäne aus dem Leib pulste. Seine Augen blieben auf Bertran gerichtet, als könnte der ihm das Leben zurückholen, das ihm unwiederbringlich zwischen den Fingern hervorquoll und in den Boden sickerte. Allzu schnell begann sein Blick zu brechen, und seine Glieder erschlafften.

Arnaut nahm Bertran vorsichtig das Schwert aus der Hand, legte ihm den Arm um die Schultern und führte ihn zu einer Bank, wo sie sich setzten. Der junge Fürst schien mit einem Mal jede Kraft verloren zu haben. Seine Schultern hingen herunter, sein Gesicht war leer und ohne Hoffnung.

»Was geschieht mit uns, Arnaut?«, flüsterte er mit Tränen in der Stimme.

»Wir werden sie zur Rechenschaft ziehen.«

Bertran nickte benommen. »Das werden wir.«

Graf Raimon und seine Frau verließen fluchtartig das Gastgelage. Königin Melisende jedoch beugte sich über Alfons' Leichnam, schloss ihm die Augen und faltete seine Arme über der Brust zusammen. Danach richtete sie sich auf und nahm die weinende Beatriz in ihre Arme. So zollte sie ihren Respekt dem toten Grafen von Tolosa, einem der mächtigsten Fürsten des Frankenreichs, Alfons Jordan, Sohn des heldenhaften Befreiers von Jerusalem.

♦

Dass es Mord gewesen war, schien erwiesen.

Ein kundiger Mönch aus der Stadt, den Arnaut befragte, bestätigte Elenas Verdacht, dass es sich wahrscheinlich, nach der Art des Todes zu schließen, um Schierling gehandelt hatte. Von diesem Gift, am besten aus den unreifen Früchten der Pflanze gewonnen, genüge nicht viel, um die Atmung zu lähmen und den Tod durch Ersticken herbeizuführen. Schierling gebe es zur Genüge an Wegrand oder Feldrain, man müsse nicht besonders danach suchen. Er bot sogar seine Dienste an, das Gift für sie herzustellen.

Königin Melisende aber ließ ausgeben, Alfons sei unglücklicherweise an einer Fischvergiftung gestorben. Man würde den Fischhändler ausfindig machen und bestrafen.

Beatriz und Bertran waren von der unerwarteten Wende des Schicksals noch zu verwirrt, um viel von solchem Gerede wahrzunehmen. Am nächsten Morgen, nach langer Totenwache, wurde der Graf von Tolosa in Anwesenheit seines gesamten Gefolges beerdigt. Auch sein treuer Gefolgsmann Joan de Berzi fand neben ihm seine letzte Ruhe.

Melisende erwies Alfons die Ehre, indem sie dem Begräbnis beiwohnte und sogar ein paar schöne Worte über den Verstorbenen fand. Danach sprach sie den Geschwistern noch einmal Mut zu und kehrte nach Jerusalem zurück.

Beatriz weinte einen ganzen Tag lang. Sie beschwor ihren Bruder, mit ihr heimzukehren. Was gebe es noch für sie in diesem verfluchten Land? Aber davon wollte er nichts wissen. Fortan saß sie stundenlang bewegungslos in den Dünen und starrte auf den Horizont, als könnte sie sich selbst auf die andere Seite des Meeres wünschen. Als Arnaut versuchte, sie aufzumuntern, schickte sie ihn fort.

Bertran schien es noch härter zu nehmen. Für ihn war jede Hoffnung auf eine glorreiche Zukunft zerstört. Niemand, auch König Louis nicht, würde ihn, einen Bastard, jetzt noch darin unterstützen, die Grafschaft Tripolis zu erringen.

Tage vergingen, ohne dass der junge Fürstensohn sich aufraffen konnte, zu entscheiden, was nun zu tun sei. Die ersten Vorausstrupps der *militia* tauchten auf. Auch das Hauptheer würde bald folgen. Die Barone wurden unruhig und murrten darüber, noch länger in Caesarea zu verweilen. Statt jedoch den Aufbruch zu befehlen, irrte Bertran im Lager umher und erzählte jedem, der es hören wollte, dass der Graf von Tripolis seinen Vater ermordet habe und dass er grausame Rache nehmen würde.

Und wenn Arnaut ihm zu erklären versuchte, dass wohl eher Melisende selbst den Mord in Auftrag gegeben hatte und dass Josselin ihr Mordbube war, wollte er nichts davon hören. Die Königin persönlich habe dem Vater die Augen geschlossen, ihn zu Grabe getragen und Beatriz in den Armen gehalten. Diese großherzige Frau sei zu so etwas gar nicht fähig. Nein, sein ganzer Hass galt seinem Vetter Raimon und dessen schändlichem Weib. An ihnen würde er sich rächen. Das war alles, woran er denken konnte.

Doch als er zur Versammlung der Barone und Anführer rief und sie beschwor, mit ihm gegen Tripolis zu ziehen, um sein Recht zu erstreiten, da versagten sie ihm die Gefolgschaft. Man sei gekommen, um für Gott und König Louis zu kämpfen, nicht um einen Familienstreit auszufechten. Aber vor allem fühlten sich die Männer mit dem Hinscheiden des Grafen führerlos, was auch ihren Glaubenseifer merklich abkühlen ließ.

Ihre Verunsicherung wuchs, als das königliche Heer an ihnen vorüberzog und Louis nicht einmal Zeit fand, den Sohn des toten Grafen zu empfangen. Vielleicht weil er selbst genug am Hals hatte und keine Kraft fand, sich auch noch um die Schwierigkeiten anderer Leute zu kümmern.

Das Verhalten des Königs trug ebenfalls dazu bei, Bertrans Ansehen in den Augen der Tolosaner Barone zu beschädigen. Einige erinnerten sich, dass sie ihm eigentlich gar nichts schuldeten. Ihm hatten sie kein *homagium* geschworen. Wenn überhaupt, schuldeten sie von jetzt an dem jungen Erben die Treue, Bertrans vierzehnjährigem Halbbruder, der in der Heimat weilte und noch gar nichts vom Tod seines Vaters wusste. Also beschlossen die Ersten heimzukehren und verlangten von Bertran, dass er sie auszahlte und gehen ließ.

Dieses gewährte er ihnen. Sollten doch diese Kleinmütigen und Untreuen von dannen ziehen. Es kümmere ihn wenig. Und um seine Verachtung zu zeigen, griff er mehr als großzügig in die Kriegskasse seines Vaters und warf ihnen ihr Geld vor die Füße.

Doch dann kamen immer mehr und verlangten das Gleiche, bis in kurzer Zeit nicht nur die Kriegskasse leer war, sondern auch das ganze Lager. Außer den zwei Dutzend Mann seiner Leibgarde war ihm nichts geblieben. Woraufhin Bertran sich so gründlich betrank, dass er zwei Tage lang wie tot im prunkvollen Zelt seines Vaters lag.

»Wir sollten uns ebenfalls auf den Weg machen«, sagte Aimar. »Die Tolosaner haben uns verlassen. Nun wird es auch für uns Zeit, Arnaut.«

»Ich bleibe hier.«

»Bei Bertran? Was soll das? Die Sache ist verloren.«

»Die beiden sind jetzt Waisen und haben niemanden mehr. Zu Hause kräht kein Hahn nach ihnen, hier noch weniger. Und du selbst hast gesagt, ich soll ihm ein Freund sein.«

»Dann überzeuge ihn als Freund, dass es besser für ihn und seine Schwester ist, mitzukommen, anstatt Tripolis nachzutrauern.«

»Ich weiß, aber er ist verbohrt. Und ich lass ihn nicht im Stich. Die *militia christi* kann mir ohnehin gestohlen bleiben.«

»Bertran ist am Ende. Was wollt ihr machen, so ohne Geld und Heer?«

Arnaut zuckte mit den Schultern. »Er braucht ein wenig Zeit, um sich zu finden, denke ich. Zunächst sollten wir uns dem Prinzen in Antiochia anschließen. Der Mann ist schon eher nach meinem Geschmack. Ein paar gute Schwerter wird er sicher gebrauchen können. Später sehen wir weiter.«

Aimar sah ihn traurig an. »Ich hatte mich darauf gefreut, gemeinsam mit dir Jerusalem zu durchstreifen. Und dann heim nach Narbona. Reizt dich das nicht?«

Arnaut umarmte den kleinen Mönch. »Und ob mich das reizt. Mehr, als du denkst«, sagte er mit belegter Stimme. »Aber ich bleibe trotzdem. Es sind ein paar Rechnungen zu begleichen.«

»Übrigens, als wir noch in Antiochia waren, habe ich an Ermengarda geschrieben. Und ihr ausgerichtet, was du mir gesagt hast.«

Bei diesen Worten kam ein Anflug von Wehmut über Arnauts Gesicht. Aber gleich beherrschte er sich wieder. »Das freut mich«, sagte er nur. »Grüße sie von mir.«

»Das werde ich. Ganz bestimmt.«

Arnaut drängte ihm noch einen Beutel Goldmünzen auf für eine bequeme Schiffsreise, verschwieg ihm jedoch, dass es sein letztes Geld war. Bertran und er waren jetzt mittellos und ohne einen Herrn. Sie würden sich etwas überlegen müssen.

Als alle zusammen am Lagerfeuer saßen, war ihnen schmerzlich bewusst, dass dies der letzte gemeinsame Abend sein würde. Jori und Severin würden in jedem Fall bei Arnaut bleiben, und auch Constansa war dies recht. Joana dachte nicht weiter darüber nach. Sie ging, wohin Jori ging. Dann waren da noch Duran und ein gewisser Enric, die mit ihnen reiten wollten, und natürlich Ferran, für den die Freunde zur Familie geworden waren.

Die Übrigen würden sich am Morgen auf den Weg nach Jerusalem machen. Einige wollten sich dort wieder der *militia* anschließen, andere zog es nach dem Besuch der heiligen Stätten zurück in die Heimat. Es wurde ein rührseliger Abend voller Abschiedsschmerz und langer Versprechen, sich für immer in guter Erinnerung zu behalten und füreinander zu beten.

»Hör mal, Ferran«, sagte Arnaut zu ihm später in der Nacht, als viele schon schliefen. »Ich weiß, du willst bei mir bleiben, und deine Treue freut mich sehr. Aber ich möchte, dass du dich zuerst um Elena und um Munira und ihr Kind kümmerst. Versprich mir, dass du sie heil bis nach Jerusalem bringst. Es bedeutet mir viel.«

Ferran zögerte einen Augenblick. Doch dann zeigte er sich einverstanden. »Gut. Wenn du es so wünschst. Aber anschließend komme ich zurück. Wo finde ich euch?«

Arnaut lachte. »Keine Ahnung, *ome.* Irgendwo zwischen hier und Antiochia. Ich will Bertran überreden, sich dem Prinzen anzuschließen.«

»Verstanden«, grinste Ferran und umarmte Arnaut. »Und jetzt leg ich mich aufs Ohr. Wir sehen uns dann in Antiochia.«

Elena hatte in ihrem Zelt auf ihn gewartet. Sie schlang die Arme um ihn und legte ihren Kopf auf seine Brust.

»Danke, dass du dich von mir verabschiedest.«

Arnaut küsste zärtlich ihre Stirn. »Ferran wird euch sicher nach Jerusalem bringen. Wirst du dort bleiben?«

Sie nickte. »Ich hab ja noch dein Geld. Das ist mehr als genug für einen kleinen Laden. Munira wird mir helfen. Und ich freu mich, dass du Lois Bernat erlaubst mitzukommen. Zu dritt werden wir bald reich werden.«

Arnaut musste lachen. »Da bin ich mir sicher.«

So hielten sie sich noch lange fest umschlungen. Elena weinte ausgiebig, doch Arnaut wusste, am Morgen würde sie aufstehen und mit frischem Mut ihr neues Leben in Angriff nehmen. Dass sie die Schrecken des langen Marsches und der Schlachten überleben würde, das bedeutete ihm in dieser Nacht mehr als alles andere.

♦

»Was hast du nun vor?«, fragte Arnaut, als Bertran nach seinem Besäufnis wieder einigermaßen ansprechbar war. »Wir haben immer noch ein paar Männer und Pferde zu versorgen. Wie soll's also weitergehen?«

Bertran stierte ihn aus rotgeränderten Augen an. Dass er nicht nach Antiochia wollte, hatte er mehrfach klargemacht. »Wir nehmen, was wir brauchen, und zwar bei meinem gottverfluchten Vetter«, brummte er.

»Du willst doch nicht etwa die Stadt angreifen?«, fragte Severin. »Der Brocken ist selbst für ein ganzes Heer zu groß.«

»Nicht die Stadt. Das Land. Die Grafschaft hat genug, um uns zu ernähren. Wir nehmen, was mir ohnehin zusteht. Wir werden uns wie die Läuse in Raimons Pelz festsetzen und sein Blut aussaugen.«

Das gefiel ihnen schon besser.

Und so folgten Monate eines wilden Räuberlebens, eine Zeit des rastlosen Umherwanderns und blutigen Katz-und-Maus-Spiels mit den Truppen des Grafen von Tripolis. In einem Sommer von ungewöhnlicher Gluthitze führten sie einen regelrechten Privatkrieg auf dem Boden der Grafschaft, denn Bertran war versessen darauf, seinem Vetter zu schaden, wo er nur konnte. Auf Arnauts Rat jedoch taten sie dies in einer Weise, die nicht die Landbevölkerung gegen sie aufbrachte, denn Bertran hegte noch immer die Hoffnung, die Grafschaft eines Tages in seine Gewalt zu bekommen.

An unerwarteten Stellen tauchten sie auf und überfielen Karawanen, die für Tripolis bestimmt waren, raubten Raimons Zollposten und Steuereinnehmer aus, stahlen sein Vieh oder brannten Felder nieder, die zur Domäne des Grafen gehörten. Von den Bauern nahmen sie nichts, im Gegenteil. Für jedes Lamm und jeden Sack Weizen bezahlten sie aus dem gestohlenen Gut. Wenn sie verfolgt wurden, verschwanden sie in die Wälder des Libanongebirges oder zogen sich über die hohen Pässe ins Bekaatal auf Sarazenengebiet zurück.

Und weiterhin erzählte Bertran jedem Wanderer, den sie

trafen, dass der Graf von Tripolis der Mörder seines Vaters sei und dass er, der Sohn, Gerechtigkeit suche.

Constansa machte dieses ungezügelte Leben Spaß. Auch Joana konnte bald so gut reiten wie die Männer. Nur Beatriz fand dies alles nicht nach ihrem Geschmack. Sie wäre lieber heimgekehrt, wenn sie eine Wahl gehabt hätte.

Bertran und Arnaut unterhielten mehrere Verstecke in den dichtbewaldeten Bergen, die über Wasser verfügten und leicht zu verteidigen waren. Dort legten sie Vorräte an. Mit der Zeit fanden sich überall Helfer unter der Landbevölkerung. Es waren solche, die unzufrieden mit der Herrschaft des Grafen waren, die sie warnten, wenn dessen Reiter im Anmarsch waren, und als Spitzel oder Hehler für gestohlene Waren dienten.

Mit dem Erlös der Beute ging Bertran großzügig um. Ein Drittel beanspruchte er für sich, der Rest wurde je nach Rang unter den Männern aufgeteilt. Und wenn einer sich besonders ausgezeichnet hatte, schenkte er ihm ein Geschmeide, eine schöne Waffe oder einen silberbeschlagenen Sattel. So sicherte er sich die Treue seiner Männer.

Arnauts Verdienst war die kluge Planung und Durchführung ihrer Raubzüge. Graf Raimon geriet zunehmend in blinde Rage über die frechen Übergriffe, die empfindlich wie Wespenstiche schmerzten. Als ob sie hellsichtig wären, schlug die verfluchte Bande immer dort zu, wo man sie am wenigsten erwartete, und verschwand danach im Nichts. Wohin er seine Reiter auch sandte, mehr als alte Spuren oder längst erkaltete Überreste eines Lagerfeuers fanden sie nicht. Neben dem Schaden an Geld und Gütern hatte er auch noch den Spott seiner Hodierna zu ertragen. Was für ein jämmerlicher Fürst er doch sei, sagte sie. Nicht einmal eine lächerliche Räuberbande könne er zur Strecke bringen.

Fast noch mehr schmerzte ihn, wie sehr sein Ruf in ganz Outremer zu Schaden gekommen war. Die Spatzen pfiffen es von den Dächern, dass er sich seines unliebsamen Großonkels durch Giftmord entledigt habe. Und seine verdammte Schwägerin Melisende tat nichts, um solche Gerüchte zu entkräften. Dabei war es doch ihr Vertrauter gewesen, der die ruchlose Tat begangen hatte. Jedenfalls entschied er, ebenfalls nicht am Feldzug der *militia christi* teilzunehmen. Wie konnte er in den Krieg ziehen, solange diese Bande in seinem Garten wilderte?

Für Neuigkeiten von der *militia* waren Bertran und Arnaut auf kundige Reisende angewiesen, die sie gelegentlich antrafen. Manchmal auch Fahnenflüchtige. Nun sollte es also tatsächlich gegen Damaskus gehen, so hörten sie Anfang Juli. Der Hohe Rat zu Jerusalem habe dies im Beisein der drei Könige beschlossen. Melisende sei dagegen gewesen, aber selbst ihr eigener Sohn Balduin, inzwischen mündig, habe sie überstimmt.

»Seid froh, dass wir nicht mehr dabei sind«, sagte Arnaut zu den Männern. »Das kann nicht gut enden. Die Moslems werden sich jetzt vereinigen.«

Und dann stimmten sie alle aus vollem Hals in jenes Lied ein, das sie täglich auf dem langen Marsch begleitet hatte. Nur diesmal sangen sie es zum Spott:

Wer mit Louis gen Osten zieht
Muss die Hölle nicht fürchten;
Denn seine Seele schwebt ins Paradies
Zu den Engeln unseres Herrn.

»Ja, bei den Engeln werden sie bald landen, die Narren«, feixte Bertran und wischte sich die Lachtränen aus den Augen. »Ein König, der sein Weib in Ketten legt, damit sie ihm nicht wegläuft. Und der will Damaskus erobern? Die Sarazenen werden ihm die Schnauze in die eigene Scheiße reiben.«

Bertran war voll Bitterkeit und bissiger Verachtung gegenüber den Mächtigen der Welt geworden. Aber er sollte recht behalten, denn Ende August, in der größten Hitze des Sommers, erfuhren sie, dass aus ihrem Spott ernüchternde Wirklichkeit geworden war. Versprengte Truppen wanderten müde, oft verwundet, auf der Suche nach ein wenig Nahrung über die Dörfer, manchmal bettelnd, oft plündernd. Von ihnen hörten sie, dass auch die letzte Schlacht, vor den Toren von Damaskus, verloren war.

Die Damaszener, einst Verbündete Jerusalems, hatten sich an Nur ad-Din von Aleppo gewandt und ihn, ihren früheren Feind, um Hilfe angefleht, als die Christen sie belagerten. In Eilmärschen war er gekommen. Gemeinsam hatten sie das christliche Heer in die Zange genommen und aufgerieben.

Die Verluste unter den Christen waren gewaltig. Fast alle Templer, wie immer die Tapfersten, hatten auf dem Schlachtfeld den Tod gefunden, unter ihnen auch der gütige Hugues de Bouillon. Die Könige und der Großmeister waren nur mit Mühe entkommen und nach Jerusalem geflohen. König Konrad habe noch vorgehabt, mit den Resten seiner Truppen das ägyptische Ascalon zu belagern, aber auch diesen Plan hatte er bald aufgegeben, als Louis ihm nicht helfen wollte. Denn Louis hatte genug vom Krieg. Er würde die Welt nicht mehr verstehen, so hieß es, und alle Tage auf den Knien in der Grabeskirche zu Jerusalem verbringen.

Das also war das endgültige Ende der stolzen *militia christi.* Wenn man Franken und Alemannen zusammenzählte, waren einst mehr als vierzigtausend ausgezogen. Der Großteil davon war auf dem Schlachtfeld gefallen, zu Krüppeln verstümmelt oder unterwegs an Hunger und Fieber verreckt. Dazu waren Tausende von den Türken gefangen genommen und versklavt worden. Aus Gründen, die niemand begriff, hatte Gott sie alle verlassen. Von den Überlebenden hatten die meisten jetzt nichts anderes mehr im Sinn, als irgendwie den Weg nach Hause zu finden.

Aber das war für viele nicht so einfach. Und so gab es genug Veteranen, die ziellos umherwanderten und einen Herrn suchten. Nicht verwunderlich, dass Bertrans Truppe immer mehr kriegserfahrene Kämpfer zuliefen. Bald hatten sie über hundert Mann.

In den warmen Septembernächten redeten die Freunde viel über die vergangenen fünfzehn Monate und was die Erlebnisse für jeden von ihnen bedeuteten. Arnaut fragte sich, was aus Felipe geworden war. Armer Felipe. War er nach Outremer gekommen, um den Tod zu suchen? Lebte er noch? Und Ermengarda? Trauerte sie noch immer um ihr verlorenes Kind?

Es kam ihm vor, als wären sie alle nur Staubkörner im Weltgetriebe, von Stürmen durcheinandergewirbelt, von Gott vergessen. Er und Bertran und die anderen ihrer Bande waren auf ihrem schicksalhaften Weg irgendwie hier in den Bergen des Libanon gelandet und lebten trotz ihrer Erfolge wie die Tiere in der Wildnis. So schön die Felsschluchten und Wadis waren, so herrlich die Zedernwälder, in denen sie hausten, nur, was zum Teufel hatten sie hier zu suchen?

»Hört auf, andauernd von der *militia* zu reden«, sagte er eines Abends ärgerlich und warf den Wildschweinknochen ins Feuer, an dem er genagt hatte. »Die *militia* ist erledigt. Ich will nichts mehr davon hören. Vorbei, Vergangenheit. Seien wir froh, dass es uns noch gibt, und überlegen wir lieber, wie es weitergehen soll. Wie lange wollen wir eigentlich noch die Gegend unsicher machen, Bertran?«

»Der Winter kommt schneller, als man denkt«, pflichtete Severin ihm bei.

Auch Jori hatte etwas zu sagen. »Joana ist schwanger«, er legte ihr die Hand auf den Bauch, »wir können nicht ständig im Wald hausen.«

Bertran nickte. »Ich denke auch schon die ganze Zeit darüber nach. Wenn wir eine feste Burg hätten, dann bräuchten wir uns nicht mehr zu verstecken.«

»Hast du etwas im Sinn?«

»Erinnert ihr euch an die Burg, an der wir auf dem Weg von Tortosa vorbeigekommen sind? Wie hieß sie noch?«

»Du meinst Arima?«

»Ja, so hieß sie. Wenn wir die in unsere Gewalt brächten, könnten wir die Küstenstraße beherrschen wie auch den Handelsweg nach Homs. Es würde uns an nichts fehlen. Und mit den Männern, die wir jetzt haben, kann Raimon uns nicht mehr verjagen. Das wäre endlich der Grundstein für ein Leben in diesem Land. Und vielleicht für mehr.«

Severin und Arnaut sahen sich an.

»Du bist verrückt, Bertran. Die Burg können wir nicht einnehmen.«

»Das wissen wir erst, wenn wir es versucht haben.«

Buch V

Oktober, Anno Domini 1148

Der Heerzug gegen die Sarazenen hat ein unrühmliches Ende gefunden. Konrad kehrt geschlagen heim, Louis liegt in Jerusalem auf den Knien, um Gott nach dem Warum zu fragen. Für Bernard Clairvaux ist die Schuld allein bei den Kriegern Christi zu suchen. Zu viele Sünden hätten sie auf sich geladen.

Ermengarda und der Mönch

Gestern Abend, zu meiner großen Überraschung, kehrte Bruder Aimar von seiner langen Pilgerreise zurück. Es war ein so freudiger Schreck, ihn unerwartet und ganz leibhaftig vor mir stehen zu sehen, dass ich einen Schrei ausstieß, ihn sofort in meine Arme schloss und ohne jede Scham vor versammeltem Hof so heftig abküsste, dass ihm die Luft wegblieb.

Er sah gealtert aus. Oder vielleicht nur, weil er müde von der Reise war. Und doch war er so aufgeregt, dass er mir alles gleich berichten wollte. Das Allerwichtigste natürlich zuerst. Arnaut lebt, sagte er, und es ginge ihm gut. Woraufhin ich in Tränen ausbrach, mich bekreuzigte und ein heißes Dankgebet an den Himmel sandte.

Und heute war er den ganzen Tag bei mir und erzählte in allen Einzelheiten von diesem schrecklichen und am Ende sinnlosen Feldzug der Könige ins Heilige Land. Es betrübte mich zu wissen, dass ich recht gehabt hatte. Wie oft hatte ich nicht schon Clairvaux und den Papst verflucht und all die anderen machtgierigen Männer in Purpur. Aber was half's?

Die Jungfrau Maria sei gepriesen, dass Arnaut verschont geblieben war. Und Severin. Und mein kleiner Jori, jetzt wohl nicht mehr so klein, denn nun war er verheiratet, wie Aimar berichtete. Auch Severin hatte ein Weib gefunden, eine außergewöhnliche Frau, nach Aimars Beschreibung zu urteilen.

»Und Felipe? Hast du ihn noch einmal gesehen?«

Er schüttelte den Kopf. »Nicht seit Antiochia.«

Beim Gedanken an Felipe erfasste mich eine tiefe Traurigkeit. Wir waren so gute Freunde gewesen. Durch alle Widrigkeiten hindurch hatte er mir zur Seite gestanden. Warum musste es so enden?

»Ich hoffe, er kommt heim. Ich will nicht für seinen Tod verantwortlich sein.«

»Ach, weißt du, sosehr ich Felipe als Freund schätze, aber er ist ein erwachsener Mann. Er trifft seine eigenen Entscheidungen.«

»Wie wir alle«, sagte ich niedergeschlagen. »Wir treffen täglich Entscheidungen, ohne zu wissen, wohin sie führen. Erst am Ende sind wir klüger. Und dann ist es meist zu spät.«

»Heute ist ein fröhlicher Tag«, rief Aimar. »Da wirst du mir doch nicht trübsinnig werden.«

Ich lachte. »Du hast recht. Erzähl mir mehr. Wie war dein Aufenthalt in der Heiligen Stadt?«

»Kürzer, als ich geplant hatte. Ich habe mir alles angeschaut, aber dann konnte ich es dort einfach nicht mehr aushalten. Nichts mehr vom stolzen Auftritt dreier Könige zu spüren. Unsere Herrscher versteckten ihre Scham über die Niederlage hinter hohen Palastmauern. In der Stadt dagegen ein endloses Jammern und Wehklagen. Totenmessen ohne Ende und überall Verwundete in eiternden Verbänden, die um ein bisschen Brot bettelten. Außerdem hatte ich Heimweh, ich gebe es zu. Da bin ich nach Acre geflohen, um ein Schiff zu finden.«

»Ist denn Jerusalem jetzt verloren?«, fragte ich besorgt.

»Das glaube ich nicht. Die Sarazenen haben ja selbst Verluste erlitten. Und die Stadt ist gut befestigt. Die Templer werden Ersatz schicken, einige Veteranen werden wohl bleiben. Außerdem werden sie hier in den Kirchen wie immer werben, damit noch mehr Ritter das Kreuz nehmen und die Lücken füllen.«

»Also alles beim Alten. Clairvaux' großer Pilgerzug hat kaum etwas erreicht.«

»Nur eine Menge Tote.«

Ich schüttelte den Kopf. Wir Frauen in der Heimat sind nichts als die Witwen noch lebender Männer, so hatte er sich ausgedrückt. Und auch auf mich hatte das gepasst. Nur, dass die meisten nun wirklich Witwen waren und ihre vaterlosen Kinder durchbringen mussten. Was für eine Verschwendung. Was für ein Elend.

»Du bist sicher, Arnaut geht es gut?«

»Er wurde verwundet. Das habe ich dir erzählt. Aber das ist längst verheilt. Ich habe ihn bei guter Gesundheit zurückgelassen.«

»Für deine Briefe danke ich dir aus ganzem Herzen, Aimar. Sieh her, wie zerfleddert sie sind, so oft habe ich sie gelesen.«

»Ich hatte Angst, sie würden nie ankommen.«

»Aber warum hat er nicht selbst ein Wort hinzugefügt? Und ist es wahr, dass er bereut, mich verlassen zu haben?«

»Er bereut es, Ermengarda. Und er lässt dir sagen, gleich, was geschehen ist, dass er dich liebt.«

Da konnte ich die Tränen nicht länger zurückhalten. »Aber warum kommt er dann nicht?«, hauchte ich. »Weiß er denn nicht, dass ich hier seit einer Ewigkeit auf ihn warte und mich die Sehnsucht umbringt?«

Aimar seufzte. »Ich habe ihn gefragt, warum er nicht heimkehren will. Seine Antwort war, er müsse Bertran zur Seite stehen. Aber ich glaube, das sind Ausflüchte. Ich glaube, er hat Angst, du könntest ihm nicht vergeben und ihn zurückweisen. Es sei nicht mehr zu heilen, hat er gesagt, so wie ihr euch getrennt habt.«

»Es stimmt, ich habe mich wie ein rachsüchtiges, herzloses Kind verhalten. Ich war so schrecklich wütend auf ihn. Ich wollte ihn verletzen, so wie er mich verletzt hat. Dabei habe ich ihm doch schon längst verziehen. Wie könnte ich ihm denn nicht verzeihen? Und ich wünsche mir nichts mehr, als dass er es auch tut.«

Aimar sah mich mit seinen warmherzigen Augen an und ergriff meine Hände. »Er hat dir verziehen, Ermengarda, da bin ich ganz sicher. Aber du weißt, wie Männer sind. Er muss noch seinen Stolz überwinden.«

Plötzlich hatte ich eine wilde Eingebung und sprang auf. »Ich geh ihn holen.«

Aimar sah mich entgeistert an. »Das ist nicht dein Ernst!«

»Ich reise nach Outremer. Ich finde ihn, wo immer er stecken mag, und ich bringe ihn heim.« Aufgeregt lief ich umher. »Ich bin ihm schon einmal nachgereist, erinnerst du dich?« Es war vor fünf Jahren gewesen, als man mich zu dieser Scheinehe gezwungen hatte.

»Aber meine Liebe, eine Reise nach Outremer ist etwas ganz anderes. Das Land ist unsicher. Besonders jetzt. Auf den Straßen läuft man Gefahr, von marodierenden Kriegern überfallen zu werden. Oder von plündernden Sarazenen.«

»Ich habe selbst Soldaten.«

»Und die lange Reise.«

»Ich nehme ein Schiff, wie du.«

»Wir haben Oktober. Bald beginnen die Winterstürme.«

Ernüchtert ließ ich mich wieder nieder. Vielleicht hatte er ja recht. »Was kümmern mich Winterstürme, wenn ein Sturm in meinem Herzen tobt«, sagte ich dennoch trotzig, aber etwas weniger entschlossen.

»Du wirst in Narbona gebraucht, Ermengarda. Du kannst nicht einfach ein halbes Jahr verschwinden. Aber nichts hindert dich daran, einen Boten mit einer Nachricht nach Antiochia zu schicken. Entweder wissen sie dort, wo er sich aufhält, oder du kannst den Brief beim Prinzen hinterlegen lassen. Irgendwann wird Arnaut ihn bekommen.«

»Und deine Winterstürme?«

»Mit Geld lässt sich immer ein Schiff finden, das die Reise wagt.«

Und so kam es, dass ich mich mit Feder und Tinte in meine Kammer zurückzog, um eine lange Nacht über diesem Brief zu brüten, der mein Leben heilen und mir den Liebsten wiederbringen sollte.

Castel Arima

Die Fürstentochter Beatriz beobachtete, wie Constansa vom Pferd sprang und das Tier in einem der Ställe versteckte. Obwohl die junge Kriegerin weit unter ihrem eigenen Rang stand, konnte Beatriz sich nicht helfen, sie heimlich zu bewundern. Wie sicher und selbstbewusst sie sich unter den Männern bewegte. Das wilde Räuberleben dieser Tage schien ihr zu bekommen. Ihr helles Haar leuchtete in der Sonne, sie strotzte vor Gesundheit, lachte lauthals über die derben Scherze der Männer, kratzte sich, wo es ihr passte, hockte sich unbekümmert in die Büsche, um ihre Notdurft zu verrichten. Sie war so herrlich ungezügelt frei.

Und doch hinderte es sie nicht, wie eine Frau zu lieben. Kaum zu übersehen, wie glücklich sie mit ihrem Severin war. Von niemandem ließ sie sich etwas sagen, ihre scharfe Zunge geißelte jeden, der ihr zu nahetrat, doch für Severin war sie weich wie ein Kätzchen.

Beatriz war mehr für das höfische Leben geschaffen, für Tanz und Gesang, für schöne Kleider, für ritterliche Anbeter und geheime Liebesbotschaften. Sie fand es schwer, sich an das rauhe Dasein zu gewöhnen, das sie führten, an diese verfluchte Wildnis, in der sie für gewöhnlich hausten, oder an die langen Stunden im Sattel, die ständigen Ortswechsel.

Doch was blieb ihr anderes übrig, als sich ihrem Schicksal zu fügen? Die ersten Wochen hatte sie gejammert, dann alles wortlos über sich ergehen lassen, aber in letzter Zeit hatte sich bei ihr ein wenig von jenem trotzigen Lebenswillen eingestellt, der Menschen Dinge vollbringen lässt, die sie sich vorher niemals zugetraut hätten.

Sie wollte nicht mehr wie ein nutzloses Paket mitgeschleppt, sondern wie Constansa von den Männern respektiert werden. Besonders von Bertrans Freund, diesem hochgewachsenen, stattlichen Kerl, der wenig sprach, aber dessen ernster Blick ihr oft durch Mark und Bein ging.

Deshalb hatte sie sich auch für seinen völlig verrückten Plan hergegeben. Wenn sie nur daran dachte, wurde ihr schon schlecht vor Angst. Eine Woche lang hatten sie, vor der Welt versteckt, in diesem Bauerndorf zugebracht, um sich für ihr Vorhaben vorzubereiten. Sie selbst, Constansa, Severin, Jori und eben auch Arnaut. Zum Glück war da Elias, der Dorfvorsteher, der ein wenig Provenzalisch sprach, denn mit den Dörflern konnte man sich kaum verständigen.

Es waren einfache Menschen, die Getreide anbauten und ihre Ölbäume pflegten. Sie besaßen nicht einmal eine Kapelle, nur einen Heiligenschrein zur Anbetung der Jungfrau Maria. Ihre Hütten waren aus klobigen Feldsteinen errichtet und bestanden meist nur aus einem Raum, in dem die ganze Familie hauste, nicht selten auch die Hühner, Ziegen oder Schafe. Das Essen wurde an einer überdachten Kochstelle an der Außenwand zubereitet. Diejenigen, denen es besserging, besaßen einen Stall für ein paar Kühe, ein Scheunendach und einen ummauerten Innenhof, in dem Kinder, Katzen und junge Hunde tobten.

Dieses biedere Bauernvolk hasste die da oben auf der Burg, die eine Stunde Fußmarsch entfernt auf einem hohen Hügel lag. Zu oft schon hatten die Soldaten sie bestohlen oder sich an ihren jungen Weibern vergriffen. Wohl deshalb hatte Elias sich bereit erklärt, ihnen zu helfen, obwohl die Sache auch für das Dorf nicht ganz ungefährlich war. Und Bertrans Großzügigkeit hatte ein wenig nachgeholfen.

Die Besatzung der Burg Arima bestand gegenwärtig nur aus zwanzig Mann, nicht zuletzt, weil Bertran andernorts für eine Ablenkung gesorgt hatte, um Truppen abzuziehen. Trotzdem wäre es Wahnsinn gewesen, die Mauern zu stürmen. Daher Arnauts Plan, Elias' wöchentliche Lieferung von Verpflegung und Pferdefutter diesmal selbst zu übernehmen.

Unter dem Heu würden sich die Männer verborgen halten. Und damit die Wachen keinen Verdacht schöpfen sollten, war es die Aufgabe der Frauen, als Bäuerinnen verkleidet, den Maultierkarren durchs Burgtor zu führen. Constansa und Beatriz hatten sogar ein paar Brocken Aramäisch gelernt und noch dazu geübt, gebrochen Provenzalisch zu sprechen, wofür Elias ein gutes Vorbild abgegeben hatte.

»Also, ich erkläre es noch mal«, sagte Arnaut, nachdem Constansa sich zu ihnen gesetzt hatte. »Wenn sie fragen, antwortet einfach, Elias ist krank. Lasst euch auf keine Unterhaltung ein. Gebt euch scheu. Nur nicken und nicht zu viel lächeln. Das würden die Frauen aus dem Dorf nicht tun. Sobald ihr das Tor passiert habt, geht's los. Constansa gibt dazu das Zeichen. Und du, Beatriz«, er blickte sie mit seinen dunklen Augen an, »du siehst zu, dass du niemandem in die Quere kommst. Wir wollen doch nicht, dass du verletzt wirst.«

Sie schluckte. Wie hatte sie nur jemals zustimmen können, bei einer solchen Sache mitzumachen? Und wie hatte ihr Bruder das zulassen können? Nun, jetzt konnte sie schlecht einen Rückzieher machen. Nicht vor Constansa und besonders nicht vor Arnaut. Sie hob das Kinn und setzte sich aufrechter, um nicht zu zeigen, wie mulmig ihr war.

»Das Tor ist meist nur von zwei Mann besetzt«, fuhr Arnaut fort. »Es geht bloß darum, die Torwächter zu erledigen und unsere Leute reinzulassen. Ist das klar?«

Sie alle nickten. Severin zog sein Schwert aus der Scheide und begann, es mit einem Schleifstein zu bearbeiten. Allein der Anblick bereitete Beatriz größtes Unbehagen. Sie hatte noch nie eine Schwertwunde gesehen, aber bei der Vorstellung drehte sich ihr der Magen um.

In der Früh würden sie mit dem Karren losziehen, so wie es Elias üblicherweise tat, und hoffen, dass es dem Rest der Truppe in der Nacht gelungen war, unbemerkt ihre Stellungen auf dem Burghügel einzunehmen. Zum Glück wuchs dort eine Menge an übermannshohem Gestrüpp, in dem man sich verstecken konnte.

Kurz nach Sonnenaufgang halfen die Bauern, den vierrädrigen Heuwagen so mit Korn- und Bohnensäcken zu beladen, dass ein verborgener Hohlraum entstand, in dem die Männer liegen konnten, wenn auch ungemütlich eng beieinander. Auf Schilde und Helme würden sie verzichten, ansonsten waren sie wie üblich in Kettenpanzern gerüstet.

Die beiden Frauen hatten sich Sachen übergezogen, wie die Bäuerinnen sie bei der Arbeit trugen, unförmig und lang bis auf die Knöchel, grau oder erdfarben. Ihre helle Haut an Händen und Gesichtern wurde mit etwas Staub und trockenem Hühnerdreck, die Brauen wurden mit Ruß abgedunkelt. Das blonde Haar verschwand unter Tüchern, nach Bauernart um den Kopf gewickelt, und ein langes Schultertuch vervollständigte die Verkleidung.

Beatriz rümpfte die Nase. »Ich stinke nach Ziege.«

Constansa lachte. »Und ich nach ranziger Milch und Kuhstall.«

»Dann versucht euch wenigstens niemand unter die Röcke zu greifen«, knurrte Severin.

»Ha! Eifersüchtig?«

»Was, auf einen ungewaschenen Wachmann?«

Wie konnten sie nur so unbekümmert tun?, dachte Beatriz. Ihr selbst war ganz flau im Magen bei dem, was bevorstand.

Der alte Elias kam und betrachtete sie eingehend von Kopf bis Fuß. Dann zeigte er auf die Stiefel und schüttelte den Kopf.

Nun mussten einfache abgetretene Sandalen her, wie die Bauersfrauen sie trugen. Bevor sie hineinschlüpften, rieben sie sich ihre blütenweißen Zehen, die nie die Sonne gesehen hatten, gründlich mit Staub ein.

»Ich glaube, das reicht«, sagte Arnaut. »Noch etwas Dreck unter die Fingernägel, dann geht's los.«

Er schenkte Beatriz ein aufmunterndes Lächeln, das ihr Herz wärmte. Für den Augenblick jedenfalls.

Zwei Maultiere wurden angespannt, und die Männer kletterten mit blanken Schwertern in ihr Versteck auf dem Karren. Die Bauern häuften Heu darüber, bis beim besten Willen nichts mehr von ihnen zu sehen war. Constansa nahm eines der Zugtiere am Halfter, und schließlich rumpelte der Karren aus dem Dorf.

Schweigend stand die gesamte Dorfgemeinschaft und verfolgte mit bangen Blicken ihren Weg durch die Felder und am Flüsschen Nahr Abrasch entlang, an dem weiter oben die Burg lag.

Es war ein warmer Oktobertag, und obwohl es noch früh war, brannte die Sonne schon unbarmherzig auf sie herab. »Wie geht es euch da drinnen«, fragte Constansa auf halbem Wege.

»Wir ersaufen am eigenen Schweiß«, war die gedämpfte Antwort.

»Wollt ihr Wasser?«

»Nein, nein. Wir halten es schon aus.«

Endlich rollte der Wagen über eine kleine Holzbrücke, und sie begannen auf dem anderen Ufer den langen Aufstieg zur Burg. Sie bildete ein langgezogenes Rechteck, dessen Stirnseite zum Meer wies. Hohe, zinnenbewehrte Mauern aus klobigen Steinen vermittelten den Eindruck, als könnten sie jedem Angriff standhalten. Darüber ein wuchtiger Bergfried, von dem das Banner des Grafen von Tripolis wehte.

Der Standort war gut gewählt. Inmitten dichtbewaldeter Erhebungen, die eine Belagerung erschweren würden, lag der eigentliche Burghügel wie der Kern in einer Nuss, von zwei Wasserläufen eingeschlossen, die hier zusammenflossen. Zugang zur Burg war nur von der östlichen, vom Meer abgewandten Seite möglich.

Die schmale Straße, der die beiden Frauen folgten, stieg stetig entlang der steilen Hügelflanke auf, beschrieb am östlichen Ende eine weite Kurve und führte über die letzten zweihundert Schritt bis zur Zugbrücke und durch das Burgtor. An der Wende erschien kurz Bertrans Gestalt hinter dem Stamm einer Steineiche. Sein Gesicht war angespannt, aber der erhobene Daumen bestätigte, dass alles in Ordnung war.

»Sie sind vor Ort«, raunte Constansa, gerade laut genug, damit die Männer im Heuwagen sie hören konnten.

Anzuhalten wagte sie nicht, und so marschierten sie mit klopfendem Herzen weiter über die letzte Strecke, die von Sträuchern und Bäumen entblößt war, um freies Schussfeld von der Zinne zu bieten. Die Zugbrücke überspannte einen tiefen Graben, der die gesamte Festungsanlage umgab.

»*Putan.* Das Tor ist geschlossen«, flüsterte Constansa. »Die schlafen wohl noch.«

Kurz entschlossen hob sie einen faustgroßen Stein auf und warf ihn mit Wucht gegen das Tor. Der donnernde Aufprall schien durch die ganze Burg zu dröhnen. Beatriz fasste sich vor Schreck an die Kehle, als wollte sie verhindern, dass ihr das Herz zum Hals hinaussprang.

Nach einer Weile öffnete sich eine Luke oberhalb des Tors, und ein verschlafenes Gesicht schaute heraus.

»Was zum Teufel?«, rief der Kerl mürrisch herunter.

Constansa antwortete nicht, sondern deutete nur auf den beladenen Heuwagen. Der Kopf nickte kurz und zog sich zurück. Doch es dauerte noch lange, bis sich endlich erst der eine, dann der andere Torflügel öffnete.

Jetzt war es so weit. Beatriz hatte plötzlich das dringende Bedürfnis zu urinieren und war kurz davor, in Panik wegzulaufen, als Constansa die Zügel packte und die Maultiere mit einem Zungenschnalzen antrieb. Der Karren rollte durchs Tor und kam kurz dahinter im Burghof zum Stehen.

»Ein bisschen früh, ihr Hübschen«, knurrte der Torwächter, ein untersetzter Kerl in mittleren Jahren, der sie mit blutunterlaufenen Augen musterte. Er trug weder Helm noch Rüstung, nur sein Schwert am Gürtel.

Beatriz kniff mit angehaltenem Atem die Lippen zusammen. Ihre Blase drückte fürchterlich. Constansa tat, als verstünde sie nichts.

»Wo ist Elias?«, fragte der Mann misstrauisch.

Constansa zuckte mit den Schultern. »Krank.«

»Euch beide hab ich noch nie gesehen.«

Er trat näher. Der Kerl stank aus dem Maul, und Beatriz wich einen Schritt zurück. Sie war sicher, er würde die lächerliche Verkleidung durchschauen und sie beide festnehmen. Plötzlich langte er zu und kniff ihr in den Po. Sie schrie auf und sprang zurück.

»Hübscher Hintern.« Er lachte schallend. »Aber du riechst ein bisschen streng, mein Täubchen. Euch Bauernmädels muss man erst gründlich abschrubben.«

»Lass die Weiber in Ruhe, Guillem«, hörten sie jetzt einen anderen Wachmann rufen, der über den Burghof schlenderte. Er trug keinen Helm, war aber sonst in voller Rüstung.

Und dann war plötzlich alles in Bewegung.

Beatriz hörte ein lautes Ächzen, sah, wie der Kerl neben ihr sich aufbäumte, Constansas langes Messer im Leib. Noch einmal stach sie zu, diesmal durchs Brustbein tief ins Herz.

»Merda!«, brüllte der zweite Kerl, als er seinen Kameraden zusammenbrechen sah, und zog das Schwert.

Constansa entwischte ihm nur knapp und verschanzte sich hinter dem Wagen. Er wollte folgen, doch Beatriz stellte ihm ein Bein, so dass er strauchelte.

Er änderte die Richtung, um nun auf Beatriz loszugehen, da erhob sich auf dem Karren hinter ihm ein heubedecktes Ungeheuer und hieb ihm das Schwert in den Nacken. Gellend schrie er auf und drehte sich um. Da blitzte die Klinge ein zweites Mal auf, und diesmal grub sie sich tief in seinen Schädel. Wie von einem Felsbrocken getroffen, sackte der Mann zusammen und rührte sich nicht mehr.

Constansa war bereits auf die Zugbrücke gelaufen und rief lautstark nach Bertran und seinen Männern. Severin und die anderen sprangen vom Wagen. Kaum hatten sie das Heu von den Schultern geschüttelt, als der Burghof sich mit fünf oder sechs weiteren Kriegern der Besatzung füllte.

Die machten große Augen, schienen verwirrt und überrumpelt von dem plötzlichen Angriff. Nur zwei waren in Rüstungen, einer sogar gänzlich unbewaffnet. Severin, Arnaut und Jori warfen sich ihnen entgegen, und bevor die Gegner den Mund zubekamen, fielen zwei von ihnen unter den ersten Streichen. Die anderen zogen sich zurück und brüllten nach Verstärkung. Aber in diesem Augenblick stürmten auch schon Bertrans Männer in den Burghof und machten sie nach kurzem Kampf nieder.

Beatriz hatte noch nie so viel Blut gesehen. Sie schreckte hoch, als ein verirrter Armbrustbolzen sich neben ihr in den Boden grub. Da war es endgültig um ihre Selbstbeherrschung geschehen. Die Blase hielt nicht länger, Urin lief ihr die Schenkel hinunter. In Panik versteckte sie sich hinter dem Heuwagen.

Und dann wäre sie fast vor Scham gestorben, als ausgerechnet Arnaut sich ihr in diesem peinlichen Zustand näherte und sagte: »Das hast du gut gemacht, Beatriz.«

»Ist es vorbei?«, fragte sie mit bebender Stimme.

»Du kannst jetzt wieder Atem holen, Schwesterchen.« Das war Bertran, der sie ebenfalls angrinste. »Sie haben sich ergeben.«

♦

Die Gräfin Hodierna strich ihrer fünfjährigen Tochter übers Haar und küsste ihr zärtlich die Wangen. »Geh, *mon anjol.* Ich komm gleich nach dir sehen.«

Damit übergab sie das Kind der Amme und wandte sich den Männern zu, die Ernsthaftes zu besprechen hatten.

»Melisende lässt dir ausrichten«, sagte Josselin de Puylaurens, »dass es langsam Zeit wird, dieses Possenspiel zu beenden. Der Kerl macht einen Narren aus dir.«

»*Per deable,* was denkt ihr eigentlich, was ich tue«, polterte Graf Raimon von Tripolis. »Seit sechs Monaten machen wir nichts anderes, als hinter dieser Bande herzulaufen.«

»Eben. Hinterherlaufen ist das richtige Wort. Mehr gelingt dir anscheinend nicht. Erst macht dein Vetter die ganze Grafschaft unsicher, dann schnappt er sich auch noch diese Festung. Seit drei Monaten sitzt er jetzt schon auf deiner Burg. Der Mann wird täglich stärker.«

»Das weiß ich selber, *putan.* Dazu hättest du dich nicht herbemühen müssen.«

Graf Raimon spürte, wie Hodierna ihn beobachtete. Dabei hatte sie wieder diesen aufreizend spöttischen Zug um den Mund. Seine Erregung schien sie zu belustigen.

»Vielleicht hätte ich diesen Bertran heiraten sollen«, sagte sie mit einem boshaften Lächeln. »Der versteht wenigstens was von Eroberungen.«

Josselin lachte über die doppeldeutige Bemerkung. »Er oder sein bester Mann, dieser Montalban aus Narbona.«

Graf Raimon dagegen war rot angelaufen vor Wut und schleuderte seinen Weinkelch gegen die Wand, wo er einen hässlichen roten Flecken hinterließ.

»Noch ein Wort, Hodierna, und ich schick dich packen, zurück zu deiner Schwester. Deine ewigen Sticheleien habe ich gründlich satt.«

Ohne etwas zu sagen, erhob sie sich, nahm einen neuen Kelch vom Seitentisch, beugte sich vor und schenkte ihm ein. Ihre Haltung erlaubte Raimon einen tiefen Blick auf wohlgeformte Brüste, eingerahmt in einem etwas zu weiten Ausschnitt. Befriedigt nahm sie sein unwillkürliches Starren zur Kenntnis und ließ sich mit einem herausfordernden Lächeln wieder auf ihrem Stuhl nieder.

»Du willst mich fortschicken, *mon amor?*«, fragte sie mit Unschuldsmiene.

Der junge Graf fluchte innerlich, denn beide wussten, dass

er sie niemals fortschicken würde. Dafür war er viel zu gierig nach ihrem sündigen Hintern.

Josselin war das kleine Zwischenspiel nicht entgangen. »Wenn ihr beiden so weit seid, können wir vielleicht die Unterhaltung fortsetzen«, sagte er gereizt.

Raimon nahm einen tiefen Schluck.

»Nur damit du's weißt, Josselin. Zweimal haben wir schon versucht, sie auszuräuchern.«

»Ich habe davon gehört. Aber mit der rechten Entschlossenheit lässt sich jede Festung nehmen oder mit schwerem Kriegsgerät. Probier's mit Untertunneln, bis die Mauern einstürzen.«

»Soll ich etwa meine eigene Burg zerstören?«

»Wenn nötig«, erwiderte Josselin. »Aber eigentlich wollte ich dir etwas ganz anderes vorschlagen. Du kennst die Fabel mit der Maus, nehme ich an. Die Maus kommt immer wieder aus dem Loch, um im Haus der Katze zu fressen. Dabei wird sie immer gieriger und immer fetter, bis sie nicht mehr durchs Loch passt und schließlich von der Katze gefressen wird.«

Der Graf sah ihn verständnislos an. »Was sollen die dummen Tiergeschichten?«

»Wir sind uns einig, dass Bertran verschwinden muss. Und mit der Burg hat er sich übernommen. Dort müssen wir ihn packen. Dabei ist aber auch noch eine andere Sache zu bedenken. Nehmen wir an, du erwischst ihn. Was willst du dann mit ihm anstellen?«

»Ich knüpfe ihn auf. Wie einen verdammten Wegelagerer, der er ist.«

»Nachdem du Alfons Jordan umgebracht hast, willst du nun auch noch seinen Sohn ermorden?«

»Ich habe Alfons nicht getötet. Du hast …«

»Hör mir zu, Raimon. Die Wahrheit hat keine Bedeutung. Nur, was alle Welt glaubt, zählt am Ende. Es sähe verdammt schlecht aus, wenn du den Sohn aufknüpfen ließest. Outremer braucht Anführer, zu denen die Welt aufschauen kann. Schließlich sind wir das Bollwerk der Christenheit. Melisende müsste sich fragen, ob du der rechte Mann für dieses Lehen bist.«

Graf Raimon war sprachlos vor so viel unverfrorener Niedertracht. »Willst du mir etwa drohen?«

»Natürlich nicht. Wir müssen die Sache nur vernünftig angehen.«

Raimon starrte ihn lange an. Nach einem weiteren Schluck aus seinem Kelch begann er einzusehen, dass Josselin vielleicht recht haben könnte. Sein Vetter Bertran war nicht nur ein Ärgernis, der Kerl hatte auch noch das Mitgefühl vieler Edelleute an den Höfen von Outremer. Und mehr noch das ihrer Damen. Für sie war er eine romantische Figur.

»Ich sehe, du hast einen Plan«, brummte er. »Lass hören.«

»Du musst es doch gar nicht selbst tun«, grinste Josselin. »Niemand könnte dich des Vetternmords beschuldigen, wenn es die Sarazenen für dich erledigten.«

»Soll ich etwa die *Haschischin* verpflichten? Das wäre genauso durchsichtig.«

Diese Sekte moslemischer Glaubensfanatiker trieb schon lange ihr Unwesen in Syrien. Es war ihnen bereits mehrfach gelungen, religiöse Gegner oder unliebsame Emire durch Mordanschlag zu beseitigen, zumeist auf der moslemischen Seite. Ihr Erfolg lag darin, dass es den Attentätern gleich war, ob sie erwischt wurden oder nicht. Der eigene Tod schreckte sie wenig. Es wurde gemunkelt, dass sogar schon christliche Fürsten sich ihrer Dienste versichert hätten.

»Nein, nicht die *Haschischin.* Aber du hattest doch immer gute Beziehungen in Damaskus.«

»Die Damaszener sollen meine Burg einnehmen?«

»Warum nicht? Dann stehst du sauber da.«

»Nach eurer schwachsinnigen Entscheidung, gegen Damaskus Krieg zu führen, werden die kaum bereit sein, uns diesen Gefallen zu tun.«

»Gerade deshalb ist jetzt der richtige Zeitpunkt, glaub mir. Jeder wird annehmen, es handle sich um einen Rachefeldzug. Ich denke da an Muin ad-Din Anar, den Statthalter. Wir haben damals seinen schmutzigen kleinen Handel gedeckt, du erinnerst dich. Er schuldet uns etwas.«

»Wenn du meinst.«

»Wird dich etwas kosten. Aber dann bist du Bertran los.«

Graf Raimon dachte lange nach, schließlich grinste er. »Das könnte klappen. Am besten solltest du aber selbst nach Damaskus reiten. Ich darf da nicht gesehen werden.«

»Gleich morgen früh«, nickte Josselin erfreut. »Ich wusste, dass wir uns einig würden.«

♦

Das Leben auf einer Burg wie Arima war doch etwas ganz anderes als die unsteten Lager in der Wildnis. Beatriz war stolz auf ihren persönlichen Beitrag bei der Einnahme der Burg, auch wenn sie sich dies nicht anmerken ließ. Schließlich war es unter der Würde einer Dame, sich auf die eigene Brust zu klopfen.

Graf Raimons halbherzige Versuche, seine Festung zurückzuerobern waren ohne große Schwierigkeiten zurückgeschlagen worden. Danach hatten sich Bertran und seine Reiter schnell des Gehorsams der umliegenden Dörfer versichert.

Für das Landvolk war es von geringer Bedeutung, welchem *senher* sie zu dienen hatten oder an wen sie ihre Abgaben lieferten, solange man sie gut behandelte, vor Überfällen schützte und ansonsten in Ruhe ließ. Und Bertrans Ruf als tatkräftiger und gerechter Herr hatte sich schnell herumgesprochen, so dass auch von weiter her Dorfälteste kamen, um sich bereitwillig seinem Schutz zu unterwerfen, sehr zum Ärger ihrer adeligen Herren.

Doch auch die ließen sich meist überzeugen, sobald Arnaut ihnen mit einer Schar grimmiger Krieger einen Besuch abstattete und sie vor die Wahl stellte, Bertran zu dienen oder seinen Zorn zu spüren. Dass es dabei nicht immer friedlich verlief, war nicht zu vermeiden.

Handelskarawanen ließen sie von nun an unbehelligt und begnügten sich damit, Wegzoll zu erheben, denn der Handel zwischen Häfen wie Tripolis und den Städten des Orients wie Aleppo, Damaskus oder Bagdad war so bedeutend geworden, dass er die wichtigste Einnahmequelle der christlichen Fürstentümer darstellte. Bertran hatte also nicht vor, ihn zu unterbinden, sondern nur seinen eigenen Gewinn daraus zu ziehen.

An kampferprobten Männern fehlte es ihnen nicht, denn die bisherigen Erfolge zogen allerlei herrenlose Krieger an. Bertran begann nun auch, andere Festungen der Grafschaft ins Auge zu fassen und nach Möglichkeiten zu suchen, sein kleines Reich zu erweitern.

»Wer hätte das gedacht, Arnaut?«, sagte er eines Abends. Sie standen auf der Zinne und blickten ins Tal und weiter bis zum Horizont, hinter dem die Sonne im Meer versank. Hier waren sie ungestört, niemand konnte sie hören. »Im letzten Jahr waren wir am Ende, hatten nicht einmal Geld genug, um Futter für unsere Gäule zu kaufen. Und nun beherrschen wir fast den ganzen Norden der Grafschaft, und Raimon muss uns fürchten.«

»Ich traue dem Frieden nicht«, entgegnete Arnaut. »Sie haben uns in letzter Zeit in Ruhe gelassen. Aber das wird nicht ewig andauern. Irgendwann wird er zurückschlagen. Vielleicht braut sich schon gerade jetzt, da wir sprechen, etwas zusammen.«

»Ach was. Mach dir keine unnötigen Sorgen. Wir werden alles meistern, wenn es so weit ist.«

Bertran betrachtete seinen Freund mit großem Wohlwollen. In den fast zwei Jahren, seitdem sie sich kannten, hatte Arnaut sich verändert. Er war nicht nur kriegstüchtiger, listiger und erfahrener geworden, sondern schien insgesamt an Statur gewonnen zu haben. Die hohe Gestalt, der vom Kampf und ständigen Leben im Sattel gestählte Leib und sein durchdringender Blick konnten so manchen einschüchtern. Doch dahinter verbarg sich eine nachdenkliche Seele, eine Sanftheit des Gemüts, die der kriegerischen Erscheinung widersprach, jedoch keine Schwäche war. Wie es schien, hatte Beatriz diese Seite an ihm erkannt. Umso besser, dachte Bertran zufrieden.

»Ohne dich, mein Freund, hätte ich nichts dergleichen erreichen können.« Er legte Arnaut den Arm auf die Schulter. »Deshalb möchte ich dir einen Vorschlag machen.«

Arnaut blieb stumm, sah ihn aber aufmerksam an.

»Wir sind gute Freunde«, fuhr Bertran fort. »Aber ich möchte, dass uns mehr verbindet.« In seinen Augen leuchtete es plötzlich auf. »Heirate meine Schwester, Arnaut.«

♦

Constansa lag nackt und zufrieden auf dem Bett in der Kammer, die sie mit Severin teilte. Schwaches Mondlicht drang durch die offene Fensterluke, und ein erfrischender Luftzug strich ihr über die erhitzte Haut.

Sie lag mit halbgeschlossenen Augen auf dem Rücken und schwelgte noch in der abschwellenden Lust, die sie gerade genossen hatte. Als seine Hand sanft über ihre Brustwarzen strich, erschauerte sie vor erneutem Verlangen.

»Fass mich nicht mehr an«, stöhnte sie, »sonst werde ich noch verrückt.« Sie drehte sich auf die Seite, legte den Kopf auf seine Brust und warf ein Bein über seine Schenkel.

Severins Hand wanderte aufreizend über ihren Po. »Meinst du so?«

Kichernd zuckte sie zurück. »Hör auf! Schluss jetzt! Sonst zerplatzt mein armes Herz.«

Sie schmiegte sich wieder an ihn. »Willst du, dass ich vor Lust sterbe? Das könnte dir so gefallen, was?« Sie zupfte an den Haaren auf seiner Brust. »Eigentlich kein schlechter Tod«, murmelte sie. »Auf der Höhe der Lust einfach so ins Himmelreich entschweben. Was denkst du?«

»Was brauch ich das Himmelreich, wenn ich dich habe, *mon anjol?*«, flüsterte er ihr ins Ohr. »Ohne dich ist das Leben wie eine Wüste ohne Wasser.«

Sie setzte sich auf. »Das ist wahr«, seufzte sie. »Du hast mir die Liebe geschenkt. Ich wusste doch gar nicht, dass es so etwas gibt. Und jetzt kann ich ohne deine Liebe nicht mehr leben.« Sie beugte sich über ihn und küsste ihn auf die Lippen. »Ich bin schwach geworden und süchtig nach dir. Du darfst nicht vor mir sterben, hörst du? Allein der Gedanke ist schon unerträglich für mich. Eher sterben wir zusammen.« Sie küsste ihn noch einmal. »Ja, gemeinsam«, flüsterte sie. »Hand in Hand.«

Er zog sie fest an sich. »Was redest du, *mon cor?* Ich will doch nicht sterben. Ich will ewig mit dir leben.«

♦

Bertran drängte nicht auf eine schnelle Antwort. Und doch wusste Arnaut, dass er die Bedenkzeit, die er sich ausgebeten hatte, nicht zu lange hinauszögern durfte, ohne seinen Freund zu verletzen.

Heimlich beobachtete er Beatriz. Man konnte ihr nicht anmerken, ob sie von diesem Vorschlag wusste. Dennoch war ihm, als ob ihre Blicke öfter auf ihm ruhten, als man es dem Zufall zurechnen konnte. Hatte etwa sie selbst den Anstoß gegeben? Oder bildete er sich das ein?

Er versuchte, sich ein Leben mit Beatriz vorzustellen. Sie war eine hübsche Frau. Welcher Mann würde sie nicht begehren? Außerdem hatte sie ein sanftes, freundliches Wesen. Kein Wunder, dass Bertran ihr besonders zugetan war. Ja, auch er könnte sich vorstellen, sie zu lieben.

Aber sie war nicht Ermengarda.

Er verfluchte sich, dass er jede Frau mit ihr vergleichen musste und dass keine vor ihr Bestand hatte.

Dennoch war Ermengarda in den beiden Jahren immer ferner und unerreichbarer geworden. Seine Wirklichkeit war jetzt hier bei Bertran, dem von seiner Familie nur diese Schwester geblieben war. Wie konnte er daher ein so großzügiges Angebot ausschlagen? Denn auch wenn sie unehelich war, Beatriz war immer noch eine Fürstentochter und würde gewiss ganz andere Männer ehelichen können als ihn. Umso mehr wusste er Bertrans Vorschlag zu schätzen.

Er erinnerte sich, was Aimar ihm über ihre gemeinsame Verwandtschaft erzählt hatte. Würde er jemals die Hintergründe erfahren? Aber falls es stimmte, welch seltsame Fügung des Schicksals. Denn dann wäre auch Graf Raimon mit ihm verwandt. Wie unsinnig, weiter gegeneinander Krieg zu führen.

»Ich muss mit dir reden, Bertran«, sagte er, als sie von einem Jagdausflug zurückkamen. Sie schickten ihr Gefolge voraus und ließen sich auf einer Wiese im Schatten einiger Ölbäume nieder.

»Was ist los? Hast du dich entschieden?«

»Erst noch etwas anderes, Bertran.« Er blickte in die Ferne, wie um seine Gedanken zu sammeln. »Wir haben bisher großes Glück gehabt, du und ich. Aber je mehr wir deinen Vetter reizen, je mehr steigt in ihm der Wunsch, uns zu vernichten. Er wird nicht ruhen, bis es ihm gelingt. Wir sollten Fortuna nicht länger herausfordern.«

»Auf was willst du hinaus?«

»Mach Frieden mit ihm.«

Bertran lachte bitter. »Ich soll Frieden mit dem Mörder meines Vaters machen?«

»Er war es nicht. Das habe ich dir schon hundertmal gesagt. Josselin hat die Becher vertauscht. Und der ist Melisendes Mann. Sie hat den Auftrag gegeben.«

»Aber gewiss doch mit Raimons Einverständnis.«

»Das wissen wir nicht. Aber ein ewiger Krieg mit ihm wird niemandem nützen. Du kannst Tripolis nicht erobern. Er aber kann uns sehr wohl zerstören, wenn er es darauf anlegt.«

»Soll ich etwa zu Kreuze kriechen?«

»Keinesfalls. Auch ihm muss an Frieden gelegen sein, denn unsere Angriffe kommen ihn teuer zu stehen. Und je länger es andauert, je mehr macht er sich in Outremer lächerlich. Wenn du einverstanden bist, reite ich zu ihm und biete ihm einen Handel an.«

»Und wie soll der aussehen?«, fragte Bertran misstrauisch.

»Du selbst hast mich darauf gebracht mit deiner Heiratspolitik«, grinste Arnaut. »Er hat doch eine Tochter. Sie ist zwar erst fünf Jahre alt, aber das würde ihn nicht daran hindern, das Mädel in aller Form mit dir zu verloben. Sie könnte sogar hier in der Burg in Beatriz' Obhut aufwachsen. Wäre nicht das erste Mal, dass so etwas gemacht wird.«

»Was redest du fur einen Unsinn«, fragte Bertran. »Warum zum Teufel sollte er das tun? Und was sollte mir das einbringen?«

»Frieden und Sicherheit. Das Kind dient als Pfand für seinen guten Willen. Im Gegenzug belehnt dich Raimon mit dem Gebiet, das wir uns bereits genommen haben, und wir lassen ihn dafür in Ruhe. Alle Welt wird sich freuen, dass dieser Streit endlich beigelegt ist. Sogar Melisende.«

»Ich soll ihm einen Lehnseid leisten?«

»Was macht das, wenn er dir sein Kind zur Frau gibt und du eine Vizegrafschaft hältst?«

»Ich will mein eigener Herr sein.«

»Dann huldige nur Jerusalem.«

»Verdammte Mörderbande.«

»Sieh es mal anders, Bertran. Dein Vater und du, ihr habt sie arg in Bedrängnis gebracht. Dann, nach seinem Tod letztes Jahr, hattest du nichts. Bei einer Einigung mit Raimon aber wärest du sein Schwiegersohn und Herrscher über ein kleines Reich. Melisende würde dich als Vizegraf anerkennen. Und bei Raimons Tod, wer weiß, können du oder deine zukünftigen Kinder vielleicht den Rest erben, denn er hat nur einen einzigen Sohn. Es bleibt alles in der *familia.*«

Bertran machte ein finsteres Gesicht. Noch war er nicht überzeugt.

Da fügte Arnaut hinzu: »Denk auch an Beatriz. Das Leben, das wir geführt haben, ist nichts für sie. Wenn uns gelingt, was ich vorschlage, dann will ich mit Freuden deine Schwester heiraten.«

Bertran warf den Grashalm weg, an dem er gekaut hatte. »Also gut«, sagte er. »Es ist einen Versuch wert.«

♦

Arnaut zog den Sattelgurt fester, klopfte seinem Hengst liebevoll auf den Hals und führte das Tier in den Burghof. Er schnallte Satteltaschen auf, hängte Schild, Wasserschlauch und Helm an den Sattelknauf. Dann besah er sich die Eisen an Amirs Hufen.

»Sobald wir von Tripolis zurück sind, muss er neu beschlagen werden, Jori«, stellte er fest.

»Ich kümmere mich darum.« Auch Jori führte sein Ross in den Hof. Dann drehte er sich um und küsste Joana, die inzwischen hochschwanger war. Sie hatte Tränen in den Augen und wollte gar nicht von ihm lassen.

»Nur eine Woche, Mädel«, sagte Arnaut gut gelaunt. »So lange wirst du es doch wohl aushalten können.«

Als er sich wieder seinem Pferd zuwenden wollte, stand plötzlich Beatriz neben ihm. Ihre Wangen waren gerötet.

»Ich wünschte, du könntest mich mitnehmen.«

»Das wäre Bertran aber gar nicht recht«, grinste Arnaut. »Du bist sein kostbarstes Pfand.«

»Na, wunderbar. Und was bringt mir das?«

Sie blickte ihm geradewegs in die Augen, als würde sie etwas darin suchen, gar ein Zeichen seiner Zuneigung?

Arnaut ergriff ihre Hände und lächelte ihr herzlich zu. »Du bist unsere *domina,* Beatriz.«

»Auch deine?«

»Selbstverständlich.« Er hob ihre Rechte und beugte sich zum Kuss darüber. Erstaunt nahm er wahr, wie sie zaghaft sein Haar berührte. Und als er sich wieder aufrichtete, war ihm, als wollte sie seine Hand nur ungern loslassen.

»Ich wünsche dir Glück, Arnaut. Uns allen wünsche ich Glück.« Sie stellte sich auf Zehenspitzen und küsste seine Wange. »Ich warte auf dich«, hörte er noch. »Sehr ungeduldig.« Dann lief sie davon.

Jori stand da und grinste. »Ich hab da so was läuten hören. Ist es denn wahr?«

»Hör nicht auf dummes Geschwätz«, knurrte Arnaut und schwang sich in den Sattel. »Komm endlich. Sonst vertrödeln wir noch den ganzen Tag.«

Wenn man sich beeilte, war der Ritt nach Tripolis in einem Tag zu schaffen, doch Arnaut ließ sich Zeit, um sich gedanklich auf das Treffen vorzubereiten. Oder war es, um die endgültige Entscheidung, Beatriz zu ehelichen, noch etwas hinauszuzögern? Jedenfalls besuchten er und Jori noch einmal Nouras Grab in den hügeligen Ausläufern des Libanon, als könnte seine tote Großmutter ihm einen Rat geben.

Am ehemaligen Gutshof seiner Familie erfuhren sie, dass überall Reitertrupps des Grafen unterwegs waren und Straßen und Brücken gesichert hielten, als befürchtete man einen Überfall. Als sie tatsächlich auf die erste Wegsperre trafen, wurden sie gleich festgenommen und verhört, bis Arnaut den Söldnern deutlich machen konnte, wer er war und in wessen Auftrag er den Grafen zu sprechen wünschte. Daraufhin wurden sie unter strenger Bewachung bis zur Wohnstätte der Grafenfamilie begleitet.

Während Jori bei den Pferden blieb, führte man Arnaut durch den alten Palast, der in der Stadt von den arabischen Emiren der Banu-Ammar-Familie errichtet worden war.

Ohne die provenzalischen Wachen und ein paar Kreuzen an den Wänden hätte man meinen können, man hielte sich in Bagdad oder Alexandria auf. Palmen und bunte Vögel zierten den Garten, das Plätschern von Wasser erfreute das Ohr, und überall luden bequeme Diwane zum Verweilen ein. Die christlichen Herren in Outremer hatten sich schnell an die Annehmlichkeiten des Orients gewöhnt.

Nicht ganz so freundlich war der Empfang im Audienzsaal des Fürstenpaares, denn Graf Raimon musterte ihn äußerst mürrisch und misstrauisch. Seine Gemahlin dagegen betrachtete ihn mit Neugier. Hier war der Mann an Bertrans Seite, der sie so lange in Atem gehalten hatte.

Es entging Arnaut nicht, dass er Eindruck auf sie machte. Doch mit Unmut nahm er zur Kenntnis, dass auch Josselin de Puylaurens zugegen war.

»He, Montalban!«, rief der. »Welch unerwartete Freude.« Seine saphirblauen Augen blitzten vor boshaftem Vergnügen. »Ich hoffe, du passt noch gut auf mein Schwert auf.«

»Ich verspreche dir, du Bastard«, knurrte Arnaut, »dass du an diesem Schwert noch verrecken wirst.«

Es war unbedacht gesagt, und Arnaut biss sich auf die Lippen, aber Josselin lachte nur und schien sich nicht daran zu stören.

»Es ist ziemlich frech, hier aufzutauchen«, polterte der Graf. »Was soll mich daran hindern, dich auf der Stelle aufzuknüpfen?«

»Ich bin gekommen, Euch einen Handel anzubieten, wie wir die Feindseligkeiten beenden könnten.«

»Mit Wegelagerern verhandelt man nicht.«

»Sei still, Raimon«, sagte Hodierna mit Bestimmtheit. »Ich will hören, was der Mann vorschlägt. Also lass ihn gefälligst reden.«

Raimons Miene verdüsterte sich bei diesen Worten noch mehr. Aber er nickte widerstrebend. »Also sag, was du zu sagen hast«, murrte er.

Es war jetzt fast ein Jahr her, dass Arnaut den Grafen zum letzten Mal gesehen hatte, damals in Caesarea. Er kam ihm noch unruhiger und aufbrausender vor, als er ihn in Erinnerung hatte. Auch schien es nicht zum Besten zwischen dem Grafenpaar zu stehen, nach dem gereizten Ton zu urteilen, der zwischen ihnen herrschte.

Arnaut trug seine geplante Rede vor, die der Graf zwar häufig durch geringschätziges Schnauben unterbrach, aber ohne weitere Wutausbrüche über sich ergehen ließ. Selbst als Arnaut von Bertrans Verlobung mit seiner Tochter sprach, blieb er ungewohnt ruhig, wenn er dieses Ansinnen auch als wirre Träumerei abtat. Arnaut hatte den Eindruck, der Mann bellte mehr, als dass er biss.

Weit mehr erstaunte Arnaut die Aufmerksamkeit, mit der Hodierna ihm gelauscht hatte. Sie befragte ihn nach Einzelheiten seines Vorschlags, als könnte sie einen solchen Handel durchaus in Betracht ziehen. Arnauts Herz begann, schneller zu schlagen. Sollte es denn möglich sein, sie zu überzeugen? Dann fing er verstohlene Blicke zwischen dem Grafen und Josselin auf, als würde Letzterer ihn anweisen, sich zurückzuhalten. Wer von diesen dreien hatte denn nun das Sagen?, fragte er sich verwirrt. Etwa Josselin?

»Ich möchte nicht vorgreifen«, sagte der, »aber ich glaube, die Sache ist eine Überlegung wert. Was meint Ihr, Graf?«

Der zog eine mürrische Miene, nickte aber schließlich.

»Wie darf ich das verstehen?«, fragte Arnaut hoffnungsvoll.

»Das meiste ist natürlich Unsinn«, erwiderte Raimon verdrießlich. »Aber das eine oder andere …«

»Komm in vierzehn Tagen wieder«, lächelte Josselin ungewöhnlich freundlich. »Bis dahin lässt sich mehr sagen.«

»Gut«, sagte Arnaut. »Aber da ist noch etwas.« Er war sich bewusst, dass er das Erreichte vielleicht wieder völlig in Frage stellen würde, aber er konnte die selbstgefällige Fresse dieses Kerls nicht länger ertragen. Er deutete auf Josselin.

»Dieser Mann hier hat Alfons Jordan ermordet.«

Der lachte auf. »Wie kommst du auf so was?«

»Ich habe gesehen, wie du die Becher vertauscht hast.«

Da wurden Josselins Augen schmal, und er funkelte Arnaut bösartig an. »So ein Unsinn.«

»Er soll uns übergeben werden«, fuhr Arnaut fort, »auf dass wir ihn richten, wie es sich gehört.«

»Jetzt reicht's mir aber«, schäumte Raimon. »Alfons ist an schlechtem Fisch verreckt. Wenn du verhandeln willst, dann komm in vierzehn Tagen wieder. Und jetzt halt's Maul und verschwinde.«

Arnaut verbeugte sich und ließ sich wieder aus dem Palast führen. In der Eingangshalle wurde er jedoch aufgehalten und zu seinem Erstaunen in einen kleinen Nebenraum geführt, wo man ihn allein ließ. Es dauerte nicht lange, und Hodierna betrat den Raum. Sie sah sehr beunruhigt aus.

»Was Ihr heute vorgetragen habt, *Senher* Arnaut«, eröffnete sie ihm etwas atemlos, »war das Vernünftigste, das ich seit langem gehört habe. Auch ich möchte diese leidige Fehde endlich gütlich beenden.«

»Danke, *Midomna.*«

»Aber möglicherweise ist es schon zu spät. Josselin und mein Gemahl haben Euch gerade etwas vorgespielt, nur um Euch hinzuhalten.« Ihre Brauen zogen sich in Zorn zusammen. »Ein Mord hat mir gereicht, ich will nicht länger schweigen. Reitet wie der Wind zurück nach Arima, um Bertran zu warnen.«

Arnaut erschrak. »Wovor?«

Die Fürstin zögerte einen Augenblick. Dann atmete sie tief durch, bevor sie weitersprach. »Der Statthalter von Damaskus ist mit fünfhundert Mann unterwegs, um die Burg einzunehmen und alle darin zu töten. Vor allem Bertran. Ein schmutziges Geschäft, das Josselin für diesen Kerl eingefädelt hat, der sich mein Ehemann nennt.«

♦

Sie ritten wie die Teufel, ohne Rücksicht auf andere Benutzer der Straße, so dass ihnen Flüche und Verwünschungen folgten. Steine flogen von den trommelnden Hufen, Staub wirbelte hinter ihnen in der flimmernden Hitze der Levante, Schaum flog in Flocken von den Mäulern der Pferde. Sie verlangsamten ihren Ritt nur, um die Gäule nicht zuschanden zu reiten, hielten kurzzeitig an, um ihnen ein wenig Wasser zu gönnen. Dann ging es weiter.

Arnaut und Jori redeten kein Wort miteinander, während sie vornübergebeugt in den Steigbügeln standen und nur auf den Weg achteten. Was war zu reden? Sie wussten, was auf dem Spiel stand. Einer langen Belagerung oder einem zum Äußersten entschlossenen Angriff würde die Burg nicht standhalten. Dazu brauchte es zwar einen genügend großen Heerhaufen, aber mit fünfhundert Mann ließe es sich machen. Ihre einzige Hoffnung war, Bertran rechtzeitig zu erreichen und zu bewegen, die Burg aufzugeben. Besser, wieder in den Wäldern zu verschwinden, als sich von den Sarazenen meucheln zu lassen. Gott gebe, dass sie nicht zu spät kamen.

Arnaut verfluchte sich selbst. Wie gutgläubig war er gewesen, zu meinen, Raimon ließe sich von ehrlichen Absichten beeindrucken. Er hätte klüger sein müssen, sich denken müssen, dass sie nicht aufgeben und sich irgendeine Schufterei ausdenken würden.

Kurz vor Sonnenuntergang erreichten sie das Dorf unterhalb der Burg. Die Pferde waren völlig erschöpft. Den Rest des Weges würden sie zu Fuß bestreiten müssen. Kaum ritten sie ins Dorf, da lief ihnen Elias aufgeregt entgegen.

»Dorf ist leer, *Senher.* Alle sich verstecken. Die Türken sind da, die Türken.«

»Wo?«

»Belagern die Burg.«

Arnaut fluchte fürchterlich, und Jori starrte den Alten mit weit aufgerissen Augen an.

»Joana ist da oben«, stöhnte er.

»Ich weiß, *merda.* Und all die anderen auch.«

Sie konnten nichts tun.

Die ganze Nacht schlichen sie um die Burg herum, vorsichtig, um nicht von den Belagerern entdeckt zu werden. Arima war von allen Seiten eingeschlossen. Nicht einmal eine Maus würde da herauskommen. Schließlich nisteten die beiden sich auf einer gegenüberliegenden Anhöhe ein, um alles zu beobachten.

Die Damaszener Seldschuken waren anders als jene, gegen die sie in Anatolia gekämpft hatten. Dort hatten sie es fast ausschließlich mit berittenen Truppen zu tun gehabt. Hier waren neben Reitern auch eine Menge gut ausgerüsteter Fußtruppen zu Werke. Überhaupt schien der Feind aus Türken, Arabern und sogar Beduinen zu bestehen. Sie waren dabei, Katapulte und andere Wurfmaschinen zusammenzubauen. Ein von zwanzig Ochsen gezogener Rammbock traf am zweiten Tag ein, mit dem sich Handwerker beschäftigten, um ihn für seinen Einsatz vorzubereiten.

Arnaut zerbrach sich verzweifelt den Kopf, was er tun könnte. Aber nichts wollte ihm einfallen.

»Und wenn wir nach Antiochia reiten, um Hilfe zu holen?«, fragte Jori.

»Auch wenn wir den Prinzen dazu überreden könnten, bis ein Entsatzheer eintrifft, ist die Burg längst gefallen.«

Sie mussten hilflos zuschauen, wie zwei Leiterangriffe durchgeführt, doch dann zum Glück erfolgreich abgewehrt wurden. Mit Bögen und Armbrüsten setzten sich die Verteidiger zur Wehr, stießen mit langen Stangen die Leitern von den Mauern. Die Schreie der Kämpfenden schallten bis zu ihnen herüber. Mehrmals glaubte Arnaut, Bertran selbst auf der Brüstung zu erkennen.

Die Verluste auf türkischer Seite waren bei diesen Angriffen beträchtlich gewesen. Deshalb versuchten sie es als Nächstes mit dem Rammbock. Dazu musste zuerst der Graben vor dem Burgtor zugeschüttet werden. Türkische Bogenschützen bemühten sich, die Zinnen von Verteidigern freizuhalten. Sobald dies gelang, rannten Männer vor und schleppten Steine und Erde heran. Ein mühsames Geschäft, bei dem viele ihr Leben ließen. Und selbst nach zwei Tagen hatten sie nur geringe Fortschritte gemacht. Als sie auch diese Arbeit aufgaben, begann Arnaut, Hoffnung zu schöpfen. Eine allzu lange Belagerung in Feindesland würden die Türken sich vielleicht nicht zumuten wollen.

Doch als er sie am Hang unterhalb der Ringmauer an mehreren Stellen graben sah, krampfte sich sein Herz zusammen. Eine zweite Mannschaft war im Wald, wo sie Bäume fällten.

»Was haben sie vor?«, fragte Jori aufs Neue besorgt.

»Sie treiben Stollen in den Hang bis weit unter die Mauern. Die werden mit Holzpfeilern abgestützt. Am Ende legen sie Feuer unter der Erde, und wenn die Stützen verbrannt sind, stürzt die Mauer ein. Bete zu Gott, dass auch das nicht gelingt.«

Jori bekreuzigte sich. Gebannt starrte er auf die Arbeiten der Seldschuken, während seine Lippen ununterbrochen Gebete murmelten.

Auf der Burg selbst war man zuerst voller Hoffnung gewesen, nachdem die ersten Bemühungen der Türken erfolglos verlaufen waren. Bisher hatte es auch wenige Verwundete auf ihrer Seite gegeben. Nahrung und Wasser gab es genug auf der Burg. Sie würden eine Weile aushalten können. Doch als ihnen klarwurde, was die Belagerer trieben, griff die Furcht um sich. Man konnte nur hoffen, dass sie bei ihren Grabungen auf Fels stoßen würden. Sollten die Mauern aber brechen, dann würde es das Ende bedeuten.

Bertran umarmte seine Schwester. »Es tut mir leid, dass es so weit gekommen ist«, flüsterte er in ihr Haar. »Es war alles umsonst.«

Sie schaute zu ihm auf. »Ich bereue nichts. Tu du es auch nicht.«

Joana kletterte verzweifelt auf den Bergfried, obwohl es beschwerlich für sie war, und flehte die Männer an: »Haltet nach Jori und *Senher* Arnaut Ausschau. Sie sind nach Tripolis geritten. Gewiss bringen sie uns Hilfe. Haltet Ausschau.«

Jori erkannte sie aus der Ferne hoch oben auf dem Turm und wollte aufspringen, ihr zuwinken.

Doch Arnaut riss ihn zurück. »Du kannst niemandem helfen, verdammt!«

Constansa verspürte keine Angst. »Wenn wir hier sterben müssen, dann soll es so sein«, sagte sie zu Severin. »Wir waren glücklich, du und ich. Mehr kann man sich nicht wünschen. Ich bitte dich nur um eines. Lass nicht zu, dass sie mir Gewalt antun. Vorher töte mich. Versprich es mir.«

♦

Das Graben der Stollen hielt tagelang an. Um sich vor den Pfeilen der Burgbesatzung zu schützen, zimmerten die Angreifer einen überdachten Zugang. Auch der Versuch, diesen mit Brandpfeilen zu zerstören, war nur mäßig erfolgreich. Immer mehr Erde und Geröll wurde zutage gefördert, immer mehr Holzstützen verschwanden in der Tiefe der Löcher, die die Türken wie Maulwürfe in den Hang bohrten. Sie schienen ihr Geschäft zu verstehen.

Als sie anfingen, Reisig und trockene Äste hineinzuschleppen, wusste Arnaut, dass sich das Schicksal der Belagerten bald entscheiden würde. Stunden später schon quoll erster Rauch hervor, der schnell immer dicker wurde und, vom Wind erfasst, sich bald bis weit ins Tal verteilte. Es rauschte und knackte. Ein Inferno wütete unter der Erde. Und als das Krachen und Splittern der ersten Stützen zu hören war, sammelte sich der Feind zum Angriff.

Oben auf den Zinnen standen die Verteidiger und schauten regungslos zu, bis jemand, es schien Bertran zu sein, sie von dort vertrieb.

Auf einmal schien die Erde zu beben. Ein Bersten und Rumpeln ließ sich vernehmen, als der erste Stollen einstürzte. Rauch und Feuer schossen aus dem Loch, als hätte sich ein Höllenschlund aufgetan. Bald darauf sackten ein zweiter und ein dritter Stollen in sich zusammen. Risse entstanden in der Ringmauer, die ersten Steine fielen herab. Schließlich löste sich ein riesiges Mauerstück und stürzte in die Tiefe. Staub wirbelte hoch. Die Mauer zitterte, es krachte und donnerte wie in einem Gewitter, und als Rauch und Staub sich verzogen hatten, klaffte eine riesige Bresche in der Flanke der Burg.

Mit Geheul drangen die Angreifer vor, kletterten nach oben, zogen sich an losen Steinen und Mauerresten empor, drängten in die Bresche, wo sie von todesmutigen Verteidigern empfangen wurden.

Ein fürchterliches Schlachten hob an, Waffenlärm, Wutgebrüll und die Schreie der Getroffenen hallten herüber. Joris Gesicht war tränennass. Er hielt sich die Ohren zu, warf sich auf den Boden, um den Kampf nicht mit ansehen zu müssen. Arnaut hingegen saß wie gelähmt und verfolgte mit starrem Blick die Vernichtung seiner Freunde und Kameraden. Mehr Türken drängten nach. Die Bresche konnte längst nicht mehr gehalten werden, der Kampf hatte sich ins Innere der Burg verlagert, wütete vom Hof zum Rittersaal, und dann von Kammer zu Kammer.

Nach einer endlos scheinenden Weile verebbte der wüste Lärm, es wurde stiller, hier und da schrie noch jemand auf, am Ende hörte man nur noch feindliche Krieger, die Türen eintraten, plünderten, Weinfässer mit der Axt öffneten und grölend über ihren Sieg triumphierten. Als zuletzt noch zwei von Bertrans Männern vom Turm gestürzt wurden, wusste Arnaut, dass dies das Ende war.

Und doch war es ihnen nicht möglich, ihr Versteck zu verlassen. Immer noch hofften sie, irgendeinen Überlebenden zu entdecken, einen, der sich hatte retten können, dem sie helfen konnten. Und so verbrachten sie die Nacht auch weiterhin auf ihrer Anhöhe, ertrugen die Gesänge der Türken, die ihren Sieg feierten.

Am Morgen begann der Feind, sein Lager zu räumen. Und da sahen sie, dass nicht alle gestorben waren. Eine lange Schlange von Gefangenen wurde aus der Burg und in die Sklaverei geführt.

Als die Türken endlich verschwunden waren, wagten sich Arnaut und Severin mit Schaudern in die halbzerstörte Burg. Leichen lagen, wo sie gekämpft hatten, auf Treppen, in Gängen oder Kammerecken. Die Sonne stand schon hoch, Schmeißfliegen hatten bereits den Ort entdeckt, und erster Leichengeruch machte sich bemerkbar.

Jori suchte überall nach seiner Frau. Als er sie endlich fand, blutüberströmt, das Kleid zerrissen, die nackten Beine seltsam verdreht, da musste er sich vor Entsetzen übergeben. Dann brach er neben ihr auf die Knie, schlang seine Arme um ihren toten Leib, als wollte er sie nicht gehen lassen.

Arnaut rannte durch alle Kammern und Gemächer, um nach Überlebenden zu suchen. Doch nirgends eine lebende Seele. Selbst Hunde und Katzen waren von diesem Ort des Grauens geflohen. Manche Leichen waren gefleddert und ihrer Waffen und Rüstungen beraubt. Andere lagen unberührt da, als hätten es die Türken allzu eilig gehabt, den Ort ihres Sieges zu verlassen. Doch dann verstand er. Mit christlichen Sklaven ließ sich mehr verdienen als mit halb verrosteten Kettenhemden.

Von Bertran oder Beatriz fand er keine Spur, wo er auch suchte. Waren sie unter den Gefangenen gewesen? Wenn ja, so gab es noch Hoffnung. Dann hatten die Sarazenen ihren Auftrag, sie zu töten, aus Geldgier nicht erfüllt. Er würde alles tun, um das Lösegeld aufzubringen.

Und dann stolperte er über Severins Stiefel. Er lag auf dem Rücken in Constansas Schoß. Das Blut aus einer tiefen Wunde in der Brust hatte sein *sobrecot* rot durchtränkt, als hätte man es aus einem Farbbottich gezogen. Die Augen waren geschlossen, der Mund geöffnet, als wollte er noch dem letzten Atemzug nachhängen.

Constansa saß mit dem Rücken halb an die Wand gelehnt, Kopf und Oberkörper wie im Kuss über ihren Geliebten gebeugt, in der Rechten einen blutigen Dolch. Als Arnaut ihr ins Haar griff und den Kopf anhob, sah er, dass sie sich selbst die Halsschlagader durchtrennt hatte. Ihr Blut war mit Severins vermischt, ihr Antlitz wachsweiß, doch die Augen klar und ungebrochen. Vielleicht war es nur Einbildung, aber er glaubte, ein Lächeln auf ihren Zügen zu erkennen.

Prinz gegen Emir

Nach langem Zögern trauten sich einige der Männer aus dem Dorf zur Burg herauf, um zu sehen, wie die Dinge lagen. Arnaut bat sie, ihnen bei der Bestattung der Toten zu helfen. Sie gingen, um Schaufeln und Handkarren zu holen, und als sie wiederkamen, hatten sie Verstärkung mitgebracht wie auch Elias, der einen Korb mit Wein, Brot und Oliven trug.

Arnaut und Jori, die seit Tagen kaum etwas gegessen hatten, schlangen das Angebotene dankbar herunter. Anschließend machten sie sich zusammen mit den Bauern an die Arbeit. Es waren mehr als fünfzig Leichen, die allermeisten Männer, die sie aus der Burg schleppten und auf einer freien Fläche bestatteten.

Drei Tage lang schufteten sie in brütender Hitze, umgeben von Leichengeruch und Fliegen. Eine Massengrube kam für Arnaut nicht in Frage. Er war entschlossen, dass jeder ein eigenes, ehrenvolles Grab haben sollte. Der Boden war steinig und hart, aber die Knochenarbeit zwang sie, an anderes als den Tod zu denken, und half, nicht den Verstand zu verlieren. Nach den letzten Gebeten für die Verstorbenen schleppten sie sich ins Dorf, das sich wieder bevölkert hatte, und schliefen wie Halbtote in einer der Hütten.

Duran und Enric aus ihrer alten Truppe waren ebenfalls unter den Toten gewesen, ansonsten hatten die Sarazenen fast einhundert Menschen verschleppt, darunter Frauen und Kinder, die üblicherweise gutes Geld auf den Sklavenmärkten brachten. Arnauts Silber, sein Anteil an der Beute der letzten Monate und sein kostbarer Bogen, alles verschwunden. Jori ging es nicht besser. Für Essen und eine Herberge würde das, was sie dabeihatten, noch eine Weile reichen, ansonsten waren sie wieder einmal mittellos.

Aber was war das im Vergleich zum Verlust der vertrauten Menschen, mit denen sie Gefahren, Leid und Freude geteilt hatten, im Fall Severins sogar das ganze Leben hindurch? Um ihn und Constansa trauerte Arnaut besonders. Und wo mochten Bertran und seine Schwester jetzt sein? Er erinnerte sich an den Abschied von Beatriz. Schüchtern war sie gewesen und hatte doch ihre Gefühle zeigen können. Nun war sie Gott weiß wohin verschleppt.

Arnaut und Jori verbrachten Tage bei den Bauern, stumm und teilnahmslos, unfähig, irgendeinen Entschluss zu fassen, spürten nur diesen nagenden Schmerz im Herzen und jenes bohrende Schuldgefühl der Überlebenden, die sich selbst anklagen, als hätten sie das schreckliche, unvermeidliche Schicksal doch irgendwie verhindern können. Und als der Schmerz langsam verebbte, ließ er eine unendliche Leere zurück, die fast noch schlimmer zu ertragen war.

»*Senher* Arnaut«, sprach Elias ihn nach Tagen etwas verlegen an. »Besser gehen. Krieger aus Tripolis werden kommen.«

Der Mann hatte recht. Es war Zeit, diesen verfluchten Ort zu verlassen. Durch ihre Gegenwart würden sie die Leute im Dorf nur unnötig gefährden. Die hatten schon genug für sie getan. Es war besser, nach Antiochia zu reiten, wo er den Prinzen bitten würde, Bertran und Beatriz auszulösen, wenn man sie irgendwo finden könnte.

Als er mit Jori davon sprach, nickte der nur abwesend. Seit sie Joana tot aufgefunden hatten, schien er die Sprache verloren zu haben. Die Tage hatte er meist still unter einem Baum gesessen, rotgeränderte Augen in unbestimmte Ferne gerichtet. Entscheidungen überließ er Arnaut. Er tat, wie ihm geheißen, ansonsten war ihm alles gleichgültig.

Sie sattelten ihre Pferde und folgten langsam dem langen Weg zurück nach Norden. Vor einer ganzen Ewigkeit, so kam es ihnen vor, waren sie in entgegengesetzter Richtung gewandert, als Arnauts Haufen noch vereint gewesen war.

Daran dachten sie oft, besonders an Orten, die im Gedächtnis geblieben waren. Natürlich hatte es manchmal auch Streit in der Truppe gegeben, nicht jeder war einem immer genehm gewesen, und doch hatten sie zusammengehalten, waren eine Gemeinschaft gewesen. Jetzt war die Stille um sie herum bedrückend.

In den Nächten lagen Arnaut und Jori am Lagerfeuer, lauschten dem Wind in den Zweigen und starrten stumm hinauf zu den Sternen. Dabei erinnerten sie sich an Gespräche, Scherze und Gelächter, glaubten, noch die Stimmen ihrer Gefährten zu hören. Wenn Jori die Augen schloss, stellte er sich vor, Joana läge in seinen Armen, nur um später in der Nacht von Alpträumen geplagt aus dem Schlaf zu fahren. Tagsüber saß er bleich und mit schwarzen Ringen unter den Augen im Sattel und redete nur, wenn es nicht zu vermeiden war.

Mitte Juni erreichten sie Antiochia und fanden die Stadt in großem Aufruhr vor. Nur ad-Din, der Emir von Aleppo, war mit einem großen Heer auf dem Vormarsch und bedrohte das Fürstentum. Alle waffenfähigen Männer waren aufgerufen, sich unter dem Banner des Prinzen zu sammeln.

Arnaut und Jori baten im Palast um eine Audienz. Sie wurden zu einem Saal gewiesen, wo sich Edelleute mustern ließen. An einem Ende thronte Prinz Raimon, zu seiner Rechten die Heerführer des Fürstentums, links von ihm sein *secretarius*, der das Musterbuch führte, und zwei weitere Schreiber, die Einsatzbefehle und Anweisungen des Prinzen ausstellten.

Ritter und Barone warteten in einer langen Schlange darauf, zum Prinzen vorgelassen zu werden. Andere standen in Grüppchen herum und redeten in gedämpftem Ton über den kommenden Einsatz. Arnaut verstand, dass die Sarazenen eine Burg namens Inab südlich von Antiochia und am Ostufer des Orontes belagerten. Deshalb versuchte man, kurzfristig ein Entsatzheer zusammenzustellen, um die Einnahme dieser wichtigen Festung und weiteres Vordringen der Sarazenen zu verhindern.

Arnaut beobachtete den Prinzen. Der saß aufrecht auf seinem thronartigen Stuhl und machte trotz der Bedrohung durch den Feind einen ruhigen und entspannten Eindruck. Ein schlanker, aber kräftiger Mann von hohem Wuchs. Er sah ausnehmend gut aus, jedoch auf eine sehr männliche, vertrauenerweckende Weise, die jedem, der mit ihm in Berührung kam, nicht nur Respekt, sondern auch Zuneigung einflößte. Er hatte für alle ein freundliches Wort, scherzte mit denen, die ihm vertraut waren, sprach sich hier und da mit seinen Anführern ab, verteilte Verantwortlichkeiten und Aufgaben, diktierte kurze Anweisungen und wandte sich mit einem Lächeln dem Nächsten zu.

Als Arnaut endlich vor ihm stand und seinen Namen nannte, stutzte der Prinz einen Augenblick lang und legte den Kopf zur Seite. Dann schien er sich zu erinnern.

»Montalban? Aus Narbona, wenn ich mich nicht irre? Wart Ihr nicht bei den Tolosanern? Meine gute Nichte Alienor hat mir von Euch erzählt, ihrem Retter bei der Schlacht am Mäander. Sie war voll des Lobes.«

Arnaut war erfreut, dass ein Mann wie dieser Fürst sich an so etwas erinnern konnte. »Ich habe Bertran de Sant Gille gedient, dem Sohn des Grafen von Tolosa.«

»Ah«, sagte Raimon de Poitier, und das Lächeln erstarb auf seinem Gesicht. »Eine schlimme Geschichte.« Arnaut war nicht sicher, ob er den Mord an Alfons meinte oder die Eroberung von Arima. »Dann seid Ihr es wohl auch gewesen«, fuhr der Prinz mit einem Augenzwinkern fort, »der zusammen mit dem jungen Bertran die Grafschaft Tripolis unsicher gemacht hat. Das hat hier für einige Belustigung gesorgt.«

»Leider haben die Türken die Burg, in der wir lagen, eingenommen und Bertran und seine Schwester entführt. Ich war durch Zufall nicht zugegen.«

»Mir ist gestern etwas in der Art berichtet worden. Es tut mir außerordentlich leid.«

»Ich hatte auf Eure Unterstützung gehofft, *Mossenher*, um

ein Lösegeld für die beiden zu erwirken. Das heißt, wenn sie noch leben.«

Prinz Raimon nickte. »Ich will mich gerne dafür einsetzen. Zunächst aber müssen wir Nur ad-Din vertreiben. Um alle Kräfte des Fürstentums zu sammeln, würden noch ein paar Wochen vergehen. Aber so lange können wir nicht warten. Eile ist geboten. Wir brauchen deshalb jeden verfügbaren Mann. Ich darf doch hoffentlich auf Euch zählen, Montalban?«

»Natürlich«, erwiderte Arnaut. Er war wenig begeistert, erneut in den Krieg zu ziehen, aber das Wohlwollen des Prinzen war unerlässlich, wenn er Bertran helfen wollte.

»Ausgezeichnet. Ich gebe Euch eine Staffel von zwei Dutzend Reitern. Mehr habe ich im Augenblick nicht zur Verfügung. Ihr dient unter Robert de Francavila hier.« Er stellte kurz den stämmigen Normannen an seiner Rechten vor. »Er ist ein guter Hauptmann, Ihr werdet sehen.« Er wandte sich an seinen *secretarius* und wiederholte die Anweisung. Dann richtete er seine Aufmerksamkeit wieder auf Arnaut. »Holt Euch am Nachmittag den Einsatzbefehl bei meinem Schreiber hier ab. Und morgen früh bei erstem Licht brechen wir auf.«

»Da ist noch etwas, *Dominus.* Ich hatte zuvor das Vergnügen, mit einer jungen Türkin zu reden, Ayla mit Namen. Ist sie noch hier?«

»Sie ist ausgelöst worden. Schon seit einer Weile.« Der Prinz schenkte ihm noch ein freundliches Kopfnicken, dann war Arnaut entlassen.

Als später Arnauts Befehl ausgefertigt war, der ihn jenem Robert de Francavila aus Tarent unterstellte, überprüfte der *secretarius* das Schriftstück noch einmal, bevor er es wie üblich mit dem Siegel des Prinzen versehen würde. Doch dabei erinnerte er sich, den Namen dieses Ritters schon einmal gesehen zu haben, aber wo nur?

Der *secretarius* war ein gewissenhafter Mensch. Daher

dachte er nach, bis es ihm schließlich einfiel. Er öffnete ein Fach in seinem Schreibpult und entnahm einen Brief, der dort unter einigen anderen aufbewahrt lag, deren Empfänger tot oder noch nicht ermittelt worden waren. Richtig. Dieser war vor Monaten eingetroffen, wie er selbst darauf vermerkt hatte, und an einen Arnaut de Montalban gerichtet. Ob das Schreiben wichtig war, wusste er nicht, es ging ihn auch nichts an, aber es war immerhin mit dem Siegel der Vizegrafschaft Narbona versehen. Er faltete den Einsatzbefehl zusammen, legte den Brief hinein, versiegelte das Ganze und schrieb Arnauts Namen darauf. Dann legte er es zur Abholung bereit.

Doch es war Jori, der am Nachmittag das Päckchen holte und auf Arnauts Geheiß irgendwo in dessen Satteltasche stopfte, wo es später, als sie ihre Sachen packten, ungeöffnet unter Wäsche, Socken und Tuniken verschwand.

♦

Beim ersten Licht würden sie ausrücken, hatte der Prinz gesagt. In Wirklichkeit dauerte es den halben Vormittag, bis das kleine Heer marschbereit war. Nicht mehr als fünfhundert Reiter und eintausend Mann Fußvolk würden sich dem Feind entgegenwerfen. Angeblich habe man nicht genügend Zeit gehabt, alle verfügbaren Kräfte Antiochias zu sammeln, doch Arnaut beschlich der Verdacht, viel mehr als dieses kleine Heer konnte das Fürstentum nicht aufbieten.

Anführer und Kern der Truppe bestand aus einheimischen Rittern und Söldnern, zumeist Normannen ursprünglich aus Italia, einer Einheit syrischer Bogenschützen und einer Hundertschaft Turkopolen, eine leichte Reiterei, die aus Söhnen von Mischehen zwischen christlichen und türkischen Eltern bestand.

Dazu kamen Krieger aus aller Herren Länder, Neuankömmlinge wie Arnaut und Jori, herrenlose Veteranen aus dem Heer von König Louis, die sich in der Stadt befanden, Männer aus vielen Gegenden des Frankenreichs, aus Anjou, Flandern, der Auvergne, aus Bearn oder der Provence, ja sogar ein paar Alemannen. Das Sprachengemisch war verwirrend, wobei das Nordfränkische überwiegte, aber jeder schien es anders auszusprechen oder mischte provenzalische, griechische, türkische oder apulische Brocken mit hinein. Kein Wunder also, dass es dauerte, bis die Männer verteilt waren und jeder seine Einheit gefunden hatte, bis alles Gerangel unter den Anführern geklärt und die Marschordnung abgestimmt war.

In diesem Durcheinander war ihnen ganz unerwartet ihr alter Freund Ferran über den Weg gelaufen, der ein etwas betagt wirkendes Pferd hinter sich herzog. Voller Freude über das Wiedersehen umarmten sie ihn stürmisch. Vier Wochen war er schon in Antiochia. Elena und Munira ginge es gut, berichtete er. Sie hatten in Jerusalem einen Handel für fromme Andenken aufgemacht, die bei Pilgern und heimkehrenden Soldaten sehr beliebt waren. Lois Bernat beschäftige sich mit dem Aufspüren von Reliquien, nicht immer aus einwandfreien Quellen, wie Ferran vermutete.

Zu erfahren, wie Severin und Constansa gestorben waren, setzte ihm mächtig zu. Er verbarg die Tränen nicht, die ihm in den grauen Bart rannen.

»Es ist alles zu nichts zerronnen«, sagte er betrübt und fütterte seinen Gaul mit einem Apfel, den er aus der Satteltasche gezogen hatte. »Damaskus war eine einzige Schmach, das könnt ihr mir glauben.«

»Du warst dabei? Erzähl mal.«

»Zuerst kamen wir gut gegen die Moslems voran. Wir konnten auf der Westseite eine günstige Stellung in der Nähe der Obstgärten einnehmen. Die liegen wie ein Ring um Damaskus. Wir hatten Wasser vom Fluss und Früchte aus den Gärten. Aber dann wurden wir heftig bedrängt und verloren eine Menge Mannschaften. Also verlagerten wir das Heer nach Südosten. Angeblich, weil die Befestigungen dort leichter zu stürmen wären, was sich aber als falsch herausstellte. An dem verfluchten Ort gab es weder Wasser noch irgendwas zu fressen, dafür aber täglich die heftigsten Angriffe. Wir konnten uns nicht mehr halten, und der Weg zurück zur Westseite war nun auch versperrt. Das war's dann. Wir mussten abziehen.«

»Erinnerst du dich vielleicht an einen Felipe de Menerba aus Narbona? Wir hatten ihn letztes Jahr in Antiochia getroffen.«

»Der ist auf dem Rückzug gefallen.«

Arnaut und Jori sahen sich betroffen an.

Ferran seufzte. »Der Rückzug war das Schlimmste. Da hatten wir die allerschwersten Verluste. Es war ein trauriger Rest, der sich nach Jerusalem retten konnte. So was möchte ich nicht noch einmal erleben.«

»Und was machst du dann hier?«

»Tja. Was mache ich hier? Gute Frage.« Er klaubte noch einen Apfel aus der Satteltasche. In den biss er aber selber. »Ich sag euch eines. Die haben keine Angst mehr vor uns. Früher hatten sie vor der fränkischen Reiterei einen Heidenrespekt. Wenn ein paar Ritter auftauchten, liefen sie schon davon. Die Zeiten sind vorbei. In letzter Zeit haben sie gelernt, dass man uns schlagen kann. Und jetzt lechzen sie nach unserem Blut. *Djihad* rufen sie überall, hab ich mir sagen lassen. Die werden nicht ruhen, bis sie uns ins Meer geworfen haben.«

»Und das willst du hier verhindern helfen?«

Er zuckte mit den Schultern. »Auf mich wartet wenig Besseres im Leben«, grinste er. »Ein Besäufnis unter Kameraden, eine willige Hure, wenn sie sich findet, und ein guter Kampf, damit bin ich schon zufrieden. Sterben müssen wir ohnehin alle. Ob heute oder morgen, darüber zerbreche ich mir nicht den Kopf.«

»Jedenfalls freuen wir uns, dich wiederzusehen, mein Alter«, sagte Arnaut und legte Ferran den Arm um die Schultern. »Ich hoffe, du schließt dich uns an.«

»Auf jeden Fall. Ich hab dir ja gesagt, ich finde dich.«

»Wir sollten versuchen, bei nächster Gelegenheit einen besseren Gaul für dich aufzutreiben.«

»Lass nur«, grinste Ferran und hielt dem Tier seinen abgenagten Apfel hin. »Die Mähre ist wie ich. Alt, zäh und bissig.« Er lachte lauthals über seinen Witz.

»Können wir gegen Nur ad-Din bestehen, Ferran? Das Heer kommt mir ziemlich klein vor.«

»Der Prinz ist ein wilder Mann, wenn es stimmt, was man so hört. Übermacht zählt für ihn nicht. Kopf hoch, dem Feind fest ins Auge blicken und drauf.« Ferran lachte. »Bisher hat er immer Erfolg damit gehabt. Wir werden sehen.«

Bald darauf ging es mit fliegenden Bannern los in Richtung Süden, immer am Orontes entlang, ringsum rauhes, bergiges Gelände. Unterwegs wurde viel gesungen, aber da dies ein Heer von harten, schlachterprobten Gesellen war, lagen ihnen Kampflieder mehr als fromme Hymnen. Nach drei Tagesmärschen weitete sich das Tal zu einer fruchtbaren Flussebene, in der eine feuchte Hitze brütete. Sie kochten in ihren Panzern wie Flusskrebse im Sud.

Hier schloss sich ihnen Ali ibn-Wafa mit einer kleinen Truppe der *Haschischin* an, fanatische Kämpfer in Turbanen, von Kopf bis Fuß in lange Gewänder gehüllt. Arnaut war erstaunt, Moslems auf der Seite der Christen zu finden, aber die ismaelitischen *Haschischin,* wie Robert Francavila ihm erklärte, hassten die weltliche Macht der türkischen Emire von Aleppo und Damaskus. Sie wollten allein Gottes Herrschaft auf Erden errichten. Fürsten wie Nur ad-Din standen diesem Bestreben im Weg und mussten vernichtet werden.

Die *Haschischin* berichteten, dass die Feinde mit sechstausend Mann angerückt seien, die meisten davon turkmenische Reiter, und immer noch die Burg Inab belagerten. Diese Feste, der sie schon am nächsten Tag ansichtig wurden, lag auf dem

Ausläufer einer karstigen Erhebung. Schon aus der Ferne ließen sich weiter unterhalb die Zelte der Türken erkennen. Von Angriffen auf die Mauern war nichts zu sehen, und da es ihnen an schwerem Gerät fehlte, begnügten die Seldschuken sich mit dem Aushungern der Besatzung. Doch immer noch wehte trotzig das Banner Antiochias von den Zinnen.

Als sie näher kamen, wurden türkische Kundschafter gesichtet, die die heranrückenden Christen beobachteten und wieder verschwanden.

Prinz Raimon, der nichts von umständlichem Taktieren hielt, zögerte nicht lange. Nach kurzer Beratung mit seinen Anführern bekam die Reiterei den Befehl zum sofortigen Angriff. Die Fußtruppen sollten weitermarschieren und dann eine Schlachtreihe aufbauen, hinter der sich die Ritter zur Not zurückziehen könnten, sollte der Reitersturm nicht erfolgreich sein.

Mit schallenden Hörnern und fliegenden Fahnen jagten sie in drei großen Angriffskeilen den leichten Anstieg hinauf dem türkischen Lager entgegen, der Prinz in vorderster Reihe. Arnaut ritt an der Spitze seiner kleinen Reiterstaffel, Jori gleich hinter ihm. Die Männer brüllten ihre Schlachtrufe, eher um sich Mut zu machen, als um den zahlenmäßig überlegenen Feind einzuschüchtern.

Vielleicht war es das unerwartete Auftauchen des christlichen Heeres oder der unerschrockene Angriff der fränkischen Reiterei. Vielleicht aber dachte Nur ad-Din in der kurzen Zeit, die ihm verblieb, um eine Entscheidung zu treffen, dass dieses kleine Heer ja nur die Vorhut eines größeren sein könne. Wie dem auch sei, die Türken zogen sich so hastig zurück, dass sie sich nicht einmal Zeit nahmen, ihre Zelte abzubauen.

Als die Christen mit angelegten Lanzen durch die Zeltstadt galoppierten, war sie leer, und man konnte nur noch die Staubwolke des fliehenden Feindes ausmachen. Prinz Raimons schnelle Antwort auf das Vordringen des Feindes hatte sich ausgezahlt. Oder so schien es jedenfalls.

Die Burg Inab war zu klein, als dass das Heer sich darin hätte verschanzen können. Also lagerten sie in einiger Entfernung in einer Senke, durch die ein Bach floss. Ein guter Platz, wenn auch nach allen Seiten ungeschützt. Als die Lagerfeuer brannten, wurde der unblutige Sieg gefeiert.

»Hab ich euch zu viel versprochen?«, grinste Ferran. »Ein anderer hätte gezögert, aber dieser Mann ist ohne Furcht. Hat den Türken keine Zeit gelassen, sich auch nur am Arsch zu kratzen.«

»Ich hoffe, sie kommen nicht zurück«, sagte Arnaut, der mit der Kampfweise der Türken inzwischen bestens vertraut war. »Wir sind hier nicht besonders sicher.«

»Ach was. Die sind über alle Berge.«

Sie redeten noch viel an diesem Abend. Und auch wenn es schmerzlich war, kamen sie immer wieder auf gemeinsame Freunde und Erlebnisse zu sprechen. Ferran erzählte noch einmal die alte Geschichte von Constansa und dem gestohlenen Huhn und wie Severin sie im letzten Augenblick vor den wütenden Verfolgern gerettet hatte.

»Ich weiß, wie sehr du Severin mochtest«, sagte Arnaut zu ihm. »Ich habe ein paar Dinge dabei, die ihm gehörten. Darunter ist eine silberne Gewandfibel. Die will ich dir gern als Andenken überlassen.«

Ferran war sichtlich erfreut. »Das ist mächtig großzügig von dir, Arnaut. Ich bin so frei und nehme es an.«

Darauf begann Arnaut, in seinen Satteltaschen zu kramen. In einem bestimmten Beutel wusste er die Fibel. Gleich daneben fand er auch seinen Einsatzbefehl, den er sich noch überhaupt nicht durchgelesen hatte. Er nahm ihn ebenfalls aus der Tasche.

»Da hast du sie.« Er warf Ferran die Fibel zu, der sie auffing und im flackernden Feuerschein betrachtete.

»Schön. Ich erinnere mich an das Stück. Danke, Arnaut.«

Aber der hörte gar nicht zu, denn als er das Siegel aufgebrochen und den Pergamentbogen entfaltet hatte, fiel ihm ein

Brief vor die Füße. Erstaunt hob er ihn auf. Und plötzlich wurde sein Mund staubtrocken, sein Herz begann wie wild zu schlagen, denn er erkannte Ermengardas höchst eigene Handschrift.

»Haltet mal die Klappe«, rief er, riss den Brief auf und ließ sich am Feuer nieder, um besser lesen zu können. Diese Handschrift hätte er überall erkannt, die Buchstaben in jenem besonderen Schwung aufs Pergament gesetzt, der nur ihr eigen war.

Liebster,
innigst hoffend, dass dieser Brief Dich irgendwo in Outremer erreicht, dass Du gesund an Leib und Seele bist und mich noch nicht ganz vergessen hast, verfasse ich diese Zeilen.
Aimars Rückkehr und was er mir von Euren Erlebnissen und Gesprächen berichtet hat, hat mir neue Hoffnung gegeben. Mein Herz ist so voll. Da ist so viel, was ich Dir mitteilen möchte, ein ganzes Buch würde nicht reichen. Lange habe ich darüber nachgedacht, wie ich es am einfachsten und deutlichsten sage.
Ich liebe Dich, wie ich nie einen Menschen geliebt habe, und ich schäme mich für das, was ich Dir in meiner Dummheit und Verletzlichkeit angetan habe.
Wenn Du noch etwas für mich empfindest, komm zu mir zurück, so schnell Du kannst. Denn Gott hat uns gewiss vergeben, sonst hätte Er uns nicht diese Liebe ins Herz gepflanzt. Und wenn nicht, soll er uns doch gemeinsam in die Hölle schicken, solange ich Dich nur in meinen Armen halten kann. Warte nicht einen Tag länger. Das Leben ist zu kurz.
In ewiger Liebe
Ermengarda

♦

Nach so langer Zeit war es schwer, sich ihr Gesicht als Ganzes vorzustellen. Die Einzelheiten jedoch waren ihm so nah, als könnte er sie ertasten. Jedes Haar und jedes Grübchen. Ihre kleine, wohlgeformte Nase, ihre Lippen, die Art, wie sie manchmal das Kinn reckte, oder ihre schlanken Hände, die so zärtlich sein konnten. Und vor allem die tiefblauen Augen unter dunklen Brauen, die ihm vom ersten Tag an den Kopf verdreht hatten, kluge Augen, die oft kühl und gefasst die Welt betrachteten, um gleich darauf vor Fröhlichkeit zu tanzen oder in Liebe zu schwimmen.

Arnaut lag in der Stille der Nacht auf seinem Lager, unter dem Kopf eine zusammengerollte Decke, den Brief fest an seine Brust gepresst, als könnte er so ihren Herzschlag spüren oder die Hand, die diese Zeilen verfasst hatte. Inzwischen kannte er jedes einzelne Wort auswendig. Der Brief war ihr so ähnlich. Sie klagte und beschuldigte nicht, verlor sich nicht in Unnötigem, sagte in klaren Worten, wie es um sie stand. Und dennoch spürte er hinter den Zeilen, wie sehr sie gelitten hatte, wie sehr sie sich nach ihm sehnte.

Sie hatte ihm verziehen. Das erfüllte ihn mit unbändiger Freude und machte ihn gleichzeitig wütend auf sich selbst. Mehr als zwei Jahre war es nun her. Zwei vergeudete Jahre. Er konnte sich nicht mehr vorstellen, was ihn dazu getrieben hatte, sie zu verlassen. Für was hatte er Vergebung gesucht? Dafür, dass er einen reinen Menschen liebte? Wahre Sünden, ja, einen ganzen Sumpf von Todsünden hatte er erst durchwaten müssen, als er dem Ruf der Priester gefolgt war.

Was zum Teufel tat er also noch in diesem fremden Land? Warum schlug er sich in einem Kampf, der längst nicht der seine war? Warum lag er noch hier in diesem Heerlager, anstatt sofort auf sein Pferd zu steigen und nach Hause zu reiten? Wegen Bertran hatte er sich dem Prinzen angeschlossen. Aber konnte er überhaupt noch etwas für ihn tun? Vor allem tat ihm Beatriz leid, die nie nach Outremer hatte kommen wollen. Er hoffte inständig, die Türken würden sie mit Respekt behandeln.

So hatte er die halbe Nacht gegrübelt, als er mit einem Mal aufgeregte Stimmen hörte, dann einen Schrei. Da musste jemand schlecht geschlafen haben, dachte er und wollte sich auf die Seite drehen. Aber dann war noch ein Aufschrei und ein Stöhnen zu hören. Diesmal aus einer anderen Richtung. Er setzte sich auf und ließ den Brief in der Gürteltasche verschwinden. Die Feuer waren niedergebrannt. Man konnte wenig sehen. Trotzdem war da aufgeregte Bewegung im Lager, überall die Schatten von Männern, die sich von ihren Schlafstätten erhoben. Was war los?

Als er das unmissverständliche Sirren hörte und dumpfe Aufschläge ins Gras, da wusste er, was los war. Er sprang auf, trat Ferran und Jori in die Seite, um sie zu wecken. Weitere Pfeile fielen vom nachtschwarzen Himmel und blieben zitternd im Boden stecken, keine drei Schritte von ihnen entfernt.

»Haltet euch die Schilde über den Kopf. Schnell!«, schrie er. »Die Türken sind da.«

Im ganzen Lager waren jetzt Gebrüll und Schmerzensschreie zu hören. Männer hasteten zu den Waffen, griffen nach Speer und Schild. Zum Glück hatten die meisten ihre Rüstungen anbehalten. Sie hockten sich eng in Gruppen zusammen, Schilde überlappend über die Köpfe gereckt, so dass es aussah, als sei das Lager von Riesenschildkröten bevölkert.

Ein wahrer Regen an Pfeilen prasselte jetzt auf sie herab, mit metallischem Klingklang, wo sie auf Schilde trafen, oder einem trockenen Trommeln, wenn sie, wie die meisten, in den grasbedeckten Boden fuhren, nur unterbrochen von Schreien, wenn einer getroffen zu Boden stürzte. Und das schienen immer mehr zu sein.

»Die sehen uns nicht. Zielen nur aufs Geratewohl«, knurrte Ferran. »Müssen uns umzingelt haben.«

Plötzlich hörten die Pfeile in ihrer Nähe auf. Dafür begannen die Pferde, die nicht weit in einer mit Seilen eingezäunten

Koppel weideten, in schriller Panik zu wiehern. Nun hatten die Türken es anscheinend auf die Schlachtrösser abgesehen. Die Tiere rannten kopflos umher, rissen die Seile nieder und versuchten zu fliehen. Viele entkamen in die Nacht, andere, die durch das Lager stoben, wurden von Männern aufgehalten und nur mit Mühe wieder beruhigt.

Dann wurde es wieder still. Mit angehaltenem Atem warteten die Christenkrieger auf einen Angriff, aber der blieb aus. Nichts rührte sich mehr. Bis Befehle der eigenen Anführer durch die Nacht schallten. Die Fußtruppen sammelten sich, um Formation anzunehmen. Die Reiter fingen an, nach ihren versprengten Pferden zu suchen.

Als der Tag anbrach, wurde deutlich, dass die Seldschuken auf den Bodenerhebungen ringsum Stellung bezogen hatten. Ihnen war aufgegangen, dass es sich bei den Männern aus Antiochia nicht um eine Vorhut handelte, dass keine weiteren Truppen im Anmarsch waren. So hatten sie sich im Schutz der Nacht heimlich genähert, und nun warteten sechstausend türkische Reiter darauf, was das kleine Christenheer unternehmen würde, um sich aus dieser Lage zu befreien.

Ferran sah sich um. »Die haben uns am Arsch. Da kommen wir nicht mehr raus.«

Arnaut legte die Arme um Amirs Hals. Der Hengst stand mit hängendem Kopf und zitternden Flanken neben ihm. Ein Pfeil steckte in der Kruppe, ein anderer im linken Oberschenkel, aber am schlimmsten war der dritte, der sich tief in seine Lunge gebohrt hatte.

»Leb wohl, mein Alter«, raunte Arnaut mit Tränen in den Augen und küsste ihn ein letztes Mal auf die Stirn, bevor er dem Tier mit schnellem Ruck die Kehle durchtrennte. Ein Schauer durchlief den großen Leib, als das Blut aus der Wunde strömte, ein letzter Blick aus samtenen Pferdeaugen, dann brach der Hengst in die Knie und legte sich auf die Seite. Arnaut hockte sich neben ihn und streichelte ihn, bis er sich nicht mehr regte.

Joris Pferd war in dem Durcheinander nicht zu finden gewesen, nur Ferrans alte Mähre stand treu und unversehrt an der Seite seines Herrn.

»Dich werde ich wohl nicht mehr brauchen«, knurrte Ferran und schlug dem Gaul mit der flachen Klinge auf die Kruppe. Der entfernte sich ein paar Schritte, blieb dann wieder stehen und sah sich um. »Verschwinde, du dummes Viech«, brüllte Ferran und warf einen Stein nach ihm. »Damit wenigstens einer davonkommt.«

Da endlich trollte sich das Tier.

Arnaut sah sich um. Ein neuer Tag hatte begonnen, die Welt nahm Gestalt an. Unbekümmertes Vogelgezwitscher war zu hören, und die Sonne erhob sich über den blassgrauen Umrissen der fernen Berge, verscheuchte die Frühnebel und tauchte die Landschaft in Grün, Gelb und zartes Ocker. Die Luft war frisch und angenehm zu atmen. Es hätte ein guter Tag werden konnen, wenn da nicht die grimmen Gesichter der Männer um ihn herum gewesen wären, die ihre Helmgurte fester zogen und ein letztes Mal die Ausrüstung prüften.

Musste es denn gerade jetzt sein, nachdem er Ermengardas Brief erhalten hatte? Als wollte der Teufel ihnen im letzten Augenblick die Tür vor der Nase zuschlagen. Fast konnte man sein schadenfrohes Gelächter hören.

Arnaut merkte, wie Jori ihm einen verunsicherten Blick zuwarf. Er vermied, ihm in die Augen zu sehen. »Das sieht heute nach unserem letzten Kampf aus, Jori«, sagte er schließlich. »Bleib dicht an mir dran. Wir versuchen, uns zu wehren, so gut es eben geht.«

Die Schlacht von Inab, die jetzt begann, sollte eine kurze Angelegenheit werden. Die berittenen Bogenschützen des Feindes hatten ihren Beschuss wieder aufgenommen. Im Licht der frühen Morgensonne konnten sie ihre Ziele nicht verfehlen. Immer wieder preschten sie heran und ließen tödliche Pfeile fliegen.

Die christlichen Fußtruppen bemühten sich, einen Verteidigungsring in Dreierreihen aufrechtzuerhalten. Die, die innen standen, schützten den Rücken derer, die ihre Speere nach außen gerichtet hielten. Verwundete Kameraden wurden in die Mitte gezerrt. Doch die Schilde wurden bald schwer vom Gewicht der Pfeile. Die Zahl der Gefallenen stieg, der Ring wurde zusehends kleiner.

Prinz Raimon gelang es noch einmal, eine Reiterattacke auf die Beine zu stellen. An die hundert Ritter, die noch Pferde gefunden hatten, folgten ihm in diesem letzten Ansturm. Vielleicht würden sie eine Anhöhe erkämpfen oder gar den Ausbruch für das Heer erzwingen können. Doch sie mussten bergan gegen einen übermächtigen Feind anrennen. Bald keuchten die Pferde, wurden langsamer und stürzten unter dem Pfeilhagel, der von allen Seiten auf sie einhämmerte.

Aber Raimon hatte die Stelle gut gewählt. Tatsächlich brachen er und vielleicht fünfzig seiner Ritter durch den Ring der Türken. Für sie lag der Weg nach Hause offen. Und ein Gutteil von ihnen nutzte die Gelegenheit, um sich davonzumachen. Doch der Prinz zügelte sein Ross.

Nur ad-Din, der in der Nähe auf einem prächtigen schwarzen Hengst saß, hatte den Bogenschützen Einhalt geboten. Er war bereit, seinen Gegenspieler gehen zu lassen. Nun maßen sich diese beiden Anführer mit forschenden Blicken, der stolze Fürst der Christen und der gottesfürchtige Emir von Aleppo. Beide mochten in diesem Augenblick ahnen, dass die Herrschaft der Christen von nun an wanken würde, dass den Moslems in diesem Land die Zukunft gehörte.

Die Augen des Prinzen richteten sich nach Norden, wo seine Stadt auf ihn wartete, seine Frau und seine Kinder. Noch einmal jedoch blickte er zurück auf die Reste seines tapferen Heeres, eingeschlossen im Kessel der Türken, Männer, die ihm gefolgt waren, seinem Urteil blind vertraut hatten. Wie konnte er sie jetzt im Stich lassen? Da wendete er entschlossen sein Pferd und ritt langsam, aber erhobenen Hauptes zurück.

Aller Augen waren dabei auf ihn gerichtet. Es war totenstill geworden. Eine Handvoll seiner Gefährten folgte ihm bis hinunter zur christlichen Schlachtreihe. Dort stieg er vom Pferd, zog sein Schwert und reihte sich unter gewaltigem Jubel seiner Krieger in die Schildwand ein.

Als die Hochrufe verklungen waren, gab Nur ad-Din den Befehl zum erneuten Angriff. Doch diesmal ließen die Türken ihre Pferde zurück und kamen zu Fuß, um die Sache so schnell wie möglich zu beenden.

Mit Prinz Raimon in ihrer Mitte kämpften die Christen wie die Löwen. Er machte es ihnen vor. Sein Schwert war unersättlich. Zahllos die Angreifer, die vor ihm fielen. Und so brüllten sie dem Feind ihre Todesverachtung entgegen, sangen die alten Schlachtenlieder, warfen sich schonungslos ins Gefecht und ließen die Türken für jeden ihrer toten Kameraden mehr als teuer bezahlen. Auch wenn sich die Erschlagenen vor ihnen türmten, es änderte jedoch nichts daran, dass das Häuflein Christen immer kleiner wurde.

Arnaut und Jori standen Rücken an Rücken, von oben bis unten mit Blut besudelt. Einiges davon auch ihr eigenes. Ferran war schon lange tot, lag irgendwo nicht weit mit gespaltenem Schädel unter einem Haufen Türken. Schweiß rann ihnen in Bächen von der Stirn, der Atem keuchte, die Beine drohten zu versagen. Arme und Schultern brannten wie Feuer, und der Schild war bleischwer geworden. Und doch gaben sie nicht auf, folgten dem Zwang zu töten, wer auch immer sich ihnen entgegenstellte.

Aber am Ende wichen die Feinde vor ihnen zurück. Der Schlachtenlärm verebbte. Es wurde still. Benommen sah Arnaut sich um. Nicht mehr viele von den Christen standen noch auf den Beinen. Vielleicht einhundertfünfzig, vielleicht auch weniger. Arnaut sah, wie diese sich nun ergaben. Einer nach dem anderen ließen sie die Waffen fahren. Arnaut verstand nicht. Er wischte sich Blut und Schweiß von der Stirn und packte seinen Schild fester.

Da trat ein Türke vor. Er schien ein Anführer zu sein.

»*Franj*«, rief der Mann. »Dein Fürst ist gefallen. Es ist vorbei. Warum sollen noch mehr ihr Leben lassen?«

Sein Schwertarm wies auf die vielen Toten und Schwerverwundeten auf dem Feld. An Stellen lagen sie in Haufen übereinander.

»Wenn du mein Schwert willst, Türke, dann komm und hol es dir«, brüllte Arnaut trotzig zurück.

»Du hast heute viele Weiber zu Witwen gemacht, *Franj*. Einen Kerl wie dich werden sie gewiss auslösen. Bis dahin gebe ich dein Schwert dem Emir zur Aufbewahrung. Ich verspreche es dir.«

»Was denkst du, Jori?«, raunte Arnaut.

Jori spuckte Blut. Irgendein Kerl hatte ihm einen Zahn ausgeschlagen. Auch sonst blutete er aus mehreren Wunden. Eine lief ihm von der Schläfe bis ans Kinn. »Wir haben getan, was wir konnten«, sagte er matt. »Es ist jetzt gut, glaube ich.«

Arnaut überkam eine unendliche Müdigkeit. Niemand würde sie beide je auslösen. Daran konnte er nicht glauben. Niemand würde überhaupt von ihrer Gefangennahme erfahren. Ermengarda würde er nie mehr wiedersehen. Jedenfalls nicht in diesem Leben. Vielleicht wäre es besser, einfach jetzt gleich zu sterben. Wie Ferran und Severin. Wie Esteban. Aber dann ließ er doch den Schild fahren und warf das Schwert zu Boden.

»Ich heiße Arnaut de Montalban. Merke es dir gut«, antwortete er dem Türken und ließ es zu, dass sie ihn banden.

Die Zitadelle

Neben Waffen und Rüstungen hatte man den Gefangenen auch alles andere an Wertvollem genommen. Sie mussten helfen, die Toten des Feindes zu begraben, und waren dann fünf Tage lang marschiert, zu Fuß und aneinandergekettet. Nur die Edelleute von Rang unter den Christen, die Lösegeld wert waren, hatten reiten dürfen. Die anderen schleppten sich in brütender Glut über staubige Straßen, mit verkrusteten Wunden und angetrocknetem Blut auf Haut und Kleidern. Hitze und Durst waren schier unerträglich.

Um sie zur Eile anzutreiben, hatten die Seldschuken nicht mit Stockschlägen gespart. Doch es waren zu viele Verwundete unter den Gefangenen, um schneller voranzukommen. Und zurücklassen wollten sie keinen, denn die bezwungenen Christenkrieger sollten im Siegesmarsch durch die Straßen von Aleppo geführt werden.

Der Weg hatte zuletzt an Weizenfeldern, Pistazien- und Olivenhainen vorbei in eine im Norden und Westen von sanften Erhebungen umgebene, fruchtbare Ebene geführt, in der sich nun vor ihren Augen mächtige Stadtmauern erhoben. Und darüber, auf einem Felshügel, die gewaltige Zitadelle.

Als der Heerzug sich näherte, kamen Menschen herbeigeströmt, säumten die Straße und betrachteten mit großen Augen die fremden Krieger, die gedemütigt an ihnen vorüberzogen. Manche hoben die Fäuste und warfen ihnen, obwohl sie die Worte nicht verstanden, ganz offensichtlich Häme und Beleidigungen ins Gesicht. Auf einer breiten Brücke überquerten sie den Fluss, an dem Aleppo lag, um endlich die Stadt selbst durch das westliche Bab Antakiya, das Tor von Antiochia, zu betreten. Die Verhöhnung, sie gerade durch dieses Tor zu führen, entging den Gefangenen nicht.

Arnaut fiel sofort auf, dass Teile der Stadtmauer stark beschädigt waren und sich allerorten Arbeiter auf Gerüsten tummelten, Kräne behauene Steine in die Höhe wuchteten und an ihrem Fuße ganze Heerscharen von Steinmetzen für Nachschub sorgten.

Ein in Antiochia geborener Normanne, mit dem er sich unterwegs angefreundet hatte, erklärte, dass ein Erdbeben nie gekannten Ausmaßes die Region vor elf Jahren erschüttert und eine ungeheure Menge an Todesopfern und Schäden hinterlassen hatte. Davon hatte sich Aleppo noch nicht erholt. Doch überall wurde gebaut. Nur ad-Din schien entschlossen, nicht nur die Befestigungen instand zu setzen, sondern auch Paläste zu errichten und die Stadt in neuem Glanz erstrahlen zu lassen. Hier also wohnte Ayla, dachte Arnaut. Er hätte sie gern unter anderen Umständen besucht. Ob es wohl eine Möglichkeit gab, ihr eine Botschaft zukommen zu lassen?

Der Einzug des siegreichen Heeres glich einem Triumphzug. Der Seldschukenfürst folgte auf seinem edlen Ross einer Staffel schwerbewaffneter Leibwachen, die den Weg freimachten. Um ihn vor der sengenden Nachmittagssonne zu schützen, ritten in Seide gekleidete Pagen an seiner Seite und hielten einen mit Koranversen bestickten Baldachin über sein Haupt. Dann folgte eine Eliteeinheit von gepanzerten *ghulam*, besonders ausgebildete und fanatisierte Sklavenkrieger, die ebenfalls über das Leben des Herrschers zu wachen hatten. Ihm huldigte die Menge mit Jubel und Begeisterung. Immer wieder brachen sie in Rufe aus, *allāhu akbar!*, Gott ist groß, Gott ist allmächtig, Gott ist barmherzig!

Der Aufruhr fand seinen Höhepunkt, als die gefangenen Christen folgten. Die Meute begann, sie zu beschimpfen, mit erhobenen Fäusten zu bedrohen und mit Unrat zu bewerfen. Berittene Krieger drängten die Massen mit den Leibern ihrer Pferde zurück, bevor sie völlig außer Kontrolle gerieten. Noch schlimmer wurde es, als der Weg durch die engen Gassen der Souks führte, wo sich aufgeregte Männer und sogar

Frauen erlaubten, sie zu bespucken oder ihnen ins Gesicht zu schlagen.

Dann ging die Gasse in eine freie Fläche vor der riesigen Zitadelle über, die mitten in der Stadt auf einem hohen, fast kreisrunden Felshügel saß, der ganz von einem tiefen Festungsgraben umschlossen war. Die Seitenflächen des Felsens waren steil, mit glatten Quadern bepflastert und ragten unendlich in den Himmel, gekrönt von einem Ring mächtiger Mauern und breiten, viereckigen Türmen. Ein gewaltiges Kastell, das unzerstörbar wirkte, wären nicht auch hier die Schäden des Erdbebens offenkundig gewesen.

Der Zug hielt vor einer breiten Treppe, die Teil des Brückenaufgangs war, der den Graben überspannte und hinauf zur Festung führte. Die Seldschuken mussten Boten vorausgeschickt haben, denn der Platz war für ein Spektakel vorbereitet, weiträumig mit Seilen abgesperrt und mit Bewaffneten gesichert.

Hier stieg der Emir vom Pferd und erklomm die Stufen zu einem hölzernen Thron, auf dem er sich niederließ. Hinter ihm, auf der Treppe zur Festung, standen Männer seines Hofstaats, und vor ihm befand sich ein gewaltiger Richtblock. Ein Scharfrichter stützte sich auf eine lange Axt. Andere stocherten in der Glut einiger Kohlebecken oder hantierten mit eisernen Geräten. Ein erschrockenes Raunen ging durch die Gefangenen. Der Anblick verhieß nichts Gutes.

»Ich weiß nicht, was sie mit uns vorhaben«, sagte Arnaut betroffen. »Aber nur, dass du's weißt, Jori. Es gab nie einen treueren Gefährten als dich. Ich danke dir für alles, was du für mich getan hast.«

Als Jori bei diesen Worten lächelte, war es, als würden für einen Augenblick alle Erschöpfung, Schmutz und Blut von seinem jungen Gesicht abfallen, als stünde vor Arnaut noch immer der aufgeweckte Knabe mit dem kecken Grinsen, den Severin und er einst in Narbona von der Straße aufgelesen hatten.

»Du hast mir ein besseres Leben geschenkt, als ich mir jemals hätte erträumen können.«

»Langweilig war es jedenfalls nicht.« Arnaut grinste grimmig.

Die Menge, die den Platz säumte, tobte noch immer. Aber nun gab der Emir ein Zeichen, und nach einigem Zögern breitete sich eine erwartungsvolle Stille über den Platz.

Der Hauptmann der *ghulam* in silberner Rüstung trat vor. Er trug einen unscheinbaren Ledersack, dessen Verschnürung er löste. Darin befand sich ein kleines Fass, das er vorsichtig öffnete. Er fasste hinein und zog ein tropfendes Etwas heraus, das er hoch in die Luft hielt und sich dabei langsam im Kreis drehte, damit es auch alle sehen konnten. Ein scharfer Essiggeruch machte sich bemerkbar. Arnaut wurde beinahe übel, als er das triefende Haupt des Prinzen von Antiochia erkannte, das der Kerl an den Haaren gepackt hielt und der geifernden Menge zur Schau stellte.

Ein Orkan des Jubels brach bei diesem Anblick los, der lange währte. Menschen reckten die Arme hoch, umarmten sich und weinten vor Freude. Warum hassten sie den Prinzen so?, fragte sich Arnaut. Einen ehrenhaften Krieger. Aber wenn man in die Gesichter schaute, ahnte man, dass es um mehr als die üblichen Gebietskriege ging. Hier in Outremer standen sich zwei Welten unversöhnlich gegenüber.

Ali ibn-Wafa, der Anführer der *Haschischin,* war ebenfalls in der Schlacht mit den meisten seiner Getreuen gefallen. Fünf von ihnen hatten überlebt. Diese zerrten die Türken nun nach vorn und führten sie an den Richtblock. Die fünf wehrten sich nicht. Sie blickten stolz und geringschätzig auf die Menge um sie herum. Ein Imam in langem Gewand und mit Bart hielt eine kurze Ansprache mit kehliger Stimme. Die versammelten Menschen antworteten mit einem donnernden Lob auf Allah. Danach wurden die fünf zum Richtblock geschleppt, wo sie ohne viel Federlesens enthauptet wurden. Sie waren Verräter ihrer Glaubensbrüder, und jedes Mal, wenn ein Kopf vom Block rollte und das Blut spritzte, schrie das Volk vor Begeisterung auf.

Als die Leichen entfernt waren, näherte sich der Hauptmann der *ghulam* den Christen. Sein Gesicht war hart und ausdruckslos. Er schien sich jemanden aussuchen zu wollen, deutete schließlich auf einen großen, blonden Normannen und einen muskulösen Franken. Sein Blick wanderte die Reihe entlang und heftete sich zuletzt auch auf Arnaut. Er musterte ihn von oben bis unten und nickte dann seinen Männern zu, die Arnaut packten und mit den anderen Ausgewählten zum Richtblock zerrten.

Dort empfing sie ein älterer Mann mit seinen zwei Gehilfen. Er trug einen weißen Bart, Turban und ein Gewand, das ihm bis auf die Füße reichte. Arnaut fielen seine ernsten, fast traurigen Augen auf, als wäre er nur widerwillig an diesem Ort.

Wieder gab es eine Ansprache des Imam, unterbrochen von Hassrufen aus der Menge. Das ist also das Ende meines Weges, dachte Arnaut, nun werden sie mich töten. Er bemühte sich, gelassen zu wirken, obwohl ihm das Herz bis in die Kehle schlug und die Knie schwach wurden. Aber er würde nicht um sein Leben winseln. Als sie ihm die Ketten abnahmen, nutzte er dies, um sich zu bekreuzigen. Ein letztes hastiges Gebet an die Jungfrau Maria und die Bitte um Vergebung.

Doch es war nicht sein Kopf, den sie wollten.

Zwei kräftige Seldschuken ergriffen ihn von hinten, einer der Helfer warf eine breite Schlinge über seinen rechten Arm und zurrte diese so fest, dass es schmerzte. Der andere wickelte ihm einen Lederriemen um die Hand und riss diese mit einem Ruck über den blutigen Richtblock. Sofort setzte der Mann mit dem Turban ein scharfes Messer an sein Handgelenk. Arnaut versuchte vergeblich, sich aufzubäumen, als er verstand. Ein kräftiger Schnitt und er fiel zurück, als die Hand sich vom Gelenk löste.

Entsetzt und ungläubig starrte er auf die abgetrennte Hand

dort auf dem Block. Warum schoss das Blut nicht aus dem Stumpf, warum spürte er so wenig? Doch das änderte sich, als sie seinen Unterarm festhielten und ein breites, glühendes Eisen auf die Wunde pressten. Es zischte fürchterlich und stank nach verbranntem Fleisch. Er hörte sich selbst wie einen Wahnsinnigen brüllen und krümmte sich unter unvorstellbaren Schmerzen.

Aber sie waren noch immer nicht mit ihm fertig. Einer riss seinen Kopf am Haar zurück. Und dann schien sein Auge wie ein rohes Ei zu zerplatzen, als sich eine glühende Spitze hineinbohrte. In diesem Augenblick hatte Gott Erbarmen mit ihm, denn er verlor die Besinnung.

♦

Als Arnaut langsam zu sich kam, umgab ihn Dunkelheit. Und Schmerz. Ein Meer von Schmerzen, ein ständiges Auf- und Abschwellen, das sich im Rhythmus seines Herzens vom linken Auge über Stirn und Wangenknochen bis ins Innerste seines Hirns ausbreitete, über Nacken und rechte Schulter bis in Arm und Fingerspitzen.

Vorsichtig hob er die rechte Hand, um das Auge zu betasten, als ein noch schärferer Stich ihn mit einem Schrei zurückzucken ließ. Da war mit einem Schlag die Erinnerung wieder da. Die blutige Hand auf dem Block. Er fingerte mit der Linken, fand nur Verband und Leere, wo eine Hand gewesen war. Und doch hätte er geschworen, sie war noch da, so wie sie ihn unaufhörlich quälte.

Er versuchte, sich auf der Strohschütte, auf der er lag, bequemer hinzulegen. War er jetzt blind? Hatten sie ihm alles Augenlicht genommen? Er tastete mit der Linken ganz behutsam über das Gesicht. Auch hier ein mit Blut durchtränkter Verband. Aber nur über dem linken Auge. Eines hatten sie ihm also gelassen. Langsam atmete er aus. Sollte er dafür dankbar sein?

Ein wenig fahles Licht, das durch ein Loch hoch oben fiel, ließ schemenhaft erkennen, dass er sich in einer Art Gewölbe befand. Es war kalt wie in einem tiefen Keller. Die Luft war feucht und stank nach Exkrementen. Da regte sich einer neben ihm, ein anderer wimmerte leise. Er war also nicht allein. Es mussten die beiden sein, die man zusammen mit ihm zum Richtblock geschleppt hatte. Was war mit dem Rest der Gefangenen geschehen? Mit Jori?

Stunden vergingen. Kein Geräusch von außen drang in ihr Loch. Nur das Stöhnen der Männer unterbrach die Stille, ein Husten oder das gelegentliche Rascheln von Stroh, wenn sich einer auf die Seite drehte. Wie er seinen Arm auch legte, es tat weh, und für jede Kopfbewegung wurde er bestraft. Am besten war es, ganz still zu liegen und den Schmerz über sich ergehen zu lassen. Man musste sich klein machen, sich ihm hingeben, nicht bewegen, ganz ruhig und flach atmen.

Mit der Zeit wurde es erträglicher. Dafür begann ihn der Durst zu quälen. Er versuchte, etwas Speichel im Mund zu sammeln, um seine Kehle anzufeuchten, auch wenn es wenig half. Seine Gürteltasche hatte man ihm gelassen und auch die kleine Madonna, die er immer bei sich gehabt hatte. Er glaubte nicht wirklich mehr an ihren Schutz, aber sie in der gesunden Hand zu halten war beruhigend. Sie erinnerte ihn an seine Mutter, wie sie ihn als Kind in den Armen gehalten hatte.

An Schlaf war nicht zu denken. Und so dämmerte er, von Bildern und wirren Gedanken gequält, in einer Art Halbbewusstsein dahin. Da war Ermengarda, so unerreichbar, Hamid, der über seine Dummheit den Kopf schüttelte. Und Großvaters Lächeln, wenn er als Junge auf seinem Schoß gesessen hatte. Du hast mich nicht gewarnt, Großvater, nicht vor so etwas.

Manchmal konnte er ein Schluchzen nicht unterdrücken. Und wurde gleich mit neuen Schmerzen dafür bestraft. Warum hatten sie ihm nicht einfach den Kopf abgeschlagen? Früher oder später würde ihn ja doch der Wundbrand erledigen. Er hatte genug Kameraden bei lebendigem Leibe daran verfaulen sehen. Ein elender Tod.

Am Morgen drang mehr Licht in ihr Verlies. Der Boden war uneben, an den rauhen Quadern der Wände wucherte schwarzer Schimmel, in den Ecken lag halb verrottetes Stroh, in dem es verdächtig raschelte. Waren das Ratten? Arnaut erhob sich mühsam und in Schmerzen, aber die Blase drückte ihn. Es fanden sich ein stinkender Bottich in einer Ecke für ihre Notdurft und ein Krug mit Wasser. Sonst nichts.

Die drei Gefangenen sahen sich im dämmrigen Licht zum ersten Mal an. Sie alle trugen die gleichen, blutdurchtränkten Verbände. Der Normanne meinte, sie hätten das Pech gehabt, als abschreckendes Beispiel und zur Volksbelustigung ausgesucht zu werden.

»Woher weißt du das?«, fragte Arnaut.

»Ich spreche ein wenig Türkisch. Der Imam sagte, wir müssten für ihre toten Moslembrüder bezahlen. Ein Auge für Allah. Und die Schwerthand, damit wir es nie wieder tun könnten.«

»Wäre einfacher gewesen, uns hinzurichten.«

Der Mann grinste verächtlich. »Alle Welt soll sehen, dass Allah gerecht, gütig und barmherzig ist. Deshalb lassen sie uns als Krüppel weiterleben.«

»Gütig und barmherzig.« Arnaut schüttelte den Kopf. »Die sind genauso verrückt wie wir.«

»Religion ist Macht, mein Freund. Niemand weiß das besser als der große Emir. Damit hält er die Massen in der Hand.«

So ist es, dachte Arnaut. Religion ist Macht. Auf beiden Seiten. Er fragte sich, was mit Jori geschehen würde. Auf seine Frage meinte der Normanne, gefangene Christen, für die niemand Lösegeld aufbringen würde, kämen den Moslems als Arbeitskräfte nur gelegen. Sie würden für den Rest ihres Lebens auf einem der Baugerüste oder auf den glühenden Feldern schuften müssen.

»Wenn du so schlau bist, dann sag uns, was sie mit ein paar halbblinden Krüppeln anfangen wollen«, meldete sich der Franke, der zweite seiner neuen Gefährten, zu Wort. Er sprach nur mühsam und sah erschreckend bleich aus, mit tiefen Ringen unter den Augen.

Der Normanne zuckte mit den Schultern. Irgendwas Nützliches würde man schon für sie finden. Vielleicht als Haussklave den Herrschaften beim Essen frische Luft zufächeln, sie am Arsch kratzen oder ihre Pisspötte leeren. Er lachte spöttisch, verzog aber gleich das Gesicht, als der Wundschmerz ihn erneut überfiel.

Arnaut ließ sich vorsichtig auf seine Strohschütte sinken und schloss die Augen. Haussklave, wenn er Glück hatte und nicht vorher starb. Belustigung fürs Volk. Seht her, diesen Christen haben wir zurechtgestutzt. Verflucht noch mal. Ein schneller Tod wäre ihm lieber gewesen.

Die nächsten Tage versorgte man sie mit Wasser und schimmeligem Brot. Mit Hilfe des Normannen, der für ihn übersetzte, bat er die Wachen, Ayla, die Base des Emirs, zu benachrichtigen, und nannte seinen Namen. Aber sie lachten nur geringschätzig, taten, als verstünden sie nicht und traten mit Füßen nach ihm, als er nicht gleich Ruhe geben wollte.

»Entweder gibt es deine Ayla nicht, oder es ist ihnen scheißegal, wer sie ist«, sagte der Normanne. »Wahrscheinlich das Letztere.«

Niemand kam, um die Verbände zu erneuern, die inzwischen ganz von Blut und Wundwasser durchtränkt waren. Der an Arnauts Stumpf war so fest, dass er ins Fleisch schnitt. Er versuchte, ihn zu lockern. Es gelang ihm aber nicht, mit einer Hand den Knoten zu lösen. Das Auge störte ihn inzwischen zwar weniger, doch der Armstumpf fühlte sich heiß und geschwollen an. Kein gutes Zeichen. Zum Glück roch es noch nicht nach faulem Fleisch.

Dem Franken jedoch ging es von Tag zu Tag schlechter. Bald war sein Arm so dick angeschwollen, als wär's sein

Oberschenkel, und dies bis weit über den Ellbogen. Die kleinste Bewegung schien ihm höllische Schmerzen zu bereiten. Bis zum Kübel, um seine Notdurft zu verrichten, schaffte er es nicht mehr. Der üble Geruch des Eiters, der aus dem Verband tropfte, mischte sich mit dem Gestank der eigenen Exkremente, in denen er lag. Berührte etwas seinen Arm, dann schrie er wie ein Gepfählter, ansonsten wimmerte er endlos vor sich hin. Er schien kaum noch bei Verstand zu sein.

»Wir sollten ihn nicht länger leiden lassen«, sagte der Normanne und bekreuzigte sich.

Arnaut nickte. Das Stöhnen und Wimmern war unerträglich geworden. Aber wer sollte es tun? Mit einer Hand? Höchstens gemeinsam. Sie sahen sich lange an. Doch keiner von beiden fand den Mut. Also ertrugen sie seine Schreie, bis er endlich starb.

Dass sie den Leichnam wegtragen mussten, erzürnte die türkischen Wachen, und einen Tag lang entzogen sie den beiden Gefangenen Brot und Wasser. Der Tod des Franken hatte etwas Endgültiges, Hoffnungsloses. Er war wie der Vorbote ihres eigenen Schicksals, das sie früher oder später ereilen würde.

Arnaut hätte Gott angefleht, ihm das grässliche Wundfieber zu ersparen, doch an Gebete glaubte er nicht mehr. Stattdessen überließ er sich mehr und mehr der Trostlosigkeit seiner Lage. Bespuckt und entehrt, geblendet und zum Krüppel gemacht, gefangen in einem modrigen Verlies, ohne irgendeine Zukunft. Er wurde teilnahmslos, redete nicht mehr, vergaß das Essen. Stundenlang lag er auf der Strohschütte und starrte an das Deckengewölbe. Der Tod wäre eine Erlösung. Würde er Engel zu sehen bekommen? Hatte der Papst nicht das Paradies versprochen? Ein grausamer Scherz, über den er nicht einmal mehr lachen konnte.

Sein Leben würde er also in diesem elenden Loch beschließen, wo die Ratten schon darauf warteten, ihn anzunagen. Er müsste nur noch Frieden mit sich selbst finden. Aber auch das war ihm inzwischen gleichgültig geworden, schien nicht mehr der Mühe wert zu sein.

Doch irgendwann in der Dunkelheit der Nacht tastete er nach Ermengardas Brief in seiner Gürteltasche. Er fing an, sich langsam ihre Worte vorzusagen, die er auswendig wusste. Dass der Brief ihn erreicht hatte, war purer Zufall gewesen. Oder etwa nicht? Hatte es etwas zu bedeuten?

Während er sich ihr Gesicht vorstellte, begann ein winziger Funke in seinem Herzen zu glimmen. Sie rief ihn zu sich. Sie wartete auf ihn. Gott zum Trotz war ihre Liebe das Beste in seinem Leben gewesen, und nichts würde ihm dies nehmen können. Sollte dies hier sein Ende sein, dann war es eben so und nicht zu ändern. Dass Gott ihn habe strafen wollen, daran glaubte er nicht mehr, eher an Gottes Gleichgültigkeit gegenüber allem menschlichen Elend.

Und vielleicht gab es ja gar keinen Gott. Ein lästerlicher Gedanke, der ihn aber seltsamerweise nicht erschreckte. Ganz im Gegenteil. Denn wenn es keinen Gott gab, dann gab es auch kein Fegefeuer, keine Hölle und kein Jüngstes Gericht. Nichts mehr, vor dem man sich fürchten musste, wenn man starb. Nichts in der Welt war dann für ihn zuständig, außer er selbst. Er mochte in diesem Loch verrecken. Doch solange er noch atmete, war er niemandem etwas schuldig, nicht einmal diesem abwesenden Gott. Er war allein, aber für sich selbst verantwortlich und frei. Ein Gedanke, der ihn belebte.

Was bedeutete es schon, ob er in einem stinkenden Verlies lag. Änderte das etwas an seiner Seele? Denn die Seele war allein sein wirkliches Wesen. Ich bin ich, dachte er. Und ich bin Herr über meine Seele. Niemand in der Welt kann mir das nehmen. Ob er Wut, Furcht oder Gleichmut empfand, all das hing allein von ihm selbst ab. Ja, er hatte seine Hand verloren. Aber das hätte ihm jederzeit auch in der Schlacht geschehen können. Es war keine Schande. Und ob er zwei

Hände hatte oder nur eine, was machte das schon? Er würde lernen, mit einer zurechtzukommen. Und auch mit einem Auge ließe sich noch gut sehen. Und selbst wenn er blind wäre. Der Leib ist nur eine vergängliche Hülle, in der die Seele wohnt. Und die ist unzerstörbar, sie überlebt sogar den Tod. Wovor sollte man sich also fürchten?

Er beschloss, seine Furcht zu verbannen, sich nicht geschlagen zu geben, sich in Gleichmut zu üben. Nichts sollte ihn in seinem Inneren zerstören können. Er würde dieses Jammertal überstehen. Und er würde heimkehren. Wie, das wusste er noch nicht. Aber ihm würde etwas einfallen. Ihm war bisher immer etwas eingefallen.

Er mühte sich auf die Füße und goss sich ein wenig Wasser über das Gesicht. Das Nass erfrischte ihn, erfüllte ihn mit Zuversicht. Noch war nichts verloren.

Epilog

Hiermit endet die Erzählung vom Ritter Arnaut und seiner Dame Ermengarda. Und von den Männern, ob König, Fürst oder Krieger, die auf den Papst und Abt Bernard gehört hatten und ausgezogen waren, die Heiden zu töten. Nicht zu schweigen von den Pilgern, den Frauen und Kindern, die ihnen auf dem langen Marsch gefolgt waren.

Viele von ihnen fanden den Tod, die anderen mussten mit den Erinnerungen weiterleben. Die Vergänglichkeit ihrer Mühen lässt an den Vers des persischen Gelehrten und Poeten Omar Khayyam denken, der noch bis kurz vor diesen Ereignissen gelebt hatte.

Geschlechter sind erglüht wie helle Funken,
Haben gelebt, geliebt, gehasst, getrunken;
Sie leerten hier ein Glas und sind verlöscht,
Sind in den Staub der Ewigkeit versunken.

Die persische Kultur hatte großen Einfluss auf die Seldschuken, und es ist durchaus denkbar, dass die edle Ayla Gelegenheit gehabt hatte, Verse dieser Art ihrem christlichen Freund Arnaut vorzutragen.

Heimkehrer, wenn sie auf dem langen Weg nicht beraubt und erschlagen wurden, zeigten ihre schrecklichen Narben vor und erzählten den Daheimgebliebenen, wie es ihnen ergangen war. Aus solchen Schicksalen entstand ein Bild, wenn auch ein lückenhaftes. Wer mehr wissen wollte, der musste sich gedulden, bis ein paar Mönche, die dabei gewesen waren, ihre Chroniken verfassten. Sogar solche, die nicht dabei gewesen waren. Man beweinte die Toten und Verschollenen, entzündete Kerzen und betete für ihre Seelen, lauschte wehmütig den Liedern über Kampf und Heldenmut, und wer an den Fürstenhöfen Gelegenheit dazu hatte, lieh nur allzu gern sein Ohr dem Geflüster und den gehässigen Gerüchten über Hintergründe, Intrigen und Verfehlungen der Mächtigen, an denen es ja wahrlich nicht gemangelt hatte.

König Louis und seine Alienor kehrten verbittert über das unrühmliche Ende des Pilgerzugs heim und waren fortan äußerst schlecht auf Clairvaux zu sprechen, den sie für dieses Missgeschick verantwortlich machten. Auch unter sich war das Paar so zerstritten, dass sie nicht einmal auf dem gleichen Schiff reisen wollten. Selbst dem Papst gelang es auf ihrem Weg durch Rom nicht mehr, das Zerwürfnis beizulegen. Alienor gebar dem König zwar noch eine zweite Tochter, aber das hinderte sie nicht, die Aufhebung dieser verhassten Ehe durchzusetzen und Henri d'Anjou zu heiraten, der kurz darauf König von England wurde.

Ihm schenkte sie viele Söhne, wurde steinalt und verheiratete ihre Enkelkinder so erfolgreich an die großen Königshöfe, dass sie von späteren Generationen die Großmutter Europas genannt werden sollte. Die Kunde, dass die Seldschuken dem Kalifen von Bagdad das Haupt ihres geliebten Oheims, Raimon von Antiochia, in einer silbernen Kiste zum Geschenk überbrachten, musste für Alienor allerdings ein schwerer Schlag gewesen sein.

Dem siegreichen Emir Nur ad-Din war es zum ersten Mal gelungen, den Christen in Outremer anhaltend die Stirn zu bieten. Auf eine Belagerung Antiochias verzichtete er jedoch. Die Befestigungen der Stadt waren zu mächtig für ein turkmenisches Reiterheer. Später sollte sein Schützling, der Kurde Salah ad-Din, die Moslems so weit einigen, dass es ihnen gelang, die Franken noch weiter zurückzudrängen und sogar die Heilige Stadt Jerusalem zu erobern.

Die junge Fürstin Constance, Witwe und Erbin von Antiochia, trauerte nicht lange um ihren treulosen Ehemann. Entgegen allen Empfehlungen der Mächtigen von Outremer bestand sie darauf, den Abenteurer Reynaud de Chastillon zu ehelichen, der dadurch neuer Prinz von Antiochia wurde. Ihr Starrsinn bestätigte im Nachhinein die Gerüchte, die sich um diese beiden gerankt hatten.

Chastillon wurde ein rücksichtsloser Fürst, der sich nahm, was er wollte. Einmal setzte er sogar den Patriarchen von Antiochia gefangen, um ihm seinen Willen aufzuzwingen. Er bekriegte das byzantinische Zypern, wo er unbarmherzig plünderte und wütete, und brach mehrfach Vereinbarungen mit den Moslems, bis ihn Salah ad-Din nach der verlorenen Schlacht von Hattin für seine Frevel köpfen ließ.

Bertran de Sant Gille, der glücklose Bastardsohn des Grafen von Tolosa, und seine Schwester waren dem siegreichen Nur ad-Din von den Damaszenern als Geisel übergeben worden. Bertran musste elf Jahre als Gefangener in der Zitadelle von Aleppo schmachten, bis endlich der junge König Balduin von Jerusalem ein Einsehen hatte und ihn auslöste. Seine Schwester Beatriz jedoch blieb freiwillig und für immer in Aleppo zurück als Konkubine des Emirs, dem sie mehrere Kinder gebar.

Und was hat die Menschheit aus all diesen Dingen gelernt? Wie immer ist die Antwort – wenig bis nichts. Abt Bernard de Clairvaux behauptete weiter stur und fest, es seien allein die Sünden der Christen gewesen und die Rückschläge nichts als die gerechte Strafe Gottes. Dafür heiligten sie ihn nur wenige Jahre nach seinem Tod. Und der nächste König, der auszog, um Heiden zu töten, war niemand anderer als Alienors eigener Sohn Richard, den sie Löwenherz nennen sollten.

Trotz der strengen Herrschaft der Kirche wurden im Süden des Frankenreichs der Ketzer immer mehr. Den *Guten Christen,* die wir heute Katharer nennen, strömten die Menschen in Scharen zu. Selbst Fürsten wie der neue Graf von Tolosa, Alfons' ehelicher Sohn Raimon, sollten die neue Glaubensrichtung und ihre vielen Anhänger unterstützen. Es ging so lange, bis der Hass Roms und die Landgier des Königs sich vereinigten und man einen Kreuzzug gegen das eigene Volk ausrief. Hunderttausende starben, Burgen und blühende Städte wurden zerstört. Es sollte das bis in unsere Zeit spürbare, tragische Ende der reichen höfischen Kultur des Südens bedeuten. Man kann sich vorstellen, was unser alter Freund Hamid, der wie sein syrischer Dichter Al-Ma'arri nicht viel von Religionen hielt, dazu gesagt hätte. Doch diese Dinge hat er zum Glück nicht erleben müssen.

Zuletzt bewegt uns natürlich noch eine brennende Frage. Was ist aus den Helden unserer Geschichte geworden?

Zunächst sei der Graf von Tripolis erwähnt, der für Bertrans Schicksal verantwortlich gewesen war. Er zerstritt sich bald immer mehr mit seiner Gemahlin Hodierna. Und eines Tages wurde er unverhofft in den Straßen von Tripolis überfallen und ermordet. Es sollen eindeutig *Haschischin* gewesen sein, doch wer hatte den Auftrag erteilt und warum? Ein Gerücht hielt sich hartnäckig über viele Jahre. Es habe sich um einen Racheakt gehandelt, von langer Hand geplant, und dahinter stecke eine türkische Dame von edlem Blut aus Nur ad-Dins Geschlecht.

Wenig später ereignete sich ein weiterer rätselhafter Vorfall, diesmal in Jerusalem, denn eines Morgens fand man in einer Gasse einen gewissen Josselin de Puylaurens, enger Vertrauter der Königin, mit durchschnittener Kehle in seinem Blute liegen. Auf die Stirn des Opfers hatten die Mörder das Wappenkreuz von Tolosa eingeritzt. Auch dies eine Tat der Rache?

Schließlich, eines späten Abends im Frühsommer 1150, man hatte in Narbona gerade die Amtseinführung des neuen Erzbischofs gefeiert, da erschienen zwei Reiter vor dem Nordtor. Es war selbstverständlich zu dieser Stunde geschlossen, aber die Männer behaupteten lautstark, sie hätten eilige Kunde für die *Vescomtessa* Ermengarda selbst, und wollten sich nicht abweisen lassen. Da öffnete die Wache einen Torflügel und musterte die Fremdlinge misstrauisch im Fackelschein des Torhauses.

Die beiden mussten eine lange Reise hinter sich haben, denn ihre Kleider waren schäbig und abgenutzt wie die von Bettlern, voller Staub und Straßenkot. Seltsam aber, dass sie Stiefel, Hosen und Mützen wie Seldschuken trugen, wie einer der Wachleute erkannte, der vor vielen Jahren in Outremer gewesen war. Das Zaumzeug der Reittiere war mit islamischer Schrift verziert, ja die Gäule selbst von bestem arabischem Blut. Waffen und Rüstungen der Männer sahen jedoch christlich aus und ihr Provenzalisch war einwandfrei.

Der Kleinere von beiden trug eine lange Narbe im Gesicht. Sein breitschultriger Gefährte, einen Kopf größer, wirkte verwegen und etwas furchteinflößend, besonders mit der schmutzigen Binde über dem linken Auge. Als er vom Pferd stieg, sah man, dass ihm die rechte Hand fehlte, was ihn jedoch wenig zu behindern schien. Er fuhrte sein Pferd durchs Tor und drückte einem der Wachmänner eine fremdländische Goldmünze in die Hand.

»Heute ist dein Glückstag, *ome*«, sagte er nicht ohne ein Grinsen im Gesicht. »Lauf, so schnell du kannst, und weck die *vescomtessa.* Sie wird es dir fürstlich lohnen.«

E ♦ N ♦ D ♦ E

ANHANG

Anmerkungen des Autors

Gerade in unserer Zeit steht der Mittlere Osten im Brennpunkt der Konflikte religiöser oder ethnischer Natur. Eine Region, die seit Tausenden von Jahren nicht zur Ruhe kommt. Daran ist auch die christliche Welt nicht unbeteiligt. Die Zeit der Kreuzzüge hat tiefe Spuren hinterlassen, die bis heute nicht verwunden sind. Noch immer nennen die Menschen uns aus dem Westen *franj*, also Franken, denn das fränkische Element überwog in der Eroberung der Kreuzfahrerstaaten. Für viele sind wir im Westen immer noch die Kreuzritter.

Die Berührung zwischen Ost und West führte aber auch zur kulturellen Bereicherung des Westens und zur Wiederentdeckung der antiken Schriften, deren Übersetzung aus dem Arabischen die spätere Renaissance einleitete. So hat auch bei uns die Epoche der Kriege ums Heilige Land immer noch eine entscheidende geschichtliche Bedeutung.

Fünfzig Jahre nach dem Ersten Kreuzzug hatte sich in Europa die Begeisterung für die Eroberungen in Outremer gelegt. Höchstens Abenteurer oder Söhne ohne Erbe brachen auf, um dort ihr Glück zu suchen. Kein Fürst war bereit, in größere Unternehmungen zu investieren. Die Wege der Pilger waren dank der neugegründeten Ritterorden offen und einigermaßen gesichert, so dass kein dringender Bedarf zu bestehen schien.

Die Einwanderung neuer Siedler aus dem Westen war jedoch weit unter den Erwartungen geblieben, und die christlichen Fürstentümer in Outremer litten unter chronischem Mangel an kampferprobten Männern. Truppen aus der einheimischen Bevölkerung waren nicht immer verlässlich, und es war hauptsächlich der Uneinigkeit unter den Moslems zu danken, dass der Status quo gehalten werden konnte.

Diese Uneinigkeit der Muslime hatte gewiss damit zu tun, dass die Bevölkerung Syriens einerseits ethnisch wie auch religiös sehr gemischt war, und andererseits nur von einer dünnen Oberschicht arabischen Adels beherrscht wurde, die sich den militärisch überlegenen Seldschuken hatte unterwerfen müssen. Diese waren zwar islamisiert, brachten aber ihre Stammestraditionen aus der asiatischen Steppe mit. Die flächenmäßig gewaltigen Eroberungen der Seldschuken splitterten sich rasch in kleine Regionalfürstentümer auf, die sich gegenseitig bekriegten und mehr mit sich selbst beschäftigt waren, als eine ernsthafte Anstrengung gegen die Christen zu unternehmen. Teilweise arrangierte man sich auch zwischen Christen und Muslimen. Es gab durchaus Bündnisse und sogar gegenseitige Kriegshilfe.

Trotzdem stellten die Kreuzritterstaaten für die islamische Welt ein großes Problem dar, denn sie blockierten die strategischen Wege von Norden nach Süden entlang der levantinischen Küste. Und, noch bedeutungsvoller, sie saßen auf dem Zugang zum Mittelmeer, so dass der Großteil des traditionellen Mittelmeerhandels auf christlich besetzte Häfen angewiesen war. Es gab also nicht nur religiöse Gründe, warum man die Christen gern vertrieben hätte.

Als es Zengi von Aleppo gelang, das christliche Edessa zu erobern, ging ein Aufschrei durch Europa. Mehr als allgemeine Empörung bewirkte dies jedoch nicht, bis der Papst zum Kreuzzug rief und in seiner Bulle *(Quantum praedecessores)* versuchte, an die glorreichen Heldentaten der Vorfahren anzuknüpfen.

Aber selbst damit erntete er nur lauwarme Unterstützung. Hochadel und Fürsten waren wenig geneigt, sich in ein überseeisches Abenteuer zu stürzen.

Wer alles veränderte, war der hochangesehene Abt Bernard de Clairvaux, der es zu seiner Aufgabe machte, die Begeisterung für einen Kriegszug gegen die Heiden anzufachen. Unermüdlich bereiste er Frankreich und Deutschland, um die Massen für seine Botschaft zu gewinnen. Er muss ein gewaltiger Redner gewesen sein, ein Mann, der den Geist seiner Zeit maßgeblich beeinflussen konnte. Wenn man heute Zitate aus seinen Reden liest, ist man schockiert über die unverhohlene Kriegshetze dieses Gottesmannes und späteren Heiligen. Die Rede, die ich ihn in Narbonne habe halten lassen, besteht zum Großteil aus solchen Zitaten.

Ob er genau in jenem Jahr 1147 tatsächlich in Narbonne gewesen ist, ist ungewiss. Tatsache ist jedoch, dass er zu dieser Zeit das ganze Land bereiste und auch schon vorher eine wichtige Reise in den Süden Frankreichs unternommen hatte, um gegen die Ketzer zu predigen, die besonders dort immer mehr Anhänger fanden.

Henri de Lausanne war ein bekannter Wanderprediger. Auch seine im Buch dargelegte Predigt entspricht den antikirchlichen Ideen dieser Ketzerbewegung. Außerdem begannen zu dieser Zeit still und heimlich, die *Guten Christen* (Katharer) im Süden Fuß zu fassen und sich zu verbreiten, auch unter dem Adel. Die Machtfülle Roms, der zur Schau gestellte Reichtum der Bischöfe und Äbte, die Arroganz, mit der sie sich immer mehr Land und Besitz aneigneten, führte dazu, dass sich Menschen vermehrt auf die wahre Lehre Jesu besannen und sich im Volk Widerstand gegen die Kirche bildete.

Eine systematische Verfolgung der Ketzer gab es allerdings noch nicht. Die Rechtsprechung lag nicht in den Händen der Kirche, und auch die Inquisition war noch nicht entstanden. Die Frage ist daher berechtigt, ob der unglaubliche Eifer, mit dem Clairvaux durch die Lande zog und den Hass gegen die Ungläubigen predigte, nicht ein Versuch war, ein externes Feindbild zu schaffen, um das Volk zu einigen und von den inneren Problemen abzulenken.

Darin war er sehr erfolgreich, denn es gelang ihm, eine unglaubliche Kriegseuphorie zu entfachen und sogar zwei Könige für dieses Unternehmen zu gewinnen. Trotzdem wird nicht jeder auf seiner Seite gewesen sein. Die Wanderprediger redeten eine andere Sprache. Und einer solchen anderen Einstellung habe ich im Roman Raum gegeben, wenn es auch eine Minderheit gewesen sein mag.

Die Deutschen unter Konrad verloren gleich zu Anfang in Doryläum neun Zehntel ihrer Stärke. Ein frühes Desaster. Die Franken waren militärisch zunächst recht erfolgreich und konnten mehrere Schlachten für sich verbuchen. Trotzdem war Louis offensichtlich mit der Heerführung überfordert, die interne Disziplin schlecht, die Versorgung katastrophal. Erst als Louis die oberste Führung an den Großmeister des Templerordens abgab (ein noch nie dagewesener Vorgang), funktionierte der Marsch durch Anatolien besser. Aber da lag die schreckliche Schlacht am Kadmus bereits hinter ihnen, der Mut war gebrochen und die Kraft des Heeres erheblich geschmälert.

Dass der König und seine Ritter den Rest des Heeres in Attalia ihrem Schicksal überließ, kommt einer Flucht gleich und steht im krassen Gegensatz zum heldenhaften Verhalten des Prinzen von Antiochia, der in der Schlacht von Inab nicht vom Feld floh, obwohl er Gelegenheit dazu gehabt hätte, sondern den Tod an der Seite seiner Männer wählte.

Ob Eleonore wirklich untreu gewesen ist, darüber wird bis heute gestritten. Die Chronisten aus jener Zeit waren davon überzeugt. Dass sie ihren Oheim Raimon mit seinen Plänen, Aleppo zu erobern, unterstützte, ihr Bruch mit dem König, dass sie ihn einen Mönch statt Ehemann nannte, und ihre Gefangennahme, all dies ist belegt.

Auch der Mord an Alfons Jordan. Nur wer genau das Gift gemischt hat, auch hierüber streitet man sich. Vermutlich waren es Melisende, Hodierna oder der Graf von Tripolis. Alle drei waren miteinander im Bunde und hatten ein Motiv.

Es ist eine wenig bekannte Episode der Geschichte, aber Alfons' unehelicher Sohn Bertran hat tatsächlich existiert, ebenso wie seine Schwester. Bertran beschuldigte Raimon von Tripolis des Mordes an seinem Vater und machte sich daran, mit kleinen Mitteln zu versuchen, sein vermeintliches Erbe zu erobern. Er hielt über Monate die Burg Arima und fiel dann dem Komplott seines Vetters zum Opfer, der mit den Muslimen gemeinsame Sache machte. Der Name der Schwester, die ihn begleitete, ist leider nicht überliefert, ich habe sie Beatriz getauft. Sie wurde während ihrer Gefangenschaft in Aleppo die Geliebte des Emirs und ist dort geblieben. Ein wildromantisches Abenteuer, das wirklich geschehen ist. Als Romancier könnte man sich eigentlich nichts Besseres ausdenken.

Warum man sich gegen Damaskus gewandt hat, statt Aleppo anzugreifen, dies bleibt ebenfalls im Dunkeln. Es war nicht nur Louis' Entscheidung. Konrad und der Hohe Rat von Jerusalem sprachen sich gleichfalls dafür aus. Sie müssen ihre Gründe gehabt haben. Doch auch diese Schlacht, wie der gesamte Feldzug, endete in Blut und Tränen. Insgesamt waren die Verluste des Kreuzzugs enorm, obwohl nicht alle in den Schlachten umgekommen sind. Nicht wenige starben an Krankheiten oder wurden von den Seldschuken verschleppt. Traurig ist auch, was an der Elbe mit den Wenden im Laufe dieser Kreuzzugshysterie geschehen ist.

Nach den Verlusten im Osten jedoch hatte man fürs Erste genug. In den letzten Jahren seines Lebens versuchte Clairvaux noch einmal, die Flamme zu entzünden, doch vergebens. Niemand wollte ihm mehr folgen. Dieser Zweite Kreuzzug läutete eigentlich das Ende der Christenherrschaft in Outremer ein, auch wenn es noch lange dauern sollte, bis die letzten Ritter das Land verließen. Es wurden noch weitere Anstrengungen im Laufe der Zeit unternommen, die jedoch ebenfalls zu wenig führten.

Die partielle Sonnenfinsternis in Antiochia ist so geschehen wie beschrieben, und das zitierte Lied eines unbekannten Dichters *(»Chevalier, mult estes guariz, quant Deu a vus fait sa clamur«)* war tatsächlich für das Volk so eine Art Hymne des Kreuzzugs und sehr beliebt.

Die Vizegräfin Ermengarda von Narbonne ist eine historische Persönlichkeit. Wer die spannende Geschichte erfahren möchte, wie sie ihr Erbe gegen Alfons Jordan verteidigen konnte und wie es dabei zur Liebe zwischen ihr und Arnaut gekommen ist, sollte meinen Roman *Die Comtessa* lesen. Und wer sich wundert, was es mit dieser geheimen Verwandtschaft zwischen Arnaut und Bertran Sant Gille auf sich hat, dem empfehle ich *Der Bastard von Tolosa,* der die Abenteuer seines Großvaters erzählt. Diese drei Romane behandeln als lose Einheit und aus provenzalischer Sicht die hochinteressante und auch für uns heute noch bedeutsame Welt des 12. Jahrhunderts.

Glossar

Im Folgenden die fremdsprachlichen Begriffe, einige lateinischen oder französischen Ursprungs, die meisten aber aus dem mittelalterlichen Okzitan, einer eigenständigen Sprache, die in vielem dem Katalanischen ähnelt. Das Wort Okzitan kannte man damals noch nicht. Man sprach die *lenga romana*, also die römische Sprache. Alternativ habe ich auch den Begriff Provenzalisch verwendet.

abas	occt	Abt
abominabilis	lat	abscheulich
absolutio	lat	Absolution
ad dei gloriam	lat	zum Ruhme Gottes
ager sanguinis	lat	das Blutfeld
Allāhu akbar	arab	Gott ist groß
al Peis d'Argent	occt	Zum Silbernen Fisch
amor	occt	Liebe
anjol	occt	Engel
anno domini	lat	im Jahre des Herrn

aula	lat	Saal, Aula
Bab Antakiya	türk	das Antiochia-Tor
ballista	lat	Wurfmaschine
basta!	occt	Genug!
bon Dieu!	occt	guter Gott!
calma	occt	ruhig, Ruhe
canso	occt	Lied
capitan	occt	Hauptmann
castel	occt	Burg
castelan	occt	Burgherr
cavalier	occt	Ritter
champio	occt	Wettkämpfer, Fürstreiter
chevalier	franz	Ritter
cocu	franz	gehörnt, betrogen
colhons	occt	Hoden
companh	occt	Kamerad
coms, comtessa	occt	Graf, Gräfin
comte	franz	Graf
cor	occt	Herz
corna	occt	Horn, Hornzeichen
cornu	franz	gehörnt
cornut	occt	gehörnt
cosiniera	occt	Köchin
Dieu lo vult!	occt	Gott will es!
dominus, domina	lat	Herr, Herrin
domna	occt	Dame (Herrin, von domina)
escudier	occt	Schildträger
escusa	occt	entschuldige

familia	occt	Familie
filh da puta	occt	Hurensohn
fin d'amor	occt	Hohe Minne
fleur de lis	franz	Lilie (Wahrz. der frz. Könige)
fol pec	occt	Dummkopf
fornicator	lat	Lüstling
fortuna	lat	Glücksgöttin
fraire	occt	Bruder, Anrede eines Mönchs
franj	arab	Franke, einer aus dem Westen
gartz	occt	Junge
ghulam	türk	islamischer Elitekämpfer (Sklave)
Grand Maître	franz	Großmeister
Haschischin	arab	Geheimbund der Assassinen
homagium	lat	Huldigung (u. Treueschwur)
Hospitaliers de Saint-Jean	franz	Ritterorden der Johanniter
hospitium	lat	Pflegehaus
in flagranti	lat	auf frischer Tat
in persona	lat	höchstselbst
infernum	lat	Hölle
Jes Maria!	occt	Jesus und Maria!
joglar	occt	Gaukler, fahrender Sänger
lactatio	lat	Laktation, Milch-absonderung
legatus	lat	Abgesandte, Vertreter

lenga romana	occt	römische Sprache
lo Borc	occt	Stadtteil von Narbona
lumen mundi	lat	das Licht der Welt
Madame, Monsieur	franz	Meine Dame, mein Herr
Magister Die Gratia	lat	(Groß-)Meister zu Gottes Gnaden
maior domus	lat	Hausverwalter
majesté	franz	Majestät
majestaz	occt	Majestät
maravedi	span	Goldmünze
Maria Annuntiata	lat	Mariä Verkündigung
merda	occt	Scheiße
Mesdames, Messeigneurs	franz	Meine Damen, meine Herren
messenhers	occt	Meine Herren
midomna	occt	Madame (Meine Dame)
miles christi	lat	Ritter des Herrn, Gotteskrieger
militia christi	lat	Das Heer Christi
militia urbana	lat	Stadtwache
miseria	occt	Elend
Mons Pelegrinus	lat	Pilgersberg (Burgname Tripolis)
mossenher	occt	Mein Herr
ome	occt	Mann
oriflamme	franz	Kriegsbanner des Königs
paire	occt	Vater (Anrede Priester)
palatz vescomtal	occt	Palast des Vizegrafen
passió	occt	Leidenschaft

pater familias	lat	Oberhaupt der Familie
pauvre	franz	arm
per deable!	occt	beim Teufel!
per decretum episcopalis	lat	nach bischöflichem Dekret
per Dieu!	occt	bei Gott!
per la Reina	occt	für die Königin
perdona me	occt	verzeih mir
porte-oriflamme	franz	Träger des kgl. Kriegsbanners
pousse Allemand!	franz	Vorwärts, Deutscher!
purgatorium	lat	Fegefeuer
putan!	occt	verdammt (»Hure«)
putan merda!	occt	Verdammte Scheiße!
que deable!	occt	was zum Teufel!
que deable se passa?	occt	was zum Teufel geht hier vor?
que Dieu m'ajut!	occt	hilf mir Gott!
que Dieu vous remerci	franz	möge Gott es Euch danken
secretarius	lat	Schreiber, Sekretär
senher	occt	Herr
sergent d'armes	franz	nichtadeliger Ritter
Sire	franz	Anrede des Königs
sobrecot	occt	Wappenrock
solidus	lat	Goldmünze
stuprator	lat	Schänder
te absolvo	lat	ich vergebe dir
tornei	occt	Ritterturnier
trobador	occt	Troubadour

velh	occt	alt, Alter
Verges Maria!	occt	Jungfrau Maria!
vescoms, vescomtessa	occt	Vizegraf, Vizegräfin
villicus	lat	Verwalter

Personenverzeichnis

Wichtige historische Personen

Ermengarda, Vizegräfin von Narbona (* 1127 – † 1197), Tochter des Aimeric II. von Narbona, herrschte allein und kinderlos bis 1192. Ihr Nachfolger war Pedro Manrique de Lara, der zweite Sohn ihrer Halbschwester Ermessenda.

Bernard, Abt von Clairvaux (* 1090 – † 1153), Theologe, Kreuzzugsprediger und Mystiker, einer der bedeutendsten Mönche des Zisterzienserordens, für dessen Ausbreitung über ganz Europa er verantwortlich war. 1174 heiliggesprochen.

Louis VII., König von Frankreich (* 1120 – † 1180), in erster Ehe vermählt mit Alienor von Aquitanien, Teilnahme am Zweiten Kreuzzug, später Auseinandersetzung mit Henri II. Plantagenet.

Alienor, Herzogin von Aquitanien und Königin von Frankreich (* 1122 – † 1204), nahm am Zweiten Kreuzzug teil, ließ sich danach von Louis scheiden und heiratete Henri II. Plantangenet, König von England. Ihr Sohn, Richard Löwenherz, wurde König von England.

Alfons Jordan, Graf von Tolosa (* 1103 – † 1148), Sohn des Raimon IV. von Tolosa und der Elvira von Kastilien. Sein Leben war gekennzeichnet von Auseinandersetzungen mit Aquitanien wegen alter Erbansprüche, mit Barcelona über den Besitz der Provence und mit seinem Vetter Raimon über die Grafschaft Tripolis in Outremer.

Bertran de Sant Gille (Beinamen habe ich erfunden), unehelicher Sohn von Alfons Jordan, zog mit seinem Vater nach Outremer, wo er in Gefangenschaft geriet.

Beatriz (richtiger Name unbekannt), uneheliche Tochter von Alfons Jordan, zog ebenfalls mit Vater und Bruder nach Outremer. Verschollen in Aleppo.

Raimon II., Graf von Tripolis (* 1115 – † 1152), Sohn des Pons von Tripolis und Cäcilia von Frankreich und Urenkel des Raimon IV. von Tolosa, des Eroberers der Grafschaft. Er übergab dem Johanniterorden neben weiteren Festungen den Krak des Chevaliers.

Hodierna, Gräfin von Tripolis und Raimons Gemahlin (* 1110 – † 1164), dritte von vier Töchtern Balduins II., König von Jerusalem, und der armenischen Prinzessin Morphia. Herrschte nach dem Tod ihres Mannes als Regentin für ihren noch unmündigen Sohn Raimon III.

Melisende, Königin von Jerusalem (* 1105 – † 1161), älteste Tochter des Königs Balduin II., König von Jerusalem, wurde 1128 von ihrem Vater zur Thronfolgerin ernannt, heiratete Fulko von Anjou und regierte nach dessen Tod allein bis zur Volljährigkeit ihres Sohnes Balduin III.

Nur ad-Din, Emir von Aleppo (* 1118 – † 1174), zweiter Sohn Zengis, des Atabegs von Aleppo und Mosul, erbte 1146 Aleppo, während sein Bruder Mosul übernahm. Ihm gelang eine teilweise Einigung der islamischen Fürsten gegen die Kreuzritter, gewann Kämpfe um Edessa, Damaskus und die Schlacht von Inab.

Raimon de Poitier, Prinz von Antiochia (* 1115 – † 1149), jüngster Sohn von Wilhelm IX., Herzog von Aquitanien, und Philippa von Tolosa, somit Onkel von Alienor. Durch die Ehe mit Constance wurde er Fürst von Antiochia.

Constance, Fürstin von Antiochia (* 1127 – † 1163), Gemahlin des Raimon de Poitier und einzige Tochter des Fürsten Bohemund II. und seiner Frau Alice von Jerusalem, Schwester von Melisende und Hodierna. Nach dem Tod ihres Gemahls heiratete sie Reynaud de Chastillon.

Reynaud de Chastillon, (späterer) Fürst von Antiochia (* 1125 – † 1187), Abenteurer und Kreuzritter, der mit König Louis nach Palästina kam. Er heiratete 1153 die verwitwete Fürstin Constance und wurde so zum Fürsten von Antiochia.

Weitere historische Personen

Konrad III., deutscher König (* 1093 – † 1152)

Friedrich von Schwaben, der spätere Kaiser Barbarossa, (* 1022 – † 1190), Konrads Neffe und Erbe

Manuel I., Kaiser von Byzanz (* 1118 – † 1180)

Everard des Barres, Großmeister der Templer († 1174)

Geoffroy, Senher de Rancon und Taillebourg, († 1153), verantwortlich für das Desaster der Schlacht am Kadmus

Godefroy, Bischof von Langres († 1163)

Amédée de Savoie (* 1095 – † 1148), Onkel des frz. Königs

Étienne de Bar, Bischof von Metz († 1163)

Robert de Dreux (* 1125 – † 1188), Bruder des frz. Königs

Landolfo, Gesandter des byz. Kaisers in Attalia

Thierry d'Alsace, Comte de Flandre (* 1099 – † 1168)
Archambaud de Bourbon (* 1100 – † 1171)
Aimery, Patriarch von Antiochia (* 1110 – † 1193)
Erzbischof *Leveson* von Narbona († 1149)
Peire Rogier, Trobador († 1180)

Fiktive Personen

Arnaut de Montalban, Ermengardas Geliebter
Raol de Montalban, Arnauts Onkel
Jaufré de Montalban, Arnauts Großvater
Adela, Arnauts Mutter
Robert und Ada de Montalban, seine Geschwister
Hamid, Moslem und Jaufrés alter Kriegskamerad
Cortesa, Köchin auf der Burg Rocafort
Maria, Cortesas Tochter
Berta, Jaufrés erste Frau u. Raols Mutter
Noura, Arnauts armenische Großmutter
Fraire Aimar, Mönch und Chronist von Rocafort
Peire Raimon de Narbona, Ermengardas Verwalter
Jori, Arnauts junger Schildträger
Severin, Arnauts Freund und Mitstreiter
Constansa d'Escorralha, Amazone und Severins Geliebte
Felipe, Fürst von Menerba, Arnauts Rivale
Josselin de Puylaurens, Gesandter der Königin Melisende
Lois Bernat, Pferdeknecht
Elena, Marketenderin
Joana, Hure, später Joris Frau

Belinda, junge Hure
Munira, sarazenische Sklavin
Ferran, Söldner
Esteban, Söldner
Duran, Söldner
Enric, Söldner
Hugues de Bouillon, Tempelritter
Étienne de Bernay, Tempelritter
Joan de Berzi, Tolosaner Reiterführer
Ayla, türkische Prinzessin
Jamila, Ermengardas persönliche Magd
Domna Anhes, Ermengardas Hofdame
Abt Imbert, Ermengardas Beichtvater
Gustau, Wildhüter von Rocafort
Loris, Leibeigener
Demetrios Anargyros, Statthalter von Laodikeia
Alexandros Stavros, Statthalter von Attalia

Danksagung

Die Recherche zu dieser Geschichte hat mich einige Zeit beschäftigt, und ich fühle mich den Autoren verpflichtet, von deren Forschung und Wissen ich profitieren durfte. Das sind Fredric L. Cheyette (Cornell University) und Linda M. Paterson (University of Warwick), die mir ein Verständnis der Lebensumstände des provenzalischen 12. Jahrhunderts vermittelt haben. Was die Zeit der Kreuzzüge betrifft, ist Steven Runciman *(Geschichte der Kreuzzüge)* immer noch der Klassiker. Speziell zum Zweiten Kreuzzug sind Jonathan Phillips *(The Second Crusade)*, Regine Pernoud *(Königin der Troubadoure)*, Christopher Tyerman *(God's War)*, Piers Paul Reed *(The Templars)* und Amin Maalouf *(The Crusades through Arab Eyes)* zu erwähnen.

Ich bedanke mich bei meinem Agenten Joachim Jessen von der Literaturagentur Thomas Schlück, der mich als Testleser unterstützt hat, bei Christine Steffen-Reimann von Droemer Knaur für die gute Zusammenarbeit und bei Kerstin von Dobschütz für ihr wie immer äußerst kompetentes Lektorat und die ausgezeichnete Teamarbeit, die wir jetzt zum dritten Mal genießen durften.

Und zuletzt, dafür aber ganz besonders, bedanke ich mich bei meiner Frau Sandra, die wie immer als gute Fee hinter meinen Bemühungen stand, mir als Testleserin wertvolle Kritik und neue Ideen geben konnte und, nicht zu verschweigen, ihre tägliche Ermutigung und Geduld mit einem Ehemann, der von morgens bis abends an den Bildschirm gekettet an diesem Buch gearbeitet hat.

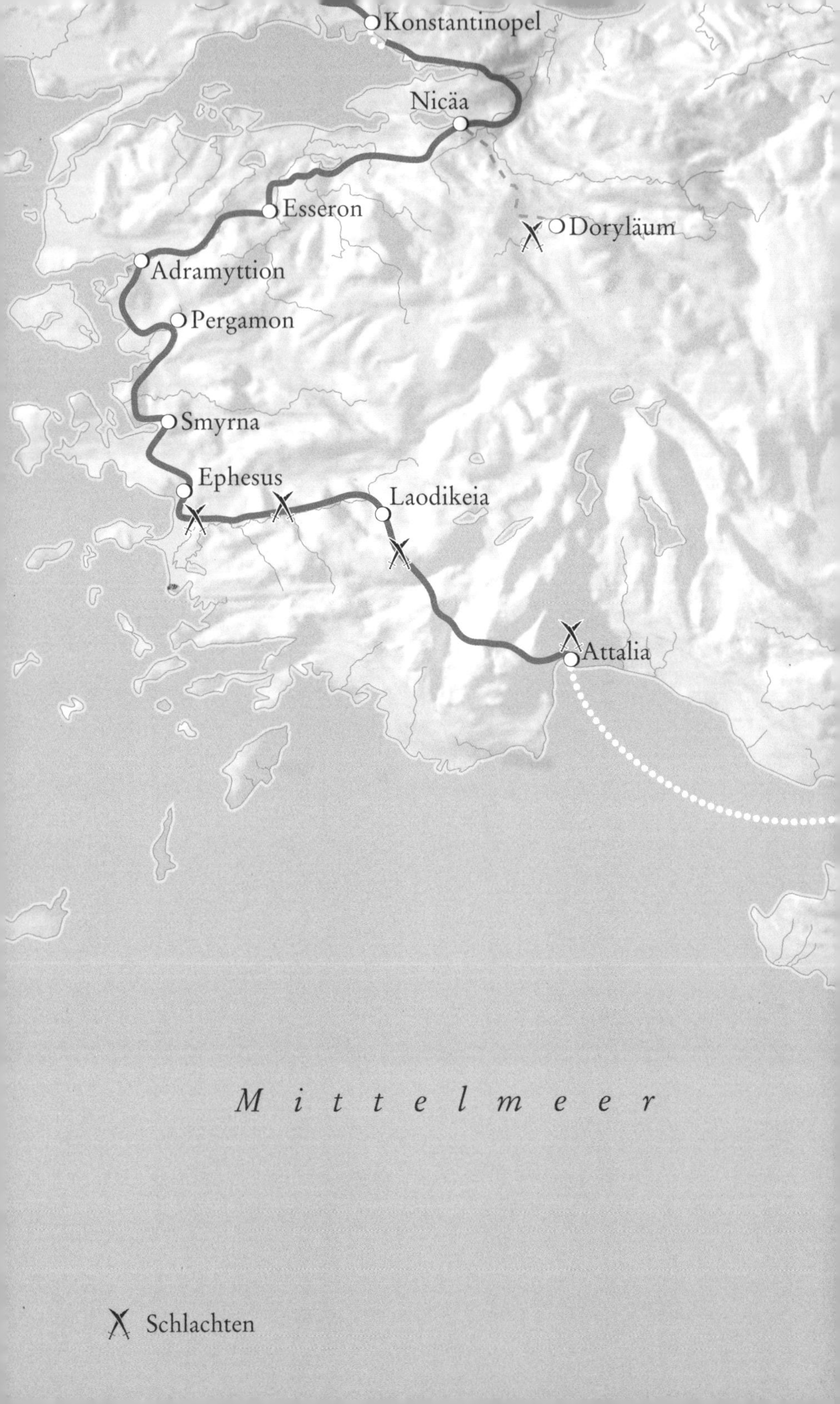
Konstantinopel
Nicäa
Esseron
Doryläum
Adramyttion
Pergamon
Smyrna
Ephesus
Laodikeia
Attalia
M i t t e l m e e r
Schlachten